I. B. ZIMMERMANN

ATLAS DES ÄTHERS

BAND 1

I. B. ZIMMERMANN

ATLAS DES ÄTHERS

BAND 1

DAS REICH DES TODESDRACHEN

ROMAN

Dicht Fest

Content Notes & Anmerkungen

Das Buch enthält den beschriebenen Konsum von alkoholischen Getränken und Tabak. Es gibt Beschreibungen von: Krieg, Kämpfen, Blut, Tod, Übelkeit, Sterben und Angst. Erwähnung von Folter. Es kommen unter anderem Untote und Gestaltwandler vor. Nicht alle Charaktere, die sich als gut darstellen, sind es auch. Leicht übergriffiges Verhalten im Rahmen eines Flirts. Band 1 beinhaltet keine Erotik.

Die Geschichte wird vorwiegend aus Jasovs Perspektive erzählt, wechselt aber auch zu anderen Hauptcharakteren, wenn es für den Plot relevant ist. Es handelt sich um eine Erzählung über All'Ein und nicht um Jasovs Abenteuer, auch wenn er oft der Perspektiventräger ist.

Besuchen Sie uns im Internet:

WWW.DICHTFEST.DE

1. Auflage, April 2022
Originalausgabe

Druck: BooksFactory
Illustrationen und Covergestaltung: I. B. Zimmermann,
Hintergrund Referenz des Covers von Artbreeder
Grafiknachweise: Diverse Grafiken von I. B. Zimmermann,
Maps von inkarnate.com und watabou.itch.io
Lektorat: Sabrina Železný
Korrektorat: Michaela Harich, Frank Friedrichs
Layout/Satz: I. B. Zimmermann

ISBN 978-3-946937-70-8

ICH WIDME DIESES BUCH
ALLEN **GEISTERN** UND
UNSICHTBAREN

Kapitel 31
Kapitel 42
Brarche
Kapitel 24
Kapitel 19

Bruch
Zwielicht
Asche
Kraterland
Kapitel 6

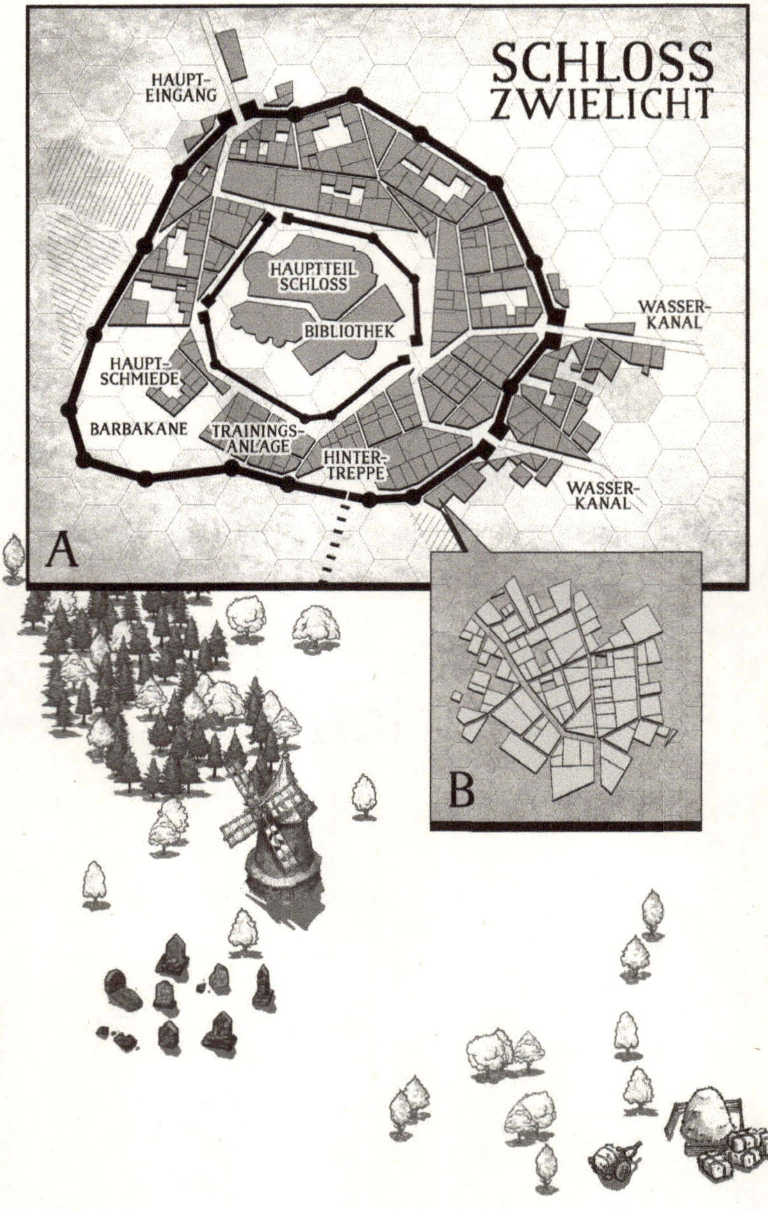
SCHLOSS
ZWIELICHT
HAUPT-
EINGANG
HAUPTTEIL
SCHLOSS
BIBLIOTHEK
WASSER-
KANAL
HAUPT-
SCHMIEDE
BARBAKANE
TRAININGS-
ANLAGE
HINTER-
TREPPE
WASSER-
KANAL
A
B

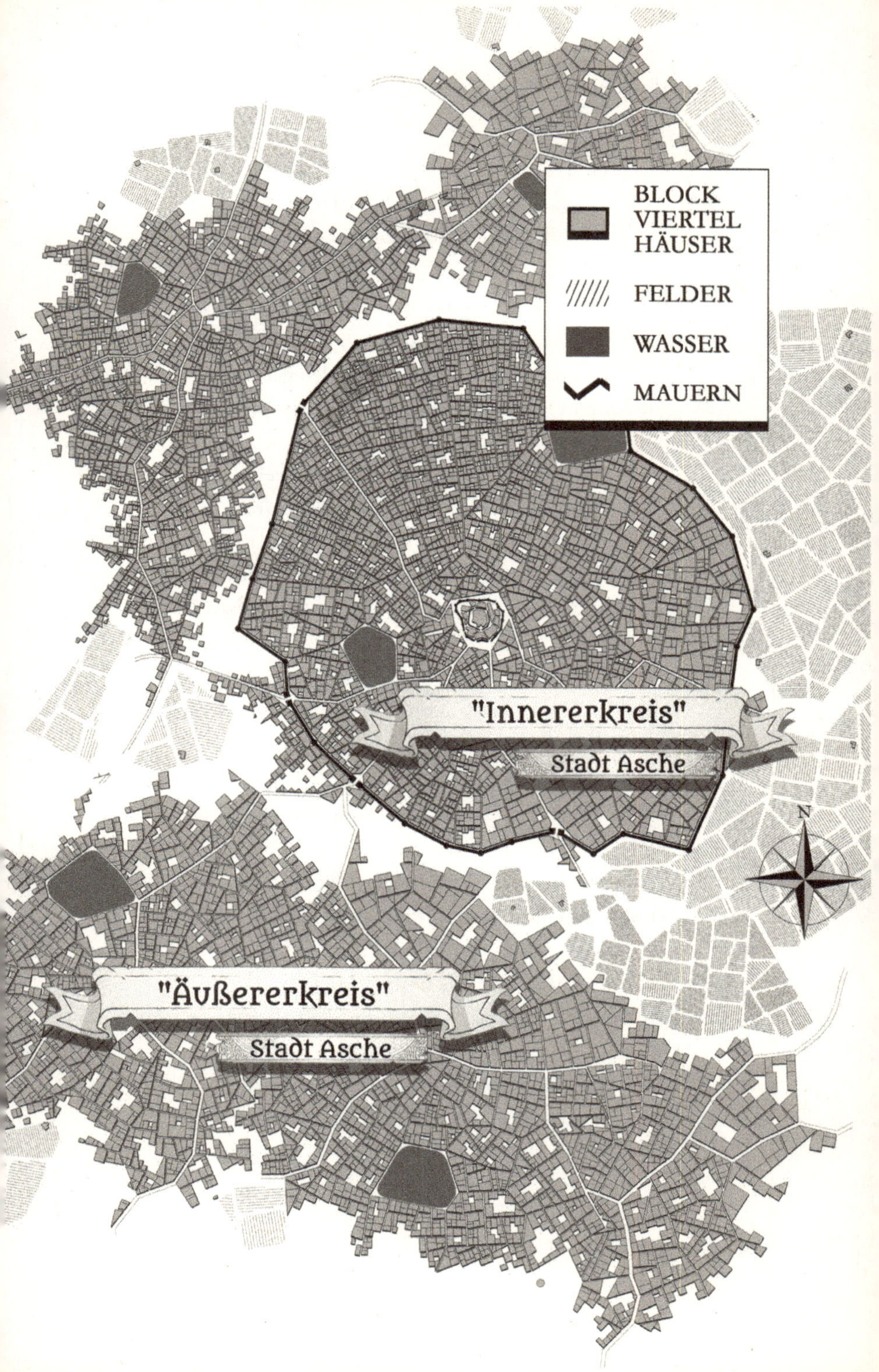
BLOCK
VIERTEL
HÄUSER
FELDER
WASSER
MAUERN
"Innererkreis"
Stadt Asche
N
"Äußererkreis"
Stadt Asche

DAS VORWORT

Die falsche Drachengöttin

Mit göttlichem Blut ist der Boden getränkt
Ihren Kindern damit unendliche Macht geschenkt

Goldene Tränen wie Flüsse so breit
Das Blut der falschen Göttin ist befreit

Die Schwachen der Drachen haben sich ihr ergeben
Auf dass sie sich über die Menschen erheben

Das Land, zerrissen durch gottgleiche Erben
Für den Verrat am Kodex die Welt musst verderben

Ein ganzes Reich lag ihr hörig zu Füßen
Für ihre Lügen die falsche Göttin musste büßen

Unter heißen Gipfeln lebendig begraben
Verstummte ihre Macht, ihre Stimme und ihr Klagen

Ihr Verrat ließ uns alle leiden
Ihr Berg uns ein Mahnmal – lebe stets friedvoll und bescheiden

Die Götter sind der Welt längst entstiegen
Am Ende wird immer nur die reine Wahrheit siegen

Es handelt hierbei sich um einen einfachen Reim aus dem Volksmund im Kraterland.

Oft wird er mit einem leichten Singsang von Kind zu Kind weitergegeben und die Handlung nachgespielt. Ein Kind wird zur falschen Göttin, die anderen müssen sie einfangen, um sie schlussendlich unter einem Berg an Laub und Geäst zu begraben.

Einige Kunstschaffende haben sich die Mühe gemacht, die kleine Erzählung auszuschmücken, und schrieben sogar ganze Bücher über die falsche Drachengöttin.

Letztlich soll der kleine Reim Menschen daran erinnern, dass Drachen keine Götter sind und nicht das Recht besitzen, sich über die Welt zu erheben. Fanatischer Glaube führt zu unvorstellbarem Leid und die Wahrheit leidet, wenn man die Antworten im Göttlichen sucht.

Aber nicht alle erzählen diese Geschichte gleich, wie auch jede Wahrheit unvollständig und jede Legende verfälscht ist.

KAPITEL 1
ASCHE UND ZWIELICHT

Funken stoben empor, magische Blitze zischten durch die Luft; ein Farbenspiel tauchte den Horizont in Regenbögen. Neugierig hob Jasov den Kopf. Ein blaues Glühen erstrahlte hoch über ihm und verschwand mit einem Fauchen.

»Feuerwerk«, flüsterte er aufgeregt.

Nur noch wenige Stufen trennten Jasov vom Festplatz. Der Klang von Musik, Stimmen und Gelächter nahm zu. Angetrieben von dem Lärm des Trubels, setzte er tapfer einen Fuß vor den anderen. Er sehnte sich nach dem Ende der langen Treppe. Auf diesen Moment freute er sich seit Tagen, und Ungeduld kribbelte in seinem Nacken. Hierfür hatte er alles aufgegeben, sein Leben hinter sich gelassen.

Gleich erreichte er das letzte Plateau der Stadt, die letzte Etappe, bevor der beschwerliche Aufstieg auf den Schlossberg seine Reise beherrschen und ihn zu seiner Bestimmung führen würde. Das Schloss, das Reich, die Magie – bei diesem Gedanken beschleunigten sich seine Schritte.

Mit jeder weiteren Stufe tauchten mehr Wimpel im Blaugrau des späten Abends auf. Zeltspitzen und Banner lugten hervor, reckten sich in alle Richtungen und ragten über die Treppenstufen hinweg, wie auch Jasov seinen Hals reckte, um die Embleme auf den Fahnen zu betrachten. Mit den Augen im Himmel trat er ins Leere und schwankte kurz.

Er hatte die letzte Stufe passiert und blinzelte überrascht gegen die geballte Pracht des Marktes an.

Goldgelbe Stoffe und feuerrote Zelte leuchteten ihm entgegen. Das Bild eines Festes nahm seine Sicht ein, doch die Konturen verschwammen vor seinen Augen. Erschöpft beugte er sich vor und rang erst einmal angestrengt nach Luft. Fast hatte er es geschafft. Eine unvorstellbare Strecke hatte er bereits absolviert; mehr Schritte, als er hatte zählen können, und wenn er gleich erneut den Kopf hob, hoch genug, dann würde sich sein Ziel in voller Pracht offenbaren: Schloss Zwielicht.

Ganz automatisch drehte er sich herum, wandte Markt und Schlossberg den Rücken zu, um ein letztes Mal auf die Stadt hinter sich zu blicken. Im warmen Licht des späten Abends glühten Fachwerkbauten, Villen, Kornspeicher und Türme in einem goldenen Ton, der den Reichtum der Stadt Asche untermalte. Sie war ein Kunstwerk, mit ihren Kanälen, Festplätzen und verschlungenen Mauern. Und wohin man auch blickte, hier vom obersten Plateau aus, am Fuße des Schlosses stehend, erfüllte Asche die Welt bis zum Horizont. Zwischen den Wolken glitzerten Luftschiffe, und in den künstlichen Flüssen dampfte es aus den Schornsteinen der Frachter.

Jasovs Augen suchten nach einem Punkt in der Ferne. Aber egal, wie sehr er sich auch anstrengen würde, seine kleine Bleibe, im Süden des äußersten Stadtrings war längst mit unzähligen Dächern verschwommen. Kein Fernrohr der Welt würde ihm seine Heimat näher bringen. Ein bitteres Lächeln drückte sich auf seine Mundwinkel, ein plötzliches Brennen in den Augen ließ ihn heftig blinzeln. Auch wenn er wieder umkehrte, jene Heimat existierte nicht mehr. Für ihn gab es keinen Weg zurück. Er hatte alles hinter sich gelassen; lassen müssen. Seufzend wandte er sich um, wollte sich der Realität des Schlosses und seiner Zukunft stellen, doch die Farben der Zelte überstrahlten die schwarze Silhouette des Schlossbergs völlig.

Von dem festlichen Marktplatz her, der nun wieder vor ihm lag, hallte es laut und lebendig an seine Ohren. Völlerei und Heiterkeit ließen keinen Raum für etwas anderes. Gut gekleidete Menschen in bunten Roben kämpften hier mit erhobener Stimme und Gold um die besten Waren; so leidenschaftlich, dass man den Verhandlungen kaum folgen konnte. Es reichte ein Schritt und Jasov befand sich mitten unter ihnen; der Markt verleibte sich den jungen Mann ein und plötzlich schien nichts anderes mehr zu existieren.

An ihm eilten geschäftige Menschen vorbei, er vernahm laute Begrüßungen und das wiederholte Anpreisen von Waren. Dazu gesellten sich Gegacker von Hühnern und die Rufe einzelner, ihm unbekannter Tiere.

An einem Stand flatterte Getier in großen Käfigen. Neugierig reckte Jasov den Kopf und erblickte maisblonde Federn, die durch die Luft flogen. Der blaue Stoff des dazugehörigen Zeltes war aufwendig mit hübscher Borte bestickt und der Tisch davor überladen mit Schachteln; lauter kleine und große Käfige stapelten sich drumherum. Aus einem funkelten Jasov wache Augen entgegen; zögerlich trat er näher. Das Wesen hinter den Gittern schien regelrecht zu leuchten. Jasov konnte es kaum fassen, glaubte zunächst, sich zu irren: ein magisches Tier.

»Ist das … ist das etwa ein Huhn?«, flüsterte er ungläubig und strich sich aufgeregt eine seiner aschblonden Strähnen aus der Stirn. Deutlich heller, vor allem goldener als seine Haare, leuchtete das Gefieder der Henne. Das Wesen besaß neben den Hühnerfüßen zwei Vorderläufe mit Klauen und einen Schweif mit Quaste. Dieser wippte abwägend, wie der Schwanz einer neugierigen Katze. Das Tier gackerte Jasov aus dem Käfig munter entgegen und er erwiderte es mit einem glücklichen Lachen.

Für die meisten mochte der Vogel aussehen wie jeder normale Hühnergreif, doch er spürte die feine Aura, welche die Kreatur umgab. Davon hatte er bisher nur in Büchern gelesen. Feenwesen, magische Tiere, klug und durchaus gefährlich.

»Sie hört nie auf, Eier zu legen, wisst Ihr? Sie wird mit guter Pflege dreißig Jahreszeiten alt[1]«, erklärte eine sonore Stimme und Jasov hob verwundert den Blick.

Eine Person in schwarzem Hemd und mit lockigem Haar grinste selbstgefällig von oben zu ihm herunter und zwinkerte.

1 Eine Jahreszeit dauert 350 Tage. Deshalb wird meist in Jahreszeiten gerechnet.

Tiefe Lachfalten zeichneten die sepiabraune Haut und hier und da hatte das Alter seine Spuren hinterlassen.

»Dreißig Jahreszeiten«, wiederholte Jasov und rappelte sich hastig auf. Das war für ihn nur schwer vorstellbar. »Ich selbst bin keine dreiundzwanzig alt.«

Ein kritischer Blick traf ihn und braune Augen bohrten sich in ihn. Abschätzend, als handle es sich um Ware, wurde er von Kopf bis Fuß gemustert. Nervös blickte Jasov an sich herab. Schmal und hager war er, recht groß, aber schlecht genährt, bleich war das Rosa seiner Haut geworden. In den einfachen Kleidern fiel er auf diesem Markt sicher auf.

»So, wie du klingst und aussiehst, kommst du vom äußeren Ring?«, wurde sich erkundigt und Jasov nickte eilig. Der Aschedialekt war hart, auch seinem Gegenüber hörte man die Herkunft an, doch Jasov klang im Vergleich schon wie ein Landei.

Verlegen fuhr er sich erneut durch die Haare. »Ganz richtig, ich stamme aus dem Süden. Herr Boldan, mein Name, sehr angenehm«, stellte sich Jasov höflich vor, wie es üblich war.

»Herr Kream, Händler und Geschäftsmann, stets zu Diensten! Der Südring also, das ist eine weite Reise – wie kommt's?«, hakte der Mann nach und für einen Moment überlegte Jasov, ob er ihm die Wahrheit erzählen sollte. Wer würde ihm die Gründe für seine Reise schon glauben? Er und Großverzauberer? Ein Lachen über sich selbst verkneifend setzte er ein Grinsen auf.

»Ich muss zum Schloss … Arbeit, wisst Ihr?«

Der Händler warf einen Blick zurück in Richtung der steinernen Feste hinter ihm, auch wenn sein eigenes Zelt ihm völlig die Sicht versperrte.

»Ah, verstehe. Dann ist das hier ein kleiner Ausflug zum Doppelmondmarkt? Sicher haben die Schlossviertel gute Märkte, aber Ihr seid ein Kenner. Wir bieten Einzigartiges. Niemand hat solche Tiere, wie ich sie bieten kann!« Ein dröhnendes Lachen entkam seiner Kehle und er deutete auf einen riesigen Berg Daunen hinter sich.

»Dieser Gockel hier, mein Prachtstück! Seine Kinder sind dreißig Silberwürfel wert.« Auf einem samtenen Kissen ruhte ein Hahn und hatte den Kopf unter das Gefieder gesteckt. Für diese Art Tier war der Haufen aus gülden glänzenden Federn viel zu groß und Jasov bemerkte, wie ihm staunend der Mund offenstand.

»Und er bleibt einfach bei Euch? So ganz ohne Käfig?«, fragte er und musterte die friedlich schlafende Gestalt.

»Es geht ihm bei mir hervorragend. Der verlässt mich nicht, nein, nein. Ich hab' das Futter, einen Stall und vor allem seine Hennen!« Der Mann lachte wieder ausgelassen und schlug sich mit einer Hand auf den Bauch, was seinen Hahn nicht zu stören schien, denn das Tier schlief seelenruhig weiter.

»Seine Küken wachsen und gedeihen, Ihr könnt eins reservieren.« Erneut deutete der Kaufmann seinen Stand entlang und Jasov folgte seiner Geste mit dem Blick.

Um eine Laterne am Ende des blauen Zeltes schwebten kleine flauschige Kugeln. Erst nach mehrfachem Blinzeln realisierte er, dass es sich dabei um Küken handelte, die aufgeregt um den Leuchtkristall der Lampe herumschwirrten – völlig frei, ohne ihre Flügel zu bewegen. Die gelben Bälle tänzelten auf und ab, wie ein Schwarm Motten um eine Straßenlaterne. Es war ein anmutiges Treiben und ihr helles Zwitschern hatte einen freudigen Klang.

»Magische Tiere«, stellte Jasov erneut fest und ein breites Lächeln schlich sich auf seine Lippen. Dafür hatte er all die unzähligen Straßen von Asche durchreist. Die Stadt lag um einen gigantischen Berg herum, auf dessen Spitze das Schloss thronte und mit noch viel mehr Magie auf ihn wartete. Ein inneres Kribbeln erfasste Jasov und als er näher trat, um sich die schwebenden Küken genauer anzusehen, konnte er ein freudiges Lachen nicht unterdrücken. Munter kreisten sie um den Kristall und zwitscherten etwas, das beinahe nach einer Melodie klang.

Bald würde er ebenfalls Wunder bewirken, selber fliegen. Denn so wie in diesen seltenen Tieren steckte auch in ihm die Magie, und wenn er sie erst beherrschte, würde sich ihm endlich die

Welt öffnen. Ein Ruck ging durch Jasov und er riss sich von dem niedlichen Anblick der Küken los. Es wurde Zeit: Seine Zukunft wartete.

»Eines Tages kaufe ich Euch eines Eurer Hühner ab, aber ich muss jetzt weiter und es fehlt mir auch an Geld«, erklärte er dem Kaufmann, der unerwartet auflachte.

»Macht nichts, es ist ein stolzer Preis.«

Jasov lachte hohl und ignorierte die Schilder mit den vielen Zahlen gekonnt. Aber eines musste er noch in Erfahrung bringen: »Sagt, hier gibt es doch auch einen Weg hinauf zum Schloss, nicht?«

»Ah, diese Sehenswürdigkeit wollt Ihr Euch wohl nicht entgehen lassen, was? Danach wird sich die Reise im Luftschiff gleich doppelt so gut anfühlen, das sag ich Euch!« Das dröhnende Lachen verhieß nichts Gutes, und da Jasov auf den vermeintlichen Witz nur mit nervösem Blinzeln reagierte, räusperte sich der Händler.

»Nun, Ihr findet die Treppe«, erklärte er beschwörend und zwinkerte, »hinter dem Markt, genau dort, wo Ihr sie niemals vermuten würdet.«

»Danke!«, murmelte Jasov verunsichert und ließ seine Mundwinkel ein letztes Mal freundlich zucken. Das steife Lächeln erwiderte der Mann wieder mit einem grölenden Lachen.

»Auf bald, mein Freund, verlauft Euch nicht! Schönen Abend!«

»W-wünsche ich ebenso!«

Jasov sah sich um. Er liebäugelte mit frischem Proviant, ehe er den Schlossberg erklomm, und es duftete verlockend nach gebratenen Pilzen. Dem Geruch nach, begab er sich weiter hinein in die Stadt aus Zelten.

Marktschreier und Musikanten erfüllten den Markt mit ihrem Rhythmus. Gegröle und lautes Lachen vermischten sich mit munterem Geplauder. Der Lärm der Völlerei klang fast wie Musik und Jasov tänzelte regelrecht zwischen den Ständen entlang, inzwischen auf einem überbackenen Kräuterbrot kauend. Von

Schmuck über Kräuter und Salben bis hin zu Sonderangeboten für Roben und Rüstungen führte es ihn von Zelt zu Zelt. Spielzeug der Zauberei nahm ihn gefangen und beinahe hätte er ein winziges Segelflugzeug gekauft, dessen magisch geladener Kristall es für kurze Zeit zum Schweben brachte. Der Anblick, wie es danach zu Boden fiel, hatte ihm jedoch einen gehörigen Schrecken eingejagt. Er wusste, wieso er auf die Reise mit dem Luftschiff verzichtet hatte.

Gerade, als Jasov sich nach dem Ausgang und der Treppe umsehen wollte, ließ ihn ein lauter Knall zusammenzucken.

Harte Trommelschläge erhoben sich über das Getöse; eine Gruppe von Armeeanwerbern marschierte dicht an ihm vorbei. Erschrocken sprang Jasov zur Seite. Ihre silbern bestickten Fahnen leuchteten zwischen Feuerwerk und Fackellicht. Im Gleichschritt trugen sie ihr Banner voran. Wie hypnotisiert starrte er den Soldaten in ihren schwarzen Rüstungen nach. Auf ihren Fahnen glühte ein silberner Drache in aufrechter Pose, blickte grimmig aus braunen Augen in die Menge, das Maul weit aufgerissen – es war das Symbol des Kraterlandes und zeigte den Herrscher über das Reich.

»Lord Dragul«, flüsterte Jasov. Er sah den zwischen den Zelten verschwindenden Soldaten noch eine Weile hinterher, bis die vielen Farben des Marktes sie verschluckten. Ihre Fahne erhob sich weiterhin über die anderen Wimpel und Banner; der Drache eroberte den Basar für sich, wie einst Lord Dragul das Land.

In Jasovs Nacken lag das Schloss.

Die Heimat ihres Landesherrn – der Hort eines Drachen. Er war zum Greifen nah. Davon hatte Jasov immer geträumt! Alles in ihm sehnte sich nach einer Welt, in der seine Magie einen Sinn hatte, in der er endlich von Nutzen war, doch gleichermaßen fürchtete er sich. Wie von selbst holte er den Brief des Großverzauberers aus seiner Tasche. In den letzten Tagen hatte er ihn wieder und wieder gelesen – verwundert und ungläubig zugleich. Die schnörkelige Schrift von Meister Marberd leuchtete. Weiße Tinte auf schwarzem Pergament, dazu ein goldenes Siegel und einen Beutel mit Münzen hatte man ihm ebenfalls zukommen lassen.

»... deine Talente zu fördern und dir die Möglichkeit zu geben, mit der Zauberei dem Reich zu dienen«, las er leise vor und musste tief durchatmen.

Von welchen Begabungen der Großverzauberer dort schrieb, Jasov wusste es nicht. Alles, was er getan hatte, war, eine der größten Kristallfördermінen des äußeren Stadtrings zu zerstören. Ein Unfall, ein schreckliches Unglück, fester Bestandteil seiner Alpträume und doch – Meister Marberd hieß ihn im Schloss willkommen, wollte ihn ausbilden und fördern – ihn, einen ungeschickten Minenarbeiter, dessen magisches Talent gerade für die Grundausbildung gereicht hatte. Das laute *Warum* schlich sich erneut in seine Gedanken, hallte dort wider und schürte die Zweifel. Die Angst des Versagens drückte wie ein Gewicht auf seine Schultern und er packte hastig den Brief zurück in seine kleine Tasche. Man hatte doch bereits versucht, ihn auszubilden. Wie jedes Kind hatte er die Schule besucht, auch jene Kurse für alle mit magischen Tendenzen.

Seine Familie hatte viel investiert; er tat, was verlangt wurde, hielt sich an Regeln, achtete, studierte, übte – versagte. Nervös schnappte Jasov nach Luft.

Ohne sich zu verabschieden, hatte er seine Habseligkeiten zusammengesucht und war geflohen. Anders konnte er den Aufbruch zu seiner Reise kaum bezeichnen. Eine Flucht; und doch auch Suche nach seiner Bestimmung. Es erinnerte ihn sehr an die Geschichten in den Büchern, die er so liebte, aber dort klangen die Schicksalsschläge nicht annähernd so schmerzhaft, wie das, was er erlebt hatte.

Die Farben und der Lärm verschwammen um ihn herum. Wann immer er an den Tag mit dem furchtbaren Minenunglück dachte, katapultierten ihn seine Erinnerungen zurück und brachten ihn zum Zittern. Nervös krallten sich seine Finger in den Stoff seines dünnen Mantels, bis die Knöchel ganz weiß wurden. Allein für das Wohl der anderen musste er lernen, seine Magie zu kontrollieren, koste es, was es wolle.

Er musste noch weiter hinauf, an einen Ort, der mit dem höchsten Turm bereits die Wolken kitzelte. Seufzend hob Jasov den Kopf, drehte sich weg vom Markt, hin in Richtung des Schlossberges, dessen Anblick er wie von selbst gemieden hatte.

KAPITEL 2
DIE TREPPE

Kein Schloss, dafür ein dicker, finsterer Fels – Jasov stand am Ende des Marktes direkt vor dem Wall der Befestigungsanlage und starrte auf das steinerne Gemäuer. Dahinter, deutlich höher, noch immer weit entfernt, lag der Ort, an dem Drachen wohnten. Es war ein Reich für sich. Selbst groß genug, um als Stadt bezeichnet zu werden. Tatsächlich hatte Asche längst die Ausmaße eines Landes erreicht. Man hatte Schloss Zwielicht aus schwarzem Sediment erbaut und es thronte erhaben, wie ein gigantischer Fels, über allem.

Den Blick hebend schluckte Jasov schwer, nichts als Gestein ragte ihm entgegen; kein Wunder, stand er doch dicht vor einer riesigen Mauer – oder war es Felsen? Aus der Ferne hatte er die Silhouette des Schlosses sein ganzes Leben lang bewundert, aber vom äußersten Stadtring aus erschien diese Festung nur als bergiger Umriss.

Verzweifelt blickte Jasov zurück, hinein in den Markt aus Trubel und Völlerei, doch Schatten hatte die bunten Zelte eingeholt. Im Westen ging nun vollends die Sonne hinter den vielen Türmen und Dachwimpeln unter. Das zarte Rosa verschmolz mit dunklem Violett und die Farben der Dämmerung krochen hinauf zu den ersten Sternen. Die Nacht löste den Abend ab und seine Zeit wurde langsam knapp. Jasov legte den Kopf in den Nacken und drehte sich zurück zum Gestien.

Links und rechts nichts als Felsen. Beinahe panisch hastete er an der Mauer entlang. Noch immer feierten die Menschen ihr Fest, der Markt nahm nun eine neue Gestalt an. Mehr Fackeln wurden entzündet, wieder und wieder schoss Feuerwerk empor und überall glühten helle Laternen in unnatürlichen Farben. Grelles Grün, glühendes Violett, stechendes Orange – er blendete das Spektakel aus, ignorierte die verlockende Wärme in seinem Augenwinkel. Für diese Art von Ablenkung blieb keine Zeit. Sein Schicksal erwartete ihn und ein kalter Aufstieg bei Nacht, der mit jeder Minute unrealistischer wurde.

Nervös fuhr er sich durch seine zerzausten Locken und tastete den Felsen entlang, bis seine Hand plötzlich ins Leere fasste. Beinahe wäre Jasov gestolpert und so taumelte er einen Schritt zurück. Vor ihm hatte sich die Wand aufgetan und er brauchte einen Moment, ehe er begriff, was er entdeckt hatte.

Da war sie. Versteckt in einem Spalt im Gestein, direkt am Rande des Marktes, noch dunkler als der Felsen selbst. Düster. Verschleiert von aufkeimendem Nebel und es pfiff kalt aus der Tiefe.

Eine Treppe in Fels geschlagen.

Eine Treppe, so steil und so hoch, verwinkelt und unübersichtlich, hinter Mauern verschwindend, sich in finsteres Gestein grabend, dass keine Neugierde der Welt jemanden dazu hätte bringen können, sie zu erklimmen. Der schwarze Berg verschlang die Stufen und Finsternis traf auf Dunkelheit. Nur gelegentliches Feuerwerk am Himmel beleuchtete die Umrisse dieses gewaltigen Aufstiegs.

Der schrille Klang einer besonders großen Rakete ließ Jasov zusammenzucken. Ein roter Regen aus glühenden Funken erhellte für einen Moment den Himmel; und erst dann sah er sie – die Drachen. In den Felsen gehauen strebten sie zu einem Muster verwoben die Stufen hinauf und in ihren Augen glitzerten Edelsteine. Kein Zweifel; dies war der richtige Weg, so unwirklich und abweisend er auch erschien.

Diese Treppe zum Schloss – Jasov hatte immer gemeint, so ein Ort wäre prunkvoll, belebt von vielen Menschen, bereist – vor allem illuminiert. Er fühlte sich überfordert, weitergehen zu müssen. Sollte er denn überhaupt weitergehen? Die Stufen schienen ungepflegt und verwittert. Jasov haderte mit seiner Entscheidung. Die Einladung in diese Welt sah auf einmal aus wie der Weg in sein Grab.

Schloss Zwielicht – der Prunk und Glanz in seiner Fantasie wandelte sich in eine gefährliche Fratze. Passend zum Namen der düsteren Mauern verschlangen die Türme und Zinnen den letzten Rest der Sonne. Die Stadt verblasste im Grau des Schattens, als hätte die Pracht auf einmal ihr Leben ausgehaucht. Finsternis kroch über die Dächer und verleibte sich Haus für Haus ein.

Mit einem Schlag wurde es stiller und kälter. Die feiernden Menschen schienen ihre Stimme verloren zu haben, der Markt rückte in weite Ferne. Jasov stand vor dem Spalt im Felsen und die Dunkelheit sog ihn hinein, zerrte an ihm, dass er all seiner Zweifel zum Trotz einen Fuß auf die erste Stufe setzte.

»Das ist unklug«, dachte er laut, spürte aber, wie auch sein anderes Bein sich bewegte und er weiterstieg.

Vielleicht hätte er sich nicht gegen das Luftschiff sträuben sollen, doch in so einem Gefährt sitzend warten, bis etwas geschah – lieber kletterte er eine ganze Nacht lang glattem Gestein empor. Magische Fluggeräte – sie explodierten, wenn sie zu Boden fielen. Der bloße Gedanke, still und unbeweglich in so einem Konstrukt zu sitzen, machte ihn nervös. Er wollte nicht mehr warten. Er konnte es nicht.

Seine verzweifelte Entscheidung, diese Reise zu Fuß zu bestreiten, war eine Flucht und kein Weg der Vernunft. Etwas in ihm wollte bis ans Ende der Welt rennen und die Scherben und das Leid, das er hinterlassen hatte, vergessen. Seine Hoffnung war das Schloss und allein die Chance, einen Sinn in seiner Schuld zu finden, trieb ihn voran, ließ ihn nicht mehr stillstehen, erlaubte keine Rast.

So überwog die Angst aus Vergangenheit die Furcht vor der schwarzen Treppe. Der Kaufmann hatte sie eine Sehenswürdigkeit genannt und Jasov hatte tatsächlich das Gefühl, ein Denkmal zu besteigen. Genau danach hatte er gesucht, nach Abenteuern, wie die in seinen liebsten Büchern. Der Schatten des Spalts verschlang ihn und seine Sorgen, als würde er wirklich sein Leben hinter sich zurücklassen.

»Die Augen auf dein Ziel, den Verstand fokussiert und die Schritte mutig«, hatte seine Tante ihm stets geraten. Auch von ihr hatte er sich nicht verabschiedet.

»Mutig«, murmelte er, sich töricht fühlend und hob den Kopf in Richtung des Schlosses. Er würde es schaffen, noch heute Nacht. Dort lag ein Ort, von dem nur die Märchen erzählten. Von einem Altdrachen – mehr Mythos als Realität, so mächtig, dass seine bloße Existenz für Jasov einem Wunder glich. Mit festen Schritten verschwand Jasov langsam in der Dunkelheit und verließ die ihm bekannte Welt.

KAPITEL 3
DAS LICHT IN SEINEN HÄNDEN

Ruckartig pfiff der Wind um die vielen Ecken und Winkel der Mauern, und Jasov zuckte bei jedem Windstoß erschrocken zusammen. Von Meter zu Meter wurde es deutlich kälter, die Luft dünner und er bereute es, keine Mütze zu besitzen oder einen dicken Schal, Socken, mehrere Paar Hosen, ein Dutzend Pullover; besser noch, er wäre in einige Decken eingewickelt diese Treppe hinaufgehüpft, gleichzeitig geschützt, sollte er fallen. Hier blickte man nur zurück, wenn man schwindelfrei war. Die Ansammlung an Kanten eine Treppe zu nennen, war lächerlich.

Dank der Arbeit der letzten Jahre besaß er kein Gramm Speck mehr am Leib, das ihn hätte wärmen können, oder gar Muskeln, um einen Sturz aufzufangen. Vielleicht war auch sein mangelnder Appetit daran schuld. In der Mine hatte er lediglich nach Kristallen suchen müssen, die sich als Gefäße für Magie eigneten, aufgezehrt hatten ihn mehr der Stress und der Beruf selbst.

Die Stufen knirschten unter seinen unsicheren Schritten. Der Lärm des Marktplatzes hinter ihm war vor einer Ewigkeit verstummt, verschwunden, als hätte all das nie existiert. Ein blasser Mond hatte die Öffnung der Treppe gekreuzt und verriet, wie viel Zeit bereits vergangen war. Lediglich die aussichtslose Situation trieb Jasov noch voran.

Erst war er nur durch Felsen geklettert, aber irgendwann führte ihn der Weg zwischen Mauern weiter den Berg hinauf, fast wie eine Straße, unterbrochen von Stufen und steilen Hängen. Die Treppe war förmlich umringt von Gebäuden, die ineinandergeschlungen zu einem gewaltigen Wall um das Schloss heranwuchsen. Sie war offensichtlich mit der Stadt gewachsen, hatte sich gezwungenermaßen durch Gestein fressen müssen, um den Berg zu überwinden. Es war nur ein Weg hinauf, möglicherweise einer von vielen.

In Gedanken drehte er sich ein letztes Mal um und sah hinunter auf die Stadt. Alles hatte gigantische Maße. Dieser Ort war einfach zu groß, aber glaubte man an Drachen, dann ergaben die Dimensionen auf einmal Sinn, sogar eine Treppe, die niemand brauchte. Gerade, als er ohne den Kopf zu drehen, weitergehen wollte und seinen Fuß anhob, trat er ins Leere.

Die Stufen endeten.

Völlig unerwartet und ohne jede Vorwarnung stand Jasov mit einem Mal vor seinem Ziel, zumindest sollte er das. Verwundert blinzelte er in tiefe Dunkelheit. Eine Straßenlaterne am Ende der Treppe schien das Einzige zu sein, was noch existierte, denn die Finsternis vor ihm war so substanziell, als führte sie ins Nichts. Jasov war orientierungslos. Das Schloss – wo war das Schloss?

Wie heißer Dampf stieg Panik in ihm auf, legte sich um seinen Kopf und vernebelte die Gedanken. Verzweifelt zerrte er den Brief des Großverzauberers aus der Tasche und versuchte im Dunkel etwas zu erkennen.

Die schwach glühende Laterne war kaum hell genug, um ein paar Motten in die Irre zu führen, nicht um eine schnörkelige Handschrift zu entziffern. Dazu zitterten seine Hände vor Kälte. Gerade so erkannte er einige wenige Wörte, darunter die Aufforderung zu einer der Kasernen zu gehen.

Er sah es bereits vor sich, wie er in der Dunkelheit der Nacht den falschen Weg nahm, falls das überhaupt ein Pfad vor ihm war. Ein Abgrund oder eine stabile Wand waren ebenso möglich. Unten am Treppenanfang wäre eine Übernachtung in seinem Reisemantel erträglich gewesen. Jasov hatte die Kälte unterschätzt und fühlte bereits, dass er nicht mehr nur fror, sondern vielmehr erfror. Stillstand war also keine Option.

Nervös fixierte er das Licht der Straßenlaterne und konzentrierte sich auf seinen leuchtenden Kern. Er war ein lausiger Magier, woher sollte er es besser wissen? Aber einiges hatte er in den letzten Jahren gelernt. Die Sprache der Magie besaß viele Facetten. So gab es Dutzende, Hunderte Kombinationen an Silben für ein und denselben Zauberspruch, so wie unterschiedliche Taten zum selben Ziel führten, mit entsprechend unterschiedlichen Konsequenzen. Zauberei war eine Unterhaltung, ein Überreden, mehr Debatte als mystische Beschwörung. Menschen voller Magie, so wie Jasov, hörten hin und wieder das Flüstern der Energie in ihrem Körper und entwickelten ein Gefühl für die Klangfarbe der Magie. Lange nicht so perfekt wie nach einer Lehre, doch vor unendlich vielen Jahren, als die ersten magiebegabten Menschen die Sprache entdeckten, hörten sie nicht mehr als dieses Flüstern und hatten instinktiv reagiert – so wie er.

Als er die Stimmen vernommen hatte, hatte er seinen Vorfahren gleich dem Klang gelauscht und versucht zu antworten. Und mit einem Talent war Jasov anscheinend gesegnet: Licht stehlen.

Das hatte im Kindesalter begonnen, wenn es Zeit für die Nachtruhe wurde. Seine Mutter kannte ihren Sohn und seine Liebe zu den vielen Bildern in seinen Büchern. Sie löschte alle Lampen in seinem Zimmer und die im großen Flur. Irgendwann wusste er, wie er das Feuer der Kerze im Arbeitszimmer stehlen konnte, um Licht unter seine Decke zu bringen. Mehr unbewusst als bewusst hatten sich die Worte geformt. Auch jetzt, nach vielen Jahren der Reife, war die Erinnerung an seine Zauberkunst nur vage und ähnlich düster wie dieser Ort, als müsste man sich an einen lange vergangenen Traum erinnern.

Diese Art von Magie verlief unbewusst und er musste sich anstrengen, das Gefühl kontrolliert herbeizurufen. Wer schon einmal geträumt hatte, er müsste rennen, und sich dann nicht vom Fleck bewegen konnte, der teilte die Missempfindungen, welche Jasov nun lähmten. Dieses Licht gehörte nicht zu der Flamme im Zimmer seiner Mutter. Der leuchtende Kristall kannte Jasov nicht, eine Verbindung zu ihm aufzubauen, glich einem Balanceakt. Er musste ihn fühlen, ansprechen, überzeugen und auf Antwort hoffen. Die Realität um Jasov verschwamm, glitt hinüber in einen bewussten Traum und die Welt begann zu flüstern. Magie existierte überall und unzählige Stimmen erhoben sich zu einer unverständlichen Masse an Chaos. Alles sang in einem anderen Ton – Treppenstufen, Pflastersteine, die Erde selbst, sogar der Himmel – dazwischen, ganz leise der vertraute Klang von Licht. Es war pure Verzweiflung und der Wille, hier nicht zu erfrieren, die Jasov halfen, die Magie Realität werden zu lassen. Er hörte sich die richtigen Silben wispern, wieder und wieder, bis endlich die ersehnte Antwort kam. Sein Flehen wurde verstanden und erhört. Das war Zauberei. Lebendige Magie akzeptierte sein Ersuchen und augenblicklich leuchtete ein schwaches Licht in Jasovs Hand auf. Er blinzelte verdutzt, als wäre er gerade erst erwacht. Die Stimmen um ihn herum verstummten und die Wärme einer Flamme kitzelte seine Finger.

Nun, da ein Lichtball in seiner Hand schwebte, brauchte er nur genügend Willen aufrechterhalten, damit diese Magie bei ihm blieb. Zwar hatte er das Licht nur geborgt, doch war er jetzt die Quelle seiner Energie. Der Fokus auf das Ziel vor Augen zwang das magische Leuchten, einen Kegel aus Licht vor ihn zu werfen, um seinen Weg zu erhellen.

Vor ihm lag wirklich ein ausgebauter Weg und keine Wand oder gar ein Abgrund. Der Pfad wurde sogar breiter, zu breit für eine Straße. Vermutlich befand Jasov sich auf einem Platz, der zu Gebäuden in der Ferne gehörte.

Aber dann geschah es: Den Blick hebend erwischte er einen kurzen, klaren Moment des Nachthimmels – Mondlicht kämpfte sich durch die Wolken und offenbarte die Silhouette eines gigantischen – war das ein Berg? Das konnte nicht das Schloss sein, denn sollte es so sein, würde Jasov wieder eine Tagesreise brauchen, um auch nur den Kern zu erreichen.

»Der Hort eines Drachen …«, murmelte er zu sich selbst.

Mit dem warmen Licht in der Hand fühlte er sich winzig im Vergleich zu dem Schatten, der über ihm thronte, doch eben wegen seines Talents hatte man ihn hierher berufen. Er stand am Anfang – er würde lernen – hier im Schloss.

Beinahe schon sicheren Schrittes verließ er die Treppe und folgte dem Dunkel. Schotterweg wurde zu Pflastersteinen und die Kälte verwandelte sich, dank der Magie in seinen Händen, zu einer angenehmen Kühle. So breitete sich auch der Mut wie Wärme in seinem Körper aus. Nichts mehr verlieren zu können hatte ihn so weit gebracht, und nun war sein Ziel zum Greifen nahe! Wer hatte schon Angst im Dunkeln, wenn er die Dienerschaft als Großverzauberer eines Altdrachen anstrebte? Wie viel Mut und Sicherheit doch so ein kleines Licht in ein Herz zaubern konnte.

Und wie schnell dieses Licht zu einer unheimlichen Illusion wurde, als der kurze Lichtkegel vor ihm plötzlich die Umrisse einer Person enthüllte. Vor Schreck hätte Jasov fast seinen Zauber erlöschen lassen.

»Bei der Klaue des Hemm, was für eine Erleichterung! Meine Laterne ist erloschen, müsst Ihr wissen! Und dann sah ich, wie sich Euer Licht in meine Richtung bewegte.«

Das alte, fahle Gesicht eines gestandenen Soldaten wurde unheimlich durch das Zauberlicht erhellt. Jasov nickte gequält lächelnd, als die Person auf ihn zu humpelte.

»Oh, verzeiht, ich wusste nicht … Ich ahnte ja nicht … wer Ihr seid!« Kurz stutzte die Gestalt, schüttelte dann den Kopf und setzte sich wieder in Bewegung. »Ich bin Herr Sturker, Nachtwache. Euch z-zu Diensten«, stammelte der Mann, als er vor Jasov stand. Angestrengt sah er aus, seine beige Haut hatte lauter rote Flecken, wie auch Jasov sie bekam, wenn er sich aufregte.

Und dann verbeugte sich der Mann auf einmal tief.

Völlig verdutzt wich sämtlicher Schrecken aus Jasovs Gliedern, er brachte nur ein irritiertes »Nicht doch!« über die Lippen, ehe er selbst leicht den Kopf beugte.

»Vergebt mir meine Ignoranz!«

»A-alles gut.« Sich an seine Erziehung erinnernd, nickte Jasov und stellte sich artig vor.

Bei seinem Namen runzelte der Soldat kurz die Stirn, als hätte er erwartet, ihn zu kennen. Nach einer nachdenklichen Pause räusperte sich Sturker und rettete Jasov mit einer einfachen Frage. »Wohin denn des Weges, junger Herr Zauberer?«

»Ich muss zur Kaserne!«, antwortete Jasov sofort. Die Situation war ihm unheimlich, noch nie hatte sich jemand vor ihm verbeugt oder ihn gar so respektvoll angesprochen, aber er war für jede Hilfe dankbar.

»Nun, welche der Kasernen denn, Herr?«

Welche der Kasernen? Es gab mehrere – natürlich, ja mit Sicherheit – so groß, wie das Schloss sich offenbart hatte. Wie naiv, zu denken, dass die dunklen Umrisse des früher so fernen Schlosses zu einem überschaubaren Ort gehörten, selbstverständlich fanden sich hier mehrere Kasernen. Vielleicht existierten hier auch mehrere Schlösser? Vielleicht versteckte sich hier noch eine ganze Stadt? Jasov war mit den Nerven am Ende.

»Ich … weiß es nicht! Ich …« Er streckte dem Soldaten den Brief des Verzauberers Marberd entgegen und hoffte sehr, der Mann würde wissen, worum es sich handelte.

Mit Mühe und dicht an Jasovs leuchtenden Zauber geneigt, entzifferte der Alte die Zeilen und schaute Jasov danach mit großen Augen an. »Der Äther steh mir bei … Ihr werdet der Nachfolger von Meister Marberd? Junge, Junge, Junge. Dass ich mal wem aus dem Schlosskern begegnen würde! Ja, sag mir einer … und dann noch Ihr! Ja natürlich, kommt, kommt, junger Herr Zauberer, kommt!«

Auf einmal eilig und geschäftig klingend, deutete der Soldat ihm an, weiterzugehen, und Jasov folgte ihm erleichtert durch die Nacht.

Sturker diente schon sein Leben lang als Soldat zum Schutze der äußeren Mauern hier an diesem Ort, das hatte er Jasov sofort aufgeregt erzählt. Seine einzige Aufgabe war es, die Ordnung der Stadtmauer seines Bereichs aufrechtzuerhalten, und so konnte er

Jasov kaum etwas über das Schloss verraten. Viel Lust oder vielmehr Luft zum Reden blieb ihnen ohnehin nicht. Es war bitterkalt und Atmen schmerzte unangenehm in der Lunge. Zudem meinte Jasov, keine spannenden Geschichten erzählen zu können, und fürchtete sich ein wenig vor Sturkers neugierigen Blicken. Sein einziges Talent war, ein unsichtbares Flüstern zu sehen, wo andere nichts fühlten. Etwas, das nie jemand um ihn herum verstehen wollte. Die letzten Jahre hatte er sehr schweigsam verbracht. Ob sich das nun änderte? Ein erfahrener Magier verstand sicherlich, was er durchmachte.

Sturker hatte sich vor ihm verneigt, und das voller Respekt. Keine Verwirrung, kein Getuschel, keine Angst waren Jasov entgegengeschlagen, und das beruhigte ihn. Ein Ort, an dem sein Talent zu etwas Wertvollem werden konnte, erschien ihm märchenhaft.

Mit aufkeimender Freude über diese Erkenntnis folgte er dem alten Mann. Dieser ging, sich offenbar an den Lichtern in der Ferne orientierend, zielstrebig in eine Richtung. Immerhin waren nach ein paar Minuten Fußweg so etwas wie Fenster in der Nacht erschienen. Ob sich Jasov hier eines Tages genauso selbstverständlich zurechtfinden würde? Wobei er sich sehnlichst wünschte, nie wieder auf diese Treppe angewiesen zu sein.

Eigentlich hatte er erwartet, auf seiner Reise mehr über das Schloss zu erfahren. Den Menschen ging es wohl zu gut, um noch Fragen nach Herkunft, Herrscher, Burg, Land und Krieg zu stellen, und Jasov schämte sich fast, dazugehört zu haben. Man nahm es hin, man lebte gut und war leichtgläubig in der Zufriedenheit. Aber Jasov wollte nicht länger im Dunkeln tappen. Er wollte Antworten. Unweigerlich musste er schmunzeln. Der Gedanke war ironisch, bedachte man, in welch nächtlicher Schwärze er gerade einem Fremden vertrauensvoll ins Dunkle folgte. Und die einzige Hoffnung war das Licht in Jasovs Händen, wie schon in seiner Kindheit Begleiter auf der Suche nach Wissen und Abenteuern, wenn es rundherum finster wurde.

KAPITEL 4
MEISTER MARBERD

Erneut erleuchtete ein rundlicher Mond die Welt um Jasov herum. Ihm stockte der Atem, als das weiche, weiße Licht sich im Nebel verfing und die Umrisse eines Gemäuers im Himmel erhellte. Eine Festung verdeckte das Firmament und stieß durch die Wolkendecke. Schwach leuchteten Abertausende Lichter in der Ferne und schienen einem Muster zu folgen. Jasov hatte sie für Sterne gehalten, aber das war unmöglich, so bewölkt wie der Himmel noch immer war. Handelte es sich etwa um Fenster? Aber sie waren so winzig; wie riesig war dieses Schloss?

Jasov und Sturker waren weit gelaufen, hatten den Platz beinahe überquert und würden bald die Gebäude an der Außenmauer erreichen. Inzwischen erkannte Jasov immerhin die Umrisse einiger Häuser. Eine große Mauer dahinter grenzte sich düster ab, sie schlängelte sich den Berg hinauf, umarmte Häuser, Höfe und Stallungen wie eine tiefschwarze Schlange.

Die Schlossanlage strahlte eine machtvolle Sicherheit aus. Hier betrat man eine andere Welt. Obwohl Jasov vor lauter Staunen hin und wieder stolperte, richtete er den restlichen Weg über seinen Blick nur gen Himmel, auf die stolzen Türme Zwielichts.

»Mein Mann sagt immer, Starren und Gehen führt in Gräben«, durchbrach Sturkers kratzige Stimme die Stille und Jasov senkte sofort den Kopf.

»Es ist einfach wunderschön«, gab er zu, und die Wärme von Verlegenheit kitzelte angenehm seine kalten Ohren.

»Kommt wieder hierher, wenn die Sommernächte den Himmel klären und man die fernen Galaxien leuchten sieht. Das hier ist gar nichts im Vergleich!«

Wieder blickte Jasov hinauf, aber Wolken zogen sich über das Firmament und die Konturen von Zwielicht verschwammen mit der nächtlichen Schwärze. Seine erschöpften Augen waren ohnehin nicht länger in der Lage, Sterne von Laternen zu unterscheiden.

»Ah! Endlich!«, rief Sturker. Vor lauter Schreck platzte Jasovs Lichtzauber und verpasste seinen Fingern einen kleinen statischen Schlag.

Der alte Wächter deutete auf ein Gebäude vor ihnen. Die letzten Mauern vor Zwielicht waren schwarz und massiv, aber bewohnt. Davor standen prächtige Fachwerkhäuser, so groß wie die Kornkammern aus Jasovs Viertel. Hier roch es nach Pferden, es hallte der vertraute Klang von Huftieren an Jasovs Ohren. Er erspähte neben der Kaserne eine Stallung mit genug Platz für Dutzende Tiere. Auf einmal ergab das riesige Feld, das sie überquert hatten, so viel mehr Sinn. Reiter hatten hier ausreichend Fläche zur Verfügung, um Manöver zu üben.

Der alte Soldat humpelte voraus, und Jasov folgte ihm zitternd zu dem Gebäude, nicht ohne zu bemerken, wie aufwendig das steinerne Fundament verziert war. Sogar zu dieser Stunde lebte dieser Ort, war besucht von Personal und Soldaten. Es standen zwei Männer am Eingang und unterhielten sich, eine Frau in eiserner Rüstung führte ein Pferd an ihnen vorbei. Drei einzelne Hühner schliefen nahe dem Tor auf einem Fensterbrett und wurden neugierig von einer rundlichen Katze beobachtet.

Ein steinerner Turm ragte hinauf, breit und kerzengerade, wie aus dem Berg selbst geschlagen. An der schmalen Spitze ankerte eine große, schwarze Wolke und verdeckte den Himmel. Erst auf den zweiten Blick erkannte Jasov das Luftschiff. Seine Reise hätte so viel einfacher sein können. Trocken schluckte er die aufkeimende Angst hinunter.

Über dem hölzernen Tor des Hauptgebäudes prangten schwach beleuchtete Lettern aus Eisen: »Zu dienen heißt Stolz, zu knien heißt Furcht.« Ein oft genutzter Leitsatz in der Stadt, überall zu finden auf Gemäuern, über Tavernen, an Booten und Türmen des

Wissens. Die sich im ganzen Land wiederholenden Buchstaben hatten Jasov früh dazu veranlasst, lesen zu lernen, sie hatten seine Neugierde geweckt.

»Junger Herr Zauberer! Dies hier ist die Kaserne der äußeren Stadtwachen. Sprecht mit dem Mann am Empfang. Ich glaube, heute hat Ascher Schicht. Er spricht wenig, manchmal gar nicht, ist ein schweigsamer Bursche. Lasst Euch davon nicht aus der Ruhe bringen!« Sturker musste bemerkt haben, wie nervös und vor allem fremd Jasov in dieser neuen Welt war. Sein aufmunterndes Nicken und die Grübchen rangen Jasov ein ehrliches Lächeln ab, am liebsten hätte er den alten Mann gedrückt. Der Weg über die zehrende Treppe hatte ihn emotional geschafft und er spürte den Druck von Tränen in seinen Augen.

»Vielen Dank!« Jasov reichte Sturker seine kalte Hand als Geste des Abschieds und betrat dann, begleitet von einem frohen Klopfen auf seine Schulter, die Kaserne.

Die schwere Holztür fiel hinter ihm geräuschvoll zu und Wärme schlug ihm entgegen. Sie war angenehm und kroch sofort unter die Kleidung, kitzelte seine Nackenhaare und legte sich über die Haut. Ein Gefühl von Geborgenheit breitete sich in ihm aus. Das Licht erfüllte alle Ecken mit einem gemütlichen Schein, im Kamin glühte es rot. Erst beim zweiten Blick bemerkte Jasov, dass die kleinen Flammen darin magisch waren, so wie die Lichter der Kerzen und ihr unwirklich helles Strahlen in diesem großen Raum.

»Du da!« Es klang nicht gereizt, aber leicht genervt. Rau und müde war der Zuruf der hünenhaften, breiten Person hinter dem hölzernen Tresen. Zunächst hielt Jasov das Gebäude für eine Bar. Die Theke zog sich von Wand zu Wand bis zu einer Treppe durch, und auf der anderen Seite des Raums gab es viele Tische mit Stühlen, aber auch Sessel und weitere Sitzgelegenheiten fanden sich nahe am Kamin. Zwei Gestalten saßen still bei den prasselnden Flammen, eine schien zu lesen, die andere schlief.

Vorsichtig ging Jasov zum Tresen und versuchte, die Person dahinter möglichst selbstbewusst anzulächeln, als wüsste er, was er hier tat, als würde er hierhergehören. Nichts war ihm unangenehmer, als aufzufallen.

Die gut zwei Köpfe größere Gestalt beäugte ihn misstrauisch. Vielleicht kniff dieser Mensch die Augen immer so eng zusammen und der Ausdruck war gar kein Argwohn, aber darauf wollte sich Jasov nicht verlassen.

Schnell zog er seinen Brief hervor und flüsterte mit erschreckend heller Stimme: »Ich bin Herr Boldan und ich soll bei Meister Marberd vorstellig werden!« Und dann blinzelte er ein paar Mal zu viel. Jasov fiel erst jetzt auf, wie nervös er eigentlich war. Zu allem Überfluss passierte auf seine Worte hin nichts.

Die hünenhafte Gestalt blieb stumm. Sie zog Jasov nach einem abschätzigen Blick lediglich den Brief aus der Hand. Nun kniffen sich die Augen noch weiter zusammen, wurden fast zugepresst, als sie über die Zeilen huschten. Ein Rätsel, wie das helfen sollte, die Schrift zu entziffern. Jasov bekam sein Schreiben schneller wieder zurück als erwartet. Die behaarten Sonnen gebräunten Pranken in die Seite stemmend musterte der Riese den Möchtegern-Zauberer von oben bis unten. Noch immer kein Wort. Und dann nickte der Mensch nur angedeutet und ging, ließ Jasov einfach stehen. Eine Tür fiel hinter dem Hünen zu und Jasov atmete ängstlich durch.

Da stand er nun wieder allein. Offensichtlich war dies Ascher, von dem ihm der Soldat erzählt hatte. Schweigsam traf es ganz gut, nur der Begriff Bursche verfehlte die Erscheinung völlig. Die große, knubbelige Nase, der buschige Bart und der dicke, wenn auch muskulöse Körper glichen eher einem Bären, keinesfalls aber einem Burschen.

Jasovs Herz polterte plötzlich spürbar gegen seine Brust, und mit jedem Herzschlag verlangsamte sich seine Umwelt. Eine der Personen, welche am Feuer gesessen hatte, verließ die Kaserne, und einige Soldaten durchschritten die große Stube, um über die Treppe in den nächsten Stock zu verschwinden. Niemand beachtete Jasov. Die angenehme Wärme machte ihn müde. Sein Körper erkannte auf einmal die Anstrengung der letzten Stunden, und er musste sich beherrschen, nicht auf einem der Stühle zusammenzusinken. Oder konnte er? Er sollte immerhin warten. Offensichtlich. Hoffentlich.

Zum Glück hatte lähmende Müdigkeit die Eigenschaft, auch Sorgen zu ersticken, und schon bald beruhigte sich sein Herzschlag. Jasov blieb am hölzernen Tresen stehen und würde bis in den Morgen ausharren, wenn es denn sein musste.

Und so war er viel zu betäubt, um sich über das plötzliche Erscheinen einer älteren Person zu wundern. Erscheinen war hierfür die einzig passende Bezeichnung. Für einen Moment dachte Jasov, er halluziniere bereits, denn die knochige, kleine Gestalt war aus einem Ring aus violettem Licht getreten und blickte ihn neugierig an. Sogar der letzte Gast, der in seinem Sessel vor sich hingedöst hatte, hob den Kopf und reckte ihn in Jasovs Richtung.

Die grauen Haare waren ordentlich nach hinten gekämmt, ein Dreitagebart verdunkelte das Kinn und die beige Haut. Eine schlichte edle Robe in hellen Stoffen, dazu das Wappen des Schlosses auf der linken Brust; der Mensch machte einen offiziellen Eindruck. Wache Augen musterten Jasov von oben bis unten, dann fuhr ein Ruck durch den Körper und Jasov wurde angelächelt.

»Guten Abend, ich bin Großverzauberer Marberd, dein neuer Mentor«, begrüßte er ihn locker. Marberds Stimme war hell und gebrochen vom Alter, ihr Klang jedoch beruhigend vergnügt und freundlich. Immer noch betäubt durch die Müdigkeit, beobachtete Jasov schweigend, wie der Mann nach der Begrüßung zufrieden seine Hände rieb und lächelnd um ihn herumging, als betrachtete er Ware auf einem Wochenmarkt.

»Sehr gut! Sehr schön! Eine wahre Freude. Ich habe ewig auf einen Kandidaten wie dich gehofft und beinahe schon – ach, nicht so wichtig. Jasov war der Name, ja?«

»H-Herr J-Jasov Boldan!«, ergänzte er und war überrascht über seine brüchige Stimme.

»Ich freue mich darauf, dich kennenzulernen, doch nun sollten wir los. Es ist spät, sehr spät sogar.«

Der verdatterte Jasov wurde von Marberd aus der Kaserne geführt und lief schon bald dicht hinter dem erstaunlich schnellen Mann her, der eilig eine kleine Lampe unter seiner Robe hervorzauberte. Neidisch stellte Jasov fest, dass dieses magische Gerät einen großen Wärmekegel ausstrahlte und mehrere Meter erleuchten konnte. Sein eigenes Licht hatte ihm vorhin nur die Fingerspitzen erwärmt und war sofort erloschen, als er die Konzentration verloren hatte.

»Schau dich um, schau dich um, das ist jetzt dein neues Zuhause!«, murmelte Marberd vergnügt. Jasov traute sich nicht, zu fragen, wie sein Mentor so schnell vom Schloss zu ihm gelangt war und warum sie diese Abkürzung nicht auch jetzt nehmen konnten. So gerne er sich umgesehen und die Freude geteilt hätte, so kalt war ihm und so erschöpft war er. Aber man fragte seinen Mentor nicht am ersten Tag, ob diese Abkürzung nicht eine bessere Möglichkeit darstellte.

Jasov ging davon aus, dass es sich dabei um ein Portal gehandelt hatte. So etwas wurde hin und wieder in Geschichten beschrieben und im Volksmund erwähnt. Zwar hatte er nie jemanden von einer echten Erfahrung mit solcher Magie berichten hören, allerdings hatte diese Erzählung wohl einen wahren Kern. Wie sonst hätte Marberd wie aus dem Nichts in den Raum treten können? Doch davon verstand Jasov wenig. Er wusste nur eins: Der erste Eindruck war wichtig. Also lächelte er gequält und sah sich um.

Es ging in Richtung Schloss, vorbei an der befestigten Kaserne und ihren vielen Gebäuden. Jasov staunte nicht schlecht, als dahinter noch mehr Gemäuer voller Leben auf sie warteten. Als wäre er in einer völlig neuen Stadt gelandet, vielmehr in einer Stadtfestung. Vielleicht spielte ihm der Zauber der Nacht auch einen Streich, aber die schwarze Silhouette Zwielichts am Nachthimmel wirkte unangenehm fern für einen frierenden Reisenden.

»Ich hätte dich nicht zu solch später Stunde erwartet«, merkte der Verzauberer an und Jasov schoss sofort die Scham in den Kopf. Blut wärmte seine kalten Wangen und er räusperte sich.

»Verzeiht, i-ich habe für den Aufstieg länger gebraucht, als ich ahnte«, entschuldigte er sich. Wie unbedacht, mitten in der Nacht nach dem mächtigen Großverzauberer zu fragen, daran hätte er denken müssen. Aber Marberd schenkte ihm nur einen erstaunten Blick. Große Augen musterten ihn von Kopf bis Fuß.

»Aufstieg? Junger Freund, wovon sprichst du?«

»D-die Treppe?« Jasovs Stimme kiekste und erneut musste er sich räuspern.

Mit lautem Lachen klatschte Marberd in die Hände, schüttelte vergnügt glucksend den Kopf und konnte nicht an sich halten. Freudig lachend schritt er weiter. »Die Treppe! Nein, sag mir doch, wie ungewöhnlich! Bist du etwa dem Pilgerweg gefolgt?«

Jasov ertappte sich bei einem hastigen Nicken, sein eigenes Versagen dabei überspielend.

»Beneidenswert«, beendete Marberd damit das Thema und kicherte ein letztes Mal in sich hinein. »Vor tausend Jahren hatten sie gerade den Kanal zu den unteren Schlossringen fertiggestellt. Ich bin mit dem ersten Boot, das den Fluss aufwärtsfahren konnte, angereist. Wir sind fast gekentert! Kommandant Tress musste uns retten; was ein Abenteuer. Scheint unser Schicksal zu sein, einen besonderen Auftritt hinzulegen, nicht?«

Das Zwinkern des Alten entlockte Jasov glatt ein Lächeln. Immerhin, wenn er davon erzählen würde, wie er seine Ausbildung beim Schloss begonnen hatte, war bereits der Beginn seiner Reise eine abenteuerliche Geschichte.

Nach einiger Zeit der Stille und des Wanderns in Richtung Schloss stutze Marberd und sah Jasov nachdenklich an. »Du musst erschöpft sein!«

Völlig im Gegensatz zu seinen laut brüllenden Gedanken, schüttelte Jasov den Kopf.

»Mh, aus diesem Holz ist also mein Nachfolger geschnitzt, spannend!«

Wieder erklang das helle Lachen des alten Verzauberers, welches Jasov leider nicht erwidern konnte. Zwar bereute er seine Lüge aus

Scham vor seiner Ermüdung, aber sein erster Eindruck war offensichtlich gelungen. Marberd hatte ihn seinen Nachfolger genannt. Was das bedeuten mochte – Jasovs Gedanken überschlugen sich.

Die tausend Jahre Lebenszeit waren tatsächlich kein wildes Gerücht. Der Hofverzauberer, Vertrauter des Landesherrn und Großverzauberer der Armee, hatte bereits weit vor Jasovs Ahnen in diesem Land gelebt. Wer so alt war, dass in Jahren und nicht mehr in Jahreszeiten gerechnet wurde, gehörte zu den erfahrenen, respektierten Weisen. Das begann mit etwa zwanzig, wenn die Menschen nur noch graue, dünne Haare besaßen und anfingen, sich lauthals über feste Nahrung zu beschweren. Zwar schrumpfte die Lebensenergie von Magiekundigen langsamer als die der weniger magischen Menschen, Marberds Alter jedoch sprengte den Rahmen. Dreißig oder gar vierzig, das fand man in den hohen Akademien der Magiekundigen durchaus, ein solcher Meister war einst zu Gast in Jasovs Schule gewesen.

Doch diese Gelehrten waren jenseits von Marberds lebhafter Energie – der Großverzauberer wirkte wie um die fünfzehn Jahre jung. Keiner von Jasovs älteren Lehrern hätte sich in so einer kalten Nacht vor die Tür gewagt, und wenn, dann nur mit einem umfangreichen Wärmezauber. Etwas, was man Jasov leider nie gelehrt hatte. Angeblich hatte ihm dafür das Talent gefehlt. Ein bedauerlicher Irrtum.

Gerade, als er fragen wollte, wie weit es noch war, blieb Marberd abrupt stehen und klatschte in die Hände. Beinahe wäre Jasov gegen den alten Herrn gelaufen und so stolperte er beinahe über seine eigenen Füße.

Vor lauter Überforderung hatte er nicht auf seine Umgebung geachtet, nicht bemerkt, wie weit sie schon marschiert waren. Sie standen vor einem gigantischen Tor, das nun von Marberds Zauber angestrahlt im Licht glänzte. Es gehörte ganz offensichtlich zum Haupteingang von Zwielicht. Jasovs Herz hüpfte aufgeregt und er legte den Kopf kurz in den Nacken. Da war es, das Schloss, zum Greifen nahe.

Eiserne Ornamente glühten auf, das gesamte Tor bestand aus edlem Holz und war beschlagen mit Metall. Die verschlungenen Elemente zeigten deutlich Lindwürmer, die sich über das Volk erhoben, und wenn man den Verzierungen folgte, offenbarte sich die Legende um Draguls Eroberung. Er vernichtete die finstere Brut, vertrieb seine Art, welche die Menschen unterdrückte. Der Aufstieg des Lords war verziert mit Symbolen von Reichtum, Wachstum und Freiheit. Das Volk und die Drachen, die ihm dienten, in Balance miteinander verbunden. Über allem, auf einem Thron aus Knochen, erhob sich eine Kreatur mit ausgebreiteten Flügeln.

»Drachen …«, flüsterte Jasov.

Schon immer hatte er sich gefragt, ob Lord Dragul hier allein lebte. Als einziger Drache musste es doch einsam sein, Tausende von Jahren über Menschen regierend, die fern seiner Art waren. Nun, hier vor den gigantischen Mauern stehend, fühlte sich Jasov auf einmal unfassbar winzig.

Sein Mentor sah ihn erwartungsvoll an. »Großartig, nicht wahr? Ich erinnere mich gut, als ich hier das erste Mal stand. Die Türen waren geöffnet und ich habe diesen riesigen Saal zum Treppenaufgang bewundern können. Es dauerte einige Minuten, bis ich mich losreißen konnte! Großartig, einfach großartig. Diese Baukunst.«

Erschreckend plötzlich klatschte der alte Mann dann einmal mehr in die Hände und setzte sich so schnell erneut in Bewegung, dass Jasov ihm kurz nachhechten musste.

Zu seiner Erleichterung nutzten sie nicht das große Tor, es gab diverse Seiteneingänge. Jasov stellte sich vor, was für einen Lärm diese gigantische Toranlage machen würde, wollte man sie öffnen. Nachts; für zwei einsame Männer. Auch gingen sie nicht die Treppen nach oben. Ein Glück – er fühlte sich jetzt schon in einem Labyrinth gefangen. Auf ihn warteten diesmal Stufen nach unten, in Richtung der Kerker und Keller. Ein rundes Gewölbe mit kalten Steinwänden und vielen Öffnungen, gelegentlichen Blumen, aber vor allem schlicht und alles andere als prunkvoll.

Jasov hatte auch nicht erwartet, in einem königlichen Schlafgemach zu wohnen. Nur ein ordentliches Bett hatte er sich gewünscht, als er die letzte Nacht auf seiner harten Matratze in der Handelskammer geschlafen hatte. So viele neue Eindrücke, da war der bekannte Anblick von steinernen Wänden mit groben Verzierungen ein willkommener Ruhepol. Zwischen Steinwänden hatte er sein Leben lang gearbeitet. Seine ärmliche Kleidung, verborgen unter dem neuen Reisemantel, würde dennoch nicht zu diesem Ort passen. Trotzdem, die Kellergewölbe brachten ein wenig Vertrautheit in die Fremde.

Und das war viel wert in einer Welt, regiert von Bestien, beherrscht von Macht und zerrüttet durch Misstrauen und Kriege aus uralter Vorzeit.

Die Welt der Magie und der Drachen, die nun auch Jasovs Welt werden würde.

KAPITEL 5
DAS SUMMEN

Marberd überreichte ihm eine kleine Karte und kündigte an, ihn am nächsten Morgen abzuholen. Danach wurde Jasov erst einmal von lähmender Müdigkeit erdrückt, fast wortwörtlich. Vermutlich lag es an seiner nervenaufreibenden Reise und den tausend neuen Eindrücken, aber Jasovs Träume waren laut, verwirrend und er wachte mehrmals gestresst auf. Am Morgen fühlte er sich, als hätte er seit Tagen nicht geschlafen. Ein dämpfendes Gefühl ummantelte seinen Kopf, Schwindel ließ die Welt schwanken und das Atmen fiel ihm schwer. Ein dumpfes Pochen zog sich durch seinen Schädel. Als seine Füße beim Aufstehen den Boden vor dem Bett berührten, glaubte er zu fallen. Unsicher sah er sich um.

Seine Kammer war groß, geräumig. Es gab keine Fenster, dafür aber eingelassene Nischen in den Wänden mit Vorhängen und warm glühenden Lampen. Eine Bank dazwischen lud ein, es sich mit einem Buch und einem Tee bequem zu machen. Holzregale, schwere Teppiche und das angenehme Licht im Raum schufen eine gemütliche Atmosphäre. Jasov fühlte sich jedoch von jedem Schatten eingesogen und war entsprechend nervös. Nicht einmal Alkohol hatte eine solche Wirkung auf ihn gehabt. Langsam geriet er in Panik. Was passierte mit ihm? Hatte er sich erkältet?

Wasser, eine Ladung kaltes Wasser im Gesicht, und er würde sich besser fühlen. Zu Hause brauchte er dafür nur aus dem Tank des Gebäudes etwas Wasser abzufüllen und konnte den restlichen Tag damit haushalten, wie es ihm beliebte. Aber hier gab es das offensichtlich nicht. Angespannt schaute er sich um und entdeckte eine weitere Tür. Als er sie öffnete, konnte er es kaum glauben:

ein Badezimmer. Sein Badezimmer. Ganz für ihn allein und er würde es mit niemandem teilen müssen. Die Badehäuser waren ihm schon immer ein Graus gewesen.

Steinerne Fliesen bedeckten den Boden und die Wände, ja sogar die Decke. Ein gigantischer ausgehöhlter Stein stand mittig an einer Mauer. Zwei Edelsteine waren darüber angebracht und funkelten magisch. Er blinzelte verwundert. Direkt neben der Tür, auf einem großen hölzernen Tisch, befand sich eine Steinschale, auf deren Boden identische Steine eingelassen waren. Tücher aus Stoff hingen an den Wänden und stapelten sich auch in einem grob gezimmerten Regal. Der kalte Fußboden kitzelte Jasovs nackte Füße und er suchte Zuflucht auf dem Teppich, der vor dem Waschtisch lag.

Neugierig musterte Jasov die Edelsteine auf dem Boden der Steinschale. Sie waren definitiv magisch und er konnte der Versuchung nicht widerstehen. Schon als er seine Hand ausstreckte, um nach ihnen zu greifen, zischte es laut. Seine Fingerspitzen in der unmittelbaren Nähe schienen einen Zauber ausgelöst zu haben, denn mit einem Mal füllte sich die Schale mit Wasser. Es floss aus der Mitte heraus wie aus dem Nichts. Jasov trat überrascht einen Schritt zurück. Er liebte Magie, hierfür und für vieles andere. Fasziniert beobachtete er, wie die Flüssigkeit aufstieg, höher und höher, bis an den Rand.

Und darüber hinaus.

Entsetzt musste er mit ansehen, wie das Wasser über den Steinrand seinen Weg in das Badezimmer fand. Es rann den Tisch hinunter, und schon bald floss lauwarmes Nass um Jasovs Füße. Hastig stolperte er zurück und sah sich um. Ein erneuter Versuch, mit der Hand die Steine im Becken zu berühren, brachte keine Veränderung. Nur, dass Jasovs Ärmel nun völlig durchweicht waren, wie auch inzwischen der Saum seiner Hose.

Selten gab es eine bessere Gelegenheit zum Fluchen. Noch immer erschien ihm alles um sich herum erschreckend laut. Seine Gedanken fanden keine Klarheit. Unfähig, das Problem mit Logik zu lösen, lief er aufgeschreckt im Wasser hin und her, dabei Tücher ins Nass werfend. Sie *ertranken* augenblicklich im fließenden Wasser und Jasov sah sich bereits ebenfalls untergehen, wenn ihm keine Lösung einfiel.

Jemand klatschte laut in die Hände und er zuckte zusammen.

Dann noch ein Klatschen und dazu ein Lachen. Marberd war in der Badezimmertür erschienen, kicherte vergnügt und applaudierte Jasov zu seiner Morgenkatastrophe.

»Ich wollte nicht … ich wusste nicht, wie …«, stammelte Jasov und verzog verzweifelt das Gesicht. Sein Mentor schüttelte nur den Kopf und griff mit einer Hand in das Waschbecken. Sofort versiegte der Wasserfluss, und Jasov wäre liebend gerne ebenfalls einfach versickert.

»Mit den Fingern im Uhrzeigersinn, um das Wasser aufzudrehen, und gegen den Uhrzeigersinn, um es wieder versiegen zu lassen. Du musst die Steine dafür nicht berühren. Es reicht eine Geste. Der rötliche ist für heißes Wasser und der leicht blaue für das kalte«, erklärte Marberd ruhig und schaute sich glucksend im völlig durchnässten Bad um. Das Wasser war bereits durch einen Abfluss weiter hinten im Bad abgeflossen. Das hatte Jasov jedoch nicht bemerkt. Wild waren die nassen Tücher im Bad verteilt, und er blickte beschämt zu Boden.

»Alles halb so schlimm. Wir sammeln alle Handtücher ein und hängen sie einfach dort hinten über den Stein zum Trocknen. Er wird warm, wenn man etwas Feuchtes darauf legt. Und … daneben ist auch das Klo. Für den Fall der Fälle. Meine Güte, ich hätte gestern deutlich mehr erklären müssen, nicht wahr? Weißt du, das Leben im Äußerenkreis der Stadt ist mir fremd. Ich weiß, dass ihr es dort einfacher habt, weil es an Platz mangelt und einiges einfach nicht nötig ist. Die Stadt ist so groß, in jedem Viertel findet man andere Umstände. Ich glaube, darüber müssen wir uns noch ausgiebig austauschen.«

Marberd schüttelte mit einem Seufzen den Kopf und bückte sich dann nach ein paar Handtüchern. Wie von allein griff auch Jasov zu den nassen Stofflappen und kämpfte mit leichter Panik. Es war ihm unendlich peinlich, bereits am ersten Tag das Badezimmer geflutet zu haben, nur wegen ein wenig schlechten Schlafs.

»Eines solltest du wissen: Angestellte, die dein Bett aufräumen, alles putzen und ordnen, gibt es hier nicht. In den Kantinen wird für dich gekocht, dort kannst du essen, man kann sich Kleidung und andere lebenswichtige Güter zuteilen lassen, wann immer es nötig ist, aber für den Rest bist du selber verantwortlich. Ein Drache lässt sich nicht bedienen. Dafür sind sie zu stolz. Sogar der Lord wäscht seine Dreckwäsche selbst.« Ein freches Kichern entkam Marberd und er schüttelte den Kopf. »Deshalb leben auch wir ohne diesen Luxus hier. Was durch die Annehmlichkeiten der Magie allerdings ziemlich einfach ist. Und du kennst es ja eh nicht anders, mh? Es sei denn, du brauchst Hilfe, dann musst du es nur sagen. Meinereiner kommt am Morgen manchmal nicht allein aus dem Bett und manche Treppe muss ich mit einem Schwebestein umgehen.«

Jasov brauchte einen Moment, ehe er nickte. Die Erwähnung der Drachen hatte sein Herz zum Hüpfen gebracht. Er war sich fast sicher gewesen, dass es sich bei den Kreaturen tatsächlich um andere Wesen handelte und keinesfalls um mächtige Magiekundige, aber die Sache mit der Dreckwäsche hatte ihn doch verwirrt. Das Bild einer Unterhosen waschenden Echse ließ ihn so schnell nicht mehr los. Generell brummte sein Hirn nur so vor lauter chaotischen Gedanken.

Es fehlte an Struktur, sowohl in Jasovs Kopf als auch in seiner beginnenden Einführung in die Welt des Schlosses. Marberd plapperte wild vor sich hin, während er Jasov aus seinem Zimmer hinausführte. Er hatte Kleidung mitgebracht: eine lederne, dunkelgraue Hose mit einem edlen Gürtel, dazu einige helle Hemden und eine sehr feine, weite Jacke mit dem Wappen des Schlosses. Somit war Jasov diesem Ort entsprechend gut angezogen, aber in solch gerade geschnittener Bekleidung fiel seine dünne Figur unangenehm auf, und er fühlte sich etwas fehl am Platz in den ausgewählten Stoffen.

»Ich werde dich erst mal in Ruhe unterrichten und kennenlernen. Sicher hast du viele Fragen. Völlig verständlich. Dann sehen wir auch bald, wie deine Lehre verlaufen wird und worauf du dich einstellen musst. Zunächst das Schloss – wir leben hier in den Gewölben des Fundaments. Die führen durch ganz Zwielicht.«

Die beiden folgten dem langen Flur vor Jasovs Zimmer und ihm wurden nun Aufgänge, Treppen und Türen grob erklärt. Frühstück gab es zwei Gänge weiter in Marberds Werkstatt, falls man diesen Ort so bezeichnen konnte. Es war vielmehr ein Kellergewölbe voller Merkwürdigkeiten. Doch das alles rauschte an Jasov regelrecht vorbei, und als sein Mentor ihm einen großen Teller mit Salaten und weichem Brot servierte, kämpfte er damit, etwas zu essen.

Was war nur los? Jetzt sollte der heiß ersehnte Unterricht über das Reich beginnen, und er fühlte sich völlig erschlagen, konfus, nicht wach, fast nicht am Leben. Es war ein beängstigendes Gefühl. Er konnte keinen klaren Gedanken fassen, und dieser vernebelte Kopf hinderte ihn daran, an einer Lösung zu arbeiten. Nichts ergab mehr Sinn. Jasov kannte seine Nervosität, seine vielen Ängste. Doch die waren ihm immer bewusst gewesen. Nein, das hier war völlig anders. Im Vergleich hierzu kam ihm jegliche bisherige Aufregung vor wie ein Spaziergang.

Fertig mit sich und der Welt stand er verloren in Marberds Kellergewölben, die als Unterrichtsraum und Magielabor dienten. Ein ehemaliger Weinkeller, in dem sich schiefe, große, kleine, wirre Regal aneinanderreihten und in dem es Dutzende Ecken zum Arbeiten gab. Winzige, halbmondförmige Fenster am oberen Rand der Wände ließen sogar Tageslicht herein und ein Kamin sorgte für eine angenehme Wärme und heimeliges Licht auf den Möbeln. Im Schein des Feuers schimmerten auf den Regalen Hunderte rätselhafte, in Flüssigkeiten eingelegte Objekte in ihren Gläsern. Hin und wieder hörte Jasov aus den Winkeln des vollgestellten

Gewölbes sehr lebendige Geräusche, die sicher nicht von Mäusen stammten. Allein zu diesem Ort hätte Jasov so viele Fragen gehabt, doch die geschäftige Art seines Mentors und sein eigener Zustand gaben ihm keine Gelegenheit dazu.

Wie ein nasser Sack Korn ließ er sich in einem Sessel nieder, dicht an dem niedrigsten Tisch im Gewölbe, und platzierte die Füße auf einem bunten, rauen Teppich. Diese Ecke war nicht für den praktischen Unterricht gedacht. Es ging um bequemes Sitzen und Zuhören, nahe dem Kamin, mit einer Tasse duftendem Kräutertee in entspannter Atmosphäre.

Die Tasse Tee hielt Jasov jetzt in den Händen, die entspannte Atmosphäre ließ auf sich warten. Er starrte den Kräutersud nachdenklich an und hatte fast vergessen, wo er sich befand. Und so hörte er zunächst nur halb zu, als Marberd endlich anfing, die Fragen zu klären, die Jasov beschäftigt hatten. Sein Mentor stand gegenüber und schritt eifrig auf und ab, wohl begeistert von seiner Aufgabe als Lehrer, vielleicht war er immer so schwungvoll. Seine Bewegungen ließen Kerzen flackern und wirbelten Staub auf.

»Die Wege zwischen Quartier, Speisesaal, den Küchen, Bädern und unseren Kellern für magische Experimente sind zum Glück recht einfach zu verstehen. Mehr brauchst du zunächst nicht. Wir gehen es langsam an. Schon bald wirst du die Karte für diesen Teil des Schlosses nicht mehr benötigen. Allerdings kann man sich mit nur einer falschen Abzweigung in Bereiche des Schlosses verirren, die … verwirrend sein können. Hier ist alles sehr groß. Das ist dir sicher aufgefallen. Du hast das Schloss ja gesehen! Ist wie eine Stadt, funktioniert wie eine Stadt, und das auf mehreren Stockwerken!« Marberd lachte und wartete offensichtlich auf eine Reaktion von Jasov, doch der musste sich schon für ein bloßes Nicken anstrengen.

»Nun, der Anfang ist nicht ganz leicht. Deshalb würde ich dir gerne mehr vom Schloss zeigen, und du solltest ein paar Leute kennenlernen, andere Magiewirkende und Vertraute unseres Fachs.

Dazu bekommst du gleich einen Einblick in unsere hierarchische Struktur. Ich muss dir unsere Kommandanten vorstellen, und dann beginnen wir, deine magischen Fähigkeiten kennenzulernen, erforschen ihre Ausmaße. Allem voran hast du sicher unzählige Fragen, ich weiß. In unserem Reich ist Wissen wertvoller als Gold und wird auch oft so gehandelt. Und durch deine Herkunft ist sicher einiges für dich völlig fremd. Das ist in Ordnung, mach dir deshalb keine Gedanken, mh?« Marberd schaute Jasov wieder erwartungsvoll an.

Diesmal brachte er für seinen Mentor nicht einmal ein Nicken zustande. Worüber hatten sie gesprochen? Unzählige Fragen – sicher, die hatte Jasov gehabt, doch auch sie wollten ihm partout nicht mehr einfallen.

»Ist alles in Ordnung, junger Mann?« Meister Marberd fixierte Jasov misstrauisch, und es brauchte einen Moment, bis der Lehrling zusammenzuckte und tief Luft holte; er hatte beinahe vergessen zu atmen.

»Entschuldigt … ich … alles ist so verschwommen in meinem Kopf! Als würden mich die Wände anschreien.«

»Anschreien?«

»Ja, es ist alles verworren und wild, wie in einem Fiebertraum«, versuchte Jasov es zu erklären und blinzelte langsam.

Marberd klatschte laut mit den Händen und Jasov zuckte prompt erneut zusammen. Zwar dämmten die vielen Regale und Teppiche die Geräusche im Kellergewölbe, doch dieser Schlag hallte einmal gegen jede Steinwand und traf Jasov unangenehm hart.

»Wie konnte ich das vergessen! Du bist ein sehr talentierter Magier! Aber klar! Ein wenig anders als das, was wir sonst hier unterrichten …«

Jasov sah seinen Lehrmeister verdutzt an.

»Wie bitte, was?«

Natürlich war er ein Magier, deshalb hatte man ihn doch zum Schloss gerufen. Was war denn nun schon wieder so anders an ihm, dass es zu einem Problem wurde? Völlig verwirrt und ein wenig besorgt musste er beobachten, wie Marberd um den hölzernen Tisch herumging. Er drehte sich mehrmals nachdenklich und nickte dann.

»Genug Platz«, sprach er zu sich selbst. Von dort bis zur nächsten Wand voller Bücherregale gab es viel freien Raum, und bunte Teppiche füllten den einzig leeren Fleck des Kellers. Marberd baute sich vor der Fläche auf und warf aus seiner Hand eine kleine Kugel violetten Lichts in den Raum. Es war ein Portal, eines wie das, das Jasov an seinem Ankunftstag bereits gesehen hatte. Der Ball aus Magie hatte sich zu einer unendlich dünnen, ovalen Öffnung ausgebreitet, und die menschenhohe Pforte zu einem fremden Ort schwebte in der Luft.

»Bitte! Hier! Tritt hindurch … Oh halt! Moment!« Marberd eilte zu einem Regal, zog ein Buch heraus, blätterte wild herum und zeigte Jasov Bilder einer Pflanze. Dann drückte er ihm ein kleines längliches Glas in die Hand. »Sammel einen Stängel davon, ja? Aber nicht essen!«

Jasov nickte erschlagen von der Situation und wurde von Marberd mehr oder weniger durch das Portal geschoben.

Er kannte nicht einmal die wichtigsten Wege, um sich in dem kleinen und doch erschreckend großen Teil des Schlosses zurechtzufinden, in dem er wohnen durfte. Und plötzlich stand er allein in einem Wald. Verwirrt und mit heftig pochendem Herzen drehte er sich zu dem Portal hinter ihm um. Er konnte den Keller sehen und einen Marberd, der ihn ermutigend zunickte.

»Na los, sie sind sicherlich dort an einem der Bäume! Such das stärkste Kraut heraus! So, wie du es damals in den Kristallminen machen musstest. Magischer Spürsinn, mh?«

Das zuversichtliche Grinsen seines Mentors konnte Jasov nicht teilen.

Der Wald war recht dunkel, die Morgensonne schien nur schwach durch das Blätterdach der enorm hohen Bäume, und die Luft war angereichert mit Feuchtigkeit. Jasovs Lungen füllten sich mit dem Duft von Hölzern und Pflanzen. Er konnte die Luft fast schmecken und der Sauerstoff schoss durch seine Adern. Ob es das war oder etwas anderes: Das wattige Gefühl aus seinem Kopf verschwand langsam. Er war wieder in der Lage, klar zu denken, und auch das nadelnde Pochen der Angst im Nacken ließ nach. Und das, obwohl er hier zwischen düsteren Bäumen an einem ihm fremden Ort stand. Zugegeben, mit einem Portal direkt im Rücken. Es war angenehm still, vor allem um Jasovs Gedanken. Völlige Ruhe breitete sich aus. Ihm war gar nicht aufgefallen, wie laut er die Welt vorher wahrgenommen hatte.

»Laut?«, dachte er. Das Schloss war ein ebenso ruhiger Ort wie dieser Wald. Stiller noch. Kein Wind, der Blätter rascheln ließ und Äste zum Ächzen brachte. Keine fernen Rufe von Tieren, die dumpf durch den Forst hallten.

Er brauchte einen Moment, ehe er sich tatsächlich nach den Kräutern umsah. Marberd hatte ihm das Bild einer blassgrünen Pflanze gezeigt. Ihre winzigen Blüten waren blauviolett bis rosafarben. Der Darstellung im Buch nach zu urteilen, musste sie sehr klein sein. Und so bückte sich Jasov hinunter an diversen Baumwurzeln, tief in das Grün des Waldes. Der Boden war ungewöhnlich dicht bewachsen, und es dauerte einige Zeit, bis er einen Busch fand, auf den die Beschreibung passte. Er war verdeckt von breitblättrigen Gewächsen und noch viel winziger als beschrieben.

Immerhin wusste er nun, was zu tun war. Er hatte als Magier in den Minen die Aufgabe gehabt, die Stärke der Magie in Kristallen zu erfühlen, und das konnte er auf dieses Kraut anwenden, denn einer der Blütenstängel war deutlich prägnanter als alle anderen. Es war wie ein Instinkt. Jasov wusste einfach, fühlte, dass dieser eine Trieb besonders war. Diesen zupfte er ab und schob ihn dann in das mitgebrachte Glas.

»Fertig!«, murmelte er zu sich selbst und richtete sich auf. Sollte er jetzt wieder zurück? Was für eine seltsame Übung das doch war. Als er sich vorsichtig durch die vielen grünen Pflanzen am Waldboden in Richtung Portal begab, hielt Marberd ihn kurz auf.

»Moment noch, Jasov, sag … wie fühlst du dich?«

»Ehm… gut?« Er schaute seinen Meister stirnrunzelnd durch die schwimmende Oberfläche des Portals hindurch an.

»Habe ich es mir doch gedacht!« Marberd schien zufrieden.

Jasov musste sich wohl endlich dazu überwinden, Fragen zu stellen. »Wieso? Was ist hier gerade passiert?«

Der alte Mann trat durch das Portal und stand nun neben ihm im grünen Dickicht.

»Du bist ein besonderes Talent, Jasov. So herausragend, dass du die Magie regelrecht hören kannst, du verstehst sie und sie dich. Dadurch fehlt es dir an Kontrolle. Du bist sehr feinfühlig, noch etwas zu feinfühlig. Aber das war ja auch immer deine Aufgabe, nicht? Ein feines Gefühl war für die Suche von All'Ein-Kristall in den Minen wichtig, und dort gab es diesen magischen Lärm nicht … Hach, verzwickt. Schade, dass wir dein Talent dadurch so spät entdeckten!«

Jasov nickte verwirrt und ertappte sich dabei, wie er nervös auf seinen Füßen wippte.

»Du fühlst Magie, du spürst ihre Stärke und … mein Junge, das Schloss ist voll damit. Überfüllt mit den unterschiedlichsten Schwingungen und magischen Energien. Es brummt, es summt nur so in der Luft. Als würden Tausende von Stimmen auf dich einreden. Auf deinen Geist. Leise und laute. Sehr laute, wenn man bedenkt, dass sehr mächtige Wesen im Schloss leben. Du wirst dich erst daran gewöhnen müssen. So wie sich ein Kind an den Lärm der Welt gewöhnen muss.«

»Ich habe mich gestern und heute gefühlt, als würde ich träumen. Nur hier war es auf einmal wieder still«, sagte Jasov mehr zu sich als zu dem Mann neben ihm.

»Wenn man so mit Reizen überflutet wird, dann schaltet der Kopf ab. Die Magie im Schloss ist nicht natürlich, sondern verändert, für die verschiedensten Zwecke. In den Lampen erzeugt sie Licht, der Stein in dem Becken im Bad erzeugt Wasser, all das wurde verändert aus der Natur entnommen. Mag der Wald hier auch noch so angereichert sein mit Magie, sie erklingt in einem harmonischen Ton seit Jahrtausenden. Ein gleicher Klang.«

»Kein lautes Durcheinander«, vollendete Jasov die Aussage und sah, wie Marberd nickte.

»Hätte nicht gedacht, dass du so empfindlich bist.«

Das hörte Jasov gar nicht gerne, aber sein Mentor lächelte zufrieden, kicherte sogar, ehe er sich umdrehte. Er begann damit, auf und ab zu schreiten, schien zu überlegen und brummte hin und wieder. Der Waldboden knirschte unter seinen Schritten, und in der Ferne schimpfte ein Vogel laut über die ungebetenen Besucher. Jasov hatte das Gefühl, dass sein neuer Lehrmeister den Umgang mit Menschen im Rahmen einer Ausbildung nicht gewohnt war. Ermutigende oder gar erhellende Informationen waren immer der Kern einer jeden Schule gewesen. Zwar hatte Jasov nur wenige Jahre Lehre genossen, aber diese Zeit hatte ihm wirkliches Vergnügen bereiten. Wer Bildung benötigte, da sein Geist sonst zu klein blieb und für Unheil sorgen konnte, oder wer großes Potenzial hatte, musste zur Schule, zumindest galt dies so im Äußerenkreis. Viele Orte zum Lernen gab es dort nicht.

»Es geht wohl nicht anders.« Marberds Stimme durchbrach die Stille des Waldes und holte Jasov aus seinen nostalgischen Gedanken. »Eigentlich wollte ich mit Theorie anfangen. Aber bis du dich daran gewöhnt hast … solltest du das Schloss täglich verlassen. Ja, so machen wir es! Es hilft ja alles nichts, du musst dich eingewöhnen, oder du kannst nicht bleiben. Also gehen wir es ganz langsam an. Weißt du … du brauchst ohnehin sehr viele Materialien und Wissen über alchemagische Zutaten, das lernt man am besten vor Ort. Du beschaffst dir einfach alles selbst. Überall!«

»Überall?«, murmelte Jasov leise.

»Du wirst großartige Arbeit leisten. Sieh nur, was für ein schönes Exemplar von Hauchkraut du gesammelt hast. Aber wasch' dir später gut die Hände. Das ist sogar für Drachen giftig!«

Erschrocken steckte Jasov die Hände in die Taschen. Gerade noch hätte er sich fast die Nase gerieben.

Marberd lachte laut über seine Reaktion. »Ach, Menschen macht's nur müde, wenn sie es essen! Keine Sorge! Aber schwache Drachen bringt es fast um!«

»Und wieso sammeln wir das dann?«

»Och, die Dosis ist entscheidend, dann wirkt ein Hauchkrauttee für einen alten Drachen wie heiße Milch vorm Schlafengehen. Raubt bisschen die Energie. Nun, wie dem auch sei, gehen wir wieder. Hier gibt es ziemlich unangenehme Waldbewohner ...«

Trotz dieser Aussage folgte Jasov seinem Mentor nur widerwillig zurück durch das Portal. Im Schloss warteten erneut tausend chaotische Schwingungen auf ihn, und bereits nach wenigen Minuten fühlte er den Druck auf seinen Ohren. Nicht, dass er Magie mit seinen menschlichen Gehörgängen wahrnahm, die Belastung legte sich vielmehr auf sein Innerstes und brüllte ihm in die Gedanken. Daran sollte er sich also gewöhnen? Für den Moment erschien ihm das absolut unmöglich.

KAPITEL 6
DIE LEHRE IM SUMPF

An jenem Tag, im dunklen Grün stehend, befreit vom Lärm des Schlosses, da hatte die Idee, die Welt jenseits der Stadtgrenzen bereisen zu können, noch einen abenteuerlichen Charme. Vor allem die Flucht vor der Magie in Schloss Zwielicht brachte Jasov dazu, sich auf die Ausflüge zu freuen. Außerdem besaß auch er durchaus ein wenig Forscherdrang und wollte sich um jeden Preis beweisen. Der Abstecher in den Wald war der Anfang einer Reihe von Besuchen überall im Umland von Asche und es dauerte nur ein paar Tage, da verpuffte Jasovs Abenteuerlust wieder ins Nichts. Denn leider handelte es sich irgendwann nicht mehr nur um Kräuter. Sie brauchten magisch geladene Gegenstände sowie von der Magie weitgehend unberührte Objekte. Das war die Basis der Alchemie, und dieses Thema stand nun ganz oben im Lehrplan.

Auch wenn man dafür in die gefährlichsten Gegenden des Umlandes reisen musste.

Zu allem Überfluss ließ Marberd ihn mit dieser Aufgabe meistens allein, selten schickte er einen Soldaten mit. Jasov und sein Mentor unterhielten sich kaum. Sie sahen sich lediglich am Morgen wegen der Portale. Jasov konnte nur wenig Zeit im Schloss verbringen und Marberd hatte zu arbeiten. Fast jeden Abend kehrte Jasov zurück, um sich im Schlaf langsam an die Magie zu gewöhnen. Er konnte nicht behaupten, Fortschritte zu bemerken. Nur die unbarmherzige Müdigkeit von langen Wanderungen auf der Suche nach irgendwelchen Pilzen und Steinen ließ ihn einschlafen. Bald schon war er dankbar für Ausflüge, die ihn mehrere Tage außerhalb des Schlosses beschäftigten. Mit jedem Auftrag, jedem weiteren Tag, fühlte er sich wie ein nutzloser Laufbursche.

Hatte er seinen Mentor enttäuscht? Würden sie ihn wieder fortschicken? Und wenn ja, wie lange hatte man hier Geduld mit ihm? Zwar lernte Jasov mit der Zeit alles über die verschiedenen Pflanzen und anderen Objekte, die er sammeln sollte, doch beschränkten sich Marberds kurze Unterredungen auch auf eben jene Themen. Und leider hielt Jasovs ungesunder Mangel an Selbstbewusstsein ihn davon ab, Fragen zu stellen.

Natürlich weihte der Großverzauberer niemanden ohne eine feste Lehre in die Geheimnisse seines Postens ein, und Jasov war tatsächlich zurzeit nicht mehr als ein Handlanger. Er traute sich nicht einmal, das Thema Drachen zu erwähnen. Am Ende sprach er verbotenes Wissen an, und er konnte sich keine weiteren Patzer erlauben. So suchte er weiterhin in Wäldern, Feldern und Minen nach bestimmten Objekten, sehnsüchtig auf den Tag wartend, an dem er das Schloss ertrug, an dem er seine Lehre wirklich begann, an dem sein Leben einen Sinn erhielt.

Die Wälder rund um Asche waren nicht ungefährlich. Abseits der Handelswege und bewohnten Gebiete gab es Brachlande, Finsternis zu jeder Tageszeit und Höhlen so tief und rätselhaft, dass Marberd ihn nicht ohne die Begleitung eines zusätzlichen Paladins dort hineinschickte.

Aber er schickte ihn hinein. Die wertvollen Stalaktiten einer besonders steilen Höhle würde Jasov irgendwann brauchen. Irgendwann war dabei ein dehnbarer Begriff und konnte auch in hundert Jahren oder niemals bedeuten.

Zu Anfang gefiel ihm diese seltsame Zeitrechnung seines Mentors. Es klang so unsterblich ewig. Hier ein paar Jahreszeiten, dort ein Jahr und vieles fand erst in Jahrzehnten statt. Doch nach nur wenigen Tagen kippte seine Freude über ein utopisch langes Leben in Verzweiflung. Magiekundige wie er lebten immer länger, das hatte Marberd ihm versichert. Was also, wenn er die Ausbildung nicht erhielt? Lebte er dann hundert Jahre als Taugenichts im Äußerenkreis? Selbst wenn nicht, alles, was er erreichen könnte, rückte immer weiter in eine Zeit, die er sich nicht vorstellen konnte.

Die Schlossmauern erdrückten ihn, aber die Arbeit bei Wind und Wetter zerrte ebenso an seinen Nerven. Wenn nur endlich das Gefühl von tausend schreienden Streichinstrumenten in seinem Kopf verschwinden würde.

Den Höhlenschätzen folgten Pilze aus dem Umland und Hunderte an Kräutern, deren Namen und Nutzen zu kategorisieren waren. Neben magischen Objekten brauchte er Zutaten für Tinkturen, alchemagische Versuche und andere chemische Vorgänge. Marberd war der Meinung, ein Magiekundiger der Alchemie solle auch wissen, woher seine Ingredienzien stammten. Und da sie ohnehin schon mal dabei seien, könne Jasov gleich ein paar Heilkräuter sammeln. Vielleicht gingen Marberd auch die Ideen aus. Die Regale im Keller füllten sich mit jedem Tag mehr, und bald begann die kältere Jahreszeit. Jasov wollte eigentlich nicht bei Eis und Schnee im Dreck wühlen oder in Höhlen herumstolpern.

Und bis zum Hals im Sumpf steckend nach konservierten Leichenteilen zu suchen, war das Allerletzte, was er sich als Arbeit vorgestellt hatte. Die Essenz des Todes könne man doch sicher aus einer toten Ratte gewinnen, hatte Jasov angemerkt. Marberd hatte ihn beglückwünscht zu so viel praktischem Denken, aber erwidert, starke Energien würden sich nicht einfach überall ansammeln.

Da stand Jasov nun, mit den Füßen tief im Moor, und dachte beinahe schon ans Aufgeben.

»Igitt!« Einmal mehr hatte er in etwas gegriffen, das sich sowohl fest als auch weich anfühlte und dann zu zappeln begann. Durch den Sumpfschmodder irgendwas zu erkennen, war unmöglich, zu dicht war die kalte Masse, und die Sonne spiegelte sich schneidend auf der glatten Feuchtigkeit. Jasov steckte bereits bis zu den Knien im Schlick. Von all den vielen Ausflügen wurde er ausgerechnet in den ersten, frostigen Tagen ins Moor geschickt. Das hätte man ja nicht zuerst machen können, als die Sonne noch wärmte ... Er hatte das Gefühl, in Eis zu stecken, und konnte inzwischen seine Füße nicht mehr spüren. Zum Schutz vor dem Versinken war ein festes Seil um seinen Körper gewickelt, dessen Ende in den kräftigen Händen eines Paladins der Schlossgarde lag. Immer wieder zog der Mann Jasov mit einem Ruck aus dem Matsch, wenn er meinte, dass dieser zu tief versank. Sie hatten beide keinen Spaß an diesem Auftrag.

Der Paladin hieß Beneth und war ein untersetzter älterer Soldat mit leicht grauen Haaren, sogar seine beige Haut schien irgendwie gräulich, und passte zu seinem Charakter. Marberd hatte ihn in höchsten Tönen gelobt, seine Fähigkeiten seien bemerkenswert, außergewöhnlich. Das wollte Jasov gerne glauben, aber solange Beneth keine Gelegenheit hatte, sein Schwert zu schwingen, zeichnete er sich lediglich durch ein Talent aus: Meckern.

Die Stille des Moors war dem Paladin schnell zu viel geworden. Dabei machten die Insekten mehr Krach, als man ihnen zutraute. Dazu gesellte sich der sarkastische und missmutige Ton von Beneths Gemecker und das Quietschen der feuchten Erde, in der Jasov herumstapfte.

»Ich habe mir das auch anders vorgestellt!« Beneth machte eine abfällige Handbewegung und zog wie immer ohne Vorwarnung an dem Seil in seiner Hand. Jasov wurde ein Stück aus dem Sumpf gezerrt. Dabei erschrak er jedes Mal aufs Neue, aber das war Beneth gleichgültig. Für ihn war Jasov nichts weiter als ein Lehrling. Anscheinend hatte es viele Kandidierende vor Jasov gegeben und man scheiterte schnell beim Versuch, Großverzaubernde des Landes zu werden, auch wenn man dadurch immerhin eine Stelle im Schloss sicher hatte. Es sei denn, man starb. Und damit dies nicht gleich zu Anfang passierte, gab es Beschützer und Seile für den Kampf gegen den Sumpf und das, was dort eventuell noch existierte.

»Bald beginnen die Winterjahre!« Beneth schnaubte laut. »Da habe ich ausnahmsweise mal Urlaub in den ersten Wochen. Die

Feier zum Ende aller Sommer wollte ich mit meiner Frau genießen. Und dann? Dann habe ich sicher wieder einen Schnupfen oder Schlimmeres, dank diesem Auftrag hier! Sie wird sich freuen! Und meine Töchter erst!« Er ächzte gereizt. »Schatz, trink doch den Zittertee, der heilt das in wenigen Tagen!« Er ahmte eine hohe, süßlich klingende Stimme nach und lachte kurz selbst über seine Worte. »Ja, aber der schmeckt widerlich und brennt in den Ohren.«

Jasov hätte gerne angemerkt, dass es nicht Beneth war, der sich bis zur Hüfte im kalten Sumpf befand. Der Paladin trug einen ansprechend warmen Mantel der Armee und war noch nicht in Kontakt mit Moorschmodder getreten.

Stattdessen versuchte Jasov es diplomatisch: »Eigentlich ... ist es doch sehr praktisch, so schnell wieder gesund zu sein, dank etwas Medizin ... sie wird einem nur zuteil, wenn man ein Mensch wichtiger Aufgaben ist.« Verdutzt blickte der Paladin ihn an. Jasov bekam den Eindruck, dass er zum ersten Mal nicht durch ihn hindurchsah. Unzufrieden blickte er Beneth an, mit seiner dürren Statur, in modriger Kälte, völlig verdreckt und nach Leichen suchend.

Das musste dann sogar der Paladin einsehen und lenkte ein. »Ja, das stimmt schon«, murmelte er mehr zu sich selbst. »Du stammst aus dem Äußerenkreis im Süden, nicht wahr, Junge?«

Jasov nickte verwundert über die persönliche Frage und ärgerte sich gleichermaßen über die Bezeichnung Junge.

»Mhm, das hört man. Sag, solche Medizin und magische Heilmittel, die bekommt man dort nicht, richtig?«

»Das können sich nur die wenigsten leisten. Wobei man bei schweren Erkrankungen ein Anrecht auf jede Medizin hat ... was leider einige gar nicht wissen.« Jasov war dankbar, aber für eine einfache Grippe bekam man keinen aufwendig extrahierten Tee. Und seit er aus eigener Erfahrung wusste, wie schwierig man an die Pflanzen dafür kam, war ihm natürlich auch klar, warum. Sie wuchsen nicht gezüchtet, man durfte sie nicht dezimieren, nur wenige Teile der kleinen Kräuter eigneten sich und sie kamen nur an den steilen Klippen in einem Gebirge ganz im Norden des Landes vor. Diese raren Gewächse reichten nie und nimmer für ausgedehnte Grippewellen, und bei einem Versuch, sie in größeren Mengen zu pflücken, würden sicherlich mehr Menschen sterben als an der Grippe selbst. Wobei das äußerst selten vorkam, denn zur Not nutze man Magie, um zu heilen.

Er hörte, wie Beneth einen brummenden Laut ausstieß. Vielleicht war es besser, den Mund zu halten, schließlich sollte Jasov sich weiter der Suche im Moor widmen und musste dafür alle Sinne auf die gefährliche Pampe richten.

Sie standen an einer völlig überflüssigen Weggabelung. Denn durch das Gelände, nahe am *Ewigen Wald,* reiste man nicht, es gab dahinter keinen Ort, den man erreichen sollte. Dieses gigantische Sumpfland lag im Süden, am Ende der Landesgrenze, und somit sehr weit weg vom Schloss. Mehrere Portalsprünge waren nötig, um zu einem Dorf am Rande des Moors zu gelangen. Von Stadt zu Stadt waren sie gereist, und Marberd hatte sie bis zum letzten Örtchen begleitet. Hier aber sollte Jasov ohne die magische Hilfe seines Mentors zurechtkommen. Außerdem konnte man in den Sumpf hinein keine Portale öffnen, die Magie war zu verspielt und zu unruhig. Wer hier durch das Moor reiste, nutzte die Straßen, um sicher von einem Ort zum anderen zu gelangen, wieso auch immer man im Moor von einer sumpfigen Sackgasse zur nächsten wollte. Die Wege waren fest mit Steinen umsäumt, und die flache Landschaft wurde gelegentlich von Wegweisern und Hinweisschildern durchbrochen, deren Sinn sich Jasov nicht erschloss. Das Moor sah besser befestigt aus als die Gassen seines Viertels, zumindest bis zu einem gewissen Punkt.

In diesem Sumpfland endete irgendwann jegliche Befestigung, als hätte man plötzlich die Lust verloren, die Wege weiter auszubauen. Keine Mauern mehr, nur löchriger Pflasterweg durch gefährlichen Schlamm. Hin und wieder ragten Objekte wie Trümmer aus dem Sumpfwasser. Jasov vermutete einen guten Grund, wieso die Straßen hier endeten. Einige Teile waren zerstört oder verwittert, andere Wege hingegen schienen glatt abgeschnitten. Was hatte sich einst hier befunden?

Jasov schüttelte den Kopf. Diese Gedanken brachten ihn aktuell nicht weiter. Auch wenn Vorsicht in dieser unberechenbaren Umgebung nicht schaden konnte. Je besser man seine Umwelt kannte, desto mehr Chancen hatte man, zu überleben. Würde er nur endlich finden, was er suchte!

Teile der Straße, auf der sie sich befanden, waren abgesunken, Pflastersteine ragten uneben heraus, und zwischen den schlammigen Ebenen erhob sich ab und an etwas Gebüsch. Der Ort machte den Eindruck, brauchbares Material zu liefern. Beneth kickte hin und wieder Steinchen ins Sumpfwasser, was Jasov nicht weniger erschrecken ließ als die plötzlichen, ruckartigen Züge an der Leine. Der sichtbare, tiefgrüne Wald am anderen Ende des Sumpfes war ein verlockendes Ziel für Träumer und Abenteurer und der Grund, weshalb Jasov hier im Moor konservierte Überreste finden würde.

Von ihrer Position aus hatten Jasov und Beneth einen guten Blick auf die gigantischen Baumkronen des *Ewigen Waldes*. Es war ein Ort voller magischer Geheimnisse und Legenden. Angeblich gab es dort Magie jenseits allem anderen und Wesen so wunderschön wie kein Gesicht dieser Welt. Wünsche sollten in Erfüllung gehen, und die Bäume hatten sogar die Macht, für einen die Zeit anzuhalten. Wie viel von all diesen Märchen wahr war, wusste Jasov nicht. Marberd hatte nichts Spezifisches darüber berichtet. Es war verboten, den Wald zu betreten, und immerhin konnte sein Mentor bestätigen, dass es dort andersartige Magie gab. Wer jedoch fern der großen Städte lebte, hier nahe dem Moor, der glaubte fest an die Geschichten über Wunder. Dass sich deshalb auch einige Träumende auf den Weg durch den Sumpf machten, um im Wald die Erfüllung ihrer Sehnsüchte zu finden, lag in der Natur der Menschen. Jedoch verschlang das Moor die Abenteurer – oder zumindest die Abenteuerlust – und man kehrte um.

Wie naiv.

Doch sollte gerade jemand wie Jasov vorsichtig mit diesem Urteil sein. Für die Chance, seinen Traum zu leben, war er immerhin selbst ins Moor gestiefelt, brav den Befehlen seines neuen Lehrers folgend. Er suchte aber nicht nach Wundern, er wollte lediglich eine kleine Echse oder einen Frosch, bevorzugt tot.

Mildes Klima, die Feuchtigkeit ließ Grün sprießen und der Boden war reich an Nährstoffen. Hier lebten größere Tiere, Vögel, viele Schlangen und Eidechsen. Gerade Reptilien neigten dazu, Magie in sich aufzunehmen. Starb ein Körper, kehrte die Magie in den Kreislauf der Welt zurück, wandelte sich jedoch für kurze Zeit in pure Todesmagie um, damit sie ihre magische Verbundenheit zum Körper lösen konnte. Hier an diesem Ort verschluckte allerdings ein konservierender Matsch alle Überreste und sie blieben nahezu ewig erhalten. Die Todesmagie verflüchtigte sich nicht, sie war gefangen im Sterben. Eine derart konservierte Echse wäre der ideale Fund.

Marberd hatte ausdrücklich betont, dass sich die Essenz des Todes besonders gut in menschlichen Körpern ablagerte, und Jasov auch gerne danach Ausschau halten könne, aber bei diesem Gedanken packte ihn ein unangenehmer Würgereiz. Alles, nur das nicht. Er mochte zwar keine Schlangen, absolut nicht, doch eine tote Krampfnatter war ihm tausend Mal lieber als der Kopf oder die Gebeine eines unvorsichtigen Wanderers.

Tief ließ er seine Hände zurück ins Moor sinken und wusste nicht, worauf er hoffen sollte. Es war, als würde er ins kalte Nichts greifen. Mühelos, ohne jeglichen Widerstand – der Matsch sog ihn einfach ein. Es war ein furchtbares Spiel mit dem Ungewissen. Nur wenig innerhalb der erstickenden Masse konnte ihm gefährlich werden, das Moor selbst war die Todesfalle, und doch erschrak er heftig bei jeder Berührung mit etwas Festem. Wie viele Steine Jasov inzwischen aus dem Matsch gezogen hatte, wusste er nicht. Auch jetzt warf er wieder einen kleinen Kieselstein hinter sich und richtete sich seufzend auf. Was für eine Qual.

Unweigerlich driftete sein Blick ins Grün der Wälder ab. Für den Moment waren die prächtigen Baumkronen, wie sie dort am Horizont leuchteten, hypnotisierend und anziehend. Das war wohl der springende Punkt: Etwas, das man am Horizont sehen konnte, musste immens sein, damit man es überhaupt wahrnahm. Das war faszinierend und überwältigend. Diese Welt war so gigantisch, dass riesige Gebirge am Horizont verschluckt wurden. Es bedeutete allerdings auch, dass dieser Wald am anderen Ende so weit entfernt lag, dass ein paar Tage Fußmarsch nicht genug waren, um ihn zu erreichen. Der Planet All'Ein bot einem Menschen zwar den Blick in die Ferne, aber wenige Mittel, so weit zu reisen, und wer kannte schon alle Portalkoordinaten der Welt? Vielleicht hieß ihre Welt deshalb All'Ein, weil man sich hier durchaus allein fühlte. Dieses Gefühl übermannte auch Jasov gerade. Sein Herz schlug einen Takt schneller, und er wünschte sich im Augenblick nichts mehr, als endlich zu finden, was er suchte.

Frost kroch seinen Rücken hinauf, kitzelte ihn im Nacken und seine Zähne klapperten vor Kälte und Nervosität. Es war wirklich deutlich kühler geworden und gleichzeitig um einiges stiller. Als hätte die ruhige Ausstrahlung des Waldes nun auch das Moor in seinen Bann gezogen. Jasov sah zum Himmel, aber die Mittagssonne strahlte ungehindert matt durch die Wolken und den Nebel wie zuvor. Woher kam also die plötzliche Kälte? Ein Kribbeln breitete sich in seinem Magen aus und dazu das Bedürfnis zu rennen, alles in ihm wollte mit einem Mal fliehen.

»Komm schon, gib mir irgendetwas. Irgendetwas!«, murmelte er wie im Gebet und atmete mehrfach tief durch. Wie von selbst schloss er die Augen und konzentrierte sich auf seine Aufgabe. Die Luft roch nach Wald, schwer und würzig, irgendwie zäh. Die Magie des Hains, die unruhigen Energieknoten im Moor, Reste alter Zauber, hier war es ähnlich laut wie im Schlossberg. Nur fühlte es sich nicht unangenehm an.

Natürliche Schwingungen nahm man kaum wahr, doch hier hätte man den naivsten Stallburschen befragen können, er hätte magische Aktivität definitiv bestätigt und wäre längst über alle Berge.

Magie war kompliziert. Sie steckte in allem, hatte die Welt durchtränkt. Fühlbar, hörbar, spürbar, zu schmecken und doch unsichtbar. Jasov genoss dieses ihn übermannende Gefühl. Und nun, da er sich gezielt darauf fokussierte, die Energie des Ortes zu erfühlen, wurde sie stärker. Die Hände wieder tief im Moor, meinte er mit einem Mal zu träumen. Er konnte diesen Ort fühlen, bis hinein in seine Knochen, war verbunden mit allem um sich herum. Mangels besserer Worte bezeichnete man Magie oft als Stimme, hier jedoch manifestierte sie sich wirklich als Klang, als Laut, fast wie Musik. Die Eindrücke prasselten auf Jasov ein.

Wasser. Moorsand. Schlick. Summen. Flügelschläge. Wurzeln. Kriechen. Wind. Wolken. Nebel. Flüstern. Steine. Steine gepresst an Steine. Füße auf ihnen. Füße unter ihnen. Stimmen sprachen einen Singsang, den Jasov kannte. Er hörte ihn immer tief im Herzen und durch seine Gedanken rauschen: Magie.

Und dann erklang sie laut an seinem Ohr, als stünde jemand direkt neben ihm. Eine einzelne Stimme. Wie von selbst bewegten sich Jasovs Lippen, aber er bekam die Silben nicht zu fassen. Krampfhaft das Gefühl festhaltend, war es der energische Ruck am Seil, der Jasov die Augen aufreißen ließ. Verwirrt zog er die Hände aus dem Sumpf. Er fühlte sich wie erwacht aus einem Albtraum und rang nach Luft. Auf einmal wieder in der Realität, sah er sich hektisch um.

»Komisch, ich … ich könnte schwören …«, murrte er laut und erntete einen seltsamen Blick von Beneth.

Es plätscherte leise, aber hörbar direkt neben Jasovs Bein. Ehe er sich umdrehen konnte, zappelte etwas Großes um ihn herum auf und verschwand wieder. Diesmal war er für den Ruck am Seil ausgesprochen dankbar.

»Was war das? Luftblasen?«, polterte Beneth und zerrte Jasov zurück auf die Straße. Diese war nicht sonderlich breit, bot aber genug Platz für eine Kutsche und sichere Entfernung zum Moor.

In ihrer Mitte fühlte sich Jasov ein wenig wohler, bis zu dem Moment, als auf der anderen Straßenseite erneut ein Plätschern zu hören war. Er und Beneth drehten sich beide ruckartig herum.

Etwas bewegte sich allem Anschein nach durch das Moor. Wieder ertönte das Geräusch aufgeschreckten Wassers, und ein dumpfes Gurgeln zog sich durch den Untergrund. Genau an jenem Ort, an dem Jasov vor einigen Augenblicken noch im Sumpf gestanden hatte.

Und er hätte schwören können, dass es kühler wurde, von Sekunde zu Sekunde. Dunkler und undurchsichtig erschien die Luft um sie herum. Ein fremder, seltsamer Nebel breitete sich aus. Der Sumpf veränderte sich und der Atem aus seinem Mund wurde sichtbar.

KAPITEL 7
DIE VERBINDUNG

»Da ist … etwas Magisches im Sumpf«, flüsterte Jasov. Er konnte es fühlen. Es war ähnlich intensiv wie eine der Schwingungen im Schloss. Eine, die ihm immer besonders zugesetzt hatte, denn ihre Präsenz war ein reines Gefühl ohne Stimme. Und Magie, die das Grauen blanker Angst vermittelte, war niemals gut. Sie kroch seinen Nacken hinauf und er fühlte sich beinahe gewürgt.

»Unter den Straßen ist ebenfalls Sumpf – wenn es darunter kriecht?« Beneth zitterte nun genauso wie Jasov. Auch ihm schien das Rumoren des Gewässers den Mut zu kosten, und als ein durchdringendes Soggeräusch erklang, zuckte er heftig zusammen.

Nur einige Augenblicke später schoss eine kleine Fontäne Sumpfwasser in die Höhe. Sie plätscherte mit einem lauten Zischen nur für einen Moment aus dem Wasser empor. Direkt danach bildete sich an derselben Stelle ein Trichter im Moor. Mit Entsetzen beobachteten die zwei Männer, wie der Sog immer gieriger den Sumpf in die Tiefe riss und an Umfang zunahm. Es entwickelte sich ein zäher Strudel.

»Was passiert hier? Ist eine unterirdische Gasblase geplatzt?«, kam es atemlos von Beneth, er zog sein Schwert und hob den Schild – ihm war wohl ebenso bewusst geworden wie Jasov, dass keine Gasblase, sei sie auch noch so groß, den Sumpf zum Leben erwecken konnte.

»Passt auf!« Gerade rechtzeitig zog Jasov den kleinen, kräftigen Mann ein Stück vom Straßenende weg. Wie vermutet befand sich unter der Straße Sumpf, und so setzten sich Teile des Weges ebenfalls langsam in Bewegung. Steine rissen sich los und wurden mitgezogen. Jasov und Beneth stolperten einige Meter weiter. Nicht schnell, aber zügig veränderte sich die Sumpflandschaft, und sie mussten mit ansehen, wie die Straße um sie herum verschlungen wurde.

»Hier ist es nicht sicher, wir sollten …« Beneth sah sich um. Der Weg zurück führte sie nur noch näher an den Trichter, doch die andere Richtung könnte in einer Sackgasse enden. Ein hohes Risiko.

Beneth spuckte unzufrieden auf den Boden. »Die Straßen brechen zusammen! Wir müssen dringend hier weg … aber wir kommen nicht durch den Sumpf! Ich könnte mit einer Beschwörung etwas Moor überbrücken, damit wir dort drüben rüber können … aber das erweckt nur noch mehr Magie!«

Während Beneth laut denkend nach einer Lösung suchte, war sich Jasov sicher, dass es sich um kein natürliches Phänomen handelte. Er hatte gespürt, dass sich etwas veränderte, bevor es eingetroffen war. Für einen Augenblick hatte er sich völlig mit seiner Umwelt verbunden gefühlt, und vor allem: nicht allein. Der Klang der fremden Stimme in seinem Ohr jagte ihm erneut einen Schauer über den Rücken. Zurück in der Kälte fiel es ihm schwerer und schwerer, sich an diesen Moment zu erinnern.

Er starrte nervös ins matschige Nass, das zügig in einem großen Umkreis auf einen Punkt zufloss. Zum Vorschein kamen diverse brüchige Straßenstücke, Mauern und Säulen und zu Jasovs Entsetzen auch ganze Fuhrwerke samt Rüstung und Pferd, die nun an der Luft in sich zusammenknickten und teilweise vom Schlamm mitgerissen wurden.

Die Stille der Moorlandschaft hatte sich in ein unheimliches Gurgeln verwandelt, und doch fühlte sich alles noch einsamer an als zuvor. Kein Insekt, kein Vogel, kein Windzug wagte es mehr, diesen Ort zu berühren. Alles, was blieb, war zäher Sumpf, der die Landschaft mit sich riss.

»Du hast recht, das hier ist nicht natürlich. Das … kann aber nicht sein. Ich meine, dieser Ort selbst ist nicht …« Beneth beendete den Satz nicht und blickte stirnrunzelnd in das Land.

»Ich habe etwas gefühlt. Im Sumpf …« Jasov starrte den Paladin fragend an. Dieser Mann kannte sich schließlich besser aus mit der magischen Umwelt ihres Landes. Jasov fühlte sich einmal mehr viel zu ungebildet, hierauf war er nicht vorbereitet.

Aber Beneth antwortete nicht und stierte nur weiter in den Matsch, Jasov und seinen fragenden Blick ignorierend. Und so waren es zunächst nur Beneths plötzlich geweitete Pupillen, die Jasov alarmierten. Nur ungerne drehte er sich um.

Einige Schritte entfernt war bereits ein großer Teil des Sumpfes im Erdreich verschwunden. Festere Massen aus Schlamm waren übrig geblieben, und zwischen kleineren Trümmern und Hunderten Steinen aus den ehemals befestigten Wegen stand etwas.

Zunächst dachte Jasov, es handele sich um einen Baum. Aber welcher Baum konnte schon den Kopf heben? Zu ihrer beider Entsetzen befand sich in dem Schlamm eine Moorleiche, die entgegen aller Erwartung nicht in sich zusammenbrach. Nein, sie schien vielmehr in der Lage, sich zu bewegen.

»Hat … es den Kopf … gehoben?« Jasov konnte seine eigene Stimme kaum hören, er fühlte sich erstickt von Angst.

Beneth hob den Finger und ermahnte ihn, nicht zu sprechen. Sein ernster, kritischer Blick verschaffte Jasov Herzrasen. Der bewaffnete Mann stellte sich mit einer lautlosen Bewegung vor ihn und musterte die Kreatur. Der Sumpf ringsum war wieder zum Stillstand gekommen, nun ertönte kein Geräusch mehr, kein Summen. Alles, was lebte, war so umsichtig gewesen, zu fliehen, solange es noch möglich gewesen war. Und Jasov nahm sich vor, in Zukunft auf Panikreaktionen von Insekten und Vögeln zu achten.

Gerade, als Beneth Luft holte, wohl, um eine Beschwörung zu sprechen, knarzte es leise hinter ihnen. Einer der Steine an ihrem Stück Straße hatte sich nicht ganz gelöst und hing locker an seinen Kollegen. Als wäre er sich unsicher, ob er zum Rest in den Sumpf wollte oder doch lieber an seinem Platz bleiben sollte. Sowohl Jasov als auch Beneth sahen sich um und beobachteten mit Entsetzen, wie der Straßenstein baumelte, dann knirschte es leise.

Modder und Schlick waren wie Schmiermittel, und schließlich konnte der Stein der Schwerkraft kaum noch standhalten. Zunächst geräuschlos flutschte er aus seiner Position und glitt über den Matsch hinunter, fiel einen Moment und klatschte zwischen anderen Steinen auf.

Das dadurch verursachte Geräusch erschien Jasov entsetzlich laut und hallte in der unwirklichen Stille durch die Landschaft. Sie sahen sich nur aus dem Augenwinkel an, und dann lief Jasov, so schnell ihn seine Füße tragen konnten. Er hörte, wie Beneth hinter ihm sein Schwert durch die Luft sausen ließ und einige unverständliche Worte ausrief. Die Luft roch verbrannt, es zischte und knallte. Das Wesen aus dem Sumpf hatte den Paladin offensichtlich bereits erreicht und wurde nun von seiner Klinge in zwei Hälften geschnitten, so hoffte Jasov zumindest.

»Junge! Lauf! Schnell!«, rief Beneth und versuchte aufzuholen.

Sie hatten beide keine Ahnung, wohin sie genau liefen. Aber das war im Augenblick nicht wichtig, Hauptsache weg, weit weg. Alles andere als einfach, mit vom Sumpf bedeckten Füßen, auf einer glitschigen Straße, die drohte, in sich zusammenzubrechen. Jasov wollte sich nicht umsehen, was konnte er sich schon von einem Blick über die Schulter erhoffen? Jetzt musste er Beneth vertrauen. Was hatten sie dort nur aufgeweckt?

»Untote?«, keuchte Jasov.

»Könnte. Man. So. Sagen«, schnaufte Beneth. »Eigentlich! Eigentlich nicht! Nicht direkt!« Er war deutlich außer Atem, und auch Jasov spürte, wie die Luft in seinen Lungen anfing zu stechen.

Und dann endete die Straße.

»Ich dachte, das wäre der richtige Weg? Bei der falschen Göttin unter dem Berg!« Beneth stieß weitere Flüche aus, die Jasov häufiger in Gasthäusern zur Sperrstunde vernommen hatte.

Luft für so viel Ärger blieb ihm selbst nicht. Aber als seine Augen jeden kleinen Schatten in ihrer Nähe einmal bedacht hatten und nichts Untotes mehr erblicken konnten, machte sich wieder etwas Hoffnung breit. »Ist es weg?«

»Ich glaube nicht, dass es uns zu Fuß verfolgt«, murmelte Beneth, zog erneut sein Schwert und drehte sich, die Klinge schwingend, im Kreis um Jasov herum.

»Was … aber du hast es getroffen oder? … Was ist das?«

»Das, was wir suchen, nur leider weitaus mehr als das!«

Jetzt griff Jasov den Mann beim Arm und schaute ihn entsetzt an. »*Was*?«

Beneth schüttelte den Kopf und atmete tief durch. »Hast du es dir genau angesehen?« Jasov runzelte nur die Stirn. »Ja, dachte ich mir, wie auch … nun … die Gestalt bestand aus Sumpf, bis auf den Arm. Der war echt. Der gehörte jemanden. Und seine Aura ist ausgesprochen mächtig und unheimlich. Es bedarf sehr viel magischen Talents, einen Untoten zur Bewegung zu bringen, das habe ich oft genug gesehen. Die machen das nicht von allein … Der Äther bewahre uns vor dem, der hierfür verantwortlich ist! Ich kann dir einen Donnerbüffel vom Hals halten, ich kann einen Felsen blockieren, aber Todesmagie durchdringt jeden Schildzauber!«

»Todesmagie …« Jasov schüttelte sich kurz.

Leider würden sie den Weg wieder zurückverfolgen müssen, bis zu jener Weggabelung, an der ein Wesen aus Tod und Sumpf auf sie lauerte.

»Und jetzt?« Jasovs Stimme zitterte, ihm war zum Weinen zumute. Könnte er nur irgendetwas bewirken, hätte er nur etwas gelernt, was ihnen weiterhelfen würde. Aber nichts Sinnvolles wollte ihm einfallen. Wieder war er unvorbereitet in ein Abenteuer gestapft, weil jemand aus dem Schloss es ihm aufgetragen hatte.

»Wir müssen zurück! Stell dir vor, das Ding holt uns in einer Sackgasse ein, vielleicht ist es bereits unter uns! Nein! Lieber ein Kampf zu fairen Bedingungen. Einige Tricks habe ich auch im Ärmel. Paladin ist man nicht wegen Rüstung und Schwert!«, kam es entschlossen von Beneth.

Er machte Jasov mit seinem sturen, kampfbereiten Blick ein wenig Mut. Trotzdem gingen sie nur zögerlich den Weg zurück, langsam schreitend, jede Unebenheit kritisch betrachtend und auf jedes Geräusch achtend. Wenn es denn Geräusche gegeben hätte. Für den leisen Flügelschlag eines Vogels oder das Summen eines Insektes, ein Zeichen des normalen Lebens, hätte Jasov alles gegeben. Doch da war nur ein dumpfes Beben unter ihnen. Auf dem Weg durch den Sumpf hatte er das öfters gespürt, nun war er sich sicher, dass dies schon ein Grund zur Sorge gewesen war. Er folgte Beneth dichtauf, ebenfalls bereit, zuzuschlagen, sollte es denn so sein, mit seiner Umhängetasche. Vielleicht half auch ein geschickter Tritt.

Wohin trat man einen Untoten?

Der Rückweg zur verhängnisvollen Weggabelung war unangenehm lang, und noch immer erstickte Magie die Atmosphäre. Jasov spürte es deutlich, als sie dem Ort des Geschehens näherkamen. Wie die dicke Luft einer schlechten Unterhaltung, das war wohl der einzig passende Vergleich. Beneths Schwert vibrierte sichtbar in seinen Händen und Jasov erfuhr, dass die eingelassenen Edelsteine im Handgriff keinesfalls Dekoration waren, sondern eben genau dazu dienten, magische Schwingungen wiederzugeben.

Nur war er selbst um einiges feinfühliger als das Metall. In Zukunft sollte er sich auf dieses Gespür definitiv verlassen. Talent war eine neue Erfahrung für Jasov, er hatte sich bisher immer alles erarbeiten müssen, trotz seines Gefühls für Magie. Nie war ihm bewusst gewesen, wie weit sich seine Gabe bereits entwickelt hatte und wie hilfreich sie sein konnte. Diesmal achtete er auf jede Kleinigkeit: Geplätscher, Beben, Gemurmel im Sumpf, Insekten und magische Schwingungen. Eine leise Stimme in seinem Kopf flüsterte ihm zu, dass es in seiner Ausbildung auch darum ging und er vielleicht nicht nur wegen eines toten Gegenstands im Sumpf wühlte.

Das war Meister Marberd durchaus zuzutrauen.

Sie standen wieder an der Weggabelung des Schreckens. Allein. Keine Sumpfleiche erwartete sie. Nur die zerbrochenen Straßen in drei Richtungen erinnerten an das Erlebnis. Die Brüche der Steine sahen noch frisch aus, doch bald schon würde dieses abgerissene Ende im Sumpf wie alle anderen unscheinbar mit der Landschaft verschwimmen. Aber wie sollten sie von hier entkommen? Durch den abgelassenen Teil des Moors konnte man eine der anderen Straßen erreichen, andererseits war der Boden keineswegs fest. Ein schwerer Ritter wie Beneth konnte darin versinken. Zumindest hatten sie Zeit, über dieses Problem nachzudenken. Sie schienen allein zu bleiben.

»Ich möchte ungern eine Beschwörung errichten, damit wir den Sumpf passieren können«, meinte Beneth. »So etwas ist schwierig in unruhiger Magie und zieht nur Aufmerksamkeit auf sich. Bin kein guter Magier und du leider auch nicht.« Er sah Jasov fragend an.

Der konnte nur mit den Schultern zucken. »Und jetzt?«

»Keine Ahnung, vielleicht ist es weg …«

»Nein. Hier ist etwas … fast Greifbares«, bekräftigte Jasov. Beneths Schwert wies noch immer eine leichte Vibration auf, und sie sahen sich weiter vorsichtig um.

»Es hilft aber nichts, wir müssen diesen Ort verlassen. Was hier auch passiert, wir sind dem nicht gewachsen. Nicht hier! Wir müssen heraus aus dieser Magie. Die Leiche ist nicht mal das Problem … so was kenne ich. Aber diese Magie … unheimlich!«

Da gab Jasov ihm recht.

»Wir können hier über die Steine und Ruinen bis zu dem Fuhrwagen klettern, dann ist die nächste Straße nur noch einen Sprung entfernt. Siehst du das?« Beneth deutete auf den Verlauf des Weges. »Sie verbindet sich mit unserem Rückweg. Dann ist es nur noch ein Tagesmarsch zurück. Verdammig … Wir hätten nie so weit und so lange in den Sumpf laufen sollen!«

Tatsächlich waren sie bereits zwei Tage auf diesen Straßen unterwegs gewesen, eine kurze Rast über Nacht mit etwas Schlaf im vorderen Teil des Sumpfes mitgezählt. Dort war der Weg stärker befestigt und die Moore machten fast einen geordneten Eindruck. Ein wenig zu ordentlich. Jasov ärgerte sich. Wie konnte man den

Menschen nur einen so einladenden Weg in Richtung der ewigen Wälder präsentieren, wenn es hier Wesen aus Schlamm und Tod gab, die einen im Gelände einsperren konnten? Überall Sackgassen, fast schon diabolisch lang angelegt, wie ein großes Labyrinth.

»Meister Beneth … wozu dient dieser ausgebaute Sumpf? Hat er noch einen Nutzen?« Jasov sah den Paladin kritisch an.

Beneth rieb sich den Nacken und fixierte etwas Unsichtbares auf den Steinen der Straße. Sein Zähneknirschen sprach Bände. »Mann, dich haben sie auch einfach gleich ins Moor gejagt, oder?«, murrte er und seine Augenbrauen zogen sich sorgenvoll zusammen.

Jasov schluckte schwer.

Noch einmal drehte sich der Paladin um und schien sich seine Worte genau zu überlegen. »Die Legende der Streitmacht aus dem Nebel, die kennst du doch sicher?«

Jasov nickte langsam. Sie war keine seiner liebsten Geschichten. Kurz und schmerzhaft klang die Sage eher wie ein Bericht. Es fehlten die funkelnden Drachen mit mächtigen Taten. Die Erzählung sprach von der Eroberung ihres Reiches und dem Leid, das die Menschen erdrückte, ehe Dragul sich über sie erhoben hatte.

»Wie hat man sie bei euch im Äußerenkreis erzählt?«

Jasov dachte einen Augenblick nach und versuchte, sich an die Reihenfolge der Geschichte zu erinnern. »Nun … meine Großmutter mochte dieses Märchen. Sie wollte nicht, dass ich zur Armee ging, und glaubte teilweise an das, was die Sage erzählte. Perfekt, um mich zu verängstigen, als ich klein war, natürlich!« Er musste ja nicht erwähnen, wie sehr ihn die Geschichte noch jetzt gruselte. »Als dieses Land keinen Namen hatte und nach dem ewig dauernden Krieg von Drachen heimgesucht wurde, die Menschen beinahe alle starben, da erhob sich der Altdrache Dragul. Es soll seine Stimme gewesen sein, die eine Armee erweckte. Generationen an Kämpfern, gefallen vor Jahrhunderten, schritten aus dem Wasser der Nebel, über die Leichen ihrer Nachfahren, welche sich hinter ihnen erneut erhoben. Je mehr starben, desto mehr Schwerter lebten auf. Und die Toten kämpften die Lebenden frei. Unter dem Banner ihres neuen Herrn. Das ist die Armee des Reichs vom Kraterland. So hat sie es mir zumindest erzählt … Das ist doch nicht etwa …«

Es war eine kurze, aber schaurige Erzählung für Kinder. Ältere Menschen schmückten sie gerne weiter aus, für den gewissen Horror, und dichteten ein ganzes Epos drumherum. Jasov fühlte sich ausgesprochen unwohl mit dieser Erinnerung – hier, in einem Sumpf stehend, in dem eine Leiche, ähnlich den Kämpfern in jener Legende, lebendig zu sein schien.

Beneth räusperte sich. »Nun, was für den einen Märchen sind, ist für den anderen Historie. Du musst wissen, diese Informationen sind … nun sie sind heikel. Machen Angst. Du weißt schon. Kann man nicht jedem einfach erzählen.«

Jasov schluckte und wurde sich wieder bewusst, wie wenig er doch wusste, gar wissen durfte. Noch war er nicht Teil dieser Welt, lediglich ein Lehrling, der nicht einmal die Magie des Schlosses ertrug, wo offensichtlich ein Drache hauste, dessen Stimme die Toten erwecken konnte.

»Auf dem Wappen unseres Reiches thront ein Drache über sich beugenden Knochen …«, flüsterte er und beobachtete Beneth Mimik ganz genau.

Der Paladin fletschte die Zähne und nickte. »Gewässer aus Nebel, voller Straßen, die für irgendjemanden befestigt wurden und nur aus dem Sumpf führen, nicht hindurch, drumherum oder an einen Ort. Muss ich dir nicht erklären, ne? Ein Moor, in dem Leichen über Tausende von Jahren unberührt in ihrer Magie lagern konnten …« Beneth zuckte mit den Schultern und schaute Jasov mit hochgezogenen Augenbrauen an. »Vielleicht hat sich eine der alten Leichen selbstständig gemacht. Die hat unser Lord alle teilweise zur Selbstständigkeit verzaubert … kannst ja nicht mit den Gedanken Unzählige Untote lenken, zumindest nicht lange, was weiß ich … Aber ein einzelner Arm, nein, nein das geht nicht. Der ist viel zu schwach!«

Zumindest Beneth schien wieder um einiges ruhiger zu sein durch die ganze Grübelei und begann ein leises Selbstgespräch.

Ein kalter Schauer zog sich über Jasovs Rücken, tief hinein bis in seine Eingeweide. Dieses Wissen galt also als verboten, wurde dem einfachen Volk absichtlich vorenthalten oder in Märchen verschleiert – und das trotz des wichtigen historischen Wertes. Immer mehr verlor Jasov sein Vertrauen in das prächtige Reich. Von Monat zu Monat verdunkelten offene Fragen, waghalsige Aufträge und schreckliche magische Schwingungen das glorreiche Bild einer Welt, die er für gerecht und gut gehalten hatte.

Wieso hatte Marberd ihm verschwiegen, dass sie sich auf einem alten Schlachtfeld befanden? Sollte dies wirklich der Fall sein, was war die Konsequenz? Konnte Jasov seine Berufung überhaupt noch ablehnen?

Ein unheimliches Blubbern aus dem Sumpf riss ihn zurück in die Realität. Es gab Wichtigeres im Augenblick. All die Fragen wäre vergebens, falls das Wesen aus dem Moor sie erneut ansprang. Jasov fluchte leise und widmete sich wieder der Problemlösung.

Als er im Alter von sieben Jahreszeiten verstanden hatte, dass die Geschichten über den Drachenführer ihres Landes alle einen wahren Kern hatten, ihr Landesherr tatsächlich kein Mensch war und seine Großmutter ihm wohl doch keinen Bären aufgebunden hatte, da hatte seine Leidenschaft für Sagen und sein Vertrauen in Volkserzählungen ihren Anfang genommen. Jetzt entpuppte sich diese Horrorerzählung über Untote auch noch als wahr, und das war in vielerlei Hinsicht beunruhigend, denn Jasov hatte einiges gelesen, was mehr als grauenvoll war, wenn es nur zu einem Bruchteil so passiert war. Doch genauer beleuchtet gab ihm diese Geschichte rund um eine Armee aus Toten Grund zur Hoffnung.

»Du sagst, Leichen können kontrolliert werden, oder man gibt ihnen zumindest so etwas wie einen Befehl. Das hier ist nur ein Arm, könnte es deshalb anders sein?«

Beneth schaute ihn kopfschüttelnd an. »Ich habe dir vorhin schon gesagt, es ist ein Zauber oder eine aktive Beschwörung. Ein

Arm kann sich nicht selbstständig machen, nicht so gebündelt in Gestalt. Er müsste sehr schwer verflucht sein, aber das äußert sich anders.«

»Angenommen, das stimmt. Es handelt sich um eine aktive Beschwörung … Also, wenn hier im Sumpf eine Armee ruht … dann könnte es so eine Art Restverzauberung sein? Ein Fragment, ein Überbleibsel einer Beschwörung? Irgendetwas Kaputtes? Mal ehrlich, wenn uns etwas hätte töten wollen, wäre das leicht gewesen. Marberd hätte uns sicher gewarnt, wenn so etwas möglich wäre, oder?«

Beneth hob die Augenbrauen so hoch, dass sich tiefe Falten auf seiner Stirn bildeten.

Hätte Marberd sie gewarnt? Jasov war sich selbst nicht sicher. Der alte kauzige Mann vergaß gerne mal, dass Jasov sein Schüler war, und trug gelegentlich drei Paar Socken übereinander. Kein Wunder, dass man händeringend nach Ersatz suchte und sogar jemandem wie Jasov die Chance gab. Er seufzte. »Was ich damit sagen will, dieser Leichenarm macht bisher keinen sehr effizienten Eindruck!«

»Du versuchst, das Ziel des Zaubers zu finden! Ist ja auch dein Job«, brummte der Paladin abschätzend.

Jasov zuckte nur mit den Schultern. »Ich weiß noch gar nichts, Beneth. Ich fange gerade erst an. Aber Fragen habe ich auch so. Was steuert hier eine Leiche im Sumpf? Aktiv? Von wo? Wer?«

»Ein Magier! Jemand muss hier sein! Jemand hat es erweckt!«, polterte Beneth und zuckte dann, wohl seine laute Stimme bereuend. Er schaute sich hektisch um, doch es passierte nichts.

Jasov fühlte sich verzweifelter denn je. Die vielen neuen Fragen und die Geschichte lagen ihm schwer im Magen. Wenn hier außer ihnen jemand war, was für einen Anlass hatte er, sie anzugreifen und wo versteckte sich dieser Mensch? Eine andere magiekundige Person, die Jasov ausschalten wollte? Wozu? Das konnte nicht der Grund sein. Was also war schiefgelaufen? Er hatte im Sumpf gewühlt, leicht genervt durch Beneths Gemecker. Er hatte auch an dieser Stelle nichts finden können, und er war ungeduldig geworden. Er hatte sich sehnlichst gewünscht, einen ebensolchen Arm im Sumpf zu finden – beinahe dafür gebetet.

»Gib mir irgendetwas …«, wiederholte er seinen Wunsch, wie er es schon einmal getan hatte, kurz bevor die Situation eskalierte. Hatte er diese Worte wirklich ausgesprochen oder nur zu seinem Herzen geflüstert?

Schlagartig pulsierte brennende Angst durch seine Schläfen. Das konnte nicht möglich sein. *Das durfte nicht …* Die scheinbar fremde Stimme an seinem Ohr, so laut, als hätte jemand eine Beschwörung direkt neben ihnen gesprochen. *Oh nein!* Das hatte er nicht getan, nicht erneut, nicht schon wieder … Jasov hatte sich auf den Sumpf eingelassen wie auf das flackernde Leuchten einer Kerze in einem Zimmer, wie auf den Kristall in der Mine …

Er schlug sich gegen die Stirn, sodass Beneth neben ihm zusammenschreckte. Regungslos und mit einem nervösen Gesichtsausdruck versuchte Jasov, sich zu konzentrieren. Er hatte von hier verschwinden wollen, aber nicht ohne das, was er suchte. Vorhin hatte er sich sehr eindringlich auf diesen Wunsch konzentriert. Ob Finger oder Schlange, Singvogel oder Arm. Ein Arm. Nichts hatte er sich mehr gewünscht und wünschte er sich nun. Wie von selbst, in einem Tagtraum gesponnen aus Magie, wiederholte er die Beschwörung. Die Worte kamen ihm leicht über die Lippen und die melodische Sprache der Magie ließ den Sumpf erzittern.

»*Mendial her mîr dar mir.*« Es war seine eigene, innere Stimme gewesen, welche zur Magie gesprochen hatte.

Beneths Schwert summte hörbar in seiner Hand, als schwarze Finger an die Kante des Weges griffen und sich eine menschliche Gestalt aus Matsch und Moor emporzog. Die Moorleiche stand direkt vor ihnen. Beneth verstand offenbar ebenfalls, was geschehen war – sein Gesicht verzog sich vor Wut.

»*Bitte was*?«, polterte er.

Jasov streckte zittrig seine hohle Hand nach dem Wesen aus. Mit aufkeimender Übelkeit musste er ansehen, wie die Leiche ihren Arm hob und ihn in Jasovs Hand legte. Die Kreatur selbst war ohne Substanz. Es klatschten nasse Erde und Schlick zurück ins Moor, und die menschliche Form verschmolz wieder mit dem Sumpf. Der Arm, fest in Jasovs Griff, blieb übrig.

Beneth fluchte atemlos und starrte Jasov zornig an.

Dieser hatte sich kaum gerührt und stand immer noch, mit einer Hand gegen den Kopf gedrückt, wie gelähmt auf der Mitte des Weges. »Ich … ich hatte mich auf den Sumpf fokussiert! Mir gewünscht, mir erdacht … vorgestellt …«

Beneth ging einen großen Schritt auf ihn zu und sah ihn nun stirnrunzelnd an, mehr entsetzt als wütend. »Wie gedacht? Wie sehr hast du gedacht, Zauberer?!«

Jasov schüttelte verlegen den Kopf, ihm war speiübel.

»Du hast dich auf die Magie des Ortes fokussiert? Mit ihr gesprochen?« Beneth wurde nicht laut, aber der Tonfall war eiskalt und kurz vor einem ausgewachsenen Wutausbruch.

»Es tut mir leid …«, Jasov wusste gar nichts über die Welt der Magie, und doch steckte er mit beiden Beinen in ihrem Sumpf.

»*Marberd*!« Jetzt wurde Beneth laut und Jasov erschrak fürchterlich. »Du hast keine Ahnung; es gab nicht einmal ein Basistraining deiner Fähigkeiten, und dann schickt er dich hierher … was für ein verwirrter alter Narr! Wenigstens mich hätte er doch warnen können!«

»Och, ich dachte, Ihr wärt ein ausgezeichnetes Exemplar Eurer Einheit, da sollte das doch nicht nötig sein, oder? Hat Meister Hemm Euch nicht neulich erst befördert?«

Beneth und Jasov fuhren einmal mehr erschrocken herum. Diesmal war es Marberd, der direkt hinter ihnen stand, einen Arm in einem Portal und mit einem verschmitzten Lächeln im Gesicht. Sonnenlicht schien durch die Öffnung und erfüllte den tristen Sumpf mit einem unheimlich lebendigen Schein.

»Ach, und Ihr sagtet uns, man könne hier keine Portale öffnen!«, keifte Beneth mit hochrotem Kopf. Jasov meinte nun, von ihm selbst etwas Magisches wahrzunehmen, so zornig war der Mann.

»Tatsächlich habe ich jemanden gebeten, dieses Portal für uns zu öffnen, der dazu in der Lage ist. Ich hatte mir Sorgen gemacht, die Magie wurde so unruhig, ich wollte nach euch sehen. Kommt, das Portal wird nicht lange halten! Ihr habt ja wohl, was ihr gesucht habt, nicht?« Er lachte leise und winkte das vom Moor verschmutzte Abenteurerpaar herbei. »Und Jasov, bitte … pack den Arm doch in deinen Beutel, ja? Das ist ja wirklich ein bemerkenswertes Stück, quillt fast über vor Magie. Sei bloß vorsichtig, er darf nicht beschädigt werden!«

Jasov gab sich alle Mühe, den Arm ohne übertriebenen Ekel in seiner Tasche zu verstauen, bevor er Marberd und Beneth durch das Portal folgte.

Es wurde schlagartig sonnig und warm. Stimmen wurden vom Wind getragen und die Vögel sangen so laut und vergnügt wie an einem Frühlingsmorgen.

Endlich konnte Jasov durchatmen, was für ein Gefühl.

Sie waren wieder in der Siedlung nahe dem Moor. Die mit Bast gedeckten Dächer und tristen Bauten hatten auf seiner Hinreise nicht halb so lebendig gewirkt wie jetzt. Er fühlte, wie die Anspannung von ihm abfiel, als hätte er die letzten Stunden schwere Steine schleppen müssen. Seine Knie zitterten zwar noch immer, aber das Rauschen seines schnellen Herzschlags verschwand. Sogar Beneths Gesichtsausdruck war gelöst, und sie nickten sich kurz zu.

Das Portal schloss sich hinter ihnen mit einem ungesunden Flackern und Jasov sah aus dem Augenwinkel, wie Marberd sich bei einer zierlichen Gestalt bedankte. Die Person war in helles Leder gekleidet und hatte eine Kapuze so tief ins Gesicht gezogen, dass Jasov es nicht erkennen konnte.

Sie schüttelte den Kopf, Marberd schien sich leicht vor ihr zu verbeugen, und dann war sie auch schon schnellen Schrittes verschwunden. Irritiert sah Jasov ihr nach, sie trug keine Schuhe, aber ihre nackten Füße hinterließen keine Abdrücke im feuchten Boden.

Wieder einmal klatschte der Großverzauberer laut in die Hände und gesellte sich dann zu Beneth und Jasov.

»Das war doch sehr erfolgreich, ihr zwei! Sehr erfolgreich! Machen wir uns auf, zurück zum Schloss. Aber vorher … eine warme Mahlzeit? Eine Mütze voll Schlaf?«

Dass Jasov sich keinen fiesen Schnupfen eingefangen hatte, grenzte an ein Wunder. So nannte Marberd übrigens auch den Tee, den Jasov jeden Morgen vor seiner Arbeit trinken musste. Am Anfang dachte er noch, das Wunder an diesem Tee sei, ihn hinunterzuschlucken und nicht gleich wieder hochzuwürgen. Vermutlich verdankte er aber jenem bitteren, stinkenden Aufguss seine neue Vitalität.

Eine kurze Nacht auf hartem Bett und eine simple Mahlzeit hatten genügt, und Jasov, Marberd und sogar Beneth waren fit für die Heimreise. Portale, Fußmärsche und viel lebendigere und wärmere Landschaften als auf dem Hinweg lockerten Jasovs verwirrtes Gemüt. Ihm war klar, dass nach seinem Erlebnis im Sumpf jede triste Landschaft wirkte wie das blühende Leben. Wieso also sollte er diese Wirkung nicht genießen, solange sie anhielt? Zwischen den Abkürzungen durch die Portale gab es genug Zeit für die vielen Fragen in Jasovs Kopf, aber er wusste nicht, wo er anfangen sollte. Marberd versicherte ihm, dass er alles früher oder später erlernen werde und dieser Ausgang seines Ausflugs keinesfalls geplant oder gar inszeniert gewesen sei. In einem Sumpf voller alter Relikte und Leichen von Kämpfenden und Magiekundigen sollte er … auf ein Objekt stoßen, nicht jedoch es zu sich rufen. Zwischen Stolz, Unsicherheit und Misstrauen schluckte Jasov weitere Fragen hinunter. Eher er sich lächerlich machte oder gar ein womöglich verbotenes Thema ansprach, wollte er sehen, wohin ihn seine Arbeit noch führte.

Hoffentlich hinein in die ersehnte Ausbildung.

Beneth gab sich mit Marberds halber Entschuldigung für die Unannehmlichkeiten nur wenig zufrieden und war die restlichen gemeinsamen Stunden bis zum Schlosskern schweigsam und offensichtlich beleidigt. So verließ er die beiden Zauberer direkt am ersten Vorplatz in Richtung Kasernen, und Jasov konnte ihm nur noch ein *Danke* nachrufen. Man konnte es Beneth nicht übelnehmen, Jasov wäre an seiner Stelle ebenfalls verärgert gewesen. Doch er fühlte sich durch seine neu gewonnenen Fähigkeiten und sein Gefühl für Magie bestärkt und mutiger denn je.

Und so verschlug es ihm erst einmal den Atem, als er mit seiner neuen Sicht auf die Welt der Magie den Blick in Richtung Schloss wandte. Zu selten hatte er die Zeit für diese mächtigen Mauern gehabt, getrübt durch die Panik, welche er immer empfunden hatte. Doch alles Chaos und die Angst, sie waren fort, verschwunden. Die magischen Ströme wirkten nicht mehr überwältigend, er verstand sie oder glaubte es zumindest. Kein erdrückender Lärm, er stand vielmehr dazwischen, als gehörte er dorthin. Seine Sichtweise hatte sich durch das Erlebnis im Sumpf geändert. Zum ersten Mal sah er den Ort, an dem er lebte, mit klarem Verstand und wachem Auge.

Lebendig und bunt ging es rund um die Gebäude und Mauern zu. Die Stallungen des Schlosses waren mit Soldaten bemannt, zwischen deren Beinen Kinder tobten, die deshalb von Hunden angebellt wurden. Jeder hier war in Bewegung, Frauen mit großen Körben winkten sich zu, ein Mann sang vor sich hin, während er seine Schubkarre schob, und tatsächlich schwebte an Jasov und Marberd ein großer Stein vorbei, vermutlich in Richtung einer Baustelle oder Ähnlichem, verzaubert von einem Magierkollegen, den Marberd sofort begrüßte. Es klapperte an allen Ecken, die Luft roch nach Stall und dann wieder nach Küche, teilweise nach Parfüm und ein wenig nach Herbst. Üppig begrünt waren die Mauern, sogar die Türme. Das Leben an diesem Ort konnte man sehen, riechen und beinahe schmecken. Jasov grinste breit auf dem Weg durch das erste Schlosstor auf den nächsten Vorplatz, und seine Freude sprang ihm fast aus dem Gesicht, als sie nach dem Passieren des gigantischen Haupttors direkt vor dem Schloss standen. Majestätisch und gewaltig lockte es mit unzähligen Zimmern, Fluren, Gängen, Winkeln und Ecken. Jetzt wollte er alles kennenlernen, jeden Garten, jeden Saal, jeden Korridor. Die Schmiede, die Übungsplätze und alles Unbekannte und Fremde.

Marberd begleitete ihn auf dem Weg schmunzelnd und kopfschüttelnd. »Ist der Knoten endlich geplatzt, ja?«

Jasov nickte.

»Dann können wir ja gleich mal dein Mitbringsel bearbeiten!«

KAPITEL 8
MAGIE

Fit, dank des Tees namens Wunder und seiner neuen Balance, gab es für Jasov keine Ruhepause, auch nicht nach dieser langen Reise. Ein Wunder zum Reinigen seiner Kleidung gab es aber offenbar nicht. Immerhin ruinierte er bei den Ausflügen ins Land nur die Uniform des Reichs. Im Laufe der Zeit hatte er den Rest seiner ärmlichen Kleidungsstücke gegen Schlossuniformen getauscht, darunter sogar eine Kampfmagierrobe. Diese Bezeichnung bereitete ihm immer noch Bauchschmerzen. Kämpfen, das versuchte er zu verdrängen. Eines Tages jedoch würde er auch das lernen müssen. Auf einmal war ihm Marberds Zeitrechnung in Jahrhunderten wieder viel sympathischer. »Irgendwann« klang deutlich besser als »morgen auf dem Übungsplatz«.

Nun, da Jasov die Magie im Schloss angenommen hatte, war er, ohne es zu merken, mittendrin in seiner Ausbildung, ganz offiziell und mit eigenem Wappen auf dem Hemd. Gleich am Tag nach seinem Abenteuer hatte Marberd ihm ein schwarzes Band an seine Jacke gesteckt und ihm gratuliert, auf dass er noch viele davon sammeln würde. Der schwarze Samt symbolisierte den Grad des magischen Könnens – Auszeichnung und Abzeichen in einem. Jasov blieb jedoch wenig Zeit, dieses neue Hochgefühl zu genießen, denn Marberd klatschte schon tags darauf die tote Hand auf den Tisch.

»Jasov … du brauchst einen Anker!«, verkündete der alte Mann grinsend und stand vor dem schmoddrigen Gliedmaß, als hätte er einen prächtigen Fischfang vor sich liegen.

»Anker?«, wiederholte Jasov langsam und dachte dabei an die Seefahrt und große, schwere Objekte aus Metall.

»Das ist ein Kristall, gefüllt mit einem magischen Kern, den man so verzaubert hat, dass er dir dient. Und ich rede nicht von den gewöhnlichen Kristallen, die du bereits kennst. Die kann auch jemand ohne Begabung nutzen, zum Feuermachen oder Händewärmen. Nein, ein Anker kann mehr. Oh Jasov, du wirst ihn lieben!« Marberd grinste breit und nickte hinunter zum Sumpfarm.

Das dort sollte er lieben? Jasov blinzelte nervös.

»Sprich ihn an, das hast du schon einmal getan.«

»I-ich weiß aber nicht – ich soll was?« Widerwillig beugte sich Jasov zu dem aufgequollenen Handrest. Immerhin sorgte eine Tinktur dafür, dass der Arm nicht so roch, wie er aussah. Adern waren inzwischen hervorgetreten und eine schleimige Flüssigkeit zog sich über die untote Haut.

»Es ist außergewöhnlich, wahrlich, wahrlich. Bei der falschen Göttin! Ich dachte, dass du mir einen Käfer, eine Schlange bringst, oder vielleicht etwas Menschliches, einen Bauernfinger, aber das hier«, Marberd drehte den Teller, auf dem der Arm lag, einmal im Kreis, »das hier ist älter als das Land.«

Erschrocken wich Jasov zurück und stieß sich dabei den Ellenbogen an dem Holzstuhl hinter sich. Fest biss er die Zähne zusammen, um ein Wimmern zu unterdrücken. Sich die schmerzende Stelle reibend, ließ er sich sogleich auf das Möbelstück nieder und atmete tief durch. »Fünf… fünfzigtausend Jahre«, brachte er keuchend hervor.

Das trällernde Lachen von Marberd hallte durch den Keller, der alte Mann hüpfte vor Freude. »Ja, genau. Er stammt aus der Zeit der Eroberung. Er gehörte sicher einer Person mit magischen Fähigkeiten. Dein Flehen hat ihn geweckt und eine alte Verzauberung reaktiviert. Normalerweise kann nur unser Lord die Untoten aus dem Sumpf erwecken, aber du musst verzweifelt genug geklungen haben.«

Das konnte Jasov immerhin nachvollziehen, pure Angst hatte ihn angetrieben, ungeahnt, welche Macht dieses Gefühl entfalten konnte – aber der Rest von Marberds Erklärung wollte sich ihm nicht erschließen. Sein Ruf hatte diesen Arm aktiviert und einen so komplexen Zauber geformt, dass der Leichenteil sich ihm sogar selbst überreicht hatte?

»Todesmagie ist intelligent, besonders jene, die in verstorbenen Zaubernden ruht. Sie wird dein Anker, deine Verbindung zur magischen Stimme. Sie wird dich leiten.«

Schon wieder dieses Wort: Anker. Ungläubig beäugte Jasov erst den Arm, dann seinen Meister.

»Magie spricht miteinander, mein Freund. Das ist dir sicher bewusst. Nur Todesmagie, sie ist anders. Versuch es. Rede mit ihm.« Begeisterung schwang in Marberds Stimme.

Jasov rang mit seinen Zweifeln. Offenbar hatte er ein bemerkenswertes Kunststück vollzogen, ohne es zu verstehen. Wie sollte er das nur wiederholen?

Vor Anstrengung schwitzend starrte er auf den graublauen Arm und suchte nach der Aura, die er gespürt hatte. Die Erinnerung an jene Schwingung war mit seinen Erlebnissen im Sumpf verbunden. Eisige Kälte und Feuchtigkeit an seinen Beinen, klirrender Frost in der Luft, der ihn in die Lungen gebissen hatte – dazu das Gemecker eines alten Paladins. Und irgendwo dazwischen eine Stille mit einer Stimme, die offensichtlich dem Tod selbst gehörte. Hatte er sie gerufen, oder sie ihn? Als hätten sie einander angezogen.

»Da!«, kam es laut von Marberd und Jasov zuckte erschrocken zusammen.

»Was?«

»Sie erinnert sich an dich. Das reicht. Sehr gut. Komm, hilf mir, wir müssen ihr in den Kern schneiden, damit die Magie sich ein neues Gefäß suchen kann.«

Kaum ausgesprochen, zückte der Großverzauberer einen Dolch.

Jasov sprang angewidert auf. »Sch-schneiden? Da rein?«, brachte er mit einem Würgen hervor und musste beobachten, wie sein Lehrer mit einem ledernen Tuch bereits zugepackt hatte.

»Ja, und du musst es tun. Deine Magie in den warmen lebendigen Händen wird die Kraft aus dem Arm locken und direkt hier hineinleiten«, erklärte er und drehte die Schneide in seiner Hand ein wenig. Am Knaufende war ein glasklarer All'Ein-Kristall eingelassen. Aufwendig geschliffen und mit Runen versehen war dies das Endresultat von Jasovs ehemaliger Arbeit. Kristalle wie diesen hatte er gefördert, vielleicht hatte er einst den kleinen wertvollen Edelstein selbst zutage gebracht.

»Und ich brauche den Anker wofür?«, krächzte Jasov und räusperte sich.

»Todesmagie lässt alle anderen Stimmen verstummen und zwingt sie, zuzuhören. Diese hier ist obendrein uralt und kennt die Magie schon, sogar Zauberformeln aus dem Leben eines ehemaligen mächtigen magischen Menschen. Wenn du nicht weißt, wie du deine Zauber formulieren sollst, oder die Sprache einer magischen Quelle nicht verstehst, dann ist die Chance hoch, dass der Anker es kann. Er wird für dich verhandeln, er wird dich leiten und dir Hilfe bieten.«

»Magie spricht miteinander«, wiederholte Jasov leise und schluckte schwer. Nur zögerlich griff er zu dem angebotenen Dolch. Seine Finger zitterten. Marberd behielt seine Hand fest an den untoten Überresten und nickte ihm aufmunternd zu. Alle Übelkeit in die Tiefen seiner Eingeweide pressend, die Luft anhaltend, stach Jasov zu.

Es fühlte sich unerwartet leicht an. Die Klinge glitt ohne Widerstand hindurch, geräuschlos. Es war, als schnitte er durch einen weichen Käse, und diese Vorstellung brachte Jasov kurz zum Würgen. Für einen Moment überlegte er, ob Marberd ihn nicht hereinlegen wollte. Der makabre Humor des Alten begnügte sich für gewöhnlich mit Jasovs Tollpatschigkeit, aber man konnte nie wissen. Doch wie zur Antwort auf seine Sorgen spürte er plötzlich eine Vibration im Griff der Klinge. Beinahe hätte er ihn losgelassen.

»Gut so, gut so! Halt still jetzt. Die Magie muss durch den Dolch, durch dich, bis in den Kristall.«

»T-todesmagie soll durch mich hindurchfließen«, setzte Jasov gerade an, da packte ihn ein eisiger Hauch. Frost schien sich aus seinen Fingerspitzen auszubreiten und fraß sich in den Arm, in die Venen. Sein Atem versiegte und verweigerte ihm den Dienst, egal, wie sehr er sich auch bemühte, Jasov konnte sich nicht mehr bewegen, nicht einmal blinzeln. Tausend Nadeln stachen in den Lungenflügeln und seine Brust brannte wie entflammt. Der Tod packte ihn. Zwei eiskalte Hände pressten sich um seinen Kopf, raubten ihm die Sicht.

Das war sie gewesen – diese Magie – der Tod selbst hatte ihm den Schlaf geraubt und ihn viele Wochen lang im Schloss geplagt mit seiner tödlichen Ruhe. Panisch starrte Jasov auf seine Hand. Der Dolch bebte und eine betäubende Stille drückte sich auf Jasovs Ohren, breitete sich von dem metallenen Griff über seinen ganzen Körper aus. Sämtliche Magie in Jasov hielt den Atem an. Der Lärm des Schlosses verstummte völlig bis zu einem Punkt absoluter Leere.

Wo befand er sich gerade? War das immer noch der Keller? Diese eisige Stille fror die Zeit ein – nur um mit einem Schlag wieder zu fließen. Der Lärm kehrte zurück, so laut, Jasov keuchte erschrocken auf. All die Kälte ließ von ihm ab und floss hinaus, bis ein helles Summen erklang und dazu ein freudiges Lachen, Klatschen und Jubeln von Meister Marberd.

»Jetzt müssen wir den Kristall nur noch verzaubern!«

Dafür also hatte Jasov zwei Tage im Sumpfwasser gesucht und gezittert. Zwei Tage Stress und Bibbern zwischen Leichen, Kälte und der Gefahr des Sumpfes – für reine, unverfälschte Todessenz.

An dieser unheimlichen Sorte Magie mangelte es im Schloss eigentlich nicht, jedoch sollte Jasov seine eigene Verbindung knüpfen. Und nach der Verzauberung, der Bindung an einen Kristall, würde der daraus entstehende Anker zu einer Art Mentor werden, um ihn zu leiten. Zu Jasovs Bedauern konnte man als Zauberer nicht einfach so Feuer heraufbeschwören. Entweder musste man mit eigenwilliger Magie lange diskutieren, damit sie wirkte wie gewünscht, oder man nutzte bereits verzauberte Kristalle mit gefügigen Essenzen, die darauf trainiert waren, bestimmten Zaubersprüchen Folge zu leisten. Magie war ein schwieriges Gebilde, fast schon ein Wesen mit einem eigenständigen Charakter. Sie reagierte nie gleich, nie wie erwartet, jedoch kannte sich Magie untereinander, entsprach diese Energie doch einst ein und derselben Quelle.

Ein Anker aus Tod besaß eine klare laute Stimme und ließ das wilde Geplapper fremder Magie verstummen. Ihm musste man einfach zuhören und das konnte Jasov nutzen. Keine Magie der Welt stritt sich mit Todesessenz. So wie man sich nicht mit Lord Dragul stritt, der ganz offensichtlich aus dieser Energie bestand. Nein, das war kein Geheimnis mehr für Jasov, und die Macht des Reichs somit begreiflich, aber auch bedrückend. Lord Dragul verdankten sie ihr Wissen um diese grauenvolle Essenz, und durch ihn waren sie im Besitz großer Mengen davon. Magie war kein Trick, den Jasov nur noch nicht beherrschte, das war ihm nun bewusst.

Wobei – so gesehen könnte man eine Verzauberung durchaus als Trick bezeichnen. Kristalle gefüllt mit magischen Elementen, die nach einer festen Struktur geformt waren, gehorchten sogar untalentierten Menschen.

Mit dem fertigen Anker, an einem Schlüsselbund befestigt, hatte Marberd ihm neben Feuerkristallen, Wassersteinen und Lichtkieseln auch seinen eigenen Portalstein überreicht. Dessen Verzauberung und Essenz würde es Jasov schon bald ermöglichen, Pforten zu ihm bekannten Orten zu öffnen.

Schade nur, dass mit der Fertigstellung des Ankerkristalls die Kampfmagierrobe an seinem Leib erneut zur Sprache kam.

KAPITEL 9
DRACHEN SIND WIE WELPEN

Das Feuer in der steinernen Schale auf seinem kleinen Arbeitstisch prasselte leise und erfüllte die ganze Kammer mit Wärme. Skeptisch hatte Jasov die Terrine mit Kohle befüllt. Die Tage wurden kälter, und das Tongefäß allein sollte ausreichend heizen? Marberd hatte ihm erklärt, dass eine Füllung genug war, um sie für lange Zeit zu aktivieren. Wie so oft behielt der alte Mann recht und schon schwache Glut heizte den Raum auf kuschelige Temperaturen hoch. Magie begleitete Jasovs Alltag und er liebte jede Sekunde.

Sein Quartier war geräumig, es gab genug Platz für Hunderte Bücher. Ein großes Bett befand sich an der Wand und hätte seine frühere Behausung in der Handelskammer fast ausgefüllt. Der hölzerne Tisch mit der Feuerschale und ein mit Stoff bespannter Stuhl standen in der Ecke. Mehr brauchte er nicht zum Leben. Essen gab es zwischen den Pausen im Unterricht, und wenn er doch noch Hunger hatte, konnte er zu einer Kaserne gehen, den Speisesaal aufsuchen oder gar halt in einer Bar machen. In diesem Schloss fand sich vieles, was man eher in der Stadt vermutet hätte. Kein Wunder, hier war ein eigenes Reich entstanden. Dabei lebte Jasov selbst bisher nur in den Kellergewölben von Zwielicht. Was sich wohl noch alles entdecken ließ?

Seit vier Doppelmonden wohnte er bereits im Schloss und der Winter begann gerade mit dem 28. Monat des Jahres 50201. Er fühlte sich noch immer wie ein Fremder, beinahe isoliert. Seine Aufgaben fesselten ihn an Marberds Keller und sein Quartier. Die Runensprache stand aktuell ganz oben auf dem Lehrplan, ohne sie würde er nur instinktive Zauber formulieren können.

Rhythmische Silbenübungen sollten seine innere Magie schulen, sodass sie sich besser verstanden.

Der magische Schlüsselbund mit dem Anker aus Todesmagie lag vor ihm neben einem Buch. Er brauchte ihn nicht in der Hand zu halten, um seine verstärkende Wirkung zu nutzen. Er diente als Hilfe zur Kommunikation, und mit ihm konnte man sogar simple Kunststücke wirken, ohne sich vorzubereiten. Doch zu mehr als ein paar Vibrationen reichte es nicht – es bedurfte intensiverer Übungen; und die würden heute beginnen.

Mit dem ersten Schnee stand der allgemeine theoretische Unterricht für neue Rekruten der Magie an. Das Schloss peinigte Jasov nicht länger, kein Lärm unterbrach sein Denken, er war bereit.

In der vergangenen Nacht hatte er trotzdem kein Auge zugemacht. Den Vorabend hatte er damit verbracht, seine Notizbücher vorzubereiten, um sich von seiner Nervosität abzulenken. Da stand er also, willig zu lernen. Hoffentlich ohne dabei erneut etwas in die Luft zu jagen, wie damals die Kristallmine.

Noch einmal drehte er sich in seinen vier Wänden herum. Er wollte bei seiner ersten Geschichtsstunde nichts vergessen. Schon jetzt besaß er so viele Bücher, dass die kleine Bibliothek seines Viertels wirkte wie ein Nachtschränkchen.

Die Lektüre war jedoch leider etwas einseitig. In einem hölzernen, verzierten Schrank an der Wand reihte sich ein Buch über Kräuter, Blumen, Steine und, ja, auch Sumpfleichen an das andere. Daneben stand natürlich seine alte Ausgabe »Chroniken der Drachenlegenden«.

Dieses Schriftwerk hatte seine Mutter ihm zu seinem zweiten Geburtstag geschenkt. Es sah furchtbar zerlesen und mitgenommen aus zwischen all den sauberen, neuen Büchern, aber in keinem anderen steckten so viel Liebe und so viele Träume. Jasov konnte der Versuchung nicht widerstehen, er musste einfach zum Regal gehen, um es noch einmal in die Hand zu nehmen. Vorsichtig strich er über den Buchrücken, ehe er ohne Mühe seine liebste Geschichte aufschlug.

Ein reichlich verzierter Berg war über zwei Seiten gemalt, darüber thronte ein kleiner weißer flügelloser Drache, dessen Tränen in goldener Ziertinte den Felsen hinunterflossen. Daneben fielen Jasov seine eigenen Kinderzeichnungen ins Auge, und die Drachenfiguren ließen ihn schmunzeln. Viele der Erzählungen und Informationen in diesem Buch waren lediglich Vermutungen oder sogar reine Fantasie. Endlich konnte Jasov herausfinden, was davon stimmte und was nicht, das hatte Marberd ihm versprochen. Inzwischen verstünde er genug über die Magie, um ihre Meister zu begreifen – die Drachen. Bei diesem Gedanken kribbelte es ihm wie so oft im Nacken und er konnte ein Lachen nicht unterdrücken. Voller Vorfreude schloss er das Buch vorsichtig und schob es zurück in das Regal.

Die Holztür fiel hinter ihm leise ins Schloss, und seine Schritte trugen ihn viel schneller als die letzten Monate durch die Gewölbe zum alten Weinkeller, der zunehmend gefüllt war mit den Errungenschaften von Jasovs Ausbildung. Die eine oder andere Flasche Wein verschwand dabei schon mal.

Etwas zu euphorisch öffnete Jasov die Tür und die Fackeln im Raum flackerten ihn in ihrer Ruhe gestört an.

»Jasov, sehr gut, sehr gut! Einen Moment, ich bin gleich so weit!« Marberd wies auf einen Sessel am mächtigen Holztisch.

Weinfässer unterteilten den großen Keller und schufen als Trennwand einen kleinen Vorraum. Polstermöbel, Kissen, ein Feuerkessel und ein Teppich ließen die sonst so rustikale und karge Umgebung richtig gemütlich wirken.

Jasov setzte sich, angespannt, erfüllt mit Vorfreude und sofort bereit, wieder aufzuspringen. Der Keller wies einige leere Bereiche auf, voll mit trockenen Weinfässern und ebenso mager bestückten Bücherregalen, ganz im Gegensatz zu den befüllten Flaschen in den hinteren Weinregalen. Marberd hatte für Jasovs Ausbildung Platz geschaffen, und diese gewichtige Handlung drückte schwer auf Jasovs Schultern.

Er hatte es geschafft, er war akzeptiert und angenommen als Schüler des großen Verzauberers Marberd. Und heute ging es hinauf ins Schloss, er würde andere Magiekundige kennenlernen, Fragen stellen können und so vieles mehr. Das breite Grinsen auf seinem Gesicht war nicht zu bändigen. Wenn Marberd sich nicht beeilte, würde Jasov platzen.

»Wie viele andere Rekruten gibt es?«, fragte er neugierig und beobachtete, wie sein Mentor einige Schriftrollen in Regalen verstaute und die Kerzen löschte.

»Och, es sind immer gut ein Dutzend von Jahr zu Jahr, die besondere Talente besitzen. Magisch talentierte Menschen werden zu Hunderten geboren, alles gute Kämpfende, doch keine guten Zaubernden. Nein, nein. Unsere Kampfmagiekundigen bilden zwar nur eine kleine Einheit, aber eine wirklich gute! Nun … es ist noch früh! Bevor wir zur oberen Bibliothek für deinen Unterricht gehen, lass uns die Barbakane besuchen.«

»Die Barbawas?«

Jasov erfuhr, dass eine Barbakane ein Vorbau an einem Schloss oder einer Burg war und dazu diente, sowohl Katapulten als auch magischem Brechfeuer zur Abwehr von Belagerern einen Platz zu bieten. Dieser Anbau war längst vom Schloss verschluckt worden und der Verteidigungsposten ohnehin nicht mehr vonnöten, aber der Name war geblieben. Die riesige freie Fläche nutzte man nun für die Hauptschmiede und als Truppenübungsplatz.

Zeit, sich dies alles zu notieren, hatte Jasov nicht, denn Marberd führte ihn aus dem Kellerraum in eine Richtung, die er innerhalb der Kellergewölbe noch nie eingeschlagen hatte.

Die Ebene, in der Jasov bisher gelebt hatte, war erstaunlich belebt. Die Gänge zogen sich wie der Tunnel eines Wurms in wilden Kurven durch das Gestein, und die niedrigen, runden Decken erweckten den Eindruck, dass sich hier tatsächlich etwas Großes, Rundes durch den Schlossberg gegraben hatte. Wer bei Kellern sofort an unheimliche lange Gewölbe dachte, wäre sicherlich überrascht gewesen, wie gemütlich eingerichtet das unterirdische Netzwerk war. Jasov mochte dieses kleine Reich unter dem schweren überdimensionalen Schloss, hier fühlte er sich geborgen. Die große Treppe nach oben, vor der sie nun standen, schreckte ihn beinahe ab.

Zwielicht verfügte über ein enorm hohes steinernes Fundament, auf dem der stilvolle Fachwerkteil des Schlosses thronte. Ebenerdig bestand das Schloss also nur aus Gestein und zum größten Teil aus einem einzigen Stockwerk. Diese erste Ebene besaß gigantische Wände und Jasov fehlte es an einem Vergleich. Die Uhrtürme der reicheren Stadtkreise hätten die Decke nicht einmal gekitzelt. Er musste den Kopf in den Nacken legen. Zwielicht schien unterhöhlt zu sein. Im Erdgeschoss folgte man einer Aneinanderreihung von Sälen, verbunden durch leere Gänge, dazwischen hin und wieder Gärten. Das alles wurde getragen von dicken Säulen.

Er und Marberd gingen entlang der äußeren Mauer des Schlosses gen Westen. Eine Galerie führte einmal um ganz Zwielicht herum und schmale Fenster im Gestein ließen gelegentlich Sonnenlicht hineinblitzen. In die Decke des endlosen Flurs waren Dutzende Geschichten in Stein gehauen. Zunächst wirkten sie unscheinbar, doch hatte man erst mal den Blick darauf gerichtet, konnte man den Gängen sicher stundenlang folgen und immer neue Erzählungen bewundern, sodass Jasov sich regelrecht zwingen musste, den Kopf zu senken, um nicht über eine Teppichkante zu stolpern oder gegen Marberd zu laufen. Die Fackeln an den schlichten Wänden und der Mangel an Schmuck erinnerten an die Klöster der Magiekundigen. Alles war breit genug, dass hier vielleicht auch ein Drache Platz hatte, so reimte es sich Jasov zumindest zusammen. Wozu sonst gab es hier so viel Raum?

Nach einem unerwartet langen Fußmarsch erreichten sie eine große Holztür. Sie unterschied sich kaum von den anderen Türen, an denen sie vorbeigegangen waren, doch Marberd schien sie zu erkennen. Mit überraschender Kraft stieß er die Flügeltüren auf und grinste dann zufrieden. Sie offenbarte direkt den Blick hinaus auf einen verschneiten Platz und dessen Gebäude, die dicht an das Schloss erbaut worden waren.

Als sie die Tür passierten, betraten sie zunächst eine Art offenen Stall.Hier wurde es mit einem Ruck kälter, und es schlug Jasov der Lärm von Leben entgegen. Vor ihm lag der Übungsplatz voller arbeitender Menschen und er vernahm das klingende Geräusch von geschlagenem Metall. Die Sonne schien ihm stechend in die Augen und er musste blinzeln, bis er sich an das Licht gewöhnt hatte.

Es lag nicht viel Schnee auf den Mauern, doch es war frostig genug für mehr, deutlich mehr; und das Weiß reichte, um zu blenden. Jasov und Marberd gingen langsam durch den offenen Trakt in Richtung des großen Platzes. Sie mussten nicht weit laufen, vor ihnen lag bereits die Barbakane. Ihre hohen Mauern waren fast völlig abgetragen, und was früher ein dicker Wall gewesen war, war nun ein Feld. Der massive Anbau gegen Flugzauber und Geschosse sah nun aus wie ein Balkon. Der Platz bot Raum für eine kleinere Armee. Lange, stallähnliche Gebäude, in denen Waffen, Rüstungen und andere Kampfmittel lagerten, waren dicht an den Schlossmauern errichtet. Auch die größte Schmiede mit ihren Öfen lag direkt am Schloss und stach etwas heraus.

Marberd steuerte auf sie zu. »Komm, halte dich dicht an der Mauer, der Wind ist wirklich unangenehm!«, murrte der alte Magier.

Jasov huschte hinter dem Mann her, am Gestein entlang, dabei den Hals reckend, um mehr vom Übungsplatz zu sehen. Soldaten übten sich an Manövern und einige marschierten direkt an ihnen vorbei. Die Ohren des Zauberlehrlings rebellierten gegen die schneidende Kälte. In den letzten Wochen hatte ihn die luxuriöse Wärme des Schlosses schnell die Leiden des Winters vergessen lassen. Umso angenehmer war die Welle an Hitze aus den Schmiedeöfen. Sie kroch Jasov unter den Mantel und er entspannte sich ein wenig. Sein Blick wanderte über den Platz. Wenn man hier stand, sah alles viel größer aus als aus den Fenstern bei der Kantine. Die Menschen, die hier arbeiteten, gingen routiniert vor. Soldaten in verschiedensten Rüstungen marschierten in Formation. Schwerter trafen auf prächtige Schilde. Magie schoss blitzartig aus dem Hintergrund empor. Etwas weiter am Rand mussten Übungspuppen aus Stroh, Holz und Seil ihr Leben lassen, und Jasov wunderte sich, wie es möglich war, hier die Übersicht zu behalten. Was für ein Treiben, was für ein Ort, voll von Menschen.

Über die niedrige Mauer der Barbakane konnte man vermutlich über das Land hinwegblicken, dafür musste man nur den Platz durchqueren, der so groß wie fünf Erntefelder war.

Jasov war sich beinahe sicher: Hier konnte auch ein Drache landen, eventuell sogar kämpfen, die Flügel schwingen.

Vielleicht war es an der Zeit, eine Frage zu stellen. Schließlich standen sie hier schweigend, und Marberd wartete wohl nur darauf, wann Jasov endlich den Mund aufmachte. Sie setzten sich auf eine kleine Mauer vor der Schmiede, und die sich ausbreitende Stille brachte Jasov dazu, seine Angst zu überwinden.

»Wo lebt hier im Schloss eigentlich … ein Drache? Wie geht das? Gibt es sie wirklich? So wie beschrieben? Ist es deshalb so riesig hier?« Das waren mehr Fragen als beabsichtigt, sofort lief er rot an und starrte unsicher auf seine Finger, Marberds Grinsen dabei ignorierend.

»Nun, Drachen … leben überall hier.« Sein Mentor zeigte auf den Platz und das Schloss und Jasov runzelte die Stirn.

»Lass es dir zeigen, das macht es einfacher.« Der Verzauberer erhob sich und wies ihn an, kurz zu warten.

Jasov blinzelte verwundert, konnte Marberd nur mit seinem Blick folgen und verlor den alten Mann zwischen Soldaten, Schnee und Wind schnell aus den Augen. Unentschlossen saß er auf der kleinen Mauer und erlebte wieder einmal, wie sehr er es hasste, warten zu müssen. Diese Abneigung hatte er erst seit seinem Dienst im Schloss entwickelt, aber sie wuchs von Tag zu Tag.

Teils weil er sich selbst im Wege stand und nicht infrage stellte, was geschah, teils aber auch, weil niemand es für nötig hielt, ihn aufzuklären. Dann kam noch die Aussicht der tausendjährigen Lehre mit dazu. Geduld war nicht seine Stärke. Wieder verknoteten sich seine Gedanken.

Zugige Kälte kitzelte seine Füße und er drehte sich herum zur Schmiede, um sich abzulenken. Das Gebäude ähnelte einer kleinen Festung, das untere Stockwerk stand völlig offen und frei auf Steinsäulen. Darunter wuchsen aus dem Felsen des Berges von Zwielicht verschiedene Öfen empor. Der Ofen im Zentrum hatte den Durchmesser eines Zimmers, und in ihm brannte ein Feuer in allen Farben. Ursprünglich wohl ordentlich angelegt, versank die Schmiede mittlerweile in Unordnung. Verschiedenste Schmiedestationen, deren Sinn und Zweck sich Jasov nicht offenbarten, reihten sich um die Öfen, und ebenso viele Menschen wuselten, schwitzten, schlugen und werkelten dazwischen. Regale voller Metall bogen sich unter dem Gewicht ihrer Last, und Jasov beobachtete, wie ein sehr schmächtiger junger Mann vergeblich versuchte, eine lange Eisenstange aus einem der oberen Regalfächer zu ziehen, und dabei fluchte.

Die Geräusche von knirschendem Metall, das Zischen von Wasser, es klang wie ein flotter Rhythmus. Hammer auf Eisen schallte durch die Luft. Schlag auf Schlag, laut und hart. Funken sprühten in allen Farben. Feuer und Rauch wirbelten auf, Rauch, der Jasov in die Augen biss und sie tränen ließ, gerade jetzt, als Marberd zurückkehrte, mit einem jungen Mann im Schlepptau.

Schnell wischte sich Jasov über das Gesicht und erhob sich. Die Kleidung der Person neben seinem Mentor war um einiges prächtiger als die der anderen Soldaten, die Ärmel schienen fast kitschig. Die Rüstung diente wohl eher der Zierde als einem effektiven Schutz. Freudig ging der fremde Mensch auf Jasov zu. Der Schritt war selbstbewusst und genauso verspielt wie der prunkvolle Harnisch.

»Jasov, das hier ist Tress, Hauptmann der 3. Garde.«

»Ahh, der neue Lehrling. Es freut mich sehr, Eure Bekanntschaft zu machen!« Ein strahlendes Lächeln perfekter weißer Zähne begrüßte ihn, das zum jugendlichen Aussehen des Mannes mit den seltsam weißgoldenen Haaren und der rosigen Haut passte, der nun schwungvoll eine Verbeugung vor dem völlig verdutzten Jasov machte. »Wie kann ich Euch helfen, schaut Ihr euch alles an?« Seine Stimme klang lebendig, freudig und diese Energie strahlte er auch aus. Es schien wärmer zu werden, und Jasov fühlte sich auf einmal viel reicher und wohler. Als hätte sich sein Geldbeutel mit Gold gefüllt und sein Magen mit den besten Speisen. Magie – dieser Mann sprühte nur so vor Magie.

Marberd lachte – wahrscheinlich über Jasovs völlig verwirrtes Gesicht. »Könntest du ihm zeigen, was du wirklich bist?«

»Oh, du meinst …«

»Ja!«

Tress lächelte breit. »Aber mit dem größten Vergnügen.« Er drehte sich um und stemmte die Hände in die Hüften.

»Ihr da, hört ihr mich? Ja, ich meine euch! Könntet ihr bitte Platz schaffen? Na los! Ich muss mich ausbreiten können«, rief er einer Gruppe von Soldaten zu. Man salutierte, und die kleine Truppe machte sich mit strammem Schritt in Richtung Schloss auf.

Jetzt wurde es Jasov mulmig. Der Hauptmann sollet zeigen, was er wirklich war? Konnte das sein? Aber nein, Tress war ein Mann, auf zwei Beinen, mit einem pfiffigen Schnurrbart und Lachfalten. Waren die Drachen etwa doch nichts anderes als besondere Talente der Magie?

Noch ehe Jasov weiter darüber nachdenken konnte, fiel plötzlich ein Schatten auf ihn, Wärme und ein Kribbeln fegten wie eine Welle über ihn hinweg. Er spürte, wie sich ihm die Haare im Nacken aufstellten, und es knisterte in seinen Ohren. Erschrocken hob Jasov den Kopf. Im Moment eines Blinzelns war der Mann namens Tress verschwunden. Vor ihm stand ein großes schuppengepanzertes Tier. Es überragte die Schmiede. Echsenartig, mit

Hörnern, Flügeln, einem quastigen, sehr langen Schweif, schlaksig und elegant in Pose. Die schlanke Schnauze fast zu einem Lächeln verzogen und mit hellblauen, wachen Augen. Riesig wie drei prunkvolle Pferdekutschen, und nicht weniger prächtig. Seine Schuppen wirkten golden und funkelten im Licht. Er hatte bequem Platz auf dem Gelände, sogar genug Raum, um in dieser Form nicht einmal richtig aufzufallen. Die hohen, dicken Mauern des Schlosses schmälerten seine Erscheinung deutlich. Es schien eine Energie über seine Schuppen zu prasseln, stetig zuckten winzige Blitze auf.

»Tress ist ein Spannungsdrache«, erklärte Marberd.

Ungläubig öffnete Jasov den Mund, er blickte kurz zu seinem Mentor und dann wieder verblüfft zu der großen Kreatur. »Spannungsdrache?«, wiederholte er mit hoher Stimme und schluckte.

»Ganz richtig, ja! Er bezieht seine Energie aus der statischen Spannung um uns herum, aber im Gegensatz zu einem Gewitterdrachen ist sein magischer Kern eher schwach. Wie etwa die Funken in einem Schafswollmantel im Vergleich zu einem Stromschlag.«

»Also bitte!«, unterbrach eine Stimme Marberds Erklärung und Jasov zuckte erschrocken zusammen. Tress sprach, ohne dass er seinen Mund hatte bewegen müssen.

»Entschuldigt. Nun, was ich damit sagen will, er ist nicht ganz so groß wie andere seiner Art, weil er nicht so mächtig ist. Das ist simpel ausgedrückt, es ist komplizierter als das. Aber ja! Nur damit du es weißt, Jasov.«

Jasov wusste gar nichts mehr. Der Mund stand ihm noch immer offen und er musste den Kopf in den Nacken legen, um Tress in die Augen zu sehen. Doch dessen Umrisse verschwammen plötzlich, und als hätte Jasov sich die Augen gerieben oder zu fest geblinzelt, hatte sich die Gestalt wieder in die eines Menschen verwandelt.

»Klein. Nicht so mächtig. Tss! Dafür können die großen und mächtigen Drachen nicht einfach mal ihre Flügel ausbreiten, so wie ich. Ha!« Tress klopfte sich nicht vorhandenen Staub aus den prächtigen Kleidern. Er hielt viel von seiner Erscheinung und Person, das war deutlich, aber wirklich verärgert über Marberds Erklärung schien er nicht, denn da war wieder dieses charmante, breite Lachen.

»Es freut mich, dass ich helfen konnte! Für heute soll es das gewesen sein. Ein Meister ist erschöpft von seinen großartigen Tricks!« Er lachte herzlich. »Nein, wirklich, bin seit gestern auf den Beinen und jeder muss sich einmal ausruhen, in einem Bad aus Milch vielleicht.« Tress verbeugte sich wieder und schritt davon, an der großen Schmiede vorbei in Richtung … Jasov wusste nicht, was in dieser Richtung lag. Aber dort begannen höhere Schlossmauern und vermutlich der reichere Teil des Schlosses.

Der funkelnde Tress passte wirklich perfekt in die 3. Garde, ein Kommando bestehend aus zwei Regimentern, die für die Sicherheit in der Stadt und im Land zuständig waren. Diese Soldaten erschienen immer prachtvoll und glorreich. Sie kümmerten sich sowohl um offizielle Anlässe als auch die Auflösung von Prügeleien auf den Straßen. Sie strahlten den Reichtum des Landes aus und repräsentierten die Ordnung. Sie waren das Gesetz. Und unter ihnen ein Drache. Oder mehrere?

»Meister Marberd«, fing Jasov seine Frage etwas heiser an und musste sich räuspern, »leben hier viele Drachen?« Er bemühte sich, entspannt zu klingen. Zum Glück zitterte seine Stimme nicht so wie seine Hände. Zwischen Nervosität und Aufregung wartete er auf eine Antwort. Sie standen nun ein paar Meter entfernt von der Schmiede, und der Klang des Übungsfelds wurde zunehmend lauter, als würde hier eine echte Schlacht toben.

»Ja, nein, es sind zurzeit … ich glaube siebzehn, manchmal mehr! Sie leben nicht alle im Schloss«, erklärte Marberd knapp.

»Und sie alle sind so wie Tress …« Jasov wusste nicht, wie er die Frage zu Ende formulieren sollte.

»Du meinst, menschlich? Oh nein, Jasov. Sieh, das ist kompliziert. Ein Drache ist ein Wesen aus einer anderen Welt. Sie bestehen aus Magie, Magie kann alles sein. Manchmal ist es praktischer, sich kleiner machen zu können, gerade unter Menschen. Aber glaub mir, sie bevorzugen ihre wahre Natur. Das … das erörtern wir noch. Tja … also ja. Sie sehen aus wie wir, aber sie pusten dir Rauch ins Gesicht, ihr Körper ist wärmer und ein normales Schwert durchdringt ihre Haut nicht. Und sie können mit einem magischen Blitz zu einer beinahe berggroßen Echse heranwachsen.«

»Berggroß …«, wiederholte Jasov und nickte.

»Ja, gut. Das kommt darauf an. General Hemm, ein Feuerdrache übrigens, nun, er hätte hier Platz, sich zu drehen. Lord Dragul dagegen würde dabei die Hälfte der Mauern und Gebäude einreißen, was sag ich, das ganze Schloss, und er … nun, er könnte hier halb … vielleicht sitzen, ja.« Marberd gestikulierte etwas herum und grinste schief. Vermutlich brachte die Vorstellung, sein Landesherr würde auf der Barbakane hocken und ins Land schauen, den alten Zaubermeister zum Kichern.

Wieder konnte Jasov nur nicken, völlig überfordert von dem, was gerade geschehen war. Es gab genug Geschichten über Drachenwesen, die man in Höhlen antreffen konnte, oder darüber, wie sie in den Wäldern geweckt wurden, in denen sie lebten. Aber dieser General Hemm konnte sich wohl schlecht zwischen Bäumen und Zweigen verstecken. Außerdem sprachen Drachen also, gingen auf zwei Beinen, trugen Kleidung – und zumindest Tress hatte einen gewissen Charme.

Hätte Jasov sich verbeugen sollen? Stirnrunzelnd schnappte er nach Luft und rang um eine weitere Frage. Es gab sie wirklich, und bei der nun realen Vorstellung, einem Herrn zu dienen, der wahrlich so riesig war wie ein Berg, überschlug sich sein Herz.

Märchen zu glauben oder von ihnen zu träumen, entsprach bei Weitem nicht dem Gefühl, die märchenhafte Wahrheit zu kennen. Und seit seinem Erlebnis im Sumpf fürchtete er besonders eine Geschichte mehr als alles andere. Wenn Tress ein Spannungsdrache war, weil ein Funke in ihm lebte, konnte in Lord Dragul der Tod … leben? Jasov wurde übel.

Marberd klopfte ihm behutsam auf die Schulter. »Bisschen viel?«

»Geht so«, gab Jasov zu und seufzte leise.

»Mir ist bewusst, dass deine Mittel zu lernen begrenzt waren. Ich hab‘ dir deshalb etwas Zeit eingeräumt, damit du dich an diesen Ort gewöhnen kannst.« Marberd klang mitfühlend und sein ehrliches Lächeln konnte Jasov sogar kurz erwidern.

»Und wir – wir dienen ihnen?«

»Den Drachen?«

»Ja?« Die Unsicherheit und Angst in seiner Stimme konnte Jasov kaum verbergen.

»Irgendwie dienen wir einander, weißt du? Wir folgen nur Dragul, weil er der Herrscher ist, nicht, weil er ein Drache ist. Aber auch nur so weit, wie es nötig ist, damit er die Grenzen schützen kann. Für ein friedliches Miteinander. Schau – ich bin Diener und Berater von Lord Dragul, oder vielmehr Kommandant Dragul. Er hat es nicht so mit dem Titel. Ich sitze im Rat des Schlosses. Oh, und unter Drachen selbst gibt es auch eine Hierarchie, musst du wissen. Der Lord hat wenig menschliche Vertraute und ich bin einer der wenigen. Es ist nicht leicht für sie. Schwächere Drachen fallen dieser Tage noch immer Menschen oder anderen Wesen zum Opfer, es gibt nur noch wenige. Je nach Aufgabe müssen wir mit ihnen interagieren. Aber wir buckeln nicht, wir verehren nicht, wir brauchen uns voreinander nicht zu fürchten. Lord Dragul ist ein, ähm … naja, wie sage ich es, einnehmender Mann mit viel Humor. Man mag ihn, irgendwie. Er schmiedet in seiner Freizeit Waffen und Rüstungen, weiß ein gutes Buch zu schätzen. Nun, Drachen sind zwar andere Wesen, aber nicht anders *im* Wesen, Jasov.« Marberd schielte zu seinem Lehrling.

So gerne Jasov ihm all das glauben wollte, er schüttelte verwirrt den Kopf und murmelte: »Das verstehe ich alles nicht, glaube ich.«

»Drachen sind unsere Freunde.«

»Wirklich?« Nagende Angst in ihm wollte es ganz genau wissen.

Marberd schien für einen Moment zu überlegen, ehe er nickte. »Also als Kind hattest du sicher auch Angst vor den großen Hunden der Soldaten, richtig?« Jasov hob fragend seine Brauen. »Wenn sie knurren, ihre Zähne fletschen … groß, wild und stark bezwingen sie Gauner und Raufbolde«, fügte Marberd hinzu und Jasov nickte langsam. »Hast du einen davon schon mal gesehen, wenn er von seinem Herrn Futter bekommen hat?« Jasov nickte noch einmal. »Und was hat der Hund getan?«

»Hat sich gefreut wie ein Welpe«, antwortete er stumpf.

Marberd lachte. »Siehst du? In den unheimlichsten Bestien steckt manchmal … na ja, nicht unbedingt ein Welpe, aber ein gutes Herz.«

»Ich bin mir nicht so sicher, ob man das vergleichen kann.« Zumal sich Jasov vor Hunden fürchtete.

»Das wird schon, das kommt noch! Das braucht Zeit. Es wird dir helfen, dass unsere Kampfzaubernden von einer Drachenfrau ausgebildet werden. Und sie ist kein hohes Ratsmitglied. Nur eine talentierte Söldnerin.«

Das aufrichtige Lächeln konnte Jasov nicht erwidern. Neugierde überschlug sich mit Unsicherheit, Angst und Verwirrung. Nun sollte er auch noch von einer Drachenfrau geschult werden?

Ja – von diesen mächtigen, mystischen Wesen hatte er sein Leben lang geträumt, doch so plötzlich vor einer dieser Bestien zu stehen hatte ihn mehr als erschreckt. Die Spannung in Tress hatte er gefühlt, sogar gesehen, was würde er wohl in Lord Dragul sehen? Etwa den Tod, vor dem er sich so fürchtete?

KAPITEL 10
ÄTHER

Jedes Jahr im Winter unterrichtete eine Drachenfrau Magiebegabte in magischer Sprache und allgemeinem Verständnis von Zauberei und Beschwörungen. Ihr Name lautete Nyth. Ein für Jasov schwierig auszusprechendes Wort, aber Marberd schien mit dem bemühtem »Niss?« recht zufrieden.

Nyth war in der Lage, sich mit jeder Form von Magie zu unterhalten, und das war ausgesprochen ungewöhnlich. Drachen waren normalerweise sehr auf ihr eigenes und dazu passende Elemente beschränkt.

Marberd hatte es ihm so erklärt: »Eine Flamme kann ein Feuer verursachen, Eis zum Schmelzen bringen, aber keinen See zum Einfrieren. Wenn sich also ein Feuerdrache um die Aufmerksamkeit eines Sees bemüht, dann könnte er Tausend Tage damit verbringen, die Magie im Wasser wird vermutlich nicht zuhören oder ihn gar nicht erst verstehen!«

Diese Grenzen schienen für die Drachenfrau nicht zu gelten, und deshalb war sie die ideale Lehrmeisterin für Menschen, die ebenfalls mit jeder Form von Magie kommunizieren konnten. Ihre ungewöhnlichen Fähigkeiten verdankte sie ihrer Lebenserfahrung und einem flexiblen Kernelement. Was das für ein Kernelement war, wusste aber auch Marberd nicht. Man fragte einen Drachen nicht danach, niemals, das war unhöflich und intim. Die Essenz eines Drachen war Stärke und Schwäche zugleich, das gab man nicht einfach preis, wenn man es verbergen konnte. Vielleicht hatte Nyth ihr diplomatisches Geschick allein ihrem hohen Alter zu verdanken, denn am Ende entschied die Diskussion über das Gelingen eines Zaubers.

Sie arbeitete als Söldnerin für das Reich und bekleidete nach beinahe tausend Jahren Dienst noch immer keinen Rang. Man kannte und fürchtete ihre spitzen, schnellen Dolche, schätzte ihre effiziente Arbeit als Lehrerin, und dann gab es Aufträge, die man nur Söldnern erteilte, deren Berichte niemand lesen wollte und deren Durchführung man eben spitzen, schnellen Dolchen überließ.

Nach dieser Beschreibung rechnete Jasov mit allem: einer Kriegerin, so mächtig wie ihr Geschick und so verwegen wie ihr Ruf. Gestählt und geformt von einer Vielzahl an Kämpfen, vielleicht mit Narben oder tiefen Falten. Eine alte Drachenfrau voller Kampfgeist und nur so strotzend vor Magie. Ihre Aura würde ihn umwerfen. Gewaltig. Beeindruckend. Furchteinflößend. Er wusste nicht, wie viel Angst er noch verkraften konnte – und wie viel Stress.

Jasov atmete schwer durch, geplagt von heftigem Seitenstechen. Marberd hatte ihn quer über den Übungsplatz bis zur Bibliothek gejagt, und in das oberste Stockwerk hatten unangenehm viele Treppen geführt. Von Stufen hatte er wahrlich genug, und all das Training seiner Ausflüge reichte nicht, um diesen Feind zu besiegen. Verschwommen war sein Blick und als er einen hellen Schemen vor sich sah, zuckte er erschrocken zusammen. Halluzinierte er?

Im Gang vor dem obersten Stockwerk, mit etwas Abstand zu ihm, stand eine kleine Gestalt, weiß wie Mondlicht. Nackte Füße. Dünne lange Beine, die in einem übergroßen Hemd verschwanden, in dessen Falten Schnüre, Ketten, Federn und Perlen glitzerten. Perlmuttfarbene Locken ragten unter einer Kapuze hervor, funkelten schwach im Lichtschein der Fenster. Der Stoff hing so tief in das kalkweiße Gesicht, dass der Schatten die Farbe der Augen verschluckte. Wie ein Gespenst leuchtete die Gestalt zwischen den dunklen Mauern, es fehlte ihr eine greifbare Aura.

Alles Jasov bisher Bekannte strahlte Magie aus, teils zu schwach, um es zu bemerken, manchmal so mächtig, dass es ihm Alpträume bescherte. Sie hingegen schien nicht zu existieren, und so zuckte Jasov kurz zusammen, als eine leise, aber feste Stimme ein »Guten Morgen« verlauten ließ. Der Klang der Worte drang dichter an Jasovs Ohren als erwartet. Gänsehaut.

Ihre Begrüßung galt Marberd, der eben neben Jasov aus einem Portal getreten war. Angeblich hatte der alte Mann noch etwas holen wollen, vielleicht gefiel es ihm aber auch, Jasov allein durch das Schloss zu schicken, direkt hinein ins Unbekannte. Außer Atem beobachtete Jasov, wie die weiße Person auf sie kam, und Marberd sie wie selbstverständlich anlächelte. Ihre Schritte waren völlig lautlos, jedoch gaben die Glassplitter, Kristalle und Perlen in ihrer Kleidung einen feinen Klang von sich, fast wie ein fernes Windspiel.

»Mein neuer Lehrling, Jasov Boldan. Du wirst mit ihm einen sehr guten Schüler haben, Nyth! Das verspreche ich dir.«

»Ich verstehe«, erwiderte sie betonungslos.

Das war sie also, die uralte Söldnerin, Drachenkriegerin und Lehrmeisterin – eine zierliche Drachenfrau mit einer Stupsnase und schmalen Lippen, dazu deutlich kleiner als Jasov.

Sie betrachtete ihn nur kurz, neigte etwas den Kopf, als begutachtete sie ein Gemälde. Kaum wandte sie sich wieder Marberd zu, hatte Jasov den Eindruck, sie hätte ihn vergessen. Irgendetwas an ihr war höchst eigenartig, als spräche man mit einem Traum.

Sie standen alle drei vor dem obersten Ring der Bibliothek. Diesen noblen Teil des Schlosses sah man schon von Weitem. Er befand sich fast mittig, direkt neben dem Haupteingang. Die Hälfte des Bücherschatzes ragte in Form eines halbrunden Gebäudeteils aus dem Schloss heraus, und im Gegensatz zum Rest von Zwielicht bestanden hier auch die oberen Stockwerke ganz aus Stein. Das Gebäude war enorm aufwendig dekoriert, mit schmalen langen Fenstern, die mit buntem Glas ausgestattet waren. Jasov hatte dies erst für den wichtigsten Saal gehalten, sogar einen Thron hier vermutet. Den Büchern wurde offensichtlich ein hoher Wert zugesprochen. Innen offenbarte das Gebäude riesige, offene, ringförmige Stockwerke mit einem mächtigen Schlund in der Mitte. Wer keine Höhenangst hatte, konnte vom inneren Rand in die unteren und oberen Etagen blicken. Mit Büchern und Schriftrollen überfüllte Regale reihten sich dicht aneinander und bildeten Räume, denn andere Trennwände gab es hier keine.

Jasov bekam von den großen Hallen des Wissens nur wenig mit. Er musste sich regelrecht zwingen, Nyth nicht anzustarren, während sie zwischen den Bücherregalen hindurchschritten. Im Gehen erzählte Marberd munter von Jasovs Ausflügen in das Umland von Asche und von den Ereignissen im Sumpf. Als die lebendige Hand zur Sprache kam, lehnte Nyth sich etwas an Marberd vorbei, um Jasov erneut anzusehen.

»Es ist dir gelungen, die magische Essenz der Hand anzusprechen und durch sie an den richtigen Zauber zu gelangen? Durchaus beeindruckend!« Ihre Stimme hatte noch immer diesen ausdruckslosen Klang. Dennoch nahm Jasov ihre Worte als Kompliment auf und grinste sie an, woraufhin er leichte Verwunderung in ihrem Ausdruck wahrnahm. Beschämt schaute er zu Boden. Zum Glück blieben sie genau jetzt vor einigen Tischen und Stühlen stehen.

Hier, zwischen gigantischen Regalen, hohen Fenstern und dicken Wänden aus Stein, wurden neue Rekruten in Verzauberung und Beschwörung unterrichtet. Öffentlich inmitten der Bibliothek, und doch hatte der Ort seine ganz eigene Atmosphäre. Stille erweckte den Eindruck eines kleinen Raumes voller Polster. Als Jasov und Marberd sich setzten, blieb das erwartete Knirschen eines Holzstuhls auf Steinboden aus. Jasov vernahm ebenfalls kein Knarzen, als er sich im Stuhl ein wenig hin und her bewegte.

»Ich könnte dich anbrüllen und es wäre leise«, meinte sein Mentor, als er seinen Schüler dabei beobachtete, wie er auf den Boden stampfte, was auch kein Geräusch erzeugte.

»Knallschalen«, kam es schlicht von Nyth, die vor dem Tisch der beiden stand und einige Pergamentrollen ausbreitete. Sie nickte zur Decke. Das steinerne Gewölbe beherbergte eine Vielzahl an Lampen und Schalen. Während die runden Glasgefäße Licht ausstrahlten, pulsierten die Tonschalen in magischer Schwingung hoch über ihnen. Die Luft vibrierte um sie herum wie Wellen um einen Stein, der ins Wasser gefallen war.

»Sie verschlucken Schall, der nicht hierhergehört. Das hier ist immerhin eine Bibliothek«, fügte sie hinzu.

Jasov nickte und richtete seinen Blick wieder auf das Geschehen vor ihm. Die verschiedenen Holztische waren allesamt edel verarbeitet, aber jeder war anders geformt oder besser gesagt: verformt. Vermutlich konnte man sie zu einem großen runden Tisch zusammenschieben. Jasovs saß bequem und es störte ihn nur, dass er so weit vorne saß.

Nyth ging von Tisch zu Tisch und breitete Schriften aus. Bisher waren sie allein, sah man von einigen wenigen Menschen ab, die sich zwischen den Bücherregalen bewegten.

Gerade, als er Marberd fragen wollte, was er erwarten müsse, stand dieser auf. Eine Gruppe junger Menschen strebte zügig auf die Tische zu. Mit einem Nicken wies Marberd Jasov an, sitzen zu bleiben, während er und Nyth ein paar Schritte auf die Rekruten zugingen.

»Willkommen!«, begrüßte Marberd die jugendlichen Gesichter vergnügt und die meisten beugten ihr Haupt vor dem alten Mann. Vor Nyth hingegen schienen einige zu erschrecken. Auch der Größte, Kräftigste Mensch der Truppe zuckte zusammen, als sie ihre Stimme erhob:

»Wie ihr von euren Ausbildern bereits erfahren habt, ist mein Name Nyth. Ich diene seit beinahe tausend Jahren am Hofe von Schloss Zwielicht. Neben diversen anderen Verpflichtungen bin ich zuständig für die Lehre von Magieessenzen für Novizen. Von welcher Garde ihr auch kommen mögt und welchen magischen Auftrag ihr für das Schloss eines Tages auch erfüllen werdet, das Basistraining, magische Essenzen zu erfühlen und zu erkennen, beginnt hier. Dies ist Großverzauberer Marberd. Er wohnt uns heute bei und wird über die Geschichte der Magie aufklären. In den restlichen Wintermonaten erwarte ich euch die letzten drei

Tage jeder zweiten Woche zur Zeit des Morgens hier. Und nun setzt euch bitte.«

Drei der wohl Jüngsten trauten sich erst als Letzte, Platz zu nehmen, während die anderen Novizen pflichtbewusst und eilig einen Tisch aufsuchten. Jeder Blick haftete an Nyth. Teils unsicher, verwirrt, neugierig und durchaus ängstlich beobachteten die vierzehn Novizen, wie die Drachenfrau vor die Tische trat und dann Marberd etwas Raum ließ.

Der Großverzauberer räusperte sich.

So gerne Jasov seinem Mentor zuhörte, sein Blick haftete auf der Person, welche sich neben ihn gesetzt hatte. Der Mensch trug keine Kampfmagierrobe aus Stoff wie alle anderen, seine Kleidung bestand aus Leder und war beschlagen mit Metall. Ein leichter Bart ließ vermuten, wie viel älter die Person im Vergleich zu den anderen Novizen war, von denen man einige durchaus als Kinder bezeichnen konnte. Die Haut goldbraun, wie von der Sonne geküsst, und Hände so grob, als führten sie tagtäglich ein Schwert. Kerzengerade saß die große Gestalt auf dem Stuhl und würdigte Jasov keines Blickes. Zum Glück klatschte Marberd laut, wie er es gerne tat, wenn er ein Thema wechselte. Jasov zuckte zusammen und versuchte, den Druck, mit anderen Begabten zu lernen, erstmal zu ignorieren.

»Bevor ich mich also wieder an meine eigene Arbeit begebe, werde ich euch eine kleine Einführung in die Welt der Magie geben. Für viele ist dies bekanntes Material, für einige eine Bestätigung und manche wird es verwundern. Ihr könnt euch danach austauschen und kennenlernen. Erst einmal müsst ihr leider diesem alten Mann eine Weile lauschen!« Marberd lachte leise und nickte. Diese Lektion würde Jasov ohnehin um nichts auf der Welt verpassen wollen.

Die Füße des alten Zauberers drehten sich ein paar Mal im Kreis und mit ihnen auch Marberd, der zu überlegen schien, wie er seine kleine Geschichte richtig anfing. Ganz sicher erzählte er sie nicht zum ersten Mal, vielleicht suchte er nach einem neuen

Ansatz, denn es dauerte, ehe er sich räusperte und entschlossen in die Runde blickte.

»Es gibt Märchen, welche die Entstehung unserer Magie sehr ideenreich beschreiben. Sie erzählen von göttlichen Wesen voller Güte. So fern ist das der Wahrheit nicht, aber wie alle alten Legenden ist auch hier wieder die richtige Interpretation der Schlüssel, zumal die Wahrheit um einiges besser ist!« Marberd grinste breit und rieb sich die Hände.

Sofort erstarrte Jasov gebannt, offensichtlich würde er heute Antwort auf all seine Fragen erhalten.

Marberd schien zu ahnen, was in ihm vorging, denn mit einem Blick zu ihm fuhr er nach einem kurzen Kichern fort: »Tja also, die Geschichte unserer Welt, All'Ein. Der Name ist eine komplette Verfehlung, wenn ihr mich fragt. Wir sind nicht allein. Gerade All'Ein nicht. Schon immer zeichnete diese übergroße runde Kugel im Weltall vor allem eines aus: ihre Verbindung zu anderen Dimensionen. Die Nähe zu anderen Welten veränderte alles. Eigentlich müsste so ein schweres Objekt im All eine massive Schwerkraft aufweisen … Ich möchte euch jetzt nicht mit Einzelheiten über die Gesetze der Natur langweilen, noch nicht. Irgendwann.«

Der Blick des alten Mannes wanderte über die vielen fragenden Gesichter, als erwartete er eine direkte Reaktion. Fortgeschrittene Naturwissenschaften waren Teil von Jasovs Lehre, doch er bezweifelte, dass Paladine für ihre Ausbildung so tief in die Materie eintauchen mussten. Vorsichtig schielte er zu der Person neben sich, die ihn beinahe um einen Kopf überragte. Ihre Blicke trafen sich und Jasov schrumpfte noch weiter in sich zusammen. Dieser Novize sah so aus, als wüsste er bereits alles. Ein Gesicht, wie geplant, mit Kanten und klaren Linien, reif und attraktiv. Jasov fasste sich reflexartig an seine große Nase, fühlte sich mit einem Mal schrecklich durchschnittlich, unwissend – fehl am Platz.

Nyth räusperte sich. Einmal mehr hatte Marberd wohl vergessen, dass er in seiner Gedankenpause nicht sprach. Er gluckste.

»Also. Nun. Wie lange All'Ein bereits grün und lebendig ist, wissen wir nicht. Zumindest ging es hier schon lebendig zu, als die Drachen diese Welt entdeckten, und das war lange, bevor es uns gab. Aber wie kam es dazu, und was hat das mit der Magie zu tun? Das ist etwas komplizierter und beginnt mit einer Katastrophe. Ein Mond stürzte auf den Planeten und riss ein Loch in Zeit und Raum.« Viele kindliche Gesten mit den Händen unterstützten seine Erzählung und ein Novize konnte ein Kichern nicht unterdrücken, als Meister Marberd das Geräusch eines Aufpralls nachmachte und seine Hand auf dem Tisch einschlagen ließ.

»Zum Glück war der Mond nicht so groß und er ist zersplittert, sonst hätte es den Planeten wohl zerbröselt«, merkte er an. »Also, ihr kennt sie, die zwei Monde, welche uns umkreisen. Einer bestimmt unsere Monate, den anderen sieht man kaum. Aber vor einer Ewigkeit gab es einen dritten Mond, der eigentlich viel zu klein war, um so bezeichnet zu werden. Dieser Himmelskörper taumelte förmlich um All'Ein, in einer instabilen Kurve, bis eines Tages die Hitze und die Reibung den Himmel aufrissen. Eine andere Welt lag so dünn und dicht neben der unseren, nur getrennt von Nichts, dass auch sie vom Aufprall getroffen wurde. Wie auch immer es möglich war, der Mond schnitt in diese unsichtbare Wand zwischen den Welten und öffnete somit den Zugang zum Äther. Nette Anekdote übrigens! Man sagt, Kraterland hieße Kraterland, weil der Mond genau hier eingeschlagen sein soll. Aber fragt mich nicht, wo dieser Krater ist.« Er zwinkerte.

Unweigerlich musste Jasov an den Blick hinunter in den Schlund der Bibliothek denken und an das schwarze Gestein des Schlossberges. Er schluckte hohl.

»Sicher, einige von euch wissen, worum es geht. In vielen Bereichen der Welt bezeichnet man Magie auch als Äther.«

Passend zu seinen Worten wedelte er einmal mit der Hand, es sah aus, als wollte er eine Fliege vertreiben. »*Meldene sala sahir*«, flüsterte Marberd und mit einem Mal leuchtete ein Funken zwischen seinen Fingern auf. Feuer schien für gewöhnlich rötlich, doch diese Flamme schimmerte silbern und erinnerte an Nebel. Er präsentierte sie der Klasse, ehe er sie wieder verschwinden ließ.

»Es ist wahr, Magie gehört in Wirklichkeit gar nicht in dieses Universum. Die Energie aus dem Äther ergoss sich auf All'Ein und durchdrang die Welt bis in den Kern. Vielleicht wäre der gesamte Äther in unser Universum geflossen oder mit ihm verschmolzen, hätten die Wesen aus der Ätherwelt den Riss nicht verschlossen. Doch das konnten sie nur von dieser Seite aus. Denn nur hier ließ sich Äther lenken und befehligen. Vielleicht sollte es ja so sein, dass diese zwei Welten aufeinandertrafen. Materie und ihre Regeln verstanden sich mit der Äthermagie, verbanden sich, verknüpften sich, wie auch die Wesen aus dem Äther.«

Unsicher ließ Jasov seinen Blick über die Gesichter der anderen Lehrnenden schweifen. Einige von ihnen lauschten gebannt, ein kleiner runder Novize stierte Meister Marberd völlig überfordert an und eine stämmige Gestalt mit grimmiger Miene schrieb alles mit, als hinge ihr Leben davon ab. Sofort richtete Jasov seine Augen auf das Papier vor ihm. Ehe er sich weiter Gedanken um Aufzeichnungen machen konnte, setzte Marberd wieder an.

»Um Teil dieser Welt zu sein«, er schüttelte seine Hände aus und ein kleiner Funken zischte durch die Luft, »nahmen diese Wesen aus dem Äther die Gestalt der Tiere an, welche vorherrschend auf der Welt lebten, vor allem aber überlebten. Ziemlich riesig, ziemlich schuppig, scharfe Zähne, große Klauen, manchmal Fell, manchmal Ohren, manchmal ein Schwanz – und doch machten die Ätherwesen aus sich ein wenig mehr als ein Tier. Intelligenz. Im Äther existierten sie nur, hier auf All'Ein erhielten sie eine Stimme und konnten erstmals Existenz in Abhängigkeit von Zeit erfahren. Diese Ätherwesen waren unendlich mächtig, von göttlichem Ausmaß. Noch rein und erfüllt mit Äthermagie beherrschten sie die Materie nach ihren Wünschen, doch sie blieben still. Sie lebten hier, sie hatten sich ihrer Auffassung nach den Regeln zu unterwerfen. Sie wollten in die Welt nicht unnötig weiter eingreifen, denn der Riss hatte bereits genug angerichtet. Äther ist pure Balance, und so waren es auch die Ätherwesen. Fast schon fanatisch besessen davon, alles ins Gleichgewicht zu bringen. Ihre Aufgabe sollte es sein, die Magie der Welt zu lenken, damit sie diese bereicherte und nicht zerstörte. Unsterblich, als Wächter ihrer Magie, litt ein jeder unter ihnen, denn dies war nicht ihre Dimension. Sie sehnten sich nach ihrem Universum, bestehend aus Harmonie und Perfektion. Wer aber sollte auf die Magie aufpassen, wenn sie fort waren? Die Magie hätte in den falschen Händen die Welt völlig zerstören können. Das Konzept des Planeten, sich weiterzuentwickeln, durch immer komplexere Generationen, um Probleme und Herausforderungen des Lebens zu meistern, wurde von den Ätherwesen als Lösung für dieses Problem übernommen. Sie taten es den Tieren gleich und bekamen Kinder. Sterbliche Kinder aus Fleisch und Blut, denen sie das Schicksal unserer Welt überließen, ehe sie in den Äther zurückkehrten. Und ihre Kinder, unzählige Generationen später, sind uns bekannt als Drachen.«

Ein leises Tuscheln ging durch die Reihen. Auch Jasov blinzelte verblüfft. Jetzt ergaben einige Geschichten Sinn und anderes wiederum zerplatzte wie zu fest gespanntes Leder.

Marberd genoss diesen Moment ganz offensichtlich, er konnte ein breites Grinsen nicht unterdrücken. »Für einige von euch ist dieses Wissen neu. Ihr mögt euch fragen, wieso wir dies nicht in den Schulen unterrichten. Nun – in den Köpfen vieler Menschen wächst die Vorstellung allmächtiger Wesen schnell zu fanatischem Gedankengut heran. Und das Letzte, was Lord Dragul will, ist Verehrung.«

Verehrung, das Wort ließ Jasov stutzen, und das zustimmende Kopfnicken der Person neben ihm brachte ihn noch mehr ins Grübeln. Sicherlich – diese Fakten über Magie und Drachen klangen logisch und nüchtern im Rahmen des wissenschaftlichen Unterrichts, doch Jasov ahnte nun, wie mächtig diese Wesen wirklich waren. Menschen glaubten nur allzu gerne an Macht, die ihnen wohlgesonnen war, wenn ihr Leben sich schwierig gestaltete. Am Ende würden sie die Drachen verehren wie Götter. Ein Schauer lief ihm über den Rücken. Er selbst hatte sich in den Geschichten verloren, trostsuchend in den harten Zeiten seiner Arbeit. Auch für ihn waren die Drachen ein Symbol, dem er nachgeeifert hatte. Die Drachenfrau am Berg, mit ihren goldenen Tränen, die falsche Drachengöttin …

Als Marberd wieder seine Stimme erhob, zuckte nicht nur Jasov zusammen, das Thema hatte einige der Novizen beschäftigt.

»Drachen und Magie – wie alles Lebendige in dieser Welt bestimmt die Komplexität eines Wesens oder gar eines Gegenstands darüber, wie viel Magie es während seines Lebens in sich aufnehmen kann. Drachen haben das Privileg, von ihren Eltern Magie zu erben. Und während sie in ihren Eiern heranreifen, nehmen sie noch mehr davon in sich auf. Welche Art von Magie sie dabei aufsaugen, ist unterschiedlich, je nachdem, woraus die Eltern bestanden oder an welchem Ort ihr Ei ruhte. Drachen sind pure Magie. Bei uns Menschen ist das etwas anders. Wir haben uns entwickelt, lange Zeit, nachdem die Drachen hier bereits lebten. Aus pelzigen Tierchen, bald schon fähig zu sprechen und somit auch in der Lage, die Magie anzusprechen. Fühlen kann ein jedes Wesen, also fühlt ein jeder Magie. Aber nicht alle können mit diesem Gefühl kommunizieren. Ausdruck. Magie ist Ausdruck. Verinnerlicht euch diese Tatsache.«

Jasov nickte in Gedanken, bekam aber langsam das Gefühl, bei all den Informationen nicht mehr mithalten zu können. Drachen, Drachen aus Magie, Menschen mit Magie, Sprache, Verstehen, sicher ergab alles Sinn, aber es formte sich ein Denkknoten in seinem Kopf.

»Anfangs hat man sich ganz gut verstanden, doch die um ihre Balance besorgten Drachen hatten unterschiedliche Ansichten, was den Umgang mit uns Menschen betraf. Wir sind – nun, da stimmt ihr mir sicher zu – wir sind eher … chaotisch. Man fürchtete sich voreinander. Und Angst neigt dazu, Macht zu missbrauchen. Das Gleichgewicht der Magie kippte, und einige Drachen wollten die Menschen aufhalten, vernichten. Andere ihrer Art jedoch unterrichteten uns gar in Magie. Die Menschen lebten teils mit den Drachen, teils verstrickten sie sich in blutige Schlachten. Aus Streit wurde Krieg mit Fanatikern auf allen Seiten. Viele Sichtweisen, noch mehr Konflikte, tausende Kriege und ein großes Zerwürfnis, so groß, dass es, wie ihr wisst, den Kontinent in zwei Seiten gespalten hat. Mit einer gefährlichen breiten Grenze voller Konflikte.«

Die Stille in der Bibliothek konnte man fast greifen. Der Grund für die große Armee der Stadt und des restlichen Reichs war eben jene Grenze. Der letzte Krieg lag so viele Generationen zurück, dass niemand mehr von ihm zu erzählen vermochte. Doch versprach dieser Zustand keinesfalls Frieden. Die Welt wartete nur darauf, erneut zu brennen. Wenn auch seit Jahrhunderten die volle Stärke der Armee nicht zum Einsatz kam, so starben trotzdem noch genug Soldaten, weit entfernt an der Grenze, für das Land, die Menschen, den Kontinent und die Welt. Das war kein Geheimnis, über die Kriege um die Magie lehrten sie in allen Schulen, denn man brauchte Soldaten.

Marberd seufzte lange und seine Miene wirkte ein wenig bedrückt. »Zurück zur Magie, denn das werdet ihr von Nyth erlernen – Fakt ist, die Magie aus dem Äther ist begrenzt. Stellt sie euch wie Flüssigkeit vor, als eine Schale voller Wasser. Mit Steinen und Pflanzen, Erde und einigen Tieren. Sie alle bewegen sich im Wasser, trinken davon und … nun, sie scheiden es auch wieder aus. Also, ihr wisst, worauf ich hinauswill. Die Welt verbraucht das Wasser nicht. Wirft man nun aber einen kleinen Schwamm in die Schale, dann saugt er sich voll. Und dann werfen wir noch einen und noch einen und mehr und mehr, und am Ende ist das ganze Wasser aufgeteilt und in diesen Schwämmen verschwunden. Je mehr Menschen es gibt, je mehr magische Kreaturen, die viel Magie beherbergen können, desto weniger Magie gibt es. Magiekundige der Menschen und auch die Drachen werden schwächer von Generation zu Generation. Heute kann in einem Reich wie dem unseren nur noch eine Handvoll Menschen effektiv Magie wahrnehmen, weil sie ausreichend davon in sich beherbergen. Es sind so wenige, dass ein paar Stühle und ein alter Mann wie ich genügen, um sie zu unterrichten. Es ist ein Jammer.«

Jasovs Mentor schielte unauffällig zu ihm herüberherüber, sodass dieser sich prompt vor Nervosität auf die Zunge biss. Irgendwie schienen diese Worte direkt an ihn gerichtet, denn Marberd hatte ihm oft genug erklärt, was für ein Ausnahmefall Jasov doch wäre. So viel Magie – so empfindlich. Hinsichtlich seiner Erklärung fühlte sich das überfordernd und unheimlich an. War er ein Zufall oder das Resultat von – von was?

Das Lächeln kehrte auf Marberds Lippen zurück und er blickte nickend in die Runde. »Aber nach all diesen vielen Fakten über Drachen und ihre Macht, ehe ihr euch jetzt sorgt: Der Drachenherrscher dieses Reiches, Lord Dragul, hilft uns dabei, das Gleichgewicht zu wahren, sodass wir Magie ebenfalls zur Balance einsetzen können und uns nicht selbst zerstören. Und zumindest einer von euch weiß bereits, wie zerstörerisch Magie sein kann, wie chaotisch sie Materie auflöst und vernichtet, wenn man sie unkontrolliert frei lässt.«

Diesmal sah Marberd ihn direkt an und Jasov wünschte sich nichts sehnlicher, als seine eigene Materie auflösen zu können.

»Jasov Boldan wird eines Tages mein Nachfolger. In ihm hat sich so viel Magie angereichert, dass er die einzige Kristallmine der Stadt zum Kollabieren gebracht hat. Und er wird hier mit euch unterrichtet, weil auch er die Grundlagen benötigt.«

In Jasov versuchte gerade sein Herz zu kollabieren.

»Er ist auch ohne Anleitung dazu fähig, Magie zu hören und mit ihr zu sprechen, und damit ein gutes Beispiel, dass viel Magie im Blut nicht unbedingt zu großer Macht führt. Ohne Kontrolle werdet ihr Begabten euch alle selbst vernichten.«

Sich selbst vernichten war leider nicht möglich. Der junge Mann zu seiner Rechten starrte Jasov mit einem undefinierbaren Blick an, kritisch und misstrauisch, etwas abwertend, seine Nasenflügel blähten sich unnötig weit auf. Kein Blinzeln, kein Wimpernschlag, völlig starr. Verlegen und mit pochendem Herzen schaute sich Jasov um und erblickte furchtsame Augenpaare, tuschelnde Sitznachbarn und viele gemischte Gefühle in den Gesichtern. Nein, hier machte er sich vorerst keine Freunde. Endlich befand er sich in einem Reich, in dem Magie zur Tagesordnung gehörte, und trotzdem war er wieder einmal der Sonderling.

Zumindest für den Rest des Tages stand sein Name nicht mehr im Fokus. Marberd verließ die Klasse nach einigen abschließenden Worten der Ermutigung, und Nyth begann damit, Magie in Reinform als Demonstration heraufzubeschwören. Sie erklärte die Wunder der verschiedenen Elemente so trocken und leidenschaftslos, dass Jasov vorerst entzaubert war, was nicht nur an Nyths Vortragsweise lag, sondern auch am Schrecken am Ende von Marberds Vortrag. Ihre Erklärungen erinnerten sehr an den Unterricht über chemische Verhaltensweisen in seinen letzten Schulmonaten und beinahe verfiel er wie früher in eine lethargische Überforderung, wäre da nicht sein Sitznachbar, der ihn alle fünf Minuten anstarre, als müsste er auf Jasov achten.

KAPITEL 11
VERFLUCHTES TALENT

Magie. Jasov verstand mit jedem weiteren Tag, an dem er lernte, weniger. Magie war komplizierter als das Schichtkuchen-Rezept von Tante Organas berühmter Hochzeitstorte aus zwanzig verschiedenen Böden und Dutzenden Marmeladensorten. Und es gab nichts Komplexeres als dieses Gebäck. Allein das Obst dafür zu besorgen, erforderte Handelsgeschick, von den anderen Zutaten ganz zu schweigen. Und wollte man sie dann miteinander kombinieren, spielten sowohl Luftfeuchtigkeit als auch Tageszeit, Raumtemperatur und Reihenfolge eine so genaue Rolle, dass ein falscher Handgriff alles ruinieren konnte. Immerhin war diese Backkunst nicht so unberechenbar wie ein aggressiver, hungriger Hund, der nur darauf gewartet hatte, Jasov sein frisches Stück Kuchen aus der Hand zu schnappen. Und doch beschrieb diese kleine Erinnerung aus seiner Kindheit seine Lernerfahrung mit Magie perfekt.

Nach Nyths Aussage begannen sie alle mit leichtem Unterrichtsstoff. Funkenmagie war ideal für Anfänger. Keiner der Novizen kam damit zurecht, Jasov insbesondere nicht. Einige Wochen lang besuchten die Jungzaubernden schon den Unterricht der Drachenfrau, und seit den letzten Tagen drehte sich alles um erste praktische Erfahrungen.

Nyth hatte ihnen erklärt, dass man mit der Sprache der Magie, auch Runensprache genannt, Magie ohne großes Vorwissen lenken könnte. Dazu benötigte man lediglich sorgfältig verzauberte Ankerkristalle mit entsprechenden Essenzen oder eben dafür hergestellte Apparate und Objekte wie beispielsweise die Klangschalen an der Decke. Sie gehorchten sogar der Zauberformel eines nicht magisch begabten Menschen, weil sie verzaubert waren. Das war ein unglaublicher Aufwand. Die Funkenkristalle in den Schälchen vor den Novizen jedoch sollten nur von Magiekundigen genutzt werden. Dazu bedurfte es eines Gesprächs zwischen Zaubernden und Kristall. Ähnlich einer Verzauberung von wilder Magie – die perfekten Übungsobjekte. Die Zauberformel dafür war vorgegeben, aber eine Verbindung war vonnöten. Und die ließ sich nur erreichen, wenn man mit seinem magischen Herzen zu den Kristallen sprach, nicht mit dem aus Fleisch und Blut. Das alles klang verdächtig nach Philosophie und erinnerte Jasov an die Interpretation von Gedichten.

An diesem Tag waren die Tische in einem Kreis dicht zusammengeschoben, und jeder konnte den anderen dabei beobachten, wie er versagte. Auf einem kleinen metallenen Teller lag der Kristall und sie hatten die Aufgabe, mit ihm zu sprechen.

»*Norit fort arkam.*«

Es sprach sich so, wie man es las, und würde, richtig ausgeführt, die Funkenmagie dazu bringen, aufzuglühen. Nichts anderes befand sich in stärkerer Form in den Lampen, welche an langen Seilen über ihnen von der Bibliotheksdecke hingen. Das Problem hierbei war, der inneren Magie klarzumachen, dass man mit ihr sprach oder vielmehr durch sie sprechen wollte. Und auch bei dieser Formulierung war sich Jasov unsicher. Zauberei war ausgesprochen verwirrend.

Die Magie eines Magiebegabten nannte man »das zweite Herz«. Erneut erklärte die Drachenfrau, was es damit auf sich hatte. Eines musste man Nyth lassen, sie war eine geduldige Lehrerin und niemals müde, ihre Erklärungen zu wiederholen.

»Eure Magie kennt euch, seitdem ihr existiert. Ihr seid mit ihr aufgewachsen. Sie lauschte euren Wünschen und Sehnsüchten zu jeder Zeit und spürte Kummer wie Freude zusammen mit euch. Magie reagiert auf starke Reize, Emotionen. Euer Wille ist der Schlüssel. Ihr müsst es wahrhaftig wollen. Ihr müsst zu eurem Herzen sprechen, zu niemandem sonst!« Nyth ging im Kreis um das große Tischgebilde herum, an dem die Novizen standen und die mannigfaltigsten Interpretationen von *Norit fort arkam* sprachen, die man sich vorstellen konnte. Hin und wieder lauschte sie einem Begabten länger und machte damit dessen Konzentration zunichte. Das rechte Gefühl, zur richtigen Zeit, im perfekten Moment und mit ausbalanciertem Klang. So etwas könne man nur erfühlen, nicht grob erlernen. Wie Tante Organas Schichtkuchenrezept. Die alte Frau wusste, wann es Zeit war, die Marmelade aus Orangen auf den Boden zu gießen. Niemand sagte ihr, wie spät es war oder wie feucht der Raum, sie fühlte es einfach.

Aber Jasov fühlte es nicht, was auch immer *es* eigentlich war. Zittrig stand er vor dem Tisch und spürte nur sein Versagen. Er hatte mit ansehen müssen, wie sein Sitznachbar Rôbert bereits am ersten Tag, beim ersten Versuch den Kristall zum Glimmen gebracht hatte und schon neue Formeln probieren durfte, bis alle anderen so weit waren. Rôbert hatte bereits eine Ausbildung genossen, das war ein Vorteil, und trotzdem hatte sein schneller Erfolg Jasov den letzten Rest Selbstvertrauen geraubt.

Die Übung mit dem Kristall war der Initiator. Zu verstehen, wie man mit dem zweiten Herzen sprach, war unabdingbar. Erst einmal begriffen, konnte man Zaubersprüche viel leichter lernen und Kontrolle erlangen. Ja, sogar eigene Formeln ließen sich erschaffen, um Gegenstände zu verzaubern und sich dienlich zu machen. Jasov hatte bereits mehrfach in seinem Leben Magie angewandt, doch wie ein Traum entglitt ihm stets die Erinnerung, wie er das eigentlich bewerkstelligt hatte. Nicht mal mit seinem Anker konnte er mehr als ein Summen austauschen. Damals im Sumpf hatte er dem abgetrennten Arm erklären können, dass er ihn benötigte, aber heute wollte ihm nicht mal ein Fünkchen zuhören.

Wieder glühte an einem anderen Tisch ein Kristall. Drei junge Frauen lachten laut auf und gratulierten sich. Sie alle gehörten zur 3. Garde und bildeten vom ersten Tag an eine eingeschworene Gruppe. Wenigstens tuschelten und kicherten sie nie über Jasov, sondern immer nur über Rôbert, wenn der aufstand, um etwas zu trinken, oder sich streckte, kratzte, gähnte, einen Kristall zum Leuchten brachte. Vermutlich reichten dafür seine glänzenden, weißen Zähne allein.

Jemand wie er musste dem Kristall nur zuzwinkern, und er glühte, ganz betört, von selbst auf – so auch Jasov, wenn ihn einer von Rôberst langen, abschätzigen Blicken traf.

Jasov fühlte sich zurückversetzt in seine Schulzeit. Erst spät fiel ihm auf, dass die meisten seiner Mitlernenden nicht viel älter waren als vierzehn und fünfzehn. Sie befanden sich mitten in ihrer Grundausbildung … natürlich waren sie noch jung. Jung und anstrengend und ausgesprochen interessiert an allem, was älter und ein wenig stattlich war, so wie der Hüne von einem Soldaten. Anscheinend war Rôberts Ausbildung zum Paladin um einiges spannender als die eines angehenden Großverzauberer. und er wirkte älter als Jasov, reifer. Reif genug, dass ihm über wenige Wochen Unterricht ein voller Schnurrbart gewachsen war.

Jasov seufzte. Nie brachte er seine Gedanken zum Schweigen. Alles musste analysiert werden, und die anderen Novizen machten ihn nervös. Seine vielen Ängste strapazierten seine Nerven, die durch die laute Magie der Anfangszeit seiner Lehre noch immer nach Urlaub schrien.

Am Ende des Tages waren nur drei Begabte übrig, deren Kristalle nicht geleuchtet hatten: ein Mädchen namens Matta, das recht groß und kräftig war, dann Nefatus, ein kleiner, rundlicher Mensch, wohl kaum älter als zwölf, they wurde von allen nur Nene genannt – und dann war da natürlich noch Jasov. Der Rest übte das neu gewonnene Gefühl für Sprache bereits, damit sie auf keinen Fall vergaßen, wie es sich anfühlte. So wie Jasov es vergessen hatte, jedes Mal, nachdem er das Licht seiner Mutter gestohlen hatte oder das der Straßenlaterne oder den Zauber im Sumpf.

Er fluchte leise. Nicht leise genug für Nyth.

Sie fixierte ihn sofort mit ihren farblosen Augen. »Jasov, Matta, Nefatus. Ihr bleibt noch eine Weile hier. Ich will euren gewonnenen Fokus nicht verlieren. Der Rest kann zur Kantine gehen und dann zeitig ins Bett. Die meisten von euch haben morgen wieder Kampftraining!«

Beim Aufstehen ließ Rôbert es sich natürlich nicht nehmen, Jasov anzurempeln. Er bemühte sich nicht einmal, sein »Verzeihung« sonderlich aufrichtig klingen zu lassen. Jasov verdrehte die Augen und schluckte seinen Ärger hinunter. Währenddessen brachte Nyth die beiden anderen Begabten ebenfalls zu seinem Tisch und legte die Kristalle zusammen.

»Ich weiß, das erste Mal Zugang zu eurem Herzen zu finden ist schwierig. Auch das zweite oder dritte Mal…«, sie bedachte Jasov mit einem kurzen Blick, »ist durchaus knifflig. Besonders, wenn es sich um schwache Magie handelt. Ihr könnt den Funken im Kristall kaum fühlen. Er überflutet euch nicht, aktiviert eure innere Magie nicht, so wurde er konzipiert, damit die Übung einer natürlichen Verzauberung gleicht. Ihr müsst ihn ansprechen, nicht er euch, und er muss euch zuhören.«

Alle drei nickten und sahen sich unsicher an. Am Morgen hatten Mattas lange, rotbraune Haare noch wie ein Rubin geglänzt, nun aber waren ihre Locken völlig aufgelöst, so oft hatte sie aus Nervosität mit ihren Fingern darin gespielt. Es war wirklich zum Haareraufen; oder man machte es wie Nene und kaute an den Nägeln. Sie alle drei hatten eins gemeinsam: Unsicherheit. Jasov wollte nichts sagen, aber er vermutete, dass dies Teil des Problems war. Erst Wut, falsche Sicherheit oder gar Entschlossenheit hatten ihn bislang dazu gebracht, zu zaubern. Und es war gar nicht so einfach, sich gewollt so zu fühlen.

Besonders nicht, wenn Nyth direkt vor einem stand. Immer überschattete ein Schal oder eine Kapuze ihre Augen. Selten regte sich ein Gefühl in ihrem Ausdruck. An ihre unwirkliche Art hatte sich Jasov noch nicht ganz gewöhnt, und allein die Tatsache, dass sie ein uralter Drache war, machte ihn nervös. Da half es nicht, dass die zierliche Drachenfrau zudem an eine Puppe erinnerte. Sie war hübsch, keine Frage, aber auch unheimlich leblos.

An den ersten Tagen ihres Unterrichts hatten die Lernenden in den wenigen Pausen alle nur ein Thema: Drachen. Sie sprachen darüber, wer schon einmal einen gesehen hatte, wie sie sich anfühlten und klangen oder gar rochen. Matta diente direkt Meister Hemm, einem Feuerdrachen, und behauptete fest, er rieche angenehm würzig nach Sommerhitze oder vielleicht auch Esskastanien. Das war eine spannende Information, spannender als alles, was Jasov zu bieten hatte, und so verloren die anderen schnell das Interesse am Möchtegern-Nachfolger von Meister Marberd, gab es doch aufregendere Themen.

Nyth roch nach Blumenwiese und dem verlockenden Nebel des ersten, warmen Frühlingstages. Zumindest hatte Rôbert das sehr bestimmend festgelegt, und auch, dass er sie nett fand, aber etwas eintönig. Jasov hätte alles gegeben für genügend Mut, Rôbert für so eine dreiste Beurteilung zurechtweisen zu können. Vielleicht konnte er das ja in ein paar Jahren, wenn er bereits Verzauberer war und Rôbert nur ein Rüpel, dessen magische Künste ihn zur Armee gebracht hatten. Ein Rüpel, der einen Kristall zum Leuchten brachte, die Mitlernenden zum Seufzen und Jasov zum Erbrechen. Und diese Gedanken halfen ihm wahrlich nicht bei seiner Aufgabe.

Nyth hatte sich zwischen die beiden anderen Rekruten gestellt und lauschte ihren Worten mit Sorgfalt. Immerhin schien sie nicht zu bemerken, wie unkonzentriert er war.

Nenes zittrige helle Stimme formulierte schon lange kein verständliches Wort mehr. Unruhig knetete they die Hände und stammelte den einfachen Satz an Runen wie ein Mantra, ohne jede Form von Energie.

Resignierend schüttelte Nyth den Kopf. »Ihr versucht es nicht. Ihr horcht nicht in eure Mitte!«, erklärte sie erneut. »Nicht nur sprechen, es ist vielmehr ein Gefühl!«

Matta zog leise die Nase hoch, ihre Augen glitzerten vielsagend im Licht. »Und wie soll das gehen? Ich kann den Stein angucken, ja. Aber ich kann doch nicht … doch nicht in ihn schauen!«

Sowohl Nene als auch Matta zuckten zusammen, als Nyth nach den Händen der beiden griff. So wirklich wusste Jasov nicht, was passierte, aber für den Augenblick wirkten die zwei wie erstarrt, als sich Nyths dünne weiße Finger um ihre Handgelenke legten. Die Luft vibrierte leicht, als die Drachenfrau selbst die Worte sprach: »*Norit fort arkam.*« Der Zauber, gesprochen und doch fern, nah wie die Sprache eines und vieler Münder – er erklang wie Gesang. Alle drei Kristalle auf dem Tisch leuchteten strahlend hell auf und erloschen wieder. Sofort ließ Nyth die Hände der jungen Novizen los und nickte ihnen zu.

Matta holte Luft, schloss die Augen und legte beide Hände auf ihr Herz. Alles Zittern aus ihren Gliedern war verschwunden und auch ihr entglitten die Runenworte mit dem nötigen Unterton. Längst nicht so perfekt, wie Nyth es konnte, aber ihr Kristall glühte auf. Direkt darauf flüsterte Nene den Spruch mehr zu sich selbst, und their Zauber gelang ebenfalls. Strahlend starrten sich die beiden an und Nene gluckste kindlich.

»Gut. Das wird nicht leicht zu wiederholen sein, denn ihr hattet meine Hilfe. Ihr nehmt diese Steine mit und versucht es die ganze Nacht wieder und wieder und wieder. Vergesst das Gefühl nicht!« Nyths strenge Stimme brachte die Novizen dazu, eine befehlsbewusste Haltung einzunehmen. Beide nickten ihr zu und verließen mit ihren Kristallen die Bibliothek.

So blieb also nur ein Schüler übrig. Zwar hatte Jasov beobachtet, was passierte, verstand den Wandel aber nur bedingt.

»Jasov… es muss dich nicht ärgern«, setzte Nyth an.

»Tut es aber!« Er hatte noch kein Wort gesprochen, außer einigen unschönen Beleidigungen für das, was alle anderen Funkenkristall nannten. Nun reichte es ihm. »Ich bin nutzlos!«

»Bist du nicht. Du bist nur … anders.«

Er verzog den Mund zu einer dünnen Linie. Sein Blick sollte Nyth klar machen, wie verletzt das von allen gelobte Talent war.

Ein wenig Mitleid regte sich in ihrem bleichen Gesicht, zumindest bildete er sich das ein. Ihre Zähne gruben sich kurz in ihre schmale Unterlippe und sie griff nachdenklich zu einer Feder, die aus ihren weißen Locken herausragte. Verwirrt beobachtete Jasov sie dabei und fragte sich, ob diese Feder Schmuck war oder tatsächlich zu ihrer Erscheinung gehörte.

»Du musst es von allein schaffen«, erklärte sie schließlich. »Wenn ich dich berühre, so wie die anderen beiden, dann siehst du nicht nur die Magie des Kristalls vor dir. Du würdest all die Magie um dich herum sehen. Das würde dich erschlagen oder im schlimmsten Fall verletzen. Die beiden sind nur schwach magisch Begabte, natürlich fiel es ihnen schwer, Kontakt aufzunehmen. Mein Element konnte ihnen die Augen öffnen, aber du musst das ohne diese Hilfe bewältigen, du bist zu empfindlich.«

Er nickte und verstand zumindest teilweise, wie sie Matta und Nene hatte helfen können – er jedoch, er war wieder die Ausnahme. War seine Magie nun ein Wunder oder eine Strafe?

»Ich versuche wirklich, den Kristall zu fühlen, seinen Kern … aber da ist nichts.«

»Du bist es gewohnt, so schwache magische Energien wie ihn zu ignorieren. Marberd erzählte, am Anfang hättest du nicht einmal das Schloss ertragen!«

Jasov nickte.

»Jetzt ist die Magie an diesem Ort wie ein großer Einklang für dich geworden. Keine wilde Musik mehr. Du musst aber lernen, die einzelnen … Töne … Instrumente herauszuhören. Wie bei der Probe eines großen Orchesters. Hast du das schon einmal erlebt?«

Er schüttelte den Kopf, stutzte dann aber. Tatsächlich hatten seine Mutter und er einst das Marktfest des nächsten Ringviertels besucht. Dafür war es nötig, einen ganzen Tag Fußmarsch auf sich zu nehmen. Auf dem bunten Platz voller Gaukler und Kunst war es so wild zugegangen, dass der Lärm fast unangenehm und kaum zu ertragen gewesen war. Jasov erinnerte sich daran, wie er anfing zu weinen, als große langbeinige Tiere mit tosenden Geräuschen an ihnen vorbeizogen, Männer ritten auf ihnen und führten Kunststücke vor. Es war ihm zu viel. Die bunten Eindrücke überlagerten sich und die unzähligen, unbekannten Bilder ängstigten ihn. Bis zwischen all dem Lärm die feine Stimme einer Schauspielerin an seine Ohren klang. Sie sang ein Stück aus einem bekannten Schauspiel und Jasov war so fasziniert von ihr, dass seine Mutter mit ihm dort eine ganze Stunde verweilen musste. Er hatte sie gehört, durch den Krach hindurch. Wilder bunter Lärm, der zu einem großen Bild verschwamm. So viele Farben vereinten sich und wurden schwarz, fast finster. Chaos, so laut und dramatisch, dass es zu einem dumpfen Ton verschmolz. Wie von selbst hatte Jasov die Augen geschlossen, sich der Fülle ergebend.

Und da war es. Tief in ihm, ein Pochen und ein Summen. Seine zwei Herzen lauschten dem Lärm der Magie. Die Frequenz der Energie klang wirklich wie die Probe eines Orchesters, und ein Instrument war besonders laut. Direkt vor ihm auf dem Tisch zwitscherte es wie die Stimme eines frechen Vogels. Er musste schmunzeln. Funkenmagie erinnerte ihn an Tress. Ähnliches hatte er in seiner Nähe gefühlt.

Jasov öffnete die Augen, das Zwitschern blieb, wurde lauter, stärker, wie im Sumpf bekam er das Gefühl, Teil davon zu sein. Ehe er sich bewusst dazu entschieden hatte, flüsterte er bereits die richtigen Worte. Der Kristall selbst forderte danach.

»*Norit fort arkam*!«

Der geschliffene Edelstein leuchtete hellstrahlend auf, blendete Jasov fast. Das war es, das Gefühl, seine Verbindung. Und noch immer konnte er den Kristall fühlen, dicht an seinem Herzen. Es war ihm unmöglich, den Blick abzuwenden. Das helle Leuchten nahm an Intensität zu, so auch die Nähe zu diesem kleinen Wunder. Er schien mehr zu wollen, verlangte nach einer Antwort, er wollte mit Jasov sprechen, oder Jasov mit ihm? Wie schon früher entzog ihm Zauberei ein Stück weit das Bewusstsein für die Realität. Er musste tiefer hinein, sie berühren und spüren. Der bloße Kontakt reichte ihm nicht. Die Stimme in dem Gefäß schien sich ebenso nach Freiheit zu sehnen, und Jasov hatte das Bedürfnis, seine Arme nach ihr auszustrecken.

»Jasov … Jasov! Du musst deinen Fokus lösen!« Nyths Worte drangen nur bedingt an seine Ohren. Dieses Gefühl, der Magie im Kristall so nahe zu sein, ließ sich nicht abschütteln. Wie hypnotisiert lag sein Blick auf dem magischen Instrument, das nun ein Geräusch von sich gab. Es knackte. Mit einem Ruck zog Nyth ihn vom Tisch weg.

Die Drachenfrau flüsterte etwas in Runensprache, einen ganzen Satz, aber vielleicht bildete sich Jasov das auch ein. Durch Nyths Griff hatte er seine Konzentration verloren und den Kontakt, doch zu spät. Im selben Augenblick zersprang der Kristall in einem alles verschlingenden grellen Lichtblitz. Es donnerte lauter als ein Gewitter zur schwülsten Zeit des Sommers. Eine Explosion entlud sich schlagartig und warf den Tisch um, ließ das Holz splittern. Zischend zerbarst die Magie. Jasov und Nyth blieben unversehrt, denn die Schockwelle schien auf eine unsichtbare Barriere direkt vor ihnen zu treffen.

Entsetzt schnappe er nach Luft. Wieder hatte er etwas gesprengt. Wieder einen Kristall.

Und mit dem neu gewonnenen Gefühl für Magie erinnerte er sich an das Unglück in der Kristallmine.

Auch dort hatte er sich auf Magie fokussiert, welche in einem Kristall gefangen schien. War neugierig gewesen und hatte zu tief hineingeblickt. Blut pochte in seinen Ohren und ein Rauschen drückte sich auf sein Gehör. Dieser Unfall hatte viele Menschen das Leben gekostet, und doch hatte er wieder den gleichen Fehler begangen. Es war nicht seine Unfähigkeit, sein schlechter Umgang mit der Magie – er selbst war das Problem.

Mit den Tränen kämpfend rappelte sich Jasov auf, traute sich kaum, den Kopf zu heben.

Der Tisch war zerstört. Dem Stuhl, auf dem er vorhin noch gesessen hatte, fehlten die Beine, und er war schwarz angekohlt, wie auch der Boden, der Nachbartisch und einige der Pergamente, welche Nyth ihnen täglich auf die Tische legte. Der Teppiche glühte und Nyth trat mit ihrem Fuß auf eine aufkeimende Flamme.

Als wäre die Situation nicht bereits schlimm genug, lachte jemand hinter ihnen.

Es war kein sonderlich lautes Lachen, aber die dunkle, tiefe Stimme klang ausgesprochen vergnügt. Augenblicklich erstarrte Nyth und tatsächlich veränderte sich ihr sonst so neutraler Ausdruck in Unbehagen. Jasov drehte sich verwirrt herum, hörte seine Mentorin ein verwundertes: »Sir«, nuscheln. Sofort spannte sich alles in ihm an. Jemand, der von ihr als »Sir« bezeichnet wurde?

An eines der Bücherregale gelehnt, stand ein Mann und lachte inzwischen lautlos, während er sich eine Pfeife anzündete. Er wartete geduldig, bis der Tabak brannte. Eine kleine Rauchwolke verließ seinen Mund, als er an der schmalen, langen Holzpfeife zog. Dann fanden seine Augen zu Jasov, und ihre Blicke trafen sich.

»Sieh an. Das ist also sein Nachfolger, ja? Bravo, alle Achtung. Das war beeindruckend, junger Mann!« Seine Stimme war ebenso tief wie sein Lachen und hatte etwas Durchdringendes, aber die vertraute Betonung verwirrte Jasov. Mehr noch, die gesamte Erscheinung war irritierend.

Der Fremde war um einiges größer als er, und seine Schultern schienen doppelt so breit, was angesichts Jasovs knochiger Figur nicht sonderlich schwierig war. Ein Ritter, ein Hauptmann, Jasov wusste es nicht. Seine Statur war zu schlaksig, um einem mit Schild und Schwert bewaffneten Krieger zu gehören. Auch trug der Mann keine Uniform, und für Arbeitskleidung war die Garderobe zu leger. Die enge Hose aus Leder, Schuhe mit umgeschlagener Krempe und nur ein beigefarbenes Leinenhemd, fein gewebt, wirkten zu dieser kalten Jahreszeit deplatziert.

Alles schien etwas unordentlich zu sitzen. Irgendwie zu schlicht für ein Schloss.

Der Mann löste sich vom Regal und überwand mit wenigen Schritten die Distanz zwischen ihnen. Erst jetzt fiel Jasov die schmale Ringkrone auf dem Haupt auf.

Sein Herz stolperte merklich.

»Hallo!«, kam es freundlich von dem Fremden.

Wie selbstverständlich streckte der Mann Jasov die Hand entgegen, die er wie von selbst ergriff. Nur das charmante Grinsen konnte er nicht erwidern.

Diese Geste schien Nyth aus ihrer Schockstarre zu lösen, sie schaute den Besucher entsetzt an, ehe sie atemlos sagte: »Jasov, das ist seine Lordschaft Dragul!«

Darauf hatte ihn niemand vorbereitet, und eine Erklärung benötigte er auch nicht mehr. In dem freundlichen Gesicht, dessen Lächeln einen verführte, ihm alle Sorgen und Geheimnisse anzuvertrauen, mit Grübchen, die Friedensverhandlungen ganz allein hätten führen können, funkelten die Augen eines Drachen.

Was bei einem Menschen weiß war, glänzte tiefschwarz, die Iris leuchtete bernsteinfarben und die Pupillen waren verengt wie die Augen einer Schlange. Die bloße Berührung der Hand erschlug Jasov. Er fühlte sich mit einem Mal begraben unter Eis. Es flossen Unmengen an Magie durch diese Finger und er bekam die volle Auswirkung zu spüren.

Er musste sich bemühen zu atmen. »Ich … sehr … erfreut!« Zumindest klang es fast so, als hätte er das gesagt.

Er hörte Lord Dragul ein warmes, freundliches »Freut mich ebenso« erwidern und ließ zum Glück rechtzeitig die Hand wieder los, ehe es unangenehm werden konnte. Das hoffte er jedenfalls. Er fühlte keinen Herzschlag mehr, der ihm ein Zeitgefühl hätte vermitteln können, und so setzte er ein künstliches Lächeln auf, um den ersten Eindruck nicht vollends zu ruinieren.

Diesem Drachenmann diente er für den Rest seines Lebens. Von diesem Herrn fasziniert und inspiriert, prägte sich seine Begeisterung für die Welt der Drachen. Niemals hatte er ihn sich so menschlich vorgestellt. Das breite Kreuz und das markante, liebenswürdige Gesicht passten nicht zu dem gerade erlebten Gefühl. Jasov hätte schwören können, soeben dem Tod persönlich die Hand geschüttelt zu haben.

Aber da stand er vor ihm, wie ein König aus dem Bilderbuch beschrieben. Vielleicht Mitte vierzig und doch wusste Jasov, dass dieser Drache um so vieles älter war. Unter der Nase hatte Lord Dragul einen dunklen Schnurrbart, der ein wenig über seinen kurzen grauweißen Bart ragte, er hatte kurze sauber geschnittene Haare, und eine etwas fahle, leinenbeige Haut, der jegliches Leben fehlte, dafür aber dieses gewisse attraktive Funkeln in den Drachenaugen. Sicherlich brach er allein durch seine Erscheinung nicht nur magische Herzen. Jasov fühlte sich ziemlich dürr und durchschnittlich neben ihm. Generell fühlte er sich auf einmal ganz furchtbar klein und erdrückt.

»Wie ich sehe, erzielt ihr endlich Fortschritte«, merkte Lord Dragul an. Und als hätte er sie vorher nicht bemerkt, wanderte sein Blick erstmals zu der kleinen Gestalt rechts von ihm. Nyth reichte dem Drachenmann nicht einmal bis zur Schulter, und so beugte er sich etwas vor, ehe er sprach. »Nyth, es ist schön, dich zu sehen, es ist eine Weile her. Ich hoffe, es geht dir gut.« Er klang beinahe liebevoll und lächelte sie breit an.

Endlich kehrte wieder Leben in die Drachenfrau zurück und sie blickte kurz verwirrt zu ihm hoch.

»Sir«, brachte sie offensichtlich irritiert hervor. Mehr erwiderte sie nicht und verharrte in aufrechter Haltung.

Draguls Blick wies leichte Enttäuschung auf, und er wandte sich wieder Jasov zu. Stirnrunzelnd beobachtete Jasov aus dem Augenwinkel seine Mentorin. Sie sah aus, als wollte sie davonlaufen. Das konnte er ihr nachempfinden. Kaum ein Hauch von Leben regte sich in ihm, seit er Dragul die Hand geschüttelt hatte. Das war kein Vergleich zu seinem Erlebnis mit dem Sumpfarm. Lieber würde er tausend Leichenteilen die Todesessenz extrahieren, als ihm noch einmal die Hand zu reichen.

»Ich würde euch vorschlagen, die nächsten Übungen mit magischen Kernen auf dem Kampfplatz abzuhalten. Unser alter Bibliothekar mag es nicht, wenn man die Ruhe stört oder … nun, seine Möbel sprengt.«

»Ja, Sir!«, kam es abrupt von Nyth, und auch Jasov brachte ein »Jawohl« heraus.

Vielleicht war all das ein grausiger Traum. Im Gegensatz zu Nyths fehlender Aura oder den schwer zu erfühlenden magischen Schwingungen von verzauberten Kristallen brüllte ihn alles um Lord Dragul herum regelrecht an, aber auf eine so unangenehm stille Art – nein, er konnte es nicht beschreiben. Da war so unheimlich viel Magie, und doch war sie stumm, wie der stechende Blick seines Herrn, der so viel sagte, und das ganz ohne Worte. Das war schlimmer als der tosende Lärm wirrer Magie, der Jasov anfangs geplagt hatte, denn um den Lord herum war die Welt völlig leer und kalt. Aber was erwartete man anderes vom Tod? Stille. Grabesstille. Und alles in Jasov wollte schreien.

»Es ist ja nichts weiter passiert. Deshalb ist es auch Nyth, die euch ausbildet. Sie ist auf nahezu jede Situation bestens vorbereitet. Ist es nicht so?«

Auf diese Frage hin nickte die Drachenfrau knapp und ihr Mund verzog sich wie so oft zu einem schmalen Schlitz.

»Du kümmerst dich gut um ihn?«, setzte er nach und rang ihr ein Nicken ab. »Tja, gut … dann wünsche ich euch weiterhin gutes Gelingen«, meinte der Landesherr, blieb jedoch stehen und für einen unangenehm langen Moment wartete er wohl noch auf eine Reaktion von Nyth, denn er fixierte sie mit einem kritischen Lächeln.

Nach einem kaum hörbaren Seufzen öffnete sie endlich die Lippen, schaffte es sogar, die Mundwinkel zu heben. »Danke, Sir. Euch ebenso!«

Zufriedenheit brachte ein paar Lachfalten und seine Grübchen zum Tanzen. Mit einem Nicken und viel zu freudigen Grinsen für einen Todesdrachen verabschiedete er sich und verließ dann die Bibliothek in Richtung Schlosskern.

Von außen mochte diese Begegnung unspektakulär ausgesehen haben. Ein paar Menschen, die einander die Hand reichten. Jasov aber glaubte, er wäre durch einen Geist gelaufen. Als wäre er selbst zum Geist geworden. Völlig konträr zur freundlichen Erscheinung dieses Drachenmannes hatte die Todesmagie Jasov erschlagen und überrollt. Seine Knie würden für die nächsten Tage zittern. Das Gefühl von Todesangst brannte in seiner Seele. Nie hatte er sich so elend gefühlt, und es war ihm, als würde sich daran nie wieder etwas ändern, als wäre sämtliche Freude und alles Leben für immer verschwunden. Hilfesuchend sah er zu Nyth, die ihn bereits besorgt ansah.

Es war ihre Hand auf seiner Schulter, die ihn abrupt zurückzukatapultieren schien. Sie berührte ihn nur leicht am Hals, und sofort schoss ein Teil ihrer eigenen Magie auch durch seine Adern. Etwas erschrocken atmete er durch, als rettete sie ihn gerade vor dem Ertrinken.

»Ich kann nicht viel tun, aber ich kann dir den Lärm der anderen Magie wiedergeben«, murmelte sie mitleidig. Sie schien zu wissen, wie sich Jasov fühlte.

»Es ... es tat fast weh!« Jasovs Stimme war dünn und zittrig, und er kämpfte einmal mehr damit, seine feuchten Augen unter Kontrolle zu behalten.

»Es war unnötig von seiner Lordschaft, dir die Hand zu reichen, in dem Wissen, wie schmerzhaft es für dich ist.« Nyths Stimme klang doch tatsächlich verärgert. »Kindisch, so etwas, typisch«, fügte sie zischend hinzu.

Jasov hätte nie gedacht, dass sie ihren Herrn so offen kritisieren würde. Er hatte sich ihre Abneigung also nicht eingebildet. Er glaubte, sie fauchen zu hören, und beobachtete, wie feiner weißer Rauch aus ihrem Mund entwich. Es roch leicht nach frisch verbranntem Gras. Als hätte jemand an einem warmen Frühlingstag ein kleines Strohfeuer gemacht. Er hatte ihre Energie nicht wahrgenommen, aber jetzt – wieder im Einklang mit den Schwingungen um ihn herum – da fühlte er eine Balance wie noch nie zuvor. Nyth war völlig im Gleichgewicht mit jeder Form von Magie und er verstand, wieso sie in der Lage war, mit ihr zu kommunizieren. Wer würde ihr nicht zuhören wollen, wenn man sich so selig dadurch fühlte?

»Er kann jemanden damit umbringen.«

Jasov zuckte zusammen. »Womit?«

»Mit der bloßen Berührung. Sein Magieelement verträgt sich nicht mit anderen, es spaltet das Leben.« Das sagte sie wieder völlig monoton klingend, als wäre es alltäglich. »Wenn ein Eiselement auf ein Feuerelement trifft, ist das nicht weniger … sagen wir: heikel. Das lernst du noch im Unterricht.«

Daraufhin konnte er nur nicken und reimte sich sein Fazit besser im Stillen zusammen. Ein Drachenherr, dessen Geschichte auf Skeletten aufbaute und der eine Aura besaß, die jemanden töten konnte, wenn er ihn nur zu lange berührte – es schüttelte ihn kurz vor Entsetzen.

»Wir räumen jetzt auf. Dann geh' etwas essen und zu Bett, du bist sicher erschöpft. Morgen früh spreche ich mit Marberd über … diesen Vorfall. Du kommst dann besser ebenfalls zum Weinkeller.«

»Vorfall?«, keuchte Jasov und spürte die brennende Angst wieder in seinem Nacken aufsteigen. Für einen Moment hatte er vergessen, was gerade geschehen war.

»Dass du in der Lage bist, einen verzauberten Magiekern vollständig zu aktivieren, ihn sogar zu befreien, ohne Ausbildung … das ist ungewöhnlich und schwierig. Vor langer Zeit, als es weniger Menschen gab und mehr Magie … das … das führt jetzt zu weit. Wir reden morgen.«

Mit Bauchschmerzen und in aller Stille half Jasov noch, das Chaos in der Bibliothek zu beseitigen. Sonst immer fasziniert von Magie und Beschwörungen jeglicher Art, kümmerten ihn die kleinen Spielereien heute wenig. Nur aus dem Augenwinkel bemerkte er, wie Nyth mit langen komplizierten Formeln den angebrannten Teppich neu verwob. Für Tische und Stühle schien sie die Zeit zurückzudrehen, und auch die Papierrollen fanden sich wieder ein.

Wäre sie nur am Tag des Minenunglücks dort gewesen! Ob sie wohl Knochen und Fleisch auf ähnliche Weise reparieren konnte? Jasov kam nicht umhin, darüber nachzudenken, wie sehr sich

Nyth doch von ihrem Landesherrn unterschied. Und wie angespannt sie gewesen war, als sie ihm gegenüberstand.

»Ist er … ist er gut?«, murmelte Jasov, fast in der Hoffnung, dass sie ihn nicht hörte.

»Seine Lordschaft?«

Seine Mundwinkel zuckten kurz hoch für ein gequältes Lächeln.

Die Drachenfrau starrte ihn für einen Moment an, ehe sie zu ihren Papierrollen griff, um sie einzusammeln. Unsicher, ob sie ihm antworten würde, beobachtete er, wie Nyth Stühle und Tische zurechtrückte. Überraschenderweise seufzte sie lange und wies ihn mit einem Kopfnicken an, sie zu begleiten. Sie teilten schweigend für eine Weile den selben Korridor. Erst am Ende des Gangs drehte sie sich noch einmal zu Jasov um.

»Vieles von dem, was er getan, entschieden, verursacht hat, würdest du als grausam bezeichnen, ebenso vieles als gütig und weise. Jede Geschichte im Leben hat zwei Seiten, und oft sind wir gezwungen, das kleinere Übel zu wählen, voller Hoffnung, es möge gut enden. Und auch das … das, was gut scheint, kann sich zum Gegenteil wenden. Doch ich kann dir versichern, du könntest es schlechter treffen. Er … er ist«, sie hielt kurz inne und starrte zur Decke. »Er ist ein guter Mann.«

Jasov verstand, was sie meinte. So hoffte er wenigstens.

KAPITEL 12
DER URSPRUNG DER MACHT

Dass diese Begegnung Konsequenzen nach sich ziehen würde, war zu erwarten. Eines Tages hätten sie sich ohnehin treffen müssen: der Zauberlehrling und der Lord. Das konnte Nyth Jasov nicht ersparen. Hin und wieder besuchte Dragul ihre Schulungen der Rekruten. Es war ihr ein Rätsel, weshalb ihn der stets gleiche Ablauf, nach all den Jahrhunderten, noch immer zu unterhalten schien. Seine Besuche in der Bibliothek waren meist heimlich. Als ob sie es nicht bemerkte, wenn er ihnen zusah. Normalerweise mischte er sich nicht ein, aber gelegentlich packte ihn wohl so etwas wie Neugierde, vielleicht auch Langeweile, und er setzte sich einfach dazu. Das Resultat war stets gleich: eingeschüchterte Magiebegabte, die für einige Zeit von Albträumen oder gar Todesangst geplagt wurden, und ein gestörter Unterricht, ganz zu schweigen von Nyths Nerven.

Jasov würde nicht nur mit einer unruhigen Nacht zu rechnen haben. Seine Fähigkeit, eine Essenz zu sprengen, zeigte ein gewaltiges Potenzial. Natürlich war Nyth bereits aufgefallen, wie viel Geschick er besaß, doch hatte sie gehofft, er hatte einfach nur das Talent, Magie entsprechend zu lenken. Nun aber war das magische Ausmaß von Jasovs Fähigkeiten offenbart. Durch seine Adern flossen immense Energien.

Magie befand sich ständig im Fluss und wechselte die Form, den Zweck, die Wirkung. Überall sprengte sie sich los, wurde verbraucht, verwandelt und heftete sich irgendwann erneut an etwas fest. An eine Blume, einen Stein, an die Seele eines Wesens. Doch Menschen waren komplex und wirr, so erhielt Magie keine neue Form, sondern adaptierte die vielseitige Natur der Menschen und blieb mannigfaltig. Deshalb konnten diese zerbrechlichen Geschöpfe jede Art von Magie beherrschen, im Gegensatz zu den meisten Drachen. Und Jasov besaß weit mehr als möglich, die Frage war nur: wie? Die letzte Magierin dieses Kalibers hatte sich vor Tausenden von Jahren selbst vernichtet. Für Jasovs Fähigkeiten fielen Nyth nur erschreckende Gründe ein, und sie suchte fieberhaft nach einer einfachen Erklärung.

Ihr Quartier war einen kleinen Fußmarsch entfernt von den Hallen der Bibliothek. Wie alle anderen Magiekundigen nutzte sie Portale eher selten, Restmagie konnte schnell zu einem Problem anwachsen. Außerdem dachte sie nur allzu gerne nach, verhedderte sich in ihren Gedanken. Auf dem Weg zwischen zwei Orten grübelte es sich am besten. Und auf die Antworten zu den neu aufgeworfenen Fragen musste sie auch nicht lange warten.

Nyth ertappte sich bei einem Seufzen und hielt inne. Am Ende der großen offenen Galerie zu den Quartieren der 4. Garde stand Lord Dragul entspannt an die Wand gelehnt und zündete sich erneut seine Pfeife an. Am frühen Abend, kurz vor Dienstende, war es leer und still in den Gängen und Hallen rund um die Unterkünfte der Soldaten. Niemand würde sich hier und zu dieser Zeit durch das Erscheinen des Lords gestört fühlen, niemand außer Nyth.

Neben einer gehörigen Portion Ehrfurcht hatte sie gemischte Gefühle für ihren Herrn, die Gründe dafür waren vielschichtig und kompliziert, vor allem politischer Natur. Aber sie war nur eine Söldnerin, ihre Aufgaben waren überschaubar und die Verantwortung zu gering, um öfters mit ihm in Kontakt zu treten. Ihr Alltag war einfach und strukturiert. Sie mochte es geordnet. Dabei war geordnet kein Wort, welches Lord Dragul beschrieb, außer man meinte damit seinen Bart. Wieso fühlte es sich nur so an, als wären diese unbeschwerten Zeiten mit dem heutigen Tag vorbei? Nyth wäre zu gerne an ihm vorbeigegangen, aber sie hatte sich vorhin schon genug herausgenommen.

Außerdem wäre er ihr sicher gefolgt.

Zähneknirschend blieb sie stehen. »Sir?«

»Geht's ihm gut?«, nuschelte Dragul zwischen zwei Versuchen, Rauch aus der Pfeife zu ziehen.

»Ja, jetzt schon.«

»Du klingst ärgerlich.« Die Luft im Gang füllte sich mit dem Geruch von Tabak.

Ärgerlich? Niemand sonst hätte den Klang ihrer Formulierung als Ärger gedeutet. Dies war mitunter eine der wirklich störenden Eigenschaften des Landesherrn, man konnte ihm nichts vormachen. Nyth dachte fieberhaft über ihre Antwort nach – rang damit, überhaupt etwas zu sagen. Sie wusste, worum sich das Gespräch gleich drehen würde, und das sollte er lieber mit Marberd besprechen, nicht mit ihr. Als sein Blick aber auf einmal ihre Kapuze fixierte und sich Neugierde in seinem Gesicht abzeichnete, räusperte sie sich und trat einen Schritt zurück.

»Sir, Jasov ist ungewöhnlich mächtig für einen Menschen unserer Zeit. Das habt Ihr im Vorfeld genauso gesehen wie ich. Es war nicht nötig, ihn Eurer Magie auszusetzen«

»Ich wollte sehen, was für ein Potenzial in ihm steckt. Er ist schließlich anders … nicht wahr? Und er wird sich davon wieder erholen. War doch tapfer, der Junge, er ist nicht einmal in Ohnmacht gefallen.« Sein lockerer Tonfall passte nicht zu diesen ernsten Umständen. Menschen waren nicht mehr so mächtig seit Urzeiten. Nicht mehr, seit es so viele von ihnen gab. Schon gar nicht zufällig. Es gab keine göttlichen Fügungen oder gar unerklärliche Phänomene. Magie folgte Regeln, und diese hatten sich verändert. Für Jasov gab es eine ziemlich schlichte Erklärung und die war auch dem Lord bewusst.

»Wie viele wohl hinter der Grenze gestorben sind? Bräuchte es nicht Millionen, um wieder solch Magiebegabte hervorzubringen?« Draguls Stimme klang nun ernster, und er schüttelte leicht den Kopf. »Hilf Marberd bei seiner Ausbildung, so gut du kannst. Ich befürchte, dass wir uns nicht mehr lange aus diesem Disput heraushalten können, oder sollten. Und dann sind gerade Menschen, welche uns vertrauen und an unserer Seite kämpfen, mehr wert als alles andere!«

»Sir, ich …«

»Er ist von nun an deine Aufgabe. Mehr noch: Das Rätsel seiner Fähigkeiten zu lösen, bedeutet, ihn und die Umstände kennenzulernen. Da sind deine Talente gefragt.«

Die plötzliche Schärfe in seiner Stimme ließ keinen Widerspruch zu, und Nyth neigte kurz und zustimmend den Kopf.

»Danke«, murmelte er zufrieden. Er zog noch einmal lange an seiner Pfeife, und es huschte wieder ein Schmunzeln über sein Gesicht. »Wir werden herausfinden müssen, womit wir es zu tun haben. Lass uns morgen Mittag nach der Ratssitzung darüber sprechen!« Ihre kurz entglittenen Gesichtszüge ignorierend, löste er sich aus seiner bequemen Haltung an der Wand. »Das wird nett, es ist Sollnichttag, da gibt es immer frischen Kuchen.«

Es strömte deutlich mehr Rauch zwischen seinen Lippen heraus, als er durch die hölzerne Pfeife einziehen konnte. Nyth bemühte sich, davon nichts einzuatmen. In jedem Drachen brannte ein Feuer, und eigentlich schickte es sich nicht, damit zu spielen. Er wusste, wie er sie ärgern konnte. Für einen Moment machte sich eine unangenehme Stille breit, und Nyth hoffte einfach, dass er ging oder aufhörte, sie anzustarren. Sie wollte nichts erwidern, war sie doch jetzt schon in einer Situation weit außerhalb des für sie Erträglichen.

»Wir werden uns wohl wieder öfter sehen, das freut mich!« Er legte ihr kurz und freundlich die Hand auf die Schulter, ehe er sich einen Ruck gab und zurück in Richtung Schlosskern ging. Es war eine Geste, die sie sofort erstarren ließ. Zwar war es lediglich ein Problem, wenn sich magische Wesen von Haut zu Haut berührten, aber allein der Bruch der Distanz war … sie verkniff sich die Entrüstung.

Ihre steife Körperhaltung löste sich erst, als er vermutlich bereits im großen Treppenaufgang war. Sorgen um die Konsequenzen der neuen Befehle konnte sie sich morgen machen. Im Gegensatz zu ihrem Herrn mochte sie die Nachtruhe gerade wegen ihrer stillen Momente. Dunkle dumpfe Stunden in Träumen und Illusionen halfen ihr, ihre Gedanken zu ordnen. Und sie würden hoffentlich auch den Rauchgeruch aus ihrer Kleidung entfernen.

»Ich hoffe, er erstickt dran!«

KAPITEL 13
DAS ENDE DER STILLE

Jasov verspätete sich selten. Doch die letzte Nacht hatte aus nur wenig Schlaf und unheimlichen Träumen bestanden. Und so stand die Sonne bereits am Himmel, als ihn seine Beine endlich zum Weinkeller trugen. Er hatte nicht einmal ein schlechtes Gewissen, denn der gestrige Tag war einer von denen gewesen, die die Welt in ein neues Licht rückten. Ohne den Tee namens Wunder hätte er Mühe gehabt, seine Augen offen zu halten. In dem Moment, als der bittere Geruch des heißen Kräutersuds in seine Nase stieg, belebte sich sein Geist wieder. Der Kräuteraufguss war deutlich stärker als sonst, und Jasov konnte sich denken, wieso. Sein Mentor saß schweigend und in Gedanken versunken neben ihm am Holztisch und genehmigte sich einen großen Becher voll mit Wunder und Zucker.

Sie schwiegen sich oft an, doch diesmal bestand die Stille nicht aus Fleiß, Arbeit und Lernen, sondern aus Sorgen und unausgesprochenen Fragen. Natürlich hatte Nyth bereits mit Marberd gesprochen, sicher auch erzählt, wie Jasovs herausragendes Talent wieder einmal über die Stränge geschlagen hatte. Er fühlte sich elend. Zum Glück würde er seinen Mitstudierenden erst nächste Woche erneut begegnen. Wenigstens hoffte er das.

Die Stille im Gewölbe schnürte ihm die Kehle zu, dabei mochte er diesen Ort. Wenn die anderen Novizen ihrem Kampftraining nachgingen, lernte Jasov bei Marberd. Es ging zurzeit nur um Geschichte, und das war etwas, das beide sehr liebten. Nur nahm nicht jede Erzählung ein glückliches Ende, und Jasov bekam das Gefühl, dass auch er zu jener traurigen Sorte von Sagen und Legenden gehören würde. In seiner Ausbildung handelte es sich um keinen geringeren Posten als den des obersten Verzauberers und Ratgebers von Lord Dragul. Schwierige Themen, Krisen und heikle Diskussionen würden dazugehören. Politik und Wirtschaft waren eine ebenso große Herausforderung wie Feuerzauber oder magische Kerne für Streitkolben. Mit all diesem Ernst hatte er sich konfrontiert gesehen, doch der gestrige Tag hatte Jasov eiskalt erwischt. Und so hatte sich sein Puls über Nacht verdoppelt. Seit gestern Abend dachte er über seine Vorgänger und deren Versagen nach. Vielleicht hatte auch er schon versagt.

Nyths Worte hallten durch seinen Kopf: »Vor langer Zeit, als es weniger Menschen gab und mehr Magie …« Da war jemand wie er nicht ungewöhnlich gewesen? War er ein Fehler?

Sein Mentor sah ihn über den Tassenrand hinweg an und versuchte zu lächeln. »Gestern verdaut?«

»Nicht alles«, gab Jasov ehrlich zu. Ohne einige Antworten würde er den Weinkeller heute nicht wieder verlassen.

Gerade, als er zu einer Frage ansetzen wollte, ging die Tür auf. Nyth betrat leicht zerzaust und viel eiliger als üblich den Keller. Irgendwas war seltsam, sie wirkte gehetzt. Hektisch schob sie alles vom Tisch ans andere Ende, um dann ein Buch, das sie mitgebracht hatte, auf das Holz zu knallen. Staub wirbelte auf, Marberd und Jasov mussten beide husten.

»Was ist das?«, wollte Marberd wissen. Das Buch sah übel mitgenommen aus. Es bestand aus einer Sammlung unterschiedlicher Papiere, die alle in den Einband geklebt worden waren. Hier und da hatte man eine Seite eingefügt und an anderen Stellen etwas herausgerissen. Nyth blätterte, bis sie zum hinteren Teil des Buches gelangte.

Die Schrift auf den beiden aufgeschlagenen Seiten konnte Jasov nicht lesen. Dicke schwarze Tinte formte unfassbar wirre Schnörkel, und die Wörter, falls es welche waren, machten den Eindruck, eine ganze Geschichte zu erzählen.

Nyth strich den Staub von den Seiten und die rätselhaften Symbole wanden sich unter der Bewegung. Fasziniert sah Jasov zu, wie Nyth das Gekritzel an die Seiten wischte, es sich dehnte, nach einigem Klopfen scheinbar zum Rand verschwand und auf einmal Wörter übrig ließ.

»Zu viel Text auf einer Seite, mh, das ist es auch nicht«, murmelte sie. Langsam begriff Jasov, um was es sich handelte. Dies war Sprache. Nicht die, die man sprach, um sich zu verständigen, wenn man jemanden begrüßte oder etwas kaufen wollte. Dies war die Sprache, welche zur Kommunikation mit Äthermagie diente. Sie war komplex, kein Wunder, dass ein Wort aussah wie Tausende.

»Jasov!« Sie sah ihn direkt an, zumindest meinte er das.

»Ja?«, fragte er unsicher und versuchte, ihren Blick zu erwidern. Ihre Kapuze hing weniger tief in ihr Gesicht als sonst, er sah fast ihre Augen. Sie schienen sehr hell zu sein, auf jeden Fall waren sie groß und rund. Dunkle Schatten zeichneten sich darunter ab. Ihr jugendliches Gesicht war gezeichnet von Müdigkeit und strahlte eine gewisse Reife aus. Wonach ein Drache wohl sein Äußeres wählte? Und konnten sie das überhaupt?

Obwohl sie es war, die Jasov angesprochen hatte, brauchte die Drachenfrau wieder eine gefühlte Ewigkeit, bis sie endlich etwas sagte. Jasov hätte zu gerne gewusst, was in solchen Augenblicken in ihrem Kopf vor sich ging.

»Du bist ein ungewöhnlich starker Magier, durchdrungen von mehr Magie als üblich. Deshalb reagierst du auch so sensibel auf magische Präsenz.«

Jasov nickte. Das hatte sie ihm gestern bereits gesagt, und es hatte ihn mehr erschreckt als erstaunt. War Macht für viele etwas Erstrebenswertes, so wollte Jasov lieber Kontrolle, vor allem aber keinen Ärger.

»Früher, vor Tausenden Jahren, existierten Magiekundige mit beinahe unbegrenzten Fähigkeiten. Ihre Emotionen, besonders die negativen, wurden schnell zu lodernden Bränden, und dunkle Wünsche zu Flüchen und tödlichen Messern.«

Es war zwar bereits ein Jahr vergangen, doch der Moment, als Jasov die Kristallmine zerstört hatte, brannte in seinen Gedanken so heiß wie nach dem Unglück. Nyth blätterte weiter suchend durch die Seiten. Das und ihre unangenehme Sprechpause ließen seine Gefühle wieder überkochen.

Sie setzte sich an den Kopf des Tischs und nun war er sich sicher, dass sie ihn aus dem Schatten ihrer Kapuze heraus ansah. »Dein hohes Maß an Magie ist ein Zeichen, Jasov. Magie teilt sich immer gerecht auf, wie du weißt. Je mehr Wesen Magie aufnehmen können, je mehr Magie an Objekte gebunden wird, desto weniger gibt es davon. Dass du so viel besitzt, deutet auf eine neue Balance hin. Irgendwo muss viel Magie frei geworden sein, und das recht nahe an diesem Reich und kurz vor deiner Geburt.«

Ihre ruhige und kühle Stimme hatte einen leichten Klang von Besorgnis. Es war Marberds tiefes Durchatmen und sein finsterer Blick, der Jasov begreifen ließ, um was es hier ging. Es war keine Kleinigkeit, die sich ab und an mal zeigte. Jasovs besondere Talente waren das Resultat einer größeren Krise.

»Und wie bin ich passiert? Was ich sagen will … woher kommen meine Kräfte?«

»Die Welt befindet sich noch immer im Krieg. Krieg fordert Opfer.«

Jasov stand auf, seine eigene Schlussfolgerung erschreckte ihn zutiefst. »Heißt das, der Grund für mehr Magie in der Welt … ist der Tod von Menschen?«

Nyth nickte und lehnte sich etwas zurück. »Und von Drachen!«

»Von wie vielen Toten sprechen wir hier?« Jasovs versuchte, sachlich zu klingen, aber seine Stimme zitterte.

Marberd sah ihn traurig an. »Millionen, mein Junge!«

Eine Zahl, die er selten in seinem Leben gehört hatte. Jasov musste sich erst all ihre Stellen vor Augen führen und sich die kleine Bevölkerung ihrer Stadt im Vergleich vorstellen. Schnell sank er zurück in seinen Sessel und seufzte. Das knisternde Feuer in der Schale neben ihnen wirkte geradezu lächerlich fröhlich und warm. Die Flammen in seinem Kopf brannten dagegen schmerzhaft, und er hätte sie nur zu gerne gelöscht. Seine Fähigkeiten wollte er nicht, hatte er nie gewollt, sie konnten gefährlich werden und sorgten dafür, dass er jede Magie um sich herum spürte, ob sie nun weich und liebevoll war oder stach wie tausend Nadeln. Gerne wäre er ein einfacher Zauberer, tauglich für Kunststücke und vielleicht einen eigenen Laden über Mystik und … er seufzte. Jetzt war der Grund für sein ungewolltes Talent obendrein ein grauenvolles Massensterben. Er ertappte sich bei dem Wunsch, den Brief vom Schloss nie geöffnet zu haben.

»Du meintest, auch magisch gefüllte Objekte nehmen der Welt freie Magie weg! Könnte nicht auch etwas mit viel Magie zerbrochen sein?« Jasov sah Nyth bemüht hoffnungsvoll an.

Nyth schüttelte leicht den Kopf und ließ ihn nicht auf die Antwort warten: »Es waren viele kleine Handlungen dafür nötig. Eine plötzliche Veränderung wäre auch Marberd aufgefallen. Wie die Spitze einer Spannung. Das hier … war eine langsame Welle, kein plötzlicher Anstieg. Wir haben es nicht gespürt.«

Marberd schwieg vorerst, und Jasov versuchte, sich auf das große Buch auf dem Tisch zu konzentrieren. Die Buchstaben ergaben keinen Sinn, obwohl er seit Wochen Runen studierte, verstand er sie nicht. Auch schienen die Worte seltsam lang. Kleinere Ziffern und Zeichen folgten einer Art Rhythmus. Nyth würde ihm vermutlich gleich erklären, weshalb sie ihnen das Buch vorgesetzt hatte. Hoffentlich ging es dabei nicht wieder um Tod und Verderben.

»Lord Dragul zeigt großes Interesse an dieser Thematik.«

Oder vielleicht auch doch …

Jasov runzelte die Stirn. Ehe er fragen konnte, was an diesem Interesse so dramatisch war, blätterte Nyth ein paar weitere Seiten um und fand offenbar endlich, wonach sie suchte.

»Marberd, ich muss gleich leider …«, sie biss sich kurz auf die Lippe. »Lord Dragul wünschte mich nach der Ratssitzung zu sprechen.«

Der alte Mann nickte sichtlich verwundert. In der Zwischenzeit wirbelte Nyth erneut einige der wilden Kringel und Schnörkel auf den Seiten herum, wedelte sie regelrecht an den Rand. Dieses Buch musste unfassbar viel Wissen beinhalten, es rotierten Dutzende an Schriften über die Seiten, ehe Nyth sie stoppte. Bei dem geballten Gekritzel, anders konnte Jasov es nicht beschreiben, mochten sich ganze Kapitel auf nur einer Seite verstecken. Endlich kam die Tinte zur Ruhe und die Drachenfrau drehte das Buch herum, damit Jasov und Marberd es besser sehen konnten.

»Dieses Buch beinhaltet die Übertragung von einfachen magischen Schwingungen in Musik«, erklärte sie knapp.

Marberd lachte laut auf. »Aber ja, aber ja! Wie richtig!« Er klatschte in die Hände und zog den geflickten Haufen in Leder gebundenes Papier zu sich.

Nyth nickte ihm und Jasov nur zu und verließ den Weinkeller.

Unsicher rückte Jasov nahe zu seinem Mentor und schaute ihn fragend an.

»Jasov, mein Lieber. In dir ist so viel Magie, dass du sie immer hörst, nicht wahr?«

Jasov nickte langsam.

»Andere Magiekundige können das nicht, sie müssen sich stark fokussieren, hören nur ein Flüstern, wie deine Mitlernenden. Du aber … oh ja, du, mein junger Freund bist Teil des Gesangs. Du wirst die Musik der Magie kennenlernen, ihre Stimme verstehen, mit ihr gemeinsam singen. So wie es die Drachen mit ihrem Element können! So wie die alten Begabten vor Tausenden von Jahren vor dir es lernten. Magie ist Schwingung. Das wird dir helfen, eine Verbindung aufzubauen. Dass ich so etwas noch erleben darf.«

Marberd schien vergessen zu haben, welche Abgründe zu Jasovs Talent geführt hatten, und eventuelle Konsequenzen blendete er wohl ebenfalls aus. Voller Begeisterung studierte er die Runen und die dazugehörigen Linien und kicherte dann überdreht. »Mhh, was haben wir hier? Funkenmagie. Ah, verstehe … Funkenmagie ist dir ja inzwischen bekannt.« Er schnalzte mit der Zunge. »Dann sollte es leichter sein! Hast du noch den Stein aus dem Unter… ach nein, richtig, sie hat mir heute früh erzählt, was passiert ist.«

Jasov seufzte. Er war nicht sonderlich scharf auf eine weitere Lektion mit einem Funkenkristall. Jedes Mal, wenn er sich dem sogenannten *Gesang* der Magie hingegeben hatte, hatte er sich darin verloren. Aber auch ihm war bewusst, dass er genau aus diesem Grund dringend Übung brauchte.

Zufrieden summend studierte Marberd die alten Schriften, ehe er ein grunzendes Lachen von sich gab. »Weißt du was, Jasov? Lass uns zu Tress gehen! Er kann dir viel mehr zum Klang seiner Magie erzählen, und sicher auch diese Aufzeichnungen besser deuten. Außerdem ist er immer etwas reserviert, wenn er einer Ratssitzung nicht beiwohnen darf, und an der heutigen nehme nicht einmal ich teil. Er wird sich freuen, uns zu sehen und dir zu helfen. Ja! Das machen wir!«

Zu all dem konnte Jasov nur langsam nicken. Er verstand die plötzliche Euphorie seines Meisters nicht. In diesem Schloss überschlugen sich die Ereignisse von Monat zu Monat mehr und Jasov hoffte inständig, es würde nicht noch surrealer. Sich der Freude Marberds ergebend, folgte er dem alten Mann durch ein Portal in Richtung Barbakane, auf der Suche nach Kommandant Tress.

KAPITEL 14
SPIELFIGUREN

Fern des belebten Teils des Schlosses, wartete Nyth pflichtbewusst vor den großen Türen des Ratssaals. Der Rat tagte so weit oben in der Festung, dass magische Hilfe nötig war, damit auch Menschen hier ohne Probleme atmen konnten. Dieser Ort gehörte ganz allein den Drachen, und man spürte ihre Aura hier viel deutlicher, vor allem die des Lords. Genau unter diesem Trakt existierte sogar einen Thronsaal, ungenutzt und mangels offizieller Anlässe wenig geschmückt. In jenem Teil des Schlosses befand Nyth sich eher selten, und das war ihr nur recht. Denn hier zu sein bedeutete, eine wichtige Aufgabe erfüllen zu müssen, mit dem Rat zu sprechen und mit Lord Dragul direkt zu kommunizieren.

Das sonst so präsente Fachwerk war teilweise steinernen Wänden gewichen, und Säulen aus Gestein warfen lange Schatten durch den hallenähnlichen Vorflur. Weißes Licht, das aus den Wolken rings um diese Ebene entsprang, durchflutete die Gänge und Räume durch große Bogenfenster. So hoch oben im Schloss küssten die Mauern den Himmel. Die Fackelhalter waren schlicht gestaltet, die Wände hell gestrichen, und schwere schwarze Vorhänge gaben dem glatten Gemäuer einen edlen Charakter. Es handelte sich um bescheidenen Reichtum, ausgedrückt durch poliertes Holz, viereckige Teppiche und verzierte Möbel. Wollte man Prunk sehen, musste man die Waffen, Rüstungen und Schilde betrachten, nicht die Hallen, Zimmer und Säle. Diese Räume waren das, was die Menschen gerne »modern« nannten.

Mit der Zeit hatte sich die Kultur in die unterschiedlichsten Richtungen entwickelt, und der saubere, klare Stil gefiel den Drachen ausgesprochen gut.

Leichter Nebel wehte durch eines der offenen Korridorfenster, und Nyth verließ ihre aufrechte Haltung, um es zu schließen. Die Sonne knallte ihr dabei überraschend hell ins Gesicht, jagte einen stechenden Schmerz durch ihre Augen, und sie zog sofort die Kapuze tiefer. Die Luft roch nach Frost und Kälte, scharf brannte sie beim Einatmen in der Lunge, und Nyth sog für einen Moment den Duft ein, nutzte den Moment, um ihre Gedanken zu sortieren. Vorsichtig schloss sie die Flügel des Fensters und lehnte sich gegen die kühle Scheibe. Hier zu warten war besser, als auf die große Tür zum Ratsraum zu starren.

Den gesamten Morgen hatte sie damit zugebracht, an einem ehrlichen »Ja, Sir!« zu arbeiten. Nur gedanklich, in aller Stille. Sie wartete schon eine ganze Weile allein vor dem Ratszimmer darauf, dass man sie hereinbitten würde, falls sie überhaupt den großen Ratsraum betreten musste. Vielleicht könnten sie sich auch an der Tür besprechen.

Nyth schüttelte über ihre eigenen Gedanken den Kopf. Was für ein kindischer Wunsch, dafür hatte Dragul sie nicht extra hierherbestellt. Sie wollte sich heute nicht ärgern lassen, aber sie ahnte bereits, dass sie ihre Widerworte nicht würde zügeln können. Sie stritten sich immer, oder vielmehr Nyth stritt, während er ihre Einsprüche belächelte. Doch er hörte sich ihre Kritik an, ging auf sie ein, das war viel wert und gar nicht selbstverständlich. Lediglich sein süffisantes Grinsen könnte er sich schenken. Sie sah es in Gedanken vor sich und unterdrückte ein Knurren.

Heute war das Thema jedoch viel zu ernst für hitzige Gemüter. Vielleicht würde auch er sich zusammenreißen und auf seine Spielchen verzichten.

Unzufrieden zupfte sie ihre Kluft zurecht. Die Nacht war kurz gewesen, Nyth wartete bereits seit einer Stunde und mürrische Gedanken würden ihre Stimmung sicherlich nicht heben. Gerade jetzt, da sich alles ändern könnte, sollte sie ihren Fokus ohnehin nicht auf Ärger lenken, schon gar nicht auf Draguls fragwürdigen Charakter. Sie war noch immer wütend darüber, dass er die Folgen für Jasov in Kauf genommen hatte, als er seine Hand erfasste. Es gab Menschen, die erholten sich nicht so schnell vom Kontakt mit Todesmagie. Aber im Gegensatz zu ihr hatte Dragul eher wenig Berührungspunkte mit den Zweibeinern, vielen Drachen mangelte es an Verständnis für das Leiden der Menschen. Umso mulmiger wurde ihr, als sie an seine Worte dachte.

Anscheinend wollte sich ihr Herr einmischen in das Geschehen zwischen den Herrschaftsgebieten und Königreichen. In den stillen Krieg. Dabei ging es nicht allein um die Kontrolle über die Menschen, sondern auch um andere magiebegabte Wesen und sogar Drachen selbst. Drachen, die in den Augen mancher Artgenossen nicht würdig waren, mächtig zu sein. Ein Drehen und Winden um Macht und Geltungsdrang. Wenn jemand wie er eingriff, würde das Gleichgewicht kippen.

Sie malte einige Kringel auf die nun leicht beschlagene Scheibe des Fensters. Der Nebel hatte sich auf das kühle Glas gelegt, und die kleinen Wasserperlen vibrierten unter dem Druck ihrer Finger. Nyths Energie versetzte alles in Schwingung, wenn sie nervös war. Der surrende Klang schwingenden Glases zeigte ihr, dass sie sich aus dieser Mission nicht emotional heraushalten konnte. Missmutig verschränkte sie die Arme und die Glasfront hörte wieder auf zu beben.

»Hab Vertrauen in dich«, sprach sie sich in Gedanken selbst ins Gewissen.

Die Flügeltüren zum Ratssaal wurden mit einem leisen Knacken geöffnet und die Kommandanten der 1. Garde verließen den Raum. Die wenigsten schenkten Nyth Beachtung.

Der Rat bestand aus zwölf Mitgliedern und Dragul selbst. Elf Drachen und ein Mensch, aber heute waren nur die obersten sechs Generäle geladen. General Hemm grüßte Nyth kurz. Er war ein eigenwilliger, wilder Feuerdrache, fern seiner Heimat und der engste Vertraute von Lord Dragul. Rote Haare, rosige Haut voller Sommersprossen und Narben, ein wahrer Hühne. Er und der Lord hatten schon Seite an Seite gekämpft, da hatte dieses

Reich noch einen anderen Namen getragen und Dragul keinen Titel. Aber auch Hemm hatte wenig Interesse, mit Nyth mehr als ein »Guten Morgen« auszutauschen, und verließ wie der Rest den Gebäudeteil. Das war für ihn und sein Temperament ungewöhnlich. Er wirkte bedrückt.

Im Gegensatz zu Nyth waren die Drachen im Rat Teil des Reichs und nicht in der Lage, diese Verantwortung zu kündigen, wenn sie wollten. Nyth sah dies sonst mit gemischten Gefühlen, aber schwere Zeiten erforderten Entscheidungen. Am Ende hatte man sich Dragul zu fügen. Es wirkte nicht so, doch in diesen schwierigen Zeiten waren die Drachen im Kraterland abhängig von seinem Schutz. Der Luxus hatte allerdings seinen Preis – sie mussten dem Lord ihre Treue schwören, und das bis in den Tod. Es handelte sich um eine stille Vereinbarung, verborgen unter moralisch hochtrabenden Idealen wie Respekt, Ehrfurcht und Vertrauen. Eine große, glückliche Familie.

»Was für eine Heuchelei«, erklang ein Gedanke lauter zwischen allen anderen in ihrem Kopf, und sie wusste nicht genau, ob sie damit sich selbst oder ihren Herrn meinte.

Dieser wartete zufrieden lächelnd, dabei entspannt auf seiner Pfeife herumkauend, in der Tür zum Ratssaal und blickte Nyth an. Er hatte ihr wohl schon eine Weile zugesehen. Voller Missfallen verzog sie den Mund. Das amüsierte Grinsen auf seinem Gesicht brachte sie dazu, die Hände zu Fäusten zu ballen.

»Guten Morgen«, wünschte er ihr.

Nyth beschloss stehen zu bleiben, rührte sich keinen Zentimeter. »Sir!«, kam es von ihr nur knapp. Dafür erntete sie einen kritischen Blick, mit dem er sie von oben bis unten musterte. Unzufrieden erwiderte sie ihn mit strenger Miene und wartete ab.

»Hast du gut geschlafen?«

Seine plötzliche Frage ließ sie blinzeln. Verwirrt schüttelte sie den Kopf. Ein Fehler, damit öffnete sie ihm die Tür zu einem völlig anderen Gespräch. Was war so schwierig an einem Nicken? Sie wollte doch nur ihre Befehle und wieder verschwinden.

»Verständlich. Ich habe auch keinen Schlaf finden können. Zu viele Sorgen.« Den mitfühlenden Blick konnte er sich sparen, aber nun sah sich Nyth gezwungen zu antworten.

»Ihr habt viel Verantwortung zu tragen, Sir. Doch Ihr werdet wie immer umsichtig damit umgehen, dessen bin ich mir sicher.«

Seine spitzen Eckzähne blitzen auf, als ein breites Grinsen seine Grübchen zum Vorschein brachte. Den zynischen Klang in ihrem letzten Satz musste er bemerkt haben, aber statt etwas zu erwidern, lachte er leise und schüttelte den Kopf. In aller Ruhe holte ein kleines Briefchen mit Tabak aus der Westentasche.

Er machte keinerlei Anstalten, sie hineinzubitten oder mit ihr über ihren Auftrag zu sprechen. Stattdessen stand er weiterhin in der Tür, an den Rahmen gelehnt, und kümmerte sich um seine Pfeife. Dieses kleine Spielchen mochte ewig dauern, und am Ende gewann niemand. Nyth sah sich bereits nachgeben. Zu spät, denn nachdem Dragul seine Pfeife neu befüllt und angezündet hatte, kam er zu ihr ans Fenster, öffnete es und schaute erst einmal hinaus, tief durchatmend. »Ein wirklich schöner Wintertag. Blauer Himmel, genug Schnee für ein weiches, weißes Glitzern und die Luft duftet nach Kälte. Findest du nicht?«

Fast hätte Nyth ihm den verträumten Blick in die Ferne abgekauft, aber dann richteten sich seine Augen auf sie. Es war die Art, wie er einen ansah. Einnehmend. Berechnend. Jede seiner Gesten, jede Regung folgte einer Taktik – Nyth fand besser schnell heraus, welche Rolle er ihr angedacht hatte.

»Ich nehme an, Jasov hat den ersten Schock verkraftet?«

Sie nickte langsam. »Ich habe nicht zu viel erzählen wollen, ohne sicher zu wissen, worauf wir zusteuern, Sir.«

»Ja, das würde ihn wohl überfordern … Aber seine Existenz allein sagt uns: Die Zeit drängt! Du bist geschickt im Umgang mit jungen Begabten, du wirst es ihm schon vermitteln können.« Sein Lächeln wurde breiter und die Stille nach diesem Satz, der so viel mehr versprach, ärgerte Nyth erneut. Konnte man sich darüber ärgern, dass man sich ärgerte?

Trotzig konzentrierte sie sich darauf, seinem Blick standzuhalten. Sie hasste es, dass sie dafür ihren Kopf so weit heben musste, sie reichte ihm geradeso bis zur Schulter. Stillschweigend wartete sie ab und beobachtete den Drachenmann dabei, wie er Rauchkringel in die Luft pustete.

Der Rauch seiner Pfeife wurde hinaus gesogen, als gierte der Winter nach der Hitze. Es roch nach frischem Holz, angebrannten Zweigen, Schnee und Frost, während die Feuer in der Halle für eine angenehme Wärme sorgten. Hoch oben im Schloss war es so still wie nirgends sonst, nur das leise Knacken vom Holz der brennenden Fackeln durchbrach die Ruhe.

Trotz der kargen Einrichtung war die Stimmung gemütlich. Sogar so sehr, dass in Nyth die Sehnsucht keimte, ihre steife Haltung aufzugeben, nur für einen Moment. Die Nervosität abschütteln und die Gedanken versiegen lassen. Sie gönnte sich selten Zeit für eine Pause.

Es lag in der Natur des Menschseins, erst dann den Wert von etwas wirklich zu schätzen, wenn man dieses Etwas verlor. Diese Menschlichkeit hatten sich die Drachen angeeignet. Und gerade sehnte sie sich schmerzlich nach Frieden und Harmonie, dabei hatte der Krieg nicht einmal begonnen. Der Konflikt würde ihre Nerven bis aufs Äußerste strapazieren. Und sollte Dragul noch einen Rauchkreis in die Luft pusten, würde sie ihn …

Er schloss das Fenster, sein Blick fand wieder den Weg zu ihr, und zähneknirschend gab sie nach.

»Krieg wird unvermeidlich sein, nicht wahr?« Ihre Stimme klang noch leiser als sonst, und es überraschte sie nicht, dass Draguls Lächeln sich in eine ernste, fast schon besorgte Miene wandelte.

»Nyth, der Krieg hat nie aufgehört. Wie viele tausend Jahre haben wir uns aus diesem Konflikt herausgehalten? Osten gegen Westen. Menschen gegen Drachen. Während wir zwischen den ewigen Wäldern und den eisigen Gebirgen im luxuriöser Sicherheit leben!« Er richtete sich auf. »Es widert mich an, dich etwa nicht? Wir sehen zu, wie die Welt weit entfernt an der großen

Grenze kämpft und Leben um Leben verschlungen wird für Ehre, Macht, Freiheit … Niemand schaut auf das Kraterland. Aber eines Tages werden sie auch hierhersehen. Ich will nicht warten, bis das geschieht. Ich will, dass wir die Kontrolle erringen.«

»Was ist passiert?« Nyth wusste, dass es schon lange Informationen geben musste, die unmittelbar mit der Erscheinung von Jasovs magischem Talent in Verbindung standen, und mit noch so vielem mehr. Das war eben der Nachteil, wenn man nur als Söldnerin diente: Sie erfuhr alles als Letzte.

»Es sind Kleinigkeiten, die sich summiert haben. Tausende Grausamkeiten, die der Weltrat nicht verhindern konnte …« Er sprach vom Rat des östlichen Kontinents, Vertreter vieler Länder, bemüht um Einigkeit, vereint durch einen Drachen namens Archer. Dank der Arbeit dieses Rates herrschte aktuell Waffenstillstand. Aber davon bekam man hier im Kraterland wenig mit. »Ich selber werde mit Bruch verhandeln. Mit König Maral von Bruch haben wir ein gutes Handelsabkommen. Ich weiß, er mag mich nicht sonderlich, doch er muss mich empfangen, und hoffentlich besitzt er neue Erkenntnisse. Und aus Brarche … aus diesem Land des Oracles hört man nur wenig Gutes …« Er machte eine Pause und lehnte sich gegen das kühle Fenster.

Nyth beobachtete, wie er den Rauch der Pfeife mehr und mehr im Raum verteilte. Selten hatte sie ihn so oft damit gesehen wie in letzter Zeit. Und sie hätte schwören können, dass es etwas nach Hauchkraut roch. Aber es lag nicht in ihrer Art, sich danach zu erkundigen oder sich gar Gedanken um ihren Herrn zu machen. Die Schlussfolgerung, dass er ohne diesen Tabak vermutlich schlechte Laune hatte, stand ihr nicht zu.

Sie räusperte sich: »Zu König Maral … Seid ihr Euch da sicher? Es herrscht nur Frieden, weil er weiß, dass er Euch unterlegen wäre. Er missbilligt Eure neutrale Haltung dem Osten gegenüber. Für ihn sind alle schuldig, die nicht Archers Politik folgen.«

Zu Nyths Missfallen lachte Dragul leise über diese Anmerkung. Bruch war ein direktes Nachbarland im Norden und grenzte wie das Kraterland an die feindlichen westlichen Länder, den Teil des Kontinents, der für den Konflikt sorgte.

»Sein Land ist ebenso vom Westen bedroht, wie wir es sind. Auch er wird Informationen besitzen, zumindest ein Gespräch in diese Richtung ist erstrebenswert. General Hemm will, dass wir Maral um Hilfe bitten, Anträge stellen und all diesen anderen, dekadenten, formellen ... Aufwand, hinter dem wir uns seit Jahren verstecken. Das dauert zu lange. Die letzten tausend Jahre sind wir mit offiziellen Ersuchen, Verhandlungen und Verträgen beschäftigt gewesen, währenddessen starben Milliarden Menschen und andere magische Wesen hinter den Grenzen und fern unserer Kontrolle. Ich will jetzt sehen, woran ich bin.«

»Wollt Ihr den offenen Konflikt?« Nyth trat unruhig näher, und er sah sie stirnrunzelnd an. Da hatte sie wohl ein wenig zu viel Energie in ihre Worte gelegt. Ja, sie sehnte sich nach einer Veränderung, arbeitete ihr ganzes Leben daran, doch das musste er nicht wissen. Rasch verbarg sie ihr Gesicht wieder im Schatten der Kapuze und senkte den Blick.

Der *Ewige Krieg* zwischen Ost und West. Vielleicht war er unvermeidbar gewesen, aber sein Ausgang hatte nur Leid und Zerstörung gebracht. Der Kontinent war gespalten, angespannt und wartete nur darauf, sich erneut zu entzünden. Nyth würde alles dafür geben, dieses Drama zu beenden.

»Ein Schlag ins Herz«, murmelte Dragul und lächelte matt.

»Wo soll sich das befinden?«

Er antwortete ihr nicht, streckte stattdessen leicht die angespannten Schultern und ging in Richtung Ratsraum. »Wenn du mir bitte folgen würdest? Du hast eine Mission von mir erhalten und da gibt es noch einiges zu klären. Jasovs Existenz zu ergründen, könnte für uns wertvoller sein, als du ahnst.«

Offensichtlich hatte er umfassendere Pläne für sie, als befürchtet, also betragt Nyth mit einem Seufzen nach ihm den Ratssaal. Lange schon war sie nicht mehr hier gewesen und wunderte sich ohnehin, weshalb Lord Dragul ihr all das erzählte. Das entsprach weder ihrem Rang noch ihrem Aufgabengebiet, aber es spielte ihr in die Hände. Sie hatte ihre eigene Vorstellung vom Ende dieser Konflikte und war bereit, aktiv daran teilzunehmen. Nur die von ihm gewünschte Vorgehensweise machte ihr zu schaffen. Je mehr Wirbel er um diesen Auftrag machte, desto mehr klang ihre Mission nach einem Angriff.

Mit Missfallen beobachtete sie, wie sich Lord Dragul in einen der bequem gepolsterten Stühle sinken ließ, die um den großen runden Ratstisch standen. Unentschlossen, obwohl sie sich gerne gesetzt hätte, blieb Nyth stehen. Der Lärm ihrer eigenen Gedanken reizte ihre Nerven. Schlimmer war nur das Scharren der Holzfüße, als Dragul einen Stuhl neben sich vom Tisch wegzog und ihr anbot. Kein Stoff dämmte den hellgrauen Untergrund, und auch sonst war der große, halbrunde Raum spärlich eingerichtet.

Im Zentrum stand der Ratstisch. Er war niedriger, als normale Tische und in seiner Mitte war eine lebendige Karte von Kraterland aufgebaut. Dragul hatte sich eine der steinernen Figuren geschnappt, die zum Verteilen neben vielen anderen am Rand gestanden hatte. Er schnippte mit den Fingern und die Figur platzierte sich zunächst sinnfrei in der Nähe der Landesgrenze. Die taktische Karte füllte den Tisch nicht ganz aus, und damit sich niemand bücken musste, hatte man die Landesübersicht aufwendig verzaubert. So sehr Nyth diese Spielerei auch gefiel, es ärgerte sie, als auf dem Papier der Karte, am Fuße der Figur auf einmal ihr Name in Runenschrift erschien. Zumindest für heute war sie seine Spielfigur.

»Na komm! Setz dich endlich, nimm dir etwas Tee, ein Stück Kuchen. Es ist noch genug übrig!« Dragul zwinkerte ihr zu und wies auf den Fenstersims entlang der Rundung des Raums. Man machte sich nicht die Mühe, mehr Möbel aufzustellen; wollte man etwas essen und trinken, dann tat es auch der breite Sims der Fenster. Neben sauberem Geschirr standen zwei größere Platten halbvoll mit Kuchen.

Nyth würdigte sie nicht einmal eines Blickes.

KAPITEL 15
SPIELZÜGE

Sie hatte sich geweigert, sich zu setzen, etwas zu trinken, und vom Kuchen wollte sie auch nichts. Man konnte sich nie sicher sein, ob sie generell alles ablehnte, was sie als unangemessen empfand, oder ob sie tatsächlich keinen Kuchen mochte. Wer mochte denn bitte keinen Kuchen?

Dragul ließ sich davon nicht beirren und griff, ohne auf Nyths steife Haltung zu achten, nach Tee und Gebäck, so oft er wollte. Er hatte eine lange Nacht der Besprechungen und Fragen hinter sich, die Missionsbesprechung mit dieser Eiskönigin würde er nur mit Zucker durchstehen. Die beste Erfindung der Menschen und seine absolute Lieblingsspeise waren Backwaren.

Aufmerksam beobachtete Nyth die Karte, als versuche sie ihn so gut es ihr möglich war zu ignorieren. Schriften huschten von Ort zu Ort, um Bewegungen von Truppen zu verdeutlichen. Figuren aus Holz und Metall, Objekte geformt aus Quarzen und Flaggen an spitzen Spießen zeigten taktische Positionen. Dragul erklärte Nyth bis ins Detail den aktuellen Grenzverlauf und ließ sie nahezu alles wiederholen, was er sagte. Etwas gereizt, aber pflichtbewusst wiederholte sie artig jedes Wort. Hin und wieder schenkte sie ihm einen abschätzenden Blick, verärgert oder vielleicht verwundert, dass er nicht zum Punkt kam und ausführte, welche Rolle sie spielen sollte. Doch er musste den offiziellen Teil dieser Besprechung schnell hinter sich bringen, denn das, worum er sie gleich bitten würde … er stellte sich innerlich auf einen hitzigen Streit mit ihr ein.

»Sir? Ein Elitetrupp könnte ohne Weiteres Aufklärung entlang der Grenzen von Brarche betreiben, ich verstehe nicht, inwieweit meine Gegenwart dort vonnöten ist«, begann sie und gab ihm damit die Gelegenheit das Thema auf ihren Auftrag zu lenken.

»Nyth, diese Mission führt dich über die Grenze, direkt nach Brarche hinein.«

Sie runzelte die Stirn und Dragul schmunzelte leicht, als er sah, wie sie verwirrt den Kopf schief legte.

»Sir, wenn man mich erwischen sollte … Das verstößt gegen unsere Verträge mit Kommandant Oracles. Es würde Krieg bedeuten.«

»Der Krieg ist unvermeidlich.«

Ihre steife Haltung wurde um einiges angespannter und sie presste nervös die Lippen zusammen.

»Nyth, es ist nur noch eine Frage der Zeit. Oracles rüstet sich, wir stehen kurz vor der Katastrophe. Wir haben jetzt die Gelegenheit an Informationen zu gelangen, die uns helfen könnten.«

»Und der Rat ist damit einverstanden?«

Es gelang ihm nicht, ein leises Lachen zu unterdrücken. Über sein daraufhin bitteres Lächeln war sie sichtlich erbost und so räusperte sich Dragul. »Der Rat glaubt, du reist verdeckt an die Grenze, um dort den Anstieg der Magie zu vermessen, und etwas herumzuschnüffeln. Nun, das sollst du ja auch, nicht wahr? Du wirst den Zauberlehrling mitnehmen und ein paar Soldaten. Bei so einer schwachen Truppe wird niemand Verdacht schöpfen. Es wird aussehen wie ein kleiner Einsatz zur Aufklärung. Den wirst du aber nutzen, um die Grenze zu überqueren. Der Grund dafür ergibt sich oder du denkst ihn dir aus. Niemand außer dir und mir weiß davon und ich erwarte, dass es so bleibt. Wir müssen wissen, was Oracles mit der Magie in seinem Reich plant, ich brauche konkrete Informationen über seine Taktiken, keine Vermutungen. Er plant etwas. Das weiß ich. Alle wissen das. Willst du weiter zusehen? Ich nicht! Ich habe genug Zeit an Verhandlungstischen vergeudet. Wir Drachen lassen uns gerne Zeit, wir überdauern, doch was ist mit den Menschen, hm? Nyth, jemandem wie dir kann es gelingen in Brarches empfindliche Bereiche einzudringen, um die Wahrheit zu erfahren. Ich will den Beginn dieses Krieges bestimmen, im Notfall lieber früher als später.«

Nyth atmete stoßhaft aus. »Ihr verlangt von mir, den Rat zu täuschen, um einen Krieg anzufangen?!«

»Nein, nein! Krieg ist nur ein akzeptables Risiko für mich. Sollte es so sein … Nyth, vergiss den Rat, vergiss die Regeln! Wenn ihr auf feindliche Truppen treffen solltet, wenn ihr auf Widerstand stoßt … lass dich nicht von Regeln aufhalten, wenn es der Beschaffung von Informationen dient. Soll Kommandant Oracles wissen, dass ich im Bilde bin. Unsere menschlichen Spione können schon lange nicht mehr innerhalb von Brarche operieren. Dort weiß man Magiekundige aufzuspüren. Wir sind unwissend, das ist gefährlich, das muss enden. Wenn die erwünschten Informationen erst geraubt wurden, befinden wir uns im Krieg. Dann kann niemand mehr wegsehen. Versteh doch, Nyth, es ist Zeit zu handeln!«

Er erwartete keine direkte Reaktion von ihr und griff erst mal zu seiner Pfeife. Die Drachenfrau hüllte sich wie immer in Schweigen. Ihre zierliche Hand tastete unter ihre Kapuze, schlanke Finger fanden zu einer Haarsträhne. Diese Geste hatte er schon so oft beobachten dürfen, besonders bei längeren Unterrichtsstunden in der Bibliothek. Sie zwirbelte eine ihrer Locken und presste ihre Lippen nachdenklich zusammen. Dazu wippte sie auch leicht auf ihren nackten Füßen. Nyth erschien nur ruhig, aber in ihr wohnte ein rastloser Geist. Manchmal knabberte sie sogar auf einer der Perlen, die in ihr Haar geflochten waren, herum. Eine kleine Blaue aus Holz wies sichtbare Bissspuren auf.

Dragul grübelte für einen Moment, wieso ihn diese Geste stets faszinierte. Vielleicht, weil sie die sonst so gesittete Drachenfrau unordentlich erscheinen ließ. Jeder hatte einen Makel, sein eigener ruhte gerade zwischen seinen Lippen und beinhaltete viel zu viel Hauchkraut im Tabak.

Nyth beobachtete die Rauchwolke, die aus seiner Pfeife qualmte, und nutzte den Moment, um ihre Gedanken zu ordnen. Natürlich verstand sie, worum es ihm ging. Er wollte den Krieg kontrollieren, ehe er unerwartet an die Grenzen drückte. Aber dass ausgerechnet sie für ihn die Regeln brechen sollte? Nyth hätte gerne zugegeben, dass sie seinen Unternehmungen zustimmte, doch das stand ihr nicht zu und das gönnte sie ihm nicht. Sie hielt nichts von Direktiven, deren unreflektiertes Befolgen am Ende alles nur noch schlimmer machte. Und dass jemand wie Dragul so ein riesiges Reich nur mit Spielchen und Manipulation unter Kontrolle hatte, verwunderte sie nicht. Wer so lächelte, zog an mehr Fäden als ein Puppenspieler. Dennoch, obwohl sie den Wunsch nach einem Ende des Dramas ihrer Welt teilte, wollte sie eigentlich eine andere Rolle dabei spielen. Konnte er nicht einer anderen Marionette diese Schuld auflasten?

»Und Ihr vertraut ausgerechnet mir diese Mission an, Sir?« Auch wenn sie ihm bereits seit tausend Jahren folgte, machte dieses Vertrauen sie stutzig.

»Nun, bisher hast du mir mehr als aufrichtig gedient, nicht wahr? Die treue Söldnerin – ›Ja Sir, sofort Sir, natürlich Sir‹, hm?« Er lachte leise, als sie das Gesicht verzog. »Es ist ein schmutziger, inoffizieller Auftrag, zu dem du nicht *Nein* sagen wirst, dem du aber auch nicht ohne nachzudenken Folge leistest. Ich kenne dich, du hast deinen eigenen Kopf, und deine Entscheidungen sind stets wohlüberlegt. Ich brauche für den Erfolg der Mission jemanden mit einem klugen Verstand und der Fähigkeit, selbstständig zu handeln. Niemand ist so gut wie du, das ist dir auch bewusst. Außerdem mache ich mir große Sorgen. Die kann ich nicht mit jedem teilen.«

Nyth hob ihren Kopf fast so weit, dass sie ihn direkt ansehen konnte. Lord Dragul machte sich nie Sorgen. Wenn die Welt unterging, saß er am Rand, beobachtete und zog an seiner Pfeife, selig lächelnd den Flammen zusehend, bis er sich entschied, einen Eimer Wasser zu nehmen und zu löschen. Vermutlich hatte er das Feuer selbst gelegt. Er hatte für alles einen Plan, so schien es. Mochte es falsche Selbstsicherheit sein, Nyth beneidete ihn darum. Sie kam nie zur Ruhe, wenn sie eine Entscheidung fällen musste, ihre eigenen Pläne verbrannten ihre Nerven wie Feuer. Und auch jetzt machte sein breites Lächeln einen überlegenen Eindruck, fern jeder Sorge. Das Schwarz seiner Augen verschluckte jegliches Licht und die bernsteinfarbene Iris funkelte sie herausfordernd an. Nyth fühlte sich mit einem Mal gefangen in einem Netz aus Fäden, und er hatte die Kontrolle. An diesem Punkt gab es keine Möglichkeit für Widerworte.

»Ich weiß, meine Art, zu regieren, ist dir zuwider, ob du es glaubst oder nicht, das Gefühl teile ich mit dir. Es ist notwendig. Genau deshalb bist du ideal für diesen Auftrag. Ich als Herrscher darf niemals mein Volk, mein Heer, den Rat für eine Sekunde an mir zweifeln lassen. Regeln sind hier heilig. Wir funktionieren nur, wenn alle mir und meiner Macht bedingungslos vertrauen. Sollten wir auch mit wehenden Fahnen in den Untergang reiten. Daran habe ich lange und hart gearbeitet.«

»Und mit einem Lächeln tragt Ihr mir auf, einen Krieg zu beginnen, und hintergeht damit den Rat und das Volk ohne jegliche Konsequenzen!«

Er schmunzelte nur. Nyth wurde das Gefühl nicht los, diesmal verloren zu haben und nun wie alle anderen als Spielfigur auf seinem Schlachtfeld gelandet zu sein. Und das ganz ohne Lügen. Er brauchte sie nicht zu manipulieren, er wusste, dass sie diese Mission aus eigenem Antrieb nicht ablehnen würde. Wann hatte er gelernt, sie so gründlich zu durchschauen? Sie bemühte sich doch um mehr als nur einen Sicherheitsabstand.

Er stand auf, was Nyth sofort nervös werden ließ. Gerade jetzt fühlte sie sich besonders winzig neben seiner großen Statur. Das leise Pochen der Angst erklang in ihren Ohren, als er sich etwas zu ihr beugte. »Du weißt so gut wie ich, dass man nichts und niemandem wirklich vertrauen kann. Regeln muss man manchmal brechen.«

»Wieso ich?«, beharrte sie weiterhin und ballte die Fäuste, um dem Ärger ein wenig Raum zu geben.

»Nun … dein Verhalten erzählt eine Geschichte, Nyth. Du beißt jede freundliche Hand, die man dir reicht, und das bei deinem gütigen Charakter. Ich weiß, dass du dich hier in meinem Schloss versteckst, vor was auch immer, vielleicht vor dir selbst. Das ist in Ordnung, das kann ich akzeptieren. Es beweißt, dass dein Gewissen einen großen Einfluss auf dich hat, das ist mir wichtig. Deine Besonnenheit ist einzigartig, wie auch dein Dienst am Reich, als Söldnerin, ohne Wappen, ohne Schwur, und doch mit aller Treue. Tausend Jahre lang. Ja, wir streiten uns oft, zugegeben ist das meist meine Schuld, aber wir haben Erfolg. Deshalb vertraue ich dir. Wobei es mir lieber wäre, du wärst nicht immer so … bissig!«

»Bissig? Ich?«

»Es fällt dir kein Zacken aus der Krone, wenn du einmal ein *Sir* weglässt! Hasst du mich denn so sehr?«

»Ich habe nie gesagt, nie … wieso sollte ich Euch hassen?«

Jetzt hatte sie sich aus der Ruhe bringen lassen. Diese unerwartete Frage hatte ihre Wirkung entfaltet, und sie konnte kaum fassen, wie sehr sie das ärgerte. Das und das breite Lächeln auf seinem Gesicht. Er war ihr unangenehm nahe und blickte sie direkt an. Schnell senkte sie den Kopf, schaute zur Seite. Sie ertrug im Moment den Anblick seiner Augen nicht mehr. Nyth war sich sicher, dass die ganze Diskussion um Vertrauen und Treue zu seinen Spielchen dazugehörte, aber …

Er hatte sie durchschaut und schnitt ihr mit seinen Worten direkt in den entzündeten Nerv, machte ihr deutlich, dass auch sie ihm nichts vormachen konnte. Ihr Lord war ein herausragender Herrscher, ein noch besserer Kriegsführer, natürlich hatte er gute Charakterkenntnisse. Ließ man seine manipulative Art außen vor, war er bewundernswert.

Doch nur Monster begannen einen Krieg, und niemals war eine der beiden Seiten unschuldig. Dieser Drachenmann war gefährlich, und Nyth war sich für den Moment nicht sicher, ob sie sich mit ihrem Dienst für Lord Dragul richtig entschieden hatte … aber für Zweifel war es nun zu spät.

»Ja, ich bitte dich, mit mir den Rat zu hintergehen. Versteh mich nicht falsch, die Treue des Rates, des Volks, meiner Freunde, sie bedeutet mir viel, und sie zu belügen, gefällt mir nicht. Aber der Weg in einen Krieg ist unvermeidbar und ich kontrolliere lieber Zeitpunkt und Geschwindigkeit, ehe wir im freien Fall darauf zu rasen.« Lord Dragul atmete tief durch und lehnte sich an den Tisch.

Endlich wieder auf Distanz, lockerte Nyth ihre angespannte Haltung und versuchte, die letzten Minuten zu verarbeiten. Bewusst gelenkt zu werden und es zulassen zu müssen, schmeckte bitterer als erwartet. Dennoch war es ihr lieber, seine Lordschaft hatte die Kontrolle über die kommenden Auseinandersetzungen, da diese, auch ihrer Meinung nach, unvermeidliche Konflikte waren. Manchmal war die Antwort so einfach wie ernüchternd: Draguls Volk war glücklich, das Volk von Oracles nicht.

Aber ehe nicht alle Karten auf dem Tisch lagen, würde sie nicht nachgeben. Dragul wollte ihr einen Krieg auflasten … wenigstens ein Minimum an Respekt hatte sie verdient. »Wenn wir schon so ehrlich zueinander sind, Sir … Ich bin für Euch entbehrlich, ist es nicht so? Und da ich Euer Wappen nicht trage, sollte ich scheitern, könnt Ihr Oracles weismachen, ich hätte Euch verraten, und so im Notfall einen Krieg abwenden.« Ihre Worte ließen ihn einen Moment schweigen, und etwas in ihr wünschte sich, dass er ihr widersprach, auch wenn sie ihm niemals glauben würde.

»Das meine ich, dein Misstrauen, das ist es, was ich brauche. Sicher, nüchtern betrachtet … scheitert dein Vorhaben, verliere ich eine Söldnerin. Bist du erfolgreich, können wir hoffentlich den Krieg lenken. Und Nyth … ich verlasse mich darauf, dass du erfolgreich bist. Du wirst zu mir zurückkehren, du musst es. Versprich es mir.«

»Versprechen? Für Euch bin ich doch nur ein Bauer auf dem Spielbrett, der den ersten Zug machen soll. Die überleben selten das Spiel, Sir.« Ärger ließ ihre Stimme schwanken. Es war, was sie hatte hören wollen, und doch fühlten sich seine Worte falsch an.

»Manchmal setzen Bauern den König Schachmatt. Und … das hier ist kein Spiel.« Nun klang auch er nicht mehr freundlich.

»Ja, sicher«, rutschte es ihr zynisch über die Lippen.

Er schüttelte über sie den Kopf. »Na gut, Nyth. Was wärst du denn lieber? Ein Turm, ein Springer? Oder die Königin?« Der Rauch seiner Pfeife breitete sich im Saal aus, und Dragul musterte sie beinahe neugierig.

»Eine … Königin?«, wiederholte sie entrüstet, mit deutlich abfälligem Unterton und schürzte die Lippen.

»Vielleicht würde dir die Krone stehen?« Er klang mit einem mal wieder amüsiert.

In Nyth wuchs der Wunsch an, ihn für dieses unverschämte Benehmen mindestens anzufauchen. »Und was dann? Regiere ich das Reich an Eurer Seite? Muss ich dafür auch in Eurem Nest schlafen, Sir?«, gab sie scharf zurück. Ihre Wut zeigte Wirkung: Er kratzte sich verlegen am Kopf.

»Nun«, setzte er an.

»Sogar die Jünglinge der Menschen beherrschen diese Gesprächsebene besser als Ihr – Sir!«

Doch als er sie daraufhin anzwinkerte, war sich Nyth nicht mehr sicher, ob nicht ein gewisser Ernst hinter seinen Worten steckte. Irritiert biss sie sich auf die Unterlippe. Nur ein Drache wie er schickte jemanden mit einem Flirt in den sicheren Tod. Oder vielleicht verließ er sich wirklich voll und ganz auf ihre Fähigkeiten. Was für ein abscheulicher Tag, da begann sie doch beinahe ihm zu vertrauen.

»Nyth, ich weiß, ich verlange viel von dir. Und das trotz deines Rangs. Du bist damit nicht allein. Versprochen. Ich versuche, Informationen zu erhalten, die uns gute Zugriffspunkte an der Grenze bieten. Mir liegen Hunderte Berichte vor, ich recherchiere, ob es Anhaltspunkte für größere magische Schwankungen gibt. Jetzt, da ich das Bild des Puzzles kenne, sollte es einfacher sein, die Berichte in Relation zu bringen. Plane eine Route und Fluchtmöglichkeiten und bereite Jasov vor.«

»Ihn mitzunehmen ist riskant und unnötig.«

»Einen so mächtigen Magier bringt so schnell nichts um. Das weißt du. Er ist vielleicht zäher als du. Aber noch vertraut Jasov seiner Magie nicht. Er hört ihr nicht richtig zu. Ihn hier im Schloss an seine Grenzen zu bringen, damit er endlich aufwacht? Nein, nimm ihn mit. Und nutze seinen Sinn für die Feinheiten der Magie. Magiekundige wie er sind empfindlicher als wir. Alles ist neu für ihn, er wird bemerken, was dir zu vertraut ist. Nutze das! Du wirst sein Talent brauchen!«

Nyth nickte nur verhalten, wie gerne hätte sie sich jetzt einfach umgedreht und wäre gegangen.

Tatsächlich war sich Dragul über seine Wirkung auf die kleine Drachenfrau unsicher. Zeigte sie eher selten eine Gefühlsregung oder gar Schwäche, so wirkte sie im Augenblick viel winziger als sonst. Er hatte ihr tausend Jahre Zeit gegeben, sich mitzuteilen, gar zu öffnen. Irgendwann aber hatte er resigniert und wollte ihr ihre Geheimnisse lassen. Für ihn musste sie nur ihre Funktion erfüllen. Es lag nicht an ihm, ihre gewählte Einsamkeit zu durchbrechen, auch wenn diese Aufgabe durchaus einen gewissen Reiz hatte.

Und in dem Moment, als sie ihren Kopf wieder hob und sich ihre Blicke kreuzten, ihre hellen farblosen Augen ihn aus dem Schatten unsicher ansahen, da fühlte er mit einem Mal ein Ziehen in der Brust. Diesmal war es Dragul, der suchend zu Boden sah.

Ihre Beziehung war schon immer kompliziert. Mit Nyth stritt er sich, trotz ihres rangkonformen Verhaltens. Sie stimmte ihm meist zu, diskutierte diplomatisch, manchmal leicht genervt, aber er hatte das Talent, sie zu reizen, bis sie nachgab und wirklich ärgerlich wurde. Ihre Diskussionen bekamen dann einen sarkastischen, zynischen Klang, über den er sich zu ihrem offensichtlichen Missfallen viel zu sehr amüsierte. Er hatte den höchsten Respekt vor der talentierten Drachenfrau, aber wenn ihre kalte Abwehr sich in Zorn wandelte, weil sie sich über sein Verhalten aufregte – es war ein Vergnügen ohne Gleichen. Und er hasste sich dafür fast so sehr, wie sie ihn. Genau das hatte Dragul dazu veranlasst, ihr zu vertrauen.

In den ersten Jahren ihrer Arbeit blockierte sie jeglichen Kontakt und ignorierte seine Versuche, sie kennenzulernen. Wie sollte er mit ihr arbeiten, wenn er sie nicht einschätzen konnte? Manchmal brauchte es einen Streit, um den Charakter des anderen zutage zu fördern, und bei ihr war er auf unerwartet viel Achtsamkeit gestoßen. Dragul seufzte leise.

»Ich glaube an dein Geschick, Nyth. Deshalb überlasse ich dir diese Mission. Das fällt mir nicht leicht. Außerdem ist es schön, zu wissen, dass du dir meine Sorgen anhörst! Und du sollst wissen, wenn dich etwas bekümmert, rede offen mit mir, ja? Was auch immer du mit dir herumschleppst, es kann so schlimm nicht sein, dass ich es nicht übertreffe.« Er wusste selbst nicht so genau, wieso er Nyth dieses Angebot machte, gerade jetzt, vor ihrer halsbrecherischen Mission.

Sie nickte wieder nur leicht, verbeugte sich und verließ den Ratsraum.

Dragul starrte noch eine Weile nachdenklich auf die geschlossene Tür. Das war knapp. Da war dieser Funken Sympathie für sie, der sich gewaltig mit seiner Opferbereitschaft biss. Wenn man an den Fäden der Personen zog, um sie zu lenken, eventuell bis in ihr Verderben, durfte man sich kein Zweifeln erlauben.

Krieg, er musste geschehen, Dragul sah keinen anderen Ausweg mehr. Er hatte dieses Reich gegründet, um Zeit für das Schmieden von Plänen zu erhalten und eine Lösung finden zu können. Für das Desaster an der Welt, an dem er selbst einen Teil der Schuld trug. Auf Aktion folgte Reaktion und am Ende gewann einer und ein anderer verlor. Nyth wollte er nun wirklich nicht opfern, aber nur ihre Fähigkeiten würden ihm erlauben, eine ganze Kette von Ereignissen in Gang zu bringen.

KAPITEL 16
SCHACHMATT

»Ich soll was?« Jasov spürte, dass seine Gesichtszüge ihm völlig entglitten, er meinte sogar, eines seiner Augenlider finge spontan an zu zucken. Nach den Überraschungen der letzten Monde schaffte es Nyth, alles Bisherige zu übertreffen. Wie selbstverständlich offenbarte sie ihm eine irrwitzige Mission, kaum dass sie die Übungshalle betreten hatte. Nach Brarche, in das Reich des Kommandanten Oracles, eines Drachenherrschers, welcher der Hauptgrund für die Streitmacht Draguls war. Nach Brarche, der Heimat eines Entzünders, eines Schlächters, dem Hort eines Monsters. »Nein, das kann nicht sein!« Erschöpft sackte Jasov in sich zusammen.

Nahe der Barbakane gab es eine Vielzahl an Räumen und Hallen für das Training von Schwerthieben, Schildschlägen, Bogenkünsten und Magie. Hier war es angenehm temperiert. Niemand trainierte gerne draußen auf dem Kampfplatz, während ein Blizzard sich austobte. Den ganzen Mittag und Nachmittag lang musste sich Jasov mit der Vibration diverser mit Funkenmagie geladener Objekte beschäftigen, denn Tress wollte ihn langsam an die Musik seines Elements heranführen.

Jasov saß zusammengefallen auf einem Kissen auf dem Boden. Vor ihm eine Schale voller Kristalle und Scherben, ein Dolch lag dazwischen, dazu Schmuck, Ketten und sogar ein Tuch. Es waren alles Gegenstände, die sich durch häufigen Gebrauch an Tress aufgeladen hatten oder die von ihm verzaubert worden waren. Zu allem Übel saß der vor Energie nur so sprühende Spannungsdrache direkt vor ihm, während Marberd sich weiter durch das Buch las. Er tigerte seit Mittag auf und ab, vertieft in die Runenschriften, ohne sein Umfeld wirklich zu bemerken. Aber auch er starrte Nyth nun entgeistert an.

Tress blinzelte verwirrt.

Rasch setzte sich Nyth zu den beiden auf den Boden, schlang ihre langen Beine elegant in einen Schneidersitz. Ein Seufzen. »Lord Dragul möchte, dass ich eine Aufklärungsmission entlang unserer Grenze leite, um … nach dem Rechten in Brarche zu sehen«, erklärte sie knapp.

Jasovs Finger krallten sich in die Hose seines Stoffes und sein Blick war starr auf die Schätze in der Schale vor ihm gerichtet. Jetzt wurde ihm wirklich übel. Wie hieß es noch? *In zehn Jahren, Jasov. Vielleicht dann in einem Jahrhundert. Das wird noch dauern, junger Magier.* Wo war Marberds aberwitzige Zeitrechnung geblieben? Wieso überschlugen sich denn so plötzlich diese ehemals fernen Ereignisse, eines nach dem anderen, direkt vor seinen Augen?

Nyth machte einen müden Eindruck, der Stoff ihres Hemdes war dünn und so auch der ihrer Kapuze. Nichts konnte ihren unzufriedenen Ausdruck vertuschen. Farblose Augen hinter dichten langen Wimpern unter besorgt zusammengezogenen Augenbrauen blickten Jasov entgegen. Nein, sie war nicht glücklich, ihn mit auf diese Mission nehmen zu müssen.

»Sieht so aus, als sollte ich meine Bemühungen, dem jungen Mann hier den Klang meiner Magie verständlich zu machen, ein wenig beschleunigen«, durchbrach Tress' helle Stimme die bedrückende Stille. Es war das Beste, was sich Jasov aktuell vorstellen konnte, denn die Energie um diesen geladenen Drachen hob die Stimmung, egal wie man sich fühlte. Zuversicht, der warme Klang von Hoffnung steckte ihn an wie der Rhythmus eines flotten Liedes. Vielleicht hatte Marberd auch das gemeint, als er von der Musik der Magie sprach.

Nyth nickte langsam.

»Ich werde mich um die Vorbereitung unseres Auftrags kümmern. Es wird einige Zeit dauern, wie auch unsere Reise. Bis dahin solltest du die wichtigsten Protokolle, Vorgehensweisen und Richtlinien kennengelernt haben. Vielleicht auch bereit sein, routiniert magische Essenzen zu erlernen. Auf unserem Weg nach Brarche haben wir einiges an Zeit für Übungen.« Sie erhob sich wieder, starrte Jasov aber weiterhin an. Zweimal setzte sie an, ehe sie sich entschied, weiterzusprechen. Als wollten ihr diese Worte nicht über die Lippen kommen. »Das wird kein Krieg, Jasov, wir stochern nur in einem Ameisenhaufen herum.«

Sofort fielen Jasov die großen, extrem giftigen Ameisen aus den Wäldern ein. Ihre Stiche brannten wie Feuer. Er hatte sich einmal direkt in ihr Lager gekniet, als er eine Wurzel hatte sammeln wollen. Eine größere Masse an Stichen war zwar für einen Menschen gefährlich, doch natürlich hörte sich das für einen Drachen an wie gar nichts. Vielleicht sollte er vorsichtiger mit seinen Wünschen nach Abenteuern sein.

Er hatte sich immer zu den Helden aus seinen Büchern gesellen wollen. *Tiefe Freundschaften werden geknüpft, und eine Gruppe aus starken Persönlichkeiten geht durch dick und dünn.* Die Geschichten großartiger, selbstloser Heldentaten. Heldentaten, stets begleitet von Opfern, Leid und einer Katastrophe. Das eine gehörte zum andern, aber wirklich klar wurde ihm dies jetzt erst.

War er nicht angeblich mächtig? Hatte er nicht sogar einen Drachen an seiner Seite und einen viele Jahrhunderte alten Großverzauberer, einen Meister? Und es war Lord Draguls eigene Regierungsphilosophie, dass jeder für jeden einstand. Zu siegreichen Heldentaten führten nur Vertrauen, Treue und Loyalität. Jedes Kind lernte das, bevor es die Bedeutung der Worte überhaupt verstand. Ob Verzweiflung, spontaner Sinneswandel oder auch die massive Ansammlung an positiver Magie direkt vor ihm, Jasov lächelte und schüttelte den Kopf. »Es macht mit Angst, große Angst.« Er schaute Nyth fest an. »Aber ich vertraue dir! Und untätig herumsitzen, das wollte ich nie. Wenn ich helfen kann, endlich nützlich für das Reich bin, werde ich mein Bestes geben. Vielleicht entstehen daraus ja die tiefen Bande und Freundschaften, welche einen Sieg für das Gute ausmachen. Darum geht es doch, oder?«

Schlussendlich nickte Marberd und lächelte gequält, während Nyth das Wort Freundschaft lautlos mit den Lippen formulierte, als habe Jasov gerade ein abscheuliches Schimpfwort gesagt.

Tress zuckte unbeteiligt mit den Schultern. »Eine Aufklärungsmission, das schaffst du schon, junger Zauberer.« Er klang viel zu zuversichtlich für diesen Auftrag, aber Jasov war ihm für diese Unterstützung sehr dankbar.

Marberd ließ ein lautes Seufzen verlauten. »Da bin ich mir nicht sicher. Kommandant Oracles ist sehr gefährlich, ein Kriegsherr alter Schule, wirkt unberechenbar; nicht umsonst muss er über dieses kaputte Land regieren, nicht einmal der Westen möchte Verantwortung für ihn übernehmen. Und wenn Lord Durphan schon so entscheidet …«

»W-wer?«, wollte Jasov wissen.

Jasov konnte sich nicht länger vor Kampftraining, Politik und handfester Zauberkunst drücken. Auf diese Art und Weise hatte er die Geheimnisse der Welt wirklich nicht erfahren wollen – irgendwann in ein paar Monaten, bei Tee und Gebäck in einer Unterrichtsstunde.

Wer Lord Durphan war, daran erinnerte er sich schnell wieder. Der Führer des gesamten Westens, Kämpfer und Eroberer aus dem *Ewigen Krieg*. Sein Name ruhte unter dem Waffenstillstandsvertrag mit dem Osten, an den sich auch das Kraterland hielt. Umso beunruhigender war es, an die Grenze geschickt zu werden, um bei einem feindlichen Drachen herumzuschnüffeln, der dies durchaus als Angriff werten konnte.

Und dass Marberd diesen Kommandant Oracles als wahres Monster beschrieb, reduzierte Jasovs Mut bis zum Beginn ihrer Reise wieder auf null.

KAPITEL 17
AUF DER SUCHE

Das »Winterjahr« überzog das Land mit erbarmungsloser Kälte. Bald schon verschwand jegliches Leben auf den offenen Plätzen rund um das Schloss, und ein Mantel aus Schnee und Eis besiegelte die Kälteruhe. Es war eine harte Zeit für Kraterland, Asche und vor allem die prunkvollen Gemäuer. Neun Monate, das bedeutete neun Mal 28 Tage oder auch 252 Mal 35 eisige Stunden dem Frost trotzen. Und das hoch oben, auf einem Berg, dessen Luft bereits zur Herbstzeit dünner wurde als der Geduldsfaden eines Bauern im Winterschlaf. Auf den Frühling zu warten, verlangte dem Volk einiges ab. Berufe lagen brach und die Nahrung wurde zunehmend einseitiger. Magische Feuerschalen spendeten den vielen Häusern des Landes Wärme und Hoffnung.

Inzwischen wusste Jasov, dass sie diese vielseitigen, magischen Wunderschalen im Reich Meister Hemm verdankten. Dessen Frau töpferte sie über dem Feuer eines enorm geladenen Kristalls, voll mit der Energie des Feuerdrachen. Jede einzelne Tonschale wurde durch seine Flammen gebrannt und von ihm mit Runen versiegelt.

Trotz der fleißigen Produktion abseits ihrer sonstigen Aufgaben hatte nicht jede Familie die Möglichkeit, eine solche Schale zu erhalten. Tatsächlich konnte sich Jasov nur an einen Kamin in seinem Geburtshaus erinnern. Im großen Haus der Handelskammer hatten luxuriöse Feuer und mit heißer Luft gefüllte Leitungen für Wärme gesorgt. Solche bereits versorgten Gebäude erhielten keine magischen Gaben vom Schloss.

Generell versuchte man, ausgesprochen sparsam mit der Magie umzugehen. Nyth erzählte etwas über magischen Smog, Marberd erinnerte ihn an den Mangel von Magie, und Jasov selbst lernte schnell, wie mühselig Runenverzauberungen waren. Ein Objekt voller Magie funktionierte ohne Anleitung eines Magiekundigen nur aufwendig mit Runen beschriftet. Diese Runen gaben der Magie vor, wie sie zu handeln hatte. Dabei durften keine Fehler passieren, man konnte seine Arbeit nicht einfach kopieren, und teilweise sprachen ähnliche Kerne gleicher Objekte etwas andere Sprachen.

Genau diese Übungen waren es, welche Jasov die letzten Monate an den Keller gefesselt hatten, vor eine Feuerschale, einen Kamin, zwischen Kissen und Polstern. Er hätte es schlechter treffen können. Auch genoss er die Zeit vor seiner ersten richtigen Mission in vollen Zügen. Es mochte das letzte Mal sein, dass er diese Schlossmauern sah. Mit dem finalen Wintermonat würden sie dem Frost bis an die Landesgrenze folgen, er, Nyth, Marberd und Soldaten aus der vierten Garde.

Und während Jasov von Woche zu Woche mehr Elemente, ihren Klang, ihre Sprache und das Gefühl dazu kennenlernte, verbrachte Nyth die Zeit damit, komplizierte Berechnungen auf Hunderte Schriftrollen zu verteilen. Wollte man ein Portal zu einem Ort öffnen, den man selbst nicht kannte, half einem nur wirre Mathematik. Auch Magie verstand Logik, wenngleich sie teils unlogisch handelte und Naturgesetze bog und streckte. Und mit ein wenig Logik und widerlich langen Berechnungen am Rande von Chaos konnte man anhand einer Formel ein Portal ins Unbekannte öffnen. Für ihre Reise nach Brarche waren davon mehrere nötig.

Nyth verbrachte die meiste Zeit in der Bibliothek, um die aufwendigen Portalsprünge zu erarbeiten. Aber irgendetwas schien sie hin und wieder von dort zu vertreiben. Dann saß sie ganz stumm bei ihm und Marberd im Keller und gab nur selten einen Kommentar von sich, oft schlecht gelaunt an einer Gleichung verzweifelnd.

Wie auch heute.

Ihre Finger fuhren über die Runentexte einer uralten Schriftrolle, bei einigen Worten stutzte sie, runzelte die Stirn und schrieb sich etwas auf. Sie nahm keine Notiz von Jasov und Marberd, die beide über Rankenmagie brüteten. Das war eine unterschätzte, schlichte und einfache magische Essenz, welche sich Rankengewächse zu eigen gemacht hatte. Von Kletterhilfen für unterwegs bis hin zu Fesseln, Seilersatz und Stützen ließen sich Ranken mannigfaltigen einsetzen.

Jasov wärmte eine winzige Kugel Erde in seiner Hand. In ihrem Kern ein wenig Feuchtigkeit und ein Samenkorn. »*Ohn ahnafalit*!«, flüsterte er den Quellzauber für die kleine Pflanze. Inzwischen konnte er nahtlos zur Magie in seinem Herzen sprechen. Was sie dabei verstand, war wiederum eine ganz andere Geschichte.

Die Erdkugel knirschte und heraus strebte eine Ranke, die sich elegant um Jasovs Finger wickelte und …

»Aua, hey!« Jasov quietschte unangenehm hoch auf. Die kleine dünne Pflanze hatte seine komplette Hand gefesselt und war direkt zum anderen Arm gelangt, um auch diesen zu umwickeln. Das Gewächs war winzig und alles andere als stark, aber dafür beweglich, und Jasov wurde der kleinen Rankenärmchen nicht mehr Herr. Zierliche Pflanzenranken wickelten sich um seine Finger, ließen nicht locker und umspielten seine Hände unaufhaltsam. Wie wild schüttelte er die Arme. Nichts half.

Fast hätte er es nicht gehört, nicht bemerkt. Aber Nyth gab ein Geräusch von sich, das Jasov nur als das unterdrückte Lachen eines jungen Mädchens identifizieren konnte. Er starrte sie verlegen an. War da wirklich ein Funken Humor in ihrer Mimik?

Nyth räusperte sich und sammelte ihre Schriftrollen ein. Dabei ignorierte sie zum Glück, dass sich winzige Pflanzenranken auf den Weg über Jasovs Arme machten und unter sein Hemd krochen. Die Scham überkam ihn wie eine Hitzewelle. Ausgelacht von einem Drachen! Erst als eines der grünen Zweiglein ihn in der Armbeuge kitzelte, wurde ihm bewusst, in welcher Lage er sich befand. Während Jasov kichernd versuchte, die Ranken aus seiner Kleidung ziehen, machte sich Nyth auf den Weg aus dem Keller. Marberds schallendes Gelächter hallte hinaus in den Gang, als sie die Tür öffnete, und Jasov wünschte sich erneut, einfach im Erdboden zu versinken.

Nyth hatte schnellen Schrittes den Keller hinter sich gelassen und öffnete aus Bequemlichkeit ein Portal in die Bibliothek. Zu diesen Bücherreihen wollte sie nicht laufen. Zu Fuß brauchte es gefühlt ewig bis in eine der unteren Ebenen. Hier warteten die wahren Schätze: Etagen über Etagen voller Portalwegsberechnungen, die raffiniertesten Verzauberungen und unzählige Aufzeichnungen über Geschichte. Hier würde sie auch ihren Bericht über die Mission eines Tages wiederfinden, mit etwas Glück als Auftakt zur Rettung der Welt. Dies war ein Schauspiel, an dem sie nie hatte teilnehmen wollen, zumindest nicht in einer Hauptrolle. Jasov hingegen würde es vermutlich zu Tränen rühren. Was für ein Romantiker er doch war, stets mit dem Kopf in den Wolken und voller hochtrabender Ideale.

»Freundschaften festigen« hallte es durch ihre Gedanken, während sie an das erste Regal mit Schriftrollen trat. Seltsam, viele Wochen war es her, dass ihr Magieschüler völlig überraschend Mut gefunden hatte, um für das Reich an die Grenze zu reisen, ergeben und voller Vertrauen. Er war ungewöhnlich. Wieso musste sie gerade jetzt daran denken? Ob Jasov sie bei seiner Aussage über tiefe Bande, die zum Sieg führten, miteinbezogen hatte?

Sie schnaubte unzufrieden und zog den Schal über ihrem Haupt ein wenig tiefer. Sofort durch ihre eigenen Gedanken in Unruhe gebracht, angelte sie nach einem Buch voller Gebietskartierungen rund um Brarche: Bettlektüre.

Vorbereitung war die beste Medizin gegen Sorgen. Sie hatte bereits Tausende Schriften aus der Bibliothek studiert, aber es gab Millionen detaillierte Portalwege und alle waren in ebenso vielen Büchern ausführlich beschrieben. Sollte es wirklich eng werden bei ihrem Aufklärungsauftrag, müsste sie ihre Truppe zu jeder

Zeit aus der Gefahr bringen können. Je mehr Portalpunkte und Wege sie kannte, desto besser.

Die Bibliothek des Schlosses mochte an der Oberfläche schon imposant wirken, aber wirklich groß wurde sie unterirdisch. Und sie als groß zu bezeichnen, wurde ihrem Umfang auch nicht gerecht. Hier fand sich alles Wissen, das man wissen durfte. So zumindest lautete die Aussage des alten Bibliothekars. Niemand war sich sicher, ob der knochige Mann mit der beinahe schwarzen Haut, den wachen Augen und den wirren, grauen Haaren ein Drache war oder etwas anderes, auch Nyth nicht. Doch jeder erinnerte sich an ihn und Dragul witzelte häufig, dass er ihn hier bereits vor der Eroberung des Landes gefunden hatte. Zumindest kannte sich der Mann hier aus.

Den Dimensionen des Schlosses entsprechend konnte man sich hier verlaufen und war auf Hilfe angewiesen. Es ging auch scheinbar unendlich in die Tiefe und so bewegte man sich selten über die Treppen von Ebene zu Ebene. Es brauchte wirklich Portale, um innerhalb des Gebäudes alle Etagen zu erreichen. Jetzt lebte Nyth schon so lange in Zwielicht und hatte trotz ihrer Vorliebe für Bücher nur einen Bruchteil der Hallen gesehen. Nach der Mission würde sie Jasov hierherführen. Tiefer in die Bibliothek, zu den Schriften mit wirklich spannendem Inhalt. Bald schon sollte er in der Lage sein, die Runenschrift richtig zu deuten, dann konnte er hier selbstständig lernen und die Geschichte der Welt für sich entdecken. Sofern er diesen Auftrag überlebte.

Er hatte etwas an sich. Ein ernster Charakter wie Nyth respektierte Forscherdrang und den Wunsch nach Wissen. Ein offener, ehrlicher Mensch war eine gute Wahl für Marberds Nachfolge. Er war jung und gut im Herzen. Umso weniger wollte sie, dass er bei dieser Mission starb. Und umso mehr ärgerte es sie, wie leichtfertig Dragul diese Entscheidung fällte. Vor allem aber, dass sie ihm hatte zustimmen müssen und obendrein für ihren Herrn log.

Es waren genau diese deutlichen Unterschiede zu ihrer eigenen Art, welche sie an den Menschen so schätzte. Menschen waren wesentlich weniger altklug, besserwisserisch und manipulativ. Meinte sich ein Bürgermeister als großer Strippenzieher mit umfassender Kontrolle schon am Gipfel der Macht, so konnte er einem alten Drachen nicht annähernd das Wasser reichen. Das Planen und Lenken über Hunderte Jahre für ein einziges Ziel – diese Geduld, diese Zeit hatte nur ein uraltes Wesen. Diese Weitsicht erreichte man erst nach einem Leben, das Generationen überdauerte.

Die Existenz der Menschen aber war kurz, und sie ersparten sich oft viel Leid, weil sie schlichtweg keine Zeit dafür hatten. Nyth schon. Sie beneidete die Menschen um ihre Sterblichkeit. Drachen konnten auch sterben; ihre Artgenossen dieser Ära wurden nicht annähernd so alt wie jene, die seit Urzeiten hier lebten. Es war weniger Magie in der Welt, weniger Magie im Blut, weniger Lebensenergie in den Knochen. Es gab tödliche Wunden, Gifte, magische Formeln, und viele ihrer Art waren durch Menschenhand gestorben.

Bei ihr war das komplizierter. Sie seufzte wieder unzufrieden. Das Alter machte erinnerungsmüde, und es war teils schmerzlich, teils schön, Vergessenes erneut zu fühlen. Erdrückend hohle Einsamkeit gehörte aber nicht dazu. Und nichts konnte einsamer machen als ein Krieg.

Kühle Luft pfiff durch die Reihen der Bücherregale, und Papier zitterte hörbar unter dem Druck des Windes. Staub fegte wie von selbst aus den Hölzern und Seiten. Die Regale voller Bücher waren dicht an die runden Wände des unterirdischen Gewölbes gestellt, in einem großen Ring den Mauern folgend. Man hatte die Ebenen mit Treppen verbunden und die Stockwerke in der Mitte nicht ganz geschlossen. Als die Bibliothek gewachsen war, hatte das nicht nur für einen Blick in die nächste Ebene gesorgt; man konnte nun in einen langen Schlund blicken. Unendlich tief und schwärzer als die Nacht. Der Turm reichte inzwischen bis in die Erde. Wer hier über die Brüstung fiel, stürzte nahezu ewig, es endete tödlich und vermutlich im magischen Nexus unter dem Schloss.

Nyth starrte eine Weile hinunter in die Dunkelheit, aus der ab und an ein Funke aufglomm oder ein Portalzauber wie ein Blitz hochschoss. Noch nie war sie bis ganz nach unten gestiegen. In diese Tiefe konnte man kein Portal öffnen, zu dicht an den magischen Flüssen im Untergrund von Schloss Zwielicht funktionierte diese Art der Magie nicht mehr. Energien brodelten unterhalb von Asche, hin und wieder knallte es laut und schallend bis nach oben in die Gewölbe, wenn sich Spannungen lösten.

»Schon müde?«

Sie zuckte nicht sichtbar, aber sie spürte, wie sich ihre Nackenhaare aufstellten.

Der Bibliothekar stand direkt neben ihr und schaute ebenfalls in die Tiefe. »Kuckuck!«, rief er hinunter und lauschte dem Hall seiner Stimme.

Dieser Mann war wirklich bizarr, aber er handelte immer bewusst. Er erschien in einer leicht älteren Gestalt. Sollte er ein Mensch sein, was schier unmöglich schien, so wäre er nach äußerer Einschätzung um die fünfzig Jahreszeiten alt. Das freundliche Gesicht eines weisen Gelehrten strahlte eine uralte Ruhe aus. Dreitagebart, lange zusammengebundene Haare in Zöpfen und Augen so wach wie die Morgensonne.

Vor gut tausend Jahren, als sie sich ins Kraterland begeben hatte, war dieser Mann, Drache – Wesen, Erscheinung? – der Erste gewesen, mit dem sie gesprochen hatte. Kein Schloss, Reich, Herrscher oder der Dienst als Söldnerin hatten Nyth in diese Mauern gelockt, sondern die Bibliothek. Ihr Umfang umfasste alles, was Nyth brauchte. Nein, mit Zwielicht, Asche und dem Land rechnete sie nicht einmal. Eher zu ihrem Erstaunen entdeckte sie über den Büchern eine Festung, sogar eine ganze Stadt.

Die Berechnung für das Portal direkt in die Hallen des Wissens hatte sie bei einem unzuverlässigen Magier gekauft, der selbst zu schwach war, ein solches Portal zu öffnen, das über Ländergrenzen hinweg durch magische Unruhen, Wirbel und Schwankungen führte. Es hatte Nyth alles gekostet, diesen Zauber zu wirken, eine

Woche lang strickte sie an der Formel und opferte einen Großteil ihrer Magie, damals vor fast genau tausend Jahren. Und *er* hatte vor ihr gestanden, als sie das Portal durchschritt, ganz so, als hätte er auf sie gewartet. Der Mann mit den Schlüsseln zur Bibliothek, der Mann ohne Namen. Er hatte sie mit dem Rat begrüßt, dem Reich beizutreten. Sie werde ihn mögen, ihren neuen Herrn, sehr sogar.

Daran erinnert, schnaubte sie resignierend und fixierte den Alten, der immer noch begeistert in die Tiefe schaute. Jede Menge wirren Unfug hatte er ihr schon erzählt, seit sie im Schloss diente. Wirrer Unfug, der sich allzu oft als Wahrheit entpuppte, ganz so wie die Prophezeiungen einer alten Frau, aus deren Worten Dichter Poesie formten und die sich erst nach Jahrhunderten erfüllten. Schwer verständlich, aber wahr. Von Weissagung hielt Nyth nichts, die Zeit gehörte nicht zum Spielzeug der Drachen, auch wenn es möglich war.

»Immer suchst du nach etwas«, murmelte der Bibliothekar feststellend und nickte mehr zu sich als zu ihr.

»Ist das nicht der Sinn in einer Bibliothek?« Nyth seufzte und lehnte sich mit den Rücken zum Abgrund an die Brüstung. Seit Monaten beschäftigte sich, neben einigen Gelehrten, auch Lord Dragul persönlich mit der Recherche, doch keinem gelang der Durchbruch. Die Informationen waren sicher vorhanden, aber gewöhnliche magische Schwankungen von ungewöhnlichen zu unterscheiden, glich der Suche nach einer Nadel im Heuhaufen. Und niemand hatte einen Magneten.

»Der Sinn einer Bibliothek ist, Wissen zu sammeln. Wie man dieses nutzt, entscheidet jeder für sich. Fürsten, Könige, Kinder, Greise, Altdrachen und ein Gespenst sind durch diese Hallen geschritten. Nicht jeder dabei auf der Suche!«

Nyth sah ihn stirnrunzelnd an. Der Bibliothekar sprach nie ohne Grund. Ob sich dieser offenbarte, stand zwar auf einem ganz anderen Blatt, aber in ihrer aktuellen Situation war ihr jede Hilfe recht, sogar seine unsinnigen Rätsel.

Er kniff die Augen fest zusammen und lächelte sie an. »Über die Wege rund um das gebrochene Land weißt du bald alles. Wenn du noch ein paar Wochen durch die Bücherregale polterst, kennst du bald alle verzeichneten Portale und Koordinaten auswendig. Vielleicht solltest du eine Etage tiefer reisen ...«

»Das führt mich zu den Einsatzberichten der Grenze, das ist nicht meine Aufgabe!«

»Ach was, nein, so meinte ich das nicht. Nicht für die Bücher, Nyth, für deinen Herrn. Er hat mit Sicherheit die letzten Tage nicht mehr geschlafen, und wenn er noch länger dort unten sucht und sucht, dann riechen bald alle Bücher nach Tabak. Es wäre wirklich gut, wenn du ihm helfen würdest oder ihn zumindest ins Bett schickst! Auf mich hört er ja nicht.«

Entrüstet öffnete Nyth den Mund, gab jedoch nur ein unzufriedenes Ächzen von sich. »Das hilft weder ihm noch mir. Er kann dort gerne versauern!« Sie bereute ihre Worte kurz, aber wieso dem Bibliothekar etwas vormachen.

Er ließ nicht locker. »Antworten liegen oft im Großen und Ganzen versteckt.« Ihr Zähneknirschen ignorierend fügte er voller Enttäuschung hinzu: »Weißt du, es verwundert mich wirklich, dass gerade du den Tod nicht leiden kannst.«

Es wurde Zeit, das Gespräch zu beenden. Nyth richtete sich wieder auf. Was wusste er denn schon? Kritisch beäugte sie das, was auch immer vor ihr stand, und schüttelte dann den Kopf. Viel zu viel wusste er und es wäre unklug, nicht auf ihn zu hören.

»Wir sehen uns!«, verabschiedete sich der Bibliothekar, und als Nyth sich energisch von ihm abwandte, spürte sie seinen Blick im Nacken, bis sie über die Treppe in die untere Etage verschwand.

Sie vertraute ihm. Demzufolge sollte sich die Antwort in all dem finden, was Nyth und Dragul bereits in Erfahrung gebracht hatten. Wie aber schaffte sie es, all diese Informationen möglichst sofort in Relation zu bringen? Zusammenarbeit? Das fehlte gerade noch. Ständig überschnitten sich ihre Nachforschungen in den

Hallen der Bibliothek, Nyth hatte schon damit begonnen, Bücher in ihr Quartier zu schleppen, um ihrem Herrn nicht zu begegnen.

Der Drachenmann, heute ohne Krone, brütete wie erwartet über Dutzenden Schriften und starrte auf eine Karte, die Stirn in tiefe Falten gelegt. Beleuchtet wurde die Unordnung von schwachen Lichtzaubern und einer altmodischen Kerze. Es roch wirklich nach Tabak. Ein süßer Duft, schwer, mit einer leichten Note verbrannter Tannenzapfen. Natürlich trug sie ihren liebsten Schal, den Geruch zu entfernen, würde sie eine ganze Kette an Zauberei oder mehrere Waschgänge kosten.

»Wie lange stehst du da schon?« Dragul hatte den Kopf gehoben, blickte sie mit hochgezogenen Augenbrauen an.

»Nicht lange!«

»Wirklich?« Seine Stimme war rau. Er klang wirklich erschöpft. Nyth zwang sich, die Distanz zum Tisch zu überwinden, wissend, dass sie das kommende Gespräch bereuen würde. Der Landesherr wedelte eine der Lichtkugeln in ihre Nähe und sie blinzelte unzufrieden in die Helligkeit. Gegen Licht von unten konnte auch der über die Augen hängende Schal wenig ausrichten.

»Wie kann ich dir helfen?« Lord Dragul rückte mit seinem Stuhl etwas vom Tisch weg und lehnte sich entspannt zurück. Er war zu groß für die Möbel der Bibliothek und das Holz unter ihm hätte bestimmt verdächtig geächzt, wäre die Bücherei gegen solch störende Laute nicht verzaubert gewesen.

»Kommt Ihr mit Euren Nachforschungen voran, Sir?«

Jetzt war es Dragul, der vor Verwunderung blinzelte. Der Klang ihrer Stimme verriet ihm zwar, dass sie ihn nur ungern danach fragte, aber sie tat es. Er verkniff sich besser die Frage, was sie dazu trieb, freiwillig mit ihm zu sprechen. Sonst verschwand sie am Ende wieder so lautlos, wie sie erschienen war. Also lächelte er nur schief und schüttelte den Kopf. Amüsiert beobachtete er ihren gewohnten Biss auf die Unterlippe, gleich würde sie sich dazu durchringen, etwas zu sagen, sie dachte angestrengt nach.

Was war denn heute in sie gefahren? Womit hatte er so viel ihrer Zeit verdient? Und dann trat sie auch noch direkt neben ihn und sah sich die Karten und Schriften auf dem Tisch an.

»Suchst du nach etwas?« Er kämpfte gegen ein Grinsen an, wollte sie nicht sofort wieder vertreiben.

»Vielleicht ...«

Aber was es auch war, sie fand es offensichtlich nicht. Gebeugt über die Schriften schnaubte Nyth leise, weißer Rauch wirbelte auf. Langsam drehte sich die Drachenfrau zu ihm um, ebenso unzufrieden dreinblickend, wie er sich fühlte, und lehnte sich gegen den Tisch. Direkt vor ihn. Wenn sie sich gleich in einen Kuchen verwandelte, war das wieder dieser seltsame Traum. Anders konnte er sich ihr Verhalten nicht erklären.

»Nyth?«

»Sir?«

»Geht es dir gut?«

Na immerhin, da war wieder dieser trotzige Ausdruck. Ihre Hände, mit denen sie sich auf dem Tisch abstützte, krallten sich so fest ins Holz, dass es knirschte.

Also doch – sie war nicht freiwillig hier, um sich nach ihm zu erkundigen. oder gar für einen Plausch. Wie bedauerlich.

»Der ... Bibliothekar deutete an, dass etwas, was Ihr wisst, und etwas, was ich weiß, das ergibt, was wir suchen!«

Er pfiff durch die Zähne. Wenn es eines gab, worauf man sich verlassen konnte, dann auf den Riecher dieses alten Bücherwurms.

»Sir, ich benötige alle Einsatzberichte zum Missionsziel! Es muss sich eine Überschneidung mit meiner Arbeit zu den Portalwegen geben finden lassen!«

»Sicher!« Er richtete sich etwas auf. »Wenn du nichts gegen eine kleine Nachtschicht hast? Du siehst, der Tisch hier quillt nur so über vor Einsatzberichten und Fakten. Wir könnten bis morgen zumindest die wichtigs... hast du mich gerade angeknurrt?«

»Entschuldigt, Sir!« Nyths Mund zog sich schmal zusammen. Das war ihr sichtlich unangenehm. Bei dem Gedanken, nach einem langen Arbeitstag die ganze Nacht dem Pfeifenrauch und vor allem ihm ausgesetzt zu sein, hatte sich ihr Missfallen laut Ausdruck verschafft. Er konnte sich das Grinsen nicht verkneifen. Manchmal war sie so leicht zu durchschauen.

»Nyth? Ich beiße dich nicht, wenn du mich nicht anknurrst. In Ordnung?«

Sie atmete hörbar unzufrieden aus, ihr Mund formte lautlos das Wort *beißen*. Das würde sie ihn büßen lassen, zu Recht, für diesen Satz hätte er mehr als ein Knurren verdient.

»Also?«

»Sicher, Sir. Wir sollten keine Zeit verlieren.«

KAPITEL 18
STARTSCHUSS

Die vielen Tage Übungen und Routine veranlassten Jasov dazu, nicht jeden Morgen den Spiegel aufzusuchen. Es war naiv zu denken, er könnte sich solche Schludrigkeit leisten. Sicher standen ihm seine aschblonden Locken zuberge, das taten sie immer, wieso nicht auch heute? Entsprechend nervös nestelte er an seiner Robe. Er traute sich nicht, einen Blick nach unten zu riskieren. Hatte er alle Schnallen ordentlich verschlossen? Und wie lange stand er schon schweigend in der Kellertür und starrte die drei Personen am Tisch vor ihm an?

»Guten Morgen, Eure Lordschaft. Meister Marberd. Nyth.«, würgte er heraus und blickte beschämt in die Gesichter vor ihm. Sein Mentor nickte munter und stand auf, um neuen Tee zu holen, Nyth musste ihm etwas ausweichen. Sie war über den Tisch gebeugt und hatte einige Schriftrollen ausgebreitet, vor ihr lag zudem eine große Karte. Neben ihr saß Lord Dragul auf einem Hocker nahe dem Kamin und blickte Jasov müde an. Sein Lächeln war nicht so lebhaft wie beim letzten Mal, und er wirkte ein wenig abwesend. Der Landesherr erwischte Jasov in den denkbar ungünstigsten Momenten. Nervös strich dieser durch seine verfilzten Locken und versuchte, sie zu ordnen. Sein Herz wollte in der Brust zerspringen, am liebsten hätte er sich umgedreht und wäre davongerannt. Die düstere Aura seines Herrn unterstützte diesen Drang massiv. Wieso nur musste Jasov immer jedes Fettnäpfchen mitnehmen, jedes Ungeschick der Welt auslösen, wieso nur …

Und dann gähnte Nyth.

Es war eine so menschliche Geste; die sonst so übertrieben steife und korrekte Drachenfrau gähnen zu sehen, wie sie sich ihre winzigen Finger vor den Mund hielt und sich danach verschlafen die Augen rieb, dass sogar Dragul sie verwundert anstarrte.

»Verzeihung«, murmelte die blasse Stimme müde.

Marberd schob sofort eine frische Tasse Tee über den Tisch, die Nyth kopfschüttelnd ablehnte.

»Danke, aber ich brauche nur etwas Schlaf…«

Die Anspannung war verschwunden und Jasov setzte sich, ohne weiter nachzudenken zu den dreien.

Drachen konnten gähnen.

Dragul räusperte sich: »Nachdem die letzten Monate ein wenig erkenntnislos schienen, haben wir uns die letzten zwei Tage in der Bibliothek gemeinsam der Recherche gewidmet.«

Also hatte Jasov sich das nicht eingebildet. Sein Herr sah müde aus und seine Stimme nahm, wenn er unter Schlafmangel litt, einen noch tieferen rauen Klang an. Drachen konnten übermüdet sein. Auch das erschien Jasov so überraschend menschlich. Er schämte sich fast für seine Freude über solch unwichtiges Nebenwissen.

»Und, Herr? Fündig geworden?«, kam es neugierig von Marberd, der seinem Landesherrn ebenfalls eine Tasse Tee einschenkte, die Dragul mit acht gehäuften Löffeln Zucker fast in einen Sirup verwandelte. Jasov verzog unweigerlich das Gesicht, als der Drachenmann das süße Gemisch mit nur einem Zug austrank und sich sofort nachschenkte.

Nyth drehte die Karte zu Jasov und malte mit ihren Fingern einen Kreis auf das Papier. Wie von Geisterhand hinterließ ihre Berührung Tinte auf dem Blatt und umrahmte eine Stelle am oberen Ende der Landesgrenze im Nordwesten.

Erst nachdem Lord Dragul seine Tasse erneut ausgetrunken hatte, nickte er und erzählte weiter: »Dort, wo die verschwommene Grenze so dünn ist wie nirgends sonst, sind mehr und mehr der verzeichneten Portalmöglichkeiten über die letzten dreißig Jahre als untauglich gemeldet worden. Und die letzten Spione sind von dort nicht wieder lebend zurückgekehrt. Nicht unbedingt ungewöhnlich, aber … dort in den Wäldern gibt es das einzige Druidensteinportal an der Grenze und ich kann es von hier aus nicht mehr aktivieren!«

»Donnerwetter!«, kam es von Marberd.

Jasovs verwirrter Blick blieb nicht unbemerkt.

»Mit der Hilfe von runenverzauberten Steinen kann man fixe Portalwege erschaffen, welche sich über lange Distanz öffnen lassen«, erklärte Nyth leise. »Nicht wie ein geworfenes Portal aus dem Handgelenk, das nur eine begrenzte Reichweite hat« Auch sie klang erschöpft, als hätte sie die letzten Tage mehr sprechen müssen, als sie es gewohnt war.

Marberd schnalzte mit der Zunge. »Junge, ich sag dir; es ist unfassbar aufwendig, so viel Magie in einem Stein zu manifestieren, ihn so zu verzaubern, dass er mit anderen seiner Art kommunizieren kann. Es gibt nur noch wenige, kaum einer kann sie nutzen. Die Dinger sind nahezu unzerstörbar … aber verdammt empfindlich für magische Ungleichheiten.«

»Dass wir jetzt erst darauf gekommen sind, ist mir fast peinlich«, murmelte Lord Dragul und seufzte. »Aber ja, an diesem Ort laufen viele Fäden zusammen, und nur eine Welle an Magie, ein zu plötzlicher Anstieg, sodass sich der Druidenstein nicht nachjustieren konnte, ist in der Lage, Portalreisen gänzlich zu stören. Sicher, herausragende Magiekundige können ein neues Portal berechnen. Handelnde und einfache Begabte aber verlassen sich auf das, was ihr Portalstein weiß und was alte Berechnungen vorgeben. Diese funktionieren nicht mehr, wenn die Magie sich stark verändert.« Er tippte mit dem Finger auf die Karte, nahe der Markierung. »Dort müsst ihr anfangen zu suchen!«

KAPITEL 19
LEBENDIGE FELSEN

Nyths Mission und somit auch Jasov erster offizieller Auftrag führte ihn, die Drachenfrau, Marberd und zwei Soldaten an den oberen Teil der verschwommenen Grenze, zwischen Brarche, Bruch und dem Kraterland.

Wenn man diese Landschaft mit einem Satz hätte beschreiben müssen, dann wäre dieser ebenso arm an Ausdruck und karg wie das Land selbst gewesen. Die Grenze war noch immer gezeichnet von einem längst vergangenen Krieg. *Die Rauen Ebenen* nannte man das felsige, flache Grasland im Nordwesten des Kraterlandes. Es gab hier wenig, was man als Berg hätte bezeichnen können, und so trieb der ereignislose Horizont jeden mit seiner endlosen Leere in den Wahnsinn. Selten wurde der Blick durch Hügel und Wälder abgelenkt. Dazwischen vielleicht mal ein Sumpf und einige wenige besiedelte Orte. Manchmal schien der Erdboden zerrissen und gebrochen. Tiefe Schluchten, wirr ineinander geschachtelt, gruben sich durch die Landschaft. Es waren Hunderttausende Quadratkilometer aus Schiefergestein, struppigem Gras und endloser Einöde. Das Jahr hatte seine 36 Monate beinahe hinter sich gebracht, und wenn man auch schon das erste Grün erkennen konnte: Selbst im Sommer wären diese Lande wohl alles andere als fruchtbar.

Der kleine Trupp befand sich weit abseits der letzten Stadt, der Horizont hatte die Silhouette der Gebäude längst verschlunge und in der Ferne konnte das Auge kaum Punkte fixieren, und doch erschien weiter im Westen der Himmel stets dunkler, egal zu welcher Tageszeit. Leider befanden sie sich auf direktem Wege dorthin. Da war der kleine Wald mit seinen weißen, langen Stämmen, vor dem sie Rast machten, eine willkommene Abwechslung. Der Untergrund war so flach wie das Land und der Fels hatte kaum Risse.

Hier hatte es genug Raum, dass Jasov bequem mehrere Schritte in alle Richtungen stolpern konnte. Leider würde das nicht außer Sichtweite seiner Reisekameraden passieren. Als Anfänger und Tollpatsch schämte er sich, simpelste Magie unter den wachen Augen erfahrener Magier zu üben. Die letzten Monate im Schloss reichten kaum für beeindruckende Fortschritte. Entsprechend erfolglos waren seine bisherigen Versuche verlaufen.

Kalter Wind wirbelte über den Boden, bis hoch in die Falten von Jasovs einfacher Kleidung. Sie reisten in Zivil, und er vermisste fast seine warme Kampfmagieruniform aus dem Schloss. Er kannte Frostwetter; spätestens seit seinem Aufstieg zum Schloss meinte er, jede Form davon einmal erfahren zu haben: Frost in den Kristallminen, harte Winter im Umland, schreckliche Erfrierungen auf einem hohen Schlossberg. Heute jedoch erlebte er Gänsehaut am ganzen Körper, und er ahnte, dass dies mehr mit dem unheimlichen Wald in seinem Nacken zu tun hatte als mit der klirrend kalten Luft. Aus dem Gehölz hallten immer wieder Tierrufe an Jasovs Ohren und ließen ihn erschaudern. Dabei sollte er so still wie nur möglich seinen magischen Fokus sammeln.

Fest hielt Jasov den Portalstein mit seiner linken Hand umschlossen, drückte ihn gegen die Brust. Der kleine, fein geschliffene, violette Kristall summte. So nah am Herzen fühlte Jasov die Vibrationen des magischen Kerns viel deutlicher. Der Stein schien zu ihm zu sprechen, das Summen passte sich dem Herzschlag an. Darauf hatte er gewartet. Er streckte den anderen Arm aus, machte eine Geste, als hielte er einen unsichtbaren Apfel umklammert. Tief die Luft einziehend. konzentrierte er sich auf einen imaginären Punkt in der Mitte der hohlen Hand. Immer wieder schien ihm die aufkeimende Magie zu entrinnen. Ein Gefühl innerer Lähmung, zähe Gedanken, Müdigkeit, die in einen Traum entgleiten wollte. Er war so kurz davor, spürte die Anstrengung tiefe Falten hinterlassen. Irgendetwas blockierte ihn heute mehr als sonst. Dieser Ort hätte frei von fremder Magie sein sollen, rein und unverdorben. Hier hätte es ein Leichtes sein müssen, diesen Zauber zu wirken. Und doch bildete sich Jasov ein, eine unheimliche Dunkelheit über das Land ziehen zu sehen. Wie der Umriss eines Fetzens, der Schatten einer kleinen Wolke, flirrte es schwarz über die flachen Ebenen. Aber der Himmel war bewölkt und nur hin und wieder kam die Sonne zum Vorschein. Nichts hier hätte so einen Schatten werfen können. Seine eigene Nervosität spielte ihm wohl Streiche; seit er seine Magie erkundete, konnte Jasov seinen Augen ohnehin nicht mehr trauen. Magie wurde für ihn zunehmend sichtbar und manchmal erblickte er auf diese Art kleine Wunder, die gar nicht wirklich existierten.

Der Wind heulte zwischen den Bäumen des nahen Waldes auf, die Böe hätte Jasov fast mitgerissen. Nervös versuchte er, wieder ins Gleichgewicht zu finden. Er musste sich sehr konzentrieren, um nicht zu schwanken. Seltsamerweise half ihm der verlagerte Fokus auf seine Balance, die Magie zu kanalisieren. Marberd hatte ihn immer wieder ermahnt, dass seine eigenen Gedanken das Problem seien und er versuchen müsse, loszulassen und sich zu entspannen. Und hier mit dem Wind kämpfend, lösten sich die verkrampften Gedanken zwangsweise.

Mit einem kurzen Zischen flammte ein gräulich-violett schimmernder Funke in seiner Hand auf und wurde größer. Eine unebene Kugel formte sich. Jasov konzentrierte sich, so gut er konnte, auf seinen Atem. Er sah nur im Augenwinkel, wie Nyth näherkam und sich auf einem kleinen Felsen niederließ.

»Ein Portal!«, merkte die Drachenfrau an und Marberd kicherte voller Stolz. Es wäre Jasovs erstes dieser Art. Und tatsächlich: Nur wenige Meter von seiner Position entfernt, entflammte ebenfalls ein violetter Schimmer in der Luft, rund und langsam auf Apfelgröße anwachsend. Auch die Magie in Jasovs Händen hatte sich ausgedehnt, knisterte, wartete auf ihren Einsatz.

Sofort warf er den Energieball aus dem Handgelenk mit Schwung von sich weg.

Zwei Portale sprangen auf, dünn wie eine Fensterscheibe und genauso unsauber rund, wie es der Ball zwischen Jasovs Fingern gewesen war. Eine gestreckte Version der gefestigten Energie. Die Umrisse der violetten Fläche verschwammen leicht, als würde fremder Wind hineinwehen und die Konturen verwaschen. Unzufrieden musterte Jasov die wellige Silhouette des Portals. Marberd hatte ihm gezeigt, wie er die Stabilität einer solchen Pforte erkennen konnte und ob er mit seinem Ausgang einen festen Gegenstand traf oder ob der Durchgang sicher war. Das größte Problem waren Abgründe, aber auch bei der Berechnung der Höhe von Portalen durfte nichts schiefgehen. Weder wollte man im Himmel noch unter der Erde landen. Durchsichtige Portale, wie Marberd sie erzeugen konnte, brauchten viel mehr Übung.

»Ich würde da nicht durchgehen!«, meinte Nyth lauter. Sie saß auf ihrem Stein, im gerade keimenden Gras, und hatte eine Karte ausgerollt.

Jasov wollte nicht wissen, wieso sie das gesagt hatte. Es freute ihn, dass sie aktiv Anteil an seiner Zauberei nahm, aber auch er selbst merkte, wie zittrig sein Portalversuch aussah. Leicht enttäuscht suchte er den Blick seines Mentors.

Marberd zuckte nur mit den Schultern. »Auf ein Neues, Jasov. Verstehen und Ausführen sind oft zwei Paar Schuhe, hm?«

Jasov nickte und versuchte, sich erneut zu konzentrieren. Wieder einmal ließ er sich durch Nyth ablenken, die nun die Karte in ihren Händen wild herumdrehte und den Kopf schief legte. Nur sie hatte nach all den vielen Märschen und Portalsprüngen quer durch das Land noch Überblick über ihre momentane Position. Er hoffte es zumindest. Die dünne Karte in Nyths Händen wurde vom Wind immer wieder zerknickt, ihre Kapuze machte der Drachenfrau ebenfalls das Leben schwer; und auch Jasov wünschte sich, seinen Schal nicht nach jeder Böe im Gesicht wiederzufinden.

Der Start ihrer Reise hatte ihm deutlich besser gefallen. Sie waren durch Dörfer gereist, hatten beeindruckende Landwirtschaft bewundern können und das eine oder andere Biom durchquert. Händler, Männer wie Frauen, Reisende und Pilger hatten spannende Geschichten zu erzählen, die Jasov zum Tagträumen gebracht hatten. Aber hier im Brachland kreuzten Steingnolle häufiger den Weg als Menschen. Leider entpuppten sie sich als wenig gesprächig, und alles, was einen Gnoll interessierte, war der Handel mit Kristallen. Es gab kaum Ablenkung für nervöse Gemüter.

Mehr und mehr wuchs seine Panik an, nun, da sie ihrem Ziel so nahe waren. Als Marberd ihm offenbart hatte, dass er sie nur bis zur Grenze begleiten würde, sah sich Jasov bereits sein Testament machen; hätte es denn jemanden gegeben, den er hätte bedenken wollen.

Vielleicht war diese Reise die perfekte Gelegenheit, Kontakte zu knüpfen. Die zwei Soldaten in Zivil, die ihn und Nyth begleiteten, waren ein Anfang. Der Auftrag beinhaltete, dass sie wie eine Bande von Straßenräubern auftreten mussten, um sich überall frech und frei zu bewegen. Einer ihrer Begleiter erfüllte diese Rolle beinahe zu gut. Und zufälligerweise hatte Jasov mit ihm bereits Bekanntschaft machen dürfen.

Beneths Laune passte zur Beschreibung eines griesgrämigen Banditen, der es längst aufgeben hatte, eines Tages ein Leben als wohlhabender Mann zu führen. Jasov wusste, woher dieser Unmut rührte, immerhin zerschoss diese Mission alle Urlaubspläne des Paladins. Eigentlich war es Aufgabe der 3. Garde, sich um die Sicherheit innerhalb des Reiches zu bemühen, der Geheimdienst war für Operationen des Landes und der Städte ausgebildet. Beneth als Soldat, als Krieger, gehörte hingegen auf Schlachtfelder, nicht in Zivil an die Grenze. Er beschwerte sich darüber jeden Tag mindestens einmal laut und vergaß dabei auch nicht, seiner Abneigung gegen die 3. Garde und deren protzige Rüstungen Ausdruck zu verleihen. Seine eigene Rüstung diente nur dazu, ihn zu schützen. Praktischer Nutzen ging vor Schönheit. Umso frustrierter stapfte er auf dem steinigen Boden auf und ab, gekleidet in ärmliche, alles andere als kampffeste Banditenkluft.

»Ich bin doch kein Spion … was für ein doppelt verdorbener Bockmist!«, den Rest seiner Verwünschungen verwehte der kalte Wind, und Jasov zwang sich, nicht mit den Augen zu rollen.

»Astor, du machst mich nervös«, murrte eine helle, warme Männerstimme. Die Worte klangen ein wenig besorgt.

Beneth würdigte seinen Kollegen Karl nur eines kurzen Blicks. Der Paladin war, wie fast jeder, deutlich größer als Beneth und um einiges jünger. Lange Haare, warmbraun wie Lehm, seine Haut war nur wenig heller, sie besaß einen goldenen Schein. Die wachen Augen waren, wie alles an Karl, ziemlich attraktiv, und er wirkte leicht verschlagen.

Karl kannte sich mit den Schmugglerwegen im Vorland gut aus und war damit der perfekte Begleiter auf ihrer Reise. Trotzdem hatte Beneth seine Vorbehalte gegen den »viel zu jungen Burschen« zu Beginn der Reise mehrfach geäußert.

Die sehnige, muskulöse Figur des »Burschen« war ideal für einen Banditen, aber seine weiche Stimme passte eher zu einem Gelehrten. Das galt auch für die Art, wie er Worte formulierte; er verwendete keinen typischen Dialekt der Stadt Asche.

»Wir sind der Grenze nun ziemlich nah, nur wo sollen wir hier Informationen beschaffen? Hier gibts ja nichts«, hörte Jasov Beneth wettern, der wohl einfach alles an dieser Mission hasste.

»Bald erreichen wir die kleineren Siedlungen der Schmuggler, du wirst sehen. Viele Tage Marsch auf einsamer Reise, so sind sie nun mal, die rauen Ebenen.« Karl klang immer optimistisch.

Doch Beneth schnaubte unzufrieden. »Nichts für ungut, mein Freund, aber auf die Erfahrung eines Vorlandwaldläufers gebe ich gerade in diesen schlecht kartografierten Landen wenig.«

»Das ist dein gutes Recht, Astor. Aber dies ist bereits mein vierter Einsatz in dieser Grenzregion. Auch wenn wir bisher nie mit den Schmugglern direkt in Kontakt getreten sind, so haben wir sie einige Male angetroffen.«

Es klang so, als träte Beneth gegen einen kleinen Stein, das Klackern von Kiesel hallte durch die sonst stille Landschaft. Jasov sah sich heute nicht mehr in der Lage, zu zaubern. Er seufzte leise, ließ genervt die Arme sinken und streckte sich.

Der Blick des mürrischen Paladins traf ihn, Jasov wusste, was er dachte, ahnte es zumindest, hatte es in seinem Gemecker oft genug herausgehört. Für Beneth war die Katastrophe von einem Magieranfänger namens Jasov ein Sicherheitsrisiko, und von Nyth schien er auch wenig zu halten. Nicht, dass er ihre Fähigkeiten geringschätzte, das würde er sich nicht anmaßen, aber sie führte einen Dolch und kein Schwert. Sie starb nicht, wenn jemand ihr eine Klinge zwischen die Rippen rammte, Beneth hingegen schon. Nur Kettenhemd, Stoff und Lederausrüstung würden ihn davor bewahren, für seine Truppe einen Hieb einzustecken. Und Jasov fühlte sich ebenfalls ausgesprochen verwundbar in seiner warmen Stoffrobe mit dem Ledermantel.

Die kurze Sympathie für Beneths Sorgen erlosch jedoch schnell, als sich dieser weiter in seine miese Laune steigerte. »Junge, der Dolch an deinem Gürtel muss griffbereit getragen werden, was soll das, was willst du damit erreichen? Du stichst dich nur selber, wenn du dich hinsetzt«, wies er Jasov zurecht und deutete auf sein eigenes Schwert, nickte ihm dann zu.

Sich ein Seufzen verkneifend richtete Jasov die lederne Dolchscheide. Gerade hatte er sich für einige Zauberübungen verrenken müssen, als ob er da auf seine Waffen achten würde! Überhaupt hatte man ihn kaum im Kampf mit scharfen Gegenständen ausgebildet, da wäre ein wenig freundliche Aufklärung wohl angebrachter.

»Worauf warten wir eigentlich? Der Sonnenuntergang droht und wir haben hier am Waldrand keinerlei Deckung!«, blaffte Beneth.

Nyth hatte sie einfach angehalten, als hätte sie etwas gehört. Erklärt hatte sie sich nicht, lediglich die Karte gezückt.

Und dann bestätigte sich Beneths negative Gedankenspirale. Vermutlich hatte ihn das zum Pessimisten werden lassen. Die Antwort auf seine Frage war lauter als erwartet: Es gab einen dumpfen Schlag.

Wie das Krachen und Splittern einer Geröllawine in weiter Ferne hallte plötzlich Lärm aus dem Wald heraus. Bedrohlich nahe, ein Donner, der sich auf den Boden verirrte. Die Luft füllte sich mit Energie. Es erinnerte Jasov an die ersten Gewittertage im Sommer, wenn die Luft nach Ozon roch und man die Statik fast spüren konnte. Das Geräusch und ein schwaches Beben schienen sich durch den Boden zu ziehen, immer wieder dröhnte es, mal laut, mal leise, durch die Bäume.

Beneth hatte sich kampfbereit herumgedreht. Mit unsicherem Blick wandte sich Jasov zu seinem Mentor, doch Marberd deutete ihm lediglich, still zu sein. Der eben noch entspannt wirkende Karl stand ebenso bereit für alles, was da kommen mochte, an Beneths Seite. Nervös blickte die Gruppe in das Dunkel des Waldes.

Nur Nyth nicht.

Sie rollte in Ruhe die Karte zusammen und erhob sich anscheinend nur ungerne aus dem Gras von ihrem Stein. Während alle gebannt in den Wald starrten, stand sie mit dem Rücken zu den Bäumen, das Grollen in der Ferne ignorierend, und verstaute die Karte in ihrem schmalen Reisemantel. Die lederne Jacke ging ihr nur bis zur Hüfte, und Jasov sah aus dem Augenwinkel, wie unwirklich viel Papier in einer der Seitentaschen verschwand.

Nun endlich drehte auch sie sich um. »Es ist ohnehin Zeit aufzubrechen!«, merkte sie scheinbar teilnahmslos an.

»Bei allem nötigen Respekt, wieso öffnen wir nicht ein Portal? Es ist nicht nötig. zu ergründen, was in diesem Wald vor sich geht!«, polterte Beneth ungehalten und biss sich auf die Lippe.

Doch zu Jasovs Erstaunen erhob die Drachenfrau kein tadelndes Wort gegen den Paladin und seinen respektlosen Tonfall. Sie starrte unangenehm lange in den Wald, ehe sie ihm antwortete: »Dieses Stück Land ist voller magischer Interferenzen. Wir können kein Portal hindurch öffnen. Eigentlich hatte ich geplant, das Grenzland nicht über diesen Wald zu betreten … Allerdings, sollte dort in den Wäldern wirklich ein Kampf stattfinden, wäre es in unserem Interesse, herauszufinden wieso!«

Leider hatte sie recht. Sie befanden sich zwar noch abseits der Grenzen, aber das Gepolter, das aus dem Wald hallte, deutete auf einen Kampf oder Ähnliches hin, und die inzwischen stark mit magischer Restenergie gefüllte Luft war nicht das Werk von stümperhaften Magiekundigen. Wer auch immer dafür verantwortlich war, mochte sich mit mehr auskennen als den Handelsrouten hier in der Gegend, könnte etwas gehört haben, das für ihre Mission von Wichtigkeit war, oder gar ein Teil davon sein.

»Was wissen wir über diesen Teil des Waldes?«, fragte Marberd und nickte Karl zu.

Der junge Paladin verzog leicht das Gesicht, ehe er antwortete. »Im Norden des Waldes gibt es einige Waldbewohner, nichts Nennenswertes. Der Wald erstreckt sich über die Grenze zwischen Brarche, Bruch und dem Kraterland. Wegen des Krieges ist das ehemals durch Handel gezeichnete Dreiländereck nur noch ein Paradies für Schmuggler. Hier im unbestimmten Land haben sich viele Banditen angesiedelt. Ganze Banden, die organisiert ihren Geschäften nachgehen. Aber direkt hier im Wald … Der Ausläufer dieses Waldareals führt zu keinem besonderen Ort. Ihr seht es ja selbst. Hier ist nichts. Nichts Lohnendes«, erklärte er und zuckte mit den Schultern. Seine schwarzen lockigen Haare wippten bei der Bewegung, und er kämpfte kurz damit, eine Locke wieder hinters Ohr zu befördern.

Wie auch immer der Paladin es schaffte. so gelassen zu bleiben, Jasov war neidisch. Die Ruhe färbte sogar auf ihn ab und er traute sich, eine Anmerkung zu äußern: »Was ist mit den Felsen dort? Sieht fast aus wie ein beginnender Berg. Aber … als ich vorhin auf die Karte schaute, war er nicht verzeichnet.« Er zeigte auf eine felsige Spitze, die in einiger Entfernung vor ihnen aus dem Wald ragte.

Marberd waren diese Formationen offenbar ebenfalls aufgefallen. Er beäugte Nyth misstrauisch, die vermutlich nicht bloß hier angehalten hatte, um die Karten erneut zu studieren. Die Schlosskarten waren ausgesprochen korrekt. Und diese hatte

Nyth selbst anhand ihrer monatelangen Recherchen angefertigt, sie verzaubert mit jeder kleinen, bekannten Einzelheit, sodass man mit einer Handbewegung durch das ganze Land blättern konnte. Die Kartografen des Kraterlandes waren berühmt für ihre Liebe zum Detail. Es gab Regionen, da waren Bäume vermessen und übertragen worden, sogar mit dem Datum ihrer Entstehung. Mit geschlossenen Augen hätte man ihrer Route folgen können.

Aber von Nyth kam zum mysteriösen Felsen kein Kommentar, stattdessen schritt sie plötzlich züglig los in Richtung des noch immer zischenden und polternden Dickichts.

Beneth folgte ihr sofort dichtauf. »Bleibt hinter mir, mischt euch in nichts ein. Barrierezauber nur, wenn es der Verteidigung dient. Wie besprochen«, ermahnte er die Truppe deutlich, und so schlichen sie langsam und vorsichtig in den Wald.

Jasov war verblüfft über Nyths raschen Marsch, die zierliche Frau brauchte sich nicht zu ducken oder auf Zehenspitzen zu laufen: Sie schien kein Geräusch zu verursachen, wenn sie den Boden berührte und Blätter ihre Kleidung streiften. Vermutlich trug sie deshalb allerhand Glasschmuck zwischen ihren Kleidern. Das Klingeln von Scherben und Murmeln war das einzige Geräusch, das Jasov von der Drachenfrau kannte. Auf ihrer Mission verstummten jedoch sogar die Kristalle in ihren Haaren, als existierten sie gar nicht wirklich. Eines Tages würde sie Jasov zeigen müssen, welche Art von Magie jemanden so lautlos werden ließ. Zumal das Knacken der Äste und jedes weitere unnötige Rascheln einen ekelhaften Schauer durch seinen Körper jagten.

Kaum hatten sie den Wald betreten, wurde der Lärm realer. Der Boden vibrierte bei den Schlägen, und die Geräusche hallten um sie herum. Nadelgehölz widersetzten sich dem Sonnenlicht, und im Schatten der Baumkronen machte die Kälte wieder deutlich, dass hier vor Kurzem der Winter das Land beherrscht hatte. Unheimlich schwarz erschienen die Silhouetten der Tannen zwischen dem Gerippe der anderen Gewächse. Der Boden roch modrig und feucht. Auf einen Frühling musste dieser Forst noch lange warten.

Es war ein albtraumhafter Weg in Richtung des Berges. Die Umrisse zeichneten sich nun deutlicher ab, er wirkte eher wie ein großer Felsen, dabei hätte Jasov schwören können, dass die Felsspitze vorhin noch höher über die Bäume geragt hatte.

Zu ihrer Linken zischte ein Zauber durch die Luft. Hoch über ihren Köpfen knallte es, Energien zerplatzen. Sichtbare Magie wurde zerrissen. Es sah immer etwas falsch aus, wenn Magie als Kraft genutzt wurde und eine vage Form bilden musste. Vermutlich, weil sie nicht in diese Welt gehörte. Man hatte das Gefühl, etwas zu sehen, was nicht sein sollte. Die Luft veränderte ihr Aussehen, wie eine Mischung aus Papierfetzen und Blitz. Fasziniert sah Jasov den brüchigen Energien zu, wie sie sich zwischen den nackten Ästen langsam auflösten.

Nyth hob die Hand, und sie blieben stehen. Ein paar einzelne Rufe hallten zu ihnen herüber. Die Stimmen waren unverständlich, klangen aber zumindest nach Menschen. Jasov konnte von seiner Position aus wenig sehen und traute sich nicht, den Kopf an Beneths breiten Schultern vorbeizustrecken.

»Was machen die da? Greifen die den Felsen an?«, flüsterte der Paladin und wartete vergebens auf eine Reaktion von Nyth.

Diese setzte sich wieder in Bewegung, diesmal deutlich unvorsichtiger und entschlossener, in die Richtung der Stimmen schreitend. Überrumpelt folgten die beiden Paladine, der Großverzauberer und Jasov ihr mit ebenso energischen Schritten, dass es ihm fast schon Mut machte.

Tatsächlich handelte es sich um einen großen Felsen, der zwischen einigen Bäumen lag. Jasov knirschte nervös mit den Zähnen, spürte, wie sich sein Kiefer verspannte. An einem Ende des Steins stand eine beachtliche Gruppe von wild gekleideten Menschen. Leder in den unterschiedlichsten Farben, zerrissene Hemden, knittrige Mäntel und abgewetzte Schuhe. Einige der Personen feuerten Sprengzauber auf das Gestein ab, sie brüllten ihre Zaubersprüche förmlich. Die Luft vibrierte sichtbar, wann immer ein Energieball den Felsen traf.

Etwas abseits stand eine in besserem Leder gekleidete Frau mit einer großen Feder am Hut. »Halt!«, rief sie den zaubernden Männern zu, als sie Nyth und die Gefährten in ihrem Schlepptau bemerkte. »Das hier ist unser Land! Was auch immer ihr wollt, ihr reist besser um die Wälder der Tüsker!« Ihre Stimme hatte einen erhabenen Klang. Sie bildete sich eindeutig viel auf die Wirkung ihrer Worte ein, und der hohe Ton, in dem sie sprach, klang schneidend und abweisend.

»Wir wollen nichts von den Tüskern. Wir gehen unseren eigenen Geschäften nach. Aber wie es scheint, wollt ihr etwas von diesem Felsen«, erklärte Nyth kühl. *Tüsker* war nichts weiter als ein besserer Name für eine Bande von Banditen, Halsabschneidern, Betrügern und dubiosen Händlern, die zwischen den verfeindeten Ländern auf den verschwommenen Grenzwegen dem Profit nachjagten.

Ihre kleine Truppe erntete finstere Blicke aus den Reihen der Räuber. Mehr als ein Dutzend größtenteils schmutzig gekleidete Männer starrten sie misstrauisch an. Nicht einmal Beneths grimmige Miene konnte damit konkurrieren.

Unzufrieden und die Zähne aufeinander mahlend, musterte die Frau die unwillkommenen Reisenden. Suchend wanderte ihr Blick über die Gesichter, vor allem Beneth begutachtete sie ganz genau, dabei beäugte sie sein Schwert kritisch. Schließlich reckte sie das Kann und wandte sich dann wieder Nyth zu. »Was geht euch das an?«

»Wir treiben nur Handel zwischen den Grenzen, so wie ihr. Ehrenwerte Händler, nicht wahr?« Der Klang von Nyths Stimme war unerwartet freundlich, und sie eröffnete der Anführerin damit ein Gespräch unter Gleichgesinnten.

Ein grimmiges Lächeln legte sich auf die Gesichtszüge der Tüskerin. »Ja, nur müsst ihr wissen, dass uns die Schätze dieser Region zustehen, wir kümmern uns um diesen Wald, wisst ihr? Wir kümmern uns auch um den Felsen. Er ist im Weg! Er ist immer im Weg!«, erklärte sie mit harter Stimme und schaute Nyth verächtlich an, damit alle weiteren Gespräche beendend. Sie nickte den Zauberern an ihrer Seite zu, und sofort begannen diese erneut mit dem Angriff.

Doch Nyth ließ nicht locker. »Es muss dich einiges gekostet haben, so starke Magiekundige für einen Stein zu organisieren. Einen Stein mitten in einem flachen, ebenen Wald. Worauf ... liegt er denn?«

Jetzt begriff Jasov, worauf Nyth anspielte. Die umgeknickten Bäume, der eine zermalmte Baumstamm. Als hätte sich der Fels hier niedergelassen, jedem Naturgesetz trotzend. Es waren normalerweise die Bäume, die um einen Felsen herumwuchsen, nicht umgekehrt. Vielleicht erhielt Nyth deshalb keine Antwort.

Die Banditen der Tüsker ignorierten die kleine Gruppe, und so schien es sie auch nicht zu kümmern, dass die Drachenfrau sich um sie herumbewegte, um hinter den Felsen zu blicken.

Marberd schloss etwas zu ihr auf. »Nyth, wenn Ihr wisst, was hier vor sich geht, dann ...«

»Ich bin mir noch nicht ganz sicher. Aber sollte ich recht haben, dann wird sich dieser Wald in den nächsten Minuten vermutlich in ein Schlachtfeld verwandeln.«

Beneth und Karl behielten die Bande Wegelagerer im Auge und Jasov gesellte sich neugierig zu seinem Meister. »Das ist kein einfacher Stein, oder?«

Nyth nickte. »Er liegt auf etwas drauf, was die Tüsker wollen. Sicherlich nicht zufällig.« Sie wandte sich Jasov direkt zu, und er blinzelte erstaunt, als sie ihm in die Augen sah. Ihre Pupillen lagen im Dunkeln, wirkten trüb, er fragte sich, ob sie vielleicht blind war. Es musste einen Grund geben, weshalb sie immer im Schatten ihrer Kapuze blieb. »Jasov, erinnere dich an deinen Unterricht über die Drachen und ihre Stärke, ihre Ziele, ihre Macht.«

Er nickte stirnrunzelnd.

»Sie sind nicht alle Giganten, regieren nicht alle Königreiche. Die meisten von uns wurden gejagt und abgeschlachtet wie Vieh oder Ungeziefer. Drachen werden nicht mehr sehr alt, sind klein, schwach und sterblich. Hier endet der Einfluss des Reichs, hier gibt es keine Drachenherrscher. Hier ist Niemandsland. Viele Menschen hier wissen nicht einmal, wem das Reich eigentlich gehört, wer regiert, sie können weder lesen noch Geschichten erzählen.«

Jasov klappte der Mund auf, zittrig drehte er den Kopf in Richtung des großen Felsens, der immer noch den Zaubern Widerstand leistete. »Ihr meint … Ihr meint, das dort ist …« Er wagte kaum, es auszusprechen.

»Gesteinsdrache, niedere Gattung, sehr jung vermutlich. Zumindest für unsere Verhältnisse. Und auf was auch immer er liegt, die Tüsker wollen es. Wieso sollte er sonst im Weg sein?«

Marberd schluckte hörbar, und Jasov konnte nur ratlos auf den Felsen starren. Das Gestein ächzte und knarrte schwerfällig unter den Zaubern. Immer wieder flogen gewaltige Fetzen Magie gegen blanken Stein.

Vielleicht bildete Jasov es sich nur ein, aber es lösten sich jedes Mal mehr und mehr Splitter aus der Oberfläche. Sprengzauber dieser Stärke waren in der Lage, kleinere Berge im Handumdrehen zu zerstören, es hätte ein einziger Zauberspruch genügen müssen. Doch das hier war kein Gestein. Oder doch? Drachen konnten begrenzt ihre Gestalt wandeln. Aber was hieß das schon? Sie waren ja auch in ihrer Form als Mensch nur zum Teil menschlich.

Viel wichtiger war allerdings die Frage, ob ihre Gruppe etwas unternahm oder nicht. Nyth schien entschlossen, war aber wieder gewohnt verschlossen. Sie musterte die Bande Tüsker, und Jasov konnte sich denken, dass sie versuchte, ihre Gefahr abzuschätzen. Wenn sie sich hier einmischten, landeten sie in einem Kampf mit mehr als fünfzehn fähigen Kriegern, und er war nicht in der Lage, zu helfen. Hoffentlich gab es einen anderen Ausweg aus dieser Situation. Marberd sah ebenso ratlos aus der Wäsche, Jasov meinte sogar, ihn leicht zittern zu sehen. Es war Nyths Mission und damit ihre Entscheidung. Beneth formulierte lautlose Flüche mit seinen Lippen, auch Karls Atme ging rascher.

Erneut krachte es deutlich lauter im Felsen, und mit Entsetzen sah Jasov, wie eine ganze Gesteinsplatte sich ablöste und zu Boden knallte.

»Nicht gut …«, murmelte Nyth, drehte sich sofort um und verließ zügigen Schrittes den Schauplatz. Die kleine Gruppe hatte für einen Moment Probleme, ihr zu folgen.

»Was jetzt?«, fragte Marberd leise. Mit seinen kurzen Beinen hatte er doppelt so viele Schritte zu bewältigen wie der Rest der Truppe. Nyth strammer Gang wurde langsamer, eine Antwort erhielten sie nicht. Erst, als sie die Stimmen der Zaubernden nur noch als Rufe wahrnahmen und die Silhouetten in der Ferne unkenntlich wurden, blieb sie stehen. Keine Minute zu früh, denn jetzt bot sich ihnen der dramatische Anblick eines wütenden Felsens, der sich aufbäumte und auf seine Angreifer warf. Der Ruf eines Tiers vermischt mit dem Klang ächzendem Metalls, übertönte für einen Moment sogar den Lärm der Zaubersprüche. Gesteinsmasse erhob sich und erwischte dabei großzügig einige der Banditen, nicht alle reagierten schnell genug, um auszuweichen. Fleisch wurde zertrümmert. Schreie erklangen.

Jasov wurde schlagartig übel, und er war froh, nicht direkt diesem Anblick ausgesetzt zu sein. Ein Berg zermalmte alles, was sich vor ihm befand. Der Fels schien völlig aus Gestein, aber er hatte die Form einer hausgroßen Echse angenommen. Bröckelig und bedrohlich, schwarzgrau, wie ein riesiger, dicker Schatten, wurde der schwere Berg flink wie eine Raubkatze. Mit einer ungeahnten Geschwindigkeit jagte er durch die Reihen der Tüsker und warf sich auf alles Bewegliche in seiner Umgebung. Bäume wurden umgerissen, ein höllischer Lärm entbrannte, und vom Grauen gepackte Schreie mischten sich mit dem Splittern und Ächzen der Natur. Eine Kettenreaktion, Baum um Baum wurde mitgerissen. Überall zersprengte es Holz, Gestein und Knochen – Geräusche, die Jasov sicher eine Weile begleiten würden.

Immer wieder sah er zu Nyth, die die Szene gebannt beobachtete. Ihr verhalten machte ihn nervöser als die Schlacht vor ihnen.

Ein gewaltiges Brüllen dröhnte an ihre Ohren, als der Drache sein Maul öffnete, er hatte Sträucher und Bäume umgerissen, die Angreifer verfehlt, und sein Schrei klang frustriert. Zumindest die Magiekundigen der Tüsker waren flink genug, ihm auszuweichen. Doch hatten ihre eigenen Angriffe jetzt weniger Wirkung. Im Nu war von den mehr als fünfzehn Männern nicht mehr als eine Handvoll übrig. Vom auffälligen Federhut der Kommandantin war nichts zu sehen. Ob sie hatte fliehen können oder gleich erwischt worden war, konnte Jasov nur mutmaßen.

Mit der Geduld des Drachen war es eindeutig zu Ende. Nur schwer als Stimme zu identifizieren, erklang die Sprache der Magie und gehorchte den kryptischen Worten des Gesteinsdrachen. Felsen rammten sich aus der Erde direkt in die verbleibenden Angreifer und erwischten schließlich auch den letzten. Ein einzelner Baum fiel um und knallte zu Boden. Danach war es wieder still im Wald. Grabesstill. Nicht einmal der Wind wagte es noch, durch die Äste zu rascheln.

Die felsigen Füße schabten mit einem knirschenden Laut über den Grund, als sich der Drache langsam umdrehte und nun zu der kleinen Gruppe blickte, die sich wie von selbst hinter Nyth zurückzog.

»Ich kann ihn blocken. Zumindest zwei-, dreimal …«, murmelte Beneth mehr zu sich. Marberds Miene war fast so versteinert wie der lebendige Fels vor ihnen. Jedes Gefühl von Mut, Zuversicht und Glaube an eine Zukunft erlosch in Jasov, als die Bestie mit großen Sätzen auf sie zu preschte. Den erneuten Lärm hörte er nicht mehr, das Blut rauschte in seinen Ohren, sein Herzschlag pochte im Kopf lauter als alles andere.

Im Nachhinein bereute er es, die Augen geschlossen zu haben, denn so hörte er nur, wie Beneth etwas brüllte und es gewaltig knallte. Gerade noch konnte Jasov beobachten, wie der Felsklops in der Luft verharrte, wie gegen eine unsichtbare Wand gedrückt, ehe es ihn zurückwarf. Keine zwei Sekunden später wirbelten Symbole eines Bannkreises um ihn herum.

Nyth hatte nicht lange gewartet, sie schien den Drachen mit Worten zu fesseln. Ihr Fokus war beneidenswert, die Aussprache der magischen Formeln zu schnell, zu leise, als dass Jasov etwas hätte verstehen können. Feiner Gesang, fern klingend und sich nun manifestierend. Silbrige Buchstaben schlangen sich immer enger um den Körper des ächzenden Felsens und verwoben sich mit jedem gesprochenen Wort dichter und dichter. Bis die magischen Seile schließlich massiven Druck gegen den gefangenen Körper ausübten. Die Echse wurde von den glänzenden Silben zerdrückt und wand sich unter Qualen gegen die Kräfte.

Aber es half alles nichts. Sie musste sich den Fesseln ergeben und war gezwungen, ihre Form zu verringern. Da gab es für Drachen wenig Auswahl. Das Formwandeln hatten die Wesen aus dem Äther verloren, über die vielen hunderttausend Jahre. Am Ende konnte auch das steinerne Biest nur auf zwei Beine zurückgreifen. Und weder diese noch das nun menschliche Gesicht wirkten besonders glücklich.

Er fluchte laut und ungehobelt. Die magischen Fesseln lagen um seine Arme, aber erdrückten ihn nicht mehr. Ein Fels von einem Mann stand vor ihnen und wand sich voller Wut. Er war fast zwei Meter hoch und auch jetzt noch eine gewaltige Erscheinung, den sehnigen, muskulösen Körper angespannt bis aufs Äußerste. Seine Haut hatte einen verbrannten Braunton, erinnerte Jasov an die Menschen im Norden vom Kraterland. Große dunkle Tätowierungen symbolischer Tiere überzogen seine Arme und seine Brust. Die eine Hälfte des Kopfes war kahl, die andere voller schwarzer Haare, zu einem langen ordentlichen Zopf geflochten, der hin und her schleuderte unter den Versuchen des Drachen, sich zu befreien. Die rissige Lederkleidung, welche nur wenig von seiner breiten Brust verdeckte, rundete das Bild ab. Dieser Drachenmann war eine gefährliche Naturgewalt.

Sein Gesicht verriet die Geschichte eines nicht mehr ganz jungen Mannes, der in der Wildnis lebte oder sie sich vielmehr einverleibt hatte – es war wettergegerbt und stark vom Leben gezeichnet, fast schon verbraucht. Doch seine wilden Augen funkelten dunkel und quicklebendig wie die eines Raubtiers.

Niemand außer Nyth traute sich näher an ihn heran, wenn Beneth auch sehr entschlossen sein Schwert erhoben hatte und deutlich signalisierte, dass sie nicht zurückweichen würden. Karl stand daneben wie ein Schluck Wasser und hatte wohl bereits eine Gefahr ausgeschlossen, als Nyth ihren Fesselzauber begonnen hatte.

»Wie könnt ihr es wagen, ihr klingenführenden Aasfresser? Dies ist nicht euer Wald! Nehmt die verfluchten Kristalle, aber dann verwüstet einen anderen Grund!« Er brüllte und spuckte bei fast jedem Wort. Die folgenden Sätze bestanden aus einer wilden Aneinanderreihung von Schimpfwörtern und Verwünschungen, die allerdings recht blumig verpackt waren und erst nach einigem Nachdenken zu Empörung führten. Weiterhin wand er sich unter den Fesseln; an seine Kapitulation war nicht zu denken.

Doch als Nyth dicht vor ihm stand, verstummte der Hüne und musterte die zierliche Frau stirnrunzelnd. »Kristalle also. Das haben die Tüsker hier gesucht«, murmelte sie mehr zu sich selbst und drehte sich nachdenklich um.

Sichtlich entsetzt, plötzlich ignoriert zu werden, schloss der Steindrache erstmals den Mund und wirkte nun ähnlich verwirrt wie der Rest der Truppe. Er zuckte zusammen, als Nyth sich wieder spontan zu ihm umdrehte.

»Wollten sie die Kristalle verkaufen? Oder selber nutzen? Wie lange fördern die Tüsker hier schon?« Ihr Tonfall war unmissverständlich ernst.

Der felsige Mann schnappte ein paar Mal nach Luft, eher er widerwillig einen Satz formulieren konnte. »Wieso wollt ihr das wissen?«, kam es leiser, sein Blick suchte skeptisch die Augen seines Gegenübers. Er konnte sich in den Fesseln nicht bewegen. Eine Wahl ließ man ihm nicht. Dass er von ihnen wenig hielt, war offensichtlich, doch die Skepsis überwog und vorerst schien er sich mit der Situation abgefunden zu haben.

Nyth ergriff erneut das Wort: »Ihr befindet Euch im Kraterland. Dieser Grund und Boden ist Besitz seiner Lordschaft Dragul. Kein Drache darf sich hier ohne seine Kenntnis aufhalten.«

»Es kümmert mich nicht, welcher Drache sich anmaßt, dieses Land zu besitzen. Die Natur gehört niemanden! Wir leben hier!«

»Wir?«

Der Drachenmann schnaubte und knirschte dann mit den Zähnen. Erneut drückte er sich gegen die Fesseln aus Magie, die sich prompt ein wenig enger zogen.

»Also gut!« Nyth nickte, und mit einem Seufzen der Luft verschwanden die bindenden Worte, die um den Körper des Steindrachen geschlungen waren. Beneth, Karl, Marberd und vor allem Jasov machten einen erschrockenen Satz zurück.

»Gut?«, wiederholte der Drachenmann ungläubig und streckte sich misstrauisch.

»Wenn Ihr nur Eure Ruhe haben wollt, dann hätte sich Euer Aufenthalt in diesem Reich damit geklärt.« Nyth neigte ihren Kopf und schien das Thema damit abzuschließen.

Völlig entrüstet starrte der Hühne auf sie herab. »Ihr … seid keine Tüsker!«, stellte er mit einem Blick auf den Rest der Truppe fest.

Die vier Männer nickten fast schon automatisch.

»Und du«, er blickte auf Nyth herab, »du bist kein Mensch!« Seine Hand erhoben, tippte er mit dem Zeigefinger so grob gegen Nyths Schulter, dass sogar sie für einen Moment schwankte. Als müsste er sichergehen, dass sie real war.

Innerhalb weniger Sekunden hatte sich die ganze Ausstrahlung des Drachen verändert. Seine Körperhaltung war nicht mehr angespannt und aggressiv, die Augen sprühten nun vor Neugier, und seine aufrechte Haltung war voller Energie. Wieder musste Jasov an Marberds Vergleich von Drachen und Hunden denken. Nur diesmal an die weniger verspielte Sorte. Dieser Mann war kein Schoßtier, er erinnerte Jasov an einen großen, muskulösen, bulligen Wachhund.

»Was ist das für eine Energie, Weibchen? Die Welt vibriert um dich herum wie vor einem Erdbeben. Was machst du hier mit den Zweibeinern?« Seine Stimme nahm einen deutlich wärmeren Ton an, er lächelte in Richtung der Truppe, als bemitleide er sie für ihr Amt. Beneth ließ verdutzt sein Schwert sinken.

»Ich heiße Nyth und bin Söldnerin. Ich diene Lord Dragul.« Die Drachenfrau schien zu einem Gespräch bereit, und so nahm der Hüne im Schneidersitz auf dem Waldboden Platz. Viel an seiner Körpergröße änderte das nicht, aber die Geste versprach das Ende der angespannten Situation, und Jasov fühlte, dass er zum ersten Mal seit Minuten wieder richtig atmete.

»Aha! Ihr dient? So was gibt es? Nun, das ist Eure Angelegenheit. Ich bevorzuge es, für mich zu entscheiden. Bin übrigens Ragdar. Und jetzt erzählt, was macht Ihr hier in meinem Wald?«

KAPITEL 20
DIE SCHÄTZE DES WALDES

Die Gruppe machte es sich auf dem Waldboden bequem, während Nyth die Überreste der Schlacht begutachtete. Es war niemand daran interessiert, sie zu begleiten, was sie wiederum keinem verübeln konnte. Aber jemand musste klären, ob es Überlebende gab und wie viele Tüsker hatten fliehen können. Vielleicht fanden sich auch schriftliche Befehle oder andere Informationen über die Hintergründe der Banditen. Außerdem waren die von Ragdar erwähnten Kristalle ein sehr interessanter Schatz. Die Tüsker, ihr Auftrag und ihre Routen mochten einen ersten Anhaltspunkt für Nyths Ermittlungen darstellen.

Tatsächlich fanden sich dort, wo sich zuvor Ragdar als Felsen verfestigt hatte, zwei grobe Edelsteine im Boden vergraben. Behutsam sammelte sie beide ein. Kein Tüsker hatte sie ihm entreißen können. Wie auch? Das Einzige, was hier gerissen worden war, waren die Banditen selbst.

Nyth entschied sich dafür, die Leichen magisch aufzulösen. Es war ohnehin nicht genug übrig geblieben für ein Begräbnis, ihr Geist war längst in die nächste Welt entglitten. Es wirkte makaber, als der Staub ihrer Überreste vom Wind davongetragen wurde und gleichzeitig das Echo eines dumpfen Lachens an Nyths Ohren drang. Offenbar unterhielten sich die Männer ohne sie ausgesprochen gut. Nyth sollte dennoch möglichst schnell zurück zu ihren Schützlingen. Als Drache war sie dafür verantwortlich, die Menschen aus dem Reich ihres Herrn vor ihren eigenen Artgenossen zu beschützen.

Ragdar machte durchaus einen freundlichen Eindruck, obgleich seine Wortwahl ein wenig ungewöhnlich war.

Bereitwillig gab er Geschichten zum Besten, untermalt mit ausladenden Gesten. Er lebte seit einer Weile in den Wäldern und Gesteinsböden des Umlands und war früh auf die Tüsker gestoßen. Über ihre Motive hatte er dabei wenig in Erfahrung gebracht. Es war ihm nicht wichtig, ihre Beweggründe zu begreifen, und dazu hatte er auch gar keine Zeit, während er immer wieder den nächsten Banditen hinterherjagte.

Etwas näher an der Truppe musste Nyth fast schmunzeln. Jasov lauschte dem Drachenmann gebannt und mit offenem Mund, während Marberd eher misstrauisch und deutlich müde schien. Über Karls desinteressierte Art ließ sich schlecht urteilen. Beneth sah sich derweil im Wald etwas um; er wollte wohl nicht von Tüskern überrascht werden.

Inzwischen hatte die Dämmerung eingesetzt und es würde bald völlig dunkel werden. Stolz, ohne Anstrengung eine Flamme stehlen und verstärken zu können, entnahm Jasov einem Feuerkristall seine Energie und ließ so eine warm leuchtende Feuerkugel zwischen ihm und Ragdar schweben. Immerhin, der Zauberlehrling lernte schnell, das musste sogar Nyth anerkennen. Vielleicht sollte sie sich dazugesellen. Ein Drache in Erzähllaune verriet ihr womöglich etwas, was er sonst nicht ausplaudern würde.

»Ein wandernder Doppelmond ist vergangen, seit meiner bisher besten List gegen die Tüsker. Ein Schlag, ein Sieg! Alle auf einmal! Ich zeigte ihnen den Weg zu Schätzen, zu einer Höhle – tief und finster, aber doch einladend … Habe einen Kristall für sie singen lassen. Sie liefen hinein. Aber ich bin keine Höhle!« Ragdar lachte laut auf. Bei seinen Geschichten über die Kämpfe lachte er immer schon vor der Pointe. Sie hatten sich bisher ein gutes Dutzend davon angehört.

»Ich begrub sie wie eine Gerölllawine im hohen Sturz!« Ragdars Lachen war so ansteckend, dass auch Marberd ein Glucksen nicht unterdrücken konnte.

Verkrampft lächelnd lauschte Jasov der Geschichte, Nyth bemerkte seine leicht zitternden Hände. Den Kampf dieses Felsdrachen würde er wohl so schnell nicht vergessen. Denau wegen solcher Erlebnisse hatte sie ihn nicht mitnehmen wollen. Er war zu jung, zu ängstlich. Dennoch, vielleicht hatte er heute eine wichtige Lektion gelernt. Noch vor zwei Stunden hatte dieser Gesteinsdrache den Männern Todesangst bereitet, und nun saßen sie hier mit ihm am Feuer und hörten sich Geschichten an, die sich zum Teil vor Hunderten von Jahren ereignet hatten. Diese Tatsache amüsierte Nyth viel mehr als Ragdars Erzählungen selbst. Menschen waren leicht zu beeindrucken und schnell abgelenkt. Diese Eigenschaft war für einen alten Drachen beneidenswert. Es gab wenig Positives, das Nyth überraschen konnte. Eigentlich besaß nur ihr Landesherr das Talent, sie zu verblüffen. Sie seufzte unhörbar in sich hinein.

Sowohl der Zauberlehrling als auch der Drachenmann erschraken, als sie einen Schritt näherkam.

»Ist sie wirklich hier, junger Zauberer? Macht sie Geräusche?«, zischte Ragdar und runzelte die Stirn über Jasovs Schulterzucken.

Nyth hatte die gefundenen, weißklaren Kristalle unter ihren rechten Arm geklemmt und reichte einen davon an Jasov weiter, während sie selbst den anderen genauer betrachtete. So etwas hatte sie seit einer Ewigkeit nicht mehr in den Händen gehalten.

»Sie sind völlig rein«, murmelte sie und drehte den langen ungeschliffenen Kristall hin und her. Die Teile des Edelsteins, die glatt abgebrochen waren, wirkten neblig und surreal. Es hätten sich das Licht und die Welt in ihnen spiegeln müssen, aber die Spiegelung war, ähnlich der Erscheinung eines Zaubers, für das Auge einfach nicht zu erfassen und völlig verzerrt.

Gebannt fuhr Nyth wieder und wieder über die glatte Oberfläche. Klarer, stiller Kristall, ein kleines Wunder. Doch die Faszination wich schnell der Sorge um die Ausbeute der Tüsker. Was, wenn diese mehr davon erbeutet hatten und sie der falschen Seite verkauften? Ein wenig war sie selbst versucht, einige dieser makellosen Gefäßkristalle für sich zu ergattern. Sie würden fantastische Hüllen für mächtige Magie abgeben.

Danach suchte sie schon lange.

»Kannst du ihn schleifen?« Nyth reichte Ragdar den Kristall.

Er beäugte sie nach wie vor misstrauisch, nahm ihr aber den Edelstein ab. »Wünsche? Vorlieben?«, kam es frech und eine seiner Augenbrauen hob sich leicht.

»Ein Stabkristall, er muss nicht perfekt sein. Verlier so wenig vom Kristall wie möglich!«

Ragdar nickte und strich mit dem Daumen über die Oberflächen des Steins in seinen Händen. Nyth sah, wie Jasov große Augen machte, als mit jeder sanften Bewegung die raue Oberfläche glatter und glatter wurde. Sicher, er hatte in der Erzverarbeitung schon gesehen, wie man aus Rohedelsteinen wahre Schmuckstücke schliff. Aber das hier war ein ganz anderes Niveau. Der Drachenmann formte den Kristall zurecht wie ein scharfes Messer das weiche Holz einer Tanne. Es war auch für Nyth faszinierend, ihm dabei zuzusehen.

Nur wenige Minuten später ließ sie zwei geschliffene Edelsteine in ihren Manteltaschen verschwinden.

»Woher hast du die Kristalle? Und was lässt dich gegen die Tüsker kämpfen? Du könntest mit ihnen auch Geschäfte machen.« Sie drehte ihren Kopf in Richtung Ragdar, hob den Blick. Nyth sah gerne an ihren Gesprächspartnern vorbei, aber der Drachenmann hatte ihre volle Aufmerksamkeit verdient, nachdem er sich ihnen so vertrauensvoll geöffnet hatte.

Ragdar räusperte sich. »Geschäfte? Was sollte mir das bedeuten? Alles, was ich brauche, besitze ich. Also wozu? Füllt es meine Seele?« Er klang leicht beleidigt und legte eine gewichtige Pause ein, ehe er weitererzählte. »Ich wurde im Herzen eines Berges geboren, dort zerbrach mein Ei, ich beraube meine Heimat nicht.«

»Aber das hier ist nicht deine Heimat, Ragdar.«

»Felsen halten die Welt zusammen, sie sind mein zu Hause, völlig gleich, wie fern ich meiner Geburtsstätte bin.«

»Du stammst aus Brarche?« Sie konnte ihn schlucken sehen. Ein bitterer Ausdruck legte sich auf seine Mine und die Falten um seine Augen traten deutlich hervor. Mit einem Nicken machte Nyth ihm deutlich, dass sie ihn für seine Herkunft nicht verurteilte.

»Es stimmt. Ihr würdet diesen Ort Brarche nennen. Schweres Leben dort. Sei Teil der Kultur des Herrschers oder sie zerteilt dich. Aber dem Sammeln von Magie, dem Ausschlachten des Landes, habe ich mich nicht angeschlossen, und die Tüsker sind keinen Deut besser, auch ihnen geht es nur um Macht.«

Nyth nickte nachdenklich. Ausschlachten war in diesem Fall leider wörtlich zu nehmen. Die Geschichten über Brarche klangen stets grausam, beinahe unvorstellbar, eine Tatsache, vor der man sich im Kraterland gerne verschloss. Zu hören, wie ein Zeuge des Grauens den Ort beschrieb, ließ den jungen Zauberlehrling sichtbar erschaudern und Nyth schenkte ihm einen mitfühlenden Blick.

»Sich dem Herrscher anschließen, sterbliches Menschenfleisch jagen und hetzen, versklaven und … Eher fließen die Flüsse rückwärts, als dass ein frei geborenes Wesen in Unfreiheit glücklich wird. Gejagt haben sie mich. Durch die verschwommenen Grenzen bis in diesen Wald. Mich getrennt von meiner Kolonie, von meiner Familie.« Ragdar knirschte mit den Zähnen. Sein Blick hatte traurige Züge angenommen, sofern Nyth das richtig deutete. Der Feuerschein war schwach und verstärkte die Schatten in seinem Gesicht. Nun sah der Berg von einem Mann alles andere als bedrohlich aus, wie er in sich zusammengesackt auf dem kargen Waldboden saß. Das Thema belastete ihn sichtlich.

Ausnahmsweise lockerte Nyth ihre steife Haltung; sie seufzte. »Wir sind nicht hier, um dir zu schaden, auch nicht dem Wald oder den Felsen«, erklärte sie ihm.

»Ihr habt zugesehen. Zugesehen, wie sie Verwüstung über mich und den Wald brachten. Ihr habt anderes im Sinn, ist es nicht so?«, murmelte er missmutig und stocherte mit dem Zeigefinger seiner großen rechten Hand im Waldboden herum, woraufhin einige Käfer erschrocken das Weite suchten. Der schwache kleine

Spross einer Pflanze kam zum Vorschein und streckte dankbar seine Blätter in die Luft.

»Dann gib uns einen Grund, dir zu helfen.« Nyth bemühte sich um einen mitfühlenden Tonfall. Helfen konnten sie diesem Drachen nicht, aber jede Information könnte ihnen nützen und somit auch Ragdar, denn Lord Draguls ersehnter Krieg würde auch seine Kolonie befreien.

Der Felsdrache holte tief Luft, blieb jedoch still. Er wippte nervös herum, wie ein kleines Kind, das unsicher war, ob es der Sache trauen sollte oder nicht. Nyth lüftete ein wenig ihre Kapuze und setze sich ebenfalls auf den Waldboden. Hier in der Dunkelheit konnte man ihre Augen ohnehin kaum erkennen.

Bei diesem Zeichen des Vertrauens hellte sich Ragdars Miene tatsächlich etwas auf, und zunächst zögerlich, begann er zu erzählen.

Ragdar stammte aus einer Felsdrachen-Kolonie in den hinteren Bergen von Brarche. Dieser Ort war so verlassen und verwahrlost, dass niemand dort nach Magie, Drachen oder Schätzen suchte. Da Felsdrachen im Gestein lebten, mussten sie auch niemals in Erscheinung treten. Allerdings hatte Ragdar eine heimliche Leidenschaft für heiße Quellen. Das Zischen und Knacken seines steinernen Körpers in kochendem Wasser war zu verlockend für ihn, und so besuchte er alle paar Monde ein Tal hinter den Bergen der Kolonie. Dort sprudelte die Glut des Planeten empor. Flüssige Hitze bildete Krater, kleinere Vulkane und riesige Teiche voll blubberndem Wasser, die sich über weite Flächen erstreckten.

Eines Tages aber war er nicht mehr allein mit dieser Vorliebe für thermische Quellen, denn eine Gruppe Menschen hatte sich dort niedergelassen. Soldaten des Reichs von Brarche rasteten an seinem Lieblingsort, als Ragdar nichts ahnend direkt vor ihren Augen aus dem Wasser auftauchte. Wenn man ein Drachenmann ohne Kontakt zu Menschen und ohne diplomatisches Geschick war, dann führte schnell ein Wort zum anderen. Die Soldaten

Brarches jagten ihn. Dabei handelte es sich bald nicht mehr nur um den kleinen Trupp aus den Bergen, nein, das ganze Land machte Jagd auf ihn, man setzte Kopfgelder aus, und jede Einheit, jedes sehende Auge hielt nach ihm Ausschau. So konnte er irgendwann nur noch fliehen, nicht mehr wissend, wo genau er sich befand. Als man ihm eine Falle stellen wollte, rauschte er durch das Gestein, so weit er nur konnte, bis in diesen Wald hinein.

Eigentlich hatte er erwartet, dass die Magiekundigen Brarches ihm ohne Probleme folgen würden. Das war bisher immer der Fall gewesen, wenn er versucht hatte, unterirdisch zu fliehen. Es brauchte eine Weile, bis ihm klar wurde, dass es sich hier um ein anderes Land handelte. Der zerstörte Landstrich zwischen zwei Wäldern musste eine Art Grenze sein, und die Soldaten wagten sich nicht an diesen Ort. Hunderte Male versuchte Ragdar, erneut über die Grenze zu gelangen, zurück zu seiner Kolonie, aber dieser Teil des Landes war gefährlich und gut bewacht.

Ein Drache hatte viel Zeit und Ragdar hatte gedacht, er könne dieses Ärgernis vielleicht einfach überschlafen. Ein paar Jahrzehnte, und niemand würde mehr an ihn denken, dann würde sich ein Weg für ihn finden. Leider wurde es aber von Jahr zu Jahr geschäftiger an der Grenze. Man suchte hier nach magischen Quellen und anderen Schätzen. Auf der Suche nach Artefakten stießen Abenteurer, Banditen und Händler unweigerlich auf die Schwingung des Drachenmanns, und er musste sich immer tiefer in den Wald zurückziehen. Mittlerweile war er gezwungen, hier zu leben. Ihm fehlte es an Erfahrung, um einen Weg aus dieser unangenehmen Situation zu finden. Außerdem wusste er nicht, wie er möglichst unbemerkt nach Hause gelangen sollte, selbst wenn er den Rückweg fand. Am Ende machte er die Brarcher noch auf seine Kolonie aufmerksam. und das war das Letzte, was er wollte.

Da konnte er genauso gut hier in diesem Wald bleiben. Tatsächlich hätte er sich überlegt, weiter in den Osten zu wandern, wäre da nicht das kleine Volk im Forst gewesen, dem er hier vor einiger Zeit begegnet war. Es waren freundliche Menschen mit bunter Kleidung. Nach seinen früheren Erfahrungen fürchtete er sich zunächst vor diesen Waldbewohnern und beobachtete sie misstrauisch über Monate hinweg. Nach einer Weile wurde ihm bewusst, wie anders das Volk hier war. Es lebte mit dem Wald im Einklang und ehrte die Früchte der Natur mit Demut. Ragdar begann, von den Menschen zu lernen, und empfand zunehmend Zuneigung zu diesen umsichtigen Seelen.

Irgendwann, zerfressen von Einsamkeit, so fern seiner Kolonie, machte er den Menschen kleinere Geschenke. Er legte sie am Dorfrand ab und beobachtete, wie sie sich über die glänzenden Kristalle freuten. Das Völkchen liebte die Natur, sie besangen sie, tanzten zu ihren Ehren und lebten in Harmonie mit ihr, denn die Magie der Welt und all ihre Fülle gehörten fest zu ihrer Kultur. Die Edelsteine schienen das perfekte Geschenk zu sein. So reine und Kristalle waren sehr selten. Dieser Ort war etwas Besonderes, genau wie das kleine Volk. Und manchmal, wenn sich ein Kind oder ein Jäger im Wald verirrte, nahm er sogar ihre Gestalt an und half ihnen.

So lebte Ragdar als wandelnder Fels im Wald, fand seine neue Heimat an diesem Ort – bis sich die verschwommenen Grenzen ausweiteten und die Tüsker kamen. Es war erst einige Monate her, da reichten ihnen kleinere Beutezüge an den Straßen nicht mehr. Sie plünderten das Gestein und die Berge und jagten die Bewohner des Waldes. Wozu sie die Kristalle benötigten, wusste er nicht, aber ihretwegen waren sie hier. Kämpfe mit Ragdar nahmen sie dafür in Kauf. Ihre Gier war groß, und er hatte keine Ahnung, weshalb sie ihr Leben riskierten.

Doch Nyth kannte die Antwort. »Die Kristalle sind rein. Perfekte Gefäße für mächtige, magische Waffen. Solche Edelsteine zu finden, hier, direkt an der Grenze…« Sie seufzte mit zusammengebissenen Zähnen. »Die Tüsker haben damit massiven Profit gemacht. Die Frage ist nur, wem haben sie ihre Beute verkauft?«

Der Drachenmann runzelte unzufrieden die Stirn. »Sie nutzen diese Kristalle, um noch mehr Leid und Zerstörung zu bringen?«

Nyth nickte nur leicht.

Voller Wut erhob sich Ragdar wieder und stapfte ein paar Schritte weg. Er schnaubte ärgerlich und trat gegen einen Baum, den er vorher durch seinen Ansturm schon ramponiert hatte. Prompt fiel der Stamm mit einem lauten Ächzen um. Der Boden bebte leicht, als er fiel.

»Sie haben viele der Menschen hier getötet, und ihr sagt mir, das war erst der Anfang?!« Er beendete den Satz mit lautem Fluchen und brüllte voller Zorn in den Wald.

Nyth erhob sich und winkte auch Beneth wieder herbei. »Wir müssen uns auf den Weg machen. Wir folgen der Spur der Tüsker bis zu ihrem Lager, dafür gehen wir hier ihren Handelswegen nach. Sie haben genügend Spuren hinterlassen. Wir müssen wissen, wo die Kristalle gelandet sind, wer mit ihnen arbeitet und wozu!« Endlich eine Spur, eine blutige, aber etwas anderes hatte Nyth nicht erwartet.

»Ich komme mit!« Ragdar war mit einem großen Satz wieder herangepoltert und schaute Nyth entschlossen an. »Wenn ihr zu den Tüskern geht, dann will ich das auch!«

»Ein Rachefeldzug würde unseren Auftrag gefährden«, erklärte sie ihm ruhig, aber bestimmt. Seine Miene verfinsterte sich, und Bitterkeit funkelte in seinen Augen. Damit würde er sich nicht zufriedengeben, das war Nyth bewusst. Doch einen ungestümen und vor allem stolzen Drachen in der Gruppe zu haben, war zu gefährlich. Stille breitete sich zwischen ihnen aus.

»Kein Rachefeldzug!«, wiederholte sie.

»Dann … dann mache ich nur das, was Ihr sagt! Ich will, dass es den Leuten hier im Wald gut geht!« Sein Gesichtsausdruck zeigte Entschlossenheit.

»Du würdest uns ohnehin folgen, nicht wahr?«

Da ertönte wieder Ragdars lautes, donnerndes Lachen. Überlegenheit legte sich auf seine Miene. »Klug ist sie ja! Aber so klein!«

Dazu wollte Nyth lieber keinen Kommentar abgeben. Sie straffte ihre Haltung. Ihre geringe Größe hielt sie nicht von raschen, schnellen Schritten ab, und die Gruppe musste sich anstrengen, um ihr zu folgen.

Wohl zum Bedauern aller lief sie weiter in den Wald hinein, ihr blieb keine andere Wahl, die Spuren waren frisch, ihr Auftrag dringlich. Nyth wurde übel bei dem Gedanken an die verlorenen Spione hinter der Grenzregion, in der sie sich gerade befanden. Vermutlich hingen die Bewegungen der Tüsker mit der Mobilisierung feindlicher Truppen zusammen. Wenn Ragdar auch so tat, als wüsste er nichts, Wahrheit hin oder her: Der im Wald lebende Stamm wusste vielleicht mehr. Sie kannten den Wald als Jäger und Sammler, stets voller Vorsicht. Menschen waren sehr ängstliche Kreaturen. Das veranlasste sie dazu, wegzulaufen, misstrauische Fragen zu stellen und, wichtiger noch, Informationen zu sammeln. Sie mussten sich Sorgen über Krankheit, Nachkommen und Verletzungen machen; denn wer keine Vorkehrungen traf, starb.

Drachen hatten andere Probleme. Viele waren allzu leichtsinnig und sorglos. Zwar war ein Drache verwundbar, aber dazu brauchte es mehr als ein einfaches geschmiedetes Schwert, zumindest bei den meisten ihrer Art. Doch auch sie wurden mit der schwindenden Magie der Welt von Generation zu Generation schwächer, falls man überhaupt von Generationen sprechen konnte.

Noch immer lebten einige wenige der ersten Drachen unter ihnen, und deren Macht war fast unvorstellbar. Ragdar war definitiv keiner davon. Er war jung und schwach, ohne ein Gefühl für Magie und völlig hilflos auf sein einfaches Element beschränkt.

Nyth würde sich auch um ihn kümmern. Sich sorgen, das war etwas Menschliches, das an ihr haften geblieben war wie die klebrigen Fäden eines Spinnennetzes. All die Vorsicht und die Angst teilte sie mit ihnen, nun, da diese zerbrechlichen Wesen ihrer Obhut anvertraut waren.

Hoffentlich erzielten sie bald Ergebnisse und konnten zurück nach Asche. Diese Art Operationen hätte sie lieber allein durchgeführt oder mit einem fähigen Einsatztrupp aus Söldnern ihrer eigenen Einheit. Was hatte sich der Lord dabei nur gedacht? Zugegeben – eine kleine, beinahe harmlose Gruppe wie die ihre, konnte deutlich länger unbemerkt agieren. Kein Hauptmann unter Oracles würde wegen ein paar vermeintlichen Banditen Alarmschlagen. Nyth war die einzige wirkliche Gefahr, sie konnte es auch mit einem ganzen Staffel aufnehmen, wenn es sein musste. Vertraute der Lord ihr so sehr? Hatte er das gemeint?

Wenigstens der gebrechliche Marberd löste sich nun von der Truppe. Nyth bestand darauf, ihm ein Portal zu öffnen, hier war dies gerade noch möglich, und ihre Erinnerungn an die letzte Weggabelung nahe eines Dorfes frisch genug, sodass ihr eine stabile Pforte gelang.

Einer weniger, um den Nyth sich Gedanken machen musste. Die Rückreise war für den alten Mann eine gute Gelegenheit, Kontakte zu magisch Begabten quer durch das Land zu pflegen, und vielleicht würde auch er etwas herausfinden.

KAPITEL 21
DEM PFEIFEN FOLGEND

Tiefer im Wald erwartete sie wieder Winter. Hatte sich der aufkeimende Frühling auch schon echt angefühlt, so stapften sie nun über gefrorenes Laub durch eine tote Landschaft. Hier regte sich keine Knospe und kein Grashalm. Jasov verlor mit jedem Schritt mehr und mehr das Gefühl für Zeit und Distanz. Selten schaute die Sonne durch die knochigen, weißen Baumstämme, dichte Wolkenberge eroberten den Himmel und tauchten den Wald in ein kühles Zwielicht. Grau und kalt, wie die Luft und der Boden, waren auch Jasovs Gedanken. Er hörte das Blut in seinen Ohren rauschen, und die Kälte brannte in seiner Lunge. Die Belastung betäubte seine Sinne. Der Marsch durch den Wald war nicht anstrengender als seinerzeit der Aufstieg zum Schloss und doch um so vieles kräftezehrender. Nyths strammer Gang und der Ernst ihrer Lage hatten keine Ähnlichkeit mit dem Nervenkitzel seiner Reise nach Zwielicht vor fünfzehn Monaten.

Unheimliche Stille, durchbrochen von schwer atmenden Männern und knirschendem Frost. Zwischen den hellen Baumstämmen und den Nebelschwaden regte sich nichts. Von Zeit zu Zeit hielt die Gruppe inne, angehalten von Nyths erhobenen Arm. Was auch immer sie hörte, sah oder spürte, Jasov bildete sich ein, dasselbe zu wahrzunehmen. Etwas veränderte sich. Jeder Halt jagte ihm erneut einen Schauer über den Rücken. Karl und Beneth reagierten stets wachsam und reckten die Hälse, nach einer Gefahr suchend. Da Ragdar diese erhöhte Alarmbereitschaft nicht teilte, bildeten er und Jasov das Schlusslicht der Truppe.

Viele hohe weiße Stämme reihten sich aneinander und Jasov wusste, dass ihre Blätter im Frühling in einem sehr hellen Grün strahlen würden. Solche Bäume wurden öfters in seinen geliebten Märchenbüchern beschrieben. Sie waren schön anzusehen im Licht der Sonne und leuchteten unheimlich im Licht des Mondes, der ideale Schauplatz für Geschichten und Sagen.

Zittrig und mit wenig Kraft in den Beinen ging es für Jasov voran, durch die Abenddämmerung, die Nacht und den Morgen. Er wunderte sich längst nicht mehr, wozu sein Körper fähig war. Zwar fühlte er sich alles andere als leistungsfähig, doch seit er im Schloss lebte, hatte sich seine Kondition deutlich verbessert. Es waren nicht nur das gute Essen, das Training und der Wundertee, was ihn stärkte, vielmehr verschafften ihm wachsende magische Balance und Meditation die Kraft.

So und nicht anders würde sein Mentor bald seinen 1021. Geburtstag erreichen. Neben der Angst floss auch das neu erworbene Selbstvertrauen der letzten Monate durch Jasovs Adern und verpasste ihm einen Adrenalinkick. Andere wären längst erfroren, aber seine Füße fühlten sich wohlig warm an, obwohl sie schon einen vollen Tag- und Nachtzyklus durch Bodenfrost und Feuchtigkeit knirschten.

Nyths Arm schnellte erneut nach oben und alle froren in ihrer Bewegung ein. Bei ihrem letzten Halt hatte sie sich eine gefühlte halbe Stunde umgesehen, ehe sie endlich weitermarschiert waren.

Nun wies Nyth die Truppe mit einer Geste an, die Position beizubehalten, während sie sich entfernte. Ihre Schritte im gefrorenen Boden blieben geräuschlos, obwohl Eis und Laub zersprangen. Der Frost splitterte unter ihrem Gewicht, genau wie unter dem der anderen, und doch fühlte es sich falsch an. Es war unangenehme, wenn ein erwartetes Geräusch ausblieb, als wäre man plötzlich taub. Auch Karls und Beneths Blicke schwankten zwischen Furcht und Wachsamkeit.

Der junge Karl zitterte am ganzen Körper, die Kälte war ihm wohl unter die Lederkluft gekrochen. Er hatte sich oft nach Jasov umgesehen und sein sorgenvoller Blick machte Mut, offensichtlich nahm wenigstens dieser Paladin seine Aufgabe ernst. Viele solcher Aufträge zeichneten seine makellose Dienstakte aus, er hatte einiges an Erfahrung, trotzdem hatte auch er sich über die Vorgehensweise beschwert. Nyth besaß die Leitung – nicht eine der für solche Einsätze ausgebildeten Führungseinheiten, die sich an den Eid des Reichs zu halten hatten – Nyth war nur eine Söldnerin, und sie hatte ihre eigenen Regeln. Söldner teilten ihr Wissen über ihren besonderen Kodex ungern, vermutlich weil sie bei allen Punkten gegen Schlossvorschriften verstießen.

Den Großteil der Söldner, um die sich Nyth kümmerte, nannte man auf dem Land eigentlich Gauner, Banditen oder Streicher. Man gab ihnen Geld, und sie taten, was man verlangte. Die wenigsten hielten sich dabei an moralische Werte. Erst seit Lord Dragul vor vielen Jahrhunderten angefangen hatte, sämtliche Söldner des Umlandes an sein Schloss zu binden, mit guter Bezahlung und verlockend warmen Betten im Winter, hatte sich der Begriff »Söldner« als etwas Ehrenhaftes durchgesetzt. Der Lord ehrte ihre Dienste für das Reich, und sie seine Regeln, zumindest meistens.

Natürlich hätte niemand gewagt, Nyth als Gaunerin zu bezeichnen. Sie gehörte zu der Art Söldner, die man nicht ihren Sold vertrinkend in Kneipen antraf, jedenfalls konnte sich Jasov das nicht vorstellen. Es war auch kein Geheimnis, dass sie die beste Meuchelmörderin seiner Lordschaft war. Mit Nyth zu arbeiten, war ungewöhnlich und die Drachenfrau brach fast immer mit den Regeln, die einem Soldaten halfen, seine Aufträge zu bewältigen. Das hatte Jasov aus den Unterhaltungen zwischen Marberd, Karl und Beneth erfahren. Mehr und mehr beschlich auch ihn die Befürchtung, dass es genau diese Qualitäten waren, die Lord Dragul dazu veranlasst hatten, ausgerechnet Nyth mit diesem Auftrag zu betrauen. Seine eigene Rolle war ihm schleierhaft, aber er bemühte sich, der Angst keinen Raum zu geben.

Hoffentlich beinhalteten die Methoden der Drachenfrau keine festgefrorenen Zauberer. Noch ein bisschen länger, und jemand müsste seine Füße auftauen. Vorbei war es mit den warmen Zehen. Karl wechselte einen wehmütigen Blick mit Jasov. Der mehr als pflichtbewusste Beneth hatte für solche Probleme kein Verständnis, trotz blaugefrorener Lippen.

Eine ungewöhnliche Stille ruhte über dem Wald, kein Vogel, kein Wind, kein Getier, das sich bemerkbar machte. Für den Moment hörte Jasov nichts anderes, als sein pochendes Herz und seinen nervösen Atem.

Umso größer war der Schreck, als sich Ragdar zu ihm beugte. »Wie macht die das? Sie ist so still wie eine Natter auf Beutezug«, murmelte er, starrte Jasov direkt in die Augen. Es sah bizarr aus, wie sich der große Kerl, so tief zu ihm herabgebeugt.

Jasov gab ein leises Zähneklappern von sich und zuckte mit den Schultern. »Ich bin mir nicht sicher. Sie macht selten Geräusche.« Er meinte, sich daran zu erinnern, dass Papierrollen in Nyths Händen raschelten und der Schmuck in ihrer Kleidung klingelte, aber auch nicht immer.

»Ihre Stimme auch nicht. Oder? Ich meine, wenn sie spricht! Du weißt schon! Muss an ihrem Element liegen. Verschlammt, ich bin neugierig. Du nicht?«

Jasov nickte nur bestätigend und war erleichtert, nicht allein mit diesem Rätsel zu sein. Wenn sogar ein Drache verwundert war, fühlte man sich nicht mehr ganz allein mit den Geheimnissen.

»Und du, junger Jasov, wieso bist du hier auf Mission mit zwei Soldaten und einem Flüsterdrachen?«, erkundigte sich Ragdar und hob seine scharf gezeichneten Augenbrauen. Er hatte etwas sehr Würdevolles an sich, aber wenn er sprach, lachte oder eine seiner vielen Fragen stellte, wirkte er seltsam unbeholfen.

Jasov blinzelte. »Ich … ich bin der Lehrling des Großverzauberers dieses Reiches! Ein direkter Diener Lord Draguls, bald, hoffe ich.«

Der Hüne musterte ihn von oben bis unten und richtete sich ein wenig auf, vielleicht wollte er Jasovs volle Größe noch einmal einschätzen. Neugierig beobachtete Jasov, wie sich die Falten des Felsdrachen veränderten. Die lederfarbene Haut ähnelte sauber geglättetem Gestein. Es faszinierte Jasov, wie sich der kritische

Blick des Drachenmanns in Verwirrung wandelte. Gefühle ließen sich in Ragdars Gesicht so deutlich ablesen, als wären sie in Fels gehauen. Der Drache beugte sich wieder zu ihm herunter.

»Großverzauberer!«, wiederholte Ragdar. »Was ist das?«

Jasov wollte gerade einen Satz anfangen, dessen Inhalt er selbst noch nicht durchdachte hatte, als plötzlich Nyth direkt vor ihnen stand.

Ragdar zuckte sichtbar zusammen. »Zur Göttin, was?«, polterte er sie an. Jasov hatte sich glatt auf die Zunge gebissen.

»Hier gibt es Spuren von Menschen!«, flüsterte Nyth.

Beneth horchte sofort auf und blickte sich um, aber sie sah ihn nur kopfschüttelnd an.

»Kein Grund zur Besorgnis. Es handelt sich nicht um Tüsker. Die Spuren stammen mit Sicherheit von den Waldbewohnern. Hier hat jemand Jagd auf Tiere gemacht, der sein Handwerk und den Wald versteht … Ragdar, du hast gesagt, du kennst das Volk dieses Waldes?« Nyth sah zu dem Fels von einem Mann hoch, doch er antwortete nicht. Stattdessen tippte er ihr einmal fest gegen die Schulter, als wolle er sehen, ob sie wirklich existierte.

Nyths Lippen verzogen sich zu einem schmalen Strich und sie wich etwas zurück. »Du kennst das Volk hier, wir brauchen Kontakt, und das ohne aggressive Handlungen. Kannst du das für uns arrangieren?«

»Wir sind nahe am Dorf des Stamms, ich kümmere mich darum.« Ragdar richtete sich wieder zu voller Größe auf. Er brauchte nur wenige Schritte, um Distanz zwischen sich und die Gruppe zu bringen. Anscheinend wusste er, wonach er suchen musste.

Jasov wollte sich keine voreilige Meinung über den Drachenmann bilden. Aber seine Vorliebe für Geschichten und Charaktere machten ihm das nicht leicht. Dieser würdevolle Drache lachte wie ein Kneipenwirt, stellte naive Fragen und trug dennoch den Stolz seiner Moral deutlich im Gesicht. Er gefiel ihm. Ragdar war anders als Dragul, Tress und vor allem Nyth, die immer noch vor ihm stand und ihn anstarrte.

Wieder wollte Jasov etwas unsicher Vorformuliertes sagen, da unterbrach sie schon den Beginn seines Luftholens. »Fühlst du das?«

Jasov stutzte und sah sich sinnloserweise um. Sicherlich meinte sie damit etwas Magisches. Und tatsächlich, als er sich auf die Stille des Waldes einließ und die Welt um sich herum für den Moment ignorierte, flog es ihn an, wenn auch nur kurz. Wie der schwindende Duft einer Blüte oder der Schleier eines Parfüms.

Er fühlte sich für einen Moment dunkel. Das war das beste Wort, um den Eindruck zu beschreiben. Wie damals, als Kind, wenn die letzte Kerze erloschen und das warme Licht von Kälte verschluckt worden war, jener Augenblick der ersten kurzen Dunkelheit. Und von dieser Vorstellung auch nur die Ahnung eines Traums, so schwach war die magische Aura. Weit entfernt. Dann war das Gefühl plötzlich verschwunden.

»Was war das?«, flüsterte Jasov alarmiert und drehte sich Nyth wieder zu.

»Ein magisches Artefakt, das zerbrochen wurde. Oder ein sehr lauter magischer Schrei. Könnte eine Beschwörung sein. Ungewöhnlich.«

Jasov schluckte. Er kannte Nyth gut genug, um bei Worten wie »ungewöhnlich« oder der Andeutung, sie wüsste etwas nicht, sofort nervös zu werden. Sie war zu alt, um zu rätseln.

»Dunkelheit«, fügte sie hinzu.

Das einzelne Wort vermittelten ein so bitteres Gefühl, dass ein Schauer durch Jasovs Rücken fuhr.Diese Beschreibung passte. Das und ihr besorgter Ausdruck verhießen nichts Gutes. Konnte Magie weinen? Jasov war verwirrt, ein Dauerzustand auf ihrer Reise. Sein kurzer Eindruck der Zauberei hatte sich nicht bedrohlich angefühlt, eher unangenehm für jemanden, der sich vor der Nacht fürchtete. Es gab wohl gleichermaßen Menschen, die keine Angst vor dem Tod hatten und sich deshalb mit Draguls Aura arrangieren konnten. Jasov hatte schnell gelernt, dass seine eigene Einstellung den verschiedenen Elementen der Magie gegenüber entschied, wie er sich dabei fühlte. Das war nicht immer praktisch, denn es gab genug Magie, die sich angenehm anfühlte, aber alles andere als angenehme Auswirkungen hatte. Und dunkel schmeckende Magie klang ganz nach so einem Fall.

»Ich habe es schon am Waldrand bemerkt, und versucht herauszufinden, woher es kommt … Ich denke, wir nähern uns.«

Vermutlich hatten sich deshalb ihre kurzen Stopps in den letzten Stunden gehäuft.

»Und jetzt?«, wollte Jasov wissen.

Sie erwiderte nichts und richtete den Blick auf Ragdar, der einige Meter entfernt im Waldboden etwas zu suchen schien. Laut lachend zog er ein Objekt aus dem Matsch.

Nyth rümpfte die Nase, als sie sah, dass es sich dabei um eine Leiche handelte, die nicht mehr alle Gliedmaßen besaß. »Lass sie bloß da liegen!«, murrte sie in Ragdars Richtung.

Der Wald verlor seine bedrohliche Atmosphäre, wenn dieser Fels darin herumstampfte und -rumpelte. Zu Jasovs Erleichterung ließ Ragdar die Leiche fallen, ehe er zurück zur Truppe kam.

»Grotesk!«, kam es hoch und schneidend von Karl. Seine Stimme zitterte und er hatte sich missmutig die Hände unter die Achseln geklemmt.

»War mal ein Tüsker. Ist wie ein naives Jungtier in die Falle gelaufen. Diese Apparate stellen sie für die Buckelschweine auf. Das sind ziemlich aggressive Viecher, aber viel kuscheliger als dieser Räuber. Die Fallen sind allerdings gefährlich, so ein wildes Schwein hat mehr Kraft als ein Pferd, und fast so groß ist es auch.«

Wieder einmal musste Jasov bei Ragdars farbiger Erzählung schlucken. Es gab hier Schweine, die so groß waren wie Pferde? Bisher war die Begegnung mit Tieren ausgeblieben, zum Glück, falls solche Monster den Wald bevölkerten.

»Die Falle hat ihn jedenfalls sauber zerhackt und das ist nicht lange her. Wisst ihr, ich bin mal in einer dieser Vorrichtungen hängen geblieben. Gut, dass ich aus Stein bin. Hat mich sogar ein bisschen Substanz gekostet.«

Ragdar blickte in die ausdruckslosen Gesichter der anderen und wirkte leicht enttäuscht, weil niemand Anteil an seiner kleinen Geschichte nehmen wollte. Vermutlich malte sich jeder gerade aus, wie sie noch vor wenigen Minuten leichtsinnig durch den Wald marschiert und jederzeit Gefahr gelaufen waren, selbst in solch eine Falle zu geraten.

»Alles gut! Die Fallen gibt's nur am Rand der Siedlungen. Können also nicht mehr weit sein. Wenn ich vorangehe und pfeife wie immer, wissen sie, dass ich es bin.« Ragdar wischte sich seine schlammigen Finger an seiner Lederkluft ab, was er wohl öfters tat, bedachte man den Zustand seiner Kleidung.

»Gut, dann geh bitte voran, Ragdar. Wir folgen dir und … Beneth? Waffen senken!«, rief Nyth dem Paladin zu, sofern sich ihre nur wenig lautere Tonlage als ein Rufen bezeichnen ließ.

Der Felsdrache tat wie ihm geheißen und stapfte mit seinen dicken Beinen voran durch den Frost. Jetzt hatte Jasov erst recht Mühe, Anschluss zu halten, und ahmte Nyths strammen Gang so gut wie möglich nach, um nicht rennen zu müssen. Wenn diese kleine Frau Schritt halten konnte, dann sollte ihm das auch gelingen.

Spätestens das Pfeifen und die zügig aufsteigende Morgensonne machten aus dem gruseligen Gespensterwald einen glitzernden Hain, der im Frühling bestimmt eine zauberhafte Kulisse für Spaziergänge bot. Die weißen Stämme begannen im Licht des Morgens zu leuchten.

Seine Erlebnisse mit der Truppe würde Jasov unbedingt bunt und ausführlich beschrieben festhalten müssen. Vielleicht las eines Tages ein neugieriges Kind die Abenteuer der Helden im namenlosen Wald zwischen den Ländern. Am Titel musste er wohl noch feilen.

Es dauerte wenige Minuten Wegmarsch, da wurde Ragdars Pfeifen erwidert. In der Ferne hallte eine zweite Melodie und stimmte in Ragdars Lied ein. Jetzt mussten sie den Tönen nur noch folgen. Für Jasov war es eine nervenaufreibende Angelegenheit, denn die schrillen hohen Pfiffe schienen sich im Nebel des schwindenden Morgens zu verlieren und hallten aus allen Winkeln und Ecken an seine Ohren.

Endlich, einer der Stämme stach heraus. Bunte Stoffe umgaben ihn, und sein Holz zierte ein wildes Muster. Von oben bis unten war dieser gigantisch hohe Baum ein Kunstwerk.

Schon bald reihten sich mehrere geschmückte Baumstämme aneinander. Dazwischen spannten sich große Stoffbahnen, die wie Segel im Dreieck zwischen den Bäumen hingen, mal höher, mal tiefer, fast wie Zelte. Dahinter ließen sich gigantische Planen im Herzen riesiger Stämme erkennen. Hier wuchs der Wald zu voller Größe empor und die Zelte hatten die Ausmaße mehrstöckiger Häuser. Eine Stadt aus Stoff, unter den Bäumen inmitten eines Haines.

Hinter den ersten Tüchern regte sich etwas. Gesichter lugten hervor. Mit wachem hellem Ausdruck musterten die Bewohner des Ortes die Fremden in ihrem Wald. Neugierige Blicke mischten sich mit Sorge. Einige besaßen eine ähnlich felsbraune Haut, wie Ragdar, andere waren deutlich heller. Fast alle trugen ihre Haare aufwendig mit Bändern verziert und geflochten als Zopf.

Kinder versteckten sich mehr schlecht als recht hinter den Stoffbahnen und Bannern sowie diversen Dekorationen, die farbenfroh zwischen den Planen hingen. Jasov hörte sie kichern.

Der Wald war hier ein großer farbiger Flickenteppich aus rot, blau und gelb. Wärme schien von dem Ort auszugehen, und tatsächlich glühten Kristalle wie Schmuck zwischen den Behausungen. Sie erzeugten mehr Hitze als die Feuerschalen im Kraterland. Beeindruckt sah sich Jasov um. Karl seufzte erleichtert auf, und auch Beneth atmete hörbar durch.

»Freunde!«, polterte Ragdar laut und öffnete die Arme. Es war unklar, ob er damit die seltsame Truppe in seinem Schlepptau meinte oder das Waldvolk. Keiner zückte eine Waffe, sie wisperten Ragdars Namen voller Freude. Einige der Jüngeren lachten freudig. Vermutlich kam er nicht oft zu Besuch. Es waren zwei ältere

Personen, die Ragdar mit einem Handschlag und beiderseits angedeuteter Verbeugung begrüßten. Ihr Aussehen, ihre Kleidung, sogar der Schmuck ähnelten Ragdars Erscheinung sehr, der Drache hatte sich hier offenbar inspirieren lassen.

KAPITEL 22
MÄRCHEN

Die Sonne sank langsam hinter die vielen Baumstämme, und tausend Lichtstrahlen tauchten den bunten Ort in ein wildes Schattenspiel. Die Bewohner der kleinen Waldstadt hatten längst ihre gewohnten Tätigkeiten wieder aufgenommen und beachteten die Fremden nur aus den Augenwinkeln. Fünf eher stille Besucher mit ernster Miene waren auf Dauer alles andere als spannend. Nur einige der Kinder starrten voller Hoffnung auf eine unerwartete Regung in das Zelt der Truppe, falls man die wild gespannten Stoffbanner ein Zelt nennen wollte. Halb offen und von Licht durchflutet glichen die farbenfrohen Planen eher einem Kunstwerk als einer Behausung. Warmes Sonnenlicht des Nachmittags wurden getränkt mit roter, gelber und blauer Farbe. Sie vermischten sich zu einem wilden Glitzern in der sanften Brise.

Leise melodische Holzklänge ertönten im Wind und es ließen sich Stäbe aus Ästen zwischen den Zweigen und Segeln erkennen. Dieser Ort hatte einen meditativen Effekt und entschleunigte die Gedanken, die Zeit und die Sorgen. Es war beeindruckend, wie viel Magie die kleine Stadt ausstrahlte. Die Menschen hier wussten mit ihren Zauberkräften umzugehen. Ein Kleinkind schwebte in einer hölzernen Schale, wurde hin und her gewogen. Kochtöpfe ruhten auf glühenden Steinen und es duftete verlockend. Hier war alles sauber und klar, lediglich der staubige Waldboden verteilte ein wenig Grau auf den Teppichen.

Nyth und Ragdar sprachen mit den Jägern und Spähern des Waldvolks. Die anderen drei tapferen Reisenden ruhten sich in ihrem bunten Zelt aus. Der Boden war mit Stoff ausgekleidet, ein Feuer spendete Wärme, und kleine, mit weißen Fusseln gefüllte Kissen luden zum Sitzen ein. Karl wirkte fasziniert von den weichen Polstern, hatte sich in eine Ecke gelegt und studierte die Füllung, die aus Pflanzensamen zu bestehen schien. Beneth hockte in seiner Nähe neben dem warmen Feuer und starte mürrisch in die Flammen. Er hatte wahrscheinlich wenig übrig für diesen farbenfrohen Ort.

Am Zelteingang stand Jasov. Er beobachtete die beiden Drachen voller Sehnsucht, wie sie sich mit den Menschen unterhielten. Zu gerne hätte er die Menschen der Waldstadt besser kennengelernt. Aber der Dialekt der Sprache hatte einen fremden Klang und Jasov verstand sie kaum. Alle Wörter hingen wie in einem Singsang dicht hintereinander, so schnell und vielseitig, er konnte kaum folgen. Jasov bekam den Eindruck, dass ihre Sprechweise deutlich effizienter war als die seine, denn sie erinnerte stark an den Gesang der Magie. Dialekte waren nichts Ungewöhnliches, Sprache neigte dazu, sich zu wandeln, obwohl sie sich ursprünglich aus den Klängen und Silben der Magie entwickelt hatte. Angeblich hatte ein Drache die Menschen das Wort gelehrt. Entfernte man sich mit Ausdruck und Wortschatz, dann erschwerte das die Unterhaltung mit Magie unnötig, denn die Sprache der Magie entwickelte sich nur langsam von selbst weiter.

Der Planet war riesig, trotzdem verstand man sich dank des gemeinsamen Wortschatzes überall. Zudem gab es Zaubernde, die Magie mit Gesten steuern konnten, mit einem Blinzeln, oder mit dem bloßen Gedanken. So vielseitig die Welt, so vielseitig die Magie. Auf den Marktplätzen hatte Jasov schon oft Menschen Unterhaltungen mit Handbewegungen führen sehen. Er selbst mochte zur Magie singen, andere führten vielleicht einen Tanz auf. Was für ein erheiternder Gedanke.

Es gab noch so viel zu lernen für Jasov, und bei all den Überlegungen rauchte ihm der Kopf. Nicht nur der neue Drache in ihrer Runde war spannend und warf Fragen auf, nein, auch das Waldvolk hatte mit Sicherheit Hunderte Geschichten zu erzählen, die Jasov nur zu gerne alle gehört hätte.

Entkräftet verschränkte er die Arme und wärmte so seine eisigen Finger, Kälte stach ihn trotz Handschuhen und Feuer.

»Willst du dich nicht etwas hinlegen?«

Überrascht sah sich Jasov zu Karl um, der mit einem Mal hinter ihm stand. »Danke, es geht schon. Heute Nacht kriege ich sicher genug Ruhe …«, murmelte Jasov und lächelte unsicher.

Ihre ganze mühsame Anreise hinweg war Marberd sein Rettungsanker gewesen. Mit ihm hatte er sprechen und sich austauschen können, und der Unterricht unterwegs hatte seine Aufmerksamkeit gefordert. Jetzt war er mit Karl und Beneth allein. Es wurde schwer, einer Unterhaltung aus dem Weg zu gehen. Eigentlich wollte er das auch gar nicht. Er fühlte sich einfach unwohl, wie eine Last, fremd und überflüssig. Mehr und mehr hatte er das Gefühl, nicht hierher zu gehören. Und dass Beneth ihn nicht leiden konnte, wusste er.

Der junge Paladin lächelte ihn nur an und blickte dann ebenfalls aus dem Zelt hinüber zu Nyth und Ragdar, der just in dem Moment laut auflachte, Jasov folgte dem Blick. »Schon ein wilder Geselle, dieser Gesteinsdrache!«, merkte Karl an, der ihn aus dem Augenwinkel heraus beobachtete.

Zähneknirschend überlegte Jasov, was er erwidern sollte. So begann es also, das unausweichliche Gespräch, das Kennenlernen. »Er ist interessant«, gab er bemüht beiläufig zurück und zuckte steif mit den Schultern.

»Nur interessant?« Karl grinste ihn wissend an. War es so offensichtlich?

Jasov schnappte nach Luft, ehe er langsam nickte. »Nun, die Magie ist neu?« Seine Stimmlage rutschte deutlich höher und er biss sich auf die Zunge.

»Ah, neue Magie.« Ein helles Lachen, das gut zu Karls jugendlicher Art passte, elegant strich er sich eine lange Haarsträhne aus dem Gesicht und grinste.

Gerne hätte Jasov etwas erwidert, aber er presste nur ein vages »Mhm« heraus.

»Also, dein Interesse ist rein magisch. Verstehe. Du, als Zauberer eben. Das Starren dient der Forschung, ja?«

Diesen Klang kannte Jasov. Karls Betonung erinnerte ihn an die neckenden Worte seiner Mutter, wenn sie ihn wieder beim Lesen unter der Bettdecke ertappt hatte, obwohl es schon weit nach Mitternacht gewesen war. Sie hatte gelacht, gezwinkert und ihm ein paar weitere Minuten erlaubt. Das gleiche Schmunzeln lag auch auf Karls Lippen und trieb Jasov ein heißes Gefühl in die Ohren.

»Gehört zu meiner Ausbildung«, erklärte er. Das war die Wahrheit, zumindest teilweise. Gerade im Moment klebten Jasovs Gedanken jedoch an den beiden Gestalten vor dem Zelt, weil sie Drachen waren, ihre Magie war dabei nebensächlich. Ihre bloße Anwesenheit hielt ihn wie im Bann gefangen.

»Ich finde es einfach unglaublich, dass sie mitten unter uns leben«, nuschelte er und strich sich eine Locke hinters Ohr.

Karl machte einen Schritt auf ihn zu, aber statt seinem Blick zu folgen, starrte er nun Jasov direkt an. »Es ist neu für dich und sicherlich spannend. Trotzdem solltest du dich ausruhen. Das Lagerfeuer ist deutlich wärmer, wenn du davor sitzt, hm?«

Da war wieder dieses Lächeln und Jasov konnte nicht anders, als langsam zu nicken. Gerade, als er ein letztes Mal hinaussehen wollte, packte Karl ihn auch schon am Arm und zog ihn weg von dem zugigen Zelteingang.

Tatsächlich umschlang Jasov sofort die einnehmende Hitze, die nur ein Lagerfeuer ausstrahlen konnte. Dankbar sank er auf die Knie und machte es sich vor den Flammen bequem. Wärme kroch in Jasovs Fingerspitzen und er atmete tief durch.

Der kurze Moment der Entspannung dauerte aber nur Sekunden, denn er bemerkte, dass Karl ihn immer noch ansah. Unangenehm lang schien der Paladin über seine Worte nachzudenken, ehe er endlich Luft holte. »Du bist erst 23, nicht? Das muss schwer für dich sein. Sicherheit im Umgang mit Magie erlangen Begabte ja erst im Alter. Und dennoch wirfst du bereits Portale um dich. Kein Wunder, dass sie dich als Großverzauberer haben wollen!«

Jasov hasste nichts mehr als Verlegenheit, und genau die stieg in ihm auf wie heißer Dampf. »Nun … also ich … ich weiß nicht so recht … ich meine, ich kann sonst nun wirklich … eigentlich … gar nichts«, gab er zu und ihm wurde spontan wieder übel. Anfälle von Angst begleiteten ihn, seit das Schloss seine neue Heimat war, und allmählich wurde der fortwährende brennende Schmerz in seinem Kopf zu einer wahren Plage.

Karl rückte näher und beugte sich zu ihm. Ihre Schultern berührten sich und Jasov konnte in seine tiefbraunen Augen blicken, sah seine eigene Spiegelung darin. »Jeder fühlt sich so, wenn er etwas Neues lernt. Das ist doch normal. Wir alle müssen irgendwo anfangen. Nach der Mission wirst du vieles verstehen und beherrschen, was dir vorher völlig fremd war. Sogar Drachen schlüpfen nackt aus ihren Eiern, hm?«

Er sprach ruhig und leise, dicht an Jasovs Ohr. Seine angenehme Stimme verschaffte ein Gefühl von Wichtigkeit, hatte den Klang von Vertrautheit. Das und Karls Wille, sich mit ihm zu befassen, beruhigten Jasov.

Der Paladin hatte ein hübsches Gesicht, das Licht des Lagerfeuers schmeichelte seiner warmbraunen Haut. Dazu brachte sein Lächeln kleine Grübchen zum Vorschein, und einige Lachfalten schlichen sich um seine Augen. Er war nicht so kräftig wie Beneth, nicht so erwachsen wie Lord Dragul, weniger charismatisch als Meister Tress, dafür auf eine freche Art furchtbar attraktiv. Jasov fiel es schwer, diesen Gedanken abzuschütteln. Und dazu schien er so entspannt.

Das war dieses Selbstvertrauen, von dem alle sprachen.

Es war ein seltenes Gefühl für Jasov, aber erstaunlich ansteckend. Genau diese Eigenschaft erwartete man von einem Paladin, nicht die Aura des puren Pessimismus, die Beneth ausstrahlte, wann immer er sprach, die Augen rollte oder nur in sich hinein grummelte.

»Danke!«

»Wofür?«

»Dass Ihr mir nicht das Gefühl gebt, eine Last zu sein!«

Karl lachte leise. »Du unterschätzt dich maßlos.«

»Ich habe Angst, dass Ihr mich überschätzt.«

Beneth atmete hörbar aus und starrte sie an. »Wir könnten dich von einer Klippe schmeißen, junger Zauberer. Und auf dem Weg nach unten hätte die Furcht in deinem Herzen der Magie was weiß ich nicht alles erzählt. Vielleicht wachsen dir Flügel, oder du schlägst auf ohne einen Knochenbruch. Landest auf unsichtbaren Betten. Magiekundige wie du … die kriegt man nur mit sehr, sehr schnellen Dolchen, Pfeilen und Schwertern klein!«

Jasov schnappte kurz nach Luft. Die Kunst, mit so abwertendem Klang zu sprechen, dass es sogar ihn ärgerte, beherrschte Beneth perfekt. Aber Jasov machte sich nur selten etwas aus dem, was andere Leute von ihm dachten. Wenn man sich praktisch schon durch sein eigenes Urteil vernichtet hatte, was sollten Hohn und Spott der anderen dann noch groß ausrichten?

»Danke, sehr hilfreich!«, zischte Karl und zog ein wenig an Jasov, als wollte er ihn von Beneth entfernen. Sein Arm landete auf Jasovs Schultern, und dieser fror innerlich sofort ein.

»Also, Jasov, wir passen auf dich auf, und du auf die Magie, ja? Das ist deine Aufgabe. Du spürst eine Beschwörung, bevor sie heranrollt, und wir fangen Pfeile und Dolche, bevor sie zustechen. Abgemacht?«

Ein Schmunzeln huschte über Jasovs Gesicht, und er nickte langsam.

Karl freute sich wohl über diese Geste, denn er lächelte ihn breit an. Mit einem Zwinkern drückte er ihn noch einmal und ließ ihn dann los. Verdutzt beobachtete Jasov, wie der Paladin nach einem Korb mit Gebäck angelte, den man ihnen gebracht hatte.

Sollte er noch etwas sagen? Jasov konnte so vieles noch nicht: Anständig zaubern, schwere Lasten heben, die Städte und Grenzen zuordnen, die Ränge ihrer Millitärstruktur aufsagen – und Freundschaften knüpfen. Leider lernte man Kameradschaft nicht aus Büchern. Die Realität sah einfach anders aus.

Plötzlich verdeckte ein sehr großer Schatten den Zelteingang. Der Gesteinsdrache machte auch als Mensch den Eindruck eines Brockens. »Das weiße Weibchen will sich überlegen, wie es weitergeht. Ich jedenfalls habe genug«, murmelte er und nahm ebenfalls im Zelt Platz.

»Irgendetwas Spannendes?«, erkundigte sich Beneth und musterte Ragdars Schulterzucken abfällig.

»Weiß nich' … viele Soldaten an der Grenze, mehr Räuber, eine wieder aufgebaute Festung … aber was bringt das schon? Niemand überquert hier freiwillig die Grenze.« Der Drachenmann gähnte, und Beneth verzichtete auf weitere Fragen. Diese Quelle war ihm offenbar zu ungenau.

So saßen sie in aller Stille beisammen und warteten. Warteten auf ein Wort von Nyth. Leider ließ sie sich damit wie immer reichlich Zeit. Sie stand vor dem Zelt und schien Löcher in die Luft zu starren. Ihre schlanken Finger spielten mit einem Anhänger in ihren Haaren. Völlig in Gedanken hustete sie gelegentlich eine Rauchwolke aus, und so roch es nicht nur nach Wolle und Kälte, sondern auch nach angebrannter frischer Wiese. Der Rest der Truppe verharrte still und tauschte nur selten Blicke aus. Nyth würde entscheiden, wann es Zeit war, zu diskutieren und Pläne zu schmieden. Außerdem waren sie alle müde.

Jasov schielte zu Ragdar, der auf dem stoffbedeckten Boden im Schneidersitz saß und sich etwas unzufrieden umsah, die dunklen Augenbrauen zu einer besorgten Miene verzogen und die Mundwinkel so tief wie seine Gedanken. Er erinnerte an einen sehr mürrischen Raubvogel. Beneth und Karl bedienten sich ausgiebig an dem Korb voller knuspriger kleiner Brote.

Die Stille, vielmehr der Stillstand machte Jasov unruhig. Lautlos war ohnehin nicht die richtige Beschreibung für diesen Ort. Meditativ, ja, aber tonlos? Mitnichten! Zu viel Wind, zu viele Klanghölzer und zu krosses Gebäck. Oder es lang an ihm, er meinte jedes Geräusch, so leise es auch war, auf der Haut zu spüren.

Ragdars und sein Blick kreuzten sich, der Unmut des Drachenmannes rührte wohl aus ähnlicher Quelle.

»Wieso weiht sie uns nicht in ihre Gedanken ein?«, murrte er und knackte mit den Handgelenken.

Man vernahm ein lautes Durchatmen von Beneth und er erntete einen missmutigen Blick von Ragdar.

»Denkt ihr, ich weiß nicht, dass wir einen Plan brauchen? Aber wieso ist sie es, die alle Entscheidungen fällt, und das ganz allein? Ist das dieses Dienen?« Der Felsdrache deutete mit einem Kopfnicken in Nyths Richtung.

Ihr Grübeln hatte sie weg vom dichten Stoffgespann geführt, und sie lehnte an einem Baum. Jasov war nicht sicher, ob sie sich außer Hörweite befand. Ein Mensch hätte dem Gespräch nicht folgen können, aber wer wusste schon, wie gut das Gehör eines Drachen war? Ragdar vielleicht, obwohl er keinen sehr informierten Eindruck machte. Überhaupt schien sein Wissen etwas begrenzt für einen viele tausend Jahre alten Drachen.

»Ragdar, du sagst, du hast hinter der Grenze gelebt? In Brarche?«, fragte Jasov ihn vorsichtig. Zum einen, um das Thema zu wechseln, aber auch, weil er neugierig war.

Der Drachenmann nickte langsam und nahm eine aufrechte Haltung an. »Ich bin dort geschlüpft, ja. Viele Felsdrachen wurden vertrieben. Aber einige sind geblieben. Bei uns brüten die Männchen, wisst ihr? Das ist so Tradition, wir lassen die Eier nicht alleine ruhen. Wir konnten nicht gehen. Es hat die Kolonie zerrissen. Mutter brachte mir alles über unsere Kultur bei, bevor sie starb, viel erlebt davon habe ich nicht. Sie war etwas Besonderes. Uralt. Sie ist fast tausend Jahre geworden.« Eine Welle von Stolz erfasste seine müde Miene und brachte die Lachfalten zurück.

»Tausend Jahre …«, murmelte Jasov und runzelte die Stirn. »Marberd erzählte mir, dass Nyth beinahe tausend Jahre in den Diensten von Lord Dragul steht!«

Er fragte sich, ob Nyth damit schon eine alte Dame war. Sie machte durchaus den Eindruck, etwas jenseits der Zeit zu stehen, jedoch fern von Altersschwäche oder gar Tod. Wobei – da waren diese schwarzen Schatten unter ihren Augen, die auch die Kapuze nicht verdecken konnte, und die zarten Spuren von Falten an ihren Mundwinkeln.

Die Lippen des Gesteinsdrachen bewegten sich wortlos, und sein Blick fixierte Nyth. Ungläubig starrte er sie an, schüttelte den Kopf und wandte sich zurück an Jasov. »Ist sie so mächtig? Sie ist es, nicht wahr? Ich konnte es fühlen. Bei den Göttern, sie könnte älter sein als der Wald …« Jetzt griff auch er zu einem Brötchen, erwischte mit seiner großen Hand den halben Korb und verschlang gleich vier Stück auf einmal. Karl beschwerte sich mit einem kurzen Ruf des Missfallens, wurde aber ignoriert.

»Ist denn das nicht normal?«, fragte Jasov. »Wisst ihr, Lord Dragul selbst soll älter sein als das Land. Mindestens so alt wie die Zeitrechnung des Kraterlandes. Wir schreiben das Jahr 50201 nach dem großen Bruch des Krieges und …«

»Ja, er ist älter«, wurde er von Nyth unterbrochen und zuckte zusammen.

Sie hatte von dem Gespräch mit Sicherheit genug mitbekommen, und ihr plötzliches lautloses Erscheinen im Zelt sorgte bei allen für einen kurzen Schreck.

»Was? Hat ihn die edle Göttin selbst gesegnet?« Ragdar stand auf, schien regelrecht aufgeregt.

»Wohl kaum. Dragul ist ein Altdrache«, erklärte Nyth sachlich.

Es gab ein dumpfes Geräusch, als der Drachenmann sofort wieder in sich zusammensackte und sein dicker Hintern auf dem Boden landete. Staub wirbelte aus den Stoffen auf und bedeckte die Truppe. Karl legte das letzte noch verbliebene Brötchen unzufrieden zur Seite. Ihn hatte die Staubwolke direkt erwischt und damit leider auch das Gebäck.

Völlig verwirrt blickte Jasov von einem Gesicht zum anderen. Anscheinend gab es deutliche Unterschiede zwischen den Drachen. Er brauchte einen Moment, bis ihm bewusst wurde, was er bereits gelernt hatte.

Früher, als es weniger Menschen gab, oder gar zu einer Zeit noch vor der Menschheit, da waren nur die Drachen gefähigt, Magie zu nutzen. Sie mussten sie nicht teilen. Wie mächtig mussten diese Kreaturen gewesen sein! Und seine erste Begegnung mit Dragul hatte diese Annahme bestätigt. Ein Barthaar des Landesherrn hatte mehr Energie gespeichert, als Ragdar je besitzen würde. Die Vorstellung eines übermächtigen Barthaares ließ Jasov beinahe schmunzeln.

»Wieso eigentlich edle Göttin?«, wollte Karl wissen. »Es heißt doch falsche Göttin?«

Ein willkommener Themenwechsel, Ragdar erwachte aus seiner Starre des Erstaunens und zuckte mit den Schultern. »Wieso falsch? Ihr wisst doch … die Legende der Drachengöttin! Die Erlöserin!«

Jasov und Karl sahen sich verwirrt an.

»Diese Geschichte ist doch das Heiligtum von Brarche, vom ganzen Westen! Sogar meine Kolonie, vor allem Mutter, glaubte fest daran! Die Drachengöttin, sie war eine der ersten unserer Art und unsere Hüterin!«

»Ja, schon«, setzte Karl an, »Bei uns klingt diese Legende jedoch ein wenig – sagen wir: anders.«

»Wirklich?« Ragdar schnaubte leise und schaute kritisch drein. »Sie war es, die für unsere Freiheit gekämpft hat und den Westen mit ihrem heiligen Blut segnete. Ihre Brut schützt noch heute unsere Art, ihr Blut fließt in den Adern der Mächtigen. Sie war einer der wenigen Götterdrachen, die etwas für uns normale Drachen taten … Auch wenn es mir bisschen leidtut wegen der vielen Menschen, ihr wisst schon, der große *Ewige Krieg* und so.« Ragdar verzog das Gesicht, als hätte er den vollen Umfang der Geschichte noch nie wirklich durchdacht. Argwöhnisch kratzte er sich am Kinn.

Jasov musste schwer schlucken. Götterdrache war kein schöner Begriff. Wenn es eines im Kraterland gab, dann das Verbot, an Götzen und allmächtige Schöpfer zu glauben. Und Ragdars Geschichte kannte er ganz anders. Denn es war seine liebste. Das Lied dazu summte er beinahe täglich während seiner Morgenwäsche.

»Wir sollten schlafen. Der Stamm hat uns noch zwei weitere Zelte frei gemacht«, unterbrach Nyth die Unterhaltung.

Jasov stand sofort erleichtert auf. Staub rieselte aus seiner Kleidung, und er klopfte sich verlegen ein wenig Erde aus der Hose. Teppiche und Kissen hin oder her, sie hatten die ganze Zeit auf dem Waldboden gehockt.

»Scheint so ein Länderding zu sein«, meinte Karl nur und knirschte mit den Zähnen, als Ragdar sich das letzte Brötchen nahm und es inklusive Sand und Fusseln verspeiste.

»Bei uns erzählt man sich von der falschen Göttin, die mit jeder Regel gebrochen hat und ihr Blut mit den Drachenkindern teilte«, erklärte Jasov, der seit frühester Kindheit sein Herz an diese Legende geheftet hatte. »Dafür ließ sie ihr Leben. Und für ihren Verrat muss nun die ganze Welt büßen. Auch wenn ich mir unsicher bin, was genau für ein Verrat das war. Die Geschichte wird vor allem in Reimform erzählt und ist bei Kindern sehr beliebt.«

Der kleine weiße Drache auf dem Berg, dessen goldene Tränen in das Land bluteten und es mit Magie tränkten. Nicht nur die Geschichte jagte ihm stets einen Schauer über den Rücken, er mochte auch die vielen darauf basierenden Kraftausdrücke. Falsche Religion und ähnlicher Fanatismus standen unter Strafe, aber umso farbiger hatte sich die Sprache um diese Verbote herum entwickelt. Außerdem … hatte man dieser Drachengöttin, die ihre Art mit dem eigenen Leben rettete, eine so tragische Erzählung gewidmet, dass Jasov sie eher bedauerte.

»Ich muss zugeben, viele Menschen sind feindselig«, merkte Ragdar an. »Aber sie haben ja auch Gründe, ist es nicht so? Wer hätte keine Angst vor einem Drachen, wenn man so groß ist wie ein Felsen? Das haben wir ja auch ausgenutzt.«

Karl nickte zustimmend. »Tja, kein Wunder, dass man dort in höchsten Tönen von einer Göttin spricht, die die Menschheit auslöschen wollte. Herrschaft über Menschen ist für die Drachen im

Westen völlig normal … Sie kennen es nicht anders, sie fürchten sich vor uns, wie wir vor ihnen.«

Jasov musste tief durchatmen. »Ich habe das immer für eine Geschichte gehalten, ein Märchen wie alle anderen. Aber so wie es klingt, scheint mehr an der Legende dran zu sein als gedacht. Nur: Welche Version ist jetzt richtig?«

»Den wahren Kern einer so alten Erzählung finden zu wollen ist unmöglich. Schlaft jetzt, morgen haben wir einige Anstrengungen vor uns«, erklärte Nyth mit einem Seufzen und verließ das Zelt.

Anscheinend hatte sie keine Lust auf diese Unterhaltung. Sie wirkte nicht wie der gesellige Typ, der Geschichten am Lagerfeuer austauschte, doch ein wenig enttäuscht war Jasov trotzdem. Seine Neugierde war deutlich stärker als sein Pflichtbewusstsein, und es war ja nur eine Legende …

Er fand vorerst keine Ruhe. Sogar Karl blieb noch eine Weile bei ihnen am Feuer und tauschte mit ihm und Ragdar einige Legenden aus. Eines jedoch wusste keiner: Was war überhaupt ein Götterdrache?

KAPITEL 23
GEFANGEN IM TRAUM

Dunkel. Umschlungen von dem Gefühl, hineingesogen zu werden. Tiefer hinein. Blind und doch sehend. Ein Fall in die endlose Finsternis. Eine Emotion kämpft sich empor, jenseits von Leben und so zähflüssig wie nasser Sand in der Lunge. Angst.

Nicht mehr in der Lage zu atmen. Kein Ruf ohne Stimme. Hilfe. Da ist nur diese Schwärz. Endlos, erdrückend. Eine Welt ohne Sterne. Eine Welt ohne Welt. Es schmerzt, trotzdem fühlt es sich an, als würde sich die Existenz auflösen. Fühlen ohne zu leben? Die Erinnerungen verblassen. Der eigene Schatten verschlingt das Spiegelbild. Leere entspringt aus der Finsternis. Nun verschwindet sogar das Schwarz. Die Dunkelheit rinnt davon wie Wasser, entfernt sich. Was bleibt, ist das Nichts.

Du ergibst dich.
Etwas zerreißt.
Laut und deutlich.

Du bist es, der zerreißt.
Schmerzhaft und bewusst.

Es tut so weh.
Es verbrennt dich.

Schweißgebadet schreckte Jasov von seinem Schlafplatz auf. Erstickend hustete er sofort, seine Lunge schnürte sich zu. Er rang verzweifelt nach Luft. Als hätte er vergessen, wie man atmet, vergessen, wo er sich befand. Die Sicht vor seinen Augen verschwamm, panisch blickte er in die Dunkelheit um sich herum. Ein vages Leuchten ließ ihn zittrig durchatmen. Er existierte noch. Ungläubig schlang er die Arme um sich und widmete sich dem Gefühl des Atmens. Da waren sein Herzschlag und die Wärme eines langsam verglühenden Feuers. Alles war wieder zurück. Ein Wimmern entfuhr seiner Kehle, im selben Moment – vielleicht auch Stunden danach, er fühlte die Zeit nicht mehr – griff eine Hand zu seiner Schulter. Erschrocken blinzelte er Karl entgegen.

Sie teilten sich einen von blauen Stoffbannern umgebenen Schlafplatz, und das Feuer der Nacht glomm nur noch schwach. Die Silhouette seines Kameraden zeichnete sich im Schein der Flammen ab.

»Jasov? Was ist passiert?«

Ganz entfernt ergaben diese Worte Sinn, doch Jasov fühlte sich überfordert, zu antworten. Irgendetwas stimmte nicht, alles schien falsch. Bibbernd sank er zurück auf seine Decke, kauerte sich zusammen.

»Ein Albtraum?«

Jasov brachte ein Kopfschütteln zustande. Es war so viel mehr als das gewesen. Und doch war Albtraum die beste Bezeichnung für sein Erlebnis im Schlaf. Vollkommen ertrunken in Dunkelheit hatte er mit einem Mal das Gefühl gehabt, zu verbrennen. Zittrig holte er Luft, kämpfte mit den Tränen. Er schaffte es nicht, sich von diesem Grauen zu lösen, und drohte beinahe in der Erinnerung an diese Finsternis zu versinken. Sein ganzer Körper war eiskalt. Jasov sah Karl verzweifelt an. Der Paladin legte ihm seine Decke um die Schultern und zog ihn etwas zu sich. »Nyth?« Er brauchte nicht laut zu rufen, sofort stand sie im Eingang des Zeltes, schien hellweiß im Kontrast zur Nacht, wie ein Gespenst. Wieder erschrak Jasov. Ihre Magie war stärker präsent als sonst, er konnte die Energie um sie herum beinahe sehen. Alles fühlte sich unwirklich und falsch an, jeder Eindruck war verstärkt. Er war gefangen in seinem Kopf und doch wach. Nein, er war sich nicht sicher, ob er wach war. Ein Teil von ihm wurde noch immer erdrückt von der Leere. Sollte dieses zerstörerische Gefühl nicht bald erlöschen … Jasov wusste nicht, wie lange er es ertragen würde. Kein klarer Gedanke wollte sich formen.

Die Drachenfrau kniete sich zu ihnen und strich Jasov mit einer Hand vorsichtig über die Wange.»Er hat einen Fetzen von der dunklen Magie aufgenommen, als er schlief …«, murmelte sie.

Karl runzelte nur ratlos die Stirn.

Davon bekam Jasov wenig mit. Diesmal hatte sich die kurze Berührung der Drachenfrau eher unangenehm angefühlt, so als wehrte sich etwas in ihm dagegen. Ähnlich fürchterlich wie der Augenblick in seinem Traum, als Helligkeit in die Dunkelheit eindrang und brannte. Eine Träne rann ihm die Wange hinunter. Es musste aufhören. Wieso hörte es nicht auf?

»Und was machen wir jetzt?« Der Paladin kannte sich zwar aus mit Magie und auch mit Verunreinigung durch Elemente, aber seiner verzweifelten Stimme nach überforderte ihn die Situation.

Magische Fragmente in einem Körper waren schmerzhafter als tiefe Wunden. Doch so etwas passierte nicht im Schlaf, das hatte auch Jasov gelernt. Man fing sich nicht einfach fremde Magie ein. Davor hätte ihn niemand beschützen können, nur er selbst.

Nyth schüttelte besorgt den Kopf: »Diese Magie, es ist ein Hilferuf … Ich dachte erst, es wäre der Rest einer Beschwörung oder eines Zaubers. Fetzen davon sind uns auf dem Weg hierher immer wieder begegnet, sie schwirrten durch die Luft. Jasov hat sie auch gesehen, sogar gefühlt. Aber ich habe mich geirrt. Es ist nicht einfach nur Restmagie. Es ist Blut!«

Kalter Schweiß rann Jasov die Stirn hinunter, er versuchte, Nyth anzusehen. Ihre Worte hallten nur dumpf an seine Ohren, unverständlich und ohne Sinn. Er war kaum in der Lage zu verstehen, was passierte. Hatte er sich je panisch gefühlt, so war das kein Vergleich zu diesem Erlebnis. Hilfesuchend starrte er die Drachenfrau an.

»Magie ist intelligent. Sie muss gewusst haben, dass du ihr zuhören würdest!« Nyth griff in ihre Lederjacke und holte einen der Stabkristalle heraus. Mit der anderen Hand zog sie einen feinen, sehr dünnen Dolch, der mehr an ein Messer erinnerte, aus ihrem Gürtel. »Jasov, deinen Arm bitte.«

Es gab keinen Raum, keinen Platz in seinem Kopf für Misstrauen oder Bedenken. Mochte sie ihm den Arm abhacken, er würde es im Moment weder fühlen noch bedauern. Dunkelheit erfüllte seine Sicht, und in seinen Ohren schrie Magie laut und qualvoll. So bemerkte er nicht, wie Nyth einen feinen kleinen Schnitt mit ihrem Dolch durch seine Haut zog und den Kristall dagegenpresste. Erst die Worte ihrer Magie drangen zu ihm durch, als spräche sie direkt zu ihm und seinem Herzen.

Wenn Nyth Magie wirkte, war es wie Musik. Sie sang, und nie verfehlte sie den Ton. Und dieses Mal war ihre Stimme um so vieles klarer, erhellender, sie war erleuchtend, anziehend und warm. Nyth zog Jasov aus der Dunkelheit oder vielmehr die Dunkelheit aus ihm. Die Magie in ihrem Blut verschaffte sich über den Griff an seinem Arm Zugang.

Endlich kehrte das Gefühl von Wirklichkeit zurück. Überrascht atmete Jasov auf. Erst jetzt konnte er wieder sehen, die Welt wahrnehmen. Verdutzt beobachtete er, wie sich der Kristall an seinem Arm leicht grau verfärbte und sich von Nyth beschworene Silben um sein Handgelenk und seine Finger wickelten.

»Das sollte nahezu alles sein«, erklärte Nyth und versiegelte den Kristall. »Ein kleiner Rest wird in dir zurückbleiben und dich hin und wieder quälen, besonders im Dunkeln. Nur Lord Dragul kann den Rest der fremden Magie in dir zerstören, wenn wir wieder zu Hause sind!»

Was sich zuvor wie ein Band aus Silben um Jasovs Arm geschlungen hatte, zog sich nun um den mit Magie gefüllten Edelstein fest, schien sich zu verknoten und erlosch.

Verwirrt rieb sich Jasov die Augen, er fühlte sich schwer und müde, war ohne Scham sogar dankbar für Karls Arm, der sich stützend um seine Schultern legte und für die Hand, welche ihm den Arm streichelte.

»Was ist passiert?«, flüsterte er erschlagen.

»Sag mir genau, was du gefühlt hast. Das ist sehr wichtig. Bitte! Bevor du anfängst, all das zu vergessen.«

Er nickte zittrig und schloss die Augen. »Ich war gefangen in Leere. Und … alles schien … erfüllt von Panik? Etwas schien mich zu fesseln. Erst war da Schatten, aber er hat mich verlassen. Und dann das Licht. Licht, das gebrannt hat bis auf die Knochen!« Ein bitterer Geschmack legte sich auf seinen Gaumen, er unterdrückte aufkommende Übelkeit.

Karl sah Nyth ernst an. »Du sagtest etwas von Blut!«

Die Drachenfrau erhob sich und ließ den Kristall wieder in ihrer Jacke verschwinden. »Morgen werden wir dieser Fährte aus magischem Blut folgen. Ich … ich wünschte, wir müssten dies nicht tun, nicht mit dem wenigen, das wir leisten können.«

Der Druck von Karls Hand an Jasovs Schulter verstärkte sich und er nickte langsam. Noch zu verwirrt und erschlagen begriff Jasov nicht ganz, worauf sie zusteuerten.

»Was bedeutet das? Wie blutet man Magie?«, wollte er wissen.

Nyth Lippen bildeten einen schmalen Strich, es sah aus, als ringe sie mit ihrer Antwort. »Indem man einem Drachen verletzt.« Ihre Stimme glich einem Flüstern. »Und zwar so gewaltsam, dass man an den magischen Kern gelangt. Unser Blut ist unser heiligstes, es ist Teil unseres Wesens. Wir sind Blut.«

Jasov schluckte. In Nyth Stimme schwang Schmerz mit, noch nie hatte er so viel Gefühl von ihr vernommen.

»Wir … wir sprechen morgen darüber. Versucht zu schlafen … Und Jasov? Ich weiß, es wird schwer, aber … gib dich der Dunkelheit hin. Etwas bestehend aus Schatten ist in deinem Blut, und es wird sich wohler fühlen, wenn du nicht gegen das Gefühl von Finsternis ankämpfst, vertrau mir. Ich stimme die Klanghölzer vor dem Zelt an. Ihre Harmonie beruhigt magische Frequenzen und wird euch Schlaf schenken.« Mit diesen Worten verließ Nyth das Zelt und schon im nächsten Moment vernahm Jasov den leisen Klang einer Melodie von Hölzern im Wind.

Und tatsächlich, das Chaos in seinem Kopf verstummte, er hatte gar keine andere Wahl, als dem Klang zu lauschen. Plötzlich fühlte er sich ganz schwer und war mehr als dankbar für Karls stützenden Arm, der ihm nicht nur Halt, sondern auch Geborgenheit schenkte.

KAPITEL 24
EIN SCHATTEN IM LICHT

Ein neuer Tag. 35 neue Stunden. Und ganze 15 davon waren bereits vergangen. An diesem Morgen hatten sie beschlossen, die Grenze zu überqueren und der Magie zu folgen. Ihnen voran Nyth, geführt vom Stabkristall. In dem einst transparenten Stein schwebte ein schwarzer Fetzen, wie Tinte in einem Glas. Nur ein kleiner Tropfen, und doch hatte diese Magie in der vergangenen Nacht Jasov furchtbare Pein bereitet. Der Kristall leitete sie wie befürchtet zur verschwommenen Grenze, direkt auf Brarche zu. Niemand beschwerte sich über den Frost, den strammen Gang und den Mangel an Pausen.

Nach einer gefühlten Ewigkeit machte Nyth ihnen deutlich, dass die Gruppe nun so leise wie nur irgend möglich weiterzugehen hatte. Es bedurfte keines scharfen Tonfalls, jetzt wurde es ernst. Die Grenze zu betreten bedeutete Brarche einen Kriegsgrund zu liefern. Niemand durfte sich einen Fehler erlauben.

Der Wald, dem sie den Morgen über gefolgt waren, endete abrupt. Die hellen Baumstämme lichteten sich, und vor ihnen offenbarte sich der Anblick blanker Zerstörung. Zerrissener Boden, ein gigantischer Graben, fast schon Krater – ein vertrocknetes Meer. Sie standen am Rande des Waldes, an einem Abgrund vor der kaputten Welt und blickten hinunter auf die Schneise des vergangenen Krieges. Einst musste hier eine riesige Stadt gestanden haben, von ihr waren nichts als Trümmer geblieben.

Die verschwommene Grenze zwischen dem Kraterland und Brarche war breit, verwildert, bewohnt und hatte teilweise die Ausmaße eines kleinen Landes. Hier aber war sie schmal genug, dass man gerade noch zur anderen Seite blicken konnte, wie über einen sehr breiten Fluss aus rußschwarzer Erde, verbrannten Gebäuden, zerstörter Flora und gigantischen Kratern. Ein ausgetrockneter See aus Tod.

Die Luft flirrte verzerrt durch die Winterkälte, als stünden die Mauerreste noch in Flammen. Jeder kleine Windhauch wirbelte graue Asche hinauf. Soweit das Auge blicken konnte, sah man die Überreste einer kolossalen Feuersbrunst, die eine Stadt verschlungen und nichts als verkohlte Trümmer zurückgelassen hatte.

So unmittelbar vor dem Abbild des Todes zu stehen, ließ sogar Beneth erstarren. Völlig ungläubig drehte sich Jasov zum Wald und wieder zurück. Er meinte, ein Portal durchschritten zu haben, so plötzlich hatte sich die Landschaft verändert. Weißer Wald traf auf einen schwarzen Fluss aus Ruß und Asche.

Dann trat Nyth vor den kleinen Trupp. »Da dies nicht Teil des eigentlichen Plans war …«, sie machte eine kurze Pause, atmete offenbar durch, »Wir sind gezwungen, zu improvisieren. Viele Schlachten haben die verschwommene Grenze ausgedehnt. Hier an diesem Ort hat einst Meister Hemm selbst mit seinem Drachenfeuer eine Festungsanlage vernichtet. Die Erde ist verflucht. Wir können hier frei passieren, ohne Kontrollen und Überwachung der Reiche, denn diesen Ort durchquert niemand freiwillig. Es gibt hier viele tausende Fallen und Minenkäfer. Suchen wir die Passage der Tüsker und folgen ihren Spuren.«

»Minenkäfer … Ihr meint doch nicht etwa diese explodierenden Viecher?«, warf Ragdar ein, runzelte die Stirn, aber er wurde ignoriert.

»Folgt mir, bleibt stets dicht hinter mir und verlasst auf keinen Fall die Gruppe. Jeder Schritt zu weit nach links oder rechts kann schreckliche Folgen haben, und ich bin nicht in der Lage, rechtzeitig zu reagieren, um euch zu retten.«

Die Männer nickten, und in keinem Gesicht erkannte Jasov noch den Ernst eines Soldaten oder gar den Ausdruck von Heldenmut. Sein Herz überschlug sich. Dieser Anblick, Nyths kühle Erklärung und die Aussicht, damit nicht einmal den schlimmsten

Teil ihrer Reise vor sich zu haben, raubten ihm nun völlig die Nerven. Mit dem brennenden Gefühl der Angst müsste er sich für die nächsten Stunden arrangieren.

Die Drachenfrau ging voran. Mit ihren unnatürlich geräuschlosen Schritten legte sie die Messlatte für stilles Folgen sehr hoch. Hinter ihr folgten Beneth und Karl, dann Jasov, das Schlusslicht bildete Ragdar. Im Gänsemarsch ging es langsam den Abhang hinunter, bis der Waldrand sich hinter ihnen erhob und sie tief in dem Flussbett aus Asche standen. Nun meinte sich Jasov wirklich in einem Krater – oder gar in einem Grab.

Tatsächlich ließen die Spuren am Hang und am Boden vermuten, dass hier jemand mit mäßigem Erfolg viele Fußabdrücke verdecken wollte. Wer regelmäßig diesen Schmugglerpfad nutzte, kümmerte sich wohl irgendwann nicht mehr um eine perfekte Tarnung. Wer würde hier auch folgen wollen?

Ihre Schritte waren langsam, die Atmung flach. Die Menschen mussten gegen Hustenreiz ankämpfen, denn die Luft in dieser Schneise schmeckte verbrannt und atmete sich nur schwer. Erst glaubte Jasov, seine Panik verursachte nun auch noch Hitzewallungen, aber dann spürte er die aufsteigende Wärme. Einige Steinreste früherer Mauern schienen zu glühen. Wie dies möglich war, nachdem hier bereits Tausende von Jahren Waffenruhe herrschte, konnte sich Jasov nicht genau erklären. Andererseits fühlte er die Magie in der warmen Luft, besonders heiße Bereiche pulsierten regelrecht. Dies war nicht einfach nur ein Schlachtfeld. Der Feuerwall mochte erloschen sein, doch die Überreste der Verwüstung glühten weiterhin und dienten dem Schutz des Reichs. Die Magie eines Feuerdrachen. Das also hatte sie mit dem Fluch gemeint.

Wann immer Nyth ihren Fuß hob, beinahe den Boden berührte und sich dann doch dafür entschied, ihn anders zu platzieren, artete des gehorsame Folgen der Männer in einen Eiertanz aus. Niemand traute sich noch, von Nyths Fußspuren abzuweichen, einmal weigerte sich Ragdar sogar, mit seinen großen Füßen in die Fußstapfen der anderen zu treten. Mit Entsetzen erblickte

Jasov zwischen den vielen Trümmern und ausgebrannten Häusern Krater, die jüngeren Ursprungs sein mussten. Sogar die Teile eines vermutlich menschlichen Skeletts fanden sich an ihrem Weg und zeigten, wie fatal ein Schritt zu weit nach links oder rechts enden konnte.

Der Boden schien leicht zu beben, zu brummen, eine Vibration bewegte sich durch das Erdreich. Bald schon waren sie umringt von Asche und verbrannter Welt, als stünden sie in einer Wüste aus Hoffnungslosigkeit. Die Umgebung erzeugte ein Gefühl der Verzweiflung, das Jasov einmal zu oft durchlitten hatte. Der Händedruck mit seinem Landesherrn hatte deutliche Ähnlichkeit mit der erdrückenden Endgültigkeit dieser verödeten Landschaft gehabt. Hätte Jasov jemandem das Gefühl beschreiben sollen, dieses Gebiet malte ein perfektes Bild des Erlebten. Es fehlte nur noch ein Rahmen aus Knochen.

Erneut brummte der Boden, das Vibrieren ließ die Gruppe anhalten.

»Minenkäfer, müssten sie nicht längst tot sein?« Beneth fluchte, so lautlos er konnte. Daran hatte sich Jasov inzwischen gewöhnt. Auch sprach der Paladin gelegentlich mit sich selbst. Oft betrafen seine Sorgen die Familie und Freunde zu Hause im Kraterland. Den Luxus, sich um mehr als das eigene Leben zu sorgen, teilte außer ihm wohl niemand. Karl schien am entspanntesten von allen und folgte Nyth entsprechend prompt.

Und er kannte auch die Antwort auf Beneths Frage. »Ihr Panzer wird mit instabiler Magie aufgeladen, das hält sie lange am Leben. Wenn sie sich vermehren, teilt sich die Magie manchmal sogar. Sie ist dann nicht mehr ganz so explosiv, aber immer noch ausreichend. Die Krabbeltiere vererben das, was sie tödlich macht, regelrecht weiter. Und so wie der Boden summt, muss es wohl inzwischen sehr viele davon geben. Finde ich, ehrlich gesagt, ziemlich unheimlich.«

Nyth stutzte deutlich und hob ihren Kopf, dass man ihr fast in die Augen blicken konnte.

»Was? War das falsch?«, wollte Karl wissen, als sie sich direkt zu ihm umdrehte.

»Aber ja doch, ihr geladener Panzer – wir brauchen ein paar von ihnen«, meinte sie, beinahe schon glücklich klingend über ihren Einfall.

»Ein paar wovon … doch nicht etwa den … den Käfern? Wollen wir uns umbringen?« Beneth klang nicht einfach nur entsetzt, er spuckte das Wort *Käfer* regelrecht heraus.

Alle starrten die Drachenfrau an, deren perlmutthelle Haarsträhnen in der fahlen Umgebung bunt glitzerten, als sie den Kopf schüttelte.

»Sicher, wir werden den ersten Soldaten an der Grenze weismachen können, wir seien Tüsker. Vorerst. Doch direkt hinter dieser Schneise liegt die nächste große Bastion. Um dort zu passieren, ohne eigene Magie zu wirken … wir … wir brauchen eine Ablenkung.«

Beneth schien zu verstehen, war aber nicht begeistert. Ganz im Gegensatz zu Karl. »Sie werden denken, die Käfer wären der Grenze entkommen und wollen den Wall besiedeln. Sollen sie mal versuchen, die wieder zu beseitigen. Das ist eine ideale Ablenkung, und wir lösen keine Stör- oder Aufspürzauber aus«, führte er aus.

»Und wo finden wir die Käfer?«, warf Beneth ein.

Nyth ging an ihm vorbei, ignorierte seinen missmutigen Tonfall und baute sich vor Ragdar auf. Sie wirkte besonders winzig vor dem großen bulligen Mann, der wohl bereits wusste, worauf sie hinauswollte. Er ächzte unzufrieden.

»Die sitzen natürlich im Erdreich. Und natürlich kann ich … mich zu ihnen begeben, dort ins Gestein. Nur wie mache ich das, ohne sie in die Luft zu jagen? Die mögen es nicht, gestört zu werden, sonst wäre ich längst über die Grenze nach Hause«, brummte der Felsdrache unglücklich.

Nyth fletschte die Zähne, in Ragdars Gesicht machte sich Verzweiflung breit. »O, sagt es nicht!«, bat er, doch Nyth schüttelte den Kopf.

»Diese Käfer sind Jäger, Fleischfresser. Sie brauchen die Hitze des Bodens, können aus diesem Gebiet also nicht heraus … sie haben Hunger. Sie fühlen sich von allem angezogen, was lebt«, erklärte sie leise.

»Ich bin der Köder, natürlich.«

»Bitte?« Beneth hob sofort ein Bein an, als könnte ihn das davor bewahren, die räuberischen Käfer anzulocken.

Nyth blickte Ragdar ernst an. »Sie leben nicht im harten Erdreich. Wenn du direkt unter ihnen bis zum anderen Ende der Grenze reist, langsam und vorsichtig, werden sie dir folgen, angelockt von so viel Leben und potentieller Nahrung in den Tunneln, die du hinterlässt. Sie werden sicherstellen wollen, ob du ein Feind bist. Wenn du die Erde verlässt, werden sie folgen und dann … übernehme ich.«

»Übernimmst du? So, so …« Er murrte fast wie eine unzufriedene Katze und rieb sich das Kinn. »Glaubst du, ich komme überhaupt so weit?«

Nickend sah sich Nyth um, schien etwas auf dem Boden oder gar darunter zu suchen. »Ich bin mir der Gefahr bewusst, doch ohne direkten Angriff werden die Käfer mit dir nicht in Berührung treten. Sie wissen sehr wohl um ihre instabile Magie, und auch sie haben kein Interesse an einem frühen Tod.«

»Hab' ich auch nicht.« Ragdar lachte leise und schien sich bereits entschieden zu haben, zuckte mit den Schultern. »Also gut, Weibchen, ich vertrau dir. Außerdem wollte ich euch ja hilfreich sein, nicht?«

»Kann ihm 'nen Schild geben.« Beneth klang nicht gerade begeistert, doch das Angebot nahm der Felsdrache dankend an.

Jetzt brauchten sie nur noch einen geeigneten Ort für Ragdar, damit er vorerst ohne Kontakt zu den Käfern in den Untergrund abtauchen konnte. Er musste sie zum richtigen Zeitpunkt auf sich lenken.

Die Suche dauerte Jasovs Zeitgefühl nach mehrere Stunden, die Sonne war verdächtig weit über den Himmel gewandert. Milchiges Licht eines frühen Mittags und dazu eine Landschaft völlig grau in grau. Einige Tage auf dieser Ebene und man wurde allein vom Anblick nervös. Bald hatten sie keine andere Wahl, als die Route der Tüsker zu verlassen. Ohne Nyths Führung, die sich recht angstfrei über den verbrannten Boden bewegen konnte, traute sich der Rest der Truppe keinen Zentimeter weit ins Unbekannte. Dann fand sich das übrig gebliebene Plateau eines Gebäudes, welches für Ragdar gerade groß genug war.

»Jasov?«

Verdutzt nickte er und folgte Nyths Geste, zu ihr zu treten.

»Hier gibt es kaum Vibrationen … siehst du das genauso?«

Er biss fest die Zähne zusammen und schloss die Augen. Das ganze Feld um sie herum schien zu summen, zu beben und sprühte nur so vor magischen Bewegungen. Sowohl der Rückstand des Feuers als auch die flinken Käfer im Erdreich machten ihn konfus. Den Fokus für diesen Ort aufrechtzuerhalten, fiel ihm schwer. »Ihr könnt das viel besser als ich beurteilen, Nyth!«

Wieder biss sie sich auf die Unterlippe und schüttelte den Kopf. »Mag sein, aber ich wurde gebeten, deine Ausbildung zu unterstützen. Außerdem sehen vier Augen mehr als zwei.«

Ihre Hand griff an seinen Hals, direkt zur Hauptschlagader. Dorthin, wo sein magisches Blut mit aller Kraft durch seinen Körper gepumpt wurde. Nyths eigenes Element sprang sofort auf ihn über. Falls man das, was auch immer durch ihre Adern floss, ein Element nennen konnte.

Viele Arten von Magie hatte Jasov erfühlt, verschiedenste Elemente kennengelernt, den Schatten letzte Nacht sogar in sich erlebt. Doch diese Essenzen waren immer greifbar und realistisch gewesen. Nyths Element dagegen war so unwirklich wie die Drachenfrau selbst. Das Gefühl, durch einen Traum zu wandeln und sich dessen bewusst zu sein, übermannte ihn. Konnte sie auch die Magie in ihm fühlen? Und was passierte wohl, wenn sich zwei

Drachen berührten? Magische Wesen. Was hatte Nyth gesagt? Sie bestanden aus ihrem Blut und Blut war Magie.

Jasov wurde schwindelig. Eine Erklärung, wieso die Söldnerin ihn in ihre eigene Aura zwang, hatte er nicht erwartet, über beruhigende Worte hätte er sich dennoch gefreut. Ihre Magie war nicht unangenehm, im Gegenteil, aber es war zu viel für ihn. Als versuchte er, eine Flüssigkeit zu atmen. Diesmal zeigte sie ihm keinen kleinen Einblick in ihre Welt, sie zerrte ihn hinein.

»Wehr dich nicht dagegen!«

Schon damals, als er von Draguls Aura überrollt worden war, hatte er sich gefühlt wie ein Ertrinkender, der nach Luft rang, erstickt von der dichten Magie des Todesdrachen, die Jasovs eigene verstummen ließ. Letzte Nacht hatte ihn Dunkelheit fast erdrosselt. Und jetzt verlangte Nyth allen Ernstes von ihm, diesen Instinkt, diesen Drang, sich zu wehren, zu ignorieren?

Zittrig holte er Luft und hielt den Atem an, atmete nach einem kurzen Moment lange und gleichmäßig aus, die Augen fest geschlossen. Sie würde ihm nicht schaden, das würde sie nicht. Er vertraute ihr, sie hatte ihm geholfen, sein Talent zu verstehen, und dabei so viel Geduld bewiesen. Nyth war nicht so hart, wie es oft den Anschein hatte, da war er sich sicher … und so würde er auch ihrer Magie vertrauen. Er spürte eine Verbindung zu ihr. Aufkeimendes Vertrauen löste die Blockade, und mit einem Mal fragte sich Jasov, wieso er sich gegen diese Magie hatte wehren wollen.

Nyth roch nicht nur nach Frühling, sie fühlte sich auch so an. Wie die Antwort auf jedes Problem. Der warme Sonnenstrahl auf kalter Haut. Wasser gegen den Durst. Ein Licht im Dunkel. Hoffnung. Sie fühlte sich an wie Hoffnung.

Jasov atmete langsam aus und sein Kampf mit Nyths Magie endete. Unerwartet wurde es um ihn komplett still. Er schien völlig bewusst einzuschlafen.

Als er sich endlich traute, vorsichtig die Augen zu öffnen, befand er sich nach wie vor zwischen den Trümmern eines alten Hauses. Doch alles um ihn herum erstrahlte wesentlich bunter und in

Farbabstufungen, die er vorher nicht hatte sehen können. Und es war seltsam still, ganz anders als in der Todesmagie des Lords.

Diese Stille glich dem Murmeln eines beruhigenden Baches. Die Welt pulsierte harmonisch, ein Strom an Magie floss um ihn herum und der Himmel zuckte gelegentlich auf. Jasov erwartete laute Schläge, doch die Blitze seufzten nur. Das Land schien zu singen wie ein leiser Chor von tausend Stimmen. Die Steine der zerstörten Häuser flackerten in tiefen roten Tönen und flüsterten dazu im Rhythmus. Über den Himmel zogen sich Bänder aus strahlend hellen Farben, die wie eine Welle einen dumpfen, warmen Klang erzeugten.

Und dann war da noch Nyth. Die Drachenfrau, weiß wie ein Geist, stand farb- und klanglos zwischen dem »Orchester«, sah ihn an, und er musste sich beherrschen, all diesen Eindrücken nicht zu verfallen. Töne und Frequenzen, in Balance. Eine Sprache, die er kannte. Die Sprache der Magie.

»Jasov…«, flüsterte Nyth und richtete ihren Blick auf die freie Fläche vor ihnen.

Auch das Plateau sang. Jasov blinzelte überrascht. Eigentlich waren es nur Geräusche, aber sofort fühlte er eine menschliche Bindung zu den kleinen feinen Stimmen. Alles um ihn herum schien eine Persönlichkeit zu besitzen.

»Ich sehe die Magie, richtig?« Er brauchte Nyths Kopfnicken nicht abzuwarten, er wusste, was er sah, er fühlte es, er kannte es. Ein Lächeln breitete sich auf seinem Gesicht aus. Das hier war großartig … und alles, was er sich von Magie je erhofft hatte. »Und ich höre sie. Sie spricht zu mir!«

»Was sagt sie, was verrät dir der Boden?«

Er hatte keine Vorstellung davon, wie er Nyths Frage beantworten sollte. Seit wenigen Monaten erst studierte er die Sprache der Magie, und vieles gelang ihm nur unbewusst. Die magischen Ströme in ihm kannten alle Antworten. Er musste nur lernen, sie zu kontrollieren und zu lenken. Jede magische Übung war wie ein kompliziertes Selbstgespräch.

Unweigerlich dachte er an seinen liebsten Zauber. Licht stehlen war durchaus komplexe Magie. Jemand mit nur wenig Magie im Körper hätte ein Leben lang für dieses Kunststück üben müssen. Das war es, was Jasov von den anderen Menschen unterschied. Er und seine Magie verstanden einander, auch ohne die gleiche Sprache zu sprechen. Zumindest meistens. Es war ein Gefühl, dass dem sogenannten Bauchgefühl gleichkam.

»Bauchgefühl …«, murmelte er leise, begriff endlich, was die Drachenfrau meinte. »Es fühlt sich nicht gefährlich an!«,

Nyth ließ ihn los und sofort katapultierte es Jasov zurück in die Realität. Ganz so, als hätte ihn jemand morgens mit einem eiskalten Eimer Wasser geweckt, er schnappte nach Luft. Ohne ihre Magie war alles so grau und still.

Die Drachenfrau drehte sich um und winkte Ragdar zu sich. »Ich weiß, es ist nicht groß …« Sie wies auf die ebene Steinfläche, die vermutlich einst ein größeres Gebäude gewesen war.

»Mhh, wenn ich meine Füße eng zusammenstelle …«, murrte Ragdar und stapfte voller Vertrauen in die Mitte des Platzes.

Wieder hatte Jasov den Wimpernschlag verpasst, in dem aus einem Mann eine Echse wurde. Eventuell war dies der normale Ablauf, aber Jasov schwor bei allem, was ihm heilig war, dass er dazu gezwungen wurde, im falschen Moment zu blinzeln. Dafür bot sich ihm das Schauspiel, wie der felsige Drache langsam mit dem Erdboden verschmolz und irgendwann gänzlich von Asche und Gestein verschluckt wurde. Nur ein unheimliches und in ihrer Situation extrem beängstigendes Grollen verriet ihnen, dass er sich unter der Gruppe bewegte.

»Und jetzt schnell! Wir müssen ihm voraus sein!« Nyth führte sie wieder zurück über den eigenen Pfad zur Tüsker-Route. Sie ging wohl davon aus, dass deren Wege sicher sein mussten, denn nun wurde alle Vorsicht vergessen. Sie sprinteten über das Feld, das Grollen unter der Erde hinter sich haltend.

KAPITEL 25
ORACLES' SOLDATEN

Vorbei ging es an zerrissenem Gestein und den Resten zersplitterter Behausungen. Sie rannten, so gut es der unwegsame Grund zuließ, stolperten über Hindernisse in ständiger Erwartung, einen der Minenkäfer auszulösen.

Jasov bereute, das Kampfmagietraining bisher ignoriert zu haben. Höher, weiter und schneller laufen oder gar springen zu können entschied hier über Leben und Tod, doch er hatte zuvor nur an seine Bequemlichkeit gedacht. Immerhin, die vielen Wochen im Umland trugen Früchte und ließen ihn wesentlich flotter sprinten, als es ihm zu seiner Zeit als Minenarbeiter möglich gewesen wäre. Was nichts daran änderte, dass seine Lungen wie Feuer brannten und jede Rippe wie von Messern durchbohrt schmerzte.

Ihnen allen flink voran überwand Nyth die Hindernisse elegant, wenngleich auch sie mit hohen Mauern ihre Probleme hatte. Die zierlichen Beine der kleinen Frau waren kurz, Drache hin oder her. Wenigstens tat sich Beneth genauso schwer damit, über die Wälle zu springen wie Jasov. Nicht auszudenken, hätte der Paladin einen solchen Sprint in seiner üblichen Rüstung absolvieren müssen.

Endlich – der steile Hang der anderen Seite erhob sich wie eine gigantische Welle aus Erde über ihnen und sie mussten sich mit Messern und Dolchen nach oben ziehen. Es gab nur wenig Halt an vermoderten Wurzeln. Die Steine im Erdwall waren brüchig und mit einer Ascheschicht überzogen. Karl und Nyth, beide leicht, aber kräftig, zogen sich zügig mit ihren eigenen Waffen den Hang hoch. Zeit, einen einfacheren Weg auszukundschaften, blieb ihnen nicht. Verzweifelt mühte sich Jasov ab, seinen Dolch in die Erde zu rammen und sich auch noch an ihm hochzuziehen.

Marberd hatte ihn zwar bereits zu Anfang einen Kraftzauber gelehrt, aber fern jeder Konzentration und mit Seitenstechen fiel es Jasov schwer, sich überhaupt an die richtigen Zauberworte zu erinnern. Er war eben noch nicht so weit. Diese Erkenntnis nützte ihm freilich in diesem Moment wenig.

Ein Dolchhieb tief zwischen Erde und Lehm. Ein Fuß auf eine Wurzel. Ein Ruck höher und erneut zustechen. Jasov zog sich hoch, Stück für Stück. Vielleicht war es die Energie der unmittelbaren Gefahr im Nacken, die ihn hinauftrieb. Auf den letzten Metern war es ein Seil, das ihm und dem Paladin half. Nyth und Karl standen bereits auf der oberen Kante der anderen Seite. Es war bizarr anzusehen, wie eine kleine Frau ohne Mühe zwei Männern an einem Seil ein Gegengewicht bieten konnte und sie am Ende auch noch mit einem Ruck über die Kante zog. Jasov dankte ihr atemlos. Wann immer er eine menschliche Schwäche in Nyth entdeckte, fegte ein unmögliches Ereignis diesen Eindruck hinweg.

Glücklicherweise hatten sie nun einen Moment des Innehaltens erreicht, und jeder konnte zu Atem kommen. Die Luft war klirrend kalt, ihr erschöpftes Ausatmen wurde deutlich sichtbar. Rote Nasen und Wangen, taube Finger. Dieser Stillstand fühlte sich fast schlimmer an, als es die Jagd über die Grenze gewesen war.

Mit verschwommenem Blick sah sich Jasov um. Es erwartete sie niemand auf dieser Seite, aber er konnte Gemäuer in der Ferne erblicken. Früher musste hier ein prächtiger Wald gestanden haben, doch er hatte sich vom Brand nicht erholt. Nur verkohlte Stämme waren übrig, und auch nach Tausend Jahren regte sich nicht ein Spross. Die Landschaft blieb tot. Aus der Ferne hatte Jasov nicht erkennen können, wie brach das Land in Brarche auf dieser Seite lag, und schlagartig wurde ihm wieder bewusst, woher der Name dieses Reichs stammte.

Um die Ländereien hatten sich Kriege über Generationen hingezogen. Lange bevor die Landesgrenzen so gefestigt waren, wie es jetzt der Fall war, gehörte Brarche selbst zur verschwommenen

Grenze. Dieses Land war verwüstet und erobert worden von Fanatikern. Die Menschen waren vom Krieg gebrochen und nicht mehr fähig, sich gegen die Dominanz der Drachen zu wehren. Der Name Brarche diente jedem als Mahnmal für das, was einst hier geschehen war, und für die angebliche Machtlosigkeit der Menschen.

Donnerndes Grollen ließ Jasov zusammenzucken. Er drehte sich gerade noch rechtzeitig herum, um zu sehen, wie Ragdar aus dem Erdwall hinter ihnen emporschoss und im hohem Bogen über sie hinwegfegte. Ihm folgte ein dichter Schwarm dicker, schwarzer Käfer, jeder mindestens so groß wie ein Kopf und zu allem Übel auch noch flugfähig. Bedrohlich surrten ihre Flügel in der Luft, der Schwarm klang wie der Beginn eines Erdrutsches.

Wieder stimmte Nyth leise eine Melodie an, jenseits von Musik und Sprache. Jasovs Nackenhaare stellten sich auf. Schon als sie Ragdar gefesselt hatte, schien die Zeit sich verlangsamt zu haben. Ob dies an der Wahrnehmung von Magie lag oder ob wirklich die Welt den Atem anhielt – es war ihnen allen nur recht. Spätestens, als die Käfer plötzlich verstummten und in der Luft wie eingefroren verharrten, verzerrte sich tatsächlich die Zeit. Zumindest für die gefährlichen Krabbeltiere. Atemlos starrten die Männer in die Luft und Ragdar stapfte wieder auf zwei Beinen zu der kleinen Gruppe.

»Hat alles funktio… heilige Göttin!«, polterte der Felsdrache, als er den erstarrten Schwarm sah.

»Das ist nicht gut…«, flüsterte Nyth. Mit Entsetzen beobachtete Jasov einen durchaus nervösen Ausdruck in ihrem Gesicht. Zwar war das Surren der Käfer verstummt, aber die Magie pulsierte weiter in ihnen. Wie ein Herzschlag. Und er wurde schneller.

Sofort machte Karl einen Satz zurück und sah sich um. »Wenn wir rennen…«, setzte er an und nickte zu den dunklen Mauern hinter dem niedergebrannten Wald.

Es brauchte keine weiteren Worte, sie rannten erneut los. Nur musste Nyth ihnen diesmal folgen, die Käfer auf Abstand mit sich durch die Luft ziehend. Er verfolgte sie wie eine dunkle Wolke. Keiner konnte sagen, wann sie explodieren würden, aber es konnte nicht mehr lange dauern. Vielleicht blieb nicht einmal Zeit, bis sie die Grenzgebäude erreichten.

Beneth rief den Wachen des nahenden Grenzpostens eine Warnung zu, vermutlich in der Hoffnung, direkt ein paar Sympathiepunkte zu sammeln und vielleicht in die Festung gelassen zu werden. Näherkommend wiederholte er seine Warnung so deutlich wie möglich: »Sie haben sich an der Grenze formiert! Minenkäfer! Lauft!«

Das ließen sich die Soldaten nicht zweimal sagen, denn der große Schwarm an Käfern hinter der abgehetzten Truppe warf einen bedrohlichen Schatten auf sie. Dass die Krabbeltiere nicht von selbst flogen, schien niemandem aufzufallen. Die Soldaten achteten kaum auf die kleine Gruppe, brüllten vielmehr panische Befehl. Ein Signalhorn ertönte.

So sprinteten die Kraterländer ungehindert auf die Feste zu. Keiner hielt sie auf, als sie am Grenzturm vorbei einbogen und sich hinter dem riesigen schwarzen Gemäuer versteckten, direkt neben den feindlichen Männern des Oracles. Sie standen nun an einer klassischen Festung mit vier Türmen und einigen größeren Gebäuden aus blankem Stein, gebaut für den Krieg, um schrecklichen Zaubern standzuhalten. Was aber würden die Minenkäfer mit den Mauern anstellen?

Unbemerkt ließ Nyth die Käfer an ihnen vorbeisausen, als hätten sie es nicht auf die Männer abgesehen, sondern auf alles andere. Der Schwarm donnerte über den Grenzturm hinweg in Richtung Mauer, die dort positionierten Soldaten riefen zur Obacht, Zaubersprüche wurden angestimmt. Die Käferflügel standen still, aber der Lärm des Luftsogs ließ sie grausig lebendig erscheinen. Die Ablenkung hatte Erfolg, wenn auch anders als geplant.

»Schnell! Hier rein!« Einer der Soldaten hatte eine kleine Tür, die zwischen Grenzturm und Mauer gequetscht worden war, geöffnet und winkte sie herbei. Selbstsicher, als wäre es das Normalste auf der Welt, betraten Beneth und Karl die Mauern des Feindes, im Schlepptau den völlig erschöpften Jasov und einen misstrauischen Ragdar. Nyth beobachtete noch immer den Schwarm. Dem klackernden Geräusch nach schien sie die Erstarrung der Tiere aufgehoben zu haben.

»Hoffentlich drehen sie noch einige Runden«, hörte Jasov sie leise murmeln, dann folgte sie ihm in die vermeintlich sichere Festung.

Der Tag schien das Gebäude verlassen zu haben. Dunkles Gestein, schwarz wie ein Schatten, dazu kühles, bläuliches Licht. Ganz anders als die Mauern Zwielichts, die stets eine gewisse Gemütlichkeit ausstrahlten.

»Ihr Taugenichtse! Wir hatten uns schon gewundert, wo ihr bleibt. Wo ist Kommandantin Lystraine? Was ist passiert? Was ist wieder schiefgelaufen?«, polterte einer der größeren Soldaten sie direkt an. Man hielt sie offenbar für Tüsker.

Die Soldaten der Grenzfestung trugen graue Metallrüstungen, darunter schmutzig dunkelblauen Stoff. Ihre Umhänge waren mit grünen und blauen Edelsteinen befästigt, Farben, die sich in den Bannern an den Steinwänden wiederholten; die eine Seite blau, die andere grün, eingefasst mit silberner Verzierung. Zwei Töne, die im Westen für die Übermacht der Drachen standen.

Man starrte sich misstrauisch an, bis durch das Gemäuer tosender Donner hallte. Die Käfer hatten zugeschlagen. Nicht weit entfernt knallte es laut, und nach heftigen Schlägen auf Gestein folgten Erschütterungen. Ein Dröhnen und Knirschen erfüllte die Mauern, die ebenso grau waren wie die Rüstungen der Männer. Die Soldaten Brarches sahen sich hektisch um. Jasov konnte kaum an sich halten und versuchte verzweifelt, nicht zu zittern. Beneth und Karl starrten Nyth gebannt an, doch sie zuckten nicht einmal zusammen, als die Mauern stärker erschüttert wurden.

Dann endlich, ein kurzer Moment der Stille.

Nyth seufzte und ihre Haltung lockerte sich. »Kommandantin Lystraine ist tot«, eröffnete sie kühl. »Zerfetzt von denselben Kreaturen, die sich nun an eurer Festung laben. Sie war leichtsinnig!« Ihr Tonfall war abfällig und ihre Stimme ungewohnt laut, hallte von den Wänden wider. Karg und kahl, vor allem aber groß und hohl war der Turm, in dem sie nun standen und einander anstarrten.

Voller Misstrauen beäugte der leitende Mann in Rüstung die Truppe. »Ihr … seid die einzigen Überlebenden?«, knurrte seine tiefe Stimme, und der dicke Schnurrbart unter seiner Nase schien sich aufzuplustern.

»Wir wurden von ihr zur Unterstützung gerufen, wir arbeiten sonst nicht in diesem Teil des Landes, aus gutem Grund. Unsere Vorsicht hat uns gerettet. Minenkäfer …« Sie schnaubte verächtlich. »Der Winter dauert erschreckend lange, kein Wunder, dass sie so hungrig sind.«

Wie aufs Stichwort dröhnte ein erneuter Schlag durch die Hallen, Druck legte sich auf Jasovs Trommelfell. Auch Karl steckte sich spontan einen Finger ins Ohr, rüttelte daran. Die Explosion ließ Putz von den Wänden rieseln, und der Boden bebte.

»Soldaten! Sichert den Aufgang! Die Torwache und ich bleiben hier!«, rief der Hauptmann den anderen zu, und nickte in den einzigen Gang, der aus dem Turm führte.

Verwundert folgte Jasov dieser Geste mit dem Blick. In die türförmige Schwärze blickend, brauchte er einen Moment, ehe er die Tiefe des Gangs wahrnahm.

Er hatte immer gedacht, der Schlossberg Zwielichts wäre finster, doch die Finsternis des Flurs übertraf sogar die Nacht selbst. Erst jetzt bemerkte er die Fackeln im Schatten. Ihr Licht schien wie verschluckt, als schaute er durch einen Schleier aus schwarzem Stoff. Die Dunkelheit quoll förmlich aus dem Torbogen. Seine Augen begannen zu tränen angesichts dieser ungewöhnlichen Schwärze.

Magie, es handelte sich um Magie, und es fiel ihm wieder einmal schwer, seinen Fokus zu lösen. Jasov erkannte sie wieder. Letzte Nacht hatte solche Magie ihn erstickt. Ein Ruf weckte ihn, die Soldaten nahmen ihre Positionen ein.

Der Hauptmann musterte Nyth wieder kritisch und versuchte eine überlegene Miene aufzusetzen. »Ihr habt diese verdammten Drecksviecher direkt zu uns geführt. Ich hoffe, diese massive Gefahr und die Verluste lohnen sich! Denn wenn nicht …« Seine Stimme war schrill und laut, sie biss geradezu in den Ohren.

Mit einer Hand griff Nyth in ihre weite wirre Lederjacke und holte einen der Stabkristalle heraus.

Sofort leuchteten die Augen des Soldaten auf. »Endlich habt ihr sie! Gerade rechtzeitig! Jetzt, da wir endlich …« Gierig streckte er seine wurstigen Finger nach dem Kristall aus.

»Da ihr endlich was?«, fragte Nyth und machte keinerlei Anstalten, ihm das wertvolle Gestein auszuhändigen.

»Ihr bekommt euer Gold, damit ihr *keine* Fragen stellt!«, zischte der Hauptmann, ging einen Schritt auf sie zu und umfasste den Knauf seines Schwertes.

Ein fataler Fehler. Jasov sah nur, wie der Soldat die Augen verdrehte. Im Bruchteil einer Sekunde hatte Nyth einen Dolch gezückt und ihm die Kehle durchgeschnitten. Übelkeit stieg in Jasov auf, er musste sich wegdrehen. Blut kroch über den glatten Boden des Gemäuers. Das erstickte Röcheln des Mannes würde er so schnell nicht vergessen. Ein Aufschrei gesellte sich zu den gewaltigen Geräuschen der Explosionen. Karl hatte mit seinem langen feinen Kurzschwert einen der Soldaten direkt ins Herz getroffen, ehe dieser sein Schwert überhaupt hatte zücken können.

Nyth fixierte den letzten verbleibenden Mann in schwarzer Rüstung, machte einen Schritt auf ihn zu. Er setzte zu einem Zauberspruch an, gab aber nur einen würgenden Laut von sich. Etwas schien ihn zu ersticken, er griff sich an die Kehle. Panisch starrte er Nyth an, die ihm nun so nahe war, dass er ihr mit Sicherheit in die Augen sehen konnte.

»Vollende den Satz des Hauptmanns. Jetzt, da ihr endlich …?« Ihre Stimme klang nun wieder fern und unangenehm still.

Dem Soldaten rang um Worte. »Wir wussten nicht … wir haben nur unsere Befehle befolgt!«

»Jetzt, da ihr endlich …?«

»Wenn ihr dem Gang folgt und dann links die breiten Treppen in den offenen Kerker hinunter … sie ist dort. Aber unsere Soldaten dort sind fähiger, sie werden euch…« Ein Ruck ging durch seinen Körper und er verlor das Bewusstsein. Zumindest ging Jasov davon aus, hoffte es. Der Körper schlug hörbar auf dem Boden auf.

Die plötzliche Gewalt schockierte Jasov und er traute sich kaum, den Blick zurück in den Raum zu lenken. Froh, der Szene entfliehen zu können, folgte er Nyth sofort, als sie mit schnellen Schritten auf den dunklen Gang zustrebte.

Beneth schnaubte resignierend und murmelte so etwas wie: »Unklug, übereilt, typisch, wie konnte Dragul ihr nur diesen Auftrag erteilen? Wir werden alle sterben.«, erntete dafür prompt von Karl einen Ellenbogenstoß in die Seite.

Vorsichtig folgten sie Nyth durch die wabernde Dunkelheit, den breiten Gang entlang, dessen Fackeln brannten, aber nicht leuchteten. Magie erstickte das Licht, und Jasov wäre fasziniert gewesen, hätte er nicht mit einem aufkeimenden Würgen zu kämpfen gehabt. Der Flur führte sie hinaus in eine große Halle. Den Soldaten zur Bewachung des Gangs schaltete ein Schlag auf den Hinterkopf aus, das unheimliche Knacken seines Genicks fühlte Jasov bis in die eigenen Knochen. Hoffentlich gab es einen Tee gegen Albträume.

Vorsichtig sahen sie sich um, leider trübte die finstere Magie die Sicht. Schwärze wirbelte aus einem Aufgang an der Wand heraus, als käme sie aus dem Keller des Gebäudes, bedeckte beinahe den gesamten Boden. Von außen hatte Jasov der Größe der Festung keine Beachtung geschenkt, nun aber offenbarte sich das volle Ausmaß der Bastion. Er kannte Festungen. Die kleineren Gebäude außerhalb der Stadtmauern von Asche bezeichnete man als solche, doch zwei davon würden in diesen riesigen Saal passen.

Treppen führten hinauf zu Ebenen über ihnen und Männer rannten von Tür zu Tür. Jasov hörte Schutzzauberformeln und etwas, was vielleicht zur Verstärkung einer Barriere dienen könnte. Die Laute für diese Art Magie waren sich stets ähnlich. Über ihnen knallte es immer wieder, donnerte und toste, doch nicht jedem Schlag folgte eine Erschütterung. Brarches Soldaten wussten sich zu verteidigen.

»Die Schattenmagie um uns herum gibt uns Deckung … aber sie werden uns bald bemerken«, meinte Beneth, mit dem Kopf zu den Aufgängen im Saal deutend.

Es blieb keine Zeit für große Pläne. Die Decke erzitterte erneut unter einem Schlag, sie hörten Schreie. Nyths flinke Füße hatten sie bereits vor jene Treppe geführt, aus der die Dunkelheit aufstieg. Hier war die Schattenmagie besonders dicht.

Noch immer hielt Nyth den Stabkristall in den Händen, und erst jetzt fiel Jasov auf, dass helle Energie von ihr in das klare Gestein zu fließen schien. Ihre Finger luden den Kristall auf, und mit einem kurzen Aufsummen erstrahlte der Edelstein. Oder? Jasov blinzelte. Die Finsternis mied den Kristall, und es wirkte nur, als würde er leuchten.

Verwirrt starrte auch Karl in die Tiefe vor ihnen, nun, da man endlich etwas mehr darin erkennen konnte, da der Schatten regelrecht vertrieben wurde. Er räusperte sich, ehe er mit gedämpfter Stimme sprach: »Ragdar und ich bleiben hier, wir halten auf, was auch immer sich uns nähert. Mit den wenigen Soldaten hier werden wir fertig. So können wir die Position halten, zumindest, bis die Käfer verschwinden. Der Gang hinter uns ist der beste Fluchtweg. Den gilt es, um jeden Preis zu halten.«

Nyth stimmte seinem Vorschlag mit einem Kopfnicken zu.

»Kein Problem für mich«, brummte Ragdar und legte eine Hand an das Gemäuer. »Ich sehe, ob jemand kommt, lange bevor er uns sehen kann! Und dann zerquetsch…«

»Schon gut, Ragdar«, schnitt ihm Beneth das Wort ab.

Wie praktisch ein Gesteinsdrache doch sein konnte. Nyth winkte Beneth und Jasov herbei und betrat die Treppe.

»Bleibt dicht hinter mir, es wird dauern, bis der Kristall stark genug ist, um ausreichend Sicht für uns zu ermöglichen. Dort unten könnten fähige Magiekundige auf uns warten …«

»Ich halte es für sehr gefährlich, in diese dunkle Magie zu treten. Wir atmen das Zeug regelrecht ein!« Tatsächlich atmete Beneth ausgesprochen flach.

»Du hast recht, das ist pures Gift. Aber solange ihr im Wirkungskreis des Kristalls bleibt, seid ihr sicher«, antwortete Nyth trocken.

Jasov verzog das Gesicht. Sein Mentor hatte ihn zwar über die Wirkung dichter Magie aufgeklärt und wie gefährlich sie sein konnte, aber Jasov hatte diese Warnung vergessen. Unsicher atmete auch er so flach wie möglich.

Magisches Blut, hier in der Luft? Was für eine gruselige Vorstellung, die Essenz eines Wesens regelrecht einzuatmen. Wenn Drachen bis auf ihren Kern verletzt wurden, blutete ihre Energie hinaus, wie aus einer Schnittwunde. Auf diese Art tötete man sie. Auf diese Art konnte man ihnen sogar ihre Magie stehlen. Auf diese Art starb man Jahrhunderte lang qualvoll einen stummen Tod. So handhabte es Brarche auch mit den Menschen, manchmal als Strafe, manchmal als Opfer für die Herrscher – zumindest erzählte man es sich so im Volksmund. Diese Märchen schienen immer realer.

Vielleicht würde Jasov auf dieser Reise sein Leben lassen, aber ehe er auf grausame Weise sein magisches Blut opferte, würde er freiwillig in einen Schwarm aus Minenkäfern springen.

Beneth fluchte leise, rang mit sich, trat aber dann doch in den Wirkungskreis des Kristalls und nickte Nyth zu. Jasov folgte ihm zögerlich.

Was für ein seltsames Gefühl. Es erinnerte ihn an den letzten Sommer mit seinem Großvater, als dieser ihm das Tauchen gezeigt hatte. Mit einer großen gläsernen Glocke waren sie untergetaucht, hatten atmen können, das Wasser und die Fische darin beobachtet – nun konnte Jasov den Schatten beobachten, der ihn ähnlich bedrückend umschloss, wie der See es damals getan hatte.

Diese Erinnerung gehörte nicht zu seinen guten, denn die Finsternis Unterwasser hatte ihm für Wochen Albträume bereitet. Wie es sich wohl anfühlte, an Schatten zu ertrinken – Jasov schüttelte die Vorstellung ab. Schnell hechtete er Nyth und Beneth hinterher, die bereits die Treppe nach unten betreten hatten.

KAPITEL 26
DUNKLES BLUT

Die ersten Stufen waren niedrig, tief, abgerundet und zu allem Überfluss genauso schwarz wie das Gemäuer und somit kaum zu sehen in dem Nebel aus Schattenmagie. Was als eine schmale Treppe begann, breitete sich zu einem unheimlichen Weg aus, je weiter sie in die Tiefe stiegen. Stufen wie aus einem einzigen Stein geschlagen, glatt und perfekt, wurden zu tückischen Stolperfallen. Trotzdem bestaunte Jasov das Gestein und war kurz von dieser Handwerkskunst abgelenkt: Hier musste Magie am Werk gewesen sein. Sowohl die Wände als auch die Treppe selbst hatten keine Ähnlichkeit mit dem Rest der Festung, die aus einzelnen Steinen bestand.

Jasov und Beneth waren dankbar für Nyths vorsichtigen Gang. Es war schwierig, den Stufen zu folgen und gleichzeitig im Wirkungskreis des Kristalls zu bleiben. Die Decke, zu Anfang noch niedrig und erdrückend über ihnen, gewann stetig an Höhe, je breiter die Stufen wurden. Nach einer gefühlten Ewigkeit des Schweigens und der Wachsamkeit führte die Treppe sie in ein großes Kellergewölbe. Auch hier war die Luft erfüllt von Schatten und erstickte das Fackellicht. Zwar flammten die Leuchten an den Wänden auf, als die Gruppe sich näherte, sie strahlten aber nicht ganz so stark wie im Gang zuvor. Jasov war bisher entgangen, dass sich die Fackeln erst durch ihre Anwesenheit entzündeten. Was für eine praktische Verzauberung. Schade, dass ihre Situation ihm kaum Zeit für freudiges Staunen ließ.

Doch mehr gab es ohnehin nicht zu entdecken. Wände ohne Muster oder Zeichen, keine Banner, Wappen, gar anderer Schmuck entlang der Mauern.

Der Kristall in den Händen der Drachenfrau gewann an Energie und verschaffte ihnen immer mehr Sicht auf das Kellergewölbe. Es hatte leichte Ähnlichkeit mit den Gängen unter Schloss Zwielicht, auch dessen Tunnel waren beinahe rund in das Gestein gegraben worden, und Jasov vermutete einen Zusammenhang in der Bauweise.

Beneth drehte sich immer mal wieder, musterte ebenfalls jeden kleinen Fleck an den Wänden, jedoch wohl eher aus Sorge um mögliche Angreifer. Die Baukunst interessierte ihn offensichtlich wenig. Auch Nyth war jederzeit bereit, sich zu wehren, sollte hier unten jemand oder etwas lauern; ihre freie Hand schwebte über einem ihrer Dolche. Abwehrzauber mussten sie keine befürchten, sie schritten direkt durch dichte Schattenmagie, vielmehr durch das Blut eines Drachen. Derartig geballte Energie eines Elements machte magische Runen unwirksam und veränderte die Gesetzte der Magie. Hier war es zu laut für einfache Zauberei, der Schatten übertönte alles.

»Auf was steuern wir zu, Nyth?«, flüsterte Jasov, so leise er konnte. Misstrauisch beäugte er die nebligen Fetzen von Schattenmagie um sie herum. Dahinter mochte alles Mögliche lauern. Diesmal wollte er keine magische Änderung übersehen. Sie waren nur noch zu dritt, auch auf ihn mussten sie sich nun verlassen.

Nyths Gang wurde etwas langsamer, und sie strich einige Male über den Kristall in ihren Händen. Vorsichtig, als könnte es jederzeit zerbrechen, pustete sie Rauch über das magisch gefüllte Gefäß, und sofort wurde der klare Kristall trüb. Wie erschrocken wich der schwarze Nebel zurück und offenbarte mehrere Meter Raum um sie herum. Der Kristall war nun voll geladen mit Nyths eigener Essenz, was auch immer das war, was auch immer andere Magie verdrängen konnte, was auch immer ihr erlaubte, mit jeder Magie nahtlos zu sprechen.

Jasov seufzte entnervt; er machte sich wie so oft zu viele Gedanken um Themen, die ihm jetzt nicht halfen.

Die Drachenfrau summte: »*Ursahs antavol, halvol, selvol!*«

Tatsächlich kannte Jasov diese Zauberformel. Es handelte sich um die Aufforderung, menschliche Magie aufzudecken. Dafür war ein kleiner Kristall verantwortlich, den Magiekundige aus dem Kraterland an ihrem Schlüsselbund trugen. In Jasov selbst wurde es kurz warm und kribbelig, als die Magie in ihm antwortete.

»Ich höre nur dich und Beneth. Es sieht aus, als wären wir allein … So dicht, wie die Schattenmagie hier wird, kann das kein normaler Mensch überleben. Sie würde am Körper hängen bleiben wie Klebstoff und ihn infizieren. Wenige, sehr mächtige Magiekundige können sich vor so etwas schützen. Aber die gibt es hier wohl nicht. Was, zugegeben, seltsam ist. Vielleicht schöpfen sie die Magie direkt in der Festung ab.« Nyth seufzte und rieb sich den Nacken. Das bedeutete eine Gefahr weniger.

Sowohl Jasov als auch Beneth drängten sich etwas dichter in den Radius des Kristalls. Keiner von beiden wollte nach ihren Worten die Schattenmagie auch nur streifen.

Wie seltsam, was hatte man sich dabei gedacht, einen begehbaren Kerker mit so gefährlicher Essenz zu fluten? War das der Grund für diesen unheimlichen Tunnel? Weil hier ohnehin nie jemand einen Fuß hinunter setzte?

Jasov starrte Nyth an, in der Hoffnung, sie würde vielleicht doch noch auf seine Frage antworten.

»Es handelt sich hier um frisches, magisches Blut eines Drachen. Demnach befindet sich am Ende dieser Gänge ein verletzter Schattendrache. Aber das ist unmöglich. Es gibt keine Schattendrachen mehr, seit dem Blitzkrieg der Lichtdrachen.« Sie sprach mehr zu sich als zu Jasov, teilte aber wenigstens ihre Gedanken laut mit, statt wie sonst in Schweigen zu verharren.

Beneth schien dies nicht auszureichen. »Was erhoffen wir uns hiervon?«

»Das weiß ich noch nicht. Aber ungeachtet der Tatsache, dass es ein magisches Ungleichgewicht in Brarche gibt, sind feindliche Soldaten, ausgestattet mit magischen Kristallen voller Schattenmagie, ein viel größeres Problem als alles andere. Was denkst du, was man damit alles vollbringen kann?«

Beneth nickte betrübt und Jasov schluckte.

Magische Dunkelheit. Nicht nur das Grauen dieser Magie in lebenden Wesen war entsetzlich; ihre Leere und Finsternis waren erdrückend. Sie verschlang Licht, und obendrein konnte man sich mit Schattenmagie durch die Nacht bewegen, als wäre man unsichtbar. Nicht auszudenken, was mächtige Magiekundige damit alles bewältigen konnten, insbesondere auf dem Schlachtfeld. Und sie standen in genug Restmagie, um damit ein ganzes Heer auszustatten; zumindest fühlte es sich so an.

»Was auch passiert, ich möchte, dass ihr euch zurückhaltet. Und verlasst auf keinen Fall den Radius des Kristalls!«

Beneth und Jasov nickten pflichtbewusst, ihr Gang durch den Keller wurde schneller. Wie in einem Kegel aus Licht verjagte der Kristall in Nyths Händen den Schatten und gab den Blick auf Wände frei, hin und wieder eine Tür, einen Flur und ganze Abzweigungen. Es war nicht schwer, den richtigen Weg zu finden, die Schattenenergie quoll ihnen regelrecht entgegen.

Nach kurzer Zeit veränderte sich das Gewölbe. Die steinernen Wände wurden gröber und der Gang vergrößerte sich mit jedem Schritt. Er war unsauber aus Erde und Fels gehauen, völlig anders als die vorherigen Flure. Ein Raum wurde zu einer Halle, zu einem Saal, zu einer riesigen Höhle. Die Dunkelheit um sie herum nahm zu, kein Fackellicht konnte sie hier noch erreichen, die Höhle war zu groß.

Jasov spürte, wie Beneth nach seinem Arm griff, als das letzte Licht um sich herum erlosch. Jetzt tappten sie im Dunkeln, wortwörtlich, in der Mitte eines riesigen Hohlraums unter der Erde.

»Wir nähern uns …«, flüsterte Nyth.

Sie hatte mittlerweile Mühe, die Schattenmagie zurückzudrängen. Der Kristall fing an zu flackern, und mit jedem Schritt musste sie mehr und mehr Kraft aufbringen. Die Magie war unheimlich dicht, fast wie Flüssigkeit, und die Sorge, die Nyth bedrängte, war dunkler als der Schatten um sie herum. Vielleicht kamen sie zu spät …

Um einen so gewaltigen magischen See zu erzeugen, musste der hier gefangene Drache entweder bereits tot, oder zumindest dem Tod sehr nahe sein. Brarches gestiegener magischer Pegel wurde jedoch nicht von dieser Schattenmagiequelle gespeist, so viel war sicher, das hier war nur ein lokales Problem. Nyth machten auch die fehlenden Sicherheitsvorkehrungen zuschaffen. Das Blut war frisch und würde bald die Grenzen überwinden. Spätestens dann hätte man im Kraterland von dieser Schattenmagie erfahren, wieso nahm Oracles dieses Risiko inkauf?

Und wie oft kam es in Brarche wohl vor, dass man magische Wesen mit so viel Macht ausbluten ließ? Drachen wie Ragdar jagten sie durch das ganze Land. Felsmagie aus seinem Blut gewonnen – er selbst mochte ein kleiner Drache sein, aber richtig eingesetzt, reichten winzige Dosen seiner Energie und man konnte tausende Projektile aus Stein beherrschen, die sich wie Pfeile durch die Herzen von Gegnern bohrten.

Die Tüsker förderten seit vielen Jahreszeiten Kristalle für Oracles' Land. Das Reich Brarche hatte genug Zeit gehabt, sich vorzubereiten, sich zu rüsten. Der Leichtsinn und Übermut des Reiches konnten nichts Gutes bedeuten. Natürlich wurde das magische Ungleichgewicht in der Welt nicht allein von Brarche verursacht; dafür waren die anderen westlichen Länder ebenso verantwortlich, allen voran wohl Lord Durphan, der über den vereinten Westen herrschte. Das Verbrechen von Brarche war lediglich der Tropfen, der das Fass zum Überlaufen gebracht hatte. Und dass man so offensichtlich Magie ausbeutete, direkt an der Grenze, ohne Furcht vor Feinden, ohne Furcht vor Lord Dragul, deutete auf eine große Gefahr hin. Kommandant Oracles war es offenbar gleichgültig, entdeckt zu werden; er nahm einen Krieg in Kauf.

Das konnte nicht im Ansinnen Durphans liegen. Oracles' Handlungen brachten den gesamten Waffenstillstand in Gefahr. Viele

Reiche entlang der Grenze, fern von Durphans Reich, folgten einer eigenen Interpretation seiner Ideale. Vielleicht war Oracles auch außer Kontrolle geraten. Nyth hatte auf ein längeres Wettrüsten gezählt, vielmehr gehofft, aber anscheinend verlor Lord Durphan zunehmend an Einfluss. Kein Wunder, seit dem *Ewigen Krieg* hatte ihn niemand mehr nahe der Grenzen oder gar im Osten zu Gesicht bekommen. Er hatte fern im Westen in seinem Reich verschanzt, war nicht zu erreichen, während andere seine Konflikte weiter austrugen.

Plötzliche Wärme veranlasste die Gruppe, stehenzubleiben. Wie eine Woge an Hitze schlug es ihnen entgegen und ebbte wieder ab. Jasov musste mit aller Macht ein Husten unterdrücken. Rauchschwaden schwebten durch die Luft. Etwas leuchtete schwach in der Dunkelheit, ähnelte den Umrissen einer Kette.

»Das kann nicht …«, flüsterte Nyth und reichte den Kristall an Jasov weiter, der ihn ermattet in beide Hände nahm, so vorsichtig, als wäre er das Kind der zweiten Tochter seiner Tante. Er erinnerte sich daran, den Säugling beinahe fallen gelassen zu haben, und bei dem massiven Druck, der auf dem Kristall lastete, wäre ihm auch das magische Gefäß fast aus den Händen geglitten. Unsicher schluckte er. Er brauchte einiges an Kraft, um ihn zu halten. Dann schien sich Nyth von ihnen zu entfernen.

Stille. Nichts regte sich mehr, nur die Luft rollte in heißen Stößen über den Boden. Jasov sah hinunter auf seine zitternden Beine, doch sie waren von der Dunkelheit verschluckt. Wäre nicht Beneths nervöser Atem neben ihm gewesen, Jasov wäre vor Anspannung zersprungen.

Plötzlich drang eine Melodie an seine Ohren. Ein bekanntes Gefühl breitete sich in seinen Gliedern aus, seine Nackenhaare stellten sich auf. Er erkannte eine ihm zutiefst vertraute Beschwörung.

Nyth stahl Licht.

Und nicht nur das Licht eines kleinen Feuersteins, einer Fackel oder einer Kerze. Sie stahl das Licht aller Fackeln um sie herum, aus allen Gängen des Kerkers. Strahlend helle Kugeln aus Magie strömten auf Nyth zu und sammelten sich in ihrer offenen Hand. Ihre Silhouette erstrahlte dabei. Jeder Funke wurde herbeigerufen von ihrer leisen Stimme. Es klang fast liebevoll, als begrüßte sie das Licht einzeln. Ein Feuerregen aus Tausenden Sternschnuppen jagte durch die Dunkelheit, warm und gespenstisch leuchtend.

Es war ein wundervoller Anblick. Alles Licht, das durch die Luft an ihnen vorbeischoss, summte vergnügt auf Nyth zu. Kleine blaue Funken und große, feurig helle Kometen vereinten sich. Wie ein lebendiger Nachthimmel tanzte das Licht um sie herum und brach die Finsternis entzwei. Sogar Beneth sah sich staunend um. Oh, Jasov liebte Magie, nicht für ihren Schrecken, sondern für all ihren Zauber. Das, genau das hier wollte auch er eines Tages vollbringen: einen Regen aus Licht beherrschen.

Dann endete das Spiel aus Funken und Energie. Eine helle weiße Kugel in Nyths Händen erleuchtete den gesamten Kerker.

Sie standen in einem riesigen Gewölbe und alle Schattenmagie schien sich vor ihnen in das halbrunde Ende der unterirdischen Halle gezwängt zu haben. Darin, deutlich zu erkennen, befand sich eine große dunkle Gestalt.

Sie bewegte sich, zog sich zusammen, wie eine riesige Schlange, die man in die Ecke gedrängt hatte. Um den Hals der Kreatur lag eine goldene Kette, die ähnlich magisch leuchtete wie der Feuerball in Nyths Händen.

Die Drachenfrau hob ihn mit einem kleinen Schubs in die Luft, und die Kugel schwebte nun einige Meter über ihren Köpfen. Jasov konnte beobachten, wie sich Nyths Hände zu Fäusten ballten.

Ein sich windender Drache kauerte in der Ecke, so groß wie die Halle selbst. Der Schädel konnte es mit Ragdars ganzer Erscheinung aufnehmen, der Körper hatte die Ausmaße eines prächtigen Gebäudes. Feine, matt schimmernde, pechschwarze Schuppen zogen sich über den Leib. Die Gestalt war nicht völlig zu erkennen, aber sie erinnerte Jasov an die klassische Darstellung eines Lindwurms in seinen Büchern. Das Gesicht eines Salamanders, ein langer Hals, ein schlanker Körper, wie der eines Raubtiers, Flügel einer Fledermaus und der Schwanz einer Echse. Schwärze in Perfektion, darin: glühende Augen. Jasov erkannte die Farbe nicht, schien orange, aber auch violett, erinnerte an einen Sonnenuntergang.

Das Wesen zitterte am ganzen Körper. Mit jedem schweren Atemzug drang heißer Rauch aus den Nüstern, und die Pupillen hatten sich zu Schlitzen verengt. Als Nyth langsam auf die Kreatur zuging, zog diese sich noch weiter zurück, vielleicht aus Angst, Misstrauen oder gar Feindseligkeit.

Und nun verstand Jasov nichts mehr. Nyth sprach, und ihre Stimme klang beschwichtigend, bitter und traurig. Es war die Sprache der Drachen, der Magie. Ein paar wenige Silben konnten eine Geschichte erzählen. Dennoch zog sich der dunkle Drache weiter in sich zusammen, bis es nicht mehr möglich war, wie in Abwehrhaltung. Keine Worte drangen zu dem Wesen durch. Die strahlende Kette um den Hals schien seine Schuppen zu verbrennen. Sie lag so eng wie eine zweite Haut. Tiefe Schnitte entlang der Kehle waren erkennbar. Sowohl Blut als auch Magie tropften die lange Kette hinunter und sammelten sich auf dem Boden.

Nyth blieb keine andere Wahl, als sich dem Drachen weiter zu nähern. Gierig griff blutiger Schatten nach ihr und zog sich enttäuscht zurück, da er keinen Halt an ihr fand. Fern des eigentlichen Kerns, entwickelte Magie oft ein egoistisches Eigenleben. Das Blut des Drachen suchte nach Hilfe. Endlich stand Nyth dicht genug vor dem mächtigen Lindwurm aus tiefem Schwarz, der an die felsige Wand gekettet war. Sie fluchte in Gedanken. Ihrem Entsetzen und ihrer Wut konnte sie kaum Ausdruck verleihen. Was für ein Verbrechen!

Diese Kette war geschmiedet aus Lichtmagie.

Licht – ein Element, das dieser Drache weder kontrollieren noch ertragen konnte. Es war die perfekte Fessel für einen Schattendrachen.

Und dann diese Wunden, zugefügt mit einer Waffe, die mühelos durch den Schuppenpanzer eines Schattendrachen schneiden konnte, wie durch weiche Erde. Was für eine widerliche Folter, und was für ein furchtbarer Tod, so zu verbluten. Nyth musste sich zusammenreißen, um nicht die Beherrschung zu verlieren. Zorn eroberte ihre Gedanken, und plötzlich konnte sie den Krieg kaum abwarten. In diesem Reich herrschten nicht etwa rachsüchtige Menschen – dies war das Verbrechen eines Drachen, eine Gräueltat an seinesgleichen. An einem Kind.

Die Augen, die Krallen, Nyth hatte es sofort gesehen, dieser Drache konnte kaum älter sein als hundert Jahre, gerade alt genug, um die Welt kennenzulernen. In einem Kerker gefesselt, um zu verbluten. Aufgeschlitzt mit einer Waffe, von der Nyth geglaubt hatte, es gäbe sie nicht. Das änderte alles.

Wie zuvor den Fackeln stahl Nyth nun den Fesseln das Licht. Das war um einiges komplizierter und erforderte geschickte Überredungskünste. Sie kannte sich aus mit der Persönlichkeit von Lichtzaubern; sie waren sehr nützlich und obendrein mächtig. Aber einen magisch versiegelten, mit Runen verzauberten Gegenstand dazu zu überreden, von seiner Funktion abzulassen, war alles andere als einfach. Es dauerte seine Zeit. Doch schließlich sammelte sich auch dieses Licht in dem funkelnden Ball, der die Höhle erhellte. Es ergab sich Nyths wütendem Gesang, stimmte ihr zu.

Der Drache hob den Kopf und öffnete ungläubig die Augen. Nun nicht weiter in sich zusammengezogen, offenbarte sich die gigantische Gestalt des Wesens. Pranken, so groß wie eine Kutsche, dazu lange, spitze Klauen. War die Halle auch riesig, der Drache konnte sich trotzdem nicht völlig in ihr aufrichten. Ein Schwanzschlag hätte ausgereicht, um enormen Schaden anzurichten.

»Wir sind nicht hier, um dir zu schaden. Wir dienen dem Nachbarland, wir sind deiner Blutspur über die Grenze gefolgt. Wir könnten dir helfen. Du bist zwar wieder frei, aber auch schwer verletzt.« Nyth näherte sich behutsam.

Die Kette zerbröckelte unter der Bewegung des Drachen. Ein lautes Wimmern hallte durch das Gewölbe. Aus den tiefen Schnitten an der Kehle quoll Magie. Nyth vermochte nicht zu sagen, welche Qualen der Drache erlitt. Doch sie konnte die Wunde schließen.

Ähnlich den Fesseln aus magischen Silben, mit denen sie Ragdar in die Schranken gewiesen hatte, befahl sie nun einem Band aus Magie, den tiefen Schnitt an der Kehle des Drachen zu versiegeln. Wie eine Naht legten sich die blass silbernen Schlingen in die schuppige Haut und zogen sie zusammen. Die Blutung versiegte und ein Ruck ging durch den Körper. Wunden dieser Art verheilten nicht einfach, das würde noch zu einem Problem werden; außerdem sah der Schnitt ungewöhnlich aus.

Energie schien den geschundenen Leib des Drachen zu durchfluten und ein leiser, schmerzerfüllter Laut erinnerte an das Winseln eines verletzten Hundes. Er klang viel zu hell für einen so gewaltigen Drachen.

Nyth hob behutsam die Hände. »Ich weiß. Aber bitte versuch, dich zu konzentrieren. Es ist noch nicht vorbei. Wir müssen hier raus!«

Es machte sich ein leicht ungläubiger Ausdruck in der Mimik des Drachen bemerkbar. Die Pupillen erweiterten sich. Die riesige Gestalt blickte misstrauisch zu Beneth und Jasov.

»Der Magier dort heißt Jasov. Seinetwegen sind wir hier. Er hat deine Magie aufgefangen. Deinen Hilferuf! Und der Mann daneben ist Beneth, er ist ein Paladin und seine Aufgabe ist es, zu beschützen. Sie sind keine Gefahr für dich. Aber solltest du versuchen, uns anzugreifen, lass dir versichert sein: *Ich* bin eine Gefahr für dich.«

Sofort fixierte der Drache wieder Nyth, die sich einige Schritte entfernte und zurück zu den beiden Männern ging.

»Es liegt nun bei dir.«

Jasov und Beneth standen noch immer unsicher in der Mitte der Halle, hell erleuchtet vom Licht der magischen Kugel.

»Du kannst gehen, wohin du willst. Aber mit uns wird die Flucht um einiges leichter«, rief Nyth im Gehen über ihre Schulter und brachte den Lichtball mit einem Winken zurück in ihre Hände. Mit einem Zischen lösten sich daraus einzelne Lichter und schossen ebenso schnell wieder zurück in den Gang, wie sie vorher herbeigeeilt waren. Es entfesselte einen erneuten Funkensturm, ein ähnlich episches Schauspiel wie zuvor, doch verblasste der Zauber im Angesicht des unheimlich beleuchteten Schattendrachen, dessen Augen im Dunkeln glühten. Die Helligkeit versiegte. Bis nur noch das Licht übrig blieb, das Nyth aus der Kette entwendet hatte. Die Dunkelheit war zurückgekehrt, und auch die Schattenmagie kroch erneut über den Boden.

»Jasov, gib mir kurz den Kristall.« Ohne auf seine zitternden Hände zu achten, wickelte Nyth das restliche Licht um den Stabkristall, der die Schattenmagie in Schach hielt. Es war eine wundervolle Kombination von Zaubern und Jasov wäre normalerweise nur allzu begeistert gewesen, so einer Verzauberung beizuwohnen. Aber sowohl er als auch Beneth starrten gebannt in die Dunkelheit, dorthin, wo sich der Schattendrache befinden musste.

Es war wie das Warten auf einen Sturm, von dem man nicht wusste, ob er nur die Wäsche von der Leine fegen oder aber das ganze Dorf verwüsten würde. Dieser große Drache könnte mit Leichtigkeit ein Dorf verwüsten. Jasov schluckte.

Im ersten Moment bemerkte er die Gestalt gar nicht. Deshalb erschrak er umso mehr, als eine kleine Person aus dem Schatten blinzelnd in den Schein des Lichts trat. Unsichere Schritte und eine geduckte Haltung zeigten Misstrauen. Aus den Augen heraus funkelte jedoch die Energie einer Entscheidung. Sie besaßen die Farben eines Sonnenaufgangs. Ob es Hoffnung, Verzweiflung oder blanker Überlebenswille war, Jasov konnte es nicht einordnen. Der Drache erinnerte ihn an ein in die Ecke getriebenes Tier, das kaum glauben konnte, wieder frei zu sein. Die Figur im Schein des Kristalls erweckte noch immer den Eindruck eines

Schattens. Sowohl der Ton der Haut als auch die nachtschwarzen Haare verschluckten das Licht. Zerzaust war es, dünn und kränklich. Der Körper zitterte, aber nun, näher kommend, hob sich das Haupt, und violette Augen schauten entschlossen abwechselnd in die Gesichter.

So mutig wäre Jasov in dieser Situation gewiss nicht und er spürte seinen Respekt für den Drachen wachsen. Dieses junge Gesicht, rund und mit klaren Augen. Der Körper war etwas größer als Nyth, besaß wenig Busen, dafür kräftige Schultern. Es könnte sich um ein Mädchen handeln. Eine Jugendliche, Heranwachsende. Für viele Ältere wäre sie hingegen noch ein Kind. Jasovs Herz stolperte. Hier hatte man in Ketten ein Kind fast verbluten lassen.

Der Drache trug etwas, das an eine Stoffuniform erinnerte und in einem tief schmutzigen Waldgrün schillerte. Das gerade geschnittenes Oberteil war maßgeschneidert. Weite Ärmel, ein kurzer Stehkragen, verziert mit goldenen Ornamenten. Ihre Hände schienen mit wilden Mustern bemalt zu sein, die Fingerspitzen waren schwarz, ebenso die nackten Füße. Die Kleidung hatte Risse, wirkte aber weniger mitgenommen als das Mädchen selbst, das nun etwas dichter zu Nyth ging und sich nervös umsah.

»Kannst du rennen, Drachenkind?«, fragte Nyth.

Ein Nicken.

»Gut!« Nyth schritt an der Gruppe vorbei und dann liefen sie gemeinsam los.

KAPITEL 27
KRIEGSGRÜNDE

Angsterfüllte Gedanken schossen durch Nyths Kopf. Sie hatte es geahnt, Oracles musste etwas gefunden haben, was ihn so leichtsinnig werden ließ, was ihm Macht verschaffte, und sie war sich sicher: Dragul wusste davon. Erst dieser geheimnisvolle Auftrag, Draguls Lüge und ein erwünschter Krieg, so plötzlich, so wichtig für ihn – und dann immer mehr Warnsignale eines noch größeren Unheils, schon auf den ersten Metern durch das feindliche Land.

Die Quelle des abrupten Anstiegs der Magie, das offizielle Ziel ihrer Mission, sie blieb weiterhin ein Rätsel und war niemals Draguls Priorität gewesen. Immerhin hatte er hiermit seine erwünschte Provokation. Nyth kannte ihren Lord, er war gerissen und verschwiegen. Sie zerbrach sich seit Wochen den Kopf über ihn und seine Absichten hinter diesem plötzlichen Wunsch nach Krieg waren. Dragul wusste etwas, das sie nicht wusste. Auf was hatte Nyth sich nur eingelassen?

Es war bekannt, dass die Länder im Westen Menschen, Drachen und andere magische Wesen auslöschten, um mehr frei verfügbare Magie zu erlangen. Es war gezielter Mord, der gegen jeden Waffenstillstands- und Friedensvertrag verstieß und doch nie geahndet wurde. Man schwieg zu diesem Grauen, um das bisschen brüchigen Frieden zu erhalten. Niemand wollte einen Krieg wie den *Ewigen*, auch Nyth nicht, doch in Wahrheit hatte der Krieg nie ein Ende gefunden. Nyth sollte ihn nur offiziell erneut für ihren Lord entzünden.

Aber ihr Auftrag brachte mehr ans Licht, als sie erahnt hatte. Der perfekte Schnitt an der Kehle des Drachenkindes. Eine Waffe, so mächtig, dass sie durch die Schuppen eines Drachen schneiden konnte wie durch Papier – diese Waffe war eine Legende. Sie konnte nicht existieren, sie durfte nicht.

Andererseits kannte Nyth vielerlei Legenden. Manche sogar persönlich.

Nyth fluchte innerlich und sah sich um. Beneth, Jasov und das Drachenkind folgten ihr dichtauf. Der junge Magier musste sich zwar sehr anstrengen, um den Kristall zu tragen, aber er hielt entschlossen Schritt. Sie hatten beinahe schon das Ende des Gewölbes erreicht, halb rennend, alle Gänge zu ihrer Linken und Rechten ignorierend. Hier unten gab es keine Soldaten. Niemand konnte lange genug im dunklen Magieblut überleben. Folglich sperrte man das Drachenkind in den Kerker, verletzte es unaufhörlich und wartete, bis die Magie an die Oberfläche quoll, um sie abzuschöpfen. Keiner hatte je vorgehabt, das Drachenkind wieder von dort zu befreien. Schon bald wäre es gestorben, verblutet unter Schmerzen.

Jeder Gedanke an das, was hier geschehen war, ließ die Wut in Nyth aufflammen. Jedes neue lose Ende, jede neue Frage zu ihrem Auftrag und dem drohenden Krieg ließ sie zweifeln. Sie war für ihre kontrollierten Gefühle bekannt, man nannte sie kalt und abweisend, und das mochte oftmals stimmen. Doch heute fühlte sie tiefe Abscheu, und die brannte wie Feuer.

Ein Schlag mit dem Schwanz … sie müsste sich nur einmal drehen, sich winden … diese Festung würde in tausend Einzelteile zerspringen. Nyth würde alles und jeden in Sekunden zerstören. Ein Gedanke würde reichen … Es brodelte in ihr, sie wollte den Frust laut herausbrüllen.

Aber es waren die kleinen, kurzen Beine eines menschlichen Körpers, die sie die Treppen hochtrugen. An ein Zeitalter, in dem auch sie Klauen besessen hatte und ihr Körper mit schimmernden Schuppen bedeckt war und funkelte wie der Nachthimmel, an so ein Zeitalter erinnerte sie sich nicht mehr. Die Jahrtausende rauschten vorbei und hatten sie beinahe vergessen lassen, was sie wirklich war. Die Zeit und die Machtlosigkeit trieben sie sogar in den Dienst eines Herrn, sich aufgebend und auf eine Chance hoffend. Hoffend, jemand anderes würde handeln und das Problem lösen. Dragul hatte durchaus recht, wenn er Nyth vorwarf, sie würde sich verstecken, sie würde weglaufen – ein Teil von ihr rannte davon, immer.

Ob es eine Chance war, etwas tiefgreifend zu verändern oder nicht: Nach diesem Verbrechen an einem Kind ihrer eigenen Art war Nyth bereit, die ihr zugewiesene Rolle zu spielen, sei es nun als Schachfigur auf dem Spielbrett des Todesdrachen oder als Hauptfigur in der Geschichte um den Beginn eines neuen Weltkriegs.

Der Herrscher dieses Landes, der Kommandant von Brarche, ein Drache, hatte ein Kind seiner eigenen Art in ein Verlies gesperrt, zum Sterben, zum Nutzen für noch mehr Tod …

Dafür würde Oracles bezahlen. Es musste enden, und sollte es auch nur bei einem Versuch bleiben; es war Zeit, sich der Welt zu stellen. Davonlaufen war keine Option mehr! Wie viele Jahrtausende versteckte sie sich bereits? Zu lange, viel zu lange. Nyth atmete erschrocken durch. Die plötzliche Entscheidung fiel ihr so leicht, innerhalb von Sekunden; und es fühlte sich gut an.

Endlich erreichten sie das Ende der Treppe. Nyth bekam nicht mit, dass Jasov sie entsetzt anstarrte. Feinfühlig und übersensibel, was magische Veränderungen anging, war er inzwischen auch geschult genug, die Quelle für Schwingungen zu lokalisieren. Die aufkeimende Furcht vor der Welle an vibrierender Magie rund um seine Mentorin würde er nicht so schnell vergessen. Sie glühte förmlich. Aber er musste seinen Fokus wieder auf das Hier und Jetzt lenken, nun, da sie in dem standen, was einst eine Halle gewesen war.

Ein Fels schoss im Hintergrund aus dem Boden. Ragdar schien voll in seinem Element, wortwörtlich. Ein Gesteinsdrache in einer Festung aus Felsen und Mauern. Der Lärm und der Donner rührten nicht mehr von explosiven Minenkäfern her, es war das Toben und Trümmern des Felsdrachenmannes, der aus einer steinernen Halle eine Höhle erschaffen hatte. Mit jedem Versuch der Soldaten, einzudringen, gesellte sich eine weitere Felsspitze zu den schon vorhandenen, jagte durch menschliches Fleisch und Knochen.

Karl stand in dem Gang zum Turm, der noch immer ihr Fluchtweg sein würde, und winkte sie herbei. »Einiges ist eingestürzt, aber Ragdar wird uns sicher einen Weg hinaus ebnen können. Dennoch weiß ich nicht, was uns draußen erwartet. Minenkäfer für eine Deckung scheint es nicht mehr zu geben.« Er wischte sich Schweiß von der Stirn.

Auf dem Boden vor dem Gang und im Flur selbst lagen die Leichen mehrerer Soldaten. Nicht nur Ragdar hatte sich einen Kampf geliefert. Unzufrieden rieb sich Karl den Arm, ein bisschen Blut zeichnete sich durch den Stoff seines Hemdes ab, das Leder seiner Jacke war eingeschnitten.

»A-aber wer ist das?«

Sie alle drehten sich zu dem jungen Drachen herum.

Noch immer hielt sie sich hinter Nyth und schaute misstrauisch in die von Felsen zerstörte Halle. Die Augen zuckten hin und her, bedachten die Umgebung mit Argwohn. Etwas an ihr strahlte Erfahrung aus. Ihre Furcht und der Schrecken ihrer Gefangenschaft überdeckten nicht das wache Funkeln in ihrem Blick.

Nyth griff vorsichtig nach dem Arm des Drachenkindes.

»Wie auch immer sich unser Weg gestalten wird, wir werden versuchen, über die Grenze ins Kraterland zurückzukehren. Du kannst uns begleiten, wenn du uns sagst, wer du bist!« Ihr Tonfall war etwas strenger als noch zuvor im Kerker. Auch das Drachenkind begriff offenbar, dass die Situation ernst war; Jasov konnte sehen, wie ein Ruck durch den Körper ging, als würde sie sich bewusst zusammenreißen.

»I-ich heiße Kira. Ich bin kein Feind, ich bin – ich bin niemand. I-in ein paar Monden habe ich meine Weihe zur Frau, i-ich bin nur… «, stammelte sie. Ihre Stimme klang hoch und jung.

»Noch ein Kind, ich weiß Kira, ich weiß«, erwiderte Nyth leise.

»Ja, a-aber ich kann euch helfen. I-ich kann uns m-mit dem Sonnenaufgang fortbringen.« Sie hatte einen merkwürdigen Akzent, den Jasov noch nie gehört hatte und auch nicht beschrieben in Büchern kannte. Akzente waren wichtiger Teil der verschiedenen Kulturen und zeigten oft deutlich, welche Art von Magie das Volk nutzte. Jasov selbst hatte eine Sprachfärbung und neigte dazu, einzelne Buchstaben stark zu betonen. Nur einige der Drachen am Hofe von Zwielicht sprachen frei von einem Dialekt. Kiras Worte erklangen melodisch und harmonisch ineinander verschlungen.

Beneth runzelte die Stirn über die Worte des Drachenmädchens. »Fortbringen? Wie? Du bist verletzt!«

»Sie ist ein Schattendrache. Sie kann uns durch die Dunkelheit bringen«, erklärte Nyth.

»Nicht für lange Zeit. Es ist nicht viel Magie in mir übrig.« Kira klang, als fühlte sie sich schuldig. Was es für ein Drachenkind bedeuten musste, die eigene Magie fast gänzlich verloren zu haben, mochte Jasov sich nicht ausmalen.

»Also bewegen wir uns mit der Dämmerung in den Westen«, legte Nyth fest.

»Was?« Beneth schlug die Hände über dem Kopf zusammen. »Weiter in den Westen? Weiter nach Brarche hinein?«

»Es ist ohnehin keine gute Idee, hier eilig die Grenze durchqueren zu wollen. Sicherlich sind nicht alle Minenkäfer explodiert, bestimmt wurden nicht alle Soldaten unschädlich gemacht, und Portale lassen sich in einem weiten Umkreis auch keine mehr öffnen. Tatsächlich ist Brarche selbst unsere beste Chance. Wir überqueren an einem anderen Ort die Grenze.« Nyths Stimme hatte wieder diesen endgültigen Ton, und sie richtete ihren Blick auf den Gang. Sie setzte schon zum ersten Schritt an, als sie es sich offenbar anders überlegte.

Dunkler Nebel umspielte ihre Füße. Nyth starrte auf die noch immer von Schattenmagie verschluckten Fackeln im Gang. »Kira, hättest du ausreichend von deiner Magie, wärst du dann stark genug, uns für einige Zeit mit Schatten zu verhüllen?«

Das Drachenkind schien einen Moment zu überlegen, nickte dann aber.

»Ganz sicher?«, wollte Nyth wissen.

»Ich könnte uns die ganze Nacht über verschleiern. Aber sie werden der Magie trotzdem folgen können!«

»Ja, jedoch nicht unmittelbar. Ein bisschen Abstand reicht uns.« Nyth schüttelte den Kopf und knurrte leise in sich hinein. Vorbei an den fragenden Gesichtern der anderen ging sie zurück zum Treppengang und starrte in die Finsternis, die dort nach wie vor einen dichten Schleier bildete.

Jasov sah Karl fragend an, aber auch der zuckte nur mit den Schultern. Er verzog das Gesicht, der Schnitt an seinem Arm schmerzte ihn wohl. Ob er damit noch kämpfen konnte, ein Schwert führen? Draußen hatten sich sicher einige Soldaten formiert, womöglich war bereits Verstärkung eingetroffen. Sie hatten keine Zeit für lange Überlegungen, jede weitere Minute brachte sie in größere Gefahr. Und doch rührte sich Nyth nicht vom Fleck.

»Bei allem nötigen Respe…«, setzte Beneth an, aber sie hob die Hand, um ihn zum Schweigen zu bringen. Also grummelte er erneut unzufrieden in seinen Bart und verschränkte die Arme.

Langsam griff Nyth in ihre Lederjacke und holte den dunkelgrauen Stabkristall heraus, in den sie die Schattenmagie der letzten Nacht gefüllt hatte. Mit einem unsicheren Gesichtsausdruck drehte und wendete sie das klare Gestein in ihren schlanken Fingern, strich vorsichtig über die perfekten glatten Kanten. Das Grau darin wirbelte etwas herum.

Dann endlich atmete sie tief durch und wandte sich zu den anderen. »Dieser ganze Ort quillt über vor Schattenmagie. Ich werde sie in diesem Kristall kanalisieren. Das wird dir zumindest zum Teil das zurückgeben, was dein ist, Kira. Dann kannst du die Magie des Kristalls nutzen und den verbleibenden Rest in dir schonen. Jedoch … die Magie um uns herum ist dicht und stark. Mit der nötigen Geschwindigkeit so viel geballte Energie zu bündeln … Das ist eine massive Kraft, es wird unglaublich viel

Druck dabei freigesetzt. Ich werde mit meiner eigenen Magie dagegenhalten müssen, sie damit zusammendrücken, komprimieren. Und das … das ist anstrengend. Das wird mich schwächen.«

Jasov schluckte hohl.

»Aber es ist unsere beste Chance.«

Niemand schien besonders erfreut von der Idee. Beneth zuckte nur mit den Schultern. Eine geschwächte Nyth war für Jasov ein neuer Grund zur Sorge.

»Kira, wirst du uns helfen? Meinen Befehlen folgen, was auch passieren wird?«

Die junge Kira musste wohl ebenfalls Teil einer Armee oder Befehlskette gewesen sein, denn die steife, pflichtbewusste Haltung, die sie auf diese Worte hin einnahm, erinnerte an Nyth. »Ich werde alles in meiner Macht Stehende tun, um Eure Befehle zu befolgen!«, versicherte eine nun feste Stimme, mit einem Nicken untermauert.

»Gut.« Nyths Finger krampften sich um den Kristall, und ihrem bitteren Ausdruck nach musste sie sich überwinden, diese Entscheidung zu fällen. »Ihr geht besser in den Gang. Ragdar?«, rief sie dem Felsdrachen zu. »Du musst den Flur am Ende für uns öffnen, sobald alle Schattenmagie daraus verschwunden ist! Hat Kira erst den Kristall, muss alles sehr schnell gehen. Habt ihr verstanden?«

Mit großen Schritten gesellte sich der felsige Mann wieder zu ihnen und musterte die neue Frau in ihrer Gruppe neugierig.

»Geht klar! Und hallo!« Er beugte sich zu Kira. »Bin Ragdar. Freut mich!«

Etwas an diesem Drachen schien jeden zu entwaffnen, denn Kiras Mundwinkel zuckten nach oben. Sie folgte Ragdar prompt, als dieser voran in den Gang stampfte, der inzwischen mehr einem Tunnel glich. Der Felsdrache hatte auch hier gewütet, und die Spuren an den Wänden ließen nur vermuten, wer dort zuvor versucht hatte, über den Flur einzudringen.

Jasov konzentrierte sich auf den Kristall in seinen Händen, den Anblick ignorierend, soweit es möglich war. Dieser verzauberte

Edelstein, der Schattenmagie zu verdrängen schien, würde damit nicht einfach aufhören. Jetzt, da sie die Schattenmagie jedoch brauchten, brachte Jasov dem Summen im Inneren des Kristalls lieber schnell bei, dass es vorerst keine verjagen sollte. Darauf wollte er sich konzentrieren. Gedanken um alles andere halfen ihm nicht weiter; manchmal sah man besser weg und hoffte auf das Beste.

Auch Nyth konnte nur hoffen, dass sie stark genug war. Kaum war der Rest der Truppe im Gang verschwunden, öffnete sie die Versiegelung des Kristalls erneut und wählte dann ihre Worte mit Bedacht. Alle Schattenmagie zu sich zu rufen, ihr zu befehlen, sich in diesem Edelstein zu manifestieren, in einer Geschwindigkeit jenseits normaler Runenverzauberungen … es blieb abzuwarten, ob sie die dabei freigesetzte Energie kompensieren konnte. So oder so, es würde schmerzhaft.

Nur wenige einfache Silben waren nötig, um die Aufmerksamkeit der Schattenmagie zu erlangen. Fern ihres eigentlichen Körpers, getrennt von der Essenz des Drachenkindes, wäre sie bald schon zerfallen, hätte sich verändert, verwandelt, sich aufgespalten. Allzu bereitwillig lauschte sie auf Nyths Worte.

Und kaum beendete sie ihr Gebet an die Magie, strömte die Dunkelheit gierig auf den Kristall zu. Aus jeder Ecke des Kerkers und jedem Winkel der Festung riss sich die Schattenmagie los. Immer schneller und schneller. Schattenmagie rieb an Schattenmagie, ballte sich auf ihrem Weg zusammen. Bald schon ähnelte sie keinem Nebel mehr, glich vielmehr schwarzer Tinte, zähflüssigem Blut. Aus dem Inneren des Kerkers herausgezerrt, quoll sie empor und riss mit ihrer Kraft Wände ein. Es knackte und polterte. Splitter flogen aus dem Torbogen der Treppe, und ein unheimliches Grollen ertönte im Erdreich.

Ein Sog, ein Zerren von tiefster Finsternis erschütterte den Stabkristall in Nyths Händen, sie musste ihn loslassen. Es war nicht mehr möglich, ihn mit den Fingern stabil zu halten. So viel Kraft konnte sie in menschlicher Gestalt nicht aufbringen. Doch der Kristall fiel nicht zu Boden, Gewalt zerrte an ihm.

Wie ein Wirbelsturm aus Magie entfesselte sich überall die Dunkelheit. Steine lösten sich aus den Wänden, eine gewaltige Druckwelle baute sich auf. Die Magie zerriss den Ort. Ein Tosen, ein Toben und Krachen. Voller Entsetzen hatten sich die anderen ans Ende des Gangs zurückgezogen, aus dem nun ebenfalls die Schattenmagie gesogen wurde.

Und dann stand auf einmal der Tornado aus Magie still.

Für ihr eigenes Element brauchte Nyth keinen Zauber zu sprechen. Drachen steuerten ihren Kern mit bloßen Gedanken. Sie waren eins mit ihrer Lebensenergie, ihrer Seele und ihrem Herzen. Im Gegensatz zu allen anderen Wesen lebte ein Drache von seiner Magie. Er *war* die Magie. Und je besser man sich kannte, desto geschickter war der Umgang mit sich selbst.

Aber Nyth musste mehr als Geschick beweisen. Sie lenkte all die freigewordene Energie, den Druck, die Kraft der sich bewegenden Schattenmagie auf ihren Körper um. Während die Dunkelheit nun lautlos in den Kristall strömte, ohne weiter Wände und Gestein einzureißen, konnte Nyth sich kaum mehr auf den Beinen halten.

Kraft war ein Gesetz, das sich zwar beugen ließ, aber letzten Endes immer die Oberhand gewann. Ob man einen fallenden Stein nun mit einem gespannten Tuch oder mit der Hand fing, die Kraft wurde übertragen, egal, ob in das Tuch oder in Muskeln. Es war ein Ringen um Balance, ein Ausgleichen.

Doch es war kein kleiner Stein, den Nyth gerade mit Muskelkraft zu fangen versuchte. Es war ein ganzer Berg. Was zuvor gedroht hatte, die Festung zu zerreißen, riss nun an ihr.

Es rang sie zu Boden, Nyth fiel auf die Knie.

Auf jede Zelle ihres schmächtigen Körpers drückte die Last von mehreren Tonnen. Jetzt kam es darauf an, wie strapazierfähig ihre aus Magie geformten Knochen waren. Alt waren sie, hatten an Substanz verloren, wie auch Nyths Kern. Hoffentlich reichte es.

An den Boden gedrückt, erstickt von so viel Wucht, dem Gefühl des Zerreißens trotzend, fühlte sich Nyth furchtbar winzig. Da war nichts mehr außer einem Tornado aus Energie, der sie blind machte für Zeit und Raum.

Gleich. Nur noch einen Augenblick. Fast.

Das Geräusch klaren Kristalls auf Stein beendete den Kampf. Der völlig schwarz erfüllte Edelstein war zu Boden gefallen und rollte direkt auf Nyth zu.

Auf den Knien, den Körper angespannt, wagte sie kaum zu atmen. Ihr Leib brannte wie Feuer und schmerzte bis in die letzte Zelle. Aber das würde vergehen, würde heilen mit ein wenig Zeit und Ruhe. Zittrig streckte sie die Hand nach dem Kristall aus und zwang sich aufzustehen. Ganz langsam, ein Bein nach dem anderen. Ein kurzes unsicheres Luftholen. Die Welt drehte sich, der Boden schwankte, aber nach einem weiteren tiefen Atemzug kam die Realität wieder zum Stillstand.

Jeden Schmerz ignorierend rannte Nyth zu den anderen in den Gang. Kaum hatte sie den Schattenkristall an Kira übergeben, öffnete Ragdar das Ende des steinernen Flurs.

KAPITEL 28
JAGD IM HALBLICHT

Kalte Luft schlug der Gruppe entgegen und wütende Soldaten blickten sie direkt an, alle in leicht ramponierter Rüstung, mit schmutzig blauen Hemden und düster glühenden Schwertern in den Händen, bereit, die Eindringlinge sofort in Gewahrsam zu nehmen.

Aber da waren aus ihrer Sicht keine Eindringlinge. Die grimmigen Augen starrten verdutzt in einen völlig schwarzen, leeren Gang. Dabei hatte sich dieser vor ihnen gerade erst geöffnet.

»Vorsicht!«, rief eine feste Stimme hinter ihnen. Der Mann, der wohl der Kommandant war, schritt zwischen den anderen hindurch und baute sich vor seinen Soldaten auf. Seine Rüstung hatte keinen Kratzer und er trug einen Umhang, der mit einem blauen und einem grünen Kristall befestigt war. Jedes Detail seiner Kluft war aufwendig silbern verziert, prunkvoll, fast kitschig.

Jasov blinzelte verdutzt beim Beobachten dieser Szene. Die kleine Gruppe aus dem Kraterland stand direkt vor den Soldaten, und doch fühlte man sich allem fern. Ungläubig musterte Jasov seine Hände, er sah sie, er sah sie nicht, seine Finger schienen ein Schatten geworden zu sein. Schattenmagie hatte ihn umschlungen, und mit ihm den Rest der Truppe. Falls er sich je gefragt hatte, wie es war, ein Schatten zu sein – auch jetzt war er nicht imstande, diese Erfahrung zu beschreiben. Es war ein Gefühl wie zu viel Alkohol ohne den Rausch, oder wie Müdigkeit bei klarem Verstand. Er blickte zu Nyth, die ihre Arme fest verschränkt hatte und mit sich zu kämpfen schien. Da war diese ungesunde Anspannung in ihrem Blick. So viel war zu erkennen. Die kleine Gruppe sah sich tatsächlich im Schatten, klar und undeutlich.

Ein Schatten war kein verlässlicher Ort für Konturen und Farben, doch er ließ einen nicht blind. Er fühlte sich einfach nur falsch an.

Es war Kira, die sich zuerst bewegte. Das Drachenmädchen schritt aus dem Schatten des Gangs hinaus direkt in den nächsten Schatten, geworfen von den Körpern der Soldaten selbst. Und mit wenigen weiteren Schritten gelangte sie an die Wand des Turms, der völlig heil geblieben schien, trotz Minenkäfern und Ragdars Chaos. Mit einer Geste wies sie die Gruppe an, ihr zu folgen.

Es hatte Ähnlichkeit mit einem Kinderspiel aus der Schulzeit, einem Spiel, das Jasov nie sonderlich gut beherrscht hatte. Auf den Höfen der Handelskammer fanden sich seltsame Muster im steinernen Boden. Große Platten aus Gestein bildeten aufgrund ihrer unterschiedlichen Graustufen ein gigantisches Mosaik. In den Pausen vom Unterricht spielten er und seine Kameraden »Jagd im Halblicht«. Die Regeln waren wirr und vielseitig. Aber der wichtigste Punkt besagte, dass man als Jäger nicht die weißen Steine betreten durfte und von einem dunklen Stein zum anderen jagte. Sollte Jasov es lebendig in die Heimat schaffen, einen Titel zu seinem Abenteuer hatte er nun. Vielleicht war es mehr Flucht als Jagd, aber was machte das schon?

Zittrig folgte er Karl durch den Schatten der Männer, bis hinein in die schützende Dunkelheit der nächsten Wand. Noch immer trug er den Stabkristall mit Nyths Magie fest in seinen Händen, presste ihn regelrecht gegen die Brust. Das magische Gefäß hatte ihn tatsächlich erhört, als er beinahe flehend zur Magie gesprochen hatte, sie möge aufhören, den Schatten zu vertreiben. Etwas an Nyths Magie war intelligent und zugänglich. Oder vielleicht lernte Jasov endlich, mit unbekannten Essenzen zu sprechen. Wie auch immer, es machte ihm Mut, und den brauchte er gerade dringend.

Die Gruppe bewegte sich vorwärts wie ein lebendiger Schatten. Kira bemühte sich, mit Gesten deutlich zu machen, wohin sie sich wenden mussten, ehe sie weiterging. Es dauerte nicht lange, da hatten sie sich entlang der runden Turmmauern bis zur Tür nach draußen vorgearbeitet.

Wäre jetzt nur genug Platz, um an den feindlichen Menschen vorbei hinauszuschleichen. Das gute Dutzend Soldaten im Turm starrte auf seinen Hauptmann, schweigend und auf ein Kommando wartend; einige mit ratlosem Blick, manche sich hektisch umsehend. Wenn Jasov als Magier den Schatten hatte spüren können, so konnten es andere Zaubernde auch.

Nur ungern zupfte er an Nyths Kleidung und nickte in Richtung der Soldaten, um ihr klarzumachen, weshalb er sich sorgte. Auch sie musterte die Männer kritisch. Es war nur eine Frage der Zeit, bis sie eins und eins zusammenzählten.

Nyth griff nach dem Kristall in Jasovs Händen und nahm ihn wieder an sich. Fest presste sie die Lippen zusammen. Als sie sanft über das magische Gefäß strich und lautlos zu seufzen schien, ahnte Jasov bereits, dass sie etwas damit vorhatte. Und sie wirkte ganz und gar nicht glücklich darüber.

Voller Entsetzen beobachtete er, wie der Kristall in ihren Händen anfing zu vibrieren. Das hatte er schon einmal gesehen, selbst erlebt, sogar ausgelöst. Die Drachenfrau fokussierte sich auf die Kernessenz des Kristalls und spaltete die Energie auf. Gerade noch rechtzeitig warf sie den Edelstein über die Köpfe der Soldaten. Im selben Augenblick drängte sie Ragdar hinaus durch die Tür, griff auch nach Jasov und zog ihn dicht heran. Die Truppe stürzte aus dem Turm, und die dabei angerempelten Soldaten hatten keine Zeit, sich zu wundern. Das Kristallgefäß explodierte, ehe es zu Boden fiel, und eine Welle an Magie breitete sich in den Raum aus.

Nur aus den Augenwinkeln konnte Jasov erkennen, dass sich Verwirrung und Entsetzen auf den Gesichtern der Soldaten abzeichneten, dann musste er gezwungenermaßen den Blick nach vorne richten.

Sie rannten aus dem Turm, weg von der Festung, über kleine schattige Flächen in Richtung des abgebrannten Waldes. Es blieb keine Zeit, sich umzusehen. Ob und wie viel von der Festung noch stand, wer ihnen folgte … das alles spielte jetzt keine Rolle. Sie mussten so schnell wie nur möglich sein.

Langsam sank die Sonne und offenbarte wundervolle lange, dunkle Schatten. Zwielicht herrschte zwischen den Zweigen, und die zwei großen Monde am Nachthimmel begannen zu leuchten. Jeder Meter durch die beginnende Dunkelheit, im Schutze des Schattens, brachte Abstand zwischen sie und die Soldaten, die ihnen sicher bald folgen würden. Die harten Silhouetten der Baumstämme schenkten Unsichtbarkeit. Viele kleinere Schatten verbanden sich zu einem großen, und Kira rannte voran, sich ihrer Magie gewiss, weiter in den Westen, dem Sonnenuntergang entgegen.

Erst nach einigen Minuten des Stolperns, des Keuchens und des sich Verhedderns in Zweigen fiel Jasov auf, dass der Schatten ihre Geräusche nicht verschluckte. Und auch nicht ihre Spuren. Hoffentlich konnten sie das verbrannte Land bald hinter sich lassen. Ein karger Boden offenbarte Fußspuren so verräterisch wie Kekskrümel eine Heißhungerattacke. An seinen knurrenden Magen dachte Jasov jetzt besser nicht.

Einmal zu oft ging es schnell durch unwegsames Gelände. Zudem schien Nyth Probleme zu haben, Schritt zu halten. Er selbst wusste nicht, ob sie Kira vertrauen konnten; Karl war verletzt, Beneth pessimistisch und Ragdar … nun, Ragdar … Jasov war sich nicht sicher, wie er diesen Gedanken beenden sollte.

KAPITEL 29
DIE FLUCHT

Sie rannten eine knappe Stunde, dann stolperten sie nur noch durchs Gelände, und irgendwann hielt Karl sie mit einem müden Ruf an. Er war etwas zurückgefallen, seine Rippen schmerzten sicherlich genauso, wie Jasovs. Hinter ihm hatte sich Nyth völlig geschafft gegen einen Baum gelehnt und wirkte wackelig auf den Beinen. Sie alle waren erschöpft. Nicht nur von dieser Flucht. Die ganze Reise hatte an Körper und Geist gezehrt.

»Pause?«, murmelte Karl und rieb sich den verletzten Arm.

Nyth nickte nur.

Kiras Schattenmagie wirbelte um die Gruppe herum, und auf einmal fühlte sich jeder wieder sichtbar, falls man das als Gefühl bezeichnen konnte. Das Empfinden, aus Schatten zu bestehen, war unwirklich und die nun helle Realität seltsam direkt. Doch die Sonne versank endgültig hinter dem Horizont und bald schon ließ sich Schatten von Nacht nicht mehr unterscheiden. Die Dunkelheit umhüllte sie auch ohne die Hilfe von Magie.

Kleine schwache Lichtkugeln schwebten aus Jasovs Tasche und glommen wie Glühwürmchen zwischen ihnen in der Luft, beschworen, um ihnen etwas Licht zu spenden.

»Ich habe den Wald um uns herum verschleiert und die Schatten verdunkelt. Wir sind hier allein, vorerst.« Kira setzte sich ein wenig abseits von den anderen auf einen umgestürzten Baumstamm. Dem Drachenmädchen schien die aktuelle Situation nicht ganz geheuer. Die Erlebnisse im Kerker verfolgten sie sicherlich und nun war sie umgeben von Fremden, deren Fähigkeiten und Absichten sie nicht einschätzen konnte. Jasov fühlte mit ihr. Doch ehe er etwas sagen konnte, setzte sich Ragdar direkt neben das

Drachenkind, streckte die Glieder entspannt aus und gähnte ausgiebig. Und wieder einmal war es die plumpe Geste des Felsdrachen, der die Situation etwas entschärfte. Kiras geduckte Haltung lockerte sich sichtbar. Auch Jasov konnte endlich durchatmen.

Nur Beneth blieb wachsam. Er sah sich um, darauf achtend, innerhalb der verschleierten Magie zu bleiben. Sie schleppten zwei Fremde mit, zwei Drachen – Jasov konnte sich denken, was er von dieser Situation hielt. Beneth hatte sich schon schwergetan, Nyth zu vertrauen, ausgerechnet sie war verletzt, dazu Karls blutender Arm. Er schnaubte wütend und schüttelte den Kopf, ihm ging man besser aus dem Weg.

»Wir können nicht lange rasten, nicht schlafen, dafür bleibt keine Zeit.« Nyth Stimme klang dünn, die Drachenfrau war sichtlich erschöpft. »Wenn wir nur ein bisschen weiter kommen … Es gibt einen Ort in Brarche, den ich erreichen könnte, er ist nicht weit von hier. Vielleicht kann ich ein Portal öffnen, aber hier, in dieser wilden, dichten Magie, ist das nicht ohneweiteres möglich. Wir müssen weiter, raus aus der Energie.« Langsam rutschte sie am Stamm des Baums hinunter, kauerte sich zwischen die Wurzeln. Für einen Moment schloss sie die Augen.

Jasov fühlte den Drang, etwas zu tun, schon allein um der drohenden Müdigkeit zu entkommen. Es war nicht die Zeit, in Hilflosigkeit und Angst zu verharren.

Als Erstes verarztete er Karl, der sich noch immer den Arm hielt. Eine kleine Flasche mit Wundsalbe und eine schmale dünne Stoffbinde hatten Platz in der Tasche an Jasovs Gürtel gefunden, dazu einige weitere Hilfsmittel, Kristalle und auch Kräuter, sorgfältig ausgewählt von Marberd. Aber ob er dem Paladin damit wirklich helfen konnte …

Karl zog sein Hemd aus, und nun sah Jasov deutlich, dass sich aus der Wunde kleinere, feine Adern über den Arm zogen, als breitete sich etwas durch das Blut aus. Es umschloss die Muskeln wie verkrampfte Sehnen. Jasov strich die feinen Bahnen mit den Fingern entlang. Wie Äste verzweigte sich die Magie im Fleisch.

Zum Glück konnte er keine Bewegung erfühlen. Was es auch war, es drang nicht tiefer ein, und die Haut weiter oben am Arm war warm und sah gesund aus. Ein Kichern ließ ihn aufschrecken.

»Das kitzelt!«

»Entschuldige.« Jasov biss sich fast auf die Zunge und kramte schnell nach dem Verband. Wieso war er nur so? Einmal nicht unangenehm auffallen, das wünschte er sich.

»Man sollte sich nicht von magischen Schwertern verletzten lassen.« Karl lachte leise und seinem matten Lächeln folgte ein Seufzen. Er verzog kaum eine Miene, als Jasov etwas von der Tinktur auf die Wunde träufelte und dann den Verband anlegte. Es brannte sicherlich höllisch. Jasov spresste fest die Lippen zusammen, Karls Verletzung nahm ihn mehr mit, als ihm lieb war. Beherzt griff der Paladin in Jasovs blonde Locken, zerwühlte ihm grob die Haare, wohl eine Geste des Vertrauens, aber Jasov sah ihn verdattert an.

»Schau bitte nicht so!« Karl zwinkerte. »Das ist nicht der richtige Moment für Trübsal. Wir sind am Leben und sollten dafür sorgen, dass es so bleibt. Mit ein bisschen Mut, hmm?«

Langsam wanderten Jasovs Mundwinkel nach oben, und er atmete tief durch. Etwas an Karl gab ihm das verlorene Gefühl von Hoffnung zurück, auch wenn sein Herz bei dem warmen Lächeln nur noch schneller schlug. Jasov wollte so gerne für sie alle stark bleiben.

Eine Atempause war dringend nötig gewesen. Anspannung verbrannte Energie. So rasch konnte ihnen niemand folgen, noch nicht. Und sollte Nyth wirklich ein Portal öffnen können, dann würden alle Spuren enden, und die Flucht wäre um einiges einfacher.

Karl zog sein Hemd vorsichtig wieder an und schlüpfte mit Jasovs Hilfe in die Lederjacke zurück, dann setzten sie sich zu den beiden Drachen auf den Baumstamm. Warme, kleine Lichter glommen um sie herum, und Insekten schwirrten zwischen den Zweigen und Büschen des Waldes. Es war schwer sich nicht der

Müdigkeit hinzugeben. Mit einem Wasserzauber füllte Jasov ihre Feldflaschen wieder auf.

Der Kristall, gefüllt mit der Essenz eines versiegten Brunnens, war schwach, somit leicht zu kontrollieren und eines seiner liebsten Spielzeuge. Viel mehr als ein bisschen Nebel, ein paar Wassertropfen aus dem Himmel und volle Flaschen konnte er damit noch nicht vollbringen, aber wie Marberd ihn gelehrt hatte: Die Möglichkeiten schwacher Magie endeten mit der Kreativität des Magiekundigen. Auch ein kleiner eiskalter Tropfen in den Augen eines Angreifers konnte wahre Wunder bewirken.

Kira räusperte sich leise. »Diese Frage mag euch vielleicht seltsam vorkommen, aber wo genau befinden wir uns?«, murmelte das Drachenmädchen unsicher. Ihre Augenbrauen hatten sich zusammengezogen, und sie hielt nur kurz Blickkontakt.

»Wie meinst du das? Dieser Wald?« Karl runzelte ebenfalls die Stirn.

Doch Kira schüttelte den Kopf. »Nein, dieses Land.«

»Oh. Nun, wir sind in Brarche, nahe der Grenze zu Kraterland, und nicht fern von hier ist Bruch.«

Noch immer machte sie einen verwirrten Eindruck und schien mit den Antworten nicht wirklich etwas anfangen zu können.

»Du befindest dich im westlichen Teil des Kontinent!«, erläuterte Nyth, die sich langsam erhob und von Jasov sofort eine Feldflasche gereicht bekam. Sie lehnte mit einem kurzen Kopfschütteln ab. Hatte er sie überhaupt schon einmal trinken oder gar essen sehen?

»Im westlichen …« wiederholte Kira, die Worte tonlos nur mit dem Mund formend. Angst machte sich in ihrem Gesicht breit. Sie starrte zitternd auf den Waldboden. »Westen … Nein, nein, nein … wie ist denn das möglich?«, stammelte sie und rang dabei nach Luft.

»Wenn du das nicht wusstest – was ist dir denn passiert, Kind? Woher kommst du?« Ragdar beugte sich zu ihr.

Kira zuckte zusammen. Nervös krallten sich ihre schwarzen Finger in den Stoff ihres Hemdes.

Als müsste sie sich erneut davon überzeugen, frei zu sein, tastete sie zur Wunde an ihrem Hals. »Ich bin … es ist … kompliziert«, brachte sie heraus und schüttelte den Kopf. Daraufhin folgte Stille. Sie schien innerlich mit Worten zu ringen, einige Male atmete sie ein, als wollte sie sprechen. Doch sie blieb stumm.

»Na, wie du gesehen hast, haben die Soldaten auch auf uns eine bergige Wut! Wir tun dir nichts.«

Die Lippen des Drachenmädchens zitterten kurz, als sie den Mund öffnete. Noch einmal holte sie Luft und traute sich nun doch zu sprechen. »Das ist es nicht. Ihr könntet auch meine Feinde sein. I-ich bin nicht von hier, ich… « Sofort verstummte sie wieder und die Nervosität in ihrem Blick vollendete den Satz. Sie wusste nicht, was sie mit den Fremden um sie herum teilen konnte und was ihr vielleicht zum Verhängnis wurde.

»Sofern deine Geschichte uns nicht zu deinen Feinden macht, hast du nichts von uns zu befürchten. Das Kraterland, unser Reich, macht keine Gefangenen, weil sie aus der Fremde stammen.«

Fahrig blickten Kiras Augen umher, musterten Ragdar, Jasov und nun auch Nyth.

»Wie ist ein Schattendrache, eine Art, die angeblich ausgestroben ist, in Brarche gestrandet? Erzähle es uns«, hakte Nyth nach.

»Ja … also … ich … nicht mit Absicht. Das wollte ich alles nicht. Ich stamme aus Nok'Turûhn«, erklärte Kira zögerlich und da niemand auf diesen Namen reagierte, fuhr sie fort: »Das Land der Schatten? Es liegt ganz im Osten des Kontinents, dort wurde ich geboren.«

»Das ist eine Lebensreise entfernt, bist du dir sicher?«

Kira zuckte mit den Schultern. »Ich weiß nur, was man mich lehrte. Das Land der Schatten liegt im Herzen des Ostens, in einem Dschungel.«

»Portale über diese Strecke sind-«

»Kein Portal!«, unterbrach Kira Nyth hastig. »Ich bin keine gute Magierin, und mit meinem Element komme ich … es macht mir Schwierigkeiten. Ich bin noch nicht ganz gereift … deshalb. Ich wollte einen Schritt durch den Schatten machen, wie immer, aber ich war aufgeregt. E-es musste schnell gehen.« Offensichtlich hielt sie einige Informationen zurück, aber Nyth nickte nur geduldig. »Plötzlich bin ich durch den Abend gezerrt worden, statt durch den Schatten. Und dann war ich hier! Und dann … waren da Soldaten … So viele Soldaten.«

Ihre Stimme brach ab und Ragdars Hand landete behutsam auf ihrem Rücken. »Kind! Du bist im Schatten durch ganze Länder gereist? Beim Herz des Berges! Schade, dass es dich hierhin verschlagen hat. Muss schon sagen, die Kraterländer machen für mich einen deutlich freundlicheren Eindruck als die Brarcher Dumpfnasen.«

Sie sah ihn kurz traurig an, versuchte zu lächeln. »Knapp verfehlt, was? Meine Schattenmagie ist leider untauglich. Ich kann damit nicht umgehen. Ich bin in der Lehre, bin noch lange keine vollständige Soldatin. Wollte meinem Reich dienen, aber i-ich bin keine Gefahr für euch, ganz sicher nicht. Ganz bestimmt nicht. Schon gar nicht ohne meine Magie. Ich weiß nicht, wie nützlich ich euch noch sein kann.« Ein bitterer Ausdruck legte sich auf ihr hübsches Gesicht, Feuchtigkeit glitzerte in ihren Augen.

Nyth musterte sie für eine Weile. »Deine Magie ist ungewöhnlich, eigentlich kenne ich Schatten, deiner fühlt sich … etwas ist seltsam, Kira.«

Das Drachenkind zuckte auf ihre Worte hin zusammen. Langsam ging Nyth vor ihr in die Hocke und versuchte, Kiras Blick zu erhaschen. Nachdem dieses Kind so viel Leid ertragen hatte, bereitete ihr der Kummer über ihr fehlendes Können mehr Schmerzen als die vergangene Folter.

»Nach all dem kann ich nicht mehr zurück nach Hause«, flüsterte Kira, als sie endlich den Kopf hob und Nyths Blick erwiderte. Ihre Augen schwammen. »Vater würde erst recht nicht mehr … ich habe fast die ganze Magie in mir verloren. Seine Magie. Ich war ihrer nie würdig, war eine Enttäuschung für ihn und unsere

Art. U-und nun sicher auch für Mutter.« Eine Träne rollte über ihre Wange.

Kira glaubte fest, keine Gefahr zu sein, und zwar für niemanden. Dieses fehlende Vertrauen in die eigenen Kräfte war bitter für das Drachenkind. Es bedeutete jedoch für die Gruppe, dass man ihr vertrauen konnte. Und das war Nyth im Augenblick wichtiger als alles andere.

Sie erhob sich wieder. Kiras Blick folgte ihr.

»Du hättest längst tot sein müssen. Die Magie in dir ist fast versiegt, und du bist beinahe verblutet. Was du überlebt hast, es gleicht einem Wunder.« Nyth beugte sich wieder etwas näher zu ihr. »Kira … dein Überleben könnte entscheidend dazu beitragen, das Leben von Millionen zu retten!«

Das Drachenkind machte große Augen.

»Jede Information über das, was du hier erlebt hast, könnte den Ausgang eines Krieges verändern. Und deshalb … ich muss dich bitten mir diese Frage ehrlich zu beantworten: Stehst du auf der Seite des Miteinanders von Drache und Mensch, oder siehst du die Spezies der Menschen als geringer an?«

Das Drachenkind legte den Kopf schief. Sie überlegte einen Moment sichtbar, ihre Mimik veränderte sich und Gefühle spielten mit ihren Grübchen. »Ich mag Menschen«, sagte sie schließlich mit fester Stimme.

»Tust du das?«

»Ja.« Kira blinzelte die Tränen fort, richtete sich wieder gerade auf. »Man hat kaum eine Wahl, wenn man von einer menschlichen Familie aufgezogen wird, oder?« Es breitete sich ein wenig Freude in ihrem Gesicht aus, bei dem Gedanken an ihre Familie.

Nun war Nyth vollends überzeugt. »Kira, ich kann verstehen, wenn du dich in diesem fremden Teil der Welt nicht an unseren Konflikten beteiligen willst …«

»Ohne meine Magie bin ich nutzlos, und mein Recht auf Heimat ist verwirkt.« Sie klang entschlossen. »Wenn ich euch helfen kann, wenn mein Leben wirklich das anderer retten kann, dann ist das mehr wert als alles, was ich bisher geleistet habe. Aber ich bin schwach und …«

»Schon gut, Kira, ich bin mir deiner Verletzung bewusst, darum werden wir uns kümmern. Du hast uns gezeigt, wer du bist. Jetzt werden wir dir berichten, woher wir kommen. Und dann kannst du entscheiden, ob du uns weiterhin hilfst. Für uns ist vor allem wichtig zu erfahren, was du über diesen Ort hier weißt, wer dich so verletzt hat und … womit!«

KAPITEL 30
MIT DEM SCHATTEN

Das Kraterland war Kira unbekannt, doch sie meinte, dass dies an ihrem mangelnden Interesse für Poltik liegen könnte. Sie hatte eine Kriegerin werden wollen, und ihre Ausbildung in der Armee von Nok'Turûhn hatte gerade erst begonnen. Nyth war wenig begeistert, dass ein Reich Drachen vor ihrer Reife bereits in die Armee aufnahm, aber Kira wirkte sehr diszipliniert für ihr Alter.

Drachenkinder brauchten unterschiedlich lange, um zu reifen. Ehe sie anfangen konnten, Wissen aufzunehmen, mussten sie zunächst ihre Magie unter Kontrolle bekommen. Genau das machte Nyth Sorge, es hatte niemanden gegeben, der sich Kiras Element angenommen hatte, obwohl sie ihre Kräfte angeblich von ihrem Vater geerbt hatte. Entweder tat sie unwissend oder sie wusste tatsächlich nicht viel über ihr Land, die Lage, die politische Situation. Für Nyth war sie ein Kind, traumatisiert, übermüdet, verwundet. Um Kira zu beruhigen, erzählte sie ihr vom Kraterland und ihrer Philosophie der Gesellschaft.

Kira schien zufrieden mit dem, was sie hörte, bis auf die Tatsache, dass Lord Dragul ein Todesdrache war. »Dieses Element ist ausgesprochen ... wie war das Wort? Di? Dis? Nein ... de... de... destruktiv«, merkte sie vorsichtig an. Auf Nyths zustimmendes Nicken hakte sie nach: »Er führt das Reich an, weil er eine gute Balance zwischen allen Lebensformen anstrebt, ja? Also *für* das Leben? Ein Todesdrache?«

»Wer den Tod kennt, schätzt das Leben.«

»Kann man das? Leben, wenn man tot ist?«

»Es ist weniger dramatisch, als es klingen mag. Ich meine: Er ist weniger dramatisch ... meistens.« Nyth knirschte kurz mit den

Zähnen. »Solltest du uns begleiten, musst du dich nicht sorgen. Er wird dich gehen lassen, wenn es dein Wunsch ist. Oder dir helfen, wenn du heimkehren möchtest. Ich bin mir sicher, dass dies im Bereich seiner Möglichkeiten liegt. Solltest du bleiben wollen, so musst du lediglich viele Fragen über dich ergehen lassen, und die wird nicht er dir stellen, sondern der Rat.«

»Es ist gut, dass ihr einen Rat habt, der entscheidet. In meiner Heimat gibt es das nicht.« Kira seufzte. Obwohl sie öfters an die Schnittwunde an ihrem Hals griff, wirkte sie um einiges entspannter als zuvor.

Nyth verkniff sich jeglichen Kommentar zur Demokratie des Landes, ärgerte sich einmal mehr über ihre unangenehme Position. Zurzeit hatte sie keine andere Wahl, als Lord Draguls Fürsprecherin zu sein. Immerhin musste Nyth dafür nicht aktiv lügen, das war ihr wichtig. Dragul war in gewisser Weise weniger dramatisch, als es die meisten Drachenherrscher waren. Würden sich die Drachen und Menschen nicht um Macht streiten, würde der Lord seinen Alltag damit verbringen, sich zu entspannen und Kuchen zu essen. Die Vorstellung, dass er lediglich täglich ein paar Portionen Pudding und Marmorkuchen bräuchte, um zufrieden zu sein, war unangenehm erheiternd.

Nyth unterdrückte das Bedürfnis, über sich selbst den Kopf zu schütteln. »Also gut, Kira. Erzähl uns von deinen Erlebnissen nach dem Unfall mit der Schattenreise.«

Kira beschrieb ihnen, wie die Soldaten des Reiches sie gefunden hatten. Unglücklicherweise war sie offenbar in der Nähe der Festung gelandet, völlig geschwächt von ihrer Reise, die sie über den ganzen Kontinent geführt hatte, und nicht mehr in der Lage, mit ihrer Magie die Balance aufrechtzuerhalten. Ohne ein Wort oder eine Frage nutzten die Soldaten ihre Schwäche aus und sperrten sie mit Lichtzaubern über Stunden von jeglichem Schatten aus. Jedes Flehen um Hilfe, jedes unbedacht ausgesprochene Detail hätten zur Gefahr werden können, wenn sie sich unter Feinden ihres Heimatlandes befunden hätte.

Kira war eine Soldatin, und ihre Treue galt ihrem Land. Sie ahnte ja nicht, wie weit entfernt sie von Heimat und Reich war. Also schwieg das Drachenkind, ertrug das Warten und hoffte auf eine Gelegenheit zur Flucht, immer noch ohne jede Orientierung und verwirrt über das, was ihr gelungen war.

»Und dann kam er.« Sie betonte das letzte Wort furchtsam und schüttelte angewidert den Kopf.

Inzwischen saß auch Beneth bei der Truppe auf dem Boden, hatte ein Feuer angezündet und einige von Jasov als essbar eingestufte Waldpilze auf einen Spieß gesteckt. Außer ihm schien niemand hungrig. Alle hatten abgelehnt, etwas zu essen, auch wenn Ragdar der brutzelnden Nahrung sehr genau beim Schmoren zusah. In einem kleinen Metallbehälter schwammen Kräuter in ein wenig Flüssigkeit, sie hatten sie beinahe ausgetrunken, nur noch ein Rest war übrig. Es handelte sich um die Mischung namens Wunder. Und ein Wunder brauchten sie alle, wenn sie weiter durch den Wald rennen wollten.

Die schwarzen Hände des Drachenkinds zitterten. Sie schlang die Arme um sich und legte eine Hand auf den Schnitt an ihrem Hals. Noch immer ließen sich feine Fäden aus Magie daran erkennen, sie hielten die Wunde zusammen. Der magische Zwirn schillerte schwach wie die Schale einer Muschel. Es sah fast aus wie Schmuck.

»Er war … sein Name ist Oracles. Sie nannten ihn Gebieter.«

Die vier Reisenden aus dem Kraterland sahen einander an. Oracles, der Kommandant persönlich hatte sich um Kira gekümmert.

»Hat er dir das zugefügt?«, murmelte Karl. Er beugte sich etwas vor, damit er Kira von seinem Platz auf dem Baumstamm besser sehen konnte.

»E-er besaß diese Klinge. Sie war so unfassbar laut. Die Magie in der Waffe war so konzentriert. Und er war auch so laut, irgendwie anders … ich weiß nicht, wie ich es beschreiben soll.« Ihr stockte der Atem, und sie schüttelte sich unwillkürlich. Die Erinnerungen an diesen furchtbaren Moment ließen sie sichtlich zittern. Sie brauchte einige tiefe Atemzüge, ehe sie fortfuhr. »Wisst ihr … er war so still, hat nicht mit mir gesprochen, war so seltsam ruhig, hat nur gemurmelt. Er hat mich nicht mal richtig angesehen. Und er konnte mich in meine Drachenform zwingen. Er hat meiner Magie einfach gesagt, sie solle es tun … und es geschah. Sein Dolch glitt einfach durch meine Schuppen hindurch, schnitt direkt in meine Magie und…« Ein Schauer des Schreckens ließ Kira verstummen.

Nyth knurrte leise, sie stand vor dem Feuer und starrte in die Flammen, um sich auf diesen Anblick zu fokussieren, jedes weitere Wort von Kira ließ auch sie Wut spüren.

Ragdar ging es wohl ähnlich, seiner Kehle entkam ein Fauchen. »Bei der Göttin, durch deine Schuppen, durch deine Magie? Deine? Welcher Dolch kann so etwas? Welcher Drache tut denn so etwas?« Die Felsen unter ihnen reagierten auf seine Magie. Aufgerichtet und zornig wirkte er doppelt so groß wie sonst. Er wäre sicher am liebsten zurückgestapft und hätte jeden Soldaten erneut zermalmt. »Ekelhaft!«

Nyth stimmte ihm da durchaus zu. Inzwischen wieder sicherer auf den Beinen, verließ sie den Platz vor dem Feuer und setzte sich zu Kira. Behutsam streckte sie einen Arm zu Kiras Händen aus, berührte das Mädchen jedoch nicht. »Darf ich?«

Nach einem kurzen Zögern nickte Kira. Fest kniff das Drachenmädchen die Augen zusammen. Natürlich wusste sie, was sie erwartete – der Kontakt zu fremder Magie eines anderen Drachen konnte unangenehme Folgen haben, und offenbarte Schwachstellen. Nyth überschritt diese intime Schwelle nur ungern, insbesondere in Kiras Zustand, doch sie brauchte Gewissheit. Kiras Blut beinhaltete womöglich die Antwort, die Lösung für Nyths Mission.

Vorsichtig legte sie ihre Hände auf die schwarzen Finger, Kira riss erschrocken die Augen auf. Ihren panischen Blick besänftigte Nyth mit einem milden Lächeln. Sanft strich sie mit ihrem Daumen über den zitternden Handrücken, und als Kira daraufhin tief durchatmete, wagte sich Nyth vor – hinein in die Energie des Drachenmädchens.

Sie hatte eine Ahnung, suchte nach etwas ganz Bestimmten in Kiras Blut, einem Rest fremder Magie, den sie hoffentlich nicht finden würde. Sie suchte nach einer Stimme, in einem Urton singend, der perfekt mit jedem anderen harmonierte. Eigentlich waren es die Gespräche über alte Märchen in den letzten Nächten, die ihr den zündenden Gedanken geliefert hatte.

Hoffentlich täuschte sie sich.

Hoffentlich behielt sie recht.

In Kira wirbelte noch immer reichlich Magie, trotz der hohen Verluste. Schatten war tückisch und spielte Nyth Streiche, verschleierte, wonach sie suchte. Er verhüllte ihren Kern und wollte unbedingt etwas vor ihr verheimlichen. So wie Jasov wehrte sich auch das Drachenkind gegen das Eindringen fremder Magie, es half alles nichts, Nyth musste noch ein wenig tiefer eintauchen.

Sie war sich der Macht ihres eigenen Elements bewusst, Nyth konnte sehr wohl die beruhigende Wirkung lenken und kontrollieren. Das, was Gefühle von Frühling, Freude und Hoffnung vermittelte, wann immer sie auch nur die Haut eines anderen streifte, waren nichts weiter als dessen eigene innerste Träume und Wünsche. Nyths Element brachte diese Gefühle lediglich hervor, verstärkte sie – so war es ihr möglich, für kurze Zeit das Trauma des Drachenmädchens zu verdrängen.

Tief in Kira lebten die Erinnerungen an eine behütete Kindheit. Es war das Wissen um ihre Vergangenheit in einem beschützten, mit Liebe bebrüteten Ei und an die wenigen Monate in den Armen ihrer Mutter. Strahlend hell leuchtete diese Bindung in ihrem Herzen und hatte ihren Charakter geformt, jedoch auch ihren Kummer und ihre Ängste. Die Sehnsucht nach einer Liebe, die sie verloren hatte. Bittersüßes Leid hing an diesen Erinnerungen und war Triebfeder ihres Gemüts.

Kiras Hände verkrampften sich. Sie fühlte, erlebte erneut das, was Nyth hervorbrachte und in diesen Gefühlen aufgehend, ließ die Magie Nyth endlich tiefer hinein und schenkte ihr einen Blick in den magischen Kreislauf des Drachenmädchens.

Der Schatten in Kira war aus dem Gleichgewicht, es sah so chaotisch in ihr aus, als hätte sie nie eine Balance besessen. Beinahe war Nyth geneigt, sich diese magischen Ströme genauer anzusehen, aber danach suchte sie nicht. Um das Chaos von Kiras Kern konnte sie sich im Augenblick nicht kümmern. Es war nur schwierig, zwischen all dem Lärm etwas zu finden, was kein Lärm war.

Nyth konzentrierte sich auf die Schnittwunde am Hals, auf den Schnitt durch Fleisch und Magie … Hier musste sie sich versteckt haben, der Rest des Körpers kam dafür nicht infrage. Sollte Nyth Recht behalten, dann würde sie hier fündig. Etwas musste haften geblieben sein und würde sich verraten. In dem Orchester aus Paukenschlägen und schiefen Geigen, das falsche Instrument zu identifizieren, zerrte an Nyths Nerven. Ihr blieb keine andere Wahl, als ihre eigene Stimme zu erheben und selbst zu singen, in einer Sprache, die Kiras Herz nicht beantworten konnte.

Wenn Magie ihrem eigenen Klang lauschen konnte, dann widerstand sie dieser Versuchung nur schwer, besonders, wenn es Nyth war, die sang. Erst kurz und leise, prüfend, schließlich fragend, dann neugierig und einstimmend, erklang eine hohe Frequenz, die nicht zu Kira gehörte, nicht ihr gehören konnte. Sie fiel zwischen dem Schreien und Weinen der Schattenmagie kaum auf. Der Fremdkörper sang angepasst zur Qual der anderen Klänge, reihte sich mühelos ein, aber Nyth hatte er nicht widerstehen können. Erschrocken über diesen Fund ließ sie das Drachenmädchen los und fauchte. »Äthermagie …«

Neben ihr rang Kira nach Luft, hatte vermutlich den spontanen Kontaktabbruch nicht so gut verkraftet.

»Verzeih, es ist nur … damit habe ich nicht gerechnet«, entschuldigte sich Nyth.

Doch Kira schüttelte heftig den Kopf. »Kannst du – kannst du, nur kurz …« Kira hielt ihr eine Hand entgegen und traute sich offenbar kaum zu fragen. »Nur für einen Moment – noch einmal« Sie stammelte flehend, als ränge sie um ihr Leben.

Nyth blinzelte sie eine Weile stirnrunzelnd an, ehe sie verstand. Auch für alte Drachensöldnerinnen gab es eine Grenze, an der sie weich wurden, und so schlang Nyth einen Arm um Kira und drückte das Kind an sich, direkt in ihre eigene Aura hinein.

Es war ironisch, Nyths abweisende Art widersprach der Wirkung ihrer Essenz. Wenn man sie berührte, versank man in den schönsten Erinnerungen des eigenen Geistes, und das war durchaus einer der Gründe, wieso sie andere auf Abstand hielt. Aber dieses Fähigkeit war für den Augenblick die beste Medizin für das Drachenmädchen.

Zum ersten Mal an diesem Abend hörte Kira auf zu zittern, und schloss die Augen. Sie war noch ein Kind und Nyth mochte Kinder. Sie waren die Zukunft einer jeden Gesellschaft, und sie zu lehren bedeutete ein hohes Maß an Verantwortung. Mit ihnen überdauerten Wissen und Kultur. Vor allem aber waren sie unschuldig, und Unschuld war in dieser Welt eine Seltenheit.

Vielleicht war es das, was Nyth im Kraterland hielt – und bei ihrem Herrn. Er hatte Kindern gegenüber dieselbe Einstellung, und so manches Mal teilte sie seinen melancholischen Blick über den Trainingsplatz, über die jungen Köpfe, wenn sie gerade mit ihrer Ausbildung begannen. An diesem Punkt waren sie sich immer einig gewesen. Leben bewahren und fördern um jeden Preis.

Hatte er recht? Sie hatten keine andere Wahl, als diesen Krieg zu führen, nicht wahr? Es brauchte ein letztes Blutvergießen. Nie wieder wollte Nyth ein zitterndes Kind in den Armen halten, dem man den Kern hatte rauben wollen – für Macht.

»Ähm…«, setzte Jasov an, verstummte jedoch wieder. Sein Herz polterte zwischen Sorge und Freude hin und her, mit der Szene vor seinen Augen und Nyths letzter Bemerkung in den Ohren. »N-Nyth, du sagtest etwas von Äthermagie? Das ist doch … jene Energie aus der … der Ätherdimension?«

»Etwas davon ist in Kiras Blut«, antwortete Nyth knapp.

Jasov klappte kurz den Mund auf, dann wieder zu. Verwirrt rieb er sich mit einer Hand über das Gesicht.

»Wie bitte, was?«, kam es von Karl, der wohl auch nicht ganz anknüpfen konnte.

»Ich frage mich nur wie?«, fuhr Nyth in Gedanken fort. »Es gab angeblich eine Klinge bestehend aus Äther, ja. Aber selbst wenn sie noch existiert … Andererseits gibt es hier Drachen, in denen ein bisschen Blut eines Ätherdrachen fließt. Vielleicht haben sie die Klinge im *Ewigen Krieg* erbeutet und versteckt, oder sie auf dem Schlachtfeld gefunden.«

»Ätherblut? Ätherblut in den Adern von Drachen?«, hakte Ragdar nach. »Göttliches Blut? Wie in der Legende? Die Drachengöttin, die mit ihrer Brut ihr Blut teilte, um sie zu beschützen, zu bewahren? Also ist sie wahr?«

»Ein bisschen.«

»Ein bisschen?«

»Das ist kein erlaubtes Wissen!« Erstmals nahm Nyths Stimme einen erbosten Tonfall an, sogar Beneth zuckte zusammen. Aber Ragdar ließ sich davon nicht beirren. »Warum nicht?«

»Wie hast du den Drachen aus der Legende gerade genannt?« Sie klang ungehalten.

»Die Drachengöttin.«

»Da hast du deine Antwort«, gab Nyth mit einem lauten Fauchen zurück. »Ein Wesen aus dem Äther wäre nach vielen Definitionen gottgleich« Das letzte Wort betonte sie wie ein Schimpfwort. »Und das ist der giftigste Glaube von allen. Die größte Lüge, die man sich selbst antun kann. Seht euch doch dieses Reich an!« Sie deutete mit einem Arm in den spärlich gewachsenen Wald. »Schaut, was für ein Chaos der fanatische Glaube an einen mächtigen Drachen bei den Bewohnern ausgelöst hat. Dieser Glaube hat ihnen falsche Gnade erteilt, hat den Drachen göttliche Macht in die Hände gelegt, die sie zur Verwirklichung ihrer Vorstellungen missbrauchen, und … und die Menschen beten sie dafür auch noch an! Dieses Wissen sollte man nur vermittelt bekommen, wenn man Abstand und Weisheit genug hat, um zu verstehen, dass ein Ätherdrache kein Gott ist. Und somit auch nicht unfehlbar.« Zum Ende hin war sie leiser geworden und biss sich ärgerlich auf die Unterlippe.

Jasov zwang sich zum Atmen, er hatte die Luft angehalten, während Nyth erzählte. In seinem Kopf schwirrten die Erinnerungen wild herum, stellten sich infrage. Mit einem Schlag hatte sich das Märchen der weinenden Drachengöttin in eine Horrorgeschichte verwandelt. Ausgerechnet das liebste all seiner Märchen …

»Kira wurde mit etwas verletzt, das sich nicht hier befinden kann: mit einer Waffe der Ätherdrachen. Der Kommandant von Brarche ist ein Nachfahre jener mit Äthermagie beschenkten Drachen. Es gibt mehrere mögliche Szenarien, was passiert sein könnte. Und keines davon sieht für uns besonders gut aus. Sei es eine Klinge oder ein Drache, irgendetwas besitzt Macht über Äthermagie und … und …« Nyth stutzte. Vorsichtig löste sie Kira aus der Umarmung und stand auf.

Das Drachenmädchen schaute sie müde blinzelnd an und rieb sich die Augen.

»Er weiß das! Er hat es die ganze Zeit gewusst!« Wut war eine Klangfarbe, die Nyths Stimme erschreckend gut stand. »Deshalb will er diesen Krieg, und zwar gleich und nicht … Er muss von der Äthermagie gewusst haben! Als ob unsere Spione nicht auch Wind davon bekommen hätten!«

Nyth stieg über den Baumstamm und stapfte weiter. »Wir brechen auf!«, rief sie über die Schulter und machte keine Anstalten, anzuhalten.

Hastiges Feuerlöschen. Planloses Aufsammeln von Schalen und Schuhen. Schnelles Verwischen von Spuren. Verwirrte Blicke. Tausend Fragen. Der eine oder andere Kopf gefüllt mit Schmerzen. Sie rannten ihr nach.

KAPITEL 31
VERFOLGT

In der Nacht marschierte es sich um einiges leichter durch den unwegsamen Wald als in der Abenddämmerung. Kiras Magie erfüllte die Luft, und sie mussten nicht mehr peinlich genau darauf achten, von Schatten zu Schatten zu springen. Wurzeln, kleine Steine und Pfützen waren die einzigen Hindernisse. Marschieren, zwischendurch auch rennen, dabei Nyth folgen. Über Stunden. Hin und wieder verschwamm die Welt in Dunkelheit, wenn der Mond von Wolken verschluckt wurde und die Sterne erloschen.

Die Reise im Schatten verwischte die Spuren der Gruppe teilweise und machte es Magiekundigen schwer, sie aufzuspüren. Doch es war nur eine Frage der Zeit. Zaubernde würden ihnen folgen, sie kannten ihr Land und die Portalkoordinaten, bald würden sie die Gruppe einholen, gefolgt von Soldaten – und eventuell Schlimmerem.

Bei kurzen Atempausen wurden Waffen ausgetauscht und eilig Pläne besprochen, wer was wann wie tun könnte, um gegen feindliche Krieger mit magischen Klingen, Pfeilen und Dolchen vorzugehen. Auch Kira erhielt ein Schwert, welches seltsamerweise in Nyths Jackentasche gepasst hatte. Zeit für Fragen zu so wundervollen Kleidungsstücken blieb keine. Sie mussten diesen Ort so schnell wie möglich hinter sich lassen.

Aber der zerrissene, verkohlte Wald veränderte sich nur langsam. Es gesellten sich immer mehr Blätter zu verbrannten Hölzern, und kleinere Bäume erkämpften sich ihren Weg nach oben. Frisches neues Leben erwachte, und mit ihm die ersten Sprossen an ihren Zweigen. Der Wald wurde dichter, und die Welt fand zurück zu ihrer Balance. Leider reichte das noch nicht.

Auch hier war die Luft erfüllt von uralter Restmagie aus dem Krieg, doch sie wurde zunehmend schwächer, es war nur eine Frage der Zeit. Jeden Meter konnte es so weit sein. Dann gelänge es Nyth vielleicht, ein Portal zu öffnen, das ihnen einen deutlichen Vorsprung sichern würde. Aber bald würde ihr keine Wahl mehr bleiben, als es einfach zu versuchen. Das Morgengrauen erzwang eine Entscheidung.

Die langen Nächte des kaum begonnenen Frühlings spendeten im Zwielicht noch für eine Weile tiefe Schatten, aber die Mittagszeit durften sie auf keinen Fall mehr in Brarche verbringen. Sie wären leichte Beute. Ein Kampf gegen Soldaten, Magiekundige, vielleicht auch einen Drachen – Nyth traute ihrer kleinen Truppe einiges zu, sollte jedoch Äthermagie im Spiel sein …

Da war wieder dieses zornige Gefühl. Sollte Äthermagie im Spiel sein, dann würde sie Lord Dragul … Oh, sie würde … sie würde ihn … treten? Vielleicht würde sie ihm die Pfeife entwenden. Was er dazu wohl sagen würde? Eine Standpauke halten wurde der Situation nicht gerecht. Wenn er sie wissentlich dieser Gefahr ausgesetzt hatte … Nyth fauchte in sich hinein. Dragul und sein selbstgefälliges Grinsen, sie hatte es geahnt!

Andererseits lauteten ihre Befehle nicht, ins Innere von Brarche vorzudringen, einen Drachen zu befreien, den Ärger des Herrschers auf sich zu ziehen und dann unüberlegt zu fliehen. Sie sollte an Informationen gelangen, dabei vielleicht einen Krieg anfangen. Nun, das hatte sie. Definitiv. Aber …

Egal, es gab genügend Gründe, wütend auf ihren Landesherrn zu sein, und für den Moment vertrieb das ihre Sorgen. Denn eine leise feine Stimme in ihrem Kopf befürchtete, was für Beneth längst in Stein gemeißelt feststand: Die Flucht zu überleben war unmöglich.

Wie aufs Stichwort erklang eine Vibration in der Luft, ein Dröhnen. Einige Hundert Meter hinter ihnen öffnete sich ein Portal.

»Es tut mir leid, der Morgen … die Sonnenstrahlen … meine Magie, ich kann nicht!«, keuchte Kira außer Atem.

»Schon gut! Lauft! Nur noch ein Stück! Beneth?«

Nyth brauchte nichts weiter zu sagen. Der Paladin stimmte einen Schildzauber an, den er im Rennen hinter sich schleuderte. Wie eine Welle fegte ein Schild aus unsichtbarer Magie durch die Baumstämme in Richtung des Portals; eine Barriere, die sogar Ragdar hatte aufhalten können. Für den Moment konnten sie weiterlaufen. Bald aber würde sich wieder ein Portalpunkt finden. Wenn sie Pech hatten, nicht hinter, sondern vor ihnen.

Nyth konzentrierte sich bereits auf die Öffnung ihres Fluchtportals, seit sie von ihrer Rast aus weiterliefen. Es gab in Brarche einen Ort, den sie gut kannte, erstmals freute sie sich darüber. Einst Schauplatz einer Schlacht, nun Brachland; dort gab es einen Druidenstein – vermutlich. Vor dem *Ewigen Krieg* hatte dort eine prachtvolle Handelsstadt die Länder vereint, ihnen einen Ort des Friedens geschenkt. Dort gab es sicher Portalsteine. Es musste einen geben, nur so würden sie aus Brarche entkommen können.

In ihrer Hast erinnerte Nyth sich nur dunkel an die studierten Texte in der Bibliothek.

Und plötzlich war ein feindliches Portal das geringste ihrer Probleme.

Es knallte. Die Luft erbebte. Eine Energiewelle fegte über den Wald hinweg und riss Jasov beinahe mit sich. Zum Glück reagierten Karl und Beneth, schnell genug und drückten ihn zu Boden. Hastig stimmte Nyth einen Zauber an, und Magie spannte sich schützend über die Gruppe, gerade rechtzeitig, denn die Welt um sie herum wurde von einer Druckwelle zerrissen.

Knirschend brach Holz. Kleinere Bäume wurden völlig von der Energie zerfetzt. Hinter der Gruppe ertönte das Gebrüll des Urzorns. Eine Stimme, die durch Mark und Bein ging, so gewaltig, dass die Wucht unerträgliche Vibrationen in der Luft verursachte.

Jasov hielt sich den Kopf. Der Lärm machte die Gruppe fast taub, auch Nyth spürte Schmerz in ihren Ohren.

Zwischen den riesigen, verkohlten Stämmen erhob sich eine gewaltige Gestalt, die den Wald und seine majestätischen Baumüberreste aussehen ließ wie Spielzeug. Eckig und kantig war der Drache mit den schneeweißen Augen. Seine riesigen Schuppen waren grob, dreieckig, bildeten ein Muster, das sich zu bewegen schien. Schmutziges Grün wechselte sich mit einem Schimmer von Gold ab. Er hatte die Flügel ausgebreitet und wäre ohne Mühe mit nur einem Satz, einem Schritt bereits über ihnen gewesen.

Ragdar fluchte unüberhörbar und stellte sich vor die drei Menschen, wohl wissend, dass auch er sie nicht für eine Sekunde vor diesem Wesen schützen konnte.

Nyth hechtete zu der völlig erstarrten Kira. »Es tut mir leid, aber ich brauche den Kristall mit deiner …«

»Schon gut!« Das Drachenkind gab das schwarze Gefäß sofort an Nyth weiter und wandte den Blick von dem riesigen Lindwurm ab.

»Wenn dieser Kristall explodiert, kommt deine Magie frei! Du musst sie nutzen, um uns abzuschirmen, hörst du mich, Kira? Ich versuche, ein Portal für uns zu öffnen. Deine Magie ist unsere einzige Chance!«

»Jawohl!«, kam es kampfbereit von Kira, sie biss fest die Zähne aufeinander.

Wieder drohender Donner, doch es war kein unverständliches Brüllen aus voller Kehle, es handelte sich um eine Stimme. Der Drache mit dem scharfen, kalten Gesicht und den goldglänzenden Hörnern sprach zu ihnen: »Ergebt euch jetzt, und euch wird die Chance gewährt, im Dienst dieses Reiches zu sterben!« Der Boden erzitterte unter der tiefen Stimme. Der magische Hall erschreckte sogar die Magie im Wald.

Der Moment war günstig. Nyth, in der einen Hand den Schattenkristall und mit der anderen ein Portal formend, wünschte sich mehr als ein Wunder, ehe sie beides losließ. In hohem Bogen schleuderte sie den Kristall in Richtung des feindlichen Drachen, im selben Augenblick warf sie das Portal hinter sich. Es sprang sofort auf, während der Kristall in der Luft erstarrte. Auch Nyth brüllte aus ganzer Kraft, so laut es ihre Stimme zuließ. Ihre Magie entfesselte sich, schlug wie ein Blitz in den Schattenkristall ein, und sprengte ihn in tausend Teile.

Innerhalb weniger Sekunden quoll all das schwarze Blut aus dem Kristall heraus, das vorher eine ganze Festung erfüllt hatte, wie eine gigantische Wand aus Dunkelheit und Nebel. Einen Augenblick verharrte diese Magie im Stillstand, dann war es Kiras entschlossener Blick, der die Finsternis anzustoßen schien. Sofort raste die Schattenmagie auf den riesigen Drachen zu. Es blieb keine Zeit, die Konsequenzen zu bewundern. Nyth zog Kira in das Portal, und Ragdar stürzte mit den drei Menschen hinterher.

Aus einem kalten Wald flohen sie in leichten Nebel und eine seltsame Wärme. Jasov hustete entsetzt.

»Was ist das?«, würgte Karl und rang nach Luft. »Es ist, als würde ich Staub atmen!«

»Nein, es fühlt sich an … fühlt sich an wie im Schloss«, flüsterte Jasov, alarmiert blickte er zu Nyth.

Der Lord hatte recht, das Feingefühl des Magiers war ungewöhnlich. Er besaß fast schon zu viel Talent. Unruhig sah sie sich um. »Wir befinden uns auf einem Schlachtfeld, oder vielmehr einem Friedhof! Und auch hierher wird er uns folgen können! Das ist nicht gut. Gar nicht gut. Magiekundige oder Soldaten bräuchten viele Berechnungen hierher, viele Versuche. Unser Portal erneut zu öffnen, wäre schwierig für sie. Aber für einen so alten Drachen wie Kommandant Oracles persönlich … Er könnte unseren Pfad verfolgen.«

Dennoch spürte Nyth auch Erleichterung, konnte ihren Augen kaum trauen – es war ihr gelungen. Zwar war das Portal direkt nachdem sie es betreten hatten, zersprungen, aber alle waren heil hindurchgekommen. Was für ein Glück, dass diese Monstrosität mit ihrer protzigen Demonstration von Macht die Magie aus dem Wald hatte erstarren lassen.

»Wir müssen den Druidenstein finden. Er sollte laut sein, hier in all der Stille. Jasov? Ich weiß, es ist unangenehm, aber lass die

Magie hier auf dich wirken. Du kennst sie. Dies ist der pure Tod, aber so große Runensteine klingen anders, sie sind verzaubert, künstlich. Konzentriere dich darauf! Ragdar, wenn du einen großen Stein hören kannst oder über den Boden hinweg fühlst …«

Deutlich überfordert nickte Jasov, der auf seine Knie gestützt nach Luft rang.

Ragdar legte eine Hand auf den Erdboden und griff in Staub.

Alle sahen sich um und versuchten, etwas in ihrer Umgebung zu erkennen. Der Nebel erlaubte eine Sicht bis auf ein gutes Dutzend Meter. Der Boden schien eben und ein wenig feucht. Er war hell, so wie alles um sie herum, bis auf einige nicht beschreibbare Objekte, deren Silhouetten sich durch die weiße Luft in großer Höhe und Entfernung abzeichneten. Halbrunde, riesige Spitzen, verformte, weich gezeichnete Brocken, vielleicht Felsen, erhaben wie gigantische Geister im Nebel, unkenntlich, unheimlich.

Doch es blieb keine Zeit für ein Rätsel. Ragdar ließ einen Stein aus dem Boden fahren, genau an der Stelle, an der sie aus dem Portal gestürzt waren.

»Gute Idee!«, meinte Beneth anerkennend.

Wenn jemand das Portal aufstemmte, war er gezwungen, ein anderes weiter weg zu öffnen, um diesen Felsen zu umgehen. Das entlockte dem Felsdrachen ein dreckiges Lachen. Solche Spielereien mochte er, das hatten seine Streiche an den Tüskern bewiesen. Jetzt würde sich zeigen, ob er im Kampf mit ihnen genug gelernt hatte, denn auf seine Fähigkeiten müssten sie sich schon bald verlassen. Der Felsdrache mochte wenig Magie besitzen, aber er konnte den Boden kontrollieren.

»Kenne mich zwar mit Portalen nicht aus, und ich würd' meinen, einen magischen Stein sollte ich für euch finden können … Aber, Leute, ich fühle hier nichts, gar nichts. Leere. Total weg alles. Friedhof? Nyth, was für ein Friedhof?«

Sie drehte sich kurz um, schaute dann wieder in die Ferne. Besser, sie zeigte es ihnen, diesen Schrecken konnte sie ihnen nicht ersparen. Mit dem rechten Arm machte sie eine kreisförmige Geste über ihrem Kopf, und für einen Moment wurde der Nebel davon angezogen, offenbarte ihre Umgebung.

Die Gruppe brauchten einen Augenblick des Realisierens. Sie hatten sicher etwas anderes erwartet. Was erst gewirkt hatte wie eine wilde Anordnung von Felsen in seltsamer Form, schien einem Muster zu folgen. Es erhoben sich überall um sie herum riesige …

»Sind das … das ist ein Gerippe!«, keuchte Kira.

Rippenkörper so groß wie Festungen. Schädel so riesig wie Häuser. Wirbel und Klauen, andere Knochen und diverse zertrümmerte Überreste erschienen nah und fern aus dem Nebel. Jetzt waren sie deutlich als das zu identifizieren, was sie waren: die Überreste von Drachen, große und kleine Drachengerippe. Sie ruhten halb versunken im Boden, teilweise zerstört und in Stücke gerissen, verstreut überall auf dem Platz und darüber hinaus. Einen schrecklichen Augenblick später zog sich der Nebel wieder zusammen und die Silhouetten verschwammen erneut zu geisterhaften Schemen im Weiß.

Der Anblick hatte alle verstummen lassen und brachte eine entsetzliche Endgültigkeit mit sich. Sie standen zwischen den Gebeinen von über hundert ehemals mächtigen Drachen, auf einem Schlachtfeld, dem Erdboden gleich gemacht, so weit das Auge reichte.

Mochten die erlebten Grausamkeiten der letzten Stunden Nyths Nerven empfindlich überreizt haben, wieder hier an diesem Ort zu stehen, holte sie zurück in eine Zeit, die sie um alles in der Welt versuchte zu vergessen. Jeden Tag.

»Hier begann und endete der *Ewige Krieg*. Die erste große Schlacht mag hoch im Norden unseres Kontinents ausgebrochen sein, aber die Friedensverhandlungen scheiterten hier, als dieser Ort noch ein blühender Flecken Erde war und Zentrum des hohen Rates. Der darauffolgende Krieg riss bis hier in den tiefen Süden den Kontinent beinahe in zwei. Hier sind sie gescheitert und gestorben, auch die mächtigsten Drachen. Danach … nach dieser, nach jener ewigen Schlacht hat sich so viel in der Welt verändert.

Die Grenze, die Gesetze, die Verträge, der Hass, der Frieden, so viel Entsetzen. Die Welt steht seitdem still, traut sich nicht mehr zu atmen, aus Angst vor einem Konflikt. Als ich ins Kraterland kam, dachte ich, ich könnte …« Sie schüttelte den Kopf. »Nicht so wichtig. Wir müssen zurück. Lord Dragul muss wissen, was…«

Hinter ihnen flammte eine Spannung auf. Ein Riss bildete sich in dem Stein, den Ragdar heraufbeschworen hatte. Es war kein Portal und kein Versuch, eines zu öffnen. Jemand arbeitete daran, ihre Pforte umzukehren, lud sie mit Energie auf.

»Ragdar? Bist du sicher, dass du keinen Druidenstein erfühlen kannst? Irgendeinen Stein! Etwas anderes! Etwas Fremdes!«, kam es hastig von Beneth, und er griff zu seinem Schwert. »Verdammt! Nicht mal schnelle Zauber können wir in dieser untoten Pampe wirken! Bereitet eure Beschwörungen gut vor. Die Luft hier verschluckt den Schall. Das haben wir geübt, Karl, wir haben hier einen Vorteil! Wir *kennen* Todesmagie!« Er fluchte erneut laut und verlieh damit den Gedanken der anderen Ausdruck.

»Da ist etwas«, flüsterte Jasov.

In dem Moment, als Nyth den Nebel zusammenzog, hatte er erst vermutet, seine Fantasie spielte ihm einen Streich, vielleicht aus seiner Furcht heraus. Aber jetzt erklang es wieder. Nur für eine Sekunde. Dann verschwand das Gefühl, das Geräusch aus seinen Gedanken.

»Es ist wie ein leises, helles Aufsummen, immer im gleichen Intervall … glaube ich zumindest.«

»Glaube ist genug, Jasov! Wir haben keine Zeit. Weißt du, wo?«, Er nickte Nyth nur zu und rannte los. Alle jagten ihm nach so schnell sie nur konnten.

Mit jedem Schritt machte das Signal einen stabileren Eindruck. Zwischen so viel Stille und Trauer in der Luft mochte alles andere verblassen, aber an genau dieses einsame Gefühl hatte er sich so lange gewöhnen müssen. Beneth hatte recht, Todesmagie kannten sie alle nur zu gut.

Vielleicht war dies sein Schicksal. Alles zog sich zu diesem Moment für Jasov zusammen: ein Glimmen im Dunkeln. Ein magisches Licht, so flüsterleise, dass nur Jasovs empfindliche Natur es bemerken konnte. Die Zuversicht, der Stolz und das Wissen um seine Gabe erfüllten ihn zum ersten Mal mit purer Selbstsicherheit. Endlich hatte er begriffen, verstand die Magie in und um sich herum.

Je schneller er rannte, desto klarer wurde es ihm. Weil er ihr endlich zuhörte, Magie endlich akzeptierte, wie sie war. Dann war sie für ihn eben wild und laut und anstrengend und voller Schwingungen, Geflüster, Gebrüll und Gewalt. Durch Nyths Augen war die Welt der Magie eine Symphonie, aber diese Art von Balance ließ einen nicht das nervenaufreibende kleine Signal erkennen. Das irritierende kleine Signal, das im Nebel eine Form erhielt, mit jedem Schritt etwas größer wurde und deutlich die Form eines Obelisken aufwies. Keuchend hielt Jasov an, Nyth eilte an ihm vorbei.

»Brillant! Brillant!« Karl klopfte seinem Freund fest auf den Rücken.

Im selben Augenblick schien hinter ihnen etwas zu zerplatzen.

»Der Stein hat wohl nicht lange gehalten …«, brummte Ragdar.

Alle versammelten sich vor dem, was ein Druidenstein sein sollte und somit ihr einziger Ausweg.

Er war gut zweimal so groß wie Ragdar und breit wie ein Wagenrad. Tausende, Hunderttausende, vielleicht gar Millionen von winzigen Runenschriften zogen sich über das Gestein, waren mit dem bloßen Auge kaum zu erkennen, wirkten erst wie eine raue Oberfläche. Der Stein summte so laut, dass jeder mit einem Funken Magie ihn hören musste.

Nyth hatte ihre Hand vorsichtig auf den Felsen gelegt und lauschte für einen unangenehm langen Moment der Vibration. Ihr Seufzen ließ Jasovs Herz stolpern. »Er kennt das Portal ins Kraterland nicht – er kennt … nur ganz alte Routen«, flüsterte Nyth, in ihrer Stimme schwang leichte Verzweiflung mit.

Ein Sprengzauber rauschte in der Luft an ihnen vorbei und explodierte ein wenig links von der Gruppe.

»Kampfhaltung!«, brüllte Beneth, hob sein Schwert und errichtete mühsam einen Schildzauber an seinem Arm.

Auch Jasov umfasste den Schlüsselbund seiner magischen Kristalle, bereit, jeden erdenklichen Zauber zu wirken, darum zu flehen, zu bitten. Er würde die Magie in sich gewähren lassen; sie beschützt ihn doch angeblich vor allem, wenn er nur fest genug daran glaubte und ihr vertraute.

»Nyth, Befehle?«, polterte Ragdar, der inzwischen wieder vier Beine hatte und bereits wie eine Raubkatze aus Felsen zum Sprung ansetzte.

»Haltet die Stellung! Wir sitzen vorerst fest. Der Anker kennt keine der mir bekannten Koordinaten. Er ist alt, zu alt.«

Vorsichtig tastete Nyth über die Inschriften im Stein. Tiefe Furchen und Risse ließen vermuten, dass dieses Relikt ewig nicht mehr benutzt oder gar gepflegt worden war. Seine Magie war fast verstummt. Der Obelisk erinnerte sich an viele Routen aus einer Zeit lange vor den Kriegen. Pfade, die nun nicht mehr existierten.

Allerdings erinnerte sich der Druidenstein an einen Anker direkt im Nachbarreich Bruch. Sie konnte in der Magie des Obelisken eine Erinnerung an weiße Häuser aus Stein sehen, erkannte den prächtigen Palast der untergehenden Sonne darin.

Der Stein erinnerte sich an Bruchs Hauptstadt Anastar, wenn auch unter einem anderen Namen. Leider kannte sie die Koordinaten nicht. Den großen Portalknoten im Handelsbezirk hätte sie anwählen könne, aber die Steine dort waren längst nicht so alt, wie dieser hier, gehörten zu einem anderen Portalsystem.

Nyth fluchte leise. Ohne genaue Koordinaten gab ein Runenstein seine Energie nicht preis. Sein Zweck war es, Portale zu verstärken und ans Netzwerk weiterzuleiten, nicht, für jemanden zu zaubern. Dafür veränderten sich die magischen Beschwörungen für Portale zu häufig. Magnetfelder, die allgemeine Magie der

Welt und selbst der Erdboden verschoben sich über Jahrtausende hinweg.

»Der Stein kennt die Strecke, er hat früher öfters Portale geöffnet, also kennt er die Koordinaten. Er weiß alles, was nötig ist. Ich muss ihn nur dazu bringen, seine Funktionen zu übergehen und mir zu helfen, oder …«

Wieder ein Sprengzauber, ihm folgte ein zweiter, ein dritter, viele weitere rauschten durch die Luft. Dann verfehlte einer der Blitze das Ziel nicht mehr, schlug dicht vor der Gruppe in den Boden ein. Dem Nächsten mussten sie ausweichen.

»Haltet Oracles so lange wie möglich auf. Einen Moment, ich brauche einen Augenblick! Dann kann ich euch beschützen! Nur eine Minute!«, rief Nyth. Sie kniete sich hinter den Obelisken, zog zwischen ihren Fingern Magie auseinander. Diesmal musste ihr magische Webkunst perfekt gelingen, ein Scheitern stand außer Frage. Sie brauchte ein Portal, und wenn es nur für den Bruchteil einer Sekunde hielt; ihre gesammelten Informationen durften nicht mit ihnen sterben, sie mussten Dragul erreichen. Die Gruppe konnte Oracles nicht mehr entkommen, jetzt konnte Nyth nur noch ihre Mission retten.

Nervös begann sie damit ihre Essenz zu verknoten, flüsterte auf sie ein. Für dieses Portal musste sie ihre eigene Magie nutzen. Normalerweise war es der Zaubernde, der das Wissen lieferte, und der Druidenstein, vielmehr das gesamte Netzwerk, stellte die Energie für das Portal bereit. Den Prozess umzukehren schien unmöglich, doch die Erinnerungen des Steins an die Pforten nach Bruch müssten ausreichen – und Nyths Magie ebenfalls. Ihr Element war schwach, aber stabil. Sie musste den Druidenstein lediglich davon überzeugen, dass dies ein fairer Tausch war, ein spannender Handel, vielleicht auch nur eine lustige Idee.

Magie liebte Spielchen, war neugierig, und dieser alte Obelisk langweilte sich seit Jahrtausenden. Er schien ihr bereits jetzt interessiert zuzusehen, wie sie Magie mit den Händen zu einem Portal verwob, für das ihr die Koordinaten fehlten. Es würde reichen, für ein winziges, instabiles und fast völlig nutzloses Nadelöhr quer durch das ganze Land ins Herz von Bruch. Sie hoffte, dass ihr Lord noch immer dort war und in den Verhandlungen mit König Maral feststeckte.

Ragdar preschte nach vorne in den Nebel, und Kira versuchte, mit dem bisschen Schattenmagie zu antworten, das ihr geblieben war. Pfeile aus kalter Dunkelheit kämpften gegen wilde Blitze aus dem Dunst. Karl und Jasov, Seite an Seite, konnten nur abwarten, während Beneth sich neben dem Obelisken platzierte, um eventuelle Geschosse rechtzeitig abzufangen.

Ein lautes Grollen, Ragdar bäumte sich auf, tauchte dann in die Erde ein, als wäre es Wasser. Verwachsen mit dem Erdboden, war er eine schwer einzuschätzende Gefahr, ideal für ein Spiel auf Zeit.

Sie hörten dumpfe Schritte von schwerem Schuhwerk, der Lärm gepanzerter Körper auf hartem Boden näherte sich. Aus dem Nebel rannten ihnen gerüstete Soldaten entgegen. Kira, die am weitesten vorne stand, verschwand geschickt in ihren Schatten, nur um aus den Konturen heraus wie ein Nebelfetzen ihr Schwert in das Fleisch der Angreifer zu jagen. Einige der Soldaten prallten gegen magische Barrieren, beschworen von den zwei Paladinen.

Und Jasov versuchte sich an aktivem Feuer.

Ein Feuerball zum Lesen in dunklen Stunden, wurde, wenn man ihn heranwachsen ließ, zu einer kleinen Feuernova. Und wirbelte man diese herum, wuchs aus dem Nachtlicht ein bedrohlicher Tornado aus Flammen. Jasov zweifelte nicht mehr, er ging fest davon aus, dass es gelingen und die Magie ihm gehorchen würde. Weil er der Laterne das Licht stehlen konnte, die untote Hand im Sumpf gerufen hatte, die Magie im Schloss bis auf die Knochen fühlte und ertrug, weil sie ihm vertrauten, weil Nyth ihm vertraute und weil er den Stein hatte sehen, hören, fühlen und finden können. Das alles bedeutete etwas.

Magie prallte auf Magie, Schwerter auf Schwerter. Stein schleuderte Soldaten durch die Luft, Schatten verschlangen Körper.

Sie waren nur fünf Kämpfer, aber solange die feindlichen Angreifer noch einzeln durch ein Portal schreiten mussten, hatte die Gruppe einen Vorteil.

Nyths Hände zitterten. Sie wob weiter ihr Portal aus magischen Fäden zwischen ihren Fingern. Zu winzig für eine Person oder auch nur einen Arm. Aber die Pforte, perfekt mit ihrer Essenz stabilisiert, musste lediglich für einen Wimpernschlag eine Verbindung aufbauen. Musste nur groß genug sein für etwas Atem. Fest zog Nyth an den Bändern um ihre Finger, das Webmuster bündelte sich, bildete in der Mitte einen Kreis, und das Portal sprang auf.

Für einen unendlich scheinanden Augenblick herrschte Stille, und der Weg in ihren Händen führte ins Nichts – hatte sich geöffnet in die Welt dazwischen und nicht hindurch. Und am Ende dieses Moments war Nyth beinahe bereit, aufzugeben, als auf einmal eine kleine Stimme neben ihr flüsterte. Sie mochte sich täuschen, doch der Druidenstein klang vergnügt. Er zwitscherte munter eine Zauberformel, hustete, räusperte sich, und die Ränder des Portals flammten erfreut auf, als sich der Ausgang formte. Helles Licht schien in Nyths Gesicht, und sie atmete erleichtert auf.

Schon wenige magische Silben enthielten eine ganze Geschichte, und Nyth wählte ihre Worte gut, als sie nun sprach und der Rauch, der aus ihrem Mund quoll, sich mit den Worten verband. Magie formte aus ihrem Atem einen kleinen Vogel, der eilig durch das Portal verschwand. Augenblicklich lösten sich die Bänder um ihre Finger, die Pforte zerplatzte. Nyth erhob sich sofort.

Keine Sekunde zu früh, ein gewaltiger Schatten raste über sie hinweg und schlug hinter ihr auf. Es war Ragdar, der schmerzverzerrt einen Frustschrei in die Luft entlud und große Mühe hatte, sich wieder zu erheben.

Die Soldaten zogen sich zurück. Oracles hatte das ehemalige Schlachtfeld erreicht und befahl seinen Untergebenen, sich zu formieren. Seine Stimme hatte den seltsamen Klang verloren, schien nun menschlich. »Was für ein passender Ort für ein Gemetzel unter seinesgleichen! Ich hätte es nicht besser wählen können«, äußerte Kommandant Oracles fast beiläufig, dann zeichnete sich seine Gestalt durch den Nebel ab. Er trug eine dünne Rüstung, die den Körper eng umschlang, ebenfalls aus diversen eckigen Formen bestehend, wie zuvor seine Schuppen. Sie schmiegte sich perfekt an seine schlanke Statur.

Mit der rechten Hand drehte und wendete er ein Schwert, als wäre es ein Spielzeug. Immerhin erkannte Nyth daran keine ungewöhnliche Magie. Diese Klinge konnte sie parieren, das war kein Ätherdolch.

Der Drachenmann blieb vor ihnen stehen, sodass sie ihn klar erkennen konnte. Kira trat aus dem Schatten, und Nyth machte ihr mit einer Armbewegung deutlich, dass sie sich zu Ragdar zurückziehen sollte. Kira nickte nur und verschwand im Nebel, in Richtung eines sich leicht krümmenden Felsens. Mit einer Geste signalisierte Nyth auch Beneth, sich zurückzuziehen.

»Oh, nicht doch, ihr wollt diese Menschen retten?« Zu schnell, als dass Nyth hätte reagieren können, stand der Mann mit den langen schwarzen Haaren auf einmal vor Jasov und Karl.

Der Paladin drängte sich schützend vor den Magier, schubste ihn regelrecht zurück, stand Oracles nun direkt gegenüber. Die Klinge des Drachen stach glatt und ohne ein Geräusch durch Karls Brust. Nyth sah das Entsetzen in Jasovs Gesicht, er starrte auf die Schneide, die aus dem Rücken des jungen Paladins vor ihm ragte und seinem Hals bedrohlich nahe war. Aus dem Entsetzen wurde Wut, seine Brauen zogen sich zusammen, er biss die Zähne zusammen, holte Luft – und dann schrie er.

Nyth spürte den Ausbruch seiner Magie bis hinein in ihren Kern. Das war kein Flehen, kein Bitten an sein zweites Herz, es war pure Wut und Verzweiflung, dafür brauchte es kein Gespräch. Deshalb waren Menschen auch für Drachen gefährlich, die Magie in dem jungen Mann wurde zur Waffe. Eine Druckwelle an Energie entlud sich. Grobe reine Kraft schlug aus seinem Inneren hinaus in die Welt, und wenn es auch nur wenige Meter waren, den Drachenherrscher schleuderte es zurück.

Das schuf genug Raum für Nyth. Ihr Schwert stellte sich zwischen Oracles und die beiden Menschen. Schnelligkeit und Geschick überwanden oft fehlende Macht und Gewalt. Sie mochte klein sein, schwach, sogar noch schwächer als sonst, aber sie war schnell, und gegen ihre Klinge musste er sich zur Wehr setzen. So konnte er hoffentlich keinen ruhigen Moment für einen Zauber gewinnen. Nyths feines silbernes Schwert prallte auf das von Oracles. Sie gönnte ihm keine Ruhe, wich aus, drehte sich um ihn herum, zerschnitt seinen Umhang, trat ihn in die Seite. Alles nur damit seine Aufmerksamkeit auf ihr lag.

Die Soldaten jedoch kümmerte dieser Zweikampf nicht, wie auf einen stillen Ruf hin stürmten sie aus dem Nebel, an Nyth und Oracles vorbei. Steine und Schatten, stellten sich den Angreifern in den Weg. Gegen Magiekundige und Soldaten konnte sich auch ein verletzter Felsdrache behaupten. Erleichtert beobachtete Nyth, wie Kira zu Karl stürzte und den Blut hustenden Paladin mit sich in ihre Schattenmagie hüllte, um ihn zu schützen.

Jasov konnte abwehren, was auf sie zustürmte; lenkte seine magische Entladung, nutzte sie um Schwerter und Kraftzauber zu blockieren. Und wenn er es nicht war, dann war es Beneths Schild oder ein Felsbrocken. Dragul hatte recht gehabt. Ohne Jasov wäre diese Mission fehlgeschlagen, und dank ihm schafften sie vielleicht doch noch die Flucht. Nyth musste Oracles nur lange genug an sich fesseln.

Aber die Klinge des Drachenmannes gewann schon bald die Oberhand, und Nyth musste nun seine Schwerthiebe parieren, die sie mit jedem Schlag, voller Wucht zurückdrängten, weg von den anderen. Nicht, dass er sie nicht einfach hätte davonschleudern oder verletzen können, wenn er gewollt hätte. Aber auf eines konnte man sich verlassen, wenn es um machthungrige Herrscher ging: ihre Gier nach einem Preis. Oracles spielte mit ihr wie eine Katze mit einer Maus; zornerfüllt, weil sie ihm den Schattendrachen gestohlen und seine Magie zerstört hatte. Er wollte ihren Kopf, das war sicher.

Magisch geschmiedeter Stahl prallte auf Nyths Klinge, Oracles braute weiter Druck auf und nutze immer mehr seiner Macht. Schon beim nächsten Hieb ging sie beinahe in die Knie. Er nutzte ihren schwachen Moment und erwischte fast ihre Hand. Sie musste loslassen. Ihr Schwert flog davon; sie war unfähig, sich auf Dauer gegen so viel Kraft zu behaupten. Müdigkeit trübte ihre Sicht.

Es reichte ein Tritt des Drachenmanns gegen ihre Brust, um sie zu Boden zu befördern. Ihr blieb nichts anderes übrig, als zurückzuweichen und sich mühsam aufzurappeln, wohlwissend, dass sie ihn nicht mehr lange ablenken konnte. Stolpernd schaffte sie es gerade so in einen Hechtsprung von ihm weg. Nun galt es lange genug zu überleben, damit die anderen eine Chance hatten.

Silbrige Fäden aus Magie erhoben sich, als Nyth zu einem Zauber ansetzte. Die Fesseln aus Sprache hefteten sich an den Drachenmann, wie damals an Ragdar. Nur konnte sie ihn nicht lange binden, lediglich verlangsamen. Das brachte etwas Abstand und Zeit zwischen sie und Oracles.

Selbstgefällig und mit ruhiger Wut riss er ein magisches Band nach dem anderen los, ging weiterhin auf sie zu, während sie sich so schnell entfernte, wie es möglich war, ohne ihren Fokus zu verlieren. Weg von ihrer Truppe. Sie vertraute auf Beneth Erfahrung als Führer. Sollten die anderen es schaffen, die Soldaten zu überwältigen, und die Möglichkeit haben, zu verschwinden, er würde es befehlen – auch ohne Nyth.

»Das ist reizend. Wirklich. Was ist das für ein Element? Es ist so leise, ich kann es kaum verstehen«, flüsterte Oracles, über die Situation anscheinend amüsiert. Das war die Aufmerksamkeit, die sie erhofft hatte. Er spielte mit den zerrissenen, magischen Bändern in seinen Händen und machte sich wenig Mühe, sie weiter zu jagen. »Wenn du aufhörst, davonzulaufen … beschäftige ich mich vielleicht noch einen Moment mit dir. Was bringen mir dieser laufende Felsen und das völlig leere Kind, wenn du doch so viel mehr zu bieten hast?«

Nyth erstarrte.

»Vielen Dank.« Er bewegte sich nicht weiter, war ihr ohnehin nahe genug, um mit einem gezielten Schwerthieb ihre Kehle zu erwischen, wenn er es wollte. Wenn er es konnte. Mit welcher Klinge auch immer er Kira verletzt haben mochte, das Schwert, das er hier führte, wäre dazu nicht in der Lage. Die einzige Äthermagie hier floss entsetzlicherweise durch seine Adern, verstärkte Oracles' eigentliches Element ins Unvorstellbare. Seine eigene Magie vermittelte einen bitteren Eindruck, schwer zu greifen, erinnerte Nyth an stickige Luft. Nicht mit dem Schwert, aber mit den bloßen Händen würde er Nyth verletzen können.

Und tatsächlich, als er den Arm ausstreckte, das Schwert zu ihrem Gesicht hob, ihr die Spitze der Klinge in die Kehle drückte, passierte nichts.

»Interessant. Und dann ist sie auch noch stumm!« Er stand unruhig vor ihr, als könnte er sich nicht entscheiden, was er zuerst tun wollte. Seine langen, schwarzen Haare bewegten sich in einem merkwürdigen Eigenleben, schienen zu wabern, als befände er sich unter Wasser.

Das war es. Aber natürlich. Nyth konzentrierte sich auf die Empfindung. Es handelte sich um ein Element, das einer tiefen, dunklen Quelle unter der Wasseroberfläche entsprang. Nyth gewann den Eindruck, in einem eiskalten Brunnen zu ertrinken. Flüssiger Nebel, erfüllt mit purer Grausamkeit, einem Gewässer voller Leid und Verderben entsprungen. Ein Sumpfdrache.

»Wirst du mit mir sprechen, ehe ich dir alle Gliedmaßen einzeln aus dem Körper gerissen habe? Oder formt deine schöne Stimme nur Magie? Weißt du, das kann ich auch, und es wird dir nicht gefallen.« Er setzte an zu einer magischen Melodie, und eine kleine Kraftwelle entlud sich direkt auf Nyth. Unsicher ging sie einen Schritt zurück. Er hatte versucht, mit ihrem Kern zu sprechen, und seine Äthermagie für einen Befehl genutzt, den fast jede andere Art Magie sicher befolgt hätte. Aber wie Nyth selbst zog es auch ihr Element vor, zu schweigen.

Oracles zischte. Es klang unzufrieden, erbost. Die dunklen Augenbrauen zogen sich zusammen, und er rang für einen Moment mit seiner Haltung. Zorn ließ seine Mundwinkel beben. Nyth sah sich erneut kämpfen, da atmete er tief durch und schüttelte den Kopf.

»Du wirst mir sicher nicht erklären, wieso ich deine Magie nicht knechten kann? Du machst mich neugierig. Deine Essenz ist stumm, dein Grund für das Eindringen in mein Land ist mir ein Rätsel, und dann schaust du so hasserfüllt, als müsste mir dein Name bekannt sein!«

Sie durfte den richtigen Augenblick für Widerworte nicht versäumen. Sein Interesse war ihre beste Chance …

Aber Nyth hatte missachtet, durch was sie die ganze Zeit gelaufen waren. Womit sich die Lungen füllten, wenn man an diesem Ort zu atmen wagte. Pure Feuchtigkeit schwebte durch die Luft, so dicht, dass man sie sehen konnte. Deshalb hatte er mit einem einfachen Blinzeln die Distanz zu Karl und Jasov überwinden können.

Nebel. Sie war einem Sumpfdrachen schutzlos ausgeliefert, umgeben von winzigen Wasserperlen in der Luft. Plötzlich stand er vor ihr, packte ihre Kehle und drückte fest zu. Ein grausiges Gefühl aus Ersticken und Kälte legte sich über Nyths Sinne, und sie fühlte sich unter Wasser gezogen. Die Magie in ihm war angespannt, gereizt, und er verbot sich, mit Nyth zu kommunizieren.

So eine Berührung von Haut zu Haut unter Drachen war gefährlich, sogar für Oracles, aber Nyth war zu schwach, zu erschöpft, um daraus einen Vorteil für sich zu gewinnen. Was hätte sie seine Magie nicht alles fragen oder ihr entlocken können! Doch sie wurde erdrückt vom Klang dumpfer Sumpfmagie. Seine weißen Augen mit den schmalen Pupillen musterten neugierig ihre Erscheinung. Was, wenn er ihr den Stoffschal, die Kapuze vom

Haupt zöge? Die geballte Magie im Nebel würde sie blenden. Wie sollte sie dann noch weiterkämpfen?

»Wie reizend, du dringst in mein Land ein, stellst dich gegen mich, aber bleibst stumm. Mache ich mir die Mühe die Antworten aus dir herauszufoltern, oder kann ich mir das sparen? Vielleicht lasse ich dich ausbluten, wie das Drachenkind, falls du genug Magie besitzt. Dein Kern scheint erschöpft, bist du so alt schon, ja?«

Der Griff um ihre Kehle wurde stärker, sie konnte fühlen, wie seine Magie sich auf ihren Körper konzentrierte. So geschwächt, wie sie war, würden ihre Nerven dem nicht lange standhalten. Die geballte Kraft des Äthers und seines Elements zerdrückte sie, riss an ihrem Kern. Sie spürte bereits, wie es an jeder Zelle zerrte. Gleich blieb ihr keine Wahl mehr. Als Drache, in ihrer wirklichen Gestalt, sie könnte … Nein. Er würde sie sofort zerreißen wie Papier. Nur komprimiert hatte sie eine Chance. Je langsamer er ihr Leben beendete, desto besser.

Er hatte recht, sie war bereits alt, verbraucht, substanzlos. Nyth sehnte sich nach dem Ende ihrer verblassenden Existenz. Doch Jasov, Karl, Beneth, Ragdar, Kira, sie waren so jung. Für sie musste Nyth durchhalten.

Ein Donnern aus weiter Ferne. Für einen Moment bildete sie sich ein, der Boden würde beben. Doch ihre Sicht verschwamm bereits, sie verlor die Kontrolle über ihre Sinne.

Schmerz zog durch ihre Adern, erreichte ihr Fleisch, brach durch die Knochen, in den Kopf, hämmerte an ihrem Herzen und zerrte an ihrer Magie. Es wurde kalt. Furchtbar kalt. Und dunkel. Und schwer. Der Nebel verlor mit einem Mal sein unheimliches Leuchten, wurde dumpf und schwarz. Sie spürte feinen Wind auf der Haut, und Stille breitete sich aus. Eine Ruhe vertrieb alles um sie herum, wie kühle Abendluft den Tag. Keine Vibration regte sich. Nichts.

Doch wider Erwarten entsprang diese Kälte nicht aus Nyths Innerem, nicht aus ihrem Körper. Sie fühlte nicht ihren eigenen Tod, vielmehr starb die Welt um sie herum.

Es war ein Schwert, das an ihrer Seite vorbei direkt auf Oracles' Hals zielte und in das Fleisch des Sumpfdrachen stach. Nur die Spitze. Sie verletzte ihn nicht, aber er stöhnte erschrocken auf und ließ Nyth sofort los.

Sie taumelte einen Schritt zurück, drehte sich leicht und stieß gegen ein weiches Hindernis. Ein Arm schlang sich um ihre Schultern, dann wurde Nyth gegen das Leder einer gedrückt. Sie kannte diesen Geruch, und zum ersten Mal freute sie sich darüber. Ein bisschen Tabak, ein klein wenig Zedernholz.

KAPITEL 32
KRÄFTEMESSEN

»Sir …«, flüsterte die Stimme der Drachenfrau kaum hörbar.

»Tut mir leid, dass es so lange gedauert hat! Angeblich verlernt man das Fliegen ja nicht, aber …« Lord Dragul hielt Nyth vorsichtig an sich gedrückt. Sein Schwert war noch immer gegen den Heerführer von Brarche erhoben, und Dragul lächelte ihn vorerst freundlich an. »Ist eine Weile her, hm?«, neckte er ihn.

»Sagt mir nicht, diese Truppe Schwächlinge sind die Euren?« Ein hämisches Grinsen schlich sich auf Oracles‘ Lippen.

Dragul überlegte einen Moment und nickte dann. Was auch immer geschehen war, die Umstände zwangen ihn, die Konsequenzen zu tragen. Nyth hatte bereits genug Schuld auf sich genommen. »Ich bin leider nicht ganz im Bilde, was die Situation angeht. Aber ja!«, erklärte er.

Oracles erhob nun sein eigenes Schwert und schob die Klinge des Todesdrachen ein Stück beiseite. »Und für diese wertlosen Kreaturen setzt Ihr Euren Fuß in mein Reich? Riskiert einen Krieg, eine jämmerliche Niederlage? Für das da?« Seine Waffe deutete nun auf Nyths Rücken.

Der Körper in Draguls Armen zuckte kaum merklich. Sie hielt ihr Gesicht gegen seine Brust gedrückt. Zumindest für den Moment war sie in seiner Aura, vor allem aber in seinem Arm, sicherer als überall sonst auf der Welt. Der Griff um ihre Schultern wurde fester. Seine Hilfe kam beinahe zu spät.

Oracles hustete eine dunkle Rauchwolke aus und knurrte. Dragul war ihm eine Antwort schuldig. Doch auf diese Situation hatte er sich nicht vorbereitet. Also ließ er seinen Gedanken einen Moment Zeit. Zeit, die Oracles’ Wut zum Überkochen brachte.

Ob es klug war, sein Gegenüber zu reizen? Rasch entflammte eine alte Feindschaft erneut, wenn die Worte genügend Zündkraft besaßen.

Andererseits sprach eine wütende Zunge schneller, als die Gedanken sie bremsen konnten. Das war ideal, um ein paar Antworten zu erhalten; Dragul durfte es nur nicht übertreiben. Hier gegen Oracles zu kämpfen, war möglich, aber Nyth dabei zu beschützen vermutlich nicht. Er seufzte unzufrieden. »Nun ... glaubt Ihr wirklich, ich schicke Soldaten in Euer Reich, um Euch nur zu kitzeln? Als ob mir nicht bekannt wäre, was Ihr hinter den Grenzen plant. Ihr müsst wissen, Nyth hier ist rechtschaffen und ausgesprochen stur. Ich wusste, sie würde für mich das Unrecht offenlegen können. Euer Unrecht!«

»Mein Recht auf Herrschaft ist mir blutgegeben«, rief der Drachenherrscher mit schriller Stimme.

Dragul ließ die Worte für einen Moment auf sich wirken. »Blut fordert kein Recht. Wovon Ihr sprecht, ist ein Pakt mit einer falschen Göttin! Ihr habt ein zerstörtes Schlachtfeld zu einem Land ernannt, das ist nicht mal eine Eroberung, Ihr habt kein Blutrecht, auf nichts!«

»Wollt Ihr den offenen Kampf? Jetzt? Hier? Das letzte Mal hat es Monate gedauert – und Ihr könnt mich – nicht – töten!« Oracles breitete die Arme aus, das hämische Grinsen fand erneut auf sein Gesicht.

»Genauso wenig wie Ihr mich. Aber wir wären beschäftigt, für eine sehr lange Zeit.«

Schneidendes Lachen, die Stimme des Kommandanten hallte unheimlich im Nebel wider. »Sicher, versucht es nur. Am Ende werden wir sehen, was ich kann und was nicht!«

Durch den Körper in Draguls Armen ging ein Ruck, Nyth hob leicht ihr Haupt. »Sir! Sir, gebt acht, er besitzt die Klinge der Götter!«

Nervös biss Dragul die Zähne zusammen. Sie gab ein leises Wimmern von sich, als er den Griff um ihre Schultern fester zog.

»Deine Botschaft hat das angedeutet, aber bist du dir da auch wirklich sicher, Nyth? Trägt er sie bei sich?«

»Wieso fragt Ihr die Drachenfrau und nicht mich?«

Dragul verlieh seinem Zorn Ausdruck, und die Welt um ihn verlor erneut etwas von ihrem Leben, von ihrem Klang. Todesmagie vibrierte nicht, sie löschte jede Vibration aus. Sie erstickte noch mehr Licht als zuvor, und der Nebel nahm ein bedrohliches Dunkelgrau an.

»Ironie des Schicksals, nicht wahr?«, höhnte Oracles. »Der Ätherdolch war dafür gedacht, die Kinder der Drachengöttin zu töten. Und nun, in unserer Hand, wird er zum Richter über all jene, die unsere wahre Bestimmung verraten haben.«

»Unsere wahre Bestimmung ist es, die Balance der Welt aufrechtzuerhalten.«

»Da gebe ich Euch vollkommen recht. Sicher, Ihr werdet es nicht erleben, aber eines Tages werden wir die Macht über das Chaos erringen, das Ihr so fleißig fördert. Und Magie steht dann wieder unter der Kontrolle der Drachen.«

Dragul konnte nicht anders, als erneut zu schmunzeln. Die wilde Gestik und der arrogante Tonfall des jungen Drachenmannes vor ihm amüsierten ihn auf tragische Weise. Kommandant Oracles konnte die Tragweite seiner Worte nicht begreifen und wusste nicht, welches Blut wirklich durch seine Adern floss. Er verstand nicht, welche Katastrophe er und die anderen Reiche bereit waren heraufzubeschwören. Eine allzu lange erfolgreiche Herrschaft war es, die dem Westen diese Sicherheit vorgaukelten und sie so weit gehen ließen, vor aller Augen gegen den Friedensvertrag zu verstoßen.

»Eurer Kontrolle? Was wird Lord Durphan dazu sagen? Ihm gehört der Westen, was veranlasst ihn dazu, Euch den Dolch zu überlassen? Ihr, der Ihr in Ungnade gefallen seid.«

Wie erwartet entzündete Dragul damit den Zorn des Drachenmannes. Ein Fauchen, begleitet von einer Rauchwolke. Der Nebel selbst erzitterte, reagierte auf Oracles' Zorn. Dieser Drachenmann hatte sich Brarche genommen, ein vom Krieg zerstörtes Land. Er war kein Eroberer, er war nicht einmal mehr Diener des Westens.

»Die Drachengöttin ist meine Stärke und Durphans Schwäche!« Orcales spuckte den Namen regelrecht heraus. »Während er ihr verfallen ausharrt, sich versteckt, erfülle ich ihr Erbe! Die anderen werden mir schon bald folgen, sie sind es leid zu warten.«

Alarmiert ließ Dragul sein Schwert leicht kreisen und versuchte, die Fassung zu bewahren. Das einzige, worauf er sich die vergangenen Jahrtausende verlassen hatte, war Durphans Unwille zu handeln. Er wusste nicht, ob es gut oder schlecht war, wenn das Reich dieses uralten Führers zerfiel. Unter ihm hatte der *Ewige Krieg* damals begonnen und er war es, der für den Waffenstillstand zwischen Ost und West geradestand.

»Euer Schweigen ehrt mich«, höhnte Oracles, schnalzte mit der Zunge. »Sonst seid Ihr doch um kein Wort verlegen. Interessant. Also, *Lord* Dragul, wollt Ihr Euch wirklich gegen mich stellen? Wissentlich eine Niederlage riskieren? Herrscht Ihr nicht auch über die Menschen? Es soll mir gleich sein, was Ihr tut. Ihr seid es nicht, gegen den ich mich erheben will. Wenn Ihr sie mir überlasst, das alte Weibchen mit der faszinierenden Aura, dann könnt Ihr einfach gehen. Sie hat die Gesetze gebrochen. Sie muss dafür büßen. Wie klingt das?«

Verwundert schüttelte Dragul den Kopf. Glaubte Oracles etwa wirklich, er würde darauf hereinfallen? Oracles hatte schon viel zu lange die Kontrolle über diesen anwachsenden Konflikt, Dragul würde ihm nicht erlauben, den Beginn des Krieges zu bestimmen. Und niemals würde er zulassen, dass Nyth ihm in die Hände fiel. »Ihr wollt mir erklären, ich könnte sonst nicht einfach diesen Ort verlassen, wenn ich es möchte?«

Mit einem grimmigen Laut stieß Oracles noch mehr Rauch zwischen den schmalen Lippen aus. Wut funkelte gefährlich in seinen Augen und er erhob sein Schwert wieder drohend gen Draguls Kehle. »Wollt Ihr wirklich jetzt gegen mich kämpfen?« Ein breites Grinsen offenbarte seine spitzen Zähne.

»Die Frage ist vielmehr, ob *Ihr* das wollt.« Dragul zuckte mit den Schultern. Dieser Geste folgte das Geräusch eines dumpfen, fast stummen Donners. Der Boden vibrierte, wie getroffen durch eine Lawine.

Hinter ihnen erhob sich einer der vielen Schatten aus dem Nebel. Ein gigantischer Schädel schwebte gen Himmel. Dem Maul fehlte der Kiefer. Staub wirbelte auf, formte sich zu dem, was er einst gewesen war: einem Drachenleib. Die Umrisse des beschädigten Körpers vervollständigten sich. Ein Haupt mit weit aufgerissenem Maul zeichnete sich durch den Nebel ab und richtete den Blick auf die drei Drachen in Menschengestalt unter ihm, sie wirkten Vergleich winzig. Knirschen und Knacken hallte durch die Luft. Das Skelett eines Drachen erhob sich über ihnen – und es war nicht das Einzige.

Rippen klapperten hohl und dumpf im Dunst, das Scharren von Krallen auf dem Boden erzeugte ein unangenehmes Geräusch, das die eigenen Knochen zum Erzittern brachte. Ein Todesdrache auf einem Friedhof, inmitten eines Nebels, bestehend aus seiner Magie.

Zum ersten Mal traute sich Nyth, den Kopf zu heben, und drehte sich leicht herum. Sie konnte die geballte Magie im Körper ihres Herrn fühlen, die sich ausbreitete. Für einen Moment war Nyth unsicher, ob Oracles auch nur einen Bruchteil dieser Macht besaß. Ohne die Äthermagie? Er hätte vermutlich keine Chance, und vielleicht war Lord Dragul tatsächlich mächtig genug, sogar jetzt …

Der Boden bebte, als das Drachenskelett über ihnen einen Schritt nach vorne trat.

»Ich sehe keine Götterwaffe in Euren Händen. Ich sehe keine Armee zu Eurem Schutz. Alles, was ich sehe, ist ein Sumpfdrache voller Hass und Blutgier, der untergehen wird, wenn er es wagt, sein Schwert hier und jetzt gegen mich zu führen!« Kein Funken Freundlichkeit belebte mehr Lord Draguls Stimme.

Oracles' Gesicht verzog sich voller Zorn. »Wir sehen uns in einem Krieg, den Ihr bereuen werdet!« Er machte auf dem Absatz kehrt und verschwand mit wenigen Schritten im Nebel, der sich sofort hinter ihm verdichtete.

Die Skelette der gewaltigen Drachen kamen wieder zum Stillstand, ihre Knochen schwebten wie Wolken im Dunst. Kein Geräusch bewegte die Luft, Nyth hörte nur den langsamen Herzschlag ihres Herrn. Die Ruhe und der gleichmäßige Klang machten sie noch müder. Was würde sie dafür geben, jetzt einschlafen zu können. Einfach loslassen in der Wärme seiner …

Sofort drückte sie sich ein wenig von ihm weg. Dieses unangenehm angenehme Gefühl von Geborgenheit wollte sie in seinen Armen nicht empfinden. Sie würde sich später darüber ärgern müssen, denn kaum verließ sein Herzschlag ihre Sinne, kehrte die Grausamkeit der Realität zurück. Die Stille seines Elements hatte sie kurz betäubt, aber nun schrie wieder jede Zelle in ihrem Körper vor Schmerzen, vor Ermüdung und Kummer, und die Luft um sie herum war klirrend kalt.

»Geht es dir gut?« Er musterte sie besorgt, musste sich ein wenig bücken, um wenigstens etwas von ihrem Gesicht sehen zu können. Der weite Schal um ihren Kopf war leicht verrutscht, aber ihre Nasenspitze und die fest zusammengepressten Lippen waren sicherlich zu erkennen. Unsicher wandte sie den Kopf ab, der Blick ihres Herrn war kaum zu ertragen – Mitgefühl – nicht von ihm.

»Ich denke schon …«, antwortete sie, hörte ihre Stimme brechen. »Sir, ich hätte niemals gedacht, dass Ihr persönlich erscheinen würdet. Das war unklug. I-ich hatte Euch alle Informationen zukommen lassen und…«

»Klar, ich rette dir das Leben und du beschwerst dich darüber. Was auch sonst? Unklug, mh?« Er klang seltsam amüsiert, ganz so, als gäbe er ihr recht. »Ich wollte nur sicherstellen, dass deine Mission gelingt. Warum hast du dich nicht gewehrt?«

»Es … ging nicht. Es ist so viel passiert, was mich geschwächt hat.«

Noch immer war ein Arm fest um ihren Körper geschlungen, als dachte er gar nicht daran, sie loszulassen. »Nyth, du bist ganz kalt.«

»Es geht schon«, murmelte sie und atmete zittrig durch.

»Nyth?«

Sie blinzelte langsam. »Ja, ich meine, es geht mir gut und – und ich bin froh, Euch zu sehen, Sir!«

»Oha, du und froh, mich zu sehen?«

Sofort richtete sie sich auf und entzog sich seinem Griff. Wackeligen Schritts trat sie zurück, drehte sich um. Schwindel und die Anstrengung, sich auf den Beinen zu halten, bissen sich mit aufkeimendem Ärger.

Dafür war nicht der richtige Moment, wichtiger war … Und dann setzten sich ihre Beine endlich in Bewegung. Nyth rannte zurück in Richtung des Druidensteine. Sie ignorierte die bedrohlich sinkende Temperatur in ihrem Körper, beachtete auch das Flimmern vor ihren Augen nicht. Die beißende Kälte des immer noch von Dunkelheit erfüllten Nebels schlug ihr hart ins Gesicht. Sie lief, so schnell sie konnte, bis endlich die Silhouette des Obelisken und daneben die eines felsigen Drachen erschien.

Nyth stürzte aus dem Nebel auf ihre kleine Truppe zu. Ragdar hatte sich schützend um Jasov gestellt, der, über Karl gebeugt, mit zittrigen blutigen Händen, alle Arten an Kräutertinkturen ausprobierte, um die Blutung zu stillen. Kira kniete daneben und hielt die Hand des Paladins, nutzte seinen Schatten, um ihn zu stützen, damit er nicht direkt auf hartem Boden lag.

Vor ihnen Beneth, der Nyth sofort entgegentrat. Er hatte alarmiert sein Schwert erhoben. »Was ist passiert? Was ist das?« Er zeigte mit der Klinge in die Luft, wo über der kleinen Gruppe ein riesiges Gerippe, mit langen Wirbeln, einem verschlungenen Hals und einem gigantischen Schädel thronte.

»Gleich!« Sie hockte sich zu Jasov und den anderen.

»Nyth, ich weiß nicht, was ich tun soll. Er atmet nicht mehr! I-ich hab einen Kristall für sein Herz genutzt, damit es weiter schlägt, aber … was soll ich nur tun?«, kam es verzweifelt von Jasov, dem jungen Magier liefen Tränen übers Gesicht.

Ohne weiter auf ihn zu achten, riss Nyth das Hemd auf Karls Brust auseinander und presste die Hände fest zusammen. Wie so viele Male zuvor zogen sich Fäden aus Magie zähem Harz gleich zwischen ihren Fingern, als sie langsam die Hände wieder öffnete. Golden schimmernde Perlen tropften wie flüssiges Metall in die Wunde und bildeten einen festen Draht. Nyth begann damit, den Schnitt bis tief ins Fleisch hinein zu verweben. Verzweifelt folgten Jasovs Augen jeder Bewegung.

Kleine feine Nähte schimmerten nun auf Karls Brust und zogen die Wunde zusammen. Nyth berührte seine Schläfen und seufzte. »Auch er ist ein Magier, vielleicht kein so mächtiger wie du, Jasov, aber ein bisschen Magie reicht aus. Sie ist in seinem Kopf, hat sich dorthin zurückgezogen. Sie beschützt ihn. Es ist noch nicht zu spät! Noch ist sein Verstand intakt und kann heilen, so auch seine Wunden.«

Jasov schluchzte leise auf.

Plötzlich erhob sich der Fels von einem Drachen hinter ihnen, und auch Beneth gab einen Laut des Erschreckens von sich.

»Kein Grund zur Panik!« Lord Dragul trat aus dem Nebel ins Sichtfeld und hob beschwichtigend die Hände.

»Sir, Eure Lordschaft! Verzeiht!« Der eben noch kampfbereite Paladin verbeugte sich kurz und steckte sein Schwert weg. Missmutig blickte er zu dem Skelett über ihnen, und man hörte sein bekanntes, unzufriedenes Gemurmel.

Es knirschte unangenehm, als Ragdar sich zurückverwandelte. Er hielt sich schmerzverzerrt die rechte Seite und schaute mehr als grimmig drein. Der Stein seines Körpers splitterte, das Fleisch dieser Gestalt brach. Auch er würde magische Hilfe benötigen, doch das hatte Zeit.

»Sir, wie weit ist er?« Nyth hob den Kopf und deutete auf Karl.

Der Landesherr beugte sich über den bleichen Mann und musterte ihn eine Weile. »Wenn du ihn dazu bringst, wieder zu atmen sollte das bisschen Leben in ihm darauf reagieren. Ich kann nur verhindern, dass er weiter stirbt.«

Sie nickte und legte eine Hand auf Karls Brust. Der junge Paladin hatte großes Glück gehabt, die Klinge hatte sein Herz nur leicht verletzt. Seine Lunge war vernäht und würde heilen. Eine kleine Starthilfe mit Nyths eigener Magie …

»Komm schon, Karl!«, flehte Jasov.

Kira strich dem Mann eine Haarsträhne aus dem Gesicht. »Er hat noch am Boden liegend einen Schutzzauber gesprochen. Sonst hätte mich …«, flüsterte das Drachenkind, schüttelte sich.

Plötzlich ging ein Ruck durch Karls Körper, seine Atmung setzte mit einem Husten und Röcheln wieder ein.

Sofort stand Nyth auf. »Er braucht dringend Flüssigkeit, neues Blut. Wir müssen so schnell es geht zurück ins Kraterland.«

»Wir können mit dem Druidenportal nach Bruch und von dort direkt nach Hause. Allerdings weiß ich nicht, wie erfreut König Maral darüber sein wird«, murmelte Dragul. Er drehte sich zu dem Obelisken um und formte bereits ein lila glimmendes Portal mit der einen Hand.

Es war ein leises Flüstern, wenn der Lord Zauberformeln nutzte. Seine sonst so lebendige Stimme wurde tief und ernst. Nur wenige Worte ohne melodischen Klang genügten. Für einen Todesdrachen war es ein Leichtes, zu zaubern, wenn er sich in einem Nebel aus seinem eigenen Element befand. Außerdem kannte er diesen Ort und auch den Druidenstein. Der Felsen würde schon tun, was der Lord ihm auftrug. Nyth mochte ein Talent zum Verhandeln mit Magie besitzen; er hingegen konnte der Magie fast alles befehlen, und sie fügte sich.

»Sir, solltet Ihr nicht in Bruch sein, auf diplomatischer Mission?«, erkundigte sich Beneth.

»Ja, tatsächlich sollte ich das. Eine Qual, so viele leere Worte. Niemand wollte auf die Zustände hinter der Grenze eingehen, dieses unbequeme Thema wird stets verharmlost. Solange keine feindlichen Soldaten gegen ihre Türen drücken, schauen sie lieber weg. Die Verhandlungen drehen sich seit Wochen im Kreis. Da war es ganz nett, einfach zu gehen – und mal wieder die Gesetze zu brechen, die Flügel auszubreiten, diesem Angeber von Sumpfmonster-Drachenherrscher fast auf dem Kopf zu landen … Ja, das war es wirklich wert.«

Locker aus dem Handgelenk warf Dragul ein Portal gegen den Druidenstein, der die Magie zu absorbieren schien. Die Runen auf dem Felsen leuchteten wellenförmig auf, dann schoss ein Blitz aus dem Obelisken und schlug einige Meter von ihnen entfernt in den Boden ein. Ein Portal sprang auf, groß genug für eine Pferdekutsche.

»Kira, kannst du Karl auf seinem eigenen Schatten transportieren?«, erkundigte sich Nyth.

Das Drachenkind nickte und hob den Paladin mit einem Fingerwink an. Der Körper schien zu schweben. Ein unheimliches Bild. Nyth sah, wie Jasov hohl schluckte. Er zitterte am ganzen Leib und fixierte den Paladin, als handlte es sich um einen Bruder, einen besten Freund. Tränen funkelten in seinen Augen. Nyth konnte dem Drang nicht widerstehen und legte ihm kurz eine Hand auf den Rücken. Er schenkte ihr ein bitteres Lächeln.

Ragdar, Kira mit Karl, Jasov und Beneth traten durch das Portal. Nyth sah sich noch einmal um. Das ehemalige Schlachtfeld schien erneut versunken in Erinnerungen, glomm schwach in Nebel und Dunst. Die Skelette waren zu Boden gesunken, und die Magie schlummerte bereits wieder. Als sie sich zum Portal wandte, kreuzte sie den Blick ihres Herrn. Sein Lächeln wirkte zufrieden, aber auch skeptisch. Mit einer Geste wies er sie an, vor ihm das Portal zu durchqueren, und Nyth durchschritt die Pforte mit einem nervösen Knurren.

Die plötzliche Helligkeit einer bunten, lebendigen Stadt veranlasste sie, ihren Schal tiefer zu ziehen. Ein wunderschöner blauer Himmel, wenige Wolken, die warmen Strahlen der Frühlingssonne, dazu die flache, große Stadt mit den weißen eckigen Bauten.

Der Druidenstein, zu dem sie gereist waren, stand tatsächlich in Anastar, der Hauptstadt von Bruch, recht zentral auf einem runden, hellen Platz, umringt von perfekt gleich großen Bäumen, die bereits strahlend grüne Blätter vorzeigen konnten. Der Obelisk war Teil einer Parkanlage und vermutlich schon lange stillgelegt. Nyth betrachtete das Objekt misstrauisch. Wie war es Lord Dragul nur möglich gewesen, ein stabiles Portal zu öffnen? In diesem Druidenstein befand sich nicht die nötige Magie dafür, er war fast völlig verbraucht, kein Wunder, dass man ihn zur Dekoration in einen Park gestellt hatte. Der Lord musste seine eigene Magie eingesetzt haben, um das Portal zu öffnen, ganz beiläufig, aus dem Handgelenk.

Irritiert wanderte ihr Blick zu ihrem Herrn, er schenkte ihr ein Zwinkern, als könnte er ihre Gedanken lesen. Wäre Todesmagie in der Lage, das zu vollbringen, hätte sie das gewusst. Diese Magie umgab sie seit über tausend Jahren, und doch stellte sie Lord Dragul immer wieder vor neue Rätsel.

Das Portal hinter ihnen schloss sich, und sofort sprang eine neue Pforte auf. Zeit, sich umzusehen, blieb nicht, und Jasovs Interesse an dieser fremden Stadt hielt sich ohnehin in Grenzen. Das helle Licht brannte in seinen verweinten Augen. Alles, worauf er noch achten konnte, war das schwerfällige Atmen des Paladins, der auf Hüfthöhe über dem Boden zu schweben schien. Jasov konnte nicht anders, er hielt ihm die Hand.

Mit wenigen Schritten ließen sie auch das zweite Portal hinter sich. Die bekannte Silhouette eines gigantischen Schlosses zeichnete sich am Himmel ab und verdeckte die hier bereits etwas höher stehende Sonne.

Dieser kleine Ort war Jasov nie aufgefallen. Der Obelisk mit seiner runenverzierten Oberfläche stand inmitten eines angelegten Gartens, so natürlich wirkend, dass niemand ihn für ein magisches Artefakt halten würde. Sie mussten sich auf einer der oberen Ebenen des Schlosses befinden. Die Luft war dünn und kühl, die

Zweige, Büsche und Gewächse des Gartens noch nicht einmal im Begriff zu keimen. Hohe Türme ragten hinauf in den Himmel, ein Banner wehte im Wind.

Zu Hause.

KAPITEL 33
HEILUNG

Das einzige Geräusch, das Jasov in den letzten Stunden wahrgenommen hatte, war das leise Plätschern des Brunnens im Garten vor den Hallen der Heilung. Er hatte nun bereits vier Tage, mehr oder weniger schweigend, an Karls Krankenbett verbracht, und wartete darauf, dass dieser wieder erwachte. Ja, sie kannten sich noch nicht lange, und Jasov musste zugeben, dass er durch diese Zeit des Wartens vor allem den Schock des Erlebten kompensierte, trotzdem: dieser Mann hatte ihm das Leben gerettet. Er war es ihm schuldig. Und so flüchtete Jasov geradezu an Karls Seite, flüchtete vor den Erinnerungen an ihr Abenteuer.

Zwar sorgte er sich um seinen neuen Freund, aber das Gefühl von Schuld überwog die Sorge um Karls ganz persönliches Wohl, und dafür schämte sich Jasov. Falls er nicht wieder erwachte, würde Jasov keinen Schlaf mehr finden.

Für den unnützen, ungeschickten Zauberlehrling hatte ein wichtiges Mitglied der Paladine beinahe sein Leben verloren. Egal, wie oft Jasov sich die Hierarchie des Militärs ins Bewusstsein rief, nichts änderte etwas an der Last auf seinem Herzen. Und dann war Karl auch noch ein so freundlicher Mensch. Selten bemühten andere sich, durch Jasovs Unsicherheit zu ihm durchzudringen. Er wollte wieder das liebenswürdige Lächeln in Karls Augen sehen und seine humorvolle Art, das Leben zu akzeptieren, bewundern. Auch für diese Gefühle schämte sich Jasov ein wenig.

Andererseits – wenn Karl erwachte, endete der Stillstand in dieser scheinbar kleinen Welt. Danach gab es nur noch die Realität. Es war nicht leicht, wieder in die Normalität zurückzufinden, nach allem, was er erlebt hatte.

Wie so oft ruhte Jasovs Kopf auf dem breiten Polster von Karls Bett. Mit den Händen massierte er sich den verspannten Nacken. Er war übermüdet und ratlos. Ein unbekanntes Gefühl stiller Panik hielt ihn davon ab, die Augen zu schließen. Ohne Marberds süß schmeckenden Tee gelang es ihm gar nicht mehr, zu schlafen. Sein Mentor besuchte ihn regelmäßig; er achtete darauf, dass Jasov aß, trank und auch für einige Zeit zur Ruhe kam. Nachdem man Karl das Blut anderer verabreicht hatte, sei es nur noch eine Frage der Zeit. Er werde bald schon erwachen, das sei fast sicher. Aber die Zeit zog sich, und dieses »fast« wurde größer, lauter und unheimlicher.

Der Stuhl aus einfachem Holz knarrte, als Jasov sich wieder aufrichtete. Glücklicherweise wurde das Geräusch nicht von der Halle aufgenommen. Über und über bestückt mit Vorhängen, war dieser Ort fast so still wie die Bibliothek. Die Decke war hoch und halbrund, die Krankenbetten waren durch Pflanzen und Stoffbahnen voneinander getrennt, und am Ende des langen Saals befanden sich viele Regale mit Kräutern und Tinkturen, Verbänden, Klammern und allerlei Geräten.

Eine schmale rote Katze huschte zwischen den Stationen hin und her. Nicht selten schmuste sie mit Jasov und legte sich zu Karl ans Fußende. Die Kräuter und Tinkturen dienten der physischen Heilung; die kleine Mieze jedoch half einem, wenigstens für ein paar Augenblicke zu lächeln.

Auch jetzt trappelten ihre weißen Pfoten leise durch den Saal. Vermutlich wollte sie hinaus, etwas frische Luft schnappen. Einige kleinere Türen führten in verschiedene Behandlungszimmer und eine große Flügeltür in die normalen Flure des Schlosses.

Dieser Ort lag auf einer der höheren Ebenen, angegliedert an die Quartiere der passiven Heerführer und Soldaten. Taktiker, Philosophen, Heiler, Künstler: Dieser Bereich war das Zuhause der Intellektuellen. Entsprechend ungewöhnlich war teilweise die Gestaltung der Gänge und des Kräutergartens direkt neben dieser Halle. Seltsame Bäume wuchsen dort, mit verknoteten Ästen und krausen Blättern. Das Fachwerk hier war stilvoll und warm. Es war ein exklusiver Ort, in dieser Halle der Heilung behandelte man keine gewöhnlichen Verletzten. Wer hierhergebracht wurde, war dem Tode nahe und benötigte eine besondere Versorgung.

Jasov rieb sich fest die Augen und streckte seine Glieder. Seit Stunden saß er zusammengesunken und wartete auf eine Regung von Karl. Bald war es Abend, und Kira würde ihn besuchen kommen, das hatte sie versprochen.

Die ersten drei Tage nach ihrer Ankunft hatte sie nur geschlafen, und auch Ragdar hatte an seiner eigenen Heilung gearbeitet, zurückgezogen in einen Kerkerraum in der Nähe des Weinkellers. Dort unten waren die Räume aus Stein, gehauen in den riesigen Berg, der ideale Ort für einen Felsdrachen, um sich zu erholen.

Lediglich Nyth schien nach nur einer Nacht voll Schlaf völlig wiederhergestellt. Sie behandelte Karl zusammen mit zwei Ärzten dieser Krankenstation, wobei Jasov allerdings das Gefühl hatte, dass die Drachenfrau eher seinetwegen bei der Behandlung half. Ihre Blicke hatten Jasov nicht nur einmal sorgenvoll gemustert. Immerhin gab ihm das die Möglichkeit, Nyth nach jedem Besuch zu Karls Zustand auszufragen, während die anderen Heiler ihn nur misstrauisch beäugten.

Nyth hatte Jasov immer wieder versichert, dass der Paladin einfach Zeit brauchte. Das nahm ihm wenigstens vorübergehend seine Sorgen, ehe sie sich wie von selbst nach ein paar Stunden erneut hochschaukelten. Er verfluchte sich für dieses Talent zum Grübeln. Natürlich vertraute er seiner Mentorin, Karl würde aufwachen …

Jasov stöhnte, rieb sich den Nacken. Die Zeit floss zäh wie Honig, und der inzwischen müde Tag hatte das gefühlte Ausmaß einer ganzen Woche. Es stand ihm frei, wieder zu arbeiten, die Bibliothek zu nutzen oder sich einfach nur zu entspannen und zu erholen. Das Prinzip von Urlaub hatte Marberd ihm erklärt. Aber Jasov wollte hier sein, wenn es passierte, wenn Karl die Augen öffnete. Zumindest so lange konnte er sich dem entziehen, was auf sie zurollte. Es war wie die Hoffnung auf ein gutes Ende. Und seine Geschichte, das Erlebte, brauchte ein gutes Ende. Niemals wieder sollte ein Mensch seinetwegen sterben – oder gar für ihn.

Zwar war er in Sicherheit, hinter den dicken Mauern des gigantischen Schlosses, umgeben von den fähigsten Magiekundigen des Landes, aber seine Beine schienen noch immer auf dem kargen, hellen Boden im Nebel zu stehen, zwischen den Skeletten alter Drachen. Er sah noch die Klinge aus Karls Rücken ragen, das Blut an ihrer Schneide. Ein kalter Schauer durchfuhr ihn. Jasov fühlte sich gefangen, in einem Augenblick feststeckend, unfähig, den Kopf zu heben. Am Vortag hatte er sich mit einem Messer eine Scheibe Brot abschneiden wollen, aber der Blick auf das glänzende Metall in seinen Händen hatte ihn zurück in den Nebel katapultiert…

Es war wie damals, als Hunderte Tonnen Gestein auf ihn herabgeregnet waren und sein Leben für immer verändert hatten. Diesen Moment könnte er nie vergessen; er lauerte hinter seinen Augen und wartete nur darauf, sich wieder zu zeigen.

Monate war es her, bald ein Jahr, da hatte Jasov die einzige Kristallmine der Stadt zerstört. Weil er gegen die Regel verstoßen hatte, die ein unausgebildeter Magier stets befolgen musste: Niemals der Magie freien Lauf lassen.

Mensch und Magie mussten sich erst völlig verstehen, ehe man dieser mächtigen Kraft in sich erlauben konnte, freier zu walten. Ohne genaues Wissen über die komplexen Absichten eines Menschen handelte Magie eher instinktiv, fast schon primitiv, wie ein Hund, der seinen Besitzer zwar liebte, aber unkontrolliert jeden vermuteten Feind anbellte oder gar biss: gut gemeint, doch führungslos und dadurch gefährlich.

Nur wenige magische Strukturen kannten das Konstrukt von Vergangenheit, Erinnerungen und Lernen aus Fehlern. Magie war eher kindlich und unmittelbar. Gefühle wie Wut, Angst, Trauer oder Gier wurden rasch zu gefahrvollen Flüchen, Zauberformeln und tödlichen Messern.

Deshalb lernten die magisch begabten Kinder des Reiches so schnell wie möglich, mit ihrer inneren Macht, ihrem zweiten Herzen, zu sprechen. Wussten beide genau übereinander Bescheid und befanden sich in Balance, dann handelte die Magie besonnen und orientierte sich am Wissen des Menschen. Vor allem lernte man so, der eigenen Magie gegenüber ein klares »Nein« zu formulieren.

Aber es waren nicht immer die großen Wünsche, Träume oder Nöte, die Magie eigenmächtig handeln ließen. Manchmal reichte simple Neugier aus.

Jener Tag damals in der Mine hätte Jasovs letzter sein sollen, nur weil er seine Neugierde nicht unter Kontrolle gehabt hatte. Viele Wochen danach noch hatte er sich regelmäßig in den Schlaf geweint und sehnlichst gewünscht, nie wieder aufzuwachen. Die Schuld hatte seine Träume erstrickt, aber leider nicht ihn.

Vierundzwanzig Menschen waren bei dem Unglück gestorben. Jeden Einzelnen kannte er seit Jahren. In einer Kristallmine musste man sich auf den anderen verlassen können. Edle Kristalle wuchsen nur in den tieferen, heißeren Schichten der Erde. So weit unten bedurfte es künstlicher Belüftung und vieler Seile, damit man sich bewegen konnte. Die Lehrzeit dauerte zwei Jahre und beinhaltete weitaus mehr als eine magische Ausbildung, um Kristalle zu finden. Die Sicherheitsvorkehrungen und der vollständige Ablauf des Kristallabbaus benötigten viel Training, damit man nahezu stumm zusammenarbeiten konnte. Ein falscher Handgriff, ein zu schwacher Knoten an einem Seil, ein zu leiser Ruf, und Menschen starben. Doch die Risiken nahm man in Kauf für das mühsame Fördern dieses uralten Schatzes.

Kristalle bildeten Tunnel durch die ganze Welt, Adern aus purem, klarem Gestein. Sie waren spitz und konnten sogar tödlich sein, wenn man sich unbedacht durch einen der hohlen Flure aus Edelsteinen bewegte. So ein Gang konnte gigantische Ausmaße annehmen, mit riesigen Kristallen, größer als ein Haus. Oder aber er wurde so schmal, dass man sich den Weg freiarbeiten und sich durch kleine Öffnungen zwängen musste.

Alle Gänge auf der Welt waren miteinander verbunden. Diese Hohlräume, ummantelt mit Kristallen so klar wie das reinste Gletscherwasser, waren frei von Magie. Man gab sich die größte Mühe, dass das auch so blieb. Alle Zugänge waren aufwendig versiegelt. Natürlich sickerte trotzdem immer wieder ein wenig Magie in das Gestein. Erdbeben, Vulkane und andere massive Einflüsse konnten solche Kristalladern beschädigen, es gab Lecks. Deshalb war es Jasovs Aufgabe, tief unter der Erde nur jene Kristalle herauszusuchen, die noch keine Magie in sich aufgesogen hatten.

Das war der springende Punkt: Der All'Ein-Kristall war so alt, so dicht und so rein, dass er keine Magie kannte. Magische Energie benötigte Jahrhunderte, Jahrtausende, um in einen Kristall einzudringen. Nur von Hand ließ sich ein solcher Edelstein gezielt verzaubern. Er bildete damit das ideale Gefäß, um möglichst reine Magie zu bündeln. So mühsam und gefährlich diese Aufgabe auch war, Jasov liebte eines an seiner Arbeit: Zwischen den magielosen Kristallen war es still. Es gab kein unheimliches Flüstern und keine Schauer im Nacken, als würde man beobachtet.

Bis sie eines Tages eine neue Ader erschlossen. Der Gang war erschöpft, und ihr Kommandant sprengte eine kleine Öffnung auf, hinein in den nächsten Bereich. Eine gigantische Halle aus Kristallen offenbarte sich, glitzerte im Schein der Fackeln wie ein Feuersturm. Die Wände, über und über aus Kristallen bestehend, waren groß wie Felsen, Kutschen, Häuser. Es war die erste Ader dieser Art, die Jasov zu sehen bekam. Zum ersten Mal musste er sich nicht an einem Seil durch die Tunnel hangeln; hier konnte er über die riesigen glatten Kristalle laufen. Auf dem edlen Gestein stehend, in ein bezauberndes, fast schon hypnotisierendes Lichterspiel blickend, ließ er seinen Gedanken freien Lauf, konzentrierte sich auf die Schönheit um sich herum – und vernahm eine leise Stimme. Das Summen eines Kristalls.

Es war der kleinste in der Höhle, Jasov musste einige Meter über glatte Edelsteine klettern, um ihn zu erreichen. Er war nicht größer als sein Arm, dafür lauter als alle anderen zusammen. Ein

Fetzen Magie war an diesem Kristall haften geblieben und eingedrungen. Das passierte ab und an.

Jeder Arbeiter schlief für einige Tage in der Mine, ehe seine Schicht endete und er wieder drei Tage an der Oberfläche zu dienen hatte. Jasov war sich unsicher, was genau es war, aber im Schlaf verloren Menschen Magie, nicht ihre eigene, sondern die Magie der Träume. Wie bei so vielem im Reich zuckte jeder die Schultern über diese Tatsache. Sogar Marberd hatte ihm nicht genau erklären können, was passierte. Diese freigesetzte Magie ging über in den Sog aller Energie und heftete sich an etwas anderes. Da es so wenig war, stellte diese besondere Traumenergie normalerweise keine Gefahr dar.

Doch hier unter der Erde gab es nichts, an das sie sich anpassen oder heften konnte. Es war ein magisches Vakuum. Also ballte sie sich zusammen, heftete sich an einen Kristall und wuchs über Generationen langsam an, hin und wieder gefüttert durch ein Leck im Erdboden. Diese verunreinigten Edelsteine waren unbrauchbar. Man schmolz sie für gewöhnlich ein, und um sie zu identifizieren und auszusortieren, brauchte man Zaubernde. Ein normaler Mensch hätte nie den Unterschied bemerkt, hätte nie das Singen dieses Kristalls vernehmen können.

Jasov dachte sich nichts dabei, als er dem kleinen Edelstein beim Summen zuhörte, ganz verzaubert von diesem unwirklichen Ort unter dem Erdboden. So ein lautes Exemplar hatte er noch nie bewundern können. Über Jahrhunderte oder länger musste die Magie hier hineingesickert sein. Es war wunderbar, so klar und warm und liebevoll. Lebendig, ein Gefühl purer Erfüllung. Eine wunderschöne Stimme sang sich immer tiefer hinein in sein Herz, als wollte sie eins mit ihm werden. Ein Herzschlag, ein Ruf, ein Geräusch – dann meinte er, die Magie berühren zu können, nicht mit den Händen, sondern mit seinen Gedanken.

In dem Moment zersprang der Kristall.

Genau wie jener in der Bibliothek, in Nyths Unterricht. Bis auf den Kern fühlend spaltete Jasov die Magie von ihrem Trägerkristall und überlud damit die Energie. Über viele Generationen angestaute magische Restmagie erbebte so heftig, dass es bis an die Oberfläche zu spüren war. Asche erlebte ein Erdbeben.

Die Druckwelle erfasste Jasov nur kurz und drückte ihn in die Ohnmacht. Der gesamte Gang war kollabiert, aber ein so mächtiger Magier wie er konnte nicht einfach zerquetscht werden. Es war das herausragende Talent seiner Magie, das ihn rettete. Ein ungesagter Zauber, aus panischer Angst heraus, spannte sich schützend über ihn, schirmte ihn ab, bis er freigegraben wurde.

Er erwachte an der Oberfläche, in den sicheren Händen von Rettungskräften, unfähig, sich zu erinnern, was genau passiert war. Seine letzte Erinnerung war ein Blick in das Innerste des Kristalls und ein hypnotischer Gesang. Es stand in brutalem Kontrast zur Realität, die ihn an der Oberfläche einholte. Die Leichen seiner Kollegen und Freunde, fast unkenntlich. Seinetwegen. Wegen seiner Neugierde. Weil er sich hatte verführen lassen.

Vor knapp fünf Tagen hatte Jasov zum ersten Mal begriffen, was damals wirklich in der Mine passiert war und wie er es hätte verhindern können. Vor fünf Tagen hatte er erstmals seiner Magie vertraut. Nicht aus Verzweiflung, nein, er hatte endlich begriffen, dass er sich seinem zweiten Herzen öffnen musste. Die Magie in ihm musste teilhaben an dem, was ihm wichtig war. Er wusste es einfach, es war, wie es sein sollte, mit einem Mal ergab alles Sinn. Das Herz aus Fleisch und Blut und jenes aus Magie schlugen im gleichen Takt, verstanden sich vollkommen.

Nur leider kam diese Erkenntnis zu spät. Hätte er nur früher begriffen, was es bedeutete, sich zu vertrauen, und was ihm die Magie alles eröffnete. Sie gab ihm Antwort auf so viele Fragen.

Natürlich wusste Jasov, dass dieser schreckliche Vorfall nichts weiter gewesen war, als ein Unfall. Doch man konnte Schuld nicht immer logisch erfassen oder sich gar davon befreien. Jetzt endlich zu begreifen, was genau damals passiert war, und zu wissen, dass es sich niemals wiederholen würde, gab ihm ein Gefühl der Erleichterung.

Seine Blockade schien überwunden, hatte er im Kampf gegen Oracles doch bewiesen, wozu er fähig war, nicht wahr? Zaubern fiel ihm leichter, es machte ihm Mut, seine Fortschritte zu sehen. Aber dann erschien wieder das Bild des Schwertes, durch Karls Brust gerammt, vor Jasovs Augen und brachte sein Herz zum Rasen. Erst wenn dieser Mann erwachte, würde sich Jasovs Welt weiterdrehen.

Als die Tür leise quietschte, schreckte er hoch. Vom Teppich gedämpfte Schritte näherten sich. Kira beugte sich an einem Vorhang vorbei und blinzelte Jasov an. »Hallo«, sagte sie lächelnd, und er nickte ihr zu. Die junge Drachenfrau zog vorsichtig den Stoff beiseite. »War er schon wach?«

Jasov schüttelte den Kopf.

»Oh. Nun, das wird schon noch. Er ist ein ganz besonders zäher Mann!«

In ziviler Kleidung wirkte Kira tatsächlich sehr jung. Im Vorbeigehen hätte Jasov sie wohl als Mädchen bezeichnet. Aber was bedeutete es für einen Drachen, jung auszusehen? Nyth strahlte eine gewisse Reife aus, und doch mochte sie in Jasovs Alter sein. Und dann gab es da Lord Dragul, der einige graue Haare besaß und sichtbare Lachfalten um die Augen, aber all das wohl schon seit Tausenden von Jahren.

Da auch Magiekundige dazu neigten, langsamer zu altern, war jugendliches Aussehen bei Menschen nicht immer ein Indiz für ihr wahres Alter. Kira wurde von Nyth als Drachenkind bezeichnet, und Jasov fragte sich, inwieweit man dies mit einem Menschenkind vergleichen konnte und wie lange die Jugend eines Drachen wohl dauerte.

Das Drachenmädchen holte einen Stuhl von einem der leeren Betten heran und setzte sich zu Jasov. Sie trug ein weites schwarzes Kleid und darüber eine kurze lederne Jacke, ebenso dunkel wie ihre Haare. Von den Drachen, die Jasov kennengelernt hatte, war sie, was das Aussehen betraf, der am wenigsten menschliche. Von ihren schwarzen Fingerspitzen schlängelten sich Muster über ihre

Hände, die Augen waren violett, aber aus einem anderen Winkel wirkten sie orange, dazu die schmalen Pupillen, ihre Eckzähne lang und spitz, und ihren Haaren fehlte jeder Schimmer. Ihre braune Haut wirkte kühl, fast gräulich. Dass Menschen unterschiedliche Hautfarben hatten, wusste er, das war normal, hatte wohl etwas mit der Entwicklung zu tun – aber Drachen? Wonach richtete sich das menschliche Aussehen der Drachen? War Kiras Haut deshalb so braun wie verbranntes Papier, weil sie ein Schattendrache war? Ragdar ähnelte dem Volk aus dem Wald, aber auch den Felsen des Landes. Tress besaß beinahe schon als grell zu bezeichnende, platinblonde Haare, die durchaus an statische Funken erinnerten, doch seine Haut war blassrosa, heller noch als die von Jasov. So viele Fragen, aber er traute sich nicht, sie zu stellen. Noch nicht.

Das Drachenmädchen hatte Furchtbares hinter sich und Jasov wusste nicht einmal, wie er mit seinen eigenen Wunden umgehen sollte. Er hatte in den letzten Wochen große Mühe gehabt, sich an Nyth zu gewöhnen, sein Wissen über Drachen hielt sich in Grenzen. Sein Mentor hatte ihm versichert, er könne mit ihnen reden wie mit einem Menschen und müsse lediglich die Hierarchie des Reichs beachten. Aber Kira gehörte nicht in die Struktur des Kraterlands.

Die Stille im Saal und ihr Schweigen machten Jasov furchtbar nervös. Sollte er eine Konversation starten? Seinen inneren Konflikt vermochte er selbst nicht zu erfassen, wieso sollte sie darüber mit ihm sprechen wollen? Andererseits platzte Jasov förmlich vor Mitteilungsbedarf. Er hatte so viel erreicht, und doch saß er regungslos vor Karls Bett. »Ich fühle mich so leer …«, murmelte er geknickt.

Kira hob den Kopf und sah ihn eindringlich an. Ihre Mundwinkel zuckten ein wenig nach oben, sie flüsterte: »Ich auch.«

Sie teilten für den Moment einen bitteren Blick. Alles Ungewöhnliche schien aus ihr zu verschwinden, und Jasov meinte lediglich, in zwei verzweifelte Augen zu blicken.

»Es hat sich alles verändert. Alles ist weg. Ich weiß nicht, wie ich damit umgehen soll. Als meine Magie zerstört wurde, wurde alles zerstört … mein ganzer Daseinszweck, die Magie meines Vaters«, erklärte Kira konfus, die Worte sprudelten nur so aus ihr heraus. »Das ist seltsam. Aber auch … seltsam befreiend. I-ich kann nun mein Erbe gar nicht mehr erfüllen. Und ich bin weit weg von zu Hause. Niemand hier wird mich dafür bestrafen, oder? Aber … aber ohne meine Magie ist es auch so unerträglich still in mir.« Verlegen verknotete sie ihre Finger.

Alarmiert runzelte Jasov die Stirn. »Wäre dein Vater sehr böse?« Ihre Worte machten ihm Sorgen.

Aber sie schüttelte den Kopf. »I-ich weiß es nicht. Bestimmt? Ich kenne ihn nicht … nicht sehr gut.«

Wieder so ein umständlich formulierter Satz. Jasov wollte sie nicht drängen. »Tut mir leid. Das mit deiner Magie und, ach, alles was du erleiden musstest, das muss …« Er hielt inne. Er wollte keine Erinnerungen herbeirufen, wusste er doch nur zu gut, wie sich das anfühlte. Die letzten Tage hatten ihn seine eigenen Erinnerungen gepeinigt. »Jedenfalls bin ich beeindruckt, wie tapfer du warst!«

Ein Lächeln wanderte über Kiras Lippen und ihre Augen funkelten im Licht der Halle. »Das warst du auch«, flüsterte sie.

»Ja? Ich weiß nicht. Ich war nie gut im Umgang mit Magie. Aber plötzlich, als Karl verletzt wurde – da konnte ich es. Und jetzt weiß ich nicht so recht, wie ich dieses Gefühl in mir deuten soll. Kann ich das wiederholen? Wird es reichen? Bin ich gut genug?« Jasov rieb sich verlegen den Nacken. Seine Probleme waren so viel kleiner als Kiras. Sie hatte ihre Heimat verloren, ihre Magie, fast ihr Leben.

»Es ist so viel passiert«, murmelte sie.

»Ja … Ich bin überfordert!«, gab Jasov laut zu.

Kira kicherte leise, und Jasov sah sie verdutzt an. Wie diese zierliche Person dort auf dem Stuhl saß und in sich hineinlächelte … »Ich weiß, Krieg droht und das ist furchtbar, aber … gerade will ich mich frei fühlen.« Schuldbewusst zogen sich ihre Augenbrauen zusammen. »Denn eigentlich … jetzt im Moment ist alles gut, oder? I-ich muss nicht mehr sein, was ich nicht bin. Meine Magie hat mir eh nie gehört, also ist das egal, nicht? U-und wir sind alle noch am Leben. Und du, du kannst nun endlich zaubern, ja? Und du hast den Paladin gerettet!«

Jasov blinzelte. Für den Moment hatte er wirklich den Eindruck, ein Kind säße neben ihm. Nur ein junger, naiver Geist war in der Lage, die eigenen Probleme zu einer so einfachen Ansicht zusammenzufassen.

»Es ist jetzt alles gut«, wiederholte er langsam. Erst die Strapazen der letzten Wochen hatten ihn gezwungen, seine Fehler offen zuzugeben. Seine Schwächen, seine Sorgen, seine Ängste waren kein Geheimnis mehr. Und das schien niemanden zu stören, im Gegenteil. Nyth hatte er nur aufgrund seiner Unruhe helfen können. Ohne ihn wären sie vielleicht alle gestorben. Eben weil er so empfindlich war, so besorgt, ängstlich, immer auf der Hut, hatte er Talente und Strategien entwickelt, die anderen und ihm zugutekamen. Es tat gut, so akzeptiert zu werden, wie man war, und genau dadurch einen Beitrag zu leisten.

Auf Kiras Gesicht ließ sich wieder etwas Unbehagen erkennen. »Da wir alle einigermaßen erholt sind, will uns der Rat sprechen. Ich weiß nicht, wie das hier vonstattengeht, aber sie werden alle Details über unsere Flucht wissen wollen. Morgen schon.«

Jasov nickte langsam. Vor der Ratssitzung hatte er durchaus Respekt, dort tagten viele tausend Jahre alte Drachen, wie würden sie wohl über das Abenteuer eines kleinen Menschen urteilen?

»Aber«, begann Kira zögerlich, »das ist ganz gut so, denke ich. Die können alles entscheiden und ich möchte eine Entscheidung. Ich will erst mal hier bleiben. Ich kann euch helfen. Immerhin hat der Feind eures Reiches einen großen Teil meiner Magie erbeutet, und ich kenne sie besser als jeder andere.« Sie strich sich nervös durch die schwarzen Haare, Sorgen zeichneten ihr Gesicht und ein blaues Glühen in ihren Augen ließ Jasov eine Weile starren.

»Bist du dir sicher, dass du wirklich hierbleiben willst, Kira? Der Westen hat uns den Krieg erklärt, so wie ich Nyth verstanden habe«, merkte er leise an.

Krieg, das war eine Tatsache, die er in ihrer vollen Dimension einfach nicht erfassen konnte. Etwas rollte auf sie zu, das sein restliches Leben überdauern konnte. Der *Ewige* hatte sich mit gewaltigen Schlachten Jahrtausende lang hingezogen. Wie viele Jahre würde dieser neue Konflikt andauern? Die paar Jahrhunderte, die Jasov blieben, im Krieg zu verbringen: was für eine schreckliche Vorstellung!

Kira seufzte. »Eigentlich hätte sie mich nicht retten dürfen!«

»Wir hätten nie in diese Festung eindringen sollen«, murmelte eine schwache, müde Stimme.

Jasov schreckte auf.

Karl blinzelte ins Licht, er kniff die Augen zusammen und hielt sich dann den Kopf. »War ich tot? Oder bin ich es?« Er hustete angestrengt. Hastig griff Jasov zu einem Holzbecher und füllte ihn mit Wasser. Karl nickte nur dankbar und richtete sich zum Entsetzen der beiden etwas auf, um zu trinken.

»Geht es dir gut?«, stotterte Jasov nervös.

»Sagt ihr mir das.« Karl schüttelte sich kurz. »Es fühlte sich an, als hätte mein Körper vergessen, wie … nun wie man lebt. Ausgesprochen unangenehm, durchaus faszinie…« Wieder hustete er angestrengt.

»Du warst für einige Zeit tot.« Kira lächelte Karl breit an und ihre weißen Zähne strahlten. »Aber die Magie in deinem Körper hat dich beschützt!« Kira lächelte Karl breit an und ihre weißen Zähne strahlten freudig.

Gerne hätte Jasov sich ebenfalls gefreut, doch Sorgen und Überforderung überschwemmten ihn. Nur mit Mühe hielt er seine Tränen zurück.

»Jetzt schau nicht so!« Karl versuchte zu lachen, beließ es aber bei einem Grinsen. Er griff zittrig nach Jasovs Schulter, drückte diese kurz. »Es geht schon. Es ist … komisch. Aber es geht!«

Stockend atmete Jasov aus und setzte sich wieder auf seinen Stuhl. Marberd hatte ihm erklärt, dass Karl sich schon melden würde, sollte er erwachen und etwas brauchen. Außerdem würden sie es merken, wenn sein Gehirn Schaden genommen hätte. Nyths Einschätzung nach ging es dem jungen Kopf allerdings glänzend.

»Also, das mag jetzt egoistisch klingen, aber ich bin sehr froh, dass ihr in die Festung eingedrungen seid«, flüsterte Kira.

»Versteh ich. Das bin ich auch, aber ich fürchte, damit haben wir gegen den Waffenstillstand verstoßen.« Karl musste wieder husten und lehnte sich zurück in die Kissen. »Ich frage mich, was Lord Dragul dazu sagen wird.«

Jasov verkrampfte sich sofort. »Was meinst du damit? Werden wir bestraft?«

»Nein, wir nicht. Nyth hatte das Kommando«, kam es erklärend von Karl. Er traute sich, seine Beine ein wenig zu strecken. »Oh, das ist so viel besser … Auch wenn es wehtut!«

»Aber Nyth hat doch nur die Grenze überquert, weil wir Kiras Blut fanden. Ich meine … das war doch gerechtfertigt?« Jasovs Finger krallten sich in den Stoff seiner Hose. Für das, was sie vollbracht hatten, sollte niemand leiden müssen. »Es war doch nur natürlich, Kira retten zu wollen!«

Hatte er wieder einen Fehler begangen? War es das, was alle »Befehle befolgen« nannten?

»Ich weiß nicht, wie wertvoll unsere Informationen wirklich sind. Ich selbst würde sie als wichtig und ausreichend erachten, aber der Rat könnte das anders sehen. Ich vertraue Nyth, dass sie das Risiko richtig abschätzen konnte. Sie war ja wie besessen, als wir Kiras Blut fanden, vor allem wegen der Waffe, die dafür verantwortlich war …«

»Eben! Wir haben einiges über Oracles' Pläne in Erfahrung bringen können«, erwiderte Jasov trotzig. Sofort schämte er sich für seinen Tonfall.

»Ich weiß. Aber es war nicht abzusehen, dass wir diesen Erfolg erzielen würden. Wir hätten alle leicht Oracles' Opfer oder Geiseln werden können. Und ganz ehrlich, wieso leben wir? Das Letzte, woran ich mich erinnere, war der Drache, Schmerzen und dann euer Gespräch an meinem Bett.«

»Lord Dragul hat uns gerettet«, erklärte Kira.

»Was?«, rief Karl überrascht und hustete sofort angestrengt.

»Ruh dich aus. Sprich nicht so viel!« Jasov klang wie seine Mutter früher, wenn er krank war, sofort grinste er versöhnlich.

Karl schüttelte den Kopf, auch auf seinen Lippen lag ein vergnügtes Lächeln. »Ich hab ganz schön was verpasst, hm?«

KAPITEL 34
DAS GESPRÄCH

Einige tausend verworrene Stufen weiter hinunter durch das Schloss, die Hallen und die Flure, nahe den Gärten und nicht fern der Barbakane, lag ein hübsch gestalteter Innenhof mit Pflanzenkübeln, einem bezaubernden Brunnen, Bänken und einer großen Vogelvoliere. An diesem Ort befand sich eine rein für magische Objekte gedachte Schmiede. Hier entstanden die wohl exklusivsten Schmuckstücke und mächtigsten Schwerter des Königreichs. Nur wenige Schmiede verfügten über die nötige Kenntnis, Macht und Geduld, sich hier an den wertvollen Metallen und magischen Essenzen zu versuchen.

Außerdem war es der liebste Rückzugsort seiner Lordschaft. Besonders an Tagen wie diesen, deren Leerlauf die Gedanken zum Überquellen brachte. Mit einem donnernden Knall zerbrach das rohe Metall unter seinen Händen. Einige Splitter landeten auf dem Boden. Lord Dragul fluchte leise. Er hatte sich bereits ganze zwei Tage in seine bevorzugte Schmiede zurückgezogen und bereitete Erze zur Verarbeitung vor.

Der Ofen des kleinen steinernen Gebäudes glühte in einem warmen Licht, doch strahlte das Feuer keine Hitze aus. Er hatte es selbst entzündet und seine Essenz loderte im Kern des Schmiedeofens. Von Drachenhand geschmiedete Waffen waren etwas Besonderes. Und die Klingen des Landesherrn befähigten einen sogar, durch das Herz eines Berges zu schneiden.

Für Dragul war es ein Zeitvertreib, der seinem Land und vor allem den Soldaten zugutekam. Auch ein alter Herrscher benötigte hin und wieder eine Freizeitbeschäftigung, das half, die Gedanken zu zerstreuen und neu zu ordnen. Er brauchte ein bisschen Vergnügen, bevor sich seine Tage mit Verhandlungen und Kriegsplänen füllten und keine Minute Ruhe mehr zuließen. Am Abend würde er sich um ein Stück Kuchen bemühen, die Füße hochlegen, ein Buch lesen.

Nicht, dass ihn der bevorstehende Krieg überforderte oder übermäßig sorgte. Zu oft schon hatte er Schlachten geplant, geführt, gewonnen und auch verloren. Leider war so ein Gemetzel nur der Beginn eines fürchterlichen Krieges. Wie viele Schlachten folgen würden, konnte er nicht abschätzen, und der Ausgang war mehr als ungewiss. Entweder er beendete das alles endgültig, indem er das Übel mit der Wurzel ausriss, oder einmal mehr müssten Millionen Wesen umsonst sterben. Und er trüge die Last der Schuld, ein Gewicht, an das er sich niemals würde gewöhnen können.

Heute fühlte es sich an, als müsste er einen Berg stemmen. Das Schmieden nahm nur wenig der trüben Gedanken von ihm, dennoch beruhigte ihn diese akribische Arbeit ein wenig.

Metalle verschmolzen in einer großen flachen Schale über dem Feuer und der Glut. Solche magisch geladenen Erze waren schwierig zu kontrollieren und mussten langsam erhitzt werden. Auch konnte er das Material nicht einfach gießen und abkühlen. Erst wenn alle magischen Unreinheiten durch sorgfältiges Wenden und Schwenken bis an den Rand der Glutschale getrieben worden waren, konnte das Metall in Form gebracht werden. Die leicht gewölbte Schale über dem Feuer bestand aus aufwendig verzaubertem Gestein, das die Hitze der Feuermagie gleichmäßig leitete. Zauberformeln sorgten für eine Aufspaltung der Erze. Keinen Moment durfte sich die Temperatur verändern, und wenn er die Schale nicht rechtzeitig drehte, vermischten sich die Elemente sofort wieder.

Sogar Dragul geriet dabei ins Schwitzen. Wollte er nicht, dass seine Körpertemperatur stieg und sich damit das Klima in der Schmiede veränderte, musste auch er seine Hitze regulieren wie ein Säugetier. Genau das war es, was ihn entspannte. Seine Hose war vom Ruß und der Arbeit ebenso schmutzig wie seine Hände und Arme. Schweiß lief ihm die Stirn herunter, Bart und Haare waren durcheinander. Das feine Leinenhemd hing an einem Nagel an der Wand, damit es gar nicht erst schmutzig wurde, und seine Krone lag darunter auf einem Tisch. Die lederne Schürze war gezeichnet von Brandflecken. Zumindest für den Moment fühlte er sich nicht wie der Herrscher und Entscheider einer Nation.

Flucht vor der Verantwortung.

Trotzdem spukte hin und wieder dieser aufdringliche, lästige, störende, laute, besorgte Gedanke durch seinen Kopf.

Krieg.

Weil er es so wollte.

Auch ihm war bewusst, wie falsch diese Entscheidung war, wie falsch jeder Krieg war. Es blieb schlichtweg keine Wahl. Die letzten fünfzigtausend Jahre hatte er nach einer anderen Lösung gesucht, hatte ein Reich aufgebaut, nur um so agieren zu können, wie er es für nötig hielt. Doch nach unendlich langer Suche und beinahe schon dekadentem Scheinfrieden gab es nur noch eine Möglichkeit: Der Konflikt musste ausgetragen werden.

Ein Knurren. Ein Seufzen.

Beinahe vergaß er, die Schale zu drehen, das Metall fing bereits an zu brodeln. Die Schmiede sollte seine Gedanken betäuben, aber weder die Arbeit noch der konzentrierte Tabak in seiner Pfeife konnten den Ärger vertreiben.

Endlich ließ sich das Metall mit anderen vorbereiteten Erzen vermischen und zurechtschmieden. Das bedeutete, den glühenden Ball immer wieder flach zu schlagen, zu falten, zu dehnen und zusammenzudrücken, mit einem Hammer und viel Muskelkraft, nicht unbedingt schwierig für einen Drachen.

Doch kaum hatte er den metallenen Klumpen zum erneuten Erhitzen ins Feuer gelegt, unterbrach ihn General Hemm. »Was denkst du dir eigentlich?«

»Guten Morgen«, begrüßte Dragul ihn mit einem freundlichen Lächeln und hielt inne. Vorsichtig legte er den Quarzhammer beiseite. Für einen Moment konnte der Ofen allein arbeiten. Grob wischte er sich Dreck von Gesicht und Händen, und klopfte Staub aus seiner Hose.

Hemm musterte ihn kritisch. Es war vergebens, ihn überspielend anzulächeln, Hemm kannte ihn viel zu gut, und als er einmal den Schmutz auf Draguls Kleidung und seine müden Augen gemustert hatte, nickte er mit einem Schnauben. »Na? Wie lange arbeitest du schon hier?«, Seine buschigen rotbraunen Augenbrauen senkten sich kritisch, bis sich eine tiefe Falte zwischen ihnen bildete.

»Eine Weile.«

Draguls oberster General machte ebenfalls einen zerzausten Eindruck, mehr als sonst. Die wilden roten Haare waren nie zu bändigen, aber heute hatte er sich obendrein das Hemd falsch geknöpft und die Lederweste war schlampig gebunden. Also bekam nicht nur Dragul kaum Schlaf, jedoch trübte eine unruhige Nacht nicht gleich seine Laune. Drachen brauchten für gewöhnlich wenig Nachtruhe. Sicherlich, nach einigen Wochen zerfraß auch ihnen der Schlafmangel die Nerven und machte sie krank, doch eine Nacht ohne Schlaf war kein Beinbruch.

Bei Hemm war das anders. Grantig und biestig besaß der Feuerdrache doch auch einen gewissen Unterhaltungswert. An diesem Morgen aber wusste Dragul nicht, ob er sich auf das Gespräch freuen sollte oder ob er diesmal Sandsack für Hemms Ärger spielen musste. Eines mochte er an seinem alten Kollegen besonders: Hemm war stets ehrlich zu ihm. Kritik jedoch war im Augenblick nicht nötig. Dragul wusste, was er falsch machte, falsch machen musste. Das brauchte man ihm nicht zu sagen.

»So, so. Du flatterst einfach mal eben so rüber nach Brarche, landest vor den Augen des Oracles in einer Tabuzone und jetzt stehst du seelenruhig hier und schmiedest ein Schwert?«

»Hemm, erwartest du, dass ich mich deshalb fertig mache?«

Der Feuerdrache rollte mit den Augen. »Sicher nicht«, brummte er, stemmte die Hände in die Hüften. »Aber eine Kriegserklärung erfordert eine Notsitzung, und das nicht erst übermorgen, sondern gleich! Worauf warten wir, Dragul? Dass er sich weiter rüstet?«

»Das hat er seit Jahrhunderten, jetzt muss er zumindest kurzzeitig überlegen, vielleicht seine Pläne ändern. Wir wissen alles, Hemm, dank Nyth wissen wir alles und dank Kira haben wir sogar Zugriff auf die Schattenmagie. Aber … ich will jetzt und hier nicht mit dir darüber sprechen, dafür ist die Sitzung gedacht.«

»Ach, und bis dahin soll ich schlecht schlafen?«

Dragul rieb sich den Nacken und verzog den Mund. »Nicht doch, nicht doch«, stöhnte er, sich schuldig fühlend. Diesem Gespräch konnte er also nicht ausweichen. »Gut, dann sag mir, was bedrückt dich so sehr? Am Krieg können wir nichts mehr ändern, das wird dir bewusst sein. Was ist es dann?«

»Ich hab' mir Gedanken gemacht!« Man konnte hören, wie Hemm mit den Zähnen knirschte. Schlecht gelaunt schob er das Kinn vor, und Rauch strömte aus seiner Nase, als er tief durchatmete. Es sah fast aus, als stünde sein rotbrauner Bart in Flammen.

»Ja?«, hakte Dragul nach und bemühte sich um Geduld.

»Ich habe Fragen.«

»Sicher.« Der Tonfall gelang ihm nicht mehr so versöhnlich, er erntete von Hemm einen tadelnden Blick.

»Erst mal möchte ich wissen, wieso sie noch auf freiem Fuß ist«, murmelte der Feuerdrache und strich sich über den Schnurrbart.

»Wer?«

»Nyth. Sie läuft frei herum! Sie hat den Friedensvertrag gebrochen … alle Verhandlungen zunichtegemacht. Zwei fremde Drachen ins Reich gebracht und dich direkt vor die Nase von Oracles gelockt. Ich weiß gar nicht, wo ich anfangen soll, ich könnte dir unzählige Paragrafen aufzählen, gegen die sie verstoßen hat und auf die die Höchststrafe steht.«

»Könntest du das?«, fragte Dragul amüsiert und hob beschwichtigend die Hände, als Hemm laut knurrte. Er hatte schon befürchtet, dass er sich nicht aus der Verantwortung ziehen konnte. »Wir stehen vor einem Krieg, der ohnehin nicht abzuwenden war. Sie wird uns die ganze Mission in der Sitzung morgen erläutern, dann entscheiden wir, ob sie bestraft werden muss oder nicht.«

»Aber du hättest sie direkt in Haft nehmen müssen! Weißt du eigentlich, wie das aussieht? Inkonsequent und verwirrend. Das ist nichts, was wir aktuell gebrauchen können. Ist dir das egal?« Jetzt wurde sein Freund laut und man konnte eine deutlich steigende Temperatur um ihn herum wahrnehmen. Nervös schielte Dragul zu seinem Ofen und den empfindlichen Legierungen.

»Hemm«, versuchte er es erneut mit ruhiger Stimme, »es ist nicht egal, natürlich nicht. Aber es ist nicht nötig, sie dafür jetzt sofort zu bestrafen. So wichtig ist ihre Position im Reich nicht. Wir …«

»Sie hat den Krieg begonnen!«, blaffte Hemm ihn an.

»Der Krieg hatte längst begonnen«, probierte Dragul es diplomatisch.

Doch der Feuerdrache schüttelte nur wütend den Kopf. »Dennoch war sie der Auslöser, ist dir das bewusst? Wir haben Regeln!«

»Ich weiß. Und … wir kümmern uns darum. Später. Wenn der Krieg vorbei …«

Aber Hemm fiel ihm ins Wort. »Vorbei? Weißt du, wie viele tausend Jahre Konflikt das wieder für uns bedeuten kann? Was, wenn sich die anderen Reiche anschließen? Was, wenn der Osten aktiv wird? Dragul, ich verstehe dich nicht. Du hast andere für kleinere Vergehen ins Verlies gesperrt! Sie verbannt, ausgeliefert, wenn es sein musste! Es wäre ein wichtiges Zeichen auch an Oracles! Wir müssen Vergehen gegen den Vertrag offiziell verurteilen! Ein Wunder, dass er noch nicht ihre Auslieferung gefordert hat!« Hemm gestikulierte wild mit seinen kräftigen Armen und schüttelte beinahe bei jedem Satz den Kopf.

»Der Krieg war unvermeidlich und sie hat ihren Auftrag für mich erfüllt. Es war nicht ihre Schuld, dass die Dinge außer Kontrolle geraten sind«, erklärte Dragul und wusste nicht so recht, wieso er sie so vehement verteidigte. Ausliefern – danach hatte Oracles sogar verlangt, aber Dragul hatte wie selbstverständlich abgelehnt. Warum noch gleich? War es nicht sein Plan gewesen, dass sie für ihn die Regeln brach? Natürlich hatte dies Konsequenzen, das war ihm von Anfang an bewusst gewesen. Doch der Gedanke, sie für all das büßen zu lassen, brachte seine Nerven zum Glühen. Musste wohl ein Nebeneffekt der angesammelten Schuldgefühle sein. Jetzt trug sie vor allen die Verantwortung, und er hatte unterschätzt, wie unfair es sich anfühlen würde.

Irritiert seinen Sorgen nachgehend, überhörte er Hemms Ärger, sodass erst ein fester Stoß gegen seine Schulter ihn wieder aus den Gedanken holte.

»Dragul?! Du machst mich wirklich zornig. Ich rede mit dir!«

»Tut mir leid, ich … höre zu, nur – Hemm, du weißt doch … es ist, wie es ist. Wir befinden uns im Krieg und da biegen sich gewisse Regeln.«

»Wir befanden uns noch nicht im Krieg!«

»Oh doch, Oracles und ich haben das nie wie einen Waffenstillstand behandelt!«

Hemms Augen glühten leicht auf und ein Feuer flackerte um seine Pupillen. »Du befürwortest, was sie getan hat!«

»Das habe ich nicht gesagt!«, verteidigte sich Dragul mit ernster Stimme.

»Doch! Diese Entwicklung gefällt dir. Das ist dein Krieg, und Nyth war für dich einfach eine Soldatin. Aber so war es nicht besprochen!«

Dragul rang die Hände, drehte sich kurz um und rieb sich die Schläfen. Manchmal wünschte er sich, ein strengerer Herrscher zu sein, seinem Freund befehlen zu können, ihm nicht zu widersprechen. Draguls Anordnungen hatten im Reich hohes Gewicht, und wenn er wollte, konnte er sich über den Rat hinwegsetzen. Aber es war die Diskussion mit Vertretern verschiedener Interessen und, ja, auch mal eine Unterhaltung mit einem Menschen, der sich um die Gestaltung der Wandteppiche kümmerte, die den feinen kleinen Unterschied ausmachte, auf dem sein Reich aufbaute. Dragul fragte, bevor er handelte; er wog gemeinsam mit anderen ab, hörte zu und ließ sich belehren. Das Volk und die Drachen hatten stets ein Recht auf ein Nein, und das schaffte Vertrauen.

Das hatte er bewusst ausgenutzt, und jetzt erntete er verdientermaßen die Konsequenzen. Hemm würde nicht lockerlassen. »Lass uns nicht jetzt darüber reden …«

»Und wie wir jetzt darüber reden! Ich kenne dich zu gut, glaub mir. Das hat dir alles in die Hände gespielt, nicht? Du hättest …« Hemm hielt inne und seine Augen erweiterten sich. Mit einem Schnauben drehte er sich kurz herum, fuhr sich erneut mit der Hand über seinen Bart und schüttelte den Kopf. »Ich fasse es nicht«, murmelte er, ehe er sich wieder zu Dragul umwandte und dem diesem nun fassungsloser Zorn entgegenblickte. Eine Mischung aus Angst und Wut stand in seinen weit aufgerissenen Augen.

»Dieser merkwürdige Auftrag«, begann er flüsternd, ehe er mit jedem Wort lauter wurde. »Du hast sie nicht an die Grenze geschickt für eine lächerliche Aufklärungsmission … deshalb war dir das alles so wichtig, deshalb die Ratssitzung … der Krieg! Der Krieg, nach dem du dich so gesehnt hast, Dragul! Das alles war allein deine Idee!« Hemm fauchte jetzt, und Rauch verteilte sich in der Luft.

»Ich weiß nicht, was du …« Dragul schluckte die Worte schnell herunter, als er die Enttäuschung in Hemms Augen sah.

»Lüg mich nicht an. Diese Vorgehensweise trägt deine Handschrift. Du hast ihr den Befehl gegeben, den Krieg zu beginnen, nicht? Du wusstest, dass sie für solche Aufträge empfänglich ist.«

Draguls Mundwinkel zuckten. Ertappt. Mit aller Bestimmtheit und auf jahrelanges Vertrauen bauend formulierte er ein klares und gelogenes »Nein«, so prompt es ihm möglich war.

»Und das ist die Wahrheit, ja?« Ein Funken Hoffnung ließ Hemms Stimme bebe, seine verkrampften Hände lockerten sich.

»Ja, das versichere ich dir.«

»Dann verstehe ich dich nicht!« Der Zorn wich völliger Verzweiflung, und es wurde wieder kühler in der Schmiede, das feine Glühen um den Feuerdrachen verschwand. Er schaute ratlos zu Boden.

Erneut überlegte Dragul, wie er seinen Freund überzeugen könnte, vielleicht auch sich selbst. Nyth durfte nicht zum ersten Opfer dieses Krieges werden, das war ganz allein seine Aufgabe. »Oracles hat unsere Verträge gebrochen. Das war mir schon lange bewusst. Wir hatten genügend Berichte …«

»Dieses Urteil steht dir nicht zu!« Der Feuerdrache ballte die Fäuste und wollte gerade wieder Luft holen.

Doch Dragul hob die Hand und hielt ihn auf. »Zu jeder geschriebenen Regel gibt es auch eine ungeschriebene. Wenn eine Regel keinen Sinn mehr ergibt, zum Beispiel, weil ein Vertrag gebrochen wurde und seinen Zweck verliert, dann muss man sich gut überlegen, ob man sie noch befolgt oder durchsetzt. Der Vertrag sollte uns den Frieden sichern, aber das tat er nicht. Oracles ist auf dem Kriegspfad, und das Drachenkind vor ihm zu retten, war Nyths gutes Recht.« Dragul beäugte misstrauisch, wie sich Hemms Augenbrauen hoben und seine Nasenflügel sich aufblähten.

»Ihre Befehle, Dragul? Was waren ihre Befehle?«

Resignierend schluckte der Lord ein Seufzen herunter. Er war seinem Freund allen Respekt der Welt schuldig, und doch war diese Unterhaltung eine wahre Zerreißprobe. Schuldgefühle drückten mit all ihrem Gewicht auf die Bürde seiner Kriegsschuld, und Dragul spürte die Last sogar beim Atmen. »Informationen beschaffen, weshalb die Portalwege entlang der Grenze gestört wurden, und dabei den Magieanstieg ergründen, jenen Anstieg, der für Jasovs Talent verantwortlich ist.«

»Und was hat sie getan?« Immerhin klang Hemm wieder deutlich ruhiger.

»Sie hat die Grenze überquert, um Kira zu retten, und dabei Soldaten des Oracles und ihn selbst angegriffen. Ja, Hemm, ich weiß. Aber Schattenblut in den Händen des Feindes, damit waren wir bereits im Krieg. Sie wusste, dass ich ihrem Urteil vertraute.«

»Aber das hat nicht sie zu entscheiden, sie wusste nichts von Kira, als sie die Grenze überquerte!«

Den Streit um die Kriegsschuld würde Dragul nicht gewinnen, schlimmer noch war, dass Hemm ihm vor dem Rat stets Rückendeckung gab. Wenn *er* schon nicht auf seiner Seite war, wie sollte er Nyth vor dem Rat verteidigen? »Hemm, was verlangst du von mir? Soll ich sie einsperren? Nyth ist nicht das Problem. Außerdem sind ihre magischen Fähigkeiten und ihr Talent viel zu wertvoll, gerade jetzt«, setzte er zu einer letzten Verteidigung an.

Der Feuerdrache knirschte gereizt mit den Zähnen. »Ich … verstehe völlig, weshalb Nyth so gehandelt hat. Aber unsere Hierarchie funktioniert nur, wenn Ausnahmen allein vom Rat beschlossen werden. Krieg droht. Der Rat und das Volk müssen geschlossen hinter dir stehen. Mehr noch, die Kriegsgründe sind öffentliches Recht. Sollen wir das verschweigen? Wir können sie begnadigen, das ist dir klar, oder? Aber bis zu ihrer Anhörung muss Nyth …«

Dragul fauchte genervt, schnitt Hemm das Wort ab. Ärgerlicher als beabsichtigt erwiderte er ein trotziges »Ich brauche sie aber jetzt!«

Wieder wirbelte eine Rauchwolke aus dem Mund des Generals. Sein Blick jedoch änderte sich. »Du *brauchst* sie?«

»Ja?«, erwiderte Dragul ungeduldig. Er schämte sich für seinen albernen Trotz, doch es wollte ihm einfach nicht über die Lippen, dass Hemm recht hatte, dass Nyth in den Kerker gehörte, denn eigentlich – eigentlich war es Dragul, der hinter Gitter müsste.

»Brauchen wofür?«

»Beim Äther, Hemm. Wofür? Für den Krieg, für die Arbeit, das Regieren, ihren Unterricht, ihren Rat. Was glaubst du, wofür ich sie bezahle?«

Hemm schob wieder den Unterkiefer vor, nickte dann langsam. »Du hast sie bezüglich des Auftrags ins Vertrauen gezogen. Kommt öfters vor, wenn es um ernstere Probleme geht, die unsre Garde nicht lösen kann. Du vertraust ihr, hm?«

»Ja, natürlich vertraue ich ihr, sie ist …« Dragul hustete eine Rauchwolke aus und musste sich erst mal beruhigen, ehe er weitersprach, ehe er etwas verriet, das Hemm nicht wissen durfte. Doch als der Lord den Blick hob, lächelte sein alter Freund und musterte ihn abschätzend. Welche seiner Worte hatten Hemm einen Grund zum Grinsen gegeben?

»Es liegt also an ihr.«

»Bitte was?«

»Du verteidigst sie mit den Zähnen, dass … Es ist eine Weile her, dass dir jemand so wichtig war.«

Dragul lächelte finster und musste sich beherrschen, nicht abweisend die Arme zu verschränken.

»Oh Dragul, bitte, hm? Wir kennen uns länger, als dieses Land einen Namen hat. Du hast meinem Vater große Dienste erwiesen und mir und meiner Frau eine Heimat geboten. Wir sind eine Familie, du bist mein bester Freund.«

»Ich weiß. Nur weiß ich nicht so recht, worauf du hinaus willst.«

»Dass du mit mir über alles sprechen kannst. Ich bin nicht der Rat, ich bin dein Freund.«

Mit einem Stöhnen drückte Dragul seine Ratlosigkeit auss und als Hemm lachte, kapitulierte der Lord vor der Situation.

»Ausgerechnet sie, ja? Die kleine, merkwürdige Drachenfrau, muss das sein? Hätte ich mir denken können … Du hast Nyth damals einfach so als Söldnerin akzeptiert. Dabei konnte sie nicht einmal genaue Angaben über ihren Geburtsort machen. Von wegen, sie wisse es nicht … Wieso, Dragul? Wieso auch damals diese Ausnahme?«

»Neugierde?«

»Neugierde nennst du das? Nur Neugierde?« Hemms Lächeln wurde breiter.

Dragul hoffte inständig, dass Hemm auf etwas anderes hinauswollte als das, was er befürchtete, aber er kannte seinen Freund.

Dass dieses Gespräch noch unangenehmer werden konnte …

»Und es ist nur Zufall, dass du die von dir verhasste Winterzeit nicht mehr damit verbringst, angetrunken in der Schmiede halbgare Waffen zu fabrizieren. Die oberen Etagen der Bibliothek sind ja so viel spannender, seit Nyth dort unterrichtet und studiert. Wann hast du das letzte Mal dort ein Buch gelesen?«

»Och, immer mal, wenn ich …« Dragul geriet ins Stottern.

»Tausend Jahre sollten ausreichen, um alle Bücher der obersten Stockwerke mehrfach zu lesen.« Der Triumph in Hemms Stimme war kaum zu überhören, er reckte wissend das Kinn.

»Tausend Jahre … vielleicht.«

»Sicher, deine Leidenschaft für Bücher überschneidet sich nur zufällig mit Nyths Unterricht der magisch begabten Rekruten«, neckte Hemm ihn weiter, das Grinsen auf seinen Lippen stand ihm viel zu gut. Er war Draguls Freund und wie verkündet sprach er mit ihm als solcher, was diesen einerseits erleichterte … andererseits scheute sich Hemm nie, in seine Privatsphäre einzudringen, manchmal auch mit einer Brechstange.

»Was möchtest du von mir hören?«, raunte Dragul und lehnte sich müde gegen die Werkbank.

»Das weißt du ganz genau. Ich werde es nicht für dich aussprechen, das bist du mir schuldig. Es ist lächerlich, dass wir überhaupt an diesem Punkt sind«, verkündete Hemm und verschränkte seine Aussage untermauernd die Arme.

Zähneknirschend schloss Dragul die Augen und überlegte, wie er sich rechtfertigen sollte. Sicher, er besuchte die staubigen Bücherhallen, um zu sehen, wie Nyth mit ihrer schneidenden Freundlichkeit den Magiebegabten Disziplin beibrachte. Es war unterhaltsam, und so konnte er sich ein Bild von deren Fähigkeiten machen. Jedenfalls war dies zu Anfang sein Grund gewesen. Irgendwann hatte er sich daran gewöhnt, ihr zuzusehen. Wie diese stille Drachenfrau einer Horde bissiger Soldaten klarmachte, wie wenig sie von Magie verstanden und jemals verstehen würden.

Und manchmal, zwischen kindlichen Fragen und lauter Diskussion, brachte eine Situation Nyth zum Schmunzeln. Das war etwas, was er sich immer wieder ansehen konnte. Warum war er eigentlich so fasinziert von ihr? Und wieso dachte er gerade jetzt so intensiv darüber nach?

Hemm räusperte sich. »Versteh mich nicht falsch, Nyth ist eine kluge Persönlichkeit. Aber Dragul – ist das dein Ernst? Wegen ein bisschen Zuneigung jegliche Strafe fallen zu lassen, das ist absolut untypisch für dich. Immer lässt du ihr alles durchgehen!«

»Zuneigung …«

»Eigentlich recht offensichtlich, selten machst du dich so zum Arsch wie vor ihr! Ziemlich bedenklich, eigentlich. Weißt du nicht, wie man sich benimmt?«

»Bitte was?«

»Um ihre Aufmerksamkeit zu bekommen, muss man schon ziemlich direkt sein, verstehe ich. Finde allerdings, dass du dich ihr gegenüber manchmal etwas zu direkt verhältst. Du weißt hoffentlich, dass man das Herz einer Person mit Respekt gewinnt und nicht mit kindischen Neckereien?«

»Ich necke sie nicht«, gab Dragul hohl zurück.

Hemm brach in schallendes Gelächter aus. »Ja, sicher, sicher«, hüstelte er und es roch nach frischem Brand und Zunder, als eine Rauchwolke seinen Mund verließ.

Ähnliche Hitze schoss Dragul in den Kopf, sich erinnernd, wie oft er die Drachenfrau ärgerte, um eine Reaktion von ihr zu erlangen. Offensichtlich nicht nur aus taktischen Gründen – er schluckte trocken.

»Dragul, wirklich, ich verstehe das. Gefühle sind, was sie sind. Auch wenn ich die Anziehung zu dieser Wand aus Eis nicht ganz nachempfinden kann. Sie ist ganz schön kalt, nicht? Redet nie mehr als nötig. Oder stehst du auf diese Effizienz?« Hemm sah ihn eindringlich an, als wäre dies eine alltägliche, längst überfällige Unterhaltung.

Dragul schnappte nach Luft. Er wusste nicht, was er darauf erwidern sollte. Ungläubig schüttelte er nur den Kopf und rieb sich das Kinn. Hatten sie nicht gerade über den Krieg gesprochen?

»Was ist?«, hakte Hemm nach.

»Ich kenne sie doch gar nicht. Du kennst sie doch gar nicht. Wirklich, ich … verstehe nicht, wie du darauf kommst«, platzte es aus Dragul heraus, der verzweifelt sein Verhalten Nyth gegenüber analysierte und die Schlussfolgerung am liebsten wieder vergessen hätte. Auch für ihn war Hemms Ausführung offensichtlich, eindeutig, nicht zu leugnen, ergab Sinn. Dragul suchte fieberhaft nach einem Schlupfloch, dass ihm sein heftig schlagendes Herz erklärte und ein anderes Resultat zuließ.

Aber wie er es auch drehte und wendete, sein Vertrauen, sein Drang, sie zu beschützen, die Freude an jeder noch so kleinen Regung von ihr – »Ich bin doch nicht in sie verliebt«, versuchte er, sich selbst zu bestätigen, und klang dabei so hohl, dass er sogleich wieder Hemms Ärger aufflammen ließ.

»Machst du dich über mich lustig?« Die Geduld des Feuerdrachen war eindeutig aufgebraucht. »In Ordnung! Gut, bitte! Spiel ich mit. Fein! Dann eben nicht! Aber wenn es keine Schwäche für diese kleine Drachenfrau ist … Hast du ihr aufgetragen, diesen Krieg zu beginnen? Hast du?«

Er müsste Hemm direkt und schnell antworten, aber das konnte er nicht. Denn mit einem Nein stünden sie wieder am Anfang ihres kleinen Streits. Dragul biss die Zähne zusammen, er konnte regelrecht fühlen, wie Hemms Blick ihn durchbohrte.

Wieso gerade jetzt? Wieso auf diese Art und Weise? Hemm wusste genau, wie er seinen Freund weichklopfen konnte. Der General lieferte Dragul die perfekte Ausrede, die Schuld auf Nyth zu lenken und einen Grund, sie trotzdem nicht zu bestrafen. Aber das wäre mit Abstand der unangenehmste Weg hinaus aus seinem Betrug gegen den Rat. Er wurde Dragul auf dem Silbertablett serviert, aber diese Halbwahrheit schmeckte ihm ganz und gar nicht.

Romantik war allzu typisch für Meister Hemm. Dragul hingegen konnte sich nicht daran erinnern, wie es war, so etwas zu fühlen. Alles, was ein Todesdrache länger berührte, starb unweigerlich. Das zu leugnen oder gar einen anderen Drachen damit zu konfrontieren, wäre grausam gewesen. Was wollte Dragul denn einem Partner sagen? Dass sie einander niemals berühren könnten, niemals ihre Magie teilen? Und wer würde so alt wie er? Sich zu verlieben, bedeutete zu verlieren. Das wollte er niemanden antun, nicht sich und besonders nicht Nyth. Frustriert presste er die Lippen zusammen.

»Strafst du mich jetzt mit Schweigen?«

»Ich möchte jetzt nicht darüber sprechen.« Eigentlich war dies die größere Lüge. Liebend gern hätte er mit Hemm über sie geredet, hätte ihm tausend Fragen gestellt und seinen Rat gebraucht.

»Mann, gib es doch einfach zu! Du magst sie!«

Unzufrieden über diese Notlüge, der eine merkwürdige Wahrheit innewohnte, nickte Dragul, das breite Grinsen seines alten Freundes ignorierend. Hemm hatte sich am eigenen Köder verschluckt, und irgendwie hatte Dragul das Gefühl, gleich mit ihm an der Angel zu hängen.

Seit dem ersten Tag ihrer Freundschaft häuften sich Unwahrheiten, Interpretationen und manipulative Geschichten zu einem Berg von Schuldgefühlen auf. Eine Last mehr oder weniger würde nichts ändern. Es fühlte sich trotzdem furchtbar an. Privat sprach Dragul so ehrlich zu ihm, wie es ihm möglich war. Und nun standen ausgerechnet ein Krieg und Zuneigung zwischen ihnen. Meister Hemm war bisher der Einzige, der ihn wirklich gut kannte und einzuschätzen vermochte. Für den Moment fühlte sich Dragul so einsam wie seit Jahren nicht mehr. Lieber hätte er Hemm gestanden, dass er keine Ahnung hatte, was er für Nyth empfand – neben dem unbändigen Drang, ihr auf die Nerven zu gehen. Doch ein solches Eingeständnis konnte er sich nun nicht mehr leisten.

»Dragul?«

»Ich kümmere mich schon um … dieses Thema.«

Hemm hob entwaffnet die Hände und schüttelte den Kopf. »Lass dich nur nicht von deinen Gefühlen blenden! Nyth ist ein ernster, abweisender Charakter, voller Riegel und Schlösser. Wir wissen genug über sie, um sie als Söldnerin arbeiten zu lassen. Äther bewahre, du hast ihr sogar die Führung über diesen wilden Haufen übertragen. Das macht sie gut, das war's aber auch. Was macht sie denn außer Unterrichten, Lesen und Disziplinieren? Sie isst nichts, amüsiert sich nie … Und nebenbei: Ist sie nicht ein bisschen zu klein für dich?«

»Hemm!«, keuchte Dragul entrüstet.

»Was denn? Sie kann viel, klar! Aber in ihr schwingt wenig Magie. Glaube ich jedenfalls; es ist schwer zu sagen bei ihr, nicht? Auf jeden Fall weniger als in dir! Ich wette, sie ist gerade mal so groß wie ein Haus. Und du walzt ja fast das Schloss nieder, wenn du …«

»Ich kann sie doch nicht mal anfassen!« Dragul gestikulierte nervös mit den Händen, ehe er sie beschämt unter die Achseln klemmte und den Kopf schüttelte. Da manifestierte sich ein Bild vor seinem geistigen Auge, das er lieber wieder vergessen wollte.

»Bist du dir sicher? Ist denn das so wichtig, wenn es eben nur mit Stoff dazwischen geht? Nähe kann auch so sehr schön sein. Gerade in menschlicher Gestalt, weißt du, insbesondere der weiche Körper …«

Dragul unterbrach seinen Freund mit einem unzufriedenen Laut. »Bei allen Universen, Hemm! Ich weiß es nicht!«

»Seid ihr euch schon mal nahegekommen? So von Haut zu Haut?«

»Was!? Nein, natürlich nicht! Nur weil ich sie mag, bedeutet das doch nicht gleich, dass sie mich mag! Ich glaube eher, dass sie mich hasst!« Dragul hätte sich am liebsten auf die Zunge gebissen.

»Och, das würde ich so nicht sehen. Sie findet die Zeit, mit dir zu diskutieren, weißt du?«

»Und?«

Hemm lachte vergnügt. »Sie diskutiert mit niemanden. Du weißt, wie sie die Soldaten, die anderen Drachen, ihre Auszubildenden konsequent und ohne Widerrede unter der Fuchtel hat. Aber du – ich wusste sofort, dass da etwas ist, als ich euch das erste Mal auf dem Übungsplatz habe streiten sehen. Sie war wütend.«

»Ja, weil ich sie geärgert habe«, kam es stumpf von Dragul.

»Richtig. Nyth und sich ärgern! Grantig, ja. Aber sich ärgern?«

Hemms neugieriger Blick bohrte sich in seine Nerven, und Dragul knurrte unzufrieden.

»Bitte! Dann kümmer' dich mal weiter um die Schmiede – wir reden ein anderes Mal darüber. Anscheinend helfen dir bei dieser Sache auch deine hunderttausend Jahre Lebenserfahrung nicht weiter. Ich bin gespannt, wie du das bei der Ratssitzung deichseln willst.« Der General kniff die Augen zusammen, hielt Dragul für eine Weile im Blick und verließ dann stampfenden Schrittes die Schmiede.

Was für ein seltsamer Morgen. Noch etwas verwirrt und vor allem überrascht vom Gesprächsthema stand Dragul am Amboss und starrte in den leeren Türrahmen. Er knackte leise mit den Handgelenken.

Wie sollte er heute dieses Schwert fertigstellen, wenn er die ganze Zeit nur an solchen Unsinn denken musste? Er fluchte. Das Schlimmste neben der Lügerei war, dass Hemm nicht lockerlassen würde. So gern er mit seinem Freund abends ab und an mal in dessen Quartiershaus saß, um etwas zu trinken und sich zu unterhalten, bei den nächsten Treffen würde Hemm ihn wieder und wieder mit Fragen löchern. Nicht nur er, auch Hemms Frau, denn die beiden kannten keine Geheimnisse voreinander und ignorierten gekonnt Draguls Privatsphäre. Im Prinzip war das besser für ihn, er tendierte dazu, sich zurückzuziehen. Aber ein Schneckenhaus, das stabil genug war, um Hemm aufzuhalten, das existierte nicht.

Unentschlossen stand er noch immer in der Schmiede, die längst zerschmolzenen Erze im Feuer hinter ihm ignorierend.

Es stimmte, früher hatte er seine Zeit wesentlich öfter hier verbracht. Auch wenn er nicht immer angetrunken vor der Welt in die Schmiedekunst flüchtete. Diese Anmerkung war ihm ausgesprochen unangenehm gewesen. Es war schwer, mit der Kälte der Todesmagie fertig zu werden, manchmal ging es nur mit Hilfe.

Es brauchte einiges an ziemlich schwer herzustellenden Getränken, die Menschen eher als Gift bezeichnet hätten, um einen

Drachen betrunken zu machen. Dieser Aufwand, die Kräuter, das war auf Dauer viel zu teuer. Im Moment jedoch war es ein verlockender Gedanke. Im Weinkeller des Drachenbrandgebräus entkam er seinen Sorgen mit Sicherheit.

Gerade, als er sich zu seinem Quarzhammer bücken wollte, um sich endlich wieder abzulenken, wehte ihm der leichte Geruch von Frühling um die Nase. Es war nicht nötig, den Kopf zu heben. Er wusste, wer in der Tür stand. »Guten Morgen, Nyth!«

»Euch auch, Sir!«

Dragul blinzelte überrascht. Man sah sie so gut wie nie ohne ihre Söldnerkluft. Heute trug die Drachenfrau lediglich einen Schal um ihren Kopf und ein dünnes, enges Oberteil. Ungläubig schaute er auf ihre nackten Zehen, die aus der langen Röhrenhose herausguckten. Ohne all das Leder und die feste Uniform sah sie unangenehm zerbrechlich aus, als hätte sie einige Zeit gehungert, wie gewohnt. »Geht es dir gut?«, murmelte er fast automatisch.

»Ja, Sir! Ich habe ausreichend geschlafen und arbeite bereits an meinem Bericht.«

Er seufzte. Es war beinahe unmöglich – Nyth und Freizeit. Sie zu so etwas wie Ruhe und Entspannung zu überreden, was dafür wohl nötig war? Sie befand sich nur aufgrund ihrer Erholungszeit nicht im Dienst, und auch das nur unter Protest. Wieder so ein Streit mit ihr, kaum dass sie Schloss Zwielicht erreicht hatten. Sie hatte sofort handeln und eine Sitzung einberufen wollen. Es hatte ihn einiges an Mühe gekostet, sie auszubremsen.

Ganz kalt hatte sie sich angefühlt. Kein Drache durfte sich kalt anfühlen. Ob sie sich von Oracles' Angriff wirklich erholt hatte? Wie warm sie wohl normalerweise war? Dragul schluckte.

Irgendwo hatte Hemm ja recht, es war mehr als Neugierde. Sie hatte ihn in ihren Bann gezogen. Sie faszinierte jeden, positiv wie negativ. Man musste sich die Mühe machen, sie näher kennenzulernen, sonst hielt man sie wohl für arrogant und abweisend. Er hatte sich einfach festgebissen, wollte sie dazu zwingen, sich wenigstens einen Bruchteil zu öffnen. Wie lange flirtete er schon mit ihr, ohne es zu merken? Alles für ein kleines bisschen Verstehen. Aber was er auch versuchte, die Führung entglitt ihm mehr und mehr, wie die Kontrolle über seinen jetzt deutlich schnelleren Herzschlag. Und so wich er leicht zurück, als sie auf ihn zukam, ohne etwas zu sagen, und erst stehen blieb, als sie sich beinahe berührten.

»Es tut mir leid, Sir«, flüsterte sie, dicht genug, dass ihr Atem seine Haut streifte, als befürchtete sie, jemand könnte lauschen.

»Was?«

»Die Sitzung morgen, wir müssen darüber sprechen. Mein Handeln bringt Euch in Erklärungsnot. Ich weiß, der Rat wird fordern, mich … mindestens zu verbannen. Aber ehe das geschieht, muss ich berichten können, was wir in Erfahrung gebracht haben!«

Jetzt machte sie sich auch noch für seine Lügen verantwortlich. Der Tag konnte wirklich nicht schlimmer werden. Sein schlechtes Gewissen brüllte ihn förmlich an.

Unsicher biss sich die kleine Drachenfrau wieder auf die Unterlippe und knetete ihre Finger. Sie war schrecklich bleich, als wäre sie bereits seit einigen Stunden tot. Die weißen Lippen und die tiefen Schatten unter den Augen ließen sie schwer krank erscheinen. Dragul kannte es von ihr nicht anders, aber zum ersten Mal machte ihm das ernsthafte Sorgen.

»Niemand wird dich bestrafen.« Seine Stimmlage rutschte in einen erschreckend warmen Tonfall ab, Dragul rang mit sich und seinem Mitgefühl. Nicht nur der Rat, jeder im Schloss würde Nyth für diesen Auftrag verurteilen. Vor ihrer Mission hatte ihn das nicht gekümmert, denn Nyth interessierte sich offensichtlich nicht für Freundschaften. Aber je mehr er gezwungen wurde, über sie nachzudenken, desto mehr stellte er dieses Desinteresse infrage.

War sie nicht eine gute Lehrerin? Hatte sie sich nicht mitfühlend um jeden noch so ängstlichen Rekruten gekümmert? Ihr Leben riskiert für sterbliche Menschen, deren Existenz so kurz war wie ein Gedanke? Und versucht, ihm Gehör zu schenken, Verständnis für seine Vorhaben gezeigt?

Diesmal war es Nyth, die mit einem leisen »Sir?«, die Stille durchbrach. Dragul hatte sie die ganze Zeit nur stirnrunzelnd angestarrt.

»Glaube mir, ich … ich bin gut darin, eine Geschichte zurechtzubiegen. Ich werde dich begnadigen und …« Er würde dafür sorgen, dass ihre Integrität bewahrt wurde. Dies war sein Puzzle, und er bestimmte, wie sich das Bild am Ende zusammensetzte.

Doch Nyth schüttelte energisch den Kopf. »Es ist in Ordnung. Ich war einverstanden, für Euch diese Mission zu leiten, da es notwendig war. Und ich akzeptiere jede Konsequenz. Es ist unumgänglich, dass der Rat Eurem Urteil vertraut. Wir können es uns nicht leisten, jetzt Misstrauen und Zweifel keimen zu lassen.«

Der dumpfe Klang eines nervösen Herzschlags pochte durch Draguls Ohren. »Es tut mir leid!«

»Sir?«

»Schon … schon gut. Wir reden nach der Sitzung noch einmal«, versuchte er das Thema aufzuschieben.

Sie nickte, schien nicht weiter darauf beharren zu wollen. Das fehlte gerade noch, wenn er sich nach Hemm auch mit Nyth über ihre eigene Schuld, vielmehr Unschuld am Krieg streiten musste.

»Ich muss mit Euch über Kira sprechen«, verkündete sie mit fester Stimme, es war ihr offensichtlich wichtig.

»Sicher, sicher.« Er unterdrückte ein Seufzen und den Drang, tief durchzuatmen. Der Duft ihrer Magie hatte mit der Erkenntnis des Gesprächs eine unerwartet intensive Wirkung auf ihn.

»Sir, ich bin mir sicher, dass Kira Euch bitten wird, dem Reich beitreten zu dürfen. Und vermutlich ist sie eine gute Wahl für Euer Kommando, ihre Fähigkeiten sind bemerkenswert und sie ist gut ausgebildet. Aber … bitte setzt sie in diesem Krieg nicht für die Schlacht ein!«

»Ihre Schattenmagie ist – wie ich es verstanden habe – nun teilweise in Feindeshand. Wir werden ihre Hilfe brauchen.«

Nyths Finger verkrampften sich mehr sie zupfte an ihrem Hemd herum. »Sie hat Furchtbares durchgemacht, Sir.« Zitterte ihre

Stimme? Das Drachenmädchen bedeutete ihr viel, was er durchaus nachempfinden konnte, bei ihr aber nicht erwartet hatte. Nyth war oft unerwartet fürsorglich.

Er erinnerte sich: Einmal, da hatte sie dösend auf einer Mauer den Soldaten beim Üben zugesehen, während sie einer Katze erlaubte, auf ihr herumzuklettern, bis das Tier die perfekte Schlaflage gefunden hatte.

»Eure Lordschaft?«

Er schluckte. »Ja, nun ... wegen Kira. Ich weiß, sie hat furchtbares hinter sich. Und es wird noch furchtbarer, wenn sie hier bei uns bleiben will, bei dem, was dem Reich bevorsteht. Aber vielleicht ... nun es könnte ihr helfen, aktiv teilzunehmen, zu handeln. Nyth, ich weiß, sie ist fast noch ein Kind, aber im Krieg sind wir alle gleich!«

»Das mag sein, aber – Euch ist sicherlich ebenfalls bewusst, dass ... Wenn es sich zu oft wiederholt, dann leidet die Seele. Insbesondere bei einem Kind.« Der Klang des Schmerzes in ihrer Stimme war ungewohnt und unangenehm.

Dragul wünschte sich, die Unterhaltung mit Hemm nicht geführt zu haben. Das Einzige, woran er denken konnte, war, wie zerbrechlich Nyth wirkte. Sie sah ihn besorgt an und machte sich mehr Gedanken um Kiras Wohl als um die Konsequenzen ihrer Mission. Dabei würde jeder im Schloss Nyth für eine Verräterin halten. Die mitfühlende Sorge in ihrem Gesichtsausdruck schnürte ihm die Kehle zu. »Ich werde das berücksichtigen! Es gibt viele Wege, wie sie sich nützlich machen kann«, nuschelte er nach einer gefühlten Ewigkeit.

»Ich danke Euch.«

Wenn sie sich noch einmal bei ihm bedankte, würde er sich selbst nicht mehr im Spiegel ansehen können; das musste aufhören. Und dabei hatte es gerade erst angefangen. Was war nur in sie gefahren? Kein kühler Blick, keine steife Haltung.

»Geht es dir wirklich gut, Nyth?«

»Sir, wieso fragt Ihr?«

»Nun, du bist ungewöhnlich handzahm!«

Ihr Mund zog sich zusammen und ihre Finger krallten sich in den weiten Stoff ihres langen Schals. »Handzahm«, wiederholte sie giftig und verschränkte die Arme.

Er konnte nicht anders, als leise zu lachen. Sie musste den Kopf schon sehr heben, um ihn anzusehen. Da waren wieder all der Trotz und die Ablehnung. Hemm hatte in einer Sache recht: Dragul machte sich ihr gegenüber immer zum Narren. Sie sorgte sich, und er hatte für sie nur kindische Neckereien. Dragul seufzte, und ihr Blick verfinsterte sich noch mehr.

So dicht vor ihr stehend, konnte er nicht anders: Er griff nach ihren zierlichen Schultern und beugte sich leicht zu ihr hinunter. »Vertrau mir, ich passe auf dich auf, ich regle das. Mit dem Rat, mit Kira … Und dieser Krieg, Nyth … er wird nicht verlaufen wie der letzte. Versprochen.«

Dragul widerstand dem Drang, sie in die Arme zu nehmen, zwinkerte ihr nur aufmunternd zu. Die Wärme ihres Körpers kitzelte seine Finger, und er verfluchte, was für Gefühle das in ihm auslöste. Zum Glück schien ihre Temperatur normal, es fühlte sich schrecklich verlockend an, wie lebendig sie damit wirkte. In Gedanken streichelte er ihr mit einer Hand über den Arm, ehe er sie wieder losließ.

Die kleine Drachenfrau blickte ihn verwundert an, schüttelte dann den Kopf, schien etwas sagen zu wollen, runzelte aber nur die Stirn und biss sich auf die Lippe.

»Schon gut, Nyth, du kannst jetzt gehen.«

»Sir?«

»Mh?«

Aber sie starrte ihn nur weiter an, sichtlich aus dem Konzept gebracht. Erst nach einem unangenehm langen Moment drehte sie sich endlich um und verließ die Schmiede, so schnell es im Gehen möglich war.

Dragul sah ihr nach. Dieser Morgen war alles andere als entspannend. Und die Arbeit an dem Schwert musste er auch von Neuem beginnen.

Er wünschte sich, die Unterhaltung mit Hemm nicht geführt zu haben. Zumindest nicht jetzt, so kurz vor einem Krieg. Für eine Schlacht war es immer besser, man hatte den Kopf frei und sorgte sich nicht um jemanden, der einem wichtig war. Und nun roch die Schmiede auch noch nach Frühling.

KAPITEL 35
LÜGEN UND MÄRCHEN

Die Regenmassen aus den schweren schwarzen Wolken über dem Schloss füllten bereits schmale Gassen und flossen nur langsam in die Kanalisation unter den Mauern ab. Aus Pfützen wurden kleiner Teiche, und Jasov wollte sich nicht vorstellen, wie es auf der Treppe zum Schloss zugehen mochte. Sie musste einem Wasserfall gleichen. In Asche regnete es selten so heftig und ohne Unterlass, aber der Frühling hier war bekannt für seine überraschenden Wolkenbrüche und spontanen Überschwemmungen. Der Blick hinaus aus den großen Korridorfenstern führte in trübes Grau, und der Regen schlug hart gegen die Glasfront. Ein Spiegelbild der allgemeinen Gefühlslage.

Jasov und Kira wussten beide nicht, was sie erwartete. Da auch Nyth nicht Teil des Rates war, stand die Drachenfrau mit ihnen vor den großen Türen des Ratsraums. Alle hofften auf baldigen Einlass. Einen Schritt abseits, wenig gesprächig, wartete Beneth, hin und wieder leise einige schlecht gelaunte Worte murmelnd. Jasov konnte es ihm gut nachfühlen. Immerhin tagten die Ratsmitglieder seit bald zwei Stunden. Stehen und Warten war nicht gerade seine liebste Beschäftigung, auch wenn er für den Moment Ruhe durchaus dankbar war.

Magie brodelte im Schloss, natürlich. Aber normalerweise verteilte sie sich erträglich. Heute jedoch konnte Jasov ganz deutlich viele mächtige magische Quellen hinter den verschlossenen Türen spüren. Hätte er sofort den Raum betreten müssen, er wäre wohl zusammengebrochen. Lord Dragul für sich war schon harter Tobak und äußerst gewöhnungsbedürftig, aber der Rat bestand aus insgesamt zwölf Drachen. Den meisten würde Jasov heute zum ersten Mal begegnen. Er war sich nicht ganz sicher, wie er sich verhalten sollte.

Nur wenige Worte hatten sie vorher mit Nyth wechseln können. Sie machte ihnen klar, dass er und Kira nichts zu befürchten hätten. Lord Dragul interessiere sich lediglich für die Fakten, die genauen Details. Zusätzlich zu den schriftlichen Berichten diene die Sitzung der Befragung und einer erneuten, verbalen Zusammenfassung der Ereignisse. Diese werde Nyth vortragen, und der Rest der Gruppe müsse vielleicht einige Fragen zu Einzelheiten beantworten. Dieses »vielleicht« bereitete Jasov furchtbare Bauchschmerzen. Auch wie es um Nyths Position stand, quälte ihn, denn dazu hatte sie nichts gesagt.

Im Hintergrund donnerte es leise. Dicke Tropfen trommelten unablässig gegen die Glasscheiben, und das Geräusch bohrte sich in Jasovs Verstand. Kira sah ihn von der Seite an. Der Ausdruck ihrer unsicher schwimmenden Augen war Spiegel seiner eigenen Sorgen. Überraschenderweise verstand er sich mit dem Drachenkind sehr gut. Während ihrer Gespräche an Karls Krankenbett hatte Jasov hin und wieder vergessen, dass sie ein Drache war. Ihre Art, zu sprechen, war ein wenig ungeschickt und ihr helles Lachen ansteckend. Die Erfahrungen an der Grenze miteinander zu teilen, hatte Jasov, Karl und Kira vom nagenden Gefühl des Horrors befreit. Sogar Jasov hatte es geschafft, die Last seiner Ängste zu teilen, und er hoffte inständig, dass Kira bleiben durfte. Das Drachenkind war genauso neu in dieser Welt wie er.

Ein Blitz zuckte vor dem Fenster, es krachte laut, Spannung entlud sich, ganz im Gegensatz zur Spannung in Jasovs Nerven. Wäre Ragdar nur bei ihnen, mit ihm wirkte jedes Abenteuer weniger gefährlich. Der Felsen nahm den Raum für sich ein und polterte mit seiner tiefen Stimme über Worte, Sorgen und Gedanken hinweg. Er verbreitete gute Laune, einfach durch seine bloße Anwesenheit. Aber er schlief wohl noch und musste seinen Verletzungen die nötige Zeit zum Heilen geben. Auch der feine silbergolden vernähte Schnitt an Kiras Hals war unverändert. Er würde erst nach vielen Jahren eine Narbe bilden. Es war lediglich Nyths Magie, die diese Wunde zusammenhielt. Wieder und wieder hatte Jasov das Drachenmädchen dabei beobachtet, wie sie zur Naht tastete. Sie versicherte ihm, keinen Schmerz zu fühlen, aber die Verwundbarkeit bildete eine gefährliche Schwachstelle und bereitete ihr Albträume.

Ein knarzendes Geräusch. Sofort stand Kira kerzengerade und Jasov sah sich erschrocken um. Erst dachte er, die Türen würden sich öffnen, aber hinter ihnen näherten sich dumpfe, feste Schritte, und Holz knirschte unter der Last einer schweren Person.

»Ah, na endlich. Dacht schon, das Schloss is‘ noch größer«, brummte Ragdars tiefe Stimme, und er grinste die drei an. »Hab‘ mich bisschen verlaufen, Verzeihung!«

Zum ersten Mal seit zwei Stunden drehte auch Nyth den Kopf und nickte ihm zu. Kira erwiderte sein Grinsen ebenso breit lächelnd.

»Geht es dir gut?« Jasov musterte den müde wirkenden Felsdrachen von oben bis unten.

Ragdar trug die typische einfache Kleidung des Schlosses und wirkte etwas weniger aufgeplustert als sonst. Weiße Hemden standen ihm nicht, und sein wilder Zopf passte nicht zu der ordentlichen Robe mit ihren Stickereien. Kopfschüttelnd zuckte er mit den Schultern: »Macht euch mal keine Gedanken. Felsen sind hart im Nehmen, hm?«

Erneut ein knarzendes Geräusch, diesmal kam der Klang direkt vom Ratssaal. Eine der großen Flügeltüren öffnete sich leicht, und Marberd sah heraus. »Dacht' ich's mir doch, meinte Ragdar gehört zu haben. Das trifft sich gut. Kommt bitte herein.« Der alte Verzauberer lächelte bemüht und ließ die Tür offen.

Pflichtbewusst trat Nyth sofort hindurch, Kira folgte ihr, Beneth ebenfalls. Jasov schob sich mit Ragdar als Letzter hinein in den großen Raum. Seine Beine fühlten sich an wie Pudding. Auf einmal holte ihn die ganze Realität ein. So viele neue Eindrücke. So viele neue Gerüche, magische Vibrationen und Gesichter.

In der Mitte des geräumigen Saals mit den langen Fenstern in Richtung Westen stand ein gewaltiger runder Tisch. Er war nicht hoch genug, um seine Beine darunter zu platzieren. Drumherum saßen die Ratsmitglieder in bequemen, gepolsterten Stühlen.

Lord Dragul hatte sich in seinem lederbezogenen Stuhl zurückgelehnt, ein Bein lässig über das andere geschlagen, und lächelte die fünf Eintretenden an. »Willkommen, Jasov Boldan, Astor Beneth, Kira, Ragdar, bitte, tretet näher. Ihr könnt euch setzen. Nyth? Bitte, nutze die Karte und erläutere uns eure genaue Vorgehensweise, seit euch Meister Marberd am Rande der Grenze verlassen hat. Mit seinem Bericht sind wir gerade durch.«

Die Wärme seiner Stimme nahm ein wenig Last von Jasov. So setzte er sich mit einem unterdrückten Seufzen auf einem freien Stuhl zu Marberd. Neben ihm folgten Kira, Beneth und Ragdar seinem Beispiel. Aus den Augenwinkeln bemerkte er die große Karte auf dem Tisch und deren wirre, winzige, bewegliche Symbole und Figuren. Das würde er sich gleich genauer ansehen, aber vorerst wollte er den Blick nicht von Nyth lösen, die an den Tisch getreten war.

Sie wirkte kleiner als sonst vor der großen Runde ernster Gesichter. Während Jasov sich um einen entspannten Eindruck bemühte, begann Nyth, in einem ausführlichen Vortrag ihre Mission zu schildern, bis in jedes Detail hinein und so sachlich wie eine mathematische Gleichung. Ähnlich Jasovs Erlebnissen im Unterricht für Formeln und Berechnung konnte er auch ihr schon nach kurzer Zeit nicht mehr folgen. Außerdem gab es hier elf neue Drachen zu bestaunen, und er schämte sich etwas über seine kindliche Freude.

Die Ratsmitglieder schienen entspannt, und ihre Mienen waren ausdruckslos. Marberd hatte die letzten Tage hin und wieder mit Jasov ihre Namen und Ränge einstudiert und ihm einiges über die Drachen erzählt, aber aufgrund der Fixierung auf Karls Krankenbett war nur wenig davon hängen geblieben. Fieberhaft versuchte er sich zu erinnern.

Dem Reich dienten vor allem Quarzdrachen. Ihre Kolonie hatte sich nahe Asche befunden, als Lord Dragul das Land erobert hatte. Sie hatten sich ihm dankbar unterworfen, abgeschirmt und beschützt vor den westlichen Eroberern, auch wenn sie sich erst an das Zusammenleben mit Menschen gewöhnen mussten. Es gab mehrere Blutlinien dieser Quarzdrachen; und Drachen wählerisch waren, wenn es um Paarungspartner ging, gestaltete sich das Überleben einer Drachenkolonie ausgesprochen schwierig. Die magischen Quellen von Kraterland lagen schwer zugänglich im Erdreich und so waren die Drachen früher gezwungen gewesen, unter der Erde zu leben. Dragul half ihnen, die Erze und Kristalle zu fördern, damit sie ihre Nester auch an der Oberfläche bauen konnten.

Jasov war sich sicher, die grauhaarigen Personen am Ratstisch, jung wie alt, insgesamt vier an der Zahl, mussten Quarzdrachen sein. Ihr Element, vielmehr ihre Aura sprach eine ähnliche Sprache, etwas, das Jasov zu kennen meinte – es war ein vertrautes Gefühl von Magie. Ein feiner Klang wie das Rieseln von Sand erinnerte an die Kristallgefäße, die er lange Zeit in der Stadtmine hatte fördern müssen. Außerdem hatte jeder eine andere Hautfarbe, die zusammen betrachtet sehr den verschiedenen Schichten von Gestein ähnelten.

Einer jener Drachenmänner sah besonders alt aus, es musste sich dabei um Nesse handeln. Sprecher, Anführer der Kolonie und einer der wichtigsten Verzauberer des Reiches. Quarzkristalle waren nicht so rein und sauber wie All'Ein-Kristall aus der tiefsten Erdschicht, aber dennoch eine wertvolle Ressource. Kein Wunder, dass Lord Draguls Land so gut mit magischen Artefakten bestückt war.

Aber ein völlig anderer Drache stach besonders heraus, vielmehr eine Drachenfrau. Jasov starrte sie mehrfach an, darauf bedacht, es wie zufällige Blicke aussehen zu lassen. Direkt neben Dragul, zu seiner Linken, saß eine große Frau mit tiefschwarzbrauner Haut wie aus Onyx; sie hatte runde, wache Augen, volle Lippen und kurze, schwarze, lockige Haare. Ihr Körper war schlaksig, ihre langen Finger elegant mit Ringen geschmückt. Sie trug ein schlichtes, gewickeltes Kleid in beige. An ihr wirkte sogar der einfache Stoff wie edelste Seide. Ihrem Blick haftete ein Gefühl von Stolz an, er ruhte auf ihren Händen, und sie hörte offensichtlich genau zu. Wann immer Nyth einen Schritt weiter in ihrem Bericht kam, schob sich ihr Unterkiefer vor und ihre Augenbrauen hoben sich. Sie war es, da war er sich ganz sicher: Arqdelia, diesen Namen hatte sich Jasov gemerkt. Ihr Alter machte sie weise und sie hatte großen Einfluss auf Lord Dragul und General Hemm, mit denen sie im *Ewigen Krieg* gedient hatte.

»Und dann habe ich befohlen, am nächsten Morgen die Grenze in Richtung Brarche zu überqueren, um der Spur aus Schattenblut zu folgen!«

Die Stimmung änderte sich. Mit einem Mal fixierte jeder Nyth ganz genau, und die Spannung in der Luft wurde beinahe greifbar. Nyth berichtete über ihre Entscheidung, Kontakt zu feindlichen Soldaten zu riskieren, über die Befreiung Kiras. Mit jedem weiteren Satz reihten sich Regelverstöße und Vertragsbrüche aneinander.

Sie hatte grob fahrlässig gehandelt, das war Jasov nach dem Gespräch mit Karl und Kira klar geworden. Sie hatten sich nur kurz über die Verträge, Verhandlungen und Abkommen ausgetauscht, aber am Ende war deutlich: Mehr Regeln hätte Nyth nicht brechen können. Trotzdem hoffte Jasov auf einen positiven Ausgang dieser Sitzung. Lord Dragul wäre ihnen niemals zur Hilfe geeilt, wenn sie alle für ihn in Ungnade gefallen wären. Oder? Es wäre für ihn einfacher gewesen, sie dort alle sterben zu lassen, um einen Krieg zu verhindern.

Und dann musste Jasov genau hinhören, wovon Nyth erzählte. Denn einige wichtige Ereignisse waren an ihm mehr oder weniger vorbeigerauscht, als er sich im Angesicht des Todes befunden hatte.

Die Waffe des Feindes.

»Brarche hat über viele Monde hinweg Schattenmagie gesammelt, was allein schon eine große Gefahr darstellt. Außerdem besitzt Kommandant Oracles erwiesenermaßen die Götterklinge!«

Ein Raunen ging durch den Ratssaal, Köpfe drehten sich zueinander, misstrauische Blicke und leise Worte wurden ausgetauscht.

»Seid Ihr Euch absolut sicher? Habt Ihr die Waffe sehen können?« Die Stimme war rau und tief, klang ausgesprochen alt. Nesse war nicht ganz so runzelig wie Marberd, aber auf dem Weg dorthin. Seine wachen grauen Augen fixierten Nyth.

»Nicht ich habe sie gesehen, wie ich Euch berichtet habe. Es war Kira, die mit dieser Klinge verletzt wurde. In ihrem Blut befindet sich noch immer ein Rest davon«, erklärte Nyth mit deutlich schärferem Tonfall, eindeutig verärgert, sich wiederholen zu müssen.

Kira nickte nur und machte sich in ihrem Stuhl ein wenig größer. Sie wollte wohl einen guten Eindruck erwecken und zeigen, dass sie kooperierte.

Lord Dragul seufzte leise. »Es ist wahr, Nesse. Ich bin mir sicher, dass alles, was Nyth nur mutmaßen konnte, leider der Wahrheit entspricht. Oracles selbst hat vor mir mit seiner Macht angegeben. Das ganze Bild passt zueinander.«

»Eventuell möchte Herrscher Oracles nur, dass wir daran glauben«, zischte Arqdelia. Sie klang strenger, als sie aussah.

»Wenn Kira nichts dagegen hat, kannst du dich gerne selbst davon überzeugen, ob ein fremder Rest Urmagie in ihrem Blut singt, Arqdelia. Ich für meinen Teil sehe allein am Schnitt, dass es keine andere Waffe sein kann. Der Götterdolch war lange verschwunden, von der letzten Schlacht verschluckt. Zwischen den Grenzen, unseren Grenzen.«

Die Drachenfrau schloss kurz ihre schwarzen Augen und verschränkte die Arme; sie schien keine Lust auf eine weitere Diskussion zu verspüren, es bildete sich eine Denkfalte auf ihrer Stirn.

Rechts neben Dragul saß Meister Hemm vorgebeugt in seinem Stuhl und starrte grimmig auf den Tisch. Er schüttelte unzufrieden den Kopf. »Damit ich das jetzt richtig verstehe … Kommandant Oracles ist nicht nur ein Ätherblutdrache, verstärkt durch Äthermagie, sondern besitzt auch noch die einzige Waffe, die jeden Drachen töten kann – und die eigentlich dafür gedacht war, gegen eben jene Ätherblutdrachen vorzugehen?«

»Wir hatten vermutet und befürchtet, dass der Götterdolch sich in Feindeshand befinden könnte.« Die Frau neben Hemm hatte gesprochen, sie spielte mit einem Finger in ihren buschigen braunen Locken und schaute weniger kritisch als besorgt drein.

Ragdar räusperte sich, und zu Jasovs Erleichterung schien es ihm nicht schwerzufallen, eine simple Frage zu stellen: »Entschuldigt, wenn ich einfach so dazwischenfrage, aber ich versteh das alles noch nicht so ganz. Götterwaffe? Ätherdingsdrachen?«

Ein bitteres Schmunzeln zog sich über Draguls Gesicht; auch die anderen Drachen des Rates wirkten bedrückt. Sie taten sich offenbar schwer mit einer Antwort.

Nyth erhob ihre Stimme. »Vor über hunderttausend Jahren befanden sich viele Drachen mit den Menschen im Krieg. Damals lebten nur wenige Völker in Harmonie mit uns. Zwei Spezies, die sich nicht immer verstanden; der Konflikt war so natürlich wie menschlich. Aber diese Disharmonie war für einen der wenigen noch verbliebenen Ätherdrachen kaum zu ertragen. Man nannte sie Mythriene. Sie konnte nicht zusehen, wie die Kinder ihrer Erben abgeschlachtet wurden. Sie brach ihren Eid und mischte sich in das Geschehen ein. Man sagt, sie verletzte sich selbst und gab ihr Blut an die tapfersten Drachen weiter, um sie zu stärken. Dieses Ätherblut lässt sich an einen Nachkommen vererben, und so gibt es auch heute noch einige Drachen, die ihr Blut in sich tragen. Zwei Fronten bildeten sich. Der östliche Teil unseres Kontinents begann den Krieg gegen jene Ätherblutdrachen. Diesen Krieg kennt ihr als den *Ewigen Krieg*, denn er dauerte Tausende von Jahren. Der Osten kämpfte für eine Balance mit den Menschen; an ihrer Seite der älteste Ätherdrache. Er sah sich verantwortlich für Mythrienes Handeln. Er besaß eine Waffe, geschmiedet aus dem Äther selbst. Doch leider scheiterte der Versuch, die Ätherbrut der Mythriene zu töten. Es sollen einige von ihnen gestorben sein, das ist richtig, aber der Krieg war zu groß. Für den Ätherdrachen allein war es unmöglich, überall zu sein. Er soll dort gestorben sein, und mit ihm verschwand auch der Ätherdolch, die Klinge der Götter, wie man ihn im Westen nennt. Hätten unsere Vorfahren nicht auf einen Waffenstillstand gesetzt, es hätte uns alle auslöschen können, Menschen wie Drachen. Es hätte den Kontinent verschlungen.«

Nach Luft schnappend schien Ragdar sich erheben zu wollen, sank dann jedoch zurück auf den Stuhl. »Also doch! Die Drachengöttin! Das ist kein Märchen!«

»Ja, Ragdar, es ist wahr«, trug Nyth sachlich vor, als handelte es sich um eine Nebensächlichkeit. »Es gab einst eine Drachengöttin, von ihren Anhängern so genannt und verehrt, sogar von den Menschen angebetet. Sie opferte ihr Leben für die Freiheit der Drachen, auch wenn man sich diesbezüglich nicht einig ist. Die einen meinen, sie wollte lediglich die Kinder ihrer Art beschützen, die anderen werfen ihr vor, einen Massenmord damit geplant zu haben: den Genozid der Menschheit.«

Jasov meinte, einer neuen Art von Angst zu begegnen. Die Fähigkeit der Drachen, solche uralten Konflikte nüchtern zu betrachten und über die unendlich lange Zeit eines ewigen Krieges hinwegzublicken, gruselte ihn zutiefst.

»So wie die Kinder von Mythrienes treuen Anhängern heutzutage vorgehen, scheint wohl Letzteres zutreffend zu sein«, murmelte Nesse und schnaubte eine Rauchwolke heraus. Er schüttelte entrüstet den Kopf und wandte sich dann an Hemm, Dragul und Arqdelia: »Ihr seid die einzigen, die alt genug sind, um sich an diese Schlacht noch zu erinnern. Dragul, Ihr habt im *Ewigen Krieg* gekämpft. Der Ätherdrache, der Allvater, niemand fand je eine Spur seiner Überreste. Er ist zwischen den Fronten in der Mitte des Krieges einfach verschwunden, genau wie seine Waffe. Doch der Dolch ist erneut aufgetaucht. Denkt Ihr, auch er könnte …«

Dragul zuckte mit den Schultern. »Tut mir leid, ich wünschte es wäre anders, aber er ist tot. Davon bin ich fest überzeugt. An der Grenze gibt es nichts anderes mehr als den Tod selbst, damals wie heute. Keine Spur von Äthermagie. Ich war vor ein paar Tagen dort, im Brennpunkt der damals grausamsten Schlacht, dem Ort seines Scheiterns. Die Überreste des Allvaters überschatten den Ort wie Nebel. Vergesst nicht, Lord Durphan soll selbst dort gekämpft haben. Er hat nichts als einen Friedhof übrig gelassen.«

»Das ist ein guter Punkt, alter Freund. Wie klug, meint Ihr, war es, die Flügel auszubreiten und ausgerechnet dort zu landen? Einen Krieg zu beginnen?« Arqdelias Blick musste unangenehm stechend sein, so sehr, wie ihre Augen sich verdunkelt hatten.

Dragul blinzelte sie nur an und setzte ein schuldbewusstes Lächeln auf. Aber nicht er antwortete, es war ein junger Mann, der fast jugendlicher wirkte als Jasov. Seine bernsteinfarbenen Haare waren ein wenig zerzaust, die hellgrauen Augen wach und neugierig in die Runde gerichtet.

»Ich verstehe die ganze Diskussion nicht, vorhin nicht und auch jetzt nicht. Arqdelia, dir muss doch auch klar sein, dass der Krieg längst begonnen hat. Der Westen ist im Besitz der Waffe. Man beutet dort nachweislich Menschen und Drachen aus. Man stiehlt ihre Magie, man rüstet sich! Ich bin froh, dass wir diesem unangenehmen Thema nicht mehr aus dem Weg gehen können. Wir wussten, dass dies eines Tages passieren würde, oder?« Seine Betonung war ausgesprochen direkt und Jasov hörte den typischen Dialekt der Aschegegend hindurch, den auch er selbst sprach.

Alle starrten den Drachenmann mit zwiespältiger Miene an. Es war deutlich, dass er sich damit weit aus dem Fenster gelehnt hatte. Hätte Arqdelias Blick töten können, der Drache wäre sicher zu Staub zerfallen.

Dragul wog den Kopf leicht hin und her und feilte einen Moment an einer angemessenen Antwort. »Oracles hat mir keine Wahl gelassen. Nachdem ich durch Nyths Botschaft von seiner Anwesenheit erfahren hatte und von dem, was er Kira angetan hatte, was blieb mir übrig? Oracles offenbarte mir seine Pläne, voller Wut über mein Erscheinen, und zeigte nur zu deutlich seine Kriegslust. Ich hätte nichts ändern können, so oder so …« Dragul beugte sich etwas vor und rieb sich den Nacken.

Nesse knurrte. »Wo wir dabei sind: Wäre Nyth nicht gewesen, dann hätten wir mehr Zeit. Es ist Menschen untersagt, die Grenze zu überqueren. Allein diese ständigen Vorstöße von Dieben und Plünderern kosten uns einiges an Verhandlungen und Diplomatie. Aber ein Drache aus unserem Kommando, der nicht nur die Grenze überschritten hat, sondern sogar in die Festung des Feindes eingedrungen ist …«

»Und wäre Nyth nicht gewesen, wären wir unwissend und Kira tot, dazu befände sich noch mehr Schattenmagie in Feindeshand, von der wir erst im Krieg erfahren hätten.« Dragul schien zu wissen, dass sein Einwand wenig Gewicht hatte, seine Stimme klang schuldbewusst.

»Vielleicht. Doch das rechtfertigt in keiner Weise ihren Verrat, der geahndet werden muss! Sie hätte Euch oder den Rat kontaktieren müssen. Die Eile, mit der sie die Mission vorantrieb, war nicht nötig.«

Jasov konnte beobachten, wie sich Nyths Finger in ihren Schal krallten. Auch sie hatte sich hingesetzt, ihre kleine Gestalt verschwand fast in dem Stuhl.

Welche Strafe auf Verrat stand, wusste Jasov aus der Schule. Landesverrat führte zur Verbannung oder gar lebenslanger Haft im Kerker des Schlosses. Was bedeutete »lebenslang« für einen Drachen? Würde der Rat sie wirklich bestrafen? Dafür, dass sie konsequent wichtige Spuren verfolgt hatte? Sicher, die Informationen und Erkenntnisse ihres Handelns rechtfertigten keinen Verrat, und die Hast, mit der sie die Spur verfolgt hatte, war definitiv riskant gewesen … Jasov wurde übel. Er traute sich kaum, Lord Dragul anzusehen, der sich Zeit ließ, auf Nesses Worte zu antworten. Zweimal setzte er an, seufzte schließlich. »Ich habe es ihr erlaubt!«

»Bitte?«

»Ich habe sie gebeten, nach ihrer eigenen Überzeugung zu handeln. Damit trage ich auch die Konsequenzen dafür.«

»Krieg, Dragul! Die Konsequenz ist Krieg! Ein Krieg, den …« Nesse verstummte abrupt, als Dragul sich erhob.

Die Fackeln an den Wänden flackerten erschrocken, seine Aura breitete sich im Raum aus. Der Drachenherrscher wirkte mit einem Mal größer als alle anderen. Das war die Autorität, die man von einem Lord erwartete, und doch so viel mehr als das. Jasov verschluckte sich beinahe vor Schreck.

Stille erstickte die Magie im Raum und legte sich wie eine dunkle Decke aus Hoffnungslosigkeit auf die Mienen der versammelten Drachen. Jasov wusste inzwischen, dass man sich die Dunkelheit und die Kälte der Todesmagie nur einbildete, aber das machte sie nicht weniger real. Er bekam eine Gänsehaut, ein bleiernes Gewicht legte sich auf seine Brust, dass ihm das Atmen schwerfiel. Anscheinend nicht nur ihm, einer der grauhaarigen Drachen öffnete den obersten Knopf seines Hemdes und schluckte.

Dragul musste sich bewusst sein, welche Auswirkung seine Magie auf andere hatte. Dies war eine Machtdemonstration. Und diese Absicht war erschreckender als die Wirkung seiner Aura selbst. Der Lord brachte den Rat zum Schweigen, sogar die Magie im Raum. Keine gute Voraussetzung für Diskussion, Austausch und Einigkeit. Angst flackerte wieder in Jasov auf, Sorge um die moralischen Werte seines Herrn. Der Lord war ein Drache, dessen Element ihn in ein unaufhörliches Gefühl endgültiger Stille drückte. Die magische Essenz eines Drachen beeinflusste, formte Willen und Charakter. Wie also konnte Dragul mit dem Element des Todes im Herzen ehrlich lachen, ehrlich mitfühlen, hoffen, leben – ehrlich lieben?

Als niemand mehr zu atmen wagte, ergriff der Landesherr endlich das Wort: »Ich frage mich: Wer von euch wäre nicht der blutigen Spur eines Drachen gefolgt? Wer von euch hätte sich entschieden, ein Kind in einem Kerker verbluten zu lassen, im sicheren Wissen, dass Krieg unvermeidlich ist? Ich nenne euch feige, wenn ihr wegen lächerlicher Richtlinien nicht entscheiden wollt, wann es Zeit ist, zu handeln! Nyth hat gehandelt. Ich hätte es auch getan! Nicht für einen Krieg, sondern für unsere eigene Sicherheit! Ich habe dieses Reich aufgebaut im Bewusstsein, mein Volk, meine Armee, euch – eines Tages erneut in den Konflikt zu führen. Das wisst ihr. Ich will keine langatmigen, Zeit verschwendenden Diskussionen über Verträge hören, deren Einhaltung so lächerlich wie hinfällig ist. Das können wir uns nicht leisten. Was wir brauchen, ist eine funktionierende Armee am Grenzknoten, den Schutz der gesamten Landesgrenze, einen toten Oracles und diese Waffe. Wir können noch froh sein, dass er sie hat. Dieser egoistische, machtgierige Lindwurm behält sie für sich, denn er will allein die Macht. Jeder andere im Westen hätte sie dem obersten Anführer überreicht, hätte sich vor Durphan auf die Knie geworfen und ihm damit die Macht gegeben, uns alle zu töten. Durphan ist, wie ihr wisst, nicht nur ein Ätherblutdrache, sondern vielmehr ein Blutdrache für sich selbst. Er ist fähig, sich von anderem magischen Blut zu ernähren. Er ist kein Nachfahre, er hat die Drachengöttin persönlich gekannt. Er hatte Tausende von Jahren Zeit, seine Macht zu mehren. Solange Kommandant Oracles noch die Waffe besitzt und sich wie ein Kind rühmt, allmächtig zu sein in seinem kleinen Kanton namens Brarche – so lange haben wir eine Chance. Je schneller wir ihn überrollen, desto besser. Brarche ist eines der wenigen Länder, die nicht unter Durphans Kontrolle stehen. Wisst ihr eigentlich, was für ein unverschämtes Glück wir haben, dass ausgerechnet dort der Götterdolch zu finden ist? Tausende Jahre haben wir darum gekämpft, alle Länder auf dem Gebiet des ehemaligen Schlachtfeldes dem Einfluss Durphans zu entziehen, sei es durch Eroberung oder durch Intrigen. Es ist Zeit, die Früchte unserer Arbeit zu ernten. Jetzt und hier ist der perfekte Augenblick für einen Vorstoß in Richtung Freiheit. Das war immer mein Ziel, und unter diesen Bedingungen dient ihr mir hier. Ist euch das noch bewusst?«

Geschlossenes Kopfnicken und Stille besiegelten die Zustimmung des Rates. Jasov konnte förmlich sehen, wie Draguls Laune erneut kippte. Es reichte ein simples Zucken seiner Mundwinkel, und die freundlichen Grübchen waren ebenso zurück wie die Luft zum Atmen. Hatte Jasov in den letzten Minuten geatmet? Es kam ihm nicht so vor. An dieses Element würde er sich niemals gewöhnen. Vielleicht eines Tages, wenn auch er starb. Keinesfalls vorher.

Ausgerechnet jetzt räusperte sich Beneth.

»Ja, Astor, sprich ruhig.« Dragul klang wieder freundlich und warm, auch wenn dieser Tonfall bei Jasov ein bitteres Gefühl auslöste. Wie ehrlich war diese Wärme? Er konnte dem gestandenen Paladin ansehen, dass er nervös mit den Worten kämpfte.

Beneth atmete zweimal tief ein und aus, ehe er sprach. »Nun, mit allem nötigen Respekt, Oracles hat sich noch nie an die Regeln für unsere Grenzen gehalten. Er hat sie gebeugt, wo er nur konnte. Wir nie um Ausreden verlegen. Taktisch betrachtet können wir dieses Verhalten nicht ewig dulden.« Er grummelte leise und ärgerte sich sichtlich darüber, Nyths Vorgehen während der Mission mit dieser Äußerung zu unterstützen. Doch nachdem, was er an der Grenze erlebt hatte, konnte er vor den Problemen wohl auch nicht länger die Augen verschließen. Er wollte sicher nicht, dass seine Töchter sich vor dem Westen fürchten mussten.

Dragul lächelte ihn an und nickte. »Astor Beneth, du hast dem Reich immer treu gedient. Deshalb frage ich dich, hättest du eine andere Möglichkeit gesehen?«

Überrascht räusperte sich der Paladin und wagte einen Blick über die ernsten Gesichter. Schnell fanden seine Augen zurück zum Tisch und er fuhr sich über seinen Dreitagebart, ehe er sprach. »Nun, mein Lord – ich selbst hätte dem Reich Bericht erstattet, ich hätte nicht gehandelt, aber das ist auch nicht meine Aufgabe.« Sein Kopf drehte sich unerwartet zu Nyth und er starrte sie für einen Moment lang an. »Ich habe ihrem Urteil getraut. Und sie hat Recht behalten, nicht? Das Drachenkind wäre gestorben, ehe wir überhaupt Verhandlungen hätten aufnehmen können.«

Diese Worte stellten Lord Dragul offensichtlich mehr als zufrieden, denn ein breites Lächeln legte sich auf seine Lippen.

»Es bleibt jedoch ein Verstoß, Sir«, fügte Beneth hastig hinzu.

Jasov sah, wie Nesse überdeutlich nickte.

»Gut«, begann Lord Dragul und seine Augen verfinsterten sich. »Damit wir über den Krieg sprechen können«, er klang ungehalten, »müssen wir klären, wie wir diesen Verstoß ahnden.« Er seufzte und rieb sich die Schläfen. »Bekennst du dich schuldig, Nyth?«

Ehe sie den Mund öffnen konnte, kam ein Hüsteln von Meister Hemm. »Wenn ich kurz dürfte?«, warf er ein.

DDragul hob überrascht die Brauen, deutete ihm jedoch mit der Hand zu sprechen.

»Ich habe mich die ganze Nacht mit den Verträgen beschäftigt, als Vorbereitung natürlich.« So wie Hemm sprach, ein wenig gestellt, wie auswendig gelernt, klang es fast, als hätte er für diesen Moment geübt. »Und dann habe ich mir unsere Gesetze genauestens vorgenommen. Es gibt mehrere Klauseln, eine insbesondere, die zum Schutze des eigenen Landes erlaubt, andere Gesetze zu brechen. Nämlich dann, wenn die Sicherheit des Reiches gefährdet ist. Moment, ich zitiere …«, Er holte Luft, doch Dragul hob die Hand.

»Wir kennen den Inhalt unserer Gesetze.«

»Gut, gut, ich – ich wollte nur … Jedenfalls bin ich der Ansicht, dass Nyth mit ihren Fähigkeiten eine solche Gefährdung richtig einschätzen konnte. Sogar Beneth hat zugegeben, dass er sich diesbezüglich auf ihr Urteil verlassen hat. Sie trägt somit, meiner Ansicht nach, nicht die Kriegsschuld, sondern hat zum Schutz unseres Reiches gehandelt.«

Hemms schiefes Grinsen passte nicht ganz zur Situation, Draguls verdutzter Ausdruck ebenso wenig. Beide schienen nonverbal miteinander zu kommunizieren, denn Hemms Blick wandelte sich ins Schuldbewusste, ehe er mit einem Schulterzucken zu den anderen Mitgliedern schaute.

»Das hab ihr euch ja gut zurechtgelegt«, murmelte Nesse düster, das strenge Funkeln in seinen Augen übertraf Arqdelias schneidenden Blick bei Weitem. Er war deutlich gegen diese Auslegung der Tatbestände. »Es wäre wichtig gewesen, Nyth zuerst zu fragen, wie sie ihr Handeln sieht. Angesichts von Hemms übereifriger Ausführung vermute ich, die Antwort auf meine Frage bereits zu kennen. Dennoch - Nyth?« Er wandte sich der Drachenfrau zu, die kaum merklich den Kopf hob. »Bekennst du dich des Landesverrats schuldig?«

Helle Zähne gruben sich in ihre blasse, schmale Unterlippe und, wie zu erwarten, blieb sie vorerst stumm. Aus dem Augenwinkel konnte Jasov eine seltsame Unruhe in Draguls Blick wahrnehmen, er saß auf einmal gar nicht mehr entspannt in seinem Stuhl, krallte sich vielmehr mit einer Hand regelrecht in die Seitenlehne.

»Ich habe immer nur im Interesse seiner Lordschaft gehandelt«, erklärte Nyth leise.

»Dachte ich mir.« Nesse ließ ein tiefes Seufzen verlauten und winkte das Thema wortwörtlich ab. Mit einer Hand rieb er sich die Nasenwurzel. »Zufrieden?«, knurrte er, schaute nicht mal auf, sodass Dragul mehr zu sich selbst nickte als zu ihm.

»Damit hätten wir diesen Tatbestand abgeschlossen, richtig? Ich danke euch, Hemm, Beneth, für eure Aussagen.« Hemm schenkte Dragul ein warmes Lächeln. Jasov fühlte sich gefangen zwischen Erleichterung und Sorge. Das hier war nicht das ehrliche Reich, die faire Führung, von der er geträumt hatte.

»Nun, Beneth. Deine Mühen werden entsprechend belohnt. Wenn du nichts hinzuzufügen hast, darfst du uns verlassen.«

»Der Äther bewahre mich«, murmelte Beneth kaum verständlich, erhob sich, verbeugte sich leicht und eilte zur Tür, als würde man ihn jagen. Sogar Nyths Blick folgte ihm kurz. Sie wirkte immer noch verspannt; andererseits erinnerte Jasov sich nicht daran, sie je entspannt erlebt zu haben.

»Wie Hemm ausführte, war Kiras Befreiung überaus wichtig. Deshalb möchte ich dich nun befragen, Kira«, begann der Lord.

Aus dem Drachenmädchen platzte ein eifriges »Jawoll« heraus.

»Ich danke dir.« Das Lächeln in Draguls Gesicht nahm nun wieder bittere Züge an. »Es fällt mir schwer, in Worte zu fassen, was dir in Oracles' Gefangenschaft widerfahren ist. Wir wissen, dass es dein Wunsch ist, in unserem Reich zu bleiben. Ich möchte dich aber noch einmal fragen, ob du das wirklich willst. Es wird Krieg geben, und er könnte das Land über viele Jahre verdunkeln. Du hast eine Heimat, und wir könnten mit ihr Kontakt aufnehmen, um dir eine Rückkehr zu ermöglichen. Die Art deiner Magie teilt kein Drache hier im Land, damit wärst du allein. Möchtest du wirklich hierbleiben?«

Kiras Unterlippe zitterte sichtbar, als sie den Mund öffnete, um zu antworten. Ihr Blick huschte durch den Raum, von Gesicht zu Gesicht, ehe sie sich überwand zu sprechen. »Ja, Eure Lordschaft. All dessen bin ich mir bewusst. U-und ich möchte Euch bitten, keinen Kontakt zu meinem Geburtsland aufzunehmen.« Für einen Moment wirkte es, als wollte Kira noch etwas hinzufügen, dann aber schloss sie den Mund wieder, und schaute Dragul nervös an.

»Dann werden wir deinen Wunsch ausführlich besprechen und dir am Ende der Sitzung unsere Entscheidung mitteilen.«

Sie lächelte nervös.

»Nun zu dir, Ragdar.«

»Ehm, ja?«, erwiderte der Felsdrache verdutzt, blinzelte gegen den bohrenden Blick des Landesherrn an.

»Sollten wir den Krieg gewinnen, wäre es deiner Kolonie möglich, wieder frei zu leben. Das große Gebirge im Westen von Brarche wird jedoch für uns ein wichtiger strategischer Posten für die Zukunft sein. Es grenzt direkt an andere feindliche Länder. Unsere Interessen überschneiden sich also. Außerdem … ich kann dich nicht so einfach gehen lassen oder gar zusehen, wie du versuchst, allein in Brarche zu überleben.«

Ragdar nickte verstehend. »Weiß ich, weiß ich. Hatte mir überlegt … also wisst Ihr, schickt mich einfach mit Euren Truppen zurück an die Grenze. Hab gehört, Ihr stellt Euch da auf, nicht?

Ich will sonst echt nichts mit Eurem Wappen oder Euren Plänen zu tun haben, aber diese Sache hier geht sowohl mich als auch die Felsdrachen-Kolonie etwas an. Ich und auch die anderen meiner Art helfen, wo wir können.«

»Ich danke dir für deine Kooperation.«

Ragdar seufzte. Er ahnte offensichtlich, dass ihm ohnehin keine Wahl blieb. Da ihm das Wohl der Menschen an der Grenze, aber auch das seiner Kolonie am Herzen lag, brauchte es eben einen Kompromiss, wobei Jasov sich heimlich wünschte, dass Ragdar sich doch noch für das Reich entschied. Ihn würde er furchtbar vermissen.

»Kira, Ragdar, auch ihr dürft nun den Rat verlassen!«

Die beiden angesprochenen Drachen sahen sich überrascht an, und Ragdar stand auf, um sich mit einem »Na, man sieht sich« zu verabschieden.

Das Drachenkind erhob sich langsam und wirkte unentschlossen. Ihre Augen wanderten kurz zu Nyth, die ihren suchenden Blick mit einem Nicken erwiderte. Ein feines Lächeln schlich sich auf Kiras Lippen, ehe sie nach einer nervösen Verbeugung ebenfalls den Ratsraum verließ.

Jasov konnte ihr nur nachsehen. Am liebsten hätte auch er den Saal verlassen. Sein Kopf quoll über.

Lord Dragul sank tiefer in seinen Stuhl und pustete etwas Rauch in Richtung der Karte auf dem großen runden Tisch. Sofort setzten sich Linien, Figuren und Fahnen in Bewegung. Die Oberfläche der Karte war ungewöhnlich, es war nicht ersichtlich, ob es sich um Papier oder gespanntes Leder handelte. Sie war in den Tisch eingelassen und hatte eine feine Textur. Ähnliche Verzauberungen kannte Jasov und Marberd hatte ihm einiges vorab erklärt. Das helle Beige der Karte verfärbte sich je nach Wichtigkeit in verschiedene Brauntöne und markierte so angrenzende Länder. Wie überdrehte Tintenkleckse huschten Farbflächen über Linien hinweg und formten Zeichnungen von Feldern, Häusern oder Seen. Alles war perfekt und detailliert gezeichnet. Die Darstellung der Stadt Asche allein war extrem befriedigend anzusehen. Mit nur einer Handbewegung verkleinerte sich alles, nahm eine simplere Form an, und die volle Größe des Kraterlandes kam zum Vorschein. Pfeile und Figuren fanden ihren Weg auf die Karte und schoben sich wie durch Geisterhand an taktische Positionen. Eine Armee wurde platziert.

Für Jasov war das Gewusel der Symbole, Flächen und Runen schwer zu verstehen, wie auch die darauffolgende Diskussion nur wild durch seinen Kopf rauschte. Zu viel … es war viel zu viel für ihn.

Ätherdrachen, Götterdrachen, Götterklingen, über hunderttausend Jahre Konflikt, Blutdrachen, Westen, Osten – Marberd müsste ihm erneut helfen, das alles richtig zuzuordnen. Und von Taktik oder Kriegsvorgängen hatte er gar keine Vorstellung.

Wie erschlagen beobachtete er den Rat. Sie machten sich tausend Gedanken über den Kriegsbeginn. Der Tisch veränderte sich im Minutentakt auf magische Art und Weise, passend zu ihren Überlegungen. Und aus dem Augenwinkel sah Jasov, wie Nyth stocksteif in ihrem Stuhl saß und auf ihre Finger starrte, als hätte sie einen Geist gesehen.

KAPITEL 36
ENDGÜLTIGE BEFEHLE

Gegen Kiras Protest hatte Ragdar eine Bank aus Stein wachsen lassen. Er beschwerte sich laut, wollte nicht so lange aufrecht und steif warten, bis der Rat endlich die Besprechung beendete. Sich die Beine in den Bauch zu stehen, war ihm viel zu unbequem. Das Drachenmädchen hatte sich nur zögernd gesetzt und starrte seitdem mit ihm auf die Flügeltüren des Ratssaals. Den Paladin Beneth konnten keine zehn Pferde länger in diesem Teil des Schlosses halten, und so blieben sie allein.

Kira hatte Ragdar darum gebeten, sich nicht weiter zu unterhalten. Ihr war nicht nach Konversation zumute. Schwierige Fragen gab es genug, heute wollte sie einfach nur, dass die Tür aufging und man ihr sagte, sie könne bleiben, bevorzugt bei Nyth und Jasov. Noch nie hatte jemand sie so selbstverständlich und fürsorglich behandelt, wie Nyth es tat, und der Zauberlehrling war ein ganz besonders umsichtiger Mensch, offen, freundlich und ähnlich überfordert mit der Welt wie Kira selbst. Diese Vertrautheit wollte sie nicht wieder verlieren.

So zogen sich die nächsten Stunden des Wartens qualvoll lange hin. Dass Ragdar einfach einschlief, war wenig hilfreich, wenn auch beneidenswert. Er nahm die Dinge, wie sie kamen, und akzeptierte sein Schicksal. Nie zögerte er zu handeln; so blieb er mit sich und seinen Taten im Reinen. Darum beneidete sie ihn sehr. Vielleicht, nein, ganz sicher polterte er das eine oder andere Mal vorschnell in Schwierigkeiten. Aber es hatte Vorteile, ein Problem nicht in Angst erstarrt anzugehen, sondern mit Energie.

Auch Kira wollte endlich voranschreiten in ihrem Leben, nun, da es fast wieder vorbei war. So viel hatte sie verloren. Mit ihrer

Magie musste sie von nun an sehr sparsam umgehen. Noch traute sie sich nicht, lange darüber nachzudenken. Seit ihrer Kindheit hatte sie um einen Platz in ihrer Heimat gekämpft, damit sie endlich ihrer Eltern würdig erwies … all die Mühe verloren, in nur einem einzigen Augenblick.

Die Kraterländer waren hilfsbereit, aber sie traute sich nicht, mit ihnen über ihre Ängste zu sprechen, es würde bedeuten, wieder eine Last zu sein. Stattdessen wollte sich Kira auf ihre Möglichkeiten konzentrieren. Sollte sie nicht bleiben dürfen, würde sie mit Ragdar reisen. Sie hatte sich entscheiden: sie würde ein neues Leben beginnen.

Nach wie vor prasselte draußen der Regen, und der Lärm irritierte Kira. Im Ratssaal fielen die Tropfen geräuschlos gegen die Scheiben. Dieses Schloss war rätselhaft. Noch nie hatte Kira so viel aufwendige Zauberei allein in Gestein und Fels erlebt. Magie in ihrem Land wurde nur den wenigsten erlaubt und stand unter strenger Kontrolle. Sie selbst hatte nur die wichtigsten magischen Handgriffe ihres Elements erlernt und durfte keine andersartige Magie wirken, um das Leben leichter zu machen. Wasser zum Waschen holte man aus dem Brunnen oder es wurde einem gebracht, sofern man Diener hatte. Hier jedoch gab es keine Putzhilfen oder Diener. Die Magie übernahm ganz selbstverständlich solche Aufgaben. Kira gab es nur ungern zu, aber dieser Luxus gefiel ihr ausgesprochen gut. Nicht, dass sie je von Menschen bedient worden wäre.

Ragdar hustete leise und blinzelte. »Ich glaub, die sind gleich fertig!«, murmelte er.

»Woher weißt du …«

Der Felsdrache deutete auf den Boden. »Vibriert, wenn jemand aufsteht!«

»Oh! Gut! Wurde auch Zeit … also, ich meine, nicht, dass ich nicht verstehe, dass es vielleicht länger dauert. Es geht immerhin um einen Krieg, aber …«

»Nervt!«

Sie spürte die Verlegenheit in ihren Wangen kribbeln und lächelte schwach.

»Und du willst wirklich hierbleiben, Drachenkind?« Ragdar hatte seine scharfen Augenbrauen hochgezogen und starrte sie mit leicht geneigtem Kopf an.

»Ja!«

»Direkt zu 'nem Krieg?«

»Zu Hause würde mich nichts anderes erwarten, und ich wüsste nicht, wohin ich sonst sollte. Hier ist es gut. Besser als überall sonst, bei ehrlichen Leuten, die für das Recht kämpfen.«

Ragdar seufzte lange. »Tja, Recht. Weißt du, Geschichten sind überall anders, und Recht kann schnell zu Unrecht werden. Drüben – im Westen – weißt du, da ist die Drachengöttin kein Monster. Nur ihretwegen konnten Kolonien wie die meine überleben und wurden nicht von den Menschen ausgelöscht.«

»Willst du deshalb nicht hier bei uns bleiben?«

»Bei 'nem Drachenmann, der das Blut ganzer Völker an seinen Krallen kleben hat? Und das Leben zahlreicher Seelen auf dem Gewissen? Hast du ihn gesehen? Gehört? Nein, das ist sein persönlicher Krieg und er wird ihn führen, wie er will. Nein, danke! Ich bleib in meinem Wald und kümmere mich um meine kleine Welt. Verstehst du?«

Kira nickte langsam. Ehe sie etwas sagen konnte, öffneten sich die Flügeltüren, und die Ratsdrachen verließen den Raum. Ganz zum Schluss kamen Marberd, Jasov und Nyth, dazu der jugendliche Drache mit den bernsteinfarbenen Haaren. Er ging freundlich lächelnd auf Ragdar zu.

»Ich grüße dich, Ragdar! Mein Name ist Ansrahm, Lord Dragul hat mich gebeten, dich zur Grenze zu begleiten. Für dich bin ich dein ganz persönlicher Ansprechpartner und Vermittler.« Ansrahm streckte dem Felsdrachen die Hand entgegenn, die Ragdar erst nach einem längeren Zögern ergriff. Drachen kamen nur ungern in Kontakt mit fremder Drachenmagie. Dies war eine große Vertrauensgeste.

»Oh, aha! Erstaunlich! Was bist du, Männchen, etwa aus Stein?« Ragdars Miene hellte sich sichtlich auf.

»Sehr richtig. Ich bin ein Rubindrache, um genau zu sein. Das ist dem Gestein nicht unähnlich, nur etwas spezifischer. Ich finde es faszinierend, einem so universellen Element wie deinem zu begegnen! Hier gibt es nur Quarzdrachen und ab und an eine Überraschung wie mich.« Sein Lächeln offenbarte diverse Grübchen. Dann richtete er den Blick auf Kira. »So sieht also Schattenmagie aus, faszinierend!« Er neigte den Kopf wie ein junger Hund.

Kira lächelte ihn nervös an. So einen Umgang unter Drachen war sie nicht gewohnt. Dann fiel ihr ein, dass sie noch immer auf der von Ragdar erschaffenen Bank saß, die ganz sicherlich nicht hierhergehörte. Vorsichtig erhob sie sich und war froh, dass Marberd und Jasov, nachdem sie ein paar Worte gewechselt hatten, sich zu ihr gesellten.

»Du kannst bleiben!« Jasov strahlte sie breit an und Kira schlug sich vor Überraschung die Hände vor den Mund, ein Quietschen unterdrückend.

Dragul genoss den Anblick der fröhlichen Gesichter. Für den Moment schien jeder wieder voller Hoffnung. Ragdar war beschäftigt mit einem ausgesprochen neugierigen Rubindrachen, der ihn ungefragt mit Informationen über sein Element zuschüttete, Marberd hatte sich erschöpft auf der Steinbank niedergelassen, und Jasov versuchte, Kira zu erklären, was in der Sitzung passiert war, zumindest das, was er ihr erzählen durfte.

Dragul hatte sich einen Teller mit Kuchen geschnappt und wollte eigentlich die Türen des Saals schließen, um in Ruhe zu essen, doch eine kleine weiße Gestalt stand unschlüssig vor dem Ratsraum und zog seine Aufmerksamkeit auf sich. Da war ein Ausdruck in Nyths Gesicht, den er so nicht kannte. Ihre Augen waren durch den Stoff der Kapuze zwar verdeckt, aber die fest aufeinandergepressten Lippen und die in den Saum ihres Hemdes gekrallten Finger zeigten ihre Nervosität. Wie hypnotisiert starrte sie hinaus und beobachtete die Menschen und Drachen, als wollte sie sich zu ihnen gesellen – wie ungewöhnlich. Eher würde sie wieder zurück in den Saal treten. Nun, vielleicht nicht, solange er hier war.

Das aufkeimende Lachen unterdrückte er, gesellte sich stattdessen zu ihr, beugte sich hinunter und hielt ihr den Teller mit dem Kuchen vor die Nase.

Sie zuckte kurz und hob überrascht den Kopf.

»Nein?«, fragte er grinsend.

»Sir?«

Die Verwunderung in ihrer Stimme entlockte ihm dann doch ein dunkles Lachen. »Nur einen Bissen?«

»Nein, Sir. Danke!«

»Na gut. Also ich brauche das jetzt«, murmelte er mehr zu sich selbst, bemüht, den Kuchen mit den grünen Beerenfrüchten möglichst schnell zu verschlingen. Die meiste Nahrung war zwar bereits tot, aber frisches Obst oder Gemüse nicht. Er musste sich beeilen, so etwas zu essen, wenn es nicht beim Kontakt mit ihm zerfallen sollte. Essen war für einen Todesdrachen manchmal schwierig. Allerdings nicht so schwierig, wie Nyths Blick zu deuten. Sie sah ihn an. Ausgerechnet jetzt, wo er sicher eine ganze Ladung Puderzucker im Bart hatte. Also starrte er kauend zurück und hob fragend die Augenbrauen.

»Sir … ich möchte Euch einen Vorschlag machen.«

Dragul schob sich schnell noch einen Bissen Kuchen in den Mund, ehe er wieder den Drang verspürte, etwas Unkluges zu sagen. So nickte er lediglich verwundert.

»Der Rat hat sehr klare und sichere Pläne zur Eroberung von Brarche geformt und ich verstehe, dass man einen direkten Kampf mit Oracles vermeiden will.« Sie seufzte, biss sich auf die Lippe, zögerte, setzte zweimal an, um weiterzusprechen – gleich bräuchte Dragul eine ganze Torte für seine Nerven.

»Ich könnte mit Kiras Hilfe, durch ihre Schattenmagie … die Reihen der Soldaten ohne Probleme umgehen. Mein Element kann in ihrem völlig aufgehen, ich wäre mehr als unsichtbar. Mit Sicherheit wird Oracles den Götterdolch bei sich tragen und …«

»Nein!«, ging er dazwischen.

»Sir, es wäre die Chance, noch vor der Eskalation dieser Auseinandersetzung den Dolch zu erringen. Danach sollte es für Euch ein Leichtes sein, ihn zu besiegen.«

»Nein!«

Sie schnappte hörbar nach Luft. »Warum?«

Die aufkeimende Wut unterdrückend seufzte Dragul. Am liebsten hätte er sie gepackt und geschüttelt. Was für eine absurde Idee. Sie wollte was – in die Reihen der Soldaten eindringen? Sie allein? »Er ist gefährlich. Die Waffe ist gefährlich«, fauchte er leise.

»Gefährlich ja, aber nicht in seinen Händen. Ihr wisst, dass er die Klinge nicht lange führen kann …«

Dragul runzelte die Stirn und beugte sich dichter zu der kleinen Drachenfrau, senkte die Stimme noch weiter. »Woher weißt du, dass er nicht in der Lage ist, diese Waffe zu führen?«

»Ihr wisst es, ich weiß es. Ist das jetzt so wichtig?«

»Ja, das ist es!«

»Nur ein Ätherdrache kann eine Waffe aus Äther führen. Alle anderen Elemente spalten sich an Äthermagie auf. Es würde ihn töten. Das ist nur logisch. Dafür braucht es keine geheimen Informationen. Kiras Erzählung, und dass er die Klinge nicht immer bei sich führt – das lässt nur einen Schluss zu.«

»Das ist nur logisch für jemanden, der Äthermagie kennt. Für jemanden, der die Waffe kennt. Du schlussfolgerst nicht, du weißt es!« Seine Stimme bebte, es fiel ihm schwer, leise zu bleiben. Der Rest des Kuchens und der Teller in seiner Hand lösten sich augenblicklich im Anstieg seiner Aura auf. Asche rieselte zu Boden.

»Ich habe genug gesehen in der Welt, Sir. Genug gelesen«, begann Nyth, verstummte jedoch.

»Gelesen. Sicher, Nyth. Sicher. Dann ist dir auch bewusst, wie unnötig es ist, ihm die Waffe zu entwenden. Ein massives Risiko dafür einzugehen – nein! Nein!«

»*Er* kann sie vielleicht nicht führen, aber Lord Durphan? Ihr habt es selbst gesagt: Er ist nicht nur Herrscher über den Westen. Ihm persönlich wurde Ätherblut des Ätherdrachen … geschenkt! Er selbst ist Blut. Blutdrachen sind mächtige Wesen, sie übernehmen ein Element beinahe völlig.«

»Ja, eventuell ist er in der Lage, den Dolch zu nutzen. Mag sein. Aber dennoch ist dies nicht unser größtes Problem. Vertrau mir, Nyth. Es ist nicht nötig, dieses Risiko einzugehen. Oracles wird den Dolch gegen mich einsetzen, scheitern und schließlich verlieren.«

»Es mag ihm schaden, den Dolch zu nutzen, aber er könnte Euch verletzen, vielleicht töten …«

Nicht einmal der Äther selbst konnte spalten und trennen, was nach der Welt kam, und Dragul stand bereits mit einem Bein in einer Dimension jenseits der Welten. Dafür, dass Nyth umfassendes Wissen über Äther- und Blutmagie besaß, was ihn durchaus besorgte, schien sie erstaunlich wenig über Draguls Magie und ihren Ursprung zu wissen. Vielleicht hatte sie sich damit nicht befassen wollen. Er und sterben? Wie gerne hätte er ihr erklärt, wieso dieser Dolch ihn nicht beunruhigte, aber Nyth verfügte bereits über genug gefährliche Informationen. »Deine Sorge um mein Wohlergehen ist rührend, aber unbegründet. Vertrau mir, Nyth!«

War da ein bisschen Verzweiflung in ihrem Ausdruck? Die wenigen Missionen, die sie direkt für ihn hatte erledigen müssen, hatte sie kreativ bewältigt. Dabei gab es selten bis nie Streit über ihre Durchführung, nur ehrliche offene Diskussion. Sie vertrauten einander auf eine ganz seltsame Art und Weise. So hoffte er zumindest. Musste sie ausgerechnet jetzt so stur bleiben? So verhielt sie sich doch sonst nicht. Sollte Oracles Nyth in die Finger bekommen, würde er eine Menge Hass und Wut an ihr auslassen, vielleicht noch Schlimmeres.

»Sir, das verstehe ich nicht. Ihr wisst, was ich leisten kann und wozu Kira in der Lage ist. Sicher, es ist riskant, doch ich übernehme den gefährlichen Part. Niemand sonst wird davon erfahren. Nur für den Hauch einer Chance sollten wir es wagen, es steht so viel auf dem Spiel …«

»Nyth, hör mir genau zu: Es ist nicht nötig. Ich verbiete dir, diese Gedanken weiterzuspinnen. Bitte! Keine Aktionen auf eigene Faust, und komm Oracles nicht zu nahe, hast du verstanden?«

»Aber …«

»Nein, verdammt, kein Aber! Nyth, deine Vorstellungen sind schön und gut, aber meine Befehle stehen darüber!«

»Sir … wenn Ihr mir sagen würdet, waru…«

»Nyth!«

Es war seltsam, die kleine Frau so fest an den Schultern zu packen. Sie war so zierlich und winzig und sträubte sich nur leicht. Sie hatte ihre dünnen Arme angespannt und fühlte sich dennoch zerbrechlich an. Hätte er nur nie dieses dieses Gespräch mit Hemm geführt, hätte er doch nur nie angefangen, sie anzufassen. Er beugte sich dicht zu ihr hinunter. »Hast du mich verstanden?«

»Ja Sir, natürlich, Sir! Wie Ihr befehlt, Sir!«

»Wenn du mich noch einmal ‚Sir' nennst, beiße ich dich wirklich!« Dragul wusste, wie unangemessen er sich verhielt. Auf ihr abweisendes Knurren hin blies er ihr eine Rauchwolke ins Gesicht.

Ihre Widerworte in allen Ehren, diesmal durfte sie die Grenze nicht überschreiten. Sie zu verlieren, daran wollte er nicht einmal denken. Er hatte gerade erneut den Rat belogen, nur für sie, sich strafbar gemacht, akzeptiert, sich deshalb furchtbar zu fühlen; und sie ahnte nicht einmal, wie viel sie ihm bedeutete. »Bitte! Bitte, vertrau mir.« Sie starrten sich noch einen Moment lang an, ehe Dragul bemerkte, dass er Nyth immer noch fest hielt. Sofort ließ er sie los und räusperte sich. »Du kannst gehen!«

Aber wider Erwarten rührte sie sich nicht. »Ich habe das Gefühl, Ihr verheimlicht mir mehr, als das Geheimnis der Klinge, Sir. Wenn Ihr meine Fähigkeiten infrage stellt …«

Verzweiflung machte sich in Dragul breit. »Deine Fähigkeiten hast du gerade erst bewiesen. Nein, Nyth. Das ist es nicht.«

»Ihr wünscht, dass ich Euch vertraue, aber was ist mit Eurem

Vertrauen in mich? Was muss ich dafür tun?« Sie klang aufrichtig. Das war ihr wirklich wichtig, Dragul ertappte sich beim staunen.

»Sir?«

»Wir sprechen ein andermal«, erwiderte er hastig.

»Versprochen?«

Wie unerwartet hartnäckig. Durfte er sich darüber freuen? Ihr Wunsch nach seinem Vertrauen kribbelte ihn im Magen. »Wenn du dann noch willst, natürlich. Aber nun tu mir den Gefallen, ruh dich aus, ja?«

»Ich bin wieder vollständig genesen.«

»Sicher bist du das, aber das meinte ich nicht. Es ist nicht nur der Körper, der leidet.« Nyths gesprächige Seite war verlockend, aber Dragul hatte plötzlich den Drang, vor ihr zu fliehen. Das hier war keine Unterhaltung; sie wollte ihn weichklopfen. »Nutz die Zeit bis zum Krieg weise.«

Nyth seufzte resigniert. »Danke, Sir. Ihr ebenso.«

Endlich. Sie schenkte ihm noch einen langen, fragenden Blick, ehe sie sich verbeugte und den Flur verließ. Dragul ging zurück in den Ratssaal und verschloss die Tür, in der Hoffnung, dass er nicht zu laut geworden war. Die Blicke des bunten Haufens rund um Marberd hatte er fast im Nacken spüren können.

»Ganz kurze Frage«, murmelte Ragdar und starrte auf die nun verschlossenen Türen des Ratsaals. »Ist sie … na ja, ich will nicht unhöflich sein, aber – ihr wisst schon: er und sie? Teilen die sich das Nest?«

»Was?«, kam es etwas zu laut von Jasov, und er schlug sich eine Hand vor den Mund.

»Naja, wenn nicht … mein ja nur. Ist schon bisschen dreist, ihr einfach so Rauch ins Gesicht zu pusten, wenn er nicht ihr Gefährte ist.« Der Felsdrache zuckte mit den Schultern, als Jasov ihn nur verwirrt anstarrte. »Hm, wie erklär ich das 'nem Menschen?« Er knirschte wie so oft hörbar mit den Zähnen. »Unser Rauch enthält Magie und unter starken Emotionen hustet man schon mal eine Wolke aus. Kann man nicht vermeiden, ist wie Gähnen. Wir markieren einander aber auch damit. Das innere Feuer eben, die Leidenschaft, die Glut des Herzens, es hat Tausende Namen. Das ist manchmal eine Drohgeste, aber – zwischen Gefährten – da ist das bisschen was anderes. Na, du weißt schon. Intim eben. Die Magie des anderen schmecken und so. Der Geruch des anderen auf der Haut. Alle werden riechen können, das der Lord sie markiert hat. Deshalb frage ich.«

»Ein Paar? Ich glaube kaum!« Ansrahm rümpfte die Nase.

»Vielleicht vergnügen sie sich auch nur.«

»Äther bewahre, Ragdar. Lass das nicht den Lord hören. Nyth und er haben sich schon immer gestritten«, erklärte Ansrahm. »Ich denke nicht, dass wir uns darüber Gedanken machen müssen oder gar sollten, was sage ich da, dürfen! Würde Nyth das nicht wollen, mögen die Ahnen mit ihm sein, sie würde sich mehr als deutlich dazu äußern« Sein Ton klang sachlich, aber auch er musterte die nun verschlossenen Türen des Saals neugierig. Vielleicht war das einfach seine Art, die letzten Minuten über hatte er Ragdar und Kira mit Fragen nur so gelöchert.

Jasovs Gedanken überschlugen sich. Der heutige Tag war eindeutig zu viel für ihn gewesen.

»Können wir gehen?«, murmelte Kira.

Hinter ihnen erhob sich auch Marberd mit einem freudigen Seufzen. »Gute Idee! Auch wenn diese Bank sehr bequem ist – Ragdar, von dir?« Der alte Mann kicherte.

Ragdas Lachen dröhnte durch den kahlen Flur. »Gut, was?«

»Lass sie bitte stehen, ich muss viel zu oft hier oben warten.«

»Na klar doch!«

Und damit bewegten sich die zwei Menschen und die drei Drachen endlich in Richtung Schlossmitte. Sich austauschen, die Ereignisse besprechen, etwas essen und Karl ins Bild setzen, das hatte jetzt Priorität. Vielleicht auch ein paar Stunden Schlaf. Morgen hätte Jasov genug Zeit, seine Fragen zu stellen, und gerade hatten sich einige neue dazugesellt.

KAPITEL 37
ENTSCHEIDUNG

»Marberd meint, wenn du möchtest, kannst du zur 4. Garde wechseln und als Leibwächter im Schloss dienen, bis du … nun bis du wieder zaubern kannst«, erzählte Jasov freudig und unterdrückte ein Gähnen.

Er schlief noch immer schlecht und die vielen Informationen der Ratssitzung nagten an seinen Nerven, aber hier bei Karl fühlte er sich geborgen. Sicherlich hatte auch der Paladin gemerkt, dass er regelrecht an sein Krankenbett flüchtete, um den Alltag zu bewältigen. Der drohende Krieg drückte auf alle Gemüter, änderte jedoch nichts an Karls liebevollem Lächeln, in dem Jasov heute erneut versank, wie jeden Tag.

Er wünschte sich, für immer an diesem Ort zu verweilen. Hier in den Hallen der Heilung schien die Zeit still zu stehen. Lichtdurchflutet, hell und erfüllt von frischer Luft, dazu die weißen Stoffbahnen und die lebendig grünen Pflanzen rund um sie herum. Die dünne, rote Katze putzte sich am Fußende des Bettes ihre Pfötchen, das hypnotisierende Geräusch des Brunnens im Zimmer lockerte jeden verknoteten Nerv.

Karl saß aufrecht zwischen den Kissen und kaute an einer dicken Scheibe Brot, bestrichen mit Kräutern und Pflanzenfett. Auf Jasovs Worte hin schwieg er zunächst, nickte nur nachdenklich und beobachtete die Katze mit einem kritischen Blick. Mit gerunzelter Stirn sah er zu, wie sie elegant eines ihrer Beine ausstreckte und sich ihren Po putzte. »Nun«, murmelte er schließlich, »das ist wohl meine beste Option, nicht wahr? Die vollständige Harmonie meiner inneren Magie werde ich erst in vielen Jahren wiedererlangen.« Er seufzte lange und biss erneut in die Kräuterstulle.

Bemüht zog Jasov seine Mundwinkel nach oben. »I-ich werde dir helfen, so gut ich kann«, stammelte er.

»Das weiß ich.« Da war erneut Karls breites, gütiges Lächeln.

Jasov rang mit aufsteigender Feuchtigkeit in seinen Augen. »Ich mache das alles wieder gut.« Mehr als ein Flüstern brachte er nicht zustande, doch sofort zogen sich Karls Augenbrauen unzufrieden zusammen.

»Wie oft denn noch?! Es war meine Pflicht, dich zu beschützen, das hätte ich für jeden getan. Überhaupt, dass ich noch am Leben bin, das verdanke ich doch dir!« Karl ergriff Jasovs Hände und drückte sie, sah ihn so eindringlich an, dass dieser sich am liebsten der plötzlichen Nähe entwinden wollte. Jasovs Herz begann zu rasen. Karl strich ihm eine verirrte Haarsträhne hinters Ohr, und Jasov verspannte sich sofort, doch das schien seinen Freund nicht zu stören. Sogar seine Augen schienen zu lächeln. »Bitte, ich bin dir dankbar, versteh das doch!«

Entgegen seinen Gefühlen nickte Jasov leise und erwiderte den sanften Griff des Freundes. An seinen Schuldgefühlen änderte es nichts, aber er glaubte Karl seine ehrlichen Worte und wusste nicht, ob sein Herz aus Angst oder vor Freude so heftig schlug.

»Möchtest du noch etwas zu trinken?«, murmelte Jasov, um endlich das Thema zu wechseln, aber Karl schüttelte den Kopf.

»Wird Zeit, dass ich selbst auf die Beine komme, um mir zu holen, was ich brauche. Müsstest du nicht auch im Keller sein? Bei Marberd? Es gibt einiges zu besprechen und zu lernen, über das Kämpfen und Überleben in einer Schlacht mit Magie. Dass du und Kira mich ständig umsorgt, ist echt nicht übel – nur deine Arbeit ist wichtiger.«

Jasovs Mund verzog sich missmutig, aber er nickte. »Vorerst gibt es keinen Grundlagenunterricht der Magie mehr … Nyth hat andere Pflichten. Sie sagt, ich solle mich nun erst mal auf Verteidigung konzentrieren, vor allem körperlich fitter werden.«

»Das bedeutet Übungen auf dem Kampfplatz des Schlosses«, entgegnete Karl, während die Katze, aufgemuntert durch den

Klang der Stimmen, langsam über das Bett tapste und sich an seine Beine schmiegte.

»M-morgen. Morgen erst!« Jasov ballte seine Fäuste bei dem Gedanken an das bevorstehende Training.

»Wenn du Fragen hast, ich kenne mich aus. Ich habe viele Jahreszeiten nichts anderes gesehen als die Übungsplätze. Bei Wind und Wetter nur Soldatenuniform und strenger Drill. Das ist ausgesprochen hilfreich, es nimmt einem die Angst!«

Ein Jasov entkam ein deutlich hörbares: »Uff!« Er grinste verlegen. Drill bei jedem Wetter, mit Schwertern, Dolchen und magischen Kampfzaubern war hart, und Jasov alles andere als scharf darauf. Doch das nächste Schwert wollte er gerne selbst abfangen können, um sich zu schützen oder jemanden, der ihm wichtig war.

»Ich werde dir zusehen, dich anfeuern. Und ich werde dich auslachen, wenn du das erste Mal in matschigen Frühlingspfützen mit einem Kampfstab eine Übung versuchst.«

Angesteckt von Karls fröhlichem Lachen grinste Jasov und kratzte sich am Hinterkopf.

»Du wirst ein richtiger Krieger, das sag ich dir!«

Und schon verging ihm das Grinsen wieder – ein Krieger, so hatte er sich nie gesehen. »Meinst du, wir … tun das Richtige?«, kamen ihm seine Sorgen über die Lippen gestolpert, ehe er sie unterdrücken konnte. Nervös tastete er nach dem weichen Fell der Krankenbettkatze, und sie purrte leise, erfreut über die spontanen Streicheleinheiten.

»Wer wir?«, murmelte Karl irritiert.

Jasov zuckte mit den Schultern, das Thema damit hoffentlich herunterspielend. »Wir. Das Reich, meine ich!«

Karl zog den Mund etwas zusammen und kratzte sich am Kinn, sich dabei wohl wieder an seinen Stoppeln störend. Einen Tag länger ohne Rasur und man könnte es als Bart bezeichnen. »Das Richtige«, wiederholte er langsam, untermalt durch einen nachdenklichen Laut. »Ich glaube, du bist zu sehr im Schwarz-Weiß-Denken gefangen, Jasov. Natürlich ist ein Krieg nicht richtig. Nie richtig. Er ist ganz schlicht nötig. Verstehst du? Sonst gewinnt der Feind die Oberhand.«

»Aber, die Entscheidungen, die Art wie wir… E-er macht mir Angst.«, Jasov atmete zittrig ein, überrascht über sich selbst.

»Der Krieg macht jedem Angst!«, erwiderte Karl bestätigend.

»Nein, nicht der Krieg – Lord Dragul!«

Von Karl kam ein müdes Lachen. »Wäre verwunderlich, wenn nicht. Aber daran musst du dich gewöhnen, die Drachen, sie sind anders! Das Aussehen täuscht, nicht wahr? Es ist gut, dass du jetzt bemerkst, wen, vielmehr was du wirklich vor dir hast. Eine andere Spezies. Du wirst ihm eines Tages direkt und persönlich zu Diensten sein.«

»I-ich weiß. Aber, ich rede nicht nur von seiner Ausstrahlung.« Jasov nuschelte jetzt nur noch, starrte ganz fest auf das rote Muster im Fell der Katze, um Karl nicht in die Augen sehen zu müssen.

»Jasov?«

»Es geht mir um seine Vorgehensweise. Er war … er war sehr streng.« Jasov biss sich auf die Zunge, über dieses Thema wollte er schon so lange mit ihm reden, und doch sollte er auf keinen Fall diese Art Gedanken teilen.

»Du kannst frei sprechen«, ermutigte Karl ihn, traf seinen Nerv.

Trotzdem hatte er Angst, für seine Worte vielleicht im Kerker zu landen. »Der Rat hat viele Punkte angebracht, Sorgen und mögliche Probleme, aber der Lord hat einiges davon vehement verneint.«

»Das ist sein freies Recht, er ist der Entscheider und vor allem am Ende der Drache, der auf dem Schlachtfeld stehen wird und das Meiste für uns alle abfangen wird. Wichtig ist, dass er sich andere Meinungen anhört.«

»Und dann die Sache mit Nyth«, setzte Jasov an, sprach jedoch nicht zu Ende. Sein Blick mit den großen runden Augen erzählte wohl den Rest und Karl kämpfte sichtlich mit einem Schmunzeln.

»Fühlte sich geschummelt an, nicht? Ich glaube, der Rat war froh, dass er die Verantwortung für alles auf sich genommen hat. Die wollen auch nicht auf Nyths Fähigkeiten verzichten. Schuldfragen, wer zuerst anfing – reines Ablenken. Auch für mich nur Zeitverschwendung. Außerdem ... Jasov, sein ehrlich: Es ist seine Macht, die dir Sorgen bereitet, nicht? Dass er sich über alle hinwegsetzen kann, wenn er will. Bedenke aber, das Volk könnte ihn absetzen, wenn es nicht einverstanden wäre.«

»Als ob das jemand im Reich auch nur in Betracht zieht.»

Jasovs Augen wanderten zum Fell der Katze und es breitete sich eine Stille zwischen den beiden aus. Karl dachte offenbar angestrengt nach. Lustlos kaute er auf einem Bissen Brot herum. Die Katze beäugte ihn neugierig, zuckte aber mit ihrer Nase sofort zurück, als sie sich der Stulle näherte. Kräuter und Öl gehörten wohl nicht zum Speiseplan der Fellnase.

Schließlich seufzte Karl lange. »Vielleicht bin ich da voreingenommen, weil ich einen ehrlichen Konflikt diesem verlogenen Frieden vorziehe. Meine Vorfahren stammen aus dem Grenzland, wir sind nach Asche geflohen. Hunderte Menschen werden jeden Tag vertrieben. Sie verlieren nahezu alles, oder sie sterben bei dem Versuch zu flüchten ... Wir haben hier doch ein gutes Leben, nicht?«

»Ja, alles ist gut«, gab Jasov etwas patzig. »Entschuldige.«

Sein Leben lang hatte er von mächtigen Magiekundigen geschwärmt. Seine Fantasie hatte sich um majestätische Drachen und ihre Geschichten gedreht, glorreich, funkelnd, leidenschaftlich – natürlich nicht unfehlbar, aber Lord Dragul schien es immer zu sein: perfekt. So war er beschrieben und dargestellt. Wer diese Texte wohl geschrieben hatte? Die Feinde des Reiches mochten ein anderes Bild malen.

War dieses wohlhabende, glückliche Land nicht wie ein Märchen? Ein Märchen gepackt in Zuckerwatte und blumige Worte. Tragik und Leid überlas man dabei leicht, und der Tod wurde gar zu einer dramatischen Inspiration, sofern alles nur von den richtigen Dichtern formuliert wurde.

»Karl, was ich meine, ist ...« Jasov stockte wieder. »Sind wir für Drachen nicht eine verlockend leicht zu bedienende Armee?«

»Diese Gedanken solltest du vor niemandem sonst laut äußern.«

»Es ist nur eine Überlegung, keine Beurteilung«, erwiderte Jasov hastig, und er schämte sich sofort, weil er nicht imstande war, diese Empfindung korrekt zu formulieren.

Sie zuckten erschrocken zusammen, als der Vorhang an Karls Bett hochgehoben wurde, und eine ihnen vertraute weiße Gestalt stand vor ihnen.

»Ihr unterschätzt euch maßlos. Die Macht von Menschen kann größer sein als die der Drachen«, erklärte sie leise. Nyth sich geräuschlos genähert. Wie lange mochte sie bereits zugehört haben?

Jasov öffnete schuldbewusst den Mund, aber ihm fiel keine brauchbare Antwort ein, und so schaute er nur betreten zu Boden. Das war nicht für ihre Ohren bestimmt gewesen. Ihm wurde übel.

»Seine Lordschaft hat für Menschen sein Leben riskiert, da waren Wesen wie ihr noch nicht einmal in der Lage, Häuser zu errichten!«

»Verzeih mir …«, murmelte Jasov, aber sie schüttelte nur den Kopf.

»Ich verstehe deine Sorgen, Jasov. Du siehst dich mit einer schwer verständlichen Spezies konfrontiert. Wir haben keine Wahl, wir leben einfach so lange, dass unsere Pläne Generationen eurer Art überdauern. Oft sind sie kalt. Durchaus falsch. Und deshalb ist die Koexistenz kompliziert. Ihr werdet von einem Drachen regiert. Natürlich wird man gelegentlich die Führung hinterfragen. Vertrauen muss man sich verdienen, und dein Eindruck von unserem Herrn war bisher nur kurz und unheilvoll. Beruhigt es dich, wenn ich dir erneut versichere, dass du Lord Dragul vertrauen kannst? Auch wenn dieses Reich hier durchaus Mittel zum Zweck ist. Diesem Krieg kann keiner entkommen. Lieber mit ihm und unter seinem Schutz als anders. Dragul sieht sich als Waffe, nicht als Führer. Das ist ein großer Unterschied. Er kämpft für uns, nicht für die eigene Macht.«

Jasov wünschte sich mehr Wärme in ihrer Stimme. Alles, was sie sagte, klang zwar achtsam, aber auch kühl und sachlich. Gerne wollte er ihren Worten vertrauen, wollte er dem Lord vertrauen, das würde es ihm einfacher machen. Er atmete tief durch, hob wieder den Kopf und nickte. Sein Herz pochte unangenehm, aber die Drachenfrau schien damit das Thema für beendet zu halten.

Sie zog sich einen Stuhl heran und setzte sich zu ihnen. »Eigentlich bin ich hier, weil ich dachte, Kira sei bei euch.«

»Das war sie auch, aber sie erkundet gerade die umliegenden Gänge. Das Warten auf eine Aufgabe hat sie unruhig gemacht!«, erklärte Karl.

Nyth seufzte. Es war etwas befremdlich, die zierliche Gestalt neben sich auf einem Stuhl sitzen zu sehen, besonders nach der eben geführten Unterhaltung.

Jasov hatte im Augenblick Schwierigkeiten, den Drachen menschliche Züge zuzugestehen, und gerade Nyth wirkte oft unwirklich. Für einen Moment meinte er, das fremde Wesen in ihr wahrzunehmen, die Drachenfrau, die sie war. Vielleicht lag es aber auch daran, dass Nyth noch blasser schien als sonst. In den letzten Tagen war sie nur einmal im Weinkeller erschienen und hatte Marberd Instruktionen des Rates überreicht.

Die Katze schüttelte sich und brachte seine Gedanken zurück in die Realität. Eine kurze Schnauze mit rosa Nase hob sich, das Tier blickte verwundert über die neue Person im Raum auf. Dann platzierte sie wie selbstverständlich ihre weißen Pfoten auf Nyths Knie, tapste auf ihren Schoss und drehte sich mehrfach, ehe sie sich niederließ und den Akt mit einem langen Gähnen beendete. Nyths schmale Finger fuhren vorsichtig über das Nackenfell des Tieres, und bald wurde die Stille von einem Schnurren erfüllt.

»Keine Angst, Jasov. Ich passe auf dich auf, auf euch alle«, flüsterte die Drachenfrau leise. Sie sah ihn direkt an, als hätte sie seine Gedanken gelesen. Ihr Blick durchbohrte ihn. Das beklemmende Gefühl in seiner Brust, der Knoten, lockerte sich.

Und war das ein Lächeln auf ihren Lippen? Sie lächelte ihn an, wenn auch nur kurz. Ihr Blick wanderte wieder zurück zur Katze, um das Tier hinter den Ohren zu kraulen.

Keine Angst, Jasov, wiederholten seine Gedanken. Die Worte erklangen wie ein Echo, und zum ersten Mal seit Wochen konnte er durchatmen ohne zu zittern.

»Versprochen?« Er wusste nicht, wieso er noch einmal nachfragte, aber auf Nyths Nicken hin, löste sich sein Inneres Chaos.

Er vertraute ihr. Sie hatte für Kira ihr Leben riskiert, wenn sie Jasov versprach sich um ihn zu kümmern, dann würde sie Wort halten. Jasov fühlte sich seltsam leicht, wie in Watte gepackt, und so bemerkte er das Quietschen der Saaltüren kaum.

Eine tiefe, vertraute Stimme ertönte: »Ne, so funktioniert das nicht. Nur Felsen und große Steine.« Ragdar unterhielt sich offenbar mit jemandem.

»Also kannst du nicht mit Edelsteinen sprechen?« Die helle Stimme gehörte Ansrahm.

»Leider nicht … Aber Mutter konnte das!«

Dann spähte Kira am Vorhang vor dem Krankenbett vorbei und lächelte Jasov, Karl und Nyth zu. Nur Sekunden später standen der Fels- und der Rubindrache ebenfalls neben ihr.

»Nyth meinte, wir sollen uns hier treffen, also, da sind wir!« Ragdar lachte laut und erschuf einen Felshocker direkt an Karls Bett, um sich dazuzusetzen.

Das Drachenmädchen schlug sich die Hände vor den Mund und starrte den Drachenmann trotzig an. »Ragdar?« Ihre Stimme fauchte regelrecht.

»Ich mach sie ja wieder weg!« Er verdrehte sichtlich die Augen.

»Nicht doch, nicht doch! Wie wundervoll«, ertönte es freudig von Ansrahm, der sich mit überschwänglicher Freude auf dem steinigen Sitzplatz niederließ.

Ragdar zuckte nur grinsend mit den Schultern und schenkte Kira ein Nasenwackeln, dass sie mit einem unwilligen Schnauben erwiderte.

»Das ist … der Stein, aus dem das Schloss gebaut ist«, verkündete Kira, holte sich einen Holzstuhl von einem der leeren Nachbarbetten und setzte sich vorwurfsvoll darauf.

Noch immer schnurrte die Katze auf Nyths Schoß. Offenbar bekam sie von all dem Lärm nichts mit, vielleicht war sie betäubt vom Element der Drachenfrau. Die Wirkung auf ein Tier konnte sich Jasov nicht vorstellen, aber falls es sich ähnlich anfühlte wie bei ihm, beneidete Jasov das Fellbündel. Immer wieder fuhren Nyths Finger durch das weiche Fell, den Nacken hinauf, bis zu den Ohren. Wie sich das wohl anfühlen mochte, von ihr und diesem Element gestreichelt zu werden? Jasov kämpfte sofort verzweifelt gegen die Vorstellung an, sich wie eine Katze auf dem Schoss eines Drachen zusammenzurollen. Er konnte fühlen, wie er rot anlief.

Die Ohren der Katze schnellten mit einem Mal hoch, noch bevor Nyth sprach: »Der Rat wünscht, dass ich Kira und Jasov«, sie sah zu den beiden, »in Angriffs- und Verteidigungszaubern trainiere. Kiras magische Fähigkeiten belaufen sich zurzeit nur auf Schattenmagie, aber im Gegensatz zu ihrer Heimat ist es ihr hier erlaubt, auch andere Elemente zu nutzen. Ihr fangt also gemeinsam bei null an. Und ich möchte Ragdars Fähigkeiten nutzen, zumindest für die Zeit, die er noch hier bei uns ist. Gestein, Felsen und Quarze magisch zu beherrschen, ist hilfreich. Viele der magischen Technologien unserer Armee basieren auf den Quarzen der Drachenkolonie im Land. Ihr müsst sie schnellstmöglich einsetzen können. Außerdem ist Gesteins- und Felsmagie eine sehr mächtige, aktive wie passive Waffe. Wir haben ausreichend magische Quellen jeglicher Steinarten, damit ihr überall ähnliche Zauber wirken könnt, wie es Ragdar möglich ist. Ansrahm wird dabei alles dokumentieren, was wir von einem Felsdrachen lernen können. Das wird uns einen Vorteil in der Schlacht bringen.«

»Bin froh, dass ich euch helfen kann. Ich freue mich darauf, euch die Sprache der Berge beizubringen, Freunde. Es gibt nichts Besseres! Sie ist einfach und direkt und richtig schön laut«, donnerte Ragdar überglücklich.

»Ich habe angeregt, dass Karl dir beim Training mit Kampfstab, Schild und Schwert helfen kann!« Nyth sprach nun zu Jasov und er blinzelte sie überrascht an.

»Gerne!«, sagte Karl.

»Mir mag es an Magie mangeln, aber im Umgang mit Waffen bin ich geübt und geschickt.« Kira straffte beim Erzählen demonstrativ die Schultern. »Wenn ich kämpfen kann, dann werde ich es tun. Allein, damit Oracles nicht dieser Triumph bleibt, sich nehmen zu können, was immer er will!« Sie klang entschlossen, aber ihr übertrieben grimmiger Gesichtsausdruck nahm ihren Worten den Ernst.

Kira war wirklich noch ein Kind. Jasov fragte sich, ob jemand so Junges wie sie in einen Krieg ziehen sollte. Zwar war sie älter als die meisten Menschen, doch wenn er es richtig verstanden hatte, reiften Drachen körperlich und geistig ausgesprochen langsam. In ihrer Schlossuniform sah Kira jedoch recht erwachsen aus. Sie trug eine enge Robe mit schräg geknöpfter Jacke. Der hohe Kragen verdeckte fast ihre Wunde.

Jasov musterte den Schnitt an ihrem Hals. »Und das ist kein Problem mit diesem Schnitt? Ich meine, wenn du wirklich kämpfen willst … kannst du das mit deiner Verletzung? Oracles hat dir damit immerhin in die Magie geschnitten, richtig?«

Kira machte ein bekümmertes Gesicht und zuckte mit den Schultern.

»Und wie ist das überhaupt möglich?«, fügte Jasov fragend in die Runde hinzu.

Ansrahm faltete die Hände und überlegte einen Moment, ehe er erklärte: »Wir bestehen ja nicht wirklich aus Fleisch. Wir sind Magie, die Substanz bildet. Hackt man uns einen Arm ab, verlieren wir Magie. Je größer die Wunde, desto mehr, und auch Blutungen können gefährlich werden; aber ein Schnitt heilt für gewöhnlich rasch. Fleischwunden sind schnell überwunden, wir schließen sie. Arme lassen wir nachwachsen. Wir sind Formwandler und unser magischer Kern ist abgeschirmt von der Welt«, er legte eine Hand auf seinen Bauch, »sonst würden sich Energien ständig vermischen oder entweichen. Äther jedoch, Äther kann alles, wirklich alles. Die Götterklinge besteht aus Äther. Sie folgt dem Zweck ihrer

Verzauberung ohne Ausnahme, und dieser Zweck war es, in das magische Innere eines Drachen zu schneiden. Diese Klinge verursacht eine kaum heilbare Wunde. Unsere Vorfahren erhofften sich, so den Sieg über die Ätherblutdrachen zu erringen. Tatsächlich starben sogar einige der Bluterben Mythrienes im *Ewigen Krieg*. Aber eben nicht alle.«

In den vergangenen zwei Tagen hatten sich die Gespräche des Rates oft um Äthermagie und die Auswirkung dieser Allmacht gedreht, und Marberd hatte versucht, Jasov so viel davon zu vermitteln, wie möglich.

Kira brummte nachdenklich. »Er … konnte den Dolch nicht richtig halten. Es schien ihm schwerzufallen. Als hätte er Schmerzen, als er mich damit schnitt! Ich glaube auch, er wollte eigentlich viel tiefer, ich glaube sogar, er wollte mich töten …«

Ansrahm blinzelte verwundert.

Fast hätte Nyth etwas gesagt, aber da Dragul diese Schwäche des Dolches anscheinend ebenfalls als geheim behandelte, war es besser, wenn sie diese Information für sich behielt.

Sie fixierte nervös die schnurrende Katze auf ihrem Schoß. Der Streit mit Lord Dragul hatte Nyth in unzählige Sorgen gestürzt. Bis zu diesem Moment hatte sie das Gefühl gehabt, einer Chance zu folgen, aber die Sorglosigkeit seiner Lordschaft versetzte sie regelrecht in Panik. Diese jungen Drachen, beinahe noch Kinder, saßen hier am Krankenbett und diskutierten munter über die Götterklinge, als wäre sie ein magisches Artefakt für ein Museum, als wäre ihre Macht ganz normal. Die Konsequenzen dieser Waffe waren ihnen nicht bewusst, und die Probleme, die sie mit sich brachte, auch nicht.

Diese Klinge war für die Hände ihres Schöpfers allein gedacht, denn Äthertechnologie war immer nur für Ätherdrachen erschaffen worden. Es gab viele solcher Artefakte aus der Vorzeit. Niemand konnte sie heute noch nutzen, sie verstaubten in Bibliotheken, wurden studiert oder angebetet. Nyth hatte die Klinge nie gesehen und konnte nur mutmaßen, aber sie selbst hatte die tödlichen Spuren der Waffe verfolgt, recherchiert und alles über sie in Erfahrung gebracht, was das Volk überliefert hatte.

Wenn dieser Ätherblutdrache die Waffe wirklich führen konnte, vielleicht auch nur kurz, würde selbst Lord Dragul das nicht überleben. Er durfte nicht sterben, es gab keinen anderen Drachen wie ihn. Er besaß ein sich vermehrendes Element, er wurde mächtiger von Tag zu Tag, wann immer Todesmagie in seiner Nähe freigesetzt wurde. Dieser Drache wuchs an Macht mit einem Krieg, er war ideal für die bevorstehenden Schlachten. Nur er wäre eines Tages mächtig genug, es mit Durphan aufzunehmen, deshalb diente Nyth ihm. In dieser kritischen Phase der Ereignisse durfte nichts schiefgehen. Und was tat Dragul?

Warten.

Nyth konnte fühlen, wie sich ihre Finger verkrampften. Auch die Katze sah vorwurfsvoll zu ihr hoch. Es gab noch eine weitere Frage, die sie beschäftigte: Wenn der Götterdolch wirklich von einem Ätherdrachen aus seinem eigenen Blut geschmiedet worden war und dieser nun tot war, wie konnte die Klinge dann noch existieren? Es war wie mit Kiras Blut: Hatte es einmal die Verbindung verloren, glitt es irgendwann hinüber in den Strom der Welt und wandelte sich. Irgendetwas an dieser Klinge stimmte nicht, eventuell wusste Dragul darüber Bescheid. Unwillkürlich biss sich Nyth auf die Unterlippe. Es gab noch eine andere Möglichkeit, und die machte alles umso schwieriger.

Was, wenn Ätherblut den Tod überdauerte?

Eine grauenvolle Vorstellung. Es würde bedeuten, dass auch das Blut der Ätherblutdrachen auf ewig existieren würde, gleichgültig, ob der Ursprung tot oder lebendig war. Und was war mit der Äthermagie im *Ewigen Krieg* passiert? Viele Anhänger der Drachengöttin waren gestorben, doch wohin war das Blut von Mythriene verschwunden?

Dragul musste mehr wissen, er musste sich die gleichen Fragen gestellt haben, dafür war er zu klug, vielleicht sogar klüger als

Nyth. Er handelte niemals töricht, seine Sorglosigkeit dem Dolch gegenüber hatte etwas zu bedeuten. Zwar hielt Nyth ihren Herrn durchaus für ein wenig arrogant und selbstgefällig, doch eher auf persönlicher Ebene. Diesen Krieg plante er schon genauso lange wie Nyth selbst.

Den Schwachpunkt des Dolches hatte Dragul den anderen verschwiegen. Er kannte sich mit Äthermagie gut genug aus. Was, wenn er die Mechanismen verstand und ihn führen konnte? Ließ sich dieser Dolch überhaupt von jemanden ohne Äthermagie im Blut führen? Gab es einen Trick dabei?

Lord Dragul mochte recht haben, Nyth wusste zu wenig und sollte sich dieses Mal heraushalten. Es schmeckte ihr ganz und gar nicht, seinem Urteil zu vertrauen, ohne selbst die genauen Umstände zu kennen. Das war ihr eigens verursachtes Problem. Sie hatte ja die Zugehörigkeit zum Reich abgelehnt und auf einen Platz im Rat verzichtet. Sonst hätte er sie vielleicht ins Vertrauen gezogen, wie schon bei seinem Vorhaben, den Krieg zu beginnen.

Während Nyth sich weiter in ihren Gedanken verhedderte, drifteten die Gesprächsthemen der anderen am Krankenbett weiter ab. Ein helles Lachen unterbrach ihre brennenden Sorgen, und sie blickte wieder auf.

Ansrahms Neugier kannte keinen Halt, er strahlte über das ganze Gesicht. Nun, da sie die nächsten Wochen die Magie der Felsen und Steine erforschen sollten, stellte er wie zu erwarten tausend Fragen und sprühte nur so vor Ideen. Da waren der Einsatz von Steinmagie und die Beschaffenheit von Verzauberungen, welche Möglichkeiten sich damit ergaben und was die Zukunft Brarches für die beiden Drachenkolonien bedeuten würde. Felsdrachen und Quarzdrachen, so wurde vermutet, waren sicherlich verwandt. Nyth fühlte sich erschlagen von der Energie des jungen Drachenmanns.

Im nächsten Augenblick faselte Ansrahm etwas von Golems. Bei diesem Thema wurde sein jugendlicher Eifer sogar für Ragdar zu viel. Der Felsdrache war sichtlich überfordert, zumal auch Kira ihn mit großen Augen anstarrte, als hätte er die Weisheit mit Löffeln gefressen. Auf die Frage, ob er denn Steingolems beschwören könne und wenn ja, wie viele, stammelte er nervös einige Worte und lenkte dann das Thema auf Kieselsteine. Das sorgte einen Moment lang für eine unangenehme Stille.

Der Rubindrache war Teil einer kleinen Kolonie; natürlich waren Felsdrachen da spannend. Und Kira fehlte es an Kontakt zu ihrer Art, sie suchte Anschluss. Das alles war Ragdar sicher bewusst. Er mochte einfältig wirken, aber auch er hatte bestimmt eine Familie und hatte geholfen, die Kinder der Kolonie großzuziehen.

Nyth musste schmunzeln. Manchmal vergaß sie, was für Wünsche anderen auf dieser Welt wichtig waren, dabei gehörte es zu ihrem Element, diese Sehnsüchte nachzuempfinden. Der positive Fokus auf so viel greifbare Struktur hellte sogar Jasovs Miene deutlich auf, der sonst so ängstliche Mann wirkte hoffnungsvoll. Ihn so zu sehen, ließ sie erleichtert durchatmen, auch wenn Nyth sich nicht sicher war, was sie von dieser Empfindung halten sollte.

Es war unzählbar viel Zeit vergangen, seit sie das letzte Mal zwischen ihresgleichen gesessen hatte, ohne dabei einen Auftrag zu befolgen. Auch Ansrahm hätte diese Befehle überbringen können, doch sie hatte sie selbst verkünden wollen. Wie selbstverständlich hatte sie den Saal aufgesucht. Irgendetwas, nein, irgendjemand hatte den Zugang zu ihr geöffnet und sie war nicht mehr in der Lage, sich dem zu verschließen. Jasovs Drang, es allen recht zu machen, erinnerte sie an sich selbst. Es war lehrreich, den Spiegel dieses albernen Zwangs vorgehalten zu bekommen – keine Lektion, die ihr unbekannt war, aber Nyth war gut darin, die Augen zu schließen und Probleme auszuschweigen.

Furchtbar.

Dieser Krieg würde Leben kosten, das Lachen sterben lassen und die Seele zerreißen. So war Krieg immer. Jemandem hier würde weh getan werden, wegen eines lächerlichen Konflikts, der ebenfalls nur aus einfältiger Angst geboren war.

Schmerzlich.

Eigentlich hatte sich Nyth bereits entschieden, auf Lord Dragul zu hören und seinen Befehlen strikt zu folgen. Es war nicht so, wie er es ihr vorwarf. Sie vertraute ihrem Herrn. Jeder im Reich schien von seiner Selbstsicherheit und Macht mitgerissen zu sein. Er wirkte beinahe hypnotisierend, und zu Nyths Bedauern war dieses Gefühl von Sicherheit unheimlich anziehend. Und dann teilten sie auch noch diese seltsamen intimen Gespräche, sie konnte sich kaum vorstellen, dass Dragul auch mit anderen so sprach, wie mit ihr. Wobei er gelegentlich mit Tress flirtete, doch wer tat das nicht? Sogar Arqdelia verlor ihre strengen Züge, wenn sie mit dem Funkendrachen sprach. Wie ernst war es ihm, und wann hatte sie begonnen, sich darüber Gedanken zu machen?

Trotzdem … Jasovs Zweifel hatten ihr unangenehm bewusst gemacht, wie lange sie bereits ohne jegliches Hinterfragen nach Draguls Vorstellungen agierte.

Ihr Leben gehörte ihr allein und viel übrig war davon ohnehin nicht. Entweder sie schaffte es Oracles seine Klinge zu stehlen, oder sie starb. Auch ihr Tod könnte sich als nützlich erweisen. Wenn sie vorgab, sich zu stellen, bekäme Oracles seine Rache an ihr – und Dragul eine Chance auf einen Waffenstillstand.

Die Katze auf ihrem Schoss erhob sich und schmiegte sich gegen Nyths Brust, drückte den kleinen Kopf mit den spitzen Ohren an ihren Arm, die feuchte Nase berührte kurz ihre Haut, dann sprang sie elegant hinunter und lief davon.

Karl sah dem Tier grinsend nach. Jasov wippte fröhlich auf seinem Stuhl, Kira lauschte entspannt, wie Ragdar versuchte, die Komplexität von Sand zu erklären, ebenfalls gebannt angestarrt von Ansrahm, dessen Augen bei der Vorstellung von Sandmagie funkelten.

Auf einmal fiel Nyth die Entscheidung erschreckend leicht. Sie hatte es ihnen versprochen. Vielleicht irrte sie sich, vielleicht war ihr Eingreifen nicht nötig, doch selbst wenn nicht, den Versuch war es wert.

Und so stand Nyth auf, verabschiedete sich nur mit einem leichten Kopfnicken. Die Zeit des Stillstands war vorbei. Dragul selbst sprach davon, handeln zu müssen, und sich nicht von Regeln daran hindern zu lassen, das Richtige zu tun. Sie würde sich hinterher mit ihm streiten. Hoffentlich.

KAPITEL 38
HIEB UND SCHLAG

Matsch spritzte auf, als Jasov vortrat und dabei eine schlammige Pfütze erwischte. Davon gab es genug auf dem verregneten Übungsplatz. Den ganzen Tag donnerte es in den Wolken, die pechschwarz über dem Schloss hingen, als wollten sie sich jeden Moment auf die Mauern stürzen. In der Nacht hatte es wie so oft in Strömen geregnet, die Barbakane versank in Schlamm und Pfützen.

Unzufrieden begutachtete Jasov den Schmutz auf der Uniform. Die hellen Schuhe und der Saum seiner Hose waren mittlerweile voller Lehm. Manchmal fragte er sich, wieso er nicht mit den verdreckten Kleidern vom Vortag antrat, aber die Disziplin des Waschens, vor allem des Kümmerns um sich selbst half ihm durch die schwere Zeit. Morgens aufzustehen war hart. Motivation vor einem Krieg – das waren für ihn wohl hauptsächlich Karl und Kira. Für die zwei wälzte er sich auch den ganzen Tag im Schmutz. Dabei war das eigentliche Problem sein Ringpartner.

Vor Jasov stand eine Kreatur aus Schlamm und Knochen. Die Gestalt war der Moorleiche aus seinem Sumpfabenteuer gar nicht so unähnlich, doch dieser Krieger wurde von kontrollierter Todesmagie gesteuert. In einer abwägenden Haltung verharrend, starrten Jasov leere Augenhöhlen eines Gesichts aus feuchter Erde an. Ein Bein aus Knochen, das andere aus Lehm.

Lord Dragul persönlich steuerte diese ganz besonderen Übungspartner, deren magische Schwerter zwar nicht verletzen, aber schmerzhafte blaue Flecken zufügen konnten. Und während der Lord am Rande des Platzes Befehle erteilte, diskutierte, über Karten brütete, rauchte, umherlief oder entspannt an der Mauer lehnte, folgten Dutzende Leichen seiner Magie, um Rekruten auf den Krieg vorzubereiten. Mühelos kontrollierte er den Tod mit seinen Gedanken. Seine Todesmagie war wirklich elegant und mächtig.

Ganz im Kontrast dazu endete Jasovs nächster Schritt im Matsch. Er hatte sich vor dem gefallenen Krieger positionieren wollen, doch der rutschige Boden spielte ihm einen Streich, und nun lag er völlig verdreckt im Schlamm. Schallendes Gelächter erklang. Karl amüsierte sich wie immer prächtig.

Ungelenk rappelte sich Jasov auf, stützte sich dabei auf seinen langen Holzstab, der eigentlich zum Zaubern und nicht für tollpatschige Füße gedacht war. »Du hast gut lachen«, brüllte er seinem Freund zu.

Der Paladin lehnte grinsend über der Brüstung vor dem Trainingsbereich.

Eine Uniform aus feinster Drachenschuppenfaser, teurer als aller Besitz von Jasovs Familie, sie schützte vor Feuer, Schwertern und Magie – und er wälzte sich damit im Schlamm. Es war seine erste freie Übungsstunde. Die letzten Wochen hatte er Abläufe und Standardpositionen trainiert, heute sollte er all das Gelernte im chaotischen Kampf nutzen. Aber was er auch versuchte, es gelang ihm nicht, sich gegen den Untoten zur Wehr zu setzen. Im Gegensatz zu ihm hatten die meisten Magiekundigen bereits reichlich Übung in ihrer Ausbildung gesammelt.

Zähneknirschend drehte er sich zur Leiche des Gefallenen. Dieser Krieger hatte dem Reich schon vor Jahrhunderten gedient und, wie viele andere, Treue über den Tod hinaus geschworen.

Lord Dragul zu dienen hatte Ausmaße, die Jasov zurzeit lieber leugnete. Realistischer konnte man einem die grausame Wirklichkeit nicht vor Augen halten. Nur ein paar Knochen, das blieb übrig, wenn man vom Krieg verschlungen wurde. Solche Überreste verfügten sogar über nervlich geprägtes Wissen. Es war ein Zusammenspiel aus Draguls Kontrolle und dem, was die Zellen der Verblichenen noch wussten.

Plötzlich, blitzschnell sprang die ungelenk wirkende Kreatur vor, er konnte ihr nur knapp ausweichen. Ein Schwert sauste durch die Luft und traf ihn am Rücken. Erneut geriet Jasov ins Rutschen, fing sich gerade so mithilfe seines Stabes und schlitterte an dem Krieger vorbei auf die andere Seite.

»Also, eigentlich fehlt dir jetzt dein Unterkörper«, hallte es hämisch über den Platz.

Jasov erblickte Rôberts grinsendes Gesicht zwei Übungskreise weiter. Mit einem falschen Lachen nickte er zurück zu seinem ehemaligen Mitschüler und fauchte wütend in sich hinein. Wessen Uniform saß noch immer wie gemalt und war völlig sauber? Natürlich: Der perfekte Herr fiel nicht, wenn, dann schwebte er vermutlich. Zur anderen Seite wollte Jasov gar nicht erst blicken, denn Kira trainierte nicht weit von ihm entfernt und selbstverständlich glänzte das erfahrene Drachenmädchen mit ihren Leistungen.

»So ein Dreck!« Jasov bereute die ablenkende Wut sofort, er musste einem kräftigen Tritt ausweichen, der ihn fast aus seinem Kampfring geschleudert hätte. Ein verrotteter Fuß streifte seinen Ärmel und er stolperte zurück. Wieder und wieder holte die Leiche zum Schlag aus, und er musste unter ihr hindurch hechten, um für einen Moment Luft holen zu können.

»Jasov! Der Schlamm!«, kam es von Karl, der auf den Boden deutete und dann auf den Stab.

Irritiert hob Jasov den Kopf und spürte sofort einen Schmerz am selbigem. Es war nur das stumpfe Ende der geisterhaften Klinge gewesen, und doch fühlte er ein Pochen am Hinterkopf.

»Was?«, brüllte er zurück, begriff jedoch im selben Moment, worauf Karl hinauswollte. Dieser Stab war mithilfe von Ragdars Magie und Nyths Verzauberungskünsten entstanden. Ihm gehorchten Gestein und Felsen, sogar Sand.

»*Anfald, frandiol*«, keuchte Jasov und stampfte mit dem Holzstab auf. Das Ende des geschwungenen Holzes traf auf den Schlamm und ein Vibrieren ließ den Matsch schwingen. Der Boden kräuselte sich wie Wasser auf einem See. Sofort entstand eine Verbindung zur feuchten Erde auf dem Feld. Der Zauberspruch verband Jasovs Hände mit dem Schlamm, und die Magie im Kern des Stabs erlaubte ihm, die Masse an Matsch zu kontrollieren. Die Leiche jedoch interessierte sich nicht für das gelungene Kunststück und preschte erneut auf ihn zu.

»*Frandes far*!«, rief Jasov mit aller Kraft, kniete sich im Ausfallschritt nach vorn und schwang den Zauberstab in einem Bogen dicht über den Boden. Doch statt der erwarteten Schlammpartikel bäumte sich der Grund des kleinen Übungsfelds vor Jasov auf. Es knirschte laut und mit einem Krachen brach eine Welle aus feuchter Erde hervor, riss sowohl die Leiche als auch den ihn von den Füßen und beide landeten mit einem harten Schlag im Schlamm.

Schmerz zog sich durch Jasovs Rücken, er war auf seinem Hintern gelandet war. Über seinen Kopf hinweg flog der Zauberstab, neben sich konnte er jemanden schreien hören. Sofort rappelte er sich auf, hielt sich die schmerzende Hüfte und konnte gerade noch beobachten, wie die aktive Magie des Stabs einen matschigen Tornado hinter sich herzog, über die Übungsfelder glitt und zu seiner Überraschung sogar Rôbert erwischte. Aus Regen und Pfützen erwuchs ein Wirbel aus Dreck und schlug wild um sich, vor allem aber den Soldaten Matsch ins Gesicht.

Karl brach in schallendes Gelächter aus, so laut, dass er den Tumult des Platzes übertönte. Ein anderer Soldat, den eine ordentliche Ladung Schlamm in den Nacken getroffen hatte, grölte aus voller Kehle, es war unklar, ob wütend oder amüsiert.

Aber Jasov war ganz und gar nicht zum Lachen zumute, das Herz klopfte ihm bis zum Hals, während er wie hypnotisiert dem langsam über den Platz wandernden Schlammtornado nachsah.

Als eine warme Hand auf seiner Schulter landete, zuckte er kurz zusammen. Kira war zu ihm getreten und schaute ihn besorgt an. »Alles gut?«

»Ähm, sicher, sicher. Nur mein Steißbein«, erklärte er mit einem verlegenen Grinsen.

Weiter hinten krachte es, die Windhose aus Schlamm war über die Übungsfelder der Magie hinausgewandert und hatte dem Klang nach Rüstungen erwischt. Auf dem offenen Teil des Platzes trainierten die Truppen. Hunderte Kämpfende hatten sich versammelt. Das hatte sicher Konsequenzen für Jasov.

Dann aber machte ein heller Lichtblitz dem lose gewordenen Zauber ein Ende, die schillernden Farben eines Regenbogens tilgten die Magie, zerrissen sie regelrecht. Jasov kannte den Anblick. Keine Minute später schritt eine weiße Gestalt mit strammen Gang auf ihn und Kira zu, in der rechten Hand hielt sie seinen verloren gegangenen Zauberstab. Sogar Nyths sonst makellose Uniform war leicht dreckig, und als sie vor ihnen zum Stehen kam, fand sich Jasov im Ausdruck ihres Gesichts wieder. Die Kapuze verdeckte vielleicht ihre Augen, aber nicht die schwarzen Schatten darunter.

»Es tut mir leid«, stammelte er sofort.

»Davon gehe ich aus. Hier, dein Stab. Durchaus beindruckend dieses Kunststück. Es wäre mir und dem General dennoch lieber, wenn du bei deinen Zaubern nicht den Übungsplatz auseinandernimmst.« Sie reichte Jasov seinen Stab. »Außerdem hatten wir doch besprochen, dass du passive Magie nutzen sollst. Blockzauber sind am wichtigsten in einer Schlacht.« Sie klang wie immer sachlich und kühl, kein Hauch von einem Vorwurf oder gar einem Urteil.

Trotzdem spürte Jasov brennende Scham in seinen Kopf steigen. Vielleicht war es auch die Beule, die er vom Schwerthieb des Gefallenen erhalten hatte. »Verstanden«, murmelte er und lächelte verlegen.

»Denkt immer daran, eure Gegner werden auch Magie wirken. Magiekundige, Kriegszaubernde, verwünschte Schwerter, Schilde, Paladine und Elementritter werden eure Magie kontern und euch mit Schwert, Stab, Streitkolben zusetzen! Außerdem werden auf einem Schlachtfeld magische Dämpfer eingesetzt, fremde Zauber blockieren euren Fokus … Ihr habt dort nicht den Luxus, euch all eurer Fähigkeiten nach Belieben bedienen zu können. Das

Schwert, der Stab, ein Schild, diese Waffen müssen zu ebenso mächtigen Werkzeugen für euch werden wie die Magie.«

Gerne hätte er ein »Ich weiß« erwidert, aber das wagte er vor ihr nicht. Kira klopfte ihm aufmunternd auf die Schulter.

»Genug der Pause«, erklärte Nyth.

Neben Jasov erhob sich der Untote, als habe er nur auf diese Worte gewartet. Jasov mochte sich irren, doch die leeren Augenhöhlen schienen Nyth anzustarren.

Sich streckend kehrte Kira zu ihrem Übungsring zurück. Jasov sah dem jungen Drachenmädchen nach. Zwar hatte sie die Kontrolle über ihr eigenes Element bemängelt, ging dafür jedoch geschickt mit dem Zauberstab aus Steinmagie um. Neidvoll hatte er ihre Manöver die letzten Wochen über beobachtet. So trittfest wäre er auch gerne. Er besaß inzwischen definierte Muskeln, war längst kein dürrer Mann mehr, aber Kraft zu lenken, und rechtzeitig zu reagieren, dafür brauchte er noch einiges an Übung.

Kira zeigte vorbildlich, wie eine erfahrene Kriegerin mit einer flinken Leiche umging. Der Untote, dem sie gegenüberstand, war riesig. Zwar bestanden seine Muskeln aus Lehm, doch formten sie die Umrisse eines ehemals gewaltigen Kriegers. Der Boden vibrierte unter seinen Tritten, denen Kira geschickt auswich. Das Drachenkind kombinierte Felsmagie und Dunkelheit für ihre Gegenangriffe. Jeder Steinwurf ihres Kampfstabs wurde verfolgt von seinem eigenen Schatten und war somit doppelt gefährlich. Verfehlte der harte Brocken Erde sein Ziel, so holte ihn spätestens sein Schatten ein und traf ins Schwarze. Diese Kombination war sowohl effektiv als auch leise. Die Eleganz dieser Verzauberung, der Gesang ihrer Beschwörungen und die anmutigen Bewegungen machten aus dem Kampf einen Tanz.

Jasov fühlte sich vom Anblick hypnotisiert und dachte ein wenig beschämt an seine plumpe Art, Magie zu wirken. Seine Bewegungen waren direkt, so auch seine Formulierung von Zaubersprüchen und Runen. Er benötigte einen Rhythmus, dem die Worte und Gesten folgten. Nun, er war noch nie ein großer Tänzer gewesen, und Lust, sich auch noch damit zu beschäftigen, verspürte er nun wirklich nicht.

Mit einem Wirbel aus Steinen und Schatten brachte Kira die Leiche zu Fall und verteilte ihren Lehm dabei über den Boden. Es hatte die Kreatur regelrecht zerrissen. Knochen und Schmutz zerfielen und es brauchte einen Moment, ehe sich der Körper erneut zusammensetzte.

Allerdings waren Kiras Kampfkünste nicht das einzig Spannende auf dem Übungsgelände. Die Barbakane als herausstrebender Teil des Schlossbergs, niedrig ummauert, großflächig und nur von wenigen Gebäuden umringt, bot, wie bekannt, auch Platz für Drachen. Einer befand sich aktuell zentral auf dem Kampfgelände und diente den Soldaten als Gegner. Sein langer, schlanker Körper wirkte gläsern, aber stabil. Die grauen, transparenten Schuppen waren kantig, wie geschliffene Kristalle und funkelten elegant im Licht. Seine Hörner waren durchsichtig, er hatte scharfe Zähne und die Augen schillerten weiß wie Perlen.

Ein schreckliches Geräusch ertönte, wenn die spitzen Krallen sich in den Steinboden bohrten, und der Schlag seiner Flügel klang mechanisch. Der große Quarzdrache tobte auf dem Platz und überrollte dabei gelegentlich einige Soldaten. Sein salamanderförmiger Körper bewegte und tief auf dem Boden wie eine angriffslustige Katze. Ihm auszuweichen war fast unmöglich. Blockzauber waren die einzige Chance, sich zu schützen, sowohl vor seinen Angriffen als auch vor seinem Gewicht.

Dieser Tatsache galt es ins Auge zu blicken: Sie würden gegen Drachen kämpfen müssen. Zwar gab es einige Kriegsregeln in einer Schlacht unter Altdrachen, die einen davor schützten, einem berggroßen Ungeheuer gegenüberzustehen, aber der Quarzdrache auf dem Platz, groß wie sechs Kutschen, konnte massiven Schaden anrichten. Kaum auszudenken, was Drachen wie Hemm oder gar Lord Dragul für eine Zerstörung durch ihre bloße Masse verursachen würden. Genau deshalb griffen sich die Drachenherrscher, die großen Altdrachen der Länder, nicht an. Teilweise wurden

Kämpfe mit Magie und Schwert ausgetragen und völlig auf einen Schlagabtausch mit Schuppen und Klauen verzichtet. Denn wenn Naturgewalten aufeinanderprallten, zerstörten sie mehr, als sich zu erobern lohnte.

Ein Problem des drohenden Krieges jedoch war ein mangelndes Interesse am Überleben von Land und Volk Oracles'. Er würde früher oder später angreifen, gleichgültig, wie viele Leben dies kosten würde und welche Verwüstung er damit verursachte. Und Lord Dragul musste sich ihm stellen, einem Ätherblutdrachen mit einer Götterwaffe, Jasov wollte nicht darüber nachdenken.

Der markerschütternde Ruf des Quarzdrachen in der Platzmitte brachte kurzzeitig alle aus dem Konzept. Kiras Beschwörung löste sich auf, und Jasov, der gerade zu einer neuen Runde gegen seinen Untoten antreten wollte, stolperte fast über seinen eigenen Zauberstab.

»Konzentration!«, hallte es laut an seine Ohren. Nyths Stimme war unangenehm scharf. Damit ermahnte sie nicht nur ihn, sondern auch die anderen Kämpfenden auf dem Übungsgelände. Jasov war mit seinen Sorgen nicht allein, viele Köpfe ließen sich durch ihre Angst vor dem bevorstehenden Schlagabtausch ablenken.

Beide Reiche machten mobil. Truppen rückten bereits an den Grenzen voran. Der Konflikt stand wesentlich dichter bevor als erwartet, vor allem aber erhofft.

Jasov zählte jeden einzelnen Tag, wünschte sich nichts mehr, als die Kreuze im Kalender zu Wochen, zu Monaten anwachsen zu sehen. Für die Schlacht war er nicht gerüstet, trotzdem müssten er, Kira und Nyth eine besondere Rolle spielen.

Der Gedanke an seinen Auftrag und die drohende Gefahr feindlicher Soldaten, ausgestattet mit Schattenkristallen, setzte ihn unter gewaltigen Druck. Wieder brachte ihn sein Talent, magische Kristalle sprengen zu können, in Gefahr. Er seufzte bei dieser Feststellung und beobachtete verwundert, wie die Leiche vor ihm auf einmal in sich zusammenfiel. War es schon so spät?

Ein schriller Pfiff hallte über den Platz. Die feste Stimme eines Kommandanten ertönte aus der Ferne und kündigte den Wechsel an. Endlich, das Training endete und als Jasov den Zauberstab sinken ließ, merkte er zum ersten Mal, wie sehr ihm seine Arme schmerzten. Und die Beine. Und der Rücken. Die Füße. Der Kopf. Seine Hüften würde er morgen noch spüren.

Völlig erschöpft verließ er den Übungsbereich. Er fühlte sich ein wenig benommen, so lange auf den Beinen und immer angespannt. Deshalb erschrak er leicht, als Karls Hand ihm durch die zerzausten Haare fuhr und der Paladin ihn angrinste.

»Lief doch richtig gut diesmal?«

»Ja, bin nur fünfmal erstochen worden, hab mir dreimal das Bein gebrochen und den Platz mit einem Matschtornado verwüstet …«, murmelte Jasov mit einem Schmunzeln. Für einen echten Zweikampf reichte das niemals. Er setzte jedoch nicht seine ganzen Talente ein. Kontrollierte Magie war schwierig, führte eventuell zu Unfällen – oder schlammigen Windhosen. Sollte er wirklich in tödliche Gefahr geraten, konnte er sicher sein: Seine Magie würde ihn beschützen. Vielleicht nicht so gezielt wie ein geführter Zauber durch Beschwörung, aber besser, als zu sterben.

Kira wankte müde zu den beiden und gähnte leicht hinter vorgehaltener Hand. »Ich bin es nicht gewohnt, so mit meinen Kräften haushalten zu müssen«, seufzte sie.

»Das verstehe ich nicht ganz«, merkte Jasov an und erntete in feines Lächeln von ihr.

»Drachenkinder lernen erst, ihre Magie aktiv zu nutzen. Ich kann das noch nicht so lange, es ist ungewohnt. Ich hab noch kein gutes Gefühl dafür, wie weit meine Kräfte reichen. Wir haben so eine Art Rhythmus, weißt du? Eine magische Zirkulation unseres Blutes dauert einen Tag und dann, dann bin ich …«, erneut ein Gähnen, »müde und fertig. Und von so was … so was geht's schneller.« Sie nuschelte, und plötzlich wirkte die eben noch grazil kämpfende Kira wieder kindlich. Jasov verkniff sich ein Schmunzeln.

»Ich vermisse Ragdar«, meinte Karl. »Es war immer lustig, sich mit ihm über eure Zauberversuche zu unterhalten. Da habe ich selbst noch was lernen können. Und er war so mutig, als wäre der Krieg ... als wäre er keine Sorge wert«, meinte er und seufzte schwer.

»Ohne ihn und Ansrahm ist es so ruhig«, gab auch Jasov zu, der sich an die frohe Natur des jungen Rubindrachen gewöhnt hatte. »Ich hoffe, nach der Schlacht kommt Ragdar uns ab und an besuchen.«

»Wir könnten auch zu Ragdar, seine Kolonie kennenlernen!«, schlug Karl vor. Jasov nickte begeistert. »Also ... natürlich ... davon ausgehend, wir gewinnen und ...«

»Wag es nicht, weiterzureden, Karl!«, murrte Kira. Eine Niederlage kam nicht infrage, war unmöglich, durfte nicht sein. Da waren sie sich alle einig.

Etwas von ihnen entfernt knisterte es in der Luft. Das Geräusch manifestierte sich und wurde zu einem Summen. Neugierig hob Jasov den Kopf und auch das Drachenkind und Karl drehten sich herum.

Ganz in der Nähe hatte man einen neuen Druidenstein verankert, der zu diversen anderen seiner Art an die Grenze führte. An jenem Stein öffnete sich nun ein Portal. Es war schwach, flackerte und hatte keine wirklich runde Form. Der Druidenstein stabilisierte die Pforte prompt, der Portalkreis sprang auf und eine Frau hastete hindurch. Direkt hinter ihr erlosch das Portal, und sie rannte an den dreien vorbei in Richtung des Lords und seiner Berater. Ihr Gesicht war verzerrt von Stress, mehr hatte Jasov nicht erkennen können, aber Kleidung und Rüstung der Soldatin wiesen diverse Risse und Schnitte auf. Karl, Kira und Jasov sahen ihr besorgt nach.

Die Gestalt kam zittrig vor Lord Dragul zum Stehen und musste nach Luft schnappen; dann berichtete sie etwas, das für alle Beteiligten ausgesprochen unangenehm zu sein schien. Auch Nyth beobachtete die Szene, bis Lord Dragul den Kopf hob, sie über die Distanz hinweg mit einem Blick fixierte; ein Nicken und sie eilte sofort zu ihm.

Immer dieses Herzklopfen! Wie ein gebrochener Damm fluteten Jasov die Sorgen, und als die Soldatin vor Nyth ihre Geschichte wohl wiederholte, Fragen beantworten musste, ahnte er bereits, dass es sich um eine ernste Meldung handelte. Jeder Kopf in der Nähe drehte sich herum und die Menschen gingen mit besorgter Miene weiter.

Aber die Soldatin sprach so lange mit der Führung, dass sogar Karl irgendwann nur noch nervös auf den Füßen wippte. Über ihnen grummelte der Himmel leise und in den dunklen Wolken blitzte es auf. Wie aufs Stichwort fiel ein Tropfen, dann der nächste und dann mehr und mehr. Ein Nieselregen aus Kälte und schlechter Laune ergoss sich auf das Schloss und trübes Grau legte sich auf Konturen und Gesichter.

»Eigentlich glaube ich ja nicht an solche Omen …«, murmelte Karl mit dem Blick in den Himmel und ließ seinen Finger über ihren Köpfen kreisen. Ein Flüstern von ihm, und dünne Schildmagie spannte sich auf, hielt den Regen davon ab, sie weiter zu durchnässen.

»Diese Uniform … die Soldatin kommt von der Grenze, nicht wahr?«

Auf Jasovs Frage hin nickte Karl nur. »Sieht aus, als hätte sie einen Kampf hinter sich …«

Die Frau verbeugte sich tief vor Lord Dragul und wurde, gestützt von anderen Uniformierten, vom Platz geleitet. Nyth und der Lord tauschten noch ein paar Worte aus, dann neigte auch sie kurz das Haupt und ging zurück zu den Übungsfeldern, direkt auf die drei Starrenden zu.

Jasov schluckte unangenehm fest. Sowohl sein Herr als auch dessen Begleitung in Form zweier Generäle, darunter Hemm, verließen den Hof in Richtung Schloss.

Nyth blieb vor Jasov, Kira und Karl stehen. »Es gab einen ersten direkten Konflikt …«

Jasov hörte Kira tief durchatmen.

»Ihr solltet euch ins Schloss begeben, zu Marberd. Ich werde euch holen, wenn es wichtig wird. Auch ich muss die nächste Besprechung abwarten. Es gibt einiges zu planen in den nächsten Stunden. Es tut mir leid, aber wir müssen unser Vorhaben, die feindliche Schattenmagie aufzuspüren und zu zerstören, eventuell improvisieren.«

Improvisieren. Kein Wort, das man in Verbindung mit einem Krieg hören wollte. Zwar bestand Jasovs Leben aus einer einzigen nie endenden unvorbereiteten Darbietung, aber alles hatte Grenzen. Sollte sein Pech nicht irgendwann aufgebraucht sein?

Ohne weitere Diskussion folgten sie Nyth die Schlossmauer entlang, über den Platz zurück durch das Haupttor der Barbakanen-Anlage. Jasov tauschte einen langen, besorgten Blick mit Karl. Ein lauter Donner hallte durch die Mauern und aus Niesel- wurde Platzregen. Erst beim großen Treppenaufgang trennten sie sich, Nyth ging allein weiter hinauf. Sie konnten jetzt nur warten, im besten Fall mit einer Tasse heißer Schokolade in einem warmen trockenen Weinkeller. Auf dem Weg dorthin diskutierten sie wild darüber, was vorgefallen sein könnte.

Ein erster Konflikt musste keinen Krieg bedeuten, möglicherweise befand man sich aber damit auch direkt in der Schlacht, oder es gab einen anderen Übergriff. So oder so, weitere Übungen in Ruhe und Ordnung auf dem Schlossplatz waren unwahrscheinlich. Hätte Jasov sich doch nur von Anfang an um Kampfmagietraining bemüht, darauf bestanden … wenigstens ein Ausweichkurs, das wäre auch ohne besondere magische Fähigkeiten möglich gewesen. Er fühlte sich schrecklich unvorbereitet.

Die drei platzten regelrecht hinein in den Weinkeller und stürzten an das Regal mit den Kochschalen, um sich ein heißes Getränk zuzubereiten. Eisige Glieder und angespannte Nerven verlangten nach Tee und Kakao. Doch nachdem Jasov endlich eine Tasse ergattert hatte, ließ er diese beinahe fallen. Hinter ihnen lachte es vergnügt; das war definitiv nicht die Stimme seines Mentors.

KAPITEL 39
GEISTERJAGD

Die Person neben Marberd am Tisch kicherte in sich hinein. Sie war ein wenig pummelig, deutlich kleiner als Nyth, verschwand fast auf dem Stuhl und hatte ein Pausbackengesicht. Die roten Haare wuchsen zu einem Berg aus Locken zusammen, unzählige Sommersprossen bevölkerten die knubbelige Nase sowie die Wangen ihrer warm beige-braunen Haut. Ein paar Lachfalten deuteten an, dass die Person einige Jahreszeiten älter sein musste als Jasov. Aber die dunkelgrüne Latzhose und die weiße Bluse erweckten einen ausgesprochen jungen Eindruck.

Jasov, Kira und Karl zuckten zusammen, als ihnen erneut ein freudiges Lachen entgegenschallte. Aus einem breit grinsenden Mund strahlten ihnen große Zähne entgegen.

Marberd gluckste vergnügt und machte sich einen Tee, wie um den Augenblick der Verwirrung noch etwas auszukosten.

»Es ist so aufregend, euch endlich kennenzulernen. Von unserem neuen Zauberlehrling habe ich bisher nur gehört!« Die Stimme des Besuchs klang ein wenig rau, aber hell und sympathisch, außerdem erkannte Jasov einen ähnlichen Dialekt, wie er selbst ihn sprach. »Aber wo sind nur meine Manieren geblieben? Ich bin Frau Miranda Derling, freut mich. Wollte nur mal vorbeischauen, Nyth meinte, sie bräuchte meine Hilfe bei einer besonderen Mission. Wegen der Schattenmagie.« Sie kicherte vergnügt und zwinkerte. »Keine Sorge, ich wurde eingeweiht, darf alles wissen!« Wieder zwinkerte sie.

Zauberer, Paladin und Drachenkind setzten sich zu ihr an den Tisch und stellten sich ihr vor. Auch Miranda trank von einer dampfenden Tasse mit heißer Schokolade, die ihrem bekleckerten Zustand nach schon ein paar Mal gefüllt worden war. Der Kakao erfüllte die Luft mit dem süßen Aroma einer Pflanze, die man nur in Urwäldern weit entfernt vom Kraterland sammeln konnte. Marberd rückte dieses Pulver nur selten heraus, Miranda war also jemand Besonderes. Ihre kurzen Beine schafften es nicht, die Höhe des Stuhls zu überwinden, und so wippte sie vergnügt auf ihrem Platz, während sie an dem Kakao nippte.

Dann setzte sich auch Marberd dazu. »Miranda ist für die Geisterjagd und die Kriegshunde zuständig«, erklärte er.

Karl klappte der Mund auf. »Geisterjagd!«, wiederholte er tonlos.

Jasov sah ihn verwundert an und entdeckte ein völlig neues Funkeln in den Augen des Palandins.

»Ich fasse es nicht! Du gehörst zur Geisterjagd? Der Geisterjagd?« Karls Augen glitzerten noch mehr. Jasov hätte schwören können, dass sein Freund sogar ein wenig zitterte vor Aufregung.

»Die Hunde vom Schloss sind legendär! Wäre ich nicht zu magisch veranlagt … hätte ich mich für die Geisterjagd beworben!« Er drehte sich zu Jasov herum. »Was ist deine liebste Geschichte? Ich mag ja die von Orsam mit den drei Pranken am liebsten!«

Karl sprach offensichtlich über ein bekanntes Thema. Jasov Wangen begannen zu glühen, er hatte keine Ahnung, worum es ging. Ganz dunkel klingelte da etwas und verstummte wieder. Vielleicht hatte er Geschichten über legendäre Hunde bereits gehört, aber da er Angst vor diesen Tieren hatte, hielt sich sein Interesse in Grenzen. Hunde, insbesondere die der Wache, waren immer zu groß gewesen, um als Kuscheltier durchzugehen und nicht annähernd so spannend wie ein Drache. Vor allem hatten sich die Drachen damals alle in weiter Ferne befunden und oft als Mythos gegolten, Hunde hingegen waren real, gingen Jasov noch heute bis zur Hüfte und ihre lange Schnauze verbarg viele scharfe, spitze Zähne. Damit fühlte er sich einfach nicht wohl.

»Och«, gluckste Miranda, »hört auf, legendär … Also wirklich! Es sind ganz liebe Tiere im Dienst des Reichs. Die Leute übertreiben immer mit ihren Erzählungen.«

»Aber sie sind Geister, Seelentiere und ... ihre Fähigkeiten, ihre Geschichten sind so fantastisch!« Karl war Feuer und Flamme. Sonst äußerte er sich selten so euphorisch, zeigte lediglich an einem Mittagsschlaf tieferes Interesse, doch gerade erkannte Jasov in ihm eine Begeisterung, die seiner eigenen Freude an Drachen und Sagen das Wasser reichen konnte. »Mein Großvater hatte so einen Hund. Er nannte ihn Merot, nach dem großen Berg des Kratergebirges. Der Hund war so riesig, als Kind konnte ich auf ihm reiten. Er war Großvaters bester Freund. Und als Merot starb, fiel sein Körper, aber nicht sein Geist. Er blieb bei Großvater. Beide wurden Teil der Geisterjagd-Einheit!«

Jasov nickte erstaunt und versuchte, sich einen Gespensterhund vorzustellen. Er wusste, dass Geister existierten, doch dieses Thema hatten sie im Unterricht nicht näher behandelt. Er würde Karl dazu wohl ausfragen müssen, allein schon, um mehr von dessen Begeisterung zu erleben. Die war ungewöhnlich, fast so ungewöhnlich wie Geisterhunde.

In Gedanken versunken verfolgte er, wie Karl und Miranda Geschichten über den Großvater des Paladins austauschten. Was für einen Hund er gehabt hatte, wie lange dessen Geist noch in der Welt geblieben war, ehe er verblasste, und ob es auch zu ihm ein Lied gab. Anscheinend überdauerten diese Gespenster die Zeit, und ihre Heldentaten wurden besungen, formten sich zu kleinen Legenden, die bei Kindern sehr beliebt waren. Davon hatte Jasov, am Rande der Stadt lebend, nichts mitbekommen.

»Ich kam zur Geisterjagd, als mein treuer Begleiter Furfur verstarb.« Miranda nickte hinter sich in eine Ecke zwischen Kräuterregal und Weinfässern. »Er ist immer noch bei mir, auch wenn ich ihn nicht mehr streicheln kann.«

Niemand hatte es vorher bemerkt, aber dort lag, kaum zu übersehen, ein großer, wolfsähnlicher Hund. Er war fast weiß, und doch nahm Jasov bei seinem Anblick diverse Farben wahr, er schillerte durchsichtig, wie Nebel, während er zusammengerollt schlief und dabei nicht einmal zu atmen schien. Für einen Moment atmete auch Jasov nicht mehr. Ein enorm großer Hund, dazu noch ein Geist, und er hatte ihn nicht mal bemerkt.

»Furfur und sein Rudel werden euch dabei helfen, Schattenmagie aufzuspüren! Sie besitzen magische Spürnasen. Außerdem kann man sie mit Magie nicht so einfach aufspüren und sie beherrschen einige Kunststücke«, erklärte Miranda stolz.

Da war wieder Karls erwartungsvoller Blick, doch Jasov konnte nur fragend mit den Schultern zucken. Die Mimik des Paladins wandelte sich in leichte Enttäuschung. Er verstand wohl nicht, wieso sein sonst so geschichtsbegeisterter Freund sich so gar nicht für Geisterhunde interessierte.

»Jasov … Ich meine … Astralhunde … ihre Geschichten? Du weißt schon …« Er klang ein wenig geknickt.

Jasov biss fest die Zähne zusammen und versuchte zu lächeln. »I-ich hab Respekt vor großen Hunden«, murmelte er und konnte die Nervosität in seiner Stimme nicht verbergen.

Miranda lächelte ihn an und beugte sich über den Tisch, näher zu Jasov, sah ihm direkt in die Augen. »Geister sind eigentlich harmlos. Sie können nichts Weltliches mehr berühren. Wenn du genau hinschaust, wirst du sehen, dass sie nicht mal den Boden berühren. Alles geht durch sie hindurch. Auch Magie. Das ist auch ihr Schwachpunkt. Mit ihnen kämpft man nicht, sie sind lediglich mutige Helfer, wie schon zu Lebzeiten.«

»Furfur hat auch gar keinen Schatten!«, merkte Kira an. Sie lehnte sich am Tisch vorbei, um den Hund genauer anzusehen.

Vorsichtig reckte nun auch Jasov den Hals. Und tatsächlich, der große Hund wirkte vor allem deshalb so unreal, weil er gar nicht wirklich auf dem Boden lag. Er war durchsichtig, erfüllt von einem schwachen Glimmen, und seine Konturen schwebten über dem Boden wie Nebel. Geister konnten also nichts Weltliches mehr berühren? Gut. Mulmig war ihm trotzdem zumute.

Doch als Miranda begann, von ihren Einsätzen zu erzählen, wurde sogar Jasov neugierig. So viel Freude, Leidenschaft und Energie steckten in ihren Erklärungen und der Darstellung ihres

Berufs. Lange hatte er niemanden mehr so glücklich strahlen sehen; das tat gut nach den vielen trüben, verregneten Abenden mit ebenso trüben Gedanken.

Gerade, als sie sich über die Einsatzmöglichkeiten der Geisterjagd näher unterhalten wollten, erhob sich Furfur mit einem überraschenden Ruck. Er gab ein geisterhaftes Winseln von sich, starrte auf die Kellertür, bellte. Selten hatte sich Jasov so erschrocken. Auf vier Pfoten nahm das Tier gleich viel mehr Raum ein. Die Ohren waren steil aufgerichtet, aber der lange Schwanz des Hundes wedelte aufgeregt hin und her.

Miranda wollte etwas sagen, da öffnete sich die Tür und Nyth betrat mit mehreren Schriftrollen unter dem Arm den Keller. Furfur tapste verhalten hin und her, als bärste er vor Freude, wagte es jedoch nicht, seinen Platz zu verlassen.

Nyth starrte das Tier für einen Moment an. »Furfur«, flüsterte sie. Dann hielt es der Hund nicht mehr aus. Er trabte einmal um Nyth herum, winselte, beugte sich, forderte zum Spielen.

Miranda seufzte: »Furfur! Also wirklich!«

Die Ohren des Hundes schnellten herum und er blickte seine Hüterin geknickt an. Nach einem kurzen, ausführlichen Schütteln des gesamten Körpers trabte er zurück in seine Ecke, ließ Nyth, die sich nun zu den anderen an den Tisch begab, jedoch nicht aus den Augen.

»Der Rat bespricht sich noch immer in einer Sondersitzung, aber ich habe für uns bereits erste Befehle erhalten!« Sie legte die Pergamentrollen ab. »Morgen werden wir die Grenzen mit der gesamten Armee des Reichs besetzen. Oracles bereitet sich vor, bezieht Stellung … und es bleibt uns wenig Zeit, seine Eliteeinheiten, ausgestattet mit Kiras Magie, zu eliminieren. Sie sind eine enorme Bedrohung für jeden Soldaten mit einem Schatten.«

Stille.

Plötzlich war es nicht mehr nur ein trüber verregneter Abend.

Es war der Abend vor der Schlacht.

KAPITEL 40
DAS ENDE DER FREIHEIT

Der Himmel wollte sich nicht mehr beruhigen. Die ganze Nacht hindurch und am darauffolgenden Morgen strömten dicke Tropfen wie Tränen aus den schwarzen Wolken. Gelegentlich zuckten Blitze aus der Finsternis und erhellten die gewaltige Gewitterfront. Wie ein bitteres Schluchzen hallte Donner durch das Gemäuer. Regen und Wind, ein einziger Sturzbach der Gefühle. Die düstere Silhouette des Schlosses verschwamm in der Dunkelheit der Gewitterwolken und verschmolz mit ihnen ins Unkenntliche. Durch Nebel und Regenschleier verblassten die Lichter der Stadt, wurden regelrecht erstickt von der Hand des Sturms.

Bitter und kalt war der erste Tag des ersten Krieges seit fast fünfzigtausend Jahren. Dies würde keine Schlacht zur Entscheidung eines Konflikts werden, kein Angriff, der am Ende einen Gewinner krönte. Dieser Krieg war der Auftakt zu einer Reihe von Kampfhandlungen, die sich im schlimmsten Falle über ganze Generationen hinziehen würden. Ob man den Sieger dann noch als Gewinner bezeichnen konnte, war fraglich.

Es war das Jahr 50202 nach Gründung des Reiches, das den Namen Kraterland trug. Ein trauriger Frühling zog in diesem dritten Monat des Jahres über das Land. Eigentlich stand in nur einer Woche die Feier zum Sonnenaufgang an. Am heutigen Tag jedoch glaubte niemand mehr an einen Sonnenaufgang.

Welcher Zauber auch immer die Regentropfen durch die Tausenden von Soldaten hindurchfallen ließ wie Geisterregen, er sorgte für eine noch unheimlichere Stimmung. Durch den Schlossberg fiel der Regen scheinbar ins Nichts. Die Tropfen erzeugten kein Geräusch, und feucht waren nur Nebel und Kälte.

Stille beherrschte den Übungsplatz am Schlossgelände. Mit ernster Miene standen Soldaten dicht an dicht, Seite an Seite, aufgeteilt in Gruppen, ihren Einheiten entsprechend. Die Führung des Reiches versammelte sich fast vollständig auf der Barbakane. Menschliche Führer, die Drachen der Divisionen und Brigaden und auch die Generäle der Korpstruppen warteten dort auf ihren Einsatz. Das Heer des Landes war kleiner, als man es erwarten würde. Man brauchte nicht viele lebende Fußsoldaten, wenn der Herrscher in der Lage war, ganze Tausendschaften aus Untoten zu beschwören.

Die Armee der Lebenden bestand aus Elitesoldaten. Aus jedem Dorf, aus jeder Stadt dienten nur die Fähigsten als Soldaten in der Armee. An diesem Tag zogen seit unendlich langer Zeit erstmals wieder alle zusammen an die westliche Grenze.

Hunderttausende Soldaten.

Tausende Führer.

Hunderte Truppen.

Millionen an Leben.

All dieses Wissen verschwamm vor Jasovs Augen, als er durch die wabernde Feuchtigkeit auf die Schlossmauern starrte. Die niedrigen Mauern rund um die Barbakane waren hoch genug, dass Lord Dragul, General Hemm, seine Frau General Rurika und die anderen Führer des Reichs, die dort standen, von allen gut gesehen werden konnten.

Man hatte die Krieger des Schlosses am späten Morgen in aller Stille zusammengerufen. Es war Zeit, sich zu verabschieden, der letzte Tag begann. Es kam zu plötzlich, zu früh. Aber wer war jemals bereit für einen Krieg? Ob heute oder in einem Jahr, in Jahrhunderten – Jasov hätte sich niemals dafür gewappnet gefühlt.

So viele Briefe wie an diesem Mittag waren seit Jahrtausenden nicht mehr auf einmal verschickt worden. In jedem Flur, in jeder Halle von Zwielicht hatte Jasov Abschiedsszenen mit angesehen. Tränen auf Kindergesichtern, die zitternden Lippen zurückgelassener Freunde, Familienmitglieder, vor allem aber die traurigen, müden Augen der Älteren machten ihm das Herz schwer. Ob seine Mutter sich um ihn sorgte? Die letzten Wochen über verging kein Tag, an dem er nicht mit Schmerzen in der Brust an sie dachte.

An diesem stürmischen Nachmittag warteten mehrere tausend pochende Herzen auf die drohenden, ersehnten Worte ihres Landesherrn. Sie brauchten ein Ziel, sie brauchten Hoffnung, und sie mussten für den Moment vergessen, dass sie ihre Liebsten vielleicht nie wiedersehen würden.

Die erste Reihe zu besetzen, war nie Jasovs bevorzugte Wahl. Der kalte Ernst in den Augen der Befehlshaber raubte ihm den Atem. Der Nebel kroch unter seine Kleidung und legte sich auf seine Haut. Seine Robe spendete zwar dem Körper Wärme, nicht aber dem Herzen. Der Kampfstab auf seinem Rücken wog praktisch nichts, trotzdem erschien es Jasov, als ginge ein massives Gewicht von ihm aus. Angst war nicht das richtige Wort für das, was er empfand. Es handelte sich vielmehr um Endgültigkeit. Dieser Tag war endgültig.

Und die Finsternis in Draguls Augen schien wie das Ende selbst, als er seine Stimme erhob. »Ihr seid geboren unter meinem Banner, unter meinem Wappen, in Freiheit. Ihr habt das Privileg, in einer zerbrochenen Welt frei zu lernen, zu erfahren, zu leben, zu lieben und zu gehen, wohin auch immer das Schicksal euch führt. Einst kostete der Kampf um diese Freiheit Milliarden Menschen das Leben, Hunderttausende Drachen starben für dieses Ideal. Vor vielen Jahrtausenden stürzten wir uns wieder und wieder in Schlachten und Kriege, mit nur einem Ziel vor Augen: ein gemeinsames Leben mit allem, was auf dieser Welt existiert. Ob Drachen, Menschen, Magiebegabte, Tiere jeglicher Art, Steingnome aus dem alten Land, singende Bäume, Ungeheuer aus den Untiefen der Moore – wir alle können zusammen überleben auf dieser großen Welt. Für jeden gibt es einen Ort der Freiheit.«

Lord Draguls Worte hallten über den Platz und eine Jasov bis dahin unbekannte Leidenschaft verlieh seiner Rede Ausdruck. Zumindest heute glaubte er ihm diese Ideale. Hatte er sich je wirklich frei gefühlt? Jasov war vor allem Gefangener seiner eigenen Gedanken, doch war das nicht allein seine Schuld gewesen.

»Die Erfüllung der gemeinsamen Existenz, die Erfüllung eines Friedens liegt noch in weiter Ferne. Wir hatten nie die Möglichkeit, so eine freie Welt zu erleben, denn der bloße Gedanke an diesen Traum versetzt andere in Furcht. Angst vor dem Unbekannten errichtete Mauern, einen Wall aus Hass. Diese Furcht vor dem, was unkontrollierbar scheint, hat den Kontinent gespalten und lauert nun nicht mehr länger in der Dunkelheit.«

Die laute Stimme des Lords wurde tiefer, schien leiser und doch war sie gut verständlich. Sie erklang so nah an Jasovs Ohren, dass er vor Schreck die Augen schloss. »Kommandant Oracles vom Kanton Brarche zieht gegen uns in den Krieg. Er lebt seine eigene Vorstellung von Freiheit, doch seine Freiheit wird gegeben und genommen durch seine Hand. Er glaubt sich im Recht, wenn er seine Macht dafür nutzt. Für ihn sind Drachen die alleinigen Herrscher über die Magie. Vermutlich wird er seinem Volk vor dieser Schlacht ebenfalls all die Freiheit vor Augen halten, die er ihnen gewährt. Für ihn sind seine Handlungen rechtens und gut. So kämpft auch sein Volk in dem Glauben, richtig zu handeln. Nur die wenigsten werden ihr Schwert erheben, weil sie keine andere Wahl haben. Die Krieger Brarches sind gefährliche Fanatiker, geformt von ihrem Führer.«

Noch immer mit geschlossenen Augen der Rede lauschend, spürte Jasov jeden Satz, als träfen ihn die Worte direkt ins Gesicht. Schläge in seine Unsicherheit und seine Zweifel.

Auch er war geformt von seinem Anführer, von Dragul, wie jeder im Reich. Vielleicht rettete man einander im Kraterland und reichte die helfende Hand, aber was geschah, sobald man als Feind angesehen wurde? Prozesse, Kerker, Verbannung – um ein Haar hätten sie Nyth ausgeschlossen, weil sie ein Kind befreite. Sie hatten ihr geholfen, es hätte genau so gut ihn treffen können.

»Wir haben eine Wahl«, schallte es an Jasovs Ohren, wie zur Antwort auf seine panischen Gedanken. »Jeder von euch darf entscheiden. Wir treten nicht an die Front, um unser Leben für die Macht eines Einzelnen zu geben. Wir kämpfen darum, unsere Werte zu schützen. Wir wissen, wie kostbar unsere Allianz, unser Zusammenleben ist. Die Menschen fürchteten einst die Drachen, und die Drachen fürchteten die Menschen. Aber jetzt stehen wir hier, Seite an Seite und Hand in Hand. Wir haben einander das Leben gerettet, zusammen eine Welt aufgebaut und die Kinder des anderen mit Weisheit und Wissen bereichert. Wir lassen uns nicht in diesen Käfig aus Furcht und Verzweiflung sperren. Ich fürchte mich nicht, für das zu kämpfen, was uns verbindet. Ich werde kämpfen, auch für das Leben und das Überleben derer, die unterdrückt, mit Lügen gefüttert und geängstigt werden, diejenigen, die man zwingt, gegen uns zu kämpfen, ohne Wahl und ohne Freiheit. Und ich werde ihnen die Hand reichen, wieder und wieder.«

Jasov hob den Kopf. Für einen Moment blinzelte er verwundert, glaubte schon, dass der geisterhafte Zauber den Regen verlassen hatte – aber die Nässe, die er auf den Wangen spürte, war brennend heiß. Vereinzelte Tränen rannen ihm über das Gesicht. Er zog zittrig die Luft ein.

»In diesem Krieg gibt es keine Opfer, keine Verlierer, keine Versager. Der einzige Sieg, den es zu erringen gilt, ist das Überleben unserer Freiheit. Auf dass wir einen Schritt weiter in die Zeit voranschreiten, in der Kriege nur noch zu unserer Geschichte gehören. Heute, an der Grenze des Westens, vereint sich zum ersten Mal die volle Streitmacht des Reiches, gemeinsam mit euren Urvorfahren, die bereits für die erste Schlacht um eure Unabhängigkeit ihr Leben ließen. Als ich mich entschied, dieses Land vor den Mächten des Westens zu schützen, wusste ich, dass dieser Tag, dieses Heute kommen würde. Wir sind vorbereitet. Wir sind stark. Wir sind geeint. Wir sind furchtlos. Niemand kann sich dem Tod in den Weg stellen. Zu dienen heißt Stolz, zu knien heißt Furcht!«

Den letzten Satz wiederholte jede Stimme auf dem Platz fest und bestimmt. Jasovs Lippen zitterten beim Sprechen, aber sein Blick war gebannt auf Lord Dragul gerichtet. Der Drachenmann legte die Hand auf sein Herz, jeder auf dem Platz folgte dieser Geste. Im Schweigen war sich jeder einig, diesem Drachenherrscher zu folgen, nicht für das Reich oder das Land, sondern seinen Worten. Es ging nicht darum, die Ehre eines Wappens, oder gar den Status eines Hauses zu verteidigen. Das Kraterlnd würde kämpfen für nicht weniger als die Freiheit der gesamten Menschheit, der Drachen und der Magie auf der Welt.

In dieser unwirklichen Stille verstummte der Lärm des Gewitters, verblassten die Blitze. Der Wind verlor seine Kraft und nur das dumpfe, harte Pochen der Herzen blieb. Die Furcht vor der Leere, der Mut zur Freiheit und die Gewissheit des Krieges erschufen ein neues Gefühl ohne Namen. Als Jasov die Hand wieder von der Brust zog und beobachtete, wie der Regen durch seinen Körper hindurchfiel, war es schwer, den Gedanken an den Tod zu verdrängen.

Er dachte an die letzten Monate hier im Schloss, an die vielen heiteren Momente und auch die erschreckenden. Er hatte so viel gelernt. Hierher wollte er unbedingt zurückkehren, um noch mehr zu lernen und zu erleben. Er dachte an den tapferen Karl, den missmutigen Beneth, an all die Menschen, die wie er jeden Tag ihr Bestes gaben. Seine neuen Freunde wollte er auf keinen Fall verlieren. Und er dachte an seine Mutter, daran, wie sehr er sie vermisste.

Der nächste Blitz traf einen der Türme, der Krach war so ohrenbetäubend, dass er die endgültige Stille des Platzes durchbrach. Dem Weckruf folgend, verließen die Generäle und Lord Dragul ihre Position auf der Mauer der Barbakane. Während der Landesherr bei der ersten Einheit ganz vorn blieb, teilten sich die anderen Drachen und Menschen unter den Truppen auf. Auch einige der fähigsten Magiekundigen, darunter Nyth, verließen ihre Plätze und suchten jeweils eine Gruppe auf. Es wurde Zeit, das Schloss zu verlassen, gemeinsam. Ein so großes Portal zu öffnen, dass es von mehreren Personen, gar einem Trupp gleichzeitig betreten werden konnte, war die hohe Kunst der Zauberei. Zusätzlich musste es über eine enorme Distanz führen, bis zur verschwommenen Grenze. Zwar hatte man in den letzten Wochen jeden Portalknoten reaktiviert, die Runensteine des Landes geeicht und sogar einige neu errichtet, dennoch überließ man das Formen eines solchen Portals nur den fähigsten Magiekundigen. Ein Portal würde wie in einer Kettenreaktion über Verstärker hinweg durch das ganze Land geleitet werden.

Jasov durchfuhr ein Schauer, als einer der Quarzdrachen vortrat und den Runengesang anstimmte, um ein Portal zu formen. Die Zauberei der Drachen war ein Gesang weit über dem Niveau eines menschlichen Zaubernden und für jeden faszinierend. Jasov jedoch hörte nicht nur der Magie der Drachen zu, er vernahm auch die Antwort, wie die Magie aufhorchte, sich mit dem Sänger unterhielt und sich schließlich fügte.

Deshalb erschrak er fürchterlich, als Lord Dragul selbst das Portal für die erste Einheit öffnete. Er sang nicht. Kein Gedicht verließ seine Lippen: Er formte einen Befehl. Und ihm wurde nicht geantwortet, die Magie gehorchte ihm prompt. Das Portal des Landesherrn sprang zuerst auf, dann öffneten sich nach und nach riesige Pforten vor den Einheiten auf dem Platz. Sie waren um vieles größer, als Jasov es für möglich gehalten hatte. Zunächst flackernd, sich langsam stabilisierend, schwebten die violetten Kreise in der Luft.

Jasov tauschte mit Karl einen unsicheren Blick. Auch der Paladin gehörte mit zur Führungseinheit, neben Lord Dragul, Meister Hemm, Rurika, Marberd und einigen anderen Drachen aus dem Rat und weiteren menschlichen Führern. Froh, den besten Freund an seiner Seite zu wissen, gelang es Jasov, ruhig zu bleiben, trotz der aufkeimenden Panik in ihm.

Ein Schritt nach dem anderen, nur nicht zu viel denken, das hatte Marberd ihm geraten; und bisher funktionierte diese Methode ganz gut. Erst vor der Grenze würde sich ihre Mission formen. Zunächst warteten im großen Lager der Hauptstreitmacht

Zelte und Feuerstellen auf sie, die man über die letzten Wochen errichtet hatte. Direkt am heißesten Reibepunkt zwischen Brarche und dem Kraterland. Diese Fläche war weitläufig wie ein eigenes Reich, aber zerstört durch den *Ewigen Krieg* und somit der ideale Ort für eine Schlacht. Dort würde nur Soldatenfleisch unter den Ausmaßen des Krieges leiden, und die großen Leiber der Drachen könnten lediglich einander zerschmettern. An diesem Ort existierte sonst nichts mehr, was verletzt oder vernichtet werden konnte.

Aber der Blick durch das Portal offenbarte bunte, warme Zeltstoffe, Banner, Fahnen und Wimpel, statt der erwarteten Einöde. Der Lärm des Lagers schallte durch die magische Pforte heraus und an die Ohren der vielen wartenden Kämpfer. Es war erschreckend und gleichzeitig lebendig. So viel Leben, das Heer sammelte sich bereits seit Wochen zum Kampf und die Lager waren entsprechend gewachsen. Geräusche vermischten sich, schaurig und unruhig. Jeder Trupp blickte auf ein anderes Ziel, ein anderes Schlachtfeld. Die Elite des Schlosses würde sich auf die gesamte Grenze aufteilen.

Dumpf dröhnte der hohle Klang eines Horns über den Platz. Auf das Signal hin setzen sich die Füße wie von selbst in Bewegung. Jasov und Karl sahen sich erneut aus den Augenwinkeln an. Der Paladin griff zu Jasovs Hand, seine Finger waren kalt. Wortlos formte Karl »Hab dich« mit den Lippen. Jasov nickte, musste erneut aufkeimende Tränen wegblinzeln. Dann schritten sie gemeinsam durch das Portal. Mit einem Schlag füllte fremde Luft die Lungen.

Jasov blickte sofort zurück, sah einen funkensprühenden Druidenstein, er war so hoch wie Haus. Vor ihm flimmerte das Portal, darin erkannte er die Umrisse von Zwielicht. Das verregnete Bild des Schlossplatzes erschien nur noch wie ein Geist, fern und unerreichbar. Ein Stich durchfuhr Jasovs Brust und er spürte das Verlangen, umzukehren. Das Schloss wurde von einem letzten Blitz erhellt, dann schloss sich die Pforte mit einem Summen.

Nicht für lange, bald schon würden Lord Dragul, General Hemm, die anderen Führer und auch Nyth zu ihnen stoßen, sobald ihre Portale die Truppen ins Land verteilt hatten.

»Mir nach!«, brüllte der Kommandant ihrer Einheit über die Köpfe hinweg.

Sie folgten dem alten gebrechlichen Quarzdrachenhauptmann über kahle trockene Erde. Das Lager entlang der Grenze war gigantisch. Man hatte den großen Portalumschlagplatz mit gutem Abstand zu den Zelten errichtet.

Mit jedem weiteren Schritt wurden Jasovs Beine schwerer und schwerer. Ob er seine Heimat je wiedersehen würde? Seine Mutter in die Arme nehmen? Wusste sie überhaupt, dass er zur Front reiste? Wohl sein Zittern bemerkend, wurde Karls griff fester. Früher hätte sich Jasov dafür geschämt, aber er brauchte diese Nähe, und vielleicht erging es Karl wie ihm, denn seine Miene war wie versteinert und die sonst gewohnte Gelassenheit war verschwunden.

Ihr Kommandant hob seinen Arm. »Halt!«

Sie kamen vor den Bauten des Lagers zum Stehen. Die Stoffe der Übergangsbehausungen waren schwer und alle in erdigen, teils dunklen Farben gehalten. Aber die Wärme der Töne erfüllte den ganzen Platz. Riesige Zelte in unterschiedlichen Größen formten eine Miniaturstadt. Zwischen ihnen war teilweise kaum Platz zum Gehen, deshalb hatte man um einzelne Gruppen von Zelten Straßen angelegt, die breit genug für Truppen und Vehikel waren. Hier und da flatterte das Banner des Reichs.

Der Ort wirkte weit weniger trostlos, als Jasov vermutet hatte. Auf den zweiten Blick offenbarten sich Stickereien auf den Stoffen der Zelte, dazwischen ließen sich kleinere Bänke und Tische erspähen, alle nicht weniger liebevoll verziert. Jasov beobachtete ein Huhn dabei, wie es auf einem Stapel Fässer balancierte, zwei in Dienstkleidung gehüllte Burschen trugen Körbe mit Obst von einem Zelt zum nächsten. Entfernt hörte er den Ruf von Pferden. Diverse große und kleine Feuerstellen erhellten die trübe Umgebung. Der Himmel war verhangen, eine Schlacht wartete, und doch hallte gelegentliches Lachen über den Platz. Zusammen mit dem Geklapper von Töpfen und Pfannen ergab sich eine unerwartet heitere Stimmung. Außerdem duftete es gehaltvoll nach Essen. Zumindest jetzt gelang es Jasov, im Augenblick zu verweilen. Er sah sich neugierig um, während die Einheit auf die Ankunft der restlichen Führung wartete.

KAPITEL 41
DER WUNSCH, NICHT ALLEIN ZU SEIN

Auf dem Übungsplatz vor dem Schloss durchschritt der letzte Soldat das Portal in Richtung der nördlichsten Grenze, dann verschwand die Pforte. Nyth starrte auf den leeren Fleck in der Luft und betrachtete, wie sich der Portalzauber mit einem Flimmern auflöste. Was für eine dankbare Position, gerade dort im Krieg dienen zu können. Der Norden war kaum besetzt und Oracles kümmerte sich nicht um diesen Teil der Grenze. Die Soldaten würden wohl nicht auf eine Schlacht treffen. Vielleicht mussten sie nur vereinzelte Grenzposten beobachten. Und selbst bei einer Niederlage des Reichs konnten sie direkt nach Bruch fliehen, falls es nötig sein sollte. Einen stillen Moment noch beobachtete Nyth den Regen, ehe sie sich wie alle anderen Führenden und Magiekundigen zurück zur Schlossmauer begab.

Elegant aus dem Handgelenk heraus öffnete Lord Dragul ihnen erneut das Portal zum Hauptposten und blickte seinen Freunden, Kollegen, Artgenossen und Untergebenen nach, wie sie den Platz verließen. Hemm sah sich noch einmal seufzend um, bevor er unter leisem Protest von seiner Frau durch das Portal gezogen wurde.

Seinen wehmütigen Blick die Zinnen hinauf konnte Nyth ihm nicht verübeln. Auch sie ertappte sich dabei, erneut zu verharren, die Augen auf die schwachen Lichter Zwielichts gerichtet, die einen warmen Kontrast gegen den verregneten Himmel boten. Tausende Seelen harrten hinter diesen dicken Wänden aus, hielten den Atem an und warteten jeden Tag auf Nachrichten von der Front. Das Schloss, nun so leer wie nie, wurde zu einem unheimlichen Ort.

Nyth wusste, wie es sich anfühlte, in Sorgen und Kummer um andere zu ertrinken. Niemals wieder wollte sie solchen Schmerz empfinden, und doch hatte sie sich diese Gefühle erneut erlaubt. Vielleicht hätte sie Kira nicht trösten und sich nicht so sehr in den furchtsamen jungen Magier hineinversetzen sollen. Auch für Karls Verletzung fühlte sie sich verantwortlich.

Sie atmete tief durch und rief ihre Magie zurück. Der vorher noch durch den Berg fallende Regen traf mit einem lauten Prasseln nach und nach wieder auf den Vorplatz des Schlosses. Er verlor seine geisterhaften Fähigkeiten und durchweichte alles, was er berührte. Doch das Nass platschte nur bis kurz vor Nyths Füße. Sich selbst und dem Portal erlaubte sie den Luxus, vorerst trocken zu bleiben, auch wenn die Versuchung groß war, ihre Beschwörung komplett aufzulösen.

Hinter ihr zündete sich Lord Dragul gerade die Pfeife an. Es war durchaus verlockend, ihn dem strömenden Regen auszusetzen, denn er starrte sie an. »Wenn ich dich bitten würde, hierzubleiben – würdest du dann den Dienst quittieren?« Er pustete einen Rauchkringel in ihre Richtung.

Nyth verschränkte sofort die Arme. »Sir?«

»Jemand muss doch auch auf das Schloss aufpassen!«

»Wie bitte?«

»Du hast dich bereits einmal mit Oracles angelegt, reicht das nicht? Hier wärst du … sicherer!«

»Manchmal fällt es mir schwer, Euch zu folgen, Sir!« Wie gerne hätte sie dem Drachenmann eine ausführliche Standpauke gehalten, über die Art, wie er mit ihr umging, und seine Respektlosigkeit. Doch leider war Lord Dragul in Uniform und Rüstung noch einschüchternder als sonst. Sie hatte sich mit ihrem kleinen Streit über die Götterklinge ohnehin für einige Zeit genug erlaubt. Er hatte viel Geduld mit ihr, aber die musste sie nicht unnötig überstrapazieren.

Statt sich zu beschweren, entschied sie sich dafür, die Verzauberung der Regenwolken nun völlig zu lösen. Sofort prasselte ein

Schwall Regen auf Nyth und ihren Herrn. Dicke Tropfen klatschten ungehindert auf den steinernen Boden, durchdrangen teilweise die dünneren Partien von ihrer Stoffuniform.

Dragul rannten einige Wassertropfen über das Gesicht. Aber er lächelte nur und zog weiter Rauch durch die hölzerne Pfeife, bemüht vorgebeugt, damit sie vom Regen verschont blieb. »Einen Versuch war es wert.« Er zwinkerte ihr zu, und zu Nyths Missfallen löste er sich aus der unbequemen Haltung und nutzte die Gelegenheit, auf sie zuzugehen. »Wir könnten einfach hier bleiben und den Weinkeller plündern!« Sein merkwürdiges Lachen brachte ihre Nerven zum Kochen.

»Der Krieg, Sir? Wie kommt Ihr …«, begann sie, doch er hob die Hand.

»Ich weiß, Nyth. Ich weiß. Ein Scherz, ich habe mir einen Scherz erlaubt.«

Er blieb vor ihr stehen und sie musterte misstrauisch, wie ihm das Regenwasser über das Gesicht lief. Heute sah sie einen alten, gebrochenen Mann, in dessen Augen sich die Schwärze seiner eigenen, düsteren Entscheidungen spiegelte. Nyth schluckte trocken. Sein Element ließ ihn ausgezehrt und krank wirken. Wie viele Untote er in diesem Augenblick wohl befehligte? Die Aura um den Drachenmann konnte sie beinahe greifen; und dies war erst der Beginn. Im Krieg würde seine Todesmagie das Land tränken. Ein verlockender Gedanke: Ein ganzes Reich bestehend aus Stille.

Das leichte Grinsen auf seinem Gesicht wandelte sich in ein bitteres Lächeln, und ein kurzes Funkeln in seinen Augen ließ Nyth realisieren, dass sie ihn gerade anstarrte. Und er starrte zurück. In letzter Zeit verlor sie sich oft in Gedanken über diesen rätselhaften Drachenherrscher. Womit hatte ausgerechnet er so viel ihrer Aufmerksamkeit verdient?

»Bitte pass auf dich auf«, bat er sie ruhig.

Entgegen ihrem Drang, den Blick abzuwenden, hob Nyth den Kopf noch weiter. Seine Worte klangen warm und persönlich. Er sprach hier und jetzt zu ihr, fern der offiziellen Befehle, und die

Ehrlichkeit in seinem Wunsch mochte sie ihm nicht absprechen. Ganz von selbst nickte sie und beobachtete, wie Zufriedenheit seine Grübchen zum Vorschein brachte.

Hinter ihnen summte das Portal leise auf, kündigte sein baldiges Ende an und Nyth sah sich seufzend um.

»Dann nach dir!« Er deute mit einem Kopfnicken zu der flimmernden Pforte. »Ich werde folgen, wenn mir danach ist. Dies ist die letzte Ladung Tabak für eine sehr lange Zeit ...« Er schnaubte unzufrieden, und schwarzer Rauch wirbelte in die Luft. »Führ bitte die anderen schon zum Ratszelt. Bezieht die Quartierszelte und macht es euch gemütlich, soweit möglich. Wir sprechen uns heute Abend alle beim Lagebericht.«

»Ich soll die Führung für Euch übernehmen?«

»Die Kommandanten werden schon auf dich hören, sie haben gar keine andere Wahl.«

Ihr verwirrter Blick schien ihn nur noch mehr zu amüsieren.

»Wäre es nicht besser, wenn Ihr gleich ... bedenkt bitte die Moral der Truppen ...«

»Gönn mir den Moment.«

»Sir?« Wieso zögerte sie überhaupt? Sie sollte augenblicklich verschwinden, ehe er wieder seine Spielchen mit ihr trieb. Erneut verhedderte sie sich in seinen Fäden, und dafür reichte offenbar sein Lächeln aus.

Wut keimte in Nyth auf – und zerbröselte sofort, als Dragul ein unglückliches Seufzen ausstieß, das ihr unter die Haut ging. Er klang, wie sie sich fühlte. »Geh schon. Denn selbst, wenn ich dich um deine Gesellschaft bitten würde, würde es nichts nützen, nicht wahr?«

»Ich habe Verpflichtungen«, erwiderte Nyth wie aus Reflex.

»Das sagtest du bereits.«

»Dragul!« Das klang trotzig, wie der Ruf eines Kindes, vor Scham biss sich Nyth auf die Zunge.

Sein Name entfaltete eine ungeahnte Wirkung, denn nun machte er noch einen Schritt auf sie zu, war ihr so nah, dass er sie vor dem Regen abschirmte. Sein Blick bohrte sich fragend in sie hinein, und in seinen Augen lag etwas Forderndes.

»Verzeiht«, bemühte sich Nyth leise.

»Schon gut. Nenn mich, wie es dir beliebt.« Schwarzer Rauch verließ seine Lippen. Er roch verdächtig süß – ein Hauch Sterben, ein wenig Jenseits –, Nyth ertappte sich beim Schnuppern. Mit diesem Gemisch aus seiner Magie und seiner Nähe durchbrach er vollends den über Jahrhunderte sorgsam aufgebauten Abstand. War es das gewesen, was ihn so oft in ihren Unterricht getrieben hatte?

»Das ist nicht der richtige Zeitpunkt dafür«, murmelte sie heiser. Zu ihrer Verwunderung war ihre Stimme ganz belegt. Sein Atem hatte sich auf ihren Gaumen gelegt und sie rang mit sich, nichts zu erwidern, schluckte den aufkeimenden Rauch in ihrer Brust hinunter.

»Vermutlich nicht. Es ist nur manchmal recht einsam, ich zu sein. Auch ein Todesdrache sehnt sich nach Gesellschaft und Nähe.« Die Betonung des letzten Wortes ließ keinen Zweifel mehr.

Nyth räusperte sich. »Dann müsst Ihr sehr verzweifelt sein, wenn Ihr dabei an mich denkt.«

Draguls heiteres Lachen brach mit der seltsamen Stimmung, Nyth beobachtete, wie er grinsend den Kopf schüttelte. Der Regen hatte sie beide inzwischen völlig durchnässt; glücklicherweise zischte das Portal erneut, sodass dieser befremdliche Flirt ein Ende fand.

Mit einem unzufriedenen Knurren wand sich Nyth ab und floh regelrecht durch das bald kollabierende Portal in Richtung Grenze. Dem Drachenmann hinter sich schenkte sie keinen Blick mehr. Nicht, dass er es sich am Ende anders überlegte.

Auf Nyth wartete eine wichtige Mission, vor allem aber ihre eine eigene Aufgabe, die es sorgfältig zu planen galt. Dieser Krieg würde all ihre Probleme lösen, so oder so. Die Freiheit, die ihr Landesherr in seiner Ansprache so leidenschaftlich beschrieben hatte, diese Freiheit wollte auch Nyth wieder erleben. Sie durfte sich jetzt nicht ablenken lassen. Nicht von ihm. Auf gar keinen Fall von ihm.

Sie war der beste Schutz für Jasov und Kira. Darauf sollte sie sich konzentrieren. So ein Sondereinsatz gegen Elitekrieger des Feindes war kein Unterfangen für ungeübte Streitkräfte. Der Magier hatte aber auch ein Pech. Seine Fähigkeiten jedoch waren von großem Wert. Sie brauchten ihn, ob er nun unerfahren war oder nicht. Sein magischer Spürsinn war jenseits dessen, was Drachen leisten konnten, dank einem unruhigen Geist und ebenso nervöser Energie in seinem Leib.

Und tatsächlich, er zitterte wieder, vermutlich vor nervlicher Anstrengung. Das konnte sie bereits von Weitem erkennen. Falls sie nach der Erfüllung ihrer Mission noch die Möglichkeit hatte, würde sie Jasov seine Furcht nehmen. So feinsinnig und überempfindlich er und dadurch auch seine Magie waren – von Angst erdrückt und von den eigenen Gedanken zerfressen zu werden, das war kein Leben. Sie wusste nur zu gut, wie sich so etwas anfühlte. Es war ein lösbares Problem, zumindest für Jasov. All diese Furcht würde verschwinden, wenn er erst einmal seinen Kern kennengelernt hatte und verstand, wie mächtig er war.

Nur die sozialen Sorgen, die müsste er selber aufarbeiten. Sogar jemand, der so alt war wie Nyth, fühlte sich unwohl in Streit und Disharmonie. Die leise nagende Angst vor ihrem eigenen Herrn konnte auch ein erfahrener Geist nicht verhindern, ebenso wenig wie das leichte Gefühl von Verlegenheit, wenn er sie lobte. Nyth seufzte und machte sich gar nicht erst die Mühe, ihre Gedanken zu korrigieren. *Wenn er sie lobte* – über die Bedeutung dieser Wortwahl wollte sie nicht näher nachdenken.

Jasov starrte die Drachenfrau mit großen fragenden Augen an. Sie war so schnell auf die kleine Gruppe zumarschiert, unzufrieden dreinblickend, dass er sie fast fragen wollte, ob alles in Ordnung sei. In der aktuellen Situation war das eine geradezu lächerliche Äußerung, also grinste er sie nur kurz an. Nyth übernahm mit einigen knappen Worten den Trupp, dann folgten sie ihr zwischen den Zelten hindurch.

Die Bauten und Stoffe des Kriegslagers waren nach einem System angeordnet. Sie waren farblich unterteilt, und die Fahnen zeigten an, wohin man sich bewegte. Die Gruppe durchschritt auf ihrem Weg Schlafplätze und Lagerfeuerstellen. Die Zelte, einige größer als andere, dienten alle einer ganz bestimmten Funktion.

Nyth führte sie vorbei an einem langen offenen Zelt, gefüllt mit den edelsten Waffen. Sie waren verziert, glänzend, vor Magie glühend. Jasov hatte auf dem Übungsplatz schon einiges gesehen, doch nichts so Formvollendetes. Paladine kämpften zwar in schlichterer Rüstung, aber ihre Schilde und Schwerter waren ungewöhnlich dekoriert. Quarzkristalle und Metall schienen verschlungen in Perfektion und harmonisch verzaubert. Die Kristallklingen waren außerordentlich scharf. Dazu gesellten sich sauber aufgereiht tiefschwarze Dolche und Großschwerter, deren magischer Kern niemand anderem als Lord Dragul selbst entstammen konnte. Die Aura des Todes wohnte ihnen inne und jagte Jasov einen Schauer über den Rücken. Seine Magie gab ihrer Armee unendliche Macht.

Schmuckstücke, Ringe und Amulette, lagen auf rotem Samt bereit, um einem Zaubernden zu dienen, und am Ende des Zeltes erblickte er sogar einige außergewöhnliche Rüstungen. Darin konnte er sich einen General oder einen Lord vorstellen. Ihre Besonderheit lag nicht in übertriebenen Verzierungen. Es war vielmehr die geschickte, stilvolle Art der Formgebung, durch die sie sich deutlich von normalen Rüstungen unterschieden. Sauber verarbeitet glänzte ein Harnisch in Schwarz zwischen den Fackellichtern. Das Wappen des Reichs zierte den dazugehörigen Gürtel. Wie der Panzer eines Tieres musste die Rüstung perfekt am Körper sitzen. Fast bekam Jasov den Eindruck von Schuppen. Vielleicht sogar die eines Drachen.

Leider musste er seinen Blick vom Rüstungslager lösen, sie bewegten sich zügig weiter. Soldaten kreuzten ihren Weg, man grüßte sich, und Jasov wunderte sich erneut über die lockere Stimmung im Lager. Er konnte diese Euphorie nicht einordnen, aber sie vermittelte ein Gefühl von Tapferkeit und war ansteckend.

Und dann standen sie plötzlich vor einem riesigen, runden Zelt aus dunkelblauem Material. Ringsherum gab es viele Meter freien Platz, und das Lager dahinter, das nur aus Quartierszelten bestand, schien deutlich ruhiger. Vor dem Eingang des großen Zelts waren zwei Männer in heller Rüstung aus Quarz, Leder und Stoff postiert. Ihre Aura konnte Jasov nicht direkt zuordnen. Vermutlich waren es Drachen. Es war nicht immer einfach, sie von Menschen zu unterscheiden. Die ernsten Gesichter der Wachen schienen ins Leere zu starren.

»Eure jeweiligen Quartiere findet ihr hinter dem Ratszelt. Zur ersten Abendstunde beginnt die Lagebesprechung. Die obere Führung aller Einheiten hat zu erscheinen!« Weiterer Erklärungen durch Nyth bedurfte es offenbar nicht, die Gruppe löste sich sofort auf, und jeder wusste, wohin er zu gehen hatte. Nur Marberd, Kira, Karl und Jasov blieben übrig.

»Nyth, wir sollten zu Miranda gehen und gleich unser morgiges Vorgehen besprechen. Wir haben wenig Zeit.« Marberd klang ernster und ruhiger, als Jasov es von ihm gewohnt war.

Die Drachenfrau überlegte kurz und schüttelte leicht den Kopf. »Wir müssen davon ausgehen, dass Kommandant Oracles seinen Vorteil schnell und früh einsetzen wird, um uns zu schwächen. Viel Spielraum für Training und Vorbereitung haben wir nicht. Lord Dragul hat mir auch noch nicht den vollen Umfang des Einsatzes erläutert. Wir haben zwar kürzlich erste Sichtungen von Schattenmagie an der Grenze registriert, aber ihre Nutzung ist noch nicht bestätigt. Heute Abend erfahren wir mehr. Sucht eure Quartiere auf, macht euch mit dem Lager vertraut.«

Ehe jemand etwas erwidern konnte, war Nyth mit wenigen Schritten im Zelt des Rates verschwunden. So blieb ihnen nichts anderes übrig, als ebenfalls die Zelte weiter hinten aufzusuchen, angeführt von Marberd, der sich mit dem Lageraufbau am besten auskannte.

Aufgrund ihrer bevorstehenden Mission gehörten sie zur selben Einheit, und ihre Zelte lagen mehr oder weniger dicht zusammen. Marberd quartierte sich im Werkzelt für Verzauberung ein und würde dort weiterhin seiner Arbeit nachgehen. Und da keiner von ihnen es allein in seinem kleinen Nachtlager aushielt, saßen sie schon bald alle beim Großverzauberer beisammen, tranken Tee und lenkten sich ab, so gut es eben möglich war. Die Sorge, dies könnte vielleicht ihr letzter gemeinsamer Abend sein, wagte niemand auch nur anzudeuten.

KAPITEL 42
DIE LETZTE FLUCHT

Kaum eroberte die Dunkelheit den Himmel, rief der dumpfe Klang eines Horns den Rat und die obersten Führer der Armee zusammen. Dank der kurzen Entfernung gehörten Jasov, Marberd und Kira zu den Ersten im kreisförmigen Ratszelt. Darin befand sich ein ähnlich großer runder Tisch wie im Ratssaal des Schlosses. Lord Dragul stand bereits vor der massiven Holzplatte und beugte sich über diverse Schriften und Pläne. Er sah nicht einmal auf, als die Gruppe das Zelt betrat. Seine unangenehme Aura oder vielleicht auch nur Jasovs eigene Ängste schienen den Raum zu erfüllen. Eine lange Nacht der Planung stand ihnen bevor.

Der Feuerdrache Hemm polterte eilig ins Zelt, dicht gefolgt von Rurika. Sie war verantwortlich für die schwächeren Soldaten des Heeres, deshalb hatte es für Jasov bisher nur wenige Berührungspunkte mit der Tondrachenfrau gegeben. Ihr Element war etwas Besonderes, und auch sie hatte etwas Einzigartiges an sich.

Jasov kannte inzwischen einige Drachen. Sie wirkten entweder sehr menschlich oder ihre wahre Natur stach deutlich heraus. Nach Rurika aber drehten sich Menschen und Drachen gleichermaßen um. Sie war ausgesprochen beliebt, und ihre Fähigkeiten waren unverzichtbar für das Reich. Aus magischem Ton gebrannte Gefäße lieferten ausgezeichnete Waffen für die Soldaten, Rurika verbrachte jedes Jahr viele Monate mit der Arbeit an solchen Instrumenten. Sie konnten auf die unterschiedlichste Weise verwendet werden. Der Ton war lediglich der Träger, das Behältnis; in ihm konnten andere Elemente aufbewahrt oder sogar kanalisiert werden. Mit ein wenig Hilfe von Lord Dragul und General Hemm entstanden Untote aus hartem Ton, die im Herzen eine Flamme trugen und auf dem Schlachtfeld als Berserker gefürchtet worden. Tatsächlich hatte Jasov oft von solchen Tongolems in seinen Büchern gelesen und war fast, aber wirklich nur fast gespannt darauf, diese Schöpfungen in Aktion zu erleben. Wenn irgend möglich, wollte er dem Kampfplatz selbst lieber fernbleiben.

Langsam füllte sich das Zelt mit der Heeresführung, bestehend aus Menschen und Drachen. Einige setzten sich, andere standen. Ganz zum Schluss betrat Nyth das Zelt. Sie stellte sich hinter Jasov, Marberd und Kira. Erneut ertönte das dumpfe Horn, und sofort verstummten alle. Ihre Blicke richteten sich auf Lord Dragul.

Der Drachenherrscher schloss die Augen, atmete tief ein und aus. Ein bisschen Rauch verließ dabei seine Lippen. Wie selbstverständlich nahm er die schmale, feine Ringkrone vom Kopf und legte sie neben den Karten und Aufzeichnungen auf dem Tisch ab. Selbst die Luft schien den Atem anzuhalten, als er endlich zu sprechen begann.

Die folgenden vier Stunden wurden zu den längsten, die Jasov je erlebt hatte. Er fühlte sich verloren und furchtbar unnütz auf seinem großen, hölzernen Stuhl, nicht nur, weil er die Erklärungen zu den verschiedenen Taktiken kaum verstand. Sein Landesherr verteilte Banner und kleine Figuren auf der Karte. In aller Ruhe erklärte Dragul ungewöhnlich sachlich diverse Szenarien der Schlacht, als handelte es sich um mathematische Übungen. Die unzähligen Symbole auf dem großen Grenzplan erinnerten Jasov tatsächlich eher an komplizierte Berechnungen als an Schlachtpläne. Der Anblick der Karte und die vielen magischen Schwingungen im Zelt erzeugten bei ihm Kopfschmerzen.

Es war wie verhext, hier kämpften sich seine Sorgen und Befürchtungen ohne Mühe wieder an die Oberfläche. Es half ihm nur wenig, sich auf die Karte auf dem Tisch zu konzentrieren, so sehr er sich auch um seinen Fokus bemühte.

In formvollendeter Perfektion verzaubert, ähnlich der Karte im Schloss, wirkte sie lebendig. Offenbar übernahm der Plan taktische Markierungen, die man an anderen Orten hinzufügte, denn aus Tinte bestehende Truppen verschoben sich ganz von selbst, während Lord Dragul dazu entsprechende Erläuterungen gab.

Sein Blick jagte Jasov einen Schauer über den Rücken. Hatten sich Draguls Augen verändert? Sie erschienen schmaler als gewohnt, wie die schlitzförmigen Pupillen einer Schlange, und der sonst warme Braunton seiner Iriden war ungewöhnlich lebhaft, als brannte in ihnen ein Feuer. Seine Menschlichkeit musste er im Schloss gelassen haben. Dieser Mann wirkte alles andere als sterblich, fast wie ein künstliches Wesen. Jasov fiel es schwer, seine Blicke zu lösen, von ihm und von den anderen Drachen.

Nicht jeder Drache war eine gutaussehende Idealvorstellung eines Menschen. Sie konnten sich ihr Äußeres nicht unbedingt aussuchen, das hatte Jasov inzwischen gelernt, einigen sah man ihr wahres Wesen jedoch deutlich an. Und manchmal spürte man den Unterschied zum Menschen allein schon an der Sprache, an einem Blick. Das Alter spielte eine große Rolle, es machte sie ungreifbar. Mit so viel Lebenszeit und Erfahrung betrachtete man die Welt aus einer völlig anderen Perspektive. Drachen sorgten sich nicht um das Morgen, sondern planten Jahrhunderte im Voraus.

Jasov war sich in diesem Augenblick mehr denn je bewusst, dass er diesen Wesen niemals auch nur im Entferntesten ähneln oder sie gar begreifen würde. Verglichen mit dem Leben eines Drachen war seines das einer Eintagsfliege. Eine Sekunde. Ein Wimpernschlag. Schnell vergessen im Strom der Zeit. Staub.

Diese Erkenntnis ließ Jasov erschaudern, er wäre am liebsten aufgesprungen und weggelaufen. Stattdessen starrte er wie gebannt Lord Dragul an, als besäße dieser Drachenmann die Antwort auf all seine Fragen. Er war die Manifestation seiner größten Angst – der Tod selbst. Aber das war es nicht, was Jasov an ihm zweifeln ließ, nicht allein.

Plötzlich flammte Panik in Jasov auf. Schon während der Rede seines Herrn hatte er immer wieder Zweifel gehegt. Wie sollte er für die Ideale dieses zeitlosen Wesens in den Krieg schreiten, wenn er ihm nicht vollends vertraute? Was war das für ein bitteres Gefühl, das an Jasov nagte und ihn seinen Herrn beinahe hassen ließ? Er musste es lösen. Sofort. Andernfalls würde nicht nur ihre Mission scheitern, Jasov selbst würde versagen. Großverzauberer für das Reich, das war seine letzte Chance gewesen; wenn es das nicht war, was war es dann? Was hatte er sich von seinem Posten erhofft, als er regelrecht zum Schloss geflohen war?

Flucht.

War er nicht manchmal sogar durch die Stadt gerannt? Welche Antwort hatte er im Schloss gegen seine Angst finden wollen? Was es auch war, Lord Dragul besaß es. Sie alle besaßen es. Selbstsicherheit und Mut, unendliche Zeit, Wissen, Möglichkeiten, Macht, Flügel, einen feurigen Atem. Jasov wollte so sein wie sie, wie sie alle.

An seinem Hals regte sich ein Nerv, und er rieb sich den Nacken, als sein Kopf anfing zu glühen.

Neid. Er war neidisch.

Immer wurde er ausgegrenzt oder grenzte sich selbst aus. Sein gesamtes Leben schien er allem hinterherzurennen, stets kam er zu spät. Er beneidete Menschen wie Karl um ihre Selbstsicherheit. Er beneidete Marberd, der ganz selbstverständlich mit Drachen, Menschen und Magiekundigen plauderte und mit seinem furchteinflößenden Herrn sogar Kuchenrezepte austauschte.

Jeder konnte mit allem umgehen, mit der Magie und mit dem Tod, nur Jasov nicht. Er hörte das unerbittliche Rauschen der Magie, auch wenn er nur selten in der Lage war, etwas zu verstehen. Drachen wie Nyth hingegen sahen und erlebten Magie mit jedem ihrer Sinne. Und Männer wie Dragul lebten das, was Jasov sich immer als seine Zukunftvorgestellt hatte. Groß, stark, entschlossen, mutig, weise, mächtig.

Neid war fürchterlich.

Jasov gab wirklich sein Bestes, um endlich loszulassen, dass er all das nie sein würde, aber diese Träume gehen zu lassen, schmerzte ihn, zog an seinem Herzen. Adrenalin rauschte durch sein Blut und zwischen all dem dämpfenden Gefühl der Angst kristallisierte sich die Welt um ihn plötzlich zu einem klaren Bild. Seine Erkenntnis, so schwer, so hart sie auch zu akzeptieren war, fühlte sich an wie ein Erwachen. Er war nur Jasov. Das musste genügen.

Mit glasigen Augen musterte er weiterhin seinen Herrn. Wie akribisch und genau er vorging, konzentriert und ernst. Vielleicht rührte sein Mut aus seinen Motiven. Er wollte die Welt retten, hatte er in seiner Rede verkündet. Lord Dragul riskierte alles für die mickrigen, kurzlebigen Menschen.

Hatte Jasov sich selbst wirklich so gesehen? Als Staub? Uralte Kreaturen aus Magie setzten ihr Leben doch nicht für Staub ein. Dieser Altdrache, dem er so misstraut hatte, betrachtete die Karte vor sich mit einem derart schweren Blick, dass Jasov die Last auf seinen Schultern beinahe spüren konnte. Ein alter Mann, erdrückt von Verantwortung. Draguls Gesicht war von Sorgen gezeichnet, wieso hatte Jasov das vorher nicht bemerkt?

Es war endgültig an der Zeit, sich von seinen Fantasien zu verabschieden und in der Realität zu leben. Jasov war kein Held, kein strahlender Ritter, kein König, Lord oder Drache, weder selbstsicher noch so glorreich wie in seinen vielen tausend Tagträumen. Er war einfach nur er, und viele Personen hatten ihm in den letzten Monaten klar gemacht, dass das völlig ausreichte. Man musste kein Held sein, um zu helfen. Jasov würde tun, was getan werden musste. Als Mensch. Und wenn er dafür starb, dass andere Menschen frei blieben, frei wurden … Diese Macht in ihm, das besondere Talent, seine Magie, war die gebündelte Kraft vieler, die gierigen Drachen zum Opfer gefallen waren. Für sie, für ihr Erbe war er bereit, alles zu riskieren. Jahrelang hatte er seine Gabe mit Füßen getreten, sie als Last, gar als behindernd betrachtet – wie arrogant.

Zum ersten Mal in seinem Leben fühlte Jasov so etwas wie eine Berufung. Er konnte einen Zweck erfüllen, einen selbstgewählten, den er verstand, der ihm wichtig war und tief in ihm verankert.

Daher rührte also Mut.

Sich seinen Ängsten stellen und seine Ziele wählen – nicht mehr und nicht weniger verlieh seinem Herrn die Kraft, seit Zehntausenden Jahren zu kämpfen, bis in den Tod.

Der Gedanke jagte Jasov einen Schauer über den Rücken. Die Bereitschaft, das Sterben zu akzeptieren, verschob das gesamte Spektrum der Todesmagie in eine unheimlich dämpfende Stille. Kalt, aber furchtlos, fast schon befreiend endgültig. Mit einem Ruck floss die Kraft der Erkenntnis durch seinen Körper und ließ ihn sich aufrecht hinsetzen. Sein Mentor warf ihm einen verstohlenen Blick von der Seite zu; Jasov schenkte ihm ein Lächeln, ein Nicken.

Er hatte verstanden.

KAPITEL 43
DRACHENBLUT

Die taktischen Diskussionen endeten und der Lord ließ sich auf seinem Stuhl nieder. Viele der Anwesenden verbeugten sich knapp und verließen das Zelt eiligst, um zu ihren Truppen zurückzukehren. Kaum ein Wort über Schattenmagie war in den letzten vier Stunden gefallen. Die gesamte Schlachtplanung ging von einem Szenario aus, das magische Angriffe mit Kiras Blut einschloss. Man plante die Mission, jene Schattenkristalle zu zerstören, nicht mit ein, dafür blieb keine Zeit, und vermutlich standen die Chancen hoch, es zu vermasseln.

Jasov ahnte jedoch, dass noch mehr dahintersteckte, denn Draguls Schweigen bezüglich des Auftrags fühlte sich beinahe wie ein Geheimnis an. Sogar Marberd schien neugierig, aufgeregt, er tauschte mit Jasov einen langen Blick aus.

Es verging ein Moment der Stille, endlich seufzte der Landesherr, lehnte sich im Holzstuhl zurück, rieb mit einer Hand übers Gesicht und büßte mit dieser Geste deutlich seine einnehmende Erscheinung ein. Auch für ihn mochten sich die vergangenen vier Stunden wie Tage angefühlt haben. Jasov hatte nur wenige Besprechungen erlebt, wusste jedoch, dass Dragul dies tagtäglich zu ertragen hatte. Darauf war er definitiv nicht neidisch.

»Müde, Sir?«

Nahezu jeder noch Verbliebene blickte überrascht zu Nyth. Die kleine Drachenfrau war an den Tisch getreten und breitete eine Pergamentrolle aus. Sie sah ihren Herrn ziemlich direkt an und erntete auf diesen Blick hin ein Schmunzeln.

Hemm und Rurika waren im Zelt geblieben, so wie Jasov, Marberd, Kira und Miranda. Nyth hatte es bereits angedeutet:

Diese Mission war nicht Teil der Schlacht, und es fehlten ihr noch entscheidende Fakten. Entsprechend ungeduldig fixierte sie Lord Dragul, der sich zähneknirschend wieder aufrichtete. Den unsicheren Blick bildete sich Jasov nicht ein, es war wohl auch für den Lord unheimlich, von Nyth so angestarrt zu werden. Dieser Gedanke brachte Jasov beinahe zum Lächeln. Dass sogar sein Herr der kritischen Mimik der kleinen Drachenfrau nicht gewachsen war, war eine den düsteren Moment erhellende Vorstellung.

»Nun gut.« Dragul räusperte sich und nickte. »Ein letzter Plan für heute. Und es könnte der wichtigste von allen sein. Nichts, kein Wort, keine Information über die magischen Umstände darf jemals dieses Zelt verlassen. Haben wir uns verstanden?«

Ein einstimmiges »Ja, Sir« folgte, und er nickte wieder.

»Einer Spionin hinter Orcales' Reihen ist es gelungen, lebend ins Schloss zurückzukehren. Sie war nicht nur im Besitz taktischer Informationen, sondern konnte auch in Erfahrung bringen, wie Oracles plant, die erbeutete Schattenmagie einzusetzen. Zumindest hoffen wir, es richtig zu interpretieren. Er hat wohl seine Elite damit ausgestattet und abseits der geplanten Schlacht auf den Weg geschickt. Sie sollen vermutlich unsere Barrieren umgehen, die Lager infiltrieren und sich in die Schlacht schleichen, um ungesehen unsere Soldaten zu überwältigen. Glücklicherweise besitzen wir ausreichend Kristalle mit Lichtessenz, um dieses Lager abzusichern. Leider gilt das nicht für alle Grenzposten und Truppen. Wir können keine Soldaten auf dem Feld ausstatten. Wir müssen die Schattenkristalle unschädlich machen. Leider kann man eine unstoffliche Essenz wie Schatten nicht einfach vertreiben oder blockieren ohne ein Gegenelement.«

In Jasovs Erinnerung flammte etwas auf. Schatten vertreiben, daran erinnerte er sich. Sofort starrte er Nyth fest an, und tatsächlich nahm sie seinen Blick auf, schien leicht irritiert, wieso er ihr zunickte.

Im Kerkergang zu Kira hatte sie einen Kristall genutzt, der offenbar von ihrem eigenen Element erfüllt war, das die dunkle

Energie vertrieb, effektiver als jeder Lichtstrahl. Nyth war aber definitiv kein Lichtdrache. Jasov wusste inzwischen, wie sich Lichtmagie anfühlte, schließlich trug er einen solchen Kristall an seinem Schlüsselbund. Es war schwierig, wortlos mit jemanden zu kommunizieren und eine Frage zu stellen. Sein Blick huschte zu den Kristallen an seinem Gürtel, er nickte zu Kira, zuckte die Schultern und versuchte, so fragend wie möglich dreinzublicken.

Nyths Augen weiteten sich, und sie schüttelte den Kopf. Fast hätte Jasov laut nach dem Wieso gefragt.

»Wenn ihr euch äußern möchtet?« Lord Dragul beobachtete die kleine Szene offensichtlich interessiert.

Jasov biss sich ertappt auf die Lippe. »Nein … nein, Sir.«

»Aha.«

»E-es ist nichts!«

Dem prüfenden Blick musste er nun standhalten, doch zum Glück zuckte sein Herr mit den Schultern, auch wenn er Nyth eine Weile kritisch musterte.

Die Drachenfrau blieb wie immer stumm.

»Nun«, fuhr er endlich fort, »ein glücklicher Umstand sollte es uns ermöglichen, die Magie wieder … zurückzugewinnen.«

»Was?« Kira stand spontan auf, nur um beschämt zurück in ihren Stuhl zu sinken. »Verzeiht, Eure Lordschaft!«

»Was ich euch nun erkläre, ist nicht einfach ein Geheimnis. Diese Information in den falschen Händen kostet mehr als Leben! Ein Verrat würde nicht mit einer Haft enden. Wir verstehen uns?«

Niemand zögerte auch nur eine Sekunde, es brauchte kein Nicken, ihr gemeinsames Schweigen war genug.

»Dass man den magischen Körper eines Drachen nicht verletzen kann, ist jedem von euch bekannt. Wir bestehen aus Magie, die Materie formt. Schneidet man ins Fleisch, heilt unsere Magie den Schnitt. Ja, sie verbraucht sich mit der Zeit oder durch große Verletzungen, sie bleibt aber in sich intakt. Man tötet einen Drachen, indem man ihm das Herz herausschneidet oder den Kopf abschlägt.«

»Oder indem Ihr ihn zu lange berührt …«

Auf Nyths Bemerkung hin musterte Dragul die Drachenfrau von oben bis unten. Seine Mundwinkel zuckten kurz, ehe er unentschlossen nickte. »Ja. Das auch. Oder … jemand schneidet mit einer aus Äther geschmiedeten Klinge bis hinein in die Essenz.«

Kira griff an ihren Hals, der noch immer von einem offenen Schnitt gezeichnet war.

»Das ist es, was die Götterklinge so tödlich macht und so wichtig. Sie kann in das Blut, in die Essenz eines Drachen eindringen und Magie von Fleisch trennen. Oracles hat dich nicht einfach nur ausbluten lassen, er hat deine Essenz angeschnitten, Kira. Und dieser Schnitt ist nicht verheilt. Dein Kernelement steht offen, der geschlossene Kreislauf ist noch immer durchtrennt, bis die Wunde verheilt. Normalerweise kannst du Magie nur durch langsame Wiederaufnahme in deinen Kreislauf zurückgewinnen. Sie wird von Zeit zu Zeit über die Zellen absorbiert, bis in deinen Kern hinein. Aber durch diesen offenen Spalt, durch den deine Essenz entkommen ist – kann sie auch wieder zurückgerufen werden. Die Schattenmagie ist dein Blut, und der Verlust ist frisch. Sie wird dir folgen und dir gehorchen, wenn du sie rufst. Sie kann sich noch immer an dich erinnern. Sie wird dir gehorchen, nicht den Runen, mit denen sie in Kristalle gepresst wurde, oder gar den Magiekundigen, die mit ihr zaubern wollen. Wir müssen nur genug Schattenmagie befreien, die mit ihrer geballten Macht so laut ist, dass sie über das ganze Land hinweg den Rest deiner Magie erreicht. Wir müssen einen Sog erzeugen, so heftig und so mitreißend, dass es auch der letzte Fetzen deines Blutes bis ans andere Ende der Grenze hört und dem Ruf folgt. Ich kann dir nur nicht versprechen, dass es schmerzlos sein wird.«

Dass Nyth neben Jasov in einen leeren Stuhl sank, war ungewöhnlich. Ihren Gesichtsausdruck kannte er. Wenn ihm tausend Gedanken, Fragen oder Sorgen durch den Kopf stürmten, bildeten sich die gleichen Falten, aber bei Nyth lag Entsetzen darin … und das ließ ihn sofort nervös werden.

»Sir, das bedeutet …«, stammelte Kira aufgeregt, »wir … müssen lediglich ein paar Dutzend Kristalle zerstören und … dann rufe ich meine Magie zurück?«

»Ja. Kein Kristallgefäß, egal, wie rein und wie mächtig, kann Drachenblut in sich halten, wenn es zurückgerufen wird. Magie lässt sich aber nur rufen, wenn sie noch zu einem gehört, wenn sie zurückkehren kann. Das geht, dank dem Schnitt an deinem Hals. Allerdings wird ein kleiner Teil der Magie dich bereits vergessen haben. Doch es sollte ausreichen. Ihr müsst einen starken Ruf zu erzeugen. Und deshalb brauchen wir vor allem Jasovs Hilfe!«

»Was? Meine?« fragte Jasov überrascht und fühlte sich durch die plötzliche Aufmerksamkeit ausgesprochen unwohl.

»In dir ist noch immer ein Rest von Kiras Magie, nicht wahr? Also wirst du den Ruf hören. Sowohl deine Fähigkeit, Kristalle aufzuspalten, als auch dein Feingefühl für die Sprache der Magie – nur du kannst uns sagen, wann diese Mission von Erfolg gekrönt sein wird, wann ihr fliehen könnt und wann die Magie zu ihr zurückkehrt. Denn wenn das passiert, solltet ihr auf keinen Fall auf einem Schlachtfeld unter Feinden sein. Es wird leidvoll für Kira werden, anstrengend und unangenehm. Sowie du den Ruf vernimmst, Jasov, müsst ihr fliehen.«

Völlig erschlagen nickte er.

»Kira, es tut mir leid.« Nyths Stimme bebte leicht und sie sah das Drachenmädchen an. »Hätte ich gewusst, dass es möglich ist, dir dein Blut zurückzugeben – ich hätte einen anderen Weg gefunden, um Oracles von uns abzulenken. Ich hätte die Schattenmagie vielleicht bewahren können. Mit Sicherheit ist sie durch ihn völlig zerstört worden und …« Sorgenvoll verkrampften sich die bleichen Finger in ihrem Hemd, aber Kira schüttelte schnell den Kopf und lächelte.

»Schon gut, Nyth. Du hast damit vermutlich uns allen das Leben gerettet.«

Ganz offensichtlich unzufrieden knurrte Nyth leise. Also waren ihr diese Informationen ebenfalls neu – ihr, der klügsten, weisesten

Meisterin der Magie. Das allein bedeutete viel und machte Jasov die Tragweite dieser kritischen Neuigkeiten deutlich.

»Eure Lordschaft, wenn mir die Frage erlaubt ist, was an diesen Informationen ist so heikel, dass …«, sprach Marberd aus, was alle dachten. Doch als er Nyths brennenden Blick auffing, verstummte er sofort. Selten war ihre Aura so greifbar, jetzt meinte Jasov, sogar einige der Gläser auf dem Tisch vibrieren zu sehen.

»Wenn ein Ätherblutdrache mit dieser Klinge getötet wird, wird dabei das Blut der Drachengöttin wieder freigesetzt. Und theoretisch könnte es zu ihr zurückkehren. Oder aber … jemand anders bemächtigt sich dieser Äthermagie.« Auch ihre Stimme zitterte unruhig.

»Zur Drachengöttin zurückkehren? Aber sie ist …«

»Wir wissen nicht, ob sie tot ist, Marberd.« Lord Dragul erhob sich bei diesem Satz langsam. »Ich weiß nicht, wie es euch geht, aber wir müssen noch eure genauen Einsatzpunkte besprechen, und ich brauche jetzt erst mal etwas zu trinken. Noch jemand?«

KAPITEL 44
ERBEN DER GÖTTIN

Nyth reichte Marberd die Einsatzberichte und Schriftrollen. »Ich brauche noch einen Moment. Legt euch schlafen. Wir treffen uns zum Training mit der Geisterjagd, sobald die Sonne aufgeht.« Sie verzog sich ins dunkelblaue Ratszelt zurück, in dem nur Lord Dragul übriggeblieben war.

Nur äußert ungern setzte sie sich erneut der im Zelt gefangenen Wärme aus. Wie schaffte es ihr Herr nur, dass jeder Raum, in dem er sich aufhielt, stets ein wenig nach seinem Rauch roch? Drachen waren durchaus territorial, Dominanz hatte leider in ihrer frühen Geschichte eine große Rolle gespielt. Aber diese Zeiten waren lange vorbei, länger als der *Ewige Krieg*. Alles hatte sich mit den Menschen geändert, und auch die Drachen entwickelten sich mit ihnen weiter. Vielleicht brauchte er etwas länger.

Unzufrieden atmete sie durch und konnte den Rauch fast schmecken. Eine schwere, warme Note, als spazierte man durch einen Winterwald aus Eis und Schnee, mit hohen dichten Tannen und würziger Luft, und irgendwo brannte ein großes Lagerfeuer. Wie unangenehm einladend.

Einen ähnlichen Eindruck vermittelte auch Draguls Blick. Unter seinen Augen lagen Schatten, aber seine Iriden funkelten lebendig wie Flammen. Wenn die Magie eines Drachen nahe an der Oberfläche brodelte, damit er sie möglichst effizient nutzen konnte, ließen sich Veränderungen in der Erscheinung kaum verhindern. Wie sie ausfielen, war bei jedem unterschiedlich. Nyth kämpfte darum, nicht transparent zu wirken, Kiras Arme waren fast völlig schwarz, an Tress holte man sich momentan einen starken statischen Schlag. Lord Draguls Pupillen hatten sich zu schmalen Schlitzen zusammengezogen, mit denen er Nyth, die bereits eine Weile im Zelt stand, ohne etwas zu sagen, fragend anstarrte. »Kann ich dir helfen?«

»Habt Ihr einen Moment, Sir?«

»Tja, wenn du freiwillig mit mir reden magst, wie könnte ich da Nein sagen?« Er lachte leise und machte es sich wieder bequem in seinem Stuhl, ein bisschen zu bequem für Nyths Geschmack. Vorhin noch hatte er sehr ernst dem Rat einen gewichtigen Vortrag gehalten, aber nun, da sie mit ihm sprechen wollte, veränderte er sich völlig. Wann sie endlich den Respekt dieses Drachen erringen würde, war ihr auch nach tausend Jahren ein Rätsel.

»Dir beim Schweigen zuzusehen, ist mir stets eine Freude, weißt du das?«

Sie seufzte und zwang sich, näher an den Tisch heranzutreten. »Sir … ich selbst war zwar Zeugin des *Ewigen Krieges*, aber ich war nie in seinem Zentrum. Ihr schon. Konntet Ihr sehen, dass Mythrienes Blut die getöteten Ätherblutdrachen verlassen hat?«

»Das ist eine spannende Frage, Nyth. Wie viele von uns Drachen sind noch in der Lage, Äthermagie zu sehen? Oh – ich vergaß, du weißt ja sogar, wie sie sich anfühlt, nicht wahr?«

»Ich lebte zu einer Zeit, da hatten die Ätherdrachen die Welt noch nicht verlassen. Damals konnte man noch ihre Magie beobachten, und wir Drachen waren mächtiger. Ich habe sie gesehen, die Energie des Äthers …«

»Mhm?«

»Nichts Nennenswertes, Sir. Äthermagie war früher etwas Normales, nicht wahr?« *Nicht so hastig, du verrätst dich.* Nyth biss sich auf die Zunge und vergrub die Finger fest im dünnen Stoff ihres hellgrauen Mantels.

Ertappt – Dragul überlegte, wie er diesen Moment für sich nutzen könnte. Sie war also älter als der *Ewige Krieg* und kannte sogar den Äther. Aber Nyth direkt darauf anzusprechen, konnte er sich sparen. Mit Neugier hatte man es bei ihr schwer.

»Was möchtest du von mir hören, Nyth?«

»Ihr konntet sehen, wie die Äthermagie entkommen ist. Deshalb habt Ihr auf diesem Gebiet geforscht. Deshalb brütet Ihr mit einer ganzen Stadt, einem ganzen Reich über der Bibliothek.« Die kleine Drachenfrau stand mit einem Mal so dicht vor Dragul, dass ihre großen runden Augen ihn direkt aus dem Schatten ihrer Kapuze heraus anschauten.

»Wieso fragst du mich, wenn du die Antwort schon kennst?«

Ihr Gesichtsausdruck wechselte zu Unsicherheit, ihre Augen huschten zur Seite. Sie suchte erkennbar nach einer guten Erwiderung, wohl um nicht noch mehr von sich preiszugeben. Aber er wollte mehr.

Unterhaltungen mit Nyth lehrten einen wahrlich Geduld, und so begnügte er sich vorerst damit, sie anzusehen. Diese Chance bot sich selten, meist versteckte sich ihre zierliche Nase hinter dem Schattenwurf ihres Schals und der Rest ihrer Statur zwischen Stofflagen. Irgendwie wirkte sie somit noch winziger, als sie ohnehin war. Vermutlich hatte Hemm recht, sie war definitiv zu klein für ihn …

Dragul seufzte lautlos. Was dachte er da nur? Prompt erntete er ein Stirnrunzeln. Er wünschte sich erneut, das Gespräch mit Hemm nicht geführt zu haben, auch wenn diese Empfindung sich allmählich ins Gegenteil kehrte. Diesen Flirt mit ihr am Portal hatte er sehr genossen.

Zur Zeit des *Ewigen Krieges* gelebt zu haben, machte sie zu einem Altdrachen. Eventuell war sie gar nicht zu schwach, zu jung und zu klein für – ja, wofür eigentlich? Dragul setzte sich mit einem Ruck aufrecht hin und schüttelte kurz den Kopf. Jetzt freundete er sich schon mit diesen wirren Gedanken an. »Sag, was du zu sagen hast, Nyth!«

»Also existiert ihr Blut noch immer? Wisst Ihr, wo?«

»Du weißt, dass ich dir darauf keine Antwort geben kann. Falls es so sein sollte – Nyth, stell dir vor, das Blut der Drachengöttin findet den Weg zurück zu ihr. Dann stehen wir einem Feind gegenüber, der jede Vorstellung sprengt. Sie darf niemals in die Nähe ihres Blutes gelangen.«

»Aber, um ihre Magie wieder aufzunehmen, müsste sie sich verletzen können, so wie es Kira widerfahren ist. Ihren Kern öffnen, nicht wahr?«

»Nun, das ist ihr wohl schon einmal gelungen, sonst hätte sie ihr Blut kaum aufteilen können.«

»Meint Ihr nicht, dass dies Lord Durphan zu verdanken sein könnte? Er als Blutdrache hat die Fähigkeit, Blut zu manipulieren und damit auch die Macht eines Drachen …«

»Für meinen Geschmack setzt du dich zu sehr mit diesem Thema auseinander.«

»Ich ziehe lediglich Schlussfolgerungen, Sir.«

Dragul nickte nur. Wieso konnte sie ihn nicht nach etwas Einfachem fragen? Sie griff nach den gefährlichsten Geheimnissen der Welt, und das ohne jede Scham. »Mach dir nicht so viele Gedanken, Nyth. Nicht jetzt. Wir haben einen anderen Kampf vor uns.«

»Und mit der Götterklinge wäre es möglich, sie zu töten? Seid Ihr Euch da sicher? Aber – wer soll diese Waffe führen?«

»So viele Fragen.«

»Sollte die Klinge deshalb nicht oberste Priorität haben?«

Er knurrte. »Ich frage dich ein letztes Mal: Was willst du von mir hören? Dass ich dir diese Selbstmordmission erlaube?«

Ihre Lippen öffneten sich, schlossen sich und bildeten einen schmalen Strich.

»Ich hätte dich in deinem Nest einsperren sollen«, murmelte Dragul, und fuhr sich genervt mit einer Hand über die Stirn, massierte seine Schläfen.

»Ihr habt Euch meine Vorschläge immer zu Herzen genommen.«

Das leichte Flehen in ihren Worten ließ Dragul aufhorchen. Er richtete sich etwas auf und griff wie aus Reflex zu ihrem rechten Arm. Ein merkwürdiges Gefühl, die beinahe transparente Nyth wurde dadurch realer. »Das tue ich. Das tue ich wirklich. Und ich weiß, worum es dir geht. Und eines Tages kann ich dich vielleicht ins Vertrauen ziehen, dir die Antworten geben, die du dir wünscht, aber nicht, solange du ein Bauer auf dem Spielbrett bleibst und weiter deine Söldnerrolle spielst.«

»An was für eine Rolle habt Ihr gedacht?« Unsicher schielte sie zur Seite, zu seiner Hand an ihrem Arm, doch er dachte gar nicht daran, sie loszulassen, sein Griff war so locker, sie könnte ihn mühelos abstreifen.

Und dann streckte sie selbst ihren freien Arm aus, beugte sich vor und griff zum Lederriemen seiner Weste, zog daran. Nun war sie so nahe, er konnte ihren Atem spüren. Was war denn das?

Sie betrachtete das Band in ihren Fingern mit gesenkten Lidern.

»Möchtest du, dass ich dir eine neue Rolle gebe?«, flüsterte er heiser. »Wir sprachen schon einmal darüber, erinnerst du dich? Damals hast du mir nicht geantwortet.«

Ihre Augen fanden wieder zu ihm, und er konnte sie schlucken sehen. Es fiel ihm schwer, einzuschätzen, ob sie gerade wütend war, nervös oder am Ende tatsächlich neugierig. Gerade ignorierte sie den Abstand, den sie selbst zwischen ihnen aufgebaut hatte. Ihre Finger spielten mit dem Lederband. Der Anblick machte ihn unruhig. Deshalb ärgerte er sie so gerne, weil sie auf jedes bisschen Necken auf ihre ganz eigene Art und Weise einging, es erwiderte und gewann … sie gewann jedes Mal.

»Eventuell eine Dame?«, schlug er vor.

Da war definitiv ein bisschen Ärger, der eine Falte zwischen ihren Augenbrauen bildete. Dragul kicherte dunkel. »Na gut, die Dame passt dir nicht. Magst du lieber Pferde oder Rüstungen? In einem Turm schläfst du ja bereits, vielleicht ist es das.« Er lachte und musste zu seiner Verwunderung erleben, wie sich ein Schmunzeln über Nyths Lippen schlich. Sie ließ ein leises Schnauben verlauten und schüttelte den Kopf.

»Oder doch lieber die Krone? Jah … die würde dir stehen. Eine Königin … das würde mir gefallen«, hörte sich Dragul flüstern und nahm ihren kritischen Blick mit Neugierde auf. Für ihre Verhältnisse zögerte sie zu lange mit einer Erwiderung. Darüber hinaus erlaubte sie ihm weiter, sie festzuhalten. Sie roch so gut, dass Dragul dagegen ankämpfen musste, tief durchzuatmen.

Da war es wieder, ein Lächeln auf ihren Lippen, nur kurz, spöttisch, begleitet von einem leisen Knurren. Sie ließ den Arm sinken und sah zu ihm hinauf. »Euer Nest würde mir also alle Antworten liefern, Sir?«

Wenn er sich nicht täuschte, handelte es sich bei ihrem Tonfall um Sarkasmus. Aber etwas in ihm wünschte sich, dass er sich irrte. Sie griffen eine längst vergangene Unterhaltung wieder auf, und nun war sich Dragul bewusst, wieso sie ihn damals so gereizt hatte. Er wollte ihr wirklich eine Krone aufsetzen. »Ja, für dich schon. Und ein bisschen mehr«, antwortete er diesmal ehrlich.

Das wackelige Grinsen auf seinen Lippen entlockte ihr ein resigniertes »Hah«, und dann trat die Drachenfrau einen Schritt zurück, löste sich von ihm. »Ihr seid …«

»Ja?«

»Ihr seid ein Kindskopf.« Sie seufzte tadelnd und verschränkte die Arme, als wiese sie gerade einen ungezogenen Schüler zurecht.

So oft hatte er in Hoffnung auf eine Reaktion von ihr jegliche Grenzen von Anstand überschritten und wieder betrug er sich wie das Letzte. Hemms Worte hatten ihm zu denken gegeben, aber offenbar reichte das noch nicht.

»Verzeih mir meine Respektlosigkeit, Nyth. Es ist verlockend, mich die restliche Nacht mit dir zu unterhalten, wirklich. Ich bin der Meinung, das ist längst überfällig. Es gibt so vieles, was ich dir gerne sagen würde. So viele Antworten, die ich auch gerne von dir … Aber dafür fehlt uns jetzt die Zeit. Ruh dich aus. Ihr habt nur zwei Tage Zeit zum Trainieren …«

»Ja, Sir!«

»Und bitte pass auf dich auf. Ihr erbeutet die Schattenmagie und dann kehrst du zu mir zurück!«

»N-natürlich!«

Er hatte Nyth so weit, dass sie stotterte, und der übliche Zank, das Angiften blieben aus. Der Bogen war überspannt. Nach dem

Krieg würde er sich darum kümmern, sein kaputtes Verhältnis zu ihr in Angriff zu nehmen, sich tausend Mal entschuldigen. »Du willst doch den jungen Magier und das Drachenkind nicht traurig machen. Du bedeutest ihnen so viel.«

Sie nickte langsam und er meinte, ein Augenrollen zu bemerken. »Gute Nacht, Sir!« Nach einer kurzen Verbeugung verließ sie das Zelt, stolzierte hinaus, statt wie üblich zu fliehen.

Hoffentlich hatte er nicht zu viel gesagt. Sowohl was das Ätherblut, seine Pläne, als auch seine Gefühle anging. Ihre unruhigen Gedanken weiter anzukurbeln, war keine gute Idee. Leider war es schwierig, Nyth beim Lügen zu ertappen, dafür kannte er sie nicht gut genug.

Noch müder als vor ihrem Gespräch, erhob er sich und verließ ebenfalls das Zelt. Was für ein unerfreulicher Start in eine Schlacht, mit mehr Fragen als Antworten … und so ganz ohne Tabak.

KAPITEL 45
DER KNALL

Meister Hemm besaß zwar keine Flügel, dafür aber einen gigantischen Körper. Mit einem Blitz, der sich ausbreitete und zur Form einer großen Echse heranwuchs, erschien der Feuerdrache in voller Größe in der Mitte des Übungsfeldes. Hemm ähnelte einem drallen, muskelbepackten Reptil, gepaart mit den Merkmalen eines Bullen. Seine Hörner erinnerten an die eines Stiers.

Neben seiner gewaltigen Präsenz schienen die Soldaten auf ihren Positionen rings um ihn herum zu schrumpfen. Doch für eine genauere Betrachtung blieb keine Zeit. Ein komprimiertes, magisches Wesen hatte sich entfaltet und urplötzlich Raum eingenommen. Das daraus resultierende Erdbeben war nicht so dramatisch wie die gigantische Druckwelle aus Luft und Energie. Zu allem Überfluss erlaubte sich der rostbraune Drache mit den schimmernden Schuppen, zu springen. Es war wohl nur ein Hoppeln, kein wirklicher Sprung in die Luft. Aber es reichte aus.

Sein Aufschlag übertraf alle Erwartungen. Kräftige Beine rammten sich in den Erdboden und wirbelten Schlamm und Gestein auf. Ein ohrenbetäubender Lärm zerstörte Kommunikation und Konzentration. Dazu kam der Anblick dieser Bestie, die anscheinend aus Feuer und Kohle bestand. Man konnte die Funken unter den Schuppen prasseln sehen.

Ganz von selbst sprangen schwach rosa leuchtende Kristalle an jedem Gürtel an, teilweise auch an Schwertern, bei manchem an einer Halskette. Pure Gewalt, pure Energie jagte durch den Boden, durch die Luft und schlug Jasov hart entgegen. Schlamm bäumte sich mit Felsgestein auf, zerrissen von der Gewalt. Alles wurde durch den Druck zerquetscht.

Aber nicht die hunderttausend Stiefelträger. Das schwach rosafarbene Leuchten der Kristalle intensivierte sich, als sie die Energie, die gegen ihre Träger anstürmte, vollständig kompensierten. Sie sogen sie in sich auf und brachten sie auf null. Die Magie der Kristalle umschloss die Leiber und fing die gesamte Kraft einfach auf.

Jasov jedoch besaß keinen solchen Kristall.

Er musste bei dieser Übung darauf verzichten, denn ein Verzauberer war mächtiger als ein kleiner Kristall, mächtig genug, um sich selbst zu schützen – angeblich. Diese Übung würde es zeigen. Er spürte die Druckwelle durch die Vibration im Boden und konnte die Luft wie verzerrt auf sich zurasen sehen. Seine Magie beschützte ihn also vor dem Tod durch solchee – wie hatte Nyth es genannt? – banalen Gefahren?

Diese Gefahr fühlte sich nicht banal an. Sie zerrte an allem, bis hinein in seine Knochen. Ihre Kraft war ähnlich stark wie damals die Explosion in der Kristallmine. Diesmal aber erlöste ihn keine gnädige Ohnmacht, diesen Horror erlebte Jasov bei vollem Bewusstsein. Nur wusste er nicht genau, wieso er ihn erlebte. Das hier hätte seine Knochen zerquetschen müssen, aber seine Hände hatten sich schützend erhoben, flüssige Silben waren ihm über die Lippen gekommen und das Flüstern breitete sich vor ihm aus wie ein Schirm. Er konnte Karls Hand auf dem Rücken spüren und lächelte ihn verlegen an.

Der kleine rosa Kristall am Gürtel des Paladins leuchtete nicht wie die aller anderen – es war Jasov, der seinen Freund vor dem Energieausbruch bewahrte. Um sie herum stürmten, Schlamm, Energie und Lärm. Als befänden sich Paladin und Zauberer im Auge eines Tornados, umrundete die Zerstörung sie. Während Kira und Marberd vom Druck überrollt wurden und nur dank der Kristalle stehen blieben, berührte nicht ein Windhauch Jasovs Hände.

Stolz stieg in ihm auf wie Hitze, er meinte, seine Ohren würden glühen. Wieso fühlte er sich dann gerade so beschämt?

Das großartige Gefühl eigener Magie jagte durch Jasovs Körper, er vollbrachte ein wahres Meisterwerk, und alles, woran er denken konnte war, dass er und Karl …

Ein Knall.

Der wahre Lärm der Wucht erreichte sie, und für einige Sekunden waren sie alle gelähmt vom Donner. Der volle Schall des Sprungs breitete sich aus.

Dies war der gefährlichste Moment bei einem Drachenangriff: Selbst wenn man seiner Macht entfliehen und sich retten konnte, so holten einen Donner und Hall irgendwann ein, und das schmerzhaft. Jasov fühlte ein Stechen in seinem Kopf. Dann endlich ebbte der Spuk ab, und lediglich der leichte Nieselregen aufgewirbelter Feuchtigkeit blieb zurück.

Vor ihnen stand Meister Hemm, hoch wie ein Turm, breit wie ein Marktplatz. Als er das Maul aufriss, hörte sich das mächtige Gebrüll an wie ein Freudenschrei. Und tatsächlich verfielen alle Soldaten in lauten Jubel und applaudierten einander. Banner wurden geworfen und vom Wind davongeweht. Jasov beobachtete, wie Zauber durch die Luft rasten und am Himmel in tausend Funken zerplatzten. Jeder atmete erleichtert auf, und in vielen Gesichtern sah er ein breites Strahlen.

»Was für eine schöne Feuerprobe!«, rief Marberd. »Viele einfache Krieger haben in ihrem Leben noch nie einen Drachen gesehen. Und dann gleich Meister Hemm bewundern zu dürfen – seine Macht zu spüren und ihn auf unserer Seite zu wissen, was für ein beeindruckender Moment! Schade, dass Rurika sich nicht demonstrieren wollte, ich wüsste zu gerne, wie sie wirklich aussieht!«

Kira rollte leicht mit den Augen, zwinkerte dem alten Mann dann aber zu. »Für einen Drachen zu schwärmen ist ungesund«, tadelte sie unernst und klopfte sich etwas Schlamm von der Hose. Neidvoll musterte sie Karl und Jasov, die völlig sauber geblieben waren.

»Och, in meinem Alter ist nichts mehr gesund! Ich könnte mich heute nicht mal mehr gegen so eine Druckwelle schützen. Übrigens: Gut gemacht, Jasov!« Ein Glucksen, und der alte Mann warf ein Portal zurück ins Lager in die Luft.

»Ja, gut gemacht, Jasov! Und danke für deinen Schutz«, raunte Karl breit grinsend, und für Jasovs Geschmack etwas zu dicht an seinem Ohr.

Ein merkwürdiger Schauer überlief ihn. Schade nur, dass er sich kaum erinnern konnte, wie ihm dieser Schild gelungen war. Manchmal entpuppte sich Magie eben doch als unerklärliche Trickserei. Ob sie ihn wirklich vor allen Konsequenzen retten würde, blieb abzuwarten.

Mit einem mulmigen Gefühl im Magen blickte sich Jasov ein letztes Mal um. Ein tiefer Spalt war entstanden, als sich Hemms Hinterbeine ins Gestein gegraben hatten. Dieser Spalt war zu einem Riss angewachsen, und ein großes Stück Fels hatte sich in die Höhe geschoben, weit weg von den Füßen der Soldaten. Dabei war Hemm lediglich einmal gesprungen, ein Hopser, weder hoch noch mit viel Kraft. Mehrere solcher Kreaturen in vollem Kampfeinsatz – eine schreckliche Vorstellung! Hoffentlich fiel Jasov dann rechtzeitig der passende Zauberspruch ein, um … vielleicht zu fliegen?

Nach dem Portalschritt zurück ins wesentlich weniger belebten Lager, wurde es sofort wärmer. Das Licht vieler Fackeln strahlte golden zwischen den bunten Stoffen und neutralisierte das kühle Blau des Himmels. Die späte Mittagssonne glomm nur schwach durch die Regenwolken. In diesem Teil des Landes war sie nicht gelb, sondern blass bläulich. Angeblich war daran die Luft ganz weit oben, nahe den Sternen, schuld. Wieder ein Punkt mehr auf Jasovs Fragenliste für den Unterricht.

Der Unterricht … Sein einziges Ziel war es, den noch einmal zu erleben. Wie lächerlich ihm seine Angst vor dem Posten des Großverzauberers mit einem Mal vorkam.

Gerade als Marberd seine Stiefel auszog und flüssigen Schlamm auskippte, hallte ein Donnern aus weiter Ferne an ihre Ohren. Der

Ton war tiefer als das eben erlebte Spektakel, besaß jedoch eine heftige Schärfe. Eine Windböe erfasste die Fahnen und Banner der Zelte, blähte den Stoff auf. Sogar ein Huhn fegte sie von einem Dach.

Während der Großverzauberer nur über den Dreck an seinen Füßen fluchte, drehten sich Karl, Jasov und Kira entsetzt um und versuchten, etwas an der fernen Grenze zu erkennen.

Aber … nichts.

Da war nur das gleiche Schlammgrau wie zuvor.

»Macht euch keine Mühe, das war zu weit, als dass man es sehen könnte. Und es ist mit Sicherheit sehr viel länger her als sein Klang.« Irgendwann würde Nyth ihn noch zu Tode erschrecken. Dafür, dass ihre weiße Uniform auffällig im Licht strahlte, schaffte sie eine lautlose Annäherung eindeutig zu perfekt.

Kira verzog den Mund. »Klang … wie die Landung eines sehr großen Drachen, sehr weit entfernt.« Auf Nyths Nicken hin zogen sich die dunklen Augenbrauen des Drachenkindes zusammen. »Mist, verdreckter!«

»Wir können nicht länger warten, es wird Zeit! Kommt! Oder der Krieg macht unsere Pläne zunichte.« Nyth stapfte an ihnen vorbei und deutete an, man möge ihr folgen.

»Was? Jetzt? Jetzt gleich?«, keuchte Jasov.

»Jetzt sofort!« Für diesen Ruf erhob Nyth sogar ihre Stimme.

Geschockt sah Jasov ihr nach, drehte sich dann verzweifelt zu seinen Freunden um. Da nie geplant gewesen war, Marberd auf diese Mission mitzunehmen, blieb dieser mit nackten Füßen auf schlammiger Erde stehen und zuckte mit den Schultern. Er wusste wohl nicht, was er zum Abschied Passendes sagen konnte, vor allem so übereilt, also drückte er Jasov nur die Hand – sein Blick sprach für sich.

Doch ehe Kira, Jasov und Karl der Drachenfrau folgen konnten, blieb Nyth wieder stehen und drehte sich um. »Du nicht!« Sie deutete auf Karl.

Ihm klappte der Mund auf. »Was?! Aber ich …«

»Aktuell bist du noch nicht der Leibwächter, der du sein möchtest. Vielmehr ist Jasov zurzeit *dein* bester Schutz. Du bist noch zu schwach, es braucht mehr als ein paar Wochen …«, erklärte Nyth mit strengem Blick.

»Aber …«

Sie schüttelte nur den Kopf. »Sei ehrlich: Kannst du einen Schildzauber sprechen?«

Für eine Weile blinzelte der Paladin unsicher und rang nach Worten. »Nein, kann ich nicht.«

»Dann ist es beschlossen. Karl, du bleibst bei Marberd im Lager. Helfende Hände sind an jeder Ecke dringend nötig. Jasov funktioniert besser, wenn er auf einem Schlachtfeld dieser Größe nicht vor Sorge um dich erstickt.«

Zu gerne hätte Jasov ihr widersprochen. Leider jedoch hatte Nyth vollkommen recht. Es fiel Karl schwer, einen Zauber aufrechtzuerhalten, und Schwert und Schild allein reichten nicht aus, um gegen Schattenassassinen und Drachen zu kämpfen. Würde ihm etwas zustoßen, erneut – kalte Panik griff sofort nach Jasovs Herz, und er atmete zittrig durch. Verdammt, jetzt war nicht die Zeit für eine Panikattacke.

Energisch drehte er sich zu seinem Freund und Leibwächter um. »Karl, ich passe auf mich auf. Du hast doch gesehen, wie gut ich das inzwischen kann«, murmelte er bemüht selbstsicher. Zum ersten Mal traute er sich auf Karl zuzugehen, griff nach dessen Arm und berührte ihn vorsichtig, als wäre der Mann aus Glas.

Wie ein nasser Hund schaute Karl drein. Seine Arme schlangen sich fest um Jasov, drückten ihn an sich. »Ich weiß!« Der Herzschlag des Paladins trommelte spürbar gegen Jasovs Brust. Am liebsten hätte er seinen Freund nie wieder losgelassen.

»Bring mir was mit«, murmelte Karl ihm ins Ohr.

»Was denn?«

»Irgendwas. Einen Helm. Einen Stein.«

Zittrig drückte sich Jasov von ihm weg und grinste. »Findet sich bestimmt was!«

Nyth räusperte sich. »Kommt jetzt!«

Das wehleidige Zurückblicken schenkte sich Jasov, er stapfte einfach an Nyths Seite und folgte ihr, den Blick stur auf den Boden gerichtet. Bloß nicht zu viel denken oder gar mit sich hadern. Wenn all dieses Chaos vorbei war, konnte er für einen Tag heulend unter der Bettdecke verschwinden. Aber nicht heute, auch nicht morgen. Manchmal half es, das Verzweifeln auf einen anderen Tag zu verschieben.

KAPITEL 46
DAS SPIEL

Die kleine Holzpfeife mit dem langen Schaft war poliert und glänzte in seinen Fingern, funkelte ihn regelrecht an, als Dragul sie hin und her drehte. Ein Verlangen nach Tabak verspürte er nicht. Diese Art Sucht gehörten nicht zum nervlichen Konstrukt eines Drachen, aber ein wenig Hauchkraut würde ihm helfen, die Mundwinkel zu heben.

Gifte dämpften die Macht eines Drachen und auch seine eher niederen Instinkte. Als die Ätherwesen sich die Wesen der Welt zum Vorbild nahmen, um zu Drachen zu werden, gab es leider noch keine Menschen. Man hatte sich an den triebgesteuerten, territorialen, emotionalen Bestien des damaligen Tierreichs orientiert. Vielleicht war dies auch einer der Gründe, weshalb es zwischen Menschen und Drachen mehr Krieg als Frieden gab. Die Unterschiede der beiden Spezies waren in manchen Bereichen drastisch. Besonders der Einfluss ihres Elements auf Charakter und Entwicklung der Drachen war für einen Menschen schwer nachzuvollziehen. Aber außer Dragul selbst konnte sich wohl niemand vorstellen, den Tod in sich zu tragen.

Kalt rauschte das magische Blut durch seine Adern. Es verlor die Hitze seines Kerns bereits nach wenigen Augenblicken und machte aus dem Lord einen ungewöhnlich kühlen Drachen. Diese starke Nähe zu seinem Element war zwar grauenvoll unangenehm, für einen Krieg aber leider notwendig. Er kämpfte stets mit sich selbst um die Vorherrschaft. Verstand gegen Magie. Leidenschaft und Sehnsüchte gegen umnebelnde Taubheit und eiskalte Logik.

Wer glaubte, ein Todesdrache fühle sich in ertränkender Stille wohl, täuschte sich gewaltig. So war er nicht geboren worden, falls man den Beginn seiner Existenz überhaupt als Geburt bezeichnen konnte. Und nun, da die innere Energie nicht mehr tief in ihn hinein verbannt war, sondern kaum komprimiert den ganzen Körper füllte, erstarb jedes Gefühl, ehe es sich manifestieren konnte. Da war nichts außer Leere und dem Drang, sie zu füllen. Doch einerlei, was er verschlang, alles versiegte in der gleichen Stille, in einem tödlichen Ende. Dieser Zustand war gefährlich, weniger für ihn als für jeden anderen, denn er hatte seine Empathie verloren.

Er verstaute die zierliche Pfeife in einem edel gearbeiteten Holzkasten. Sein Wappen war liebevoll eingraviert, und die Schatulle duftete nach gebrochenen frischen Hölzern. Für gewöhnlich weckte dieser Geruch angenehme Erinnerungen. Jetzt aber legte er den Kasten achtlos zur Seite und griff nach seiner Krone. Der schmale Ring mit den aufgebogenen Enden fand wieder Platz auf seinem Haupt, doch auch diese vertraute Geste brachte ihm keinen Funken Zufriedenheit. Zu tief steckte er bereits in seiner Magie und hatte damit die Augen förmlich überall.

So nahm er den Donner in der Ferne aus tausend Winkeln wahr. Die ausgetrockneten Augenhöhlen eines uralten Soldatenkriegers sahen für ihn sogar über den Horizont. Diese Verbindung, so weit über die Grenze hinaus, konnte er nur kurz aufrechterhalten, aber Dragul erfuhr alles, was er wissen musste. Oracles vergeudete keine Zeit. Der Krieg hatte begonnen.

Die Versuchung, sofort zuzuschlagen, war enorm. Wenn Dragul wollte, könnte er noch viel mehr erreichen, als er zurzeit zuließ. Die Grenzen seiner Macht hatte er sich zu seinem eigenen Schutz selbst gesetzt. Sollte er es wirklich wollen, dann konnte er aus dem Staub des ganzen Landes Soldaten erschaffen. Sie würden direkt unter den Füßen von Oracles' Heer auferstehen und jeden töten. Danach würde sich Oracles sofort auf ihn stürzen, und Dragul bekam den ersehnten Kampf.

Einige wesentliche Charakterzüge eines Drachen konnte nicht einmal Todesmagie bremsen. Dragul gierte danach, seinem Feind das Herz herauszureißen und somit einen Schritt näher an seinem

Ziel zu sein, einer Welt in Balance. Es wäre so einfach, so sauber. Wut kämpfte sich an die Oberfläche, Wut über den Kampf mit sich selbst, mit seinem Mitgefühl.

Es existierten viele magische Massenvernichtungswaffen, ihr Einsatz diente nie einem Sieg, war nie fair; und deshalb verboten. Die gefährlichsten Waffen waren aber die Drachen selbst. Doch der stille Pakt, diese Macht niemals gegeneinander einzusetzen, klang in Draguls erkalteten Gedanken unlogisch. Die paar Menschen. Dafür wäre der Krieg beendet, bevor er begonnen hätte. Ein guter Tausch. Kein hoher Preis. Schnell und präzise.

Sterben war in sich perfekt. Es ergab ein klares Ende ohne Fragen. In gewisser Weise war der Tod wunderschön. Und er war so versucht sich dieser Balance hinzugeben.

Vor gut einer Stunde hatte er sich fest ins Gewissen geredet, war mit sich im Gebet versunken, um einen Wunsch zu manifestieren, einen Befehl an sich selbst.

Leben bewahren. Du musst Leben bewahren. Das ist deine Aufgabe. Das ist es, was du wirklich willst. Nur damit kannst du dein Ziel erreichen, egal wie lange es auf diese Weise auch dauern mag. Das ist deine Pflicht.

»Aber du bewahrst so viel mehr Leben, wenn du ein paar opferst«, kam es ihm laut über die Lippen. Die Gelegenheit den Krieg sofort zu beenden. Dafür sollte er es wagen, es stand so viel auf dem Spiel. Die Götterklinge. Das war der sicherste Weg, sie zu erringen, in einem direkten Zweikampf.

Was für eine wundervolle Chance …

Unwillkürlich drängte sich ihm eine Erinnerung auf und übertönte für den Moment die Stille.

»Nur für den Hauch einer Chance …« waren Nyths Worte gewesen.

Er atmete langsam durch, zog tief die kalte Luft im Zelt ein und stieß sie in Form einer schwarzen Rauchwolke aus. Diese grausamen Überlegungen waren nicht sein erstes Gedankenspiel dieser Art. Hin und wieder gezwungen, sich der eigenen Magie zu ergeben, ließ sich Dragul meist von seinen vorher gefestigten Befehlen leiten. Er vertraute darauf, dass sein lebendiges *Ich* die richtigen Entscheidungen getroffen hatte, ehe der Tod die Kontrolle übernahm.

Es hatte Zeiten gegeben, da war es nur seine eigene Unterschrift auf Manöverplänen und taktischen Notizen gewesen, die ihn davon abgehalten hatte, Leben zu verschlingen. Nicht selten hatten Hemm und Arqdelia ihn zur Vernunft bringen müssen. Meist mit Wein, seltener mit harten Worten; sie konnten sehr überzeugend sein, wenn es nötig war.

Doch heute brannte ein feines Gefühl von Angst in ihm. Angst um seine Freunde, sein Reich, die Menschen. Angst vor allem um Nyth. Diese Furcht vor dem Verlust kribbelte lebendig und war laut genug, um durch die beharrliche Stille seines Elements zu dringen. Wenn sie starb, würde er leiden.

Der Tod mochte effizient Probleme lösen; aber wenn man für das Leben kämpfte, durfte man nicht zu effizient werden, denn Leben zeichnete sich durch das Gegenteil aus. Er hatte nicht das Recht über Leben und Tod zu entscheiden.

Dragul war dankbar, mit Hemm jenes Gespräch geführt zu haben. Und sein Eingeständnis ärgerte Dragul ein wenig, besonders, da der Feuerdrache jetzt ins Zelt gepoltert kam und ihn aus seiner Trance riss.

»Dragul! Es hat begonnen!«

»Ich weiß!«

»Ja, sicher. Hab' die Untoten gesehen. Und alles, was wir aus dem Moorland mitgebracht haben, ist bereits aufs Schlachtfeld gewankt.« Seine Stimme klang kritisch, und er beäugte Dragul ganz genau.

Meister Hemm und er kannten sich seit dem Ende des letzten, des *Ewigen Krieges*. Hemms Vater hatte Seite an Seite mit Dragul und anderen Altdrachen an der Front gekämpft. Den weisen Feuerdrachen hatte Dragul nicht retten können, aber das dickköpfige Drachenkind und seine restliche Familie hatte er bewahren können. Zeitweise hatte er Hemm großgezogen, und auch dieser Gedanke weckte wieder einen Hauch von Gefühl in Draguls Brust.

»Geht's dir gut?«, wollte Hemm wissen, der ganz genau wusste, in welchem Zustand sich Dragul zurzeit befand.

»Ja, alles in Ordnung!«

»Wirklich? Ich muss dich also nicht daran erinnern, was wir vorhaben?«

»Nur eine kleine Änderung…«

Der Feuerdrachenmann hob die Augenbrauen, tiefe Falten bildeten sich auf seiner Stirn.

»Wir hatten vor, Oracles zur Kapitulation zu zwingen. Aber ich fürchte, dass wird unmöglich. Er wird nicht aufgeben und ist zu gefährlich. Wenn er gegen mich kämpft, werde ich ihn töten.«

»Dann wird er für sein Volk zum Märtyrer!«

»Nicht … wenn ihr vermeintlich gottgleicher Drache vor ihren Augen zerstört wird.«

»Dragul …«

»Ich will nur, dass wir vorbereitet sind. Mit seinem Tod wird sich seine Magie entladen.«

»Verstanden. Magische Dämpfer und ein Fass voller Wein, um dich wieder zu Verstand zu bringen, wenn du seine sterbende Magie vertilgt hast.«

Dragul knurrte unzufrieden mit sich selbst.

Diese Entscheidung fällte er auch *ihretwegen*, und er konnte sich nicht dagegen wehren. Er wollte die Schlacht so schnell wie möglich beenden, damit sie nicht die Gelegenheit bekam, sich doch noch in Gefahr zu begeben, und Oracles nicht die Chance erhielt, sich an ihr zu rächen. Der Kommandant von Brarche war gefährlich, aber nichts im Vergleich zu einem außer Kontrolle geratenen Todesdrache. Schon der Welt zuliebe durfte ihr nichts geschehen.

»Bist du dir sicher, dass es dir …«, begann Hemm erneut.

»Es geht mir gut!« Wenn Dragul auch kein Lächeln gelang, er klopfte seinem Freund brüderlich auf die Schulter und verließ das Zelt.

KAPITEL 47
DIE JAGD

Siebzehn leicht durchsichtig schimmernde Hunde standen in Reihe vor Miranda. Die Frau beäugte jeden einzelnen von ihnen ganz genau, als musterte sie eine Schar Kinder. Im Kontrast zu ihrer geisterhaften Erscheinung verhielten sich die Tiere völlig normal, wie Hunde eben. Das Fell wurde geschüttelt, einer kratzte sich hinter dem Ohr, Miranda musste Faches und Ram ermahnen, weil sie nicht aufhören wollten zu balgen. Immerhin wurde ihr Fell nicht schmutzig, während sie zwischen den zerstörten Überresten einer Stadt durch den Schlamm tobten.

Zwei wackelige Portale waren nötig gewesen, um diesen Ort zu erreichen. Sie befanden sich genau zwischen den geplanten Gefechtsfeldern und konnten so den Kampf umkreisen, um hinter Oracles' Reihen zu gelangen. Lord Dragul hatte darauf bestanden, dass sie sich nicht um Schattenkristalle auf dem Schlachtfeld kümmern und sich vom eigentlichen Schlagabtausch unbedingt fernhalten sollten. Das war Jasov nur recht.

Geisterjagd, Zauberer und Drachenkind standen beisammen und warteten auf Nyth. Sie erkundete das Gebiet auf der Suche nach einer bestimmten Route, nach einem Pfad, der nur noch auf uralten Karten verzeichnet war und sie über die Grenze führen würde. Doch die Drachenfrau konnte nicht mehr fern sein; Furfur schaute nervös ins Weite und tippelte auf und ab. Er witterte sie über Meilen. Auch die Ohren der anderen Hunde drehten sich, einige hoben die Köpfe.

Zischend, wie das Geräusch einer abkühlenden Klinge in einem Wasserbecken, kämpfte sich ein Portal vor ihnen durch die Luft. Hier war es ausgesprochen schwierig, eine Pforte zu öffnen.

Unruhige Magie bewegte sich durchs Land und brachte alles in chaotische Vibrationen. Wie Nyth hier überhaupt solch komplexe Zauber wirken konnte, war Jasov ein Rätsel. Doch da stand sie wieder vor ihnen und nickte lediglich.

Ihr durch so ein umrissloses Portal zu folgen, erschien alles andere als sicher, aber nachdem Geisterhunde, eine entschlossen wirkende Miranda und Kira ohne Zögern hindurchtraten, folgte auch Jasov voller Vertrauen. Ein stabiles Portal spürte der Leib nicht, doch derartig zittrige Öffnungen knisterten auf der Haut und konnten einen sogar schwer verletzen. Gut, dass es bei einem Ziepen in der Magengegend blieb.

Dieser Abschnitt der Grenze musste einst ein Wald gewesen sein, von dem nun lediglich versteinerte Baumstümpfe übrig waren. Die Ruinen einer langen, dicken Mauer, heruntergebrochen und verwittert, schlängelten sich über die Landschaft. Hier war der Boden deutlich steiniger, er bestand aus Kiesel und Bruch. Die Stiefel freuten sich über so viel Halt, jeder klopfte Schlamm aus den Profilen.

»Leider müssen wir mehr als improvisieren, nun, da diese Mission unvorbereitet ansteht«, erklärte Nyth. »Gleich werden wir dieser Mauer folgen, vielmehr ihrem Schatten. Kira wird uns dafür komplett in ihre Magie hineinziehen und mit sich reißen. Das wird durchaus unangenehm. Wir müssen für eine ganze Weile auf diese Art reisen. Die Dringlichkeit unserer Mission erlaubt keine Pausen, und wir müssen die volle Geschwindigkeit von Kiras Fähigkeiten ausnutzen. Die Geisterjagd wird voranreisen und uns leiten. Diese Mauer verzweigt sich und ihr Schatten bietet Schutz. Da die Magie hier sehr konfus ist, ist dieser Ort für einen Kampf uninteressant. Soldaten sollten uns also erst innerhalb von Oracles' Grenzen erwarten. Wir werden seitlich auf die Ausläufer der Schlacht treffen, hoffentlich auf einen Grenzposten oder eine Patrouille, vielleicht auch ein Lager. Jasov, du konzentrierst dich einzig und allein darauf, die Kristalle zu sprengen, während Kira und ich dir so viele Feinde vom Leib halten wie nur möglich.

Miranda, wie besprochen besteht deine Aufgabe darin, dich selbst zu schützen und die Hunde zu befehligen. Ihre geisterhafte Erscheinung wird für Verwirrung sorgen und unsere geringe Anzahl vorübergehend verschleiern.«

Dies war mit einigen Änderungen auch der Plan aus der langen Nacht im Ratszelt, allerdings hatten sie dort viel mehr Zeit eingeplant. Südlich des Schlachtverlaufs befanden sich den Geheimberichten zufolge zwar Oracles' Elitetruppen für den Blitzeinsatz; diese jedoch zu finden, einen Trupp nach dem anderen, war reine Glückssache. Um schnell an ihr Ziel zu gelangen, mussten sie Risiken eingehen und in Oracles' Reich hineinstürmen.

Kira hob ihre Arme und schwarzer Nebel formte sich an ihren Fingerspitzen. »Versucht euch zu entspannen.«

Mit Magie zu arbeiten, sie als Schutz zu nutzen oder sich in Magie selbst aufzulösen, waren völlig unterschiedliche Vorgehensweisen. Als wollte man die Schühchen eines Säuglings mit den Ledersandalen eines Gnomriesen vergleichen. Kiras schützender Zauber konnte einen in dunklen Ecken unsichtbar machen. In ihrer Magie aufzugehen jedoch machte einen zu einer dunklen Ecke.

Kira berührte erst Miranda, dann Nyth und griff schließlich nach Jasovs Arm. Das Gefühl ihrer Magie kannte er zu gut, etwas davon summte leise in ihm selbst und reagierte sofort auf die Berührung. Ein warmer Nebel aus Schatten, vertraut und fast schon liebevoll vorsichtig, der langsam über seine Haut wanderte. Es fühlte sich an wie eine Umarmung. Schwarze Flüssigkeit umspülte seinen Körper, drang durch das Fleisch. Die Realität verlor etwas an Farbe, und Abstufungen von Licht und Schatten wurden so deutlich wie noch nie. Durch Kiras Augen glich die Welt einem Gemälde mit dramatischen Schattierungen. Er wagte es nicht, auf seine Hände zu blicken; er wusste, dass er in dieser Form nicht mehr richtig existierte. Sein Körper war in Magie aufgelöst. Für die nächsten Stunden bestand er aus Schatten, und es war besser, nicht darüber nachzudenken.

Sich mitreißen lassen – das hatte Nyth wörtlich gemeint. Ihnen voran preschten Geisterhunde in einem extremen Tempo. Miranda und Kira folgten ihnen sofort, dann Nyth; und Jasovs Füße setzten sich fast von selbst in Bewegung. Wie ein Sog zerrte der Schatten der Mauer Jasov mit. Er glitt hinter Kira her und wusste nicht, ob er wirklich seine Beine dabei bewegte oder ob dies nur eine Illusion war, um den Vorgang irgendwie zu verarbeiten.

Kein Hindernis, keine Schwäche hinderte den Körper daran, schnell, schneller und noch schneller zu werden, wie im Flug. Der Widerstand der Luft, die Schwerkraft – das alles galt nicht für einen Schatten, und so konnten menschliche Beine flinker rennen als ein Pferd. Die Landschaft raste an ihnen vorbei und verschwamm. Die Sicht wurde behindert durch Lichter und dunkle Flächen. Für den Moment war Jasov absolut hilflos, aber irgendwie fühlte sich das gut an. Kraft zerrte ihn mit sich, die Magie lenkte ihn automatisch, er schien zu fliegen. Es war ein Rausch der Geschwindigkeit, und sich der Magie zu ergeben. war herrlich befreiend. Zeit und Raum verloren an Bedeutung.

Lediglich die Angst vor dem Anhalten machte Jasov etwas nervös. Sie hatten nur einmal kurz zur Probe diesen Zauber angewandt, um zu prüfen, ob Miranda und Jasov es aushalten würden. Aus der Finsternis aufzutauchen und von dieser Magie wieder losgelassen zu werden, war kein schönes Gefühl. Es war entmachtend.

Dutzende Abzweigungen zuckten an ihnen vorbei. Die Astralhunde gaben Tempo und Richtung vor. Nicht eine Sekunde hielten die Tiere inne, witterten bereits seit Beginn eine Spur. Die Mauer, der sie folgten, schien sich wie ein Spinnennetz über das Land auszubreiten.

Jedes Mal, wenn sie durch das Gestein einer Gabelung drangen, verlor Jasov mehr und mehr das Gefühl, überhaupt noch einen Körper zu besitzen. Ein winziger Spalt zwischen Backsteinen reichte aus, und sie konnten hindurchschlüpfen. Es fehlte ihm eindeutig an Worten, um diese Erfahrung zu beschreiben.

Wozu wohl die inzwischen an Höhe gewinnenden Wälle mitten auf freiem Feld einst gedienten hatten? Zertrümmert und teils von Zeit zerfressen, hatte die Mauern gelitten und einiges an ihrer Größe eingebüßt. Je näher sie aber dem Westen kamen, desto höher und intakter waren die Bauten. Die Strecke, die sie bereits zurückgelegt hatten, wäre auch mit zwei Tagen Fußmarsch ohne Pause nicht zu überwinden gewesen. Demnach waren diese Mauern unfassbar lang, aus flachen grauen Steinen bestehend, recht lose und locker übereinandergestapelt.

Endlich stolperten sie zurück in den greifbaren Raum. Jasov klatschte beinahe gegen die Mauer, über die er eben noch so intensiv nachgedacht hatte. Kira war mit Miranda abrupt stehen geblieben, die Geisterhunde schienen verschwunden. Ihre Substanz reduzierte sich auf ein Minimum. Fast unsichtbare Pfoten zogen sich zurück in die Deckung des Gesteins.

Wie immer stand Nyth weit vor ihnen und sah sich um, vermutlich, weil man sie nur bewusst wahrnahm, wenn sie es wollte. Von der Ferne hallten Rufe durch die Luft, metallenes Klappern ähnelte den Bewegungen von Soldaten in Rüstung.

Jasov musste erst einmal seine plötzliche Existenz verarbeiten. Da war wieder all diese Materie, Fleisch, Knochen, Blut, ein Herzschlag. Nichts davon war ihm abhandengekommen, nur für kurze Zeit auf seltsame Weise verschoben gewesen. Atmen fühlte sich gespenstisch fremd an. Eben noch schnell wie ein Adler, nun so lahm wie dessen Beute. Jasov wollte sich an Magie gewöhnen, und es war wirklich fantastisch gewesen ein Schatten zu sein, sogar so phänomenal, dass er nun damit kämpfte, sich nicht zu übergeben. Miranda tätschelte seinen Arm und keuchte hörbar, ihr schien es ähnlich zu gehen.

Nyth gesellte sich zu ihnen hinter die Mauer, hinein in den Schatten. In der allgemeinen Verwirrung wunderten sich weder der Zauberer noch die Menschenfrau darüber, dass Nyth sich zu Furfur beugte und dem Hund durchs Fell streichelte. Ihre Finger fuhren durch flauschiges Hundehaar, und das stolze Tier schloss zufrieden die Augen. Etwas an diesem Bild erschien Jasov falsch, er vergaß nur im selben Moment, weshalb.

Einen Augenblick herrschte Stille. Der Tag war leicht windig, Nieselregen benetzte wie ein feuchter Schleier jede Oberfläche. Dazu gesellte sich Nebel, der dicht und schwer über einer kargen Landschaft hing. Wohin man blickte, nichts regte sich am Horizont. Verzerrte Geräusche magischer Verzauberungen drangen an ihre Ohren. Kira sah sich besorgt um, und langsam fanden auch Jasovs Gedanken zurück in die Realität.

»Wir haben Glück.« Nyth erhob sich, ihre Stimme klang fremd. Jasovs Gehör gewöhnte sich nur wohl ungern daran, wieder Töne wahrzunehmen.

»Eine Gruppe Arbeiter baut dort hinten an einem Portalverstärker und wird bewacht von einer Einheit Soldaten. Jeder von ihnen besitzt Schattenmagie. Vermutlich nicht ausreichend, um unsere Mission zu erfüllen, aber in der Nähe wird eine Wachpatrouille unterwegs sein. Schatten scheint sich zu bewegen, um uns herum, was allerdings merkwürdig ist. Ich frage mich, wozu sie die Schattenmagie hier wirklich einsetzen. Anscheinend haben sie das Element beschworen, aber wozu?« Es war klar, dass Nyth mehr sich selbst fragte als die anderen drei.

Hatte der Hund ihr das gesagt? Nyth hatte sich doch gar nicht umsehen können. Jasov nickte verwundert und streckte sich ein wenig. Neben ihm gab sich Miranda eine leise Ohrfeige, damit war jeder wieder auf dem Boden der Tatsachen angekommen.

»Der Nebel wird uns etwas Deckung geben, und für den Weg bis zu den Soldaten werde ich dafür sorgen, dass man uns nicht sieht. Kira kann ihre Schattenmagie nicht bis dorthin wirken, die Kristalle würden darauf reagieren.«

Sie sahen einander entschlossen an. Jeder wusste, was er bei Feindkontakt zu tun hatte. Jetzt galt es, nur unzureichend ausprobierte Taktiken in die Tat umzusetzen. Alles oder nichts.

KAPITEL 48
DER DRUIDENSTEIN

Eine Minute. Eine letzte Minute, bevor sie angreifen mussten. Eine letzte, zähe Minute, deren Sekunden zu Boden sanken, wie ein Blatt im Aufwind. Wie viele letzte Minuten konnte ein Leben eigentlich ansammeln? Zu jeder Einzelnen hätte Jasov ein ganzes Buch schreiben können.

Nyth hüllte die Truppe in ihre magische Aura. Eine Schwingung, jenseits von – ja, das Wort *Jenseits* beschrieb das Gefühl perfekt. Die Zeit verschwamm, wenn man diese Drachenfrau berührte.

Hier standen sie, ein paar hundert Meter vor ihrem Feind, dem Kampf so nahe, eventuell sogar nur einen Schritt davon entfernt, einen qualvollen Tod zu sterben – und auf Jasovs Gesicht breitete sich ein feines Lächeln aus.

Magie fühlte sich oft an, als verlöre man den Bezug zur Realität. Nyths Magie raubte einem dazu noch jede Sorge. So ähnlich war es mit Kira und ihrer Dunkelheit. Sie war Finsternis ohne Furcht. Ihr Blut in seinen Adern hatte Jasovs Sichtweise gegenüber der Nacht völlig verändert, und er löschte seitdem die Kerzen vor dem Zubettgehen mit Freude. Die Restmagie plagte ihn nicht, im Gegenteil. Ob es möglich war, auch einen Fetzen von Nyths Macht für immer in sich zu tragen? Dieser Gedanke war ihm durchaus peinlich, aber verlockend.

Nyths Finger ruhten auf seinem Handgelenk, und Magie breitete sich wie ein Mantel über Jasovs Haut aus. Energie umspielte seine Haare, ignorierte die Gänsehaut und kroch unter die Kleidung. Sie verschleierte ihn für die Welt, machte ihn regelrecht unsichtbar.

Die Minute endete. Der Augenblick hielt an. Als Nyth seine Hand wieder losließ, hatte sich Magie um seinen Körper verteilt und würde ihn ähnlich wie ein Schatten verbergen. Kira und Miranda, die beide ebenfalls einen Schleier von Nyths Magie um sich trugen, waren weder unsichtbar noch verschwunden – man übersah sie einfach. Jasov musste mehrfach blinzeln, um die beiden Frauen nicht zu vergessen.

Etwas Weiches berührte seine Hand. Er schreckte zurück. Furfur stand neben ihm und schnupperte neugierig an seiner Tasche. Der Hund und sein buntgeschecktes Fell wirkten realer als alles andere auf dem Feld. Jasov konnte seinen Atem fühlen, als die Nase weiter seinen Gürtel absuchte. Er schien seine Fellfarbe wiedererlangt zu haben und auch sein Leben. Oder war Jasov jetzt ein bisschen tot?

Sein fragender Blick zu Nyth blieb unbeantwortet, ihre Aufmerksamkeit galt den Geräuschen und Schwingungen auf dem Feld.

Behutsam, ohne zu schleichen oder den Kopf einzuziehen, gingen Gruppe in Richtung der Stimmen und magisch mechanischen Geräusche. Fern konnten die feindlichen Soldaten nicht mehr sein. Hier gab es keine Mauern, lediglich ein winziger Hügel verhinderte den Sichtkontakt. Sich hier im Schatten zu verstecken, war für Oracles' Soldaten unmöglich. Der weiße Nebel streute das Licht in jede Richtung, und Jasov malte sich ihre Erscheinung ausgesprochen gespenstisch aus. Von den vier Personen war aktuell ebenso wenig zu sehen wie von den Astralhunden.

Ein lauteres Knacken hallte durch die milchige Luft und Jasovs Magen verkrampfte sich. Das Land war hier nicht mehr ganz so flach, sanfte Hügel verschwammen im Grau. Farblosigkeit und Schlamm trickste das menschliche Auge auf unheimliche Weise aus: Eine Anhöhe wirkte zunächst wie ein ebener Platz. Auf einmal jedoch ging es einige Meter hinauf. Den Geräuschen nach zu urteilen, befanden sich auf der anderen Seite des Hügels die Soldaten.

Jasovs Herz wollte am liebsten zerspringen. Als sie mit einem Mal auf gut einhundert schwer bewaffnete Kampfmagiekundige hinunterblickten, bewahrte ihn nur die Magie auf seiner Haut vor einer Panikattacke. Oracles' Soldaten, ihre Uniform schillerte leicht im Licht. Ihre Rüstungen waren deutlich massiver, als die der Kraterländer Soldaten. Sie wirkten damit statischer und ungelenker.

Während zwei Mann Wache hielten und in ihre Richtung blickten, umkreisten kleinere Gruppen einen großen Felsen, an dem sich Arbeiter zu schaffen machten. Die Bewegungen der Soldaten waren schwerfällig und langsam. Ihre Ausrüstung erlaubte keinen raschen Gang. Das war ungewöhnlich für Kampfzaubernde, auch wenn Oracles seine Soldaten gerne mit Magie überlud und sie als gepanzerte Bestien über das Schlachtfeld hetzte, wie es hieß. Was bedeutete das?

Von den anderen Soldaten im Dunst konnte Jasov nur Umrisse erkennen, sie bewegten sich nicht. Ein großes Banner leuchtete grün und blau im fahlen Nebel. Kein Wappen, nur Farben. Dies war das Symbol der Bewegung, des Kults der Drachengöttin. Die Fahne war direkt neben dem Felsen in den Schlamm gerammt worden. Banner und Gestein wirkten fehl am Platz. Offenbar hatte man den klotzigen Felsbrocken hierher transportiert, und die Arbeiter waren jetzt damit beschäftigt, ihn auszurichten.

Jasov wusste sofort, worum es sich handelte: Es war ein Druidenstein, ein Portalanker. Ein sehr kostspieliges Objekt, ungewöhnlich im Kriegseinsatz und an diesem Standpunkt verdammt gefährlich, falls es dem Feind gelang, diesen Standort für sich als Portalknoten zu gewinnen. Noch immer standen sie auf dem Hügel und starrten hinunter, auf Nyths Signal wartend.

Sie schien ebenso verwundert über die Ausstattung und den Portalstein zu sein wie er. Jasov fühlte an jeder Rüstung das feine, helle Summen eines Schattenkristalls. Sollte nicht nur die Elite damit ausgestattet sein? So viel Magie hatten Oracles' Soldaten nicht erbeutet, als dass sie sich für einen großflächigen Einsatz eignete. Oder eventuell doch? Nein. Die Stimmen der Kristalle waren leise, einsam und alles andere als mächtig. Das war Vergeudung dieser wertvollen Magie, damit konnte man vielleicht einen Schatten erzeugen, mehr aber auch nicht.

Nyths und Jasovs Blicke kreuzten sich, sie schüttelte den Kopf. Diese Kristalle waren sogar so schwach, dass sie nicht aus der Entfernung zu aktivieren waren. Jasov hätte sich schon unmittelbar vor ihnen befinden müssen, um so kleine Edelsteine zerspringen zu lassen. Allerdings erhielten sie damit ohnehin kaum etwas von Kiras Blut zurück.

»Diese Entwicklung habe ich wirklich nicht kommen sehen, das ergibt keinen Sinn. Wir müssen herausfinden, was hier vor sich geht, und dennoch unseren Auftrag erfüllen. Dafür bleibt uns nichts anderes übrig, als direkt anzugreifen. Jasov, auch du wirst kämpfen müssen. Die Kristalle können wir immer noch zerstören, wenn wir die Truppe ausgeschaltet haben. Für alle gilt: Wir müssen den Druidenstein zerstören und mindestens einen Menschen sprachfähig am Leben lassen, bevorzugt einen der Arbeiter.«

Jasov schluckte schwer. Er müsste zum ersten Mal bewusst jemandem Schaden zufügen. Er zweifelte nicht daran, dass es ihm gelingen würde, denn Ragdar hatte ihn in Felsmagie gut unterrichtet. Aber dieses brutale Vorgehen lag ihm ganz und gar nicht. Hoffentlich reichte es aus, sich nur zu verteidigen. Hunderte in schwerer Rüstung, jeder ein Kampfmagier – aber an seiner Seite kämpften zwei Drachen, nicht wahr?

»Es sind zu viele«, flüsterte Miranda.

»Nein. Lasst euch nicht täuschen, wie ich erklärte, es sind …«, begann Nyth.

Doch Kira unterbrach sie: »Schatten, es sind Schatten! Die Gestalten im Nebel sind nur Schattenfiguren.«

»Was?« Jasov keuchte.

Nyth nickte langsam. »Wir werden gleich erfahren, was es damit auf sich hat. Ich spüre nur dreißig lebende Personen dort. Konzentriert euch auf das, was ihr sehen könnt. Aber seid auf der Hut.

Nicht alles ist eine Illusion. Ich bezweifle jedoch, dass die Soldaten Übung darin haben, die Schatten zu steuern.« Sofort setzte sich Nyth in Bewegung, schritt vorsichtig an der Flanke Hügels hinunter. Direkt hinter ihr folgte Kira, dann Jasov. Miranda bildete mit den Hunden das Schlusslicht.

Die Dunstschicht vor ihnen wurde dichter, und Jasov vernahm das leise Flüstern eines Zaubers. Nyths feine Stimme verwob den Nebel zu einem Schleier, verstärkte den bereits herrschenden Dunst und bald schon verschwanden ihre Füße in kondensierter Feuchtigkeit.

Durch Nyths Aura konnten sie einander sehen und fühlen. Sogar das Rudel Wolfshunde in geducktem Gang nahm Jasov deutlich wahr. Für die feindlichen Soldaten verdichtete sich lediglich der Nebel, wurde undurchsichtig und trüb. Von den beiden Wachen blieben nur Silhouetten im Weiß.

Die zwei Soldaten, jetzt der Sicht beraubt, sahen sich nervös um, zumindest ließen ihre Umrisse das vermuten. Ihnen war die magische Schwankung sicher nicht entgangen, der aufkeimende Nebel ebenfalls nicht.

Aus Nervosität fiel Jasov ein wenig zurück. Nyth schritt geräuschlos voran, verschmolz mehr und mehr mit dem Dunst um sie herum, mit ihrem Element oder vielleicht der Luft selbst. An Jasov vorbei schlichen geduckt die Geisterhunde und überholten ihn, ihr nervöses Hecheln jagte ihm einen Schauer über den Rücken. Kira schien regelrecht im Schatten des Nebels untergetaucht, Jasov konnte sie nicht mehr klar erkennen. Nur Miranda blieb hinter ihm.

Mit jedem weiteren Meter wurde er langsamer. Zwar umklammerte er seinen Kampfstab mit beiden Händen und war bereit, zuzuschlagen, doch sein Kopf sperrte sich gegen die Umsetzung. Als würde alles Wissen aus seinem Kampftraining mit den Schritten auf ihr Ziel zu verblassen.

»Hast du das gesehen?«, hallte es entfernt an seine Ohren. Die Soldaten hatten etwas bemerkt, aber ehe Jasov selbst reagieren konnte, verschwand der Umriss der Drachenfrau vor ihm. Ein leises Würgen verriet Jasov, dass der Angriff begonnen hatte.

Mit unerwarteter Schnelligkeit schossen nun die Hunde an Jasov vorbei durch den Nebel. Er erwartete ein Geräusch, doch die flinken Pfoten waren stiller als die ruhigste Nacht, sausten durch die Luft, schwebten sogar hinauf wie ein Schwarm riesiger Vögel mit gefährlich scharfen Reißzähnen. Scheppern und der Klang eines erstickten Schreis – die Schemen der Wachen waren verschwunden und Jasov konnte zwei Dolche aufblitzen sehen, ehe Nyth für seine Augen wieder verschwand. Das war unangenehm dicht.

Sofort wirbelte er herum, hatte die Orientierung verloren und fühlte sich blind. So viel Weiß, so viele verschiedene Schwingungen und mit einem Mal der Klang von Kampf. Neben ihm, hinter ihm. Ein verzerrter Pfiff, wohl von Miranda, und sofort zischte einer der größten Hunde durch die Luft. Jemand schrie, nur kurz, der Ruf erstarb in einem Röcheln. Nahe bei Jasov brüllte eine tiefe Stimme nach Verstärkung, weiter entfernt tönte ein Horn dumpf und kraftlos. Wie aus Instinkt duckte sich Jasov und legte eine Hand auf den Boden.

Die Erde unter seinen Fingern vibrierte und er umklammerte seinen Zauberstab fast krampfhaft. Ohnehin unfähig, seinen Augen zu trauen, schloss er sie und konzentrierte sich auf die Felsmagie in den Stabkristallen. Der Matsch unter ihm würde ihm mehr verraten als all seine anderen Sinne. Über die Erde zu erfühlen, was um ihn herum geschah, glich bildlicher Vorstellungskraft. Die Magie in Jasov bediente sich seiner Fantasie und malte ein Bild in seine Gedanken. Es bestand aus dem Gefühl für Gewicht, das auf dem Boden ruhte, und Kraft, die darauf einwirkte. Ziemlich schwammig und ein wenig unangenehm, wie aus einem Fiebertraum entsprungen, aber allemal klarer, als weiter im Nebel etwas erkennen zu wollen. Er sah, was die Erde fühlte.

Um Jasov herum fielen Leiber in akzeptabler Entfernung zu Boden und er ahnte, dass dies Nyths Werk war. Nur den schweren Körper des Druidensteins und fest um ihn positionierte Füße konnte er klarer wahrnehmen, denn sie standen regungslos still. Mehrere Personen knieten offenbar direkt am Felsen. Doch etwas bewegte sich rasch auf sie zu, etwas, dass nur selten den Boden berührte. *Kira* – fiel es Jasov ein, ihr Kampfstil beinhaltete gefederte Sprünge aus ihrem eigenen Schatten heraus, und kaum zu Ende gedacht, bestätigte der dumpfe Aufschlag eines menschlichen Leibs Jasovs Vermutung. Schwer genug für einen Soldaten in Rüstung.

Der Boden reagierte aufgewühlt und nervös auf den Tumult, das konnte er fühlen. Unruhe, Verwirrung. Es steckte Magie in den uralten Gesteinsschichten, sie wirkten wie aufgeweckt nach einem ewigen Schlaf. Seit vielen Jahrhunderten hatte hier kein Mensch den Boden berührt. Mehr aber noch schien die Erde sich von dem Druidenstein gestört. Jasov konnte von seiner Position aus nicht spüren, ob der Obelisk schon ausgerichtet war oder nicht. Die daran arbeitenden Personen bereiteten ihm Sorge, und da sich gerade eine Lücke bildete, weil Nyth und die Geisterhunde inzwischen die Formation der grob gruppierten Soldaten erreicht hatten, wagte Jasov, aufzustehen.

Hastig rannte er in Kiras Richtung, wissend, dass sich dort noch kampfbereite Angreifer befanden. Im Rennen hüpfte Jasov kurz von einem Bein aufs andere, zog sich die Schuhe aus, um seinen Kontakt zum Boden nicht zu verlieren. Endlich verstand er, wieso seine Mentorin so gut wie immer barfuß lief.

Der Nebel verflüchtigte sich langsam oder war hier am Rand des Druidensteins dünner. Die Umrisse des Obelisken wurden scharf und er konnte Kira erkennen, die aus dem Schatten eines Soldaten hinaufschnellte und dem Mann einen Dolch in die Rippen jagte. Es war der letzte Verteidiger der Operation gewesen, übrig blieben nur zwei Männer, die eben noch neben dem magischen Felsen gekniet hatten.

Ehe Kira einen von ihnen erreichen konnte, stimmten sie einen Gesang an. Eine Zauberformel. Fremde Worte, die Jasov nicht verstand. Sie wurden nicht zu ihnen gesprochen, als Angriff oder gar zu einer magischen Beschwörung, vielmehr richtete sich das Wort gegen den singenden Mann selbst. Ehe Jasov erkannte, was geschah, zersprang der Kopf des Arbeiters vor seinen Augen. Kira schrie erschrocken auf. Jasov wandte sich keuchend ab, fühlte Übelkeit in sich aufsteigen. Der Mensch hatte gerade sein eigenes Leben beendet und das auf die schrecklichste Art und Weise, die Jasov sich nur denken konnte.

Hinter sich hörte Jasov einen schrillen Ruf, Kira befehligte Magie oft mit nur einfachen Lauten. Er traute sich kaum, zurückzublicken, doch im Notfall musste er ihr helfen. Gerade noch erblickte er, wie Kira eine schwungvolle Wurfbewegung machte und ein dolchähnlicher Schatten durch die Luft raste. Die Schattenklinge zischte direkt auf den anderen Arbeiter zu – durch seinen Arm – entlockte ihm damit einen Schrei, der seinen Zauber unterbrach.

»Der Druidenstein muss zerstört werden. Auch ohne Ausrichtung lässt er sich nutzen!«

Jasov fuhr vor Schreck zusammen und sank auf die Knie. Nyths Stimme hatte ihm so laut und direkt ins Ohr gesprochen, er spürte vor Schock sein Herz nicht mehr schlagen.

Ein Würgen unterdrückend kniff er die Augen zu, schüttelte sich und zwang sich zum Durchatmen. »Druidenstein«, wiederhole er leise, nach Luft ringend.

Vor ihm kniete Kira neben dem röchelnden, verwundeten Mann. Sie warf Jasov einem fragenden Blick zu.

»Ich muss … muss den Druidenstein zerstören«, stammelte er und sie nickte. *Wie?* – hallte es laut durch seine Gedanken, aber es blieb keine Zeit für panische Zweifel. Nyth würde ihn um nichts bitten, das er nicht leisten konnte.

Widerwillig stolperte er an den Leichen der Wachen vorbei. Im leichten Nebel war er eine wandelnde Zielscheibe, doch Kira kümmerte sich bereits um die noch verbliebenen Soldaten. Ihm musste schnell etwas einfallen, um sich selbst zu schützen.

Mehr als ein Dutzend Männer und Frauen in Uniform schleuderten Zauber gegen unsichtbare Tiere, Klingen trafen auf Dolche, die durch Metall schneiden konnten, Leiber verschwanden im Schatten und Geisterhunde schnitten im Zusammenspiel mit Mirandas Schildmagie die feindlichen Soldaten voneinander ab. Damit niemand einen Zauber aus dem Herzen heraus wirken konnte, landeten Klingen tief zwischen den Rippen. Das Geräusch dabei vermochte Jasov nicht zu beschreiben.

Er stand etwas abseits von den toten Bewachern des Druidensteins und hielt den Kampfstab fest in den Händen. Sein Blick huschte unruhig von Szene zu Szene, doch von der Gewalt wurde ihm übel, also besann er sich auf das einzig Greifbare in seinem Verstand und lenkte seinen Fokus auf den Druidenstein. Dessen magischen Kern sollte er lieber nicht sprengen, die Explosion wäre sicherlich immens.

»Denk an das, was du gelernt hast«, murmelte er, versuchte, das Schlachtfeld für einen Moment auszublenden. Seine einzigen noch präsenten Gedanken waren die Kampfübungen der letzten Wochen. Nichts davon half ihm weiter. Es schien nicht nötig, sich einzumischen, es brauchte keinen Felssturz oder Gesteinsregen, Nyth und Kira hatten die Lage erschreckend gut im Griff. Irgendwie hatte Jasov mit mehr Gegenwehr gerechnet, mit stärkerer Magie. Sogar er hätte sich besser gegen Kira zur Wehr setzen können, wenn auch nur kurz. In einem Übungskampf war es ihm ganze zwei Mal gelungen, das Drachenkind in den Schatten eines Erdspalts zu ziehen. Dabei hatte ihm Nyth anerkennend zugenickt.

Ein Erdspalt. »Ja natürlich!«

Ohne weiter nachzudenken, hastete Jasov hinter den Druidenstein. Beinahe alle Menschen rund um den Felsen schienen tot zu sein. So schnell er konnte, kniete er sich im Schutze des Gesteins auf den Boden. Mirandas Hunde gaben ihm etwas Deckung. Furfur umkreiste seine Position.

Mit neuem Mut legte er eine Hand auf den felsigen Untergrund direkt vor dem Stein und konzentrierte sich auf die Erde. Jetzt galt es, sich auf den Schutz der anderen zu verlassen, von hier konnte er vorerst nicht mehr fort.

Ein simpler Erdspalt würde nicht genügen, er musste den Boden um einen komplexeren Gefallen bitten. Sein Kampfstab konnte ihm nicht dabei helfen. Am besten besprach er sein Vorhaben Schritt für Schritt mit der Erde selbst.

»Lieber Erdboden, du musst bitte einen Stein verschlucken …«

Es war albern und Marberd lachte seinen Schüler oft dafür aus, doch seit Jasov begonnen hatte, seine Magie mit einer Art Gespräch zu beginnen, fiel ihm die Kommunikation deutlich leichter.

KAPITEL 49
IM GLAUBEN

Ein tiefes, dumpfes Grummeln aus dem Boden rüttelte am Erdreich; und prompt landete ein unaufmerksamer Kopf im Schlamm. Jetzt mussten sie Jasov unbedingt Deckung geben. Mit aller Kraft schleuderte Nyth ein Band aus Magie gegen die restlichen Soldaten. Diesen wurde sofort klar, wen oder vielmehr was sie dort vor sich hatten: einen Drachen. Die Aufmerksamkeit war Nyth somit sicher.

Oracles' Magiekundige, so schwach sie auch waren, beherrschten unzählige Beschwörungen zur Störung magischer Fähigkeiten. Das war es, was Menschen so viel Macht gab: Es brauchte nur ausreichend Lärm, um Magie zu zerstreuen. Meistens reichte es, laut genug zu sein, um jegliche Konzentration zu stören – und im Krach machen waren schon Menschenkinder wahre Meister. Zudem waren sie den Drachen zahlenmäßig überlegen. Viele Stimmen gegen eine.

Entsprechend schwer fiel es Nyth, sich auf Zauber zu konzentrieren. Es blieb ihr kaum Zeit, selbst Magie zu formulieren, denn sie musste weitere feindliche Beschwörungen unterbinden, um wenigstens einen Teil der Kontrolle aufrechtzuerhalten. Zum Glück konnte sie den Anfang eines Zaubers wahrnehmen, sobald ein magisches Herz auch nur eine Formulierung wagte. Ein fragwürdiges Talent, denn für Nyth war die Welt dadurch immer erfüllt von Lärm, und die Zerstreuungszauber der Magiekundigen machten es nur noch schlimmer. Solange sie sich damit jedoch auf Nyth konzentrierten, konnte Jasov in Ruhe seiner Arbeit nachgehen.

Nur leise vernahm sie, wie der Zauberer der Erde unter dem Druidenstein befahl, sich aufzutun, um den Felsen zu verschlingen, zu zermalmen. Nyth wusste, dass es sich nur noch um Minuten handeln konnte, bis es ihm gelang. Der Fels war gewillt, seinen Worten zu lauschen, und würde bald nachgeben.

Magie war neugierig, und Jasovs herzensgute Stimme beherrschte genau die richtige Sprache, um jede Schwingung zum Zuhören zu bringen. Er hatte großes Potenzial und würde bald seinen Mentor übertreffen. Schon jetzt war er fähiger als jeder Kampfmagier auf diesem Schlachtfeld.

Diese Tatsache allerdings machte Nyth stutzig. So vieles stimmte nicht an dem, was hier vor sich ging. Da stand sie, umzingelt von sechs Kampfmagiern, deren Kraftzauber auf sie drückten, und dennoch benötigte sie kaum eigene Magie, um diese Energie zu blockieren. Wieso sollte Oracles seine Soldaten mit so schwachen Kristallen ausstatten?

Es blieb keine Zeit, darüber nachzudenken. Solange sich die Krieger auf sie konzentrierten, war Jasov in Sicherheit.

»Nun mach schon …«, funkten Jasov die eigenen Gedanken dazwischen. Mit den unterschiedlichsten Formulierungen erklärte er der Erde, was von ihr verlangt wurde. Es war Überzeugungsarbeit, und das Gespräch mit altem Boden, der über viele Jahrhunderte keinen Kontakt mehr zu Magiekundigen gehabt hatte, fühlte sich an, als versuchte er mit einem gehörlosen, müden, alten Mann zu reden. Eine leise Stimme antwortete ihm, als wollte sich die Erde vergewissern, richtig zu verstehen. Also wiederholte Jasov die Beschwörung Wort für Wort.

Die darauf folgende Stille verursachte bei Jasov eine unangenehme Gänsehaut. »Bitte …«

Es knackte laut, und der Boden riss auf. Steine und Schlamm schossen empor wie eine Fontäne, und Jasov stolperte hastig zurück. Wie ein Maul bissen Gestein und Erde zu, schnappten nach dem Druidenstein, mehrfach, als vertilgte eine große Schlange ihre Beute. Zähne aus Felsen, ein dunkler Schlund – Stück für Stück rutschte der Obelisk tiefer, versank schließlich völlig in der

Erde. Jasov musterte staunend den wieder ruhigen Boden, sein Herz klopfte bis zum Hals.

Das war die perfekte Ablenkung. Für einen Augenblick kümmerte sich kein Soldat, kein Gedanke um eine Beschwörung. Nyth konnte es sich offenbar erlauben, einen Moment lang vollends in ihrem Element aufzugehen. Im Gegensatz zu den Astralhunden war es ihr möglich, jemandem zu schaden, wenn sie ihn durchschritt, das hatte Marberd ihm erklärt, aber erst jetzt begriff Jasov, was damit gemeint war. Kira kreischte auf, als Nyth neben ihr wortwörtlich durch menschliche Körper jagte und die Herzen der Krieger zum Platzen brachte. Nach nur wenigen Sekunden sackte auch der letzte Soldat zu Boden und schlug dumpf auf dem feuchten Nass auf.

Jasov bereute es zutiefst, dieses Vorgehen mit angesehen zu haben. Zumindest jetzt jagte Nyth auch ihm gehörig Angst ein. Ihr Ruf kam nicht von ungefähr, so sehr er sich das gewünscht hatte. Viele Märchen und Legenden aus seiner Kindheit wurden Realität – und langsam zu wahrem Horror.

Kira schaute ebenfalls mit deutlich gemischten Gefühlen über das hinterlassene Schlachtfeld. Im Gegensatz zu Nyth atmete sie mühsam. Miranda stieg über ein paar Leiber hinweg und sammelte mit leisen Pfiffen ihre Hunde wieder ein.

Vorerst herrschte Ruhe. Der Boden grummelte ein wenig, als müsste er den Druidenstein verdauen, vermutlich rutschte er noch tiefer hinunter. Ein Knirschen von Gestein, das zermahlen wurde, ließ die Erde vibrieren. Obwohl ihre Mission völlig anders hätte verlaufen sollen, versuchte Jasov, sich über seinen gelungenen Zauber zu freuen. Über irgendetwas musste er sich freuen, damit er nicht zu schreien begann.

Auch Nyth verließ nun die blutige Szene. Bald standen sie alle vor dem Fleck, an dem sich einst der Fels erhoben hatte.

Unzufrieden schüttelte sie den Kopf. »Diese Soldaten waren schlecht ausgebildet, besaßen kaum magisches Talent, und dennoch trugen sie die Rüstung der Eliteeinheit. Was diese Schattenkristalle angeht – sie sind mit so wenig Magie gefüllt, dass man mit ihnen keinen sinnvollen Angriffszauber wirken kann. Das alles ist seltsam und deckt sich nicht mit den Beobachtungen unserer Spione. Hier hätten viel mehr Soldaten sein müssen. Dazu der Druidenstein an dieser Position: Solche Objekte sind wertvoll, weshalb sollte man ihn von so schwachen Soldaten bewachen lassen? Und was hat man sich von dem Stein hier erhofft?«

Nyth blickte sich wieder um. Ungeklärte Fragen hin oder her, wichtiger war vielmehr der Mangel an Schattenmagie. Damit war ihre Mission gescheitert. Dennoch wies sie Jasov an, sich die Kristalle vorzunehmen, die zu seinem Leidwesen noch in den Taschen der toten Soldaten steckten.

Immerhin halfen Kira und Miranda ihm dabei, die Edelsteine einzusammeln, sodass er nicht jeden Körper selbst berühren musste. Er kämpfte mit hohler Übelkeit, als er sich über einen Leib ohne Kopf beugte. Der Kristall hing an einer Kette an den Überresten des Halses. In einem See aus Blut stehend, fühlte Jasov sich auf einmal wie der Schlächter selbst. Auf so etwas konnte man sich nicht vorbereiten – auf so etwas wollte man nicht vorbereitet sein.

Sie legten die Kristalle abseits auf dem Boden zusammen, und dann stand Jasov allein vor den summenden Edelsteinen, um seinen eigentlichen Auftrag zu erfüllen. Dieser Mission musste er sich widmen, nicht dem Töten. Das war die Aufgabe anderer. Tatsächlich gehörte der Kampf in einem Krieg nicht zur Arbeit eines Großverzauberers. Dieser war höchstens bei Krisensituationen beteiligt. Seine Arbeit galt dem Verständnis der Elemente. Er kümmerte sich um die Verzauberung von Runen, gab Unterricht und half beim Formen von Waffen. Zu wissen, wie es sich anfühlte, im Krieg zu kämpfen, war vermutlich notwendig; trotzdem hoffte Jasov, dass dies eine einmalige Erfahrung war – und bitte nicht einmalig aufgrund seines baldigen Todes.

Langsam atmete er aus. Kiras Magie in seinem eigenen Herzen machte ihm die Aufgabe leicht. Schattenflüstern in winzigen Gefäßen klang schon bald an seine Ohren, als er den Fokus auf die

Kristalle lenkte. Da war diese komprimierte, perfekte Energie, wenn man versuchte, nach ihr zu greifen, sie zu fassen, in sie hineinsah …

Der erste Kristall zersprang. Dann der nächste, weiter und immer weiter, wie in einer Kette kleiner Explosionen. Die Sprengkraft riss ein Loch in den Boden, groß wie ein Wagenrad. Finsternis erhob sich und verkroch sich in der Luft, als hätte sie sich erschrocken. Dies war, was sie geplant hatten. Leider war dieser Nebel aus Dunkelheit nicht annähernd stark genug, um seine Geschwister zu erreichen.

Kira sah dem schwarzen Dunst seufzend nach. Der Schleier ihrer Magie schwebte und beäugte seine Besitzerin neugierig. Ihre Mission hatte völlig unerwartete Züge angenommen. »Soll ich die Magie jetzt schon zu mir rufen?«, fragte Kira Nyth verwirrt.

Die Drachenfrau schüttelte den Kopf. »Ich verstehe nicht, weshalb man deine Magie in viele schwache Kristalle aufgeteilt hat.«

Bedrückt wandte Jasov den Blick vom Schlachtfeld ab. Hier, nahe dem vorhin noch erhabenen Druidenstein, lagen lediglich die Körper der Arbeiter. Sie trugen wohl keine Kristalle, zumindest konnte Jasov nichts dergleichen spüren. Auch hatten sie sich nicht großartig gewehrt. Ihr Schicksal betrübte ihn.

Einer von ihnen hustete laut auf.

Kira rannte zu dem würgenden Mann, der in einem See aus Blut lag. Es fehlte ihm ein Arm. Obendrein wurde er von Schattenmagie zu Boden gedrückt. Er war nicht mehr jung, blass und fahl, dem Tode nahe.

Nyth stimmte eine Verzauberung an, und goldene Fäden aus Magie schlangen sich um die offene Wunde an seiner Schulter. »Er hat bereits zu viel Blut verloren; ich kann seinen Tod nur noch hinauszögern.«, Sie klang tatsächlich betrübt. Dieser Tonfall erleichterte Jasov. Die Grausamkeit der Drachenfrau hatte ihn zutiefst erschreckt.

Nyth und Kira beugten sich über den röchelnden Leib. Die müden Augen blinzelten verwundert.

Mit solchen Feinden hatte er wohl nicht gerechnet. »Lasst ... mich in Frieden ... sterben.« Seine Stimme war zittrig und hohl, jedes Wort klang, als könnte es sein Letztes sein. Die Augen verloren von Sekunde zu Sekunde an Glanz, und er schien Mühe zu haben, den Fokus zu behalten.

Nyth musterte ihn kritisch. Der Arbeiter war kein Zauberer, sondern ein einfacher, alter Mann. Seine fahle Haut war geschunden von hartem Handwerk; tiefe dunkle Falten durchzogen sein schmerzverzerrtes Gesicht. Das Atmen fiel ihm deutlich schwer, der Schnitt durch seine Schulter hatte die Lunge verletzt.

»Was machen wir jetzt?«, erkundigte sich Jasov leise und trat ein paar Schritte zurück.

»Miranda, sei so gut und halte mit Kira Wache, sichert das Gebiet ab!«

Die Geisterjagd-Kommandantin nickte. Sie, die Hunde und das Drachenkind schwärmten aus und verteilten sich in Sichtweite. Nyths Magie hatte die Gruppe inzwischen völlig verlassen. Etwas verwirrt beobachtete Jasov die nun wieder sehr geisterhaften Hunde. Er begann zu frieren. Durch Nyths Magie hatte er es nicht bemerkt, aber hier war es furchtbar kalt. Die Feuchtigkeit des Nebels war durch jede Faser seiner Kleidung gedrungen.

Wieder hustete der Arbeiter heftig, als bekäme er nicht genügend Luft. Seine Lippen bewegten sich, aber kein Laut drang heraus. Jasov wollte sich abwenden, als er die Tränen in den Augen des Sterbenden sah, aber er konnte nicht. Es erschien ihm unfair. Dieser einfache Handwerker starb auf einem Schlachtfeld, verursacht durch ihre Mission. Er war kein Soldat, kein Krieger, kein Kämpfer, er war nur ein Mensch ...

Nyth kniete sich zu dem Mann. »Wie heißt Ihr?«

»Renetah ...«, flüsterte er mühsam, wurde von Husten unterbrochen und musste mehrfach würgen. »Bitte ...«

»Euren Tod können wir leider nicht mehr verhindern«, erklärte die Drachenfrau, aber der Mann schüttelte nur vorsichtig den Kopf, biss schmerzverzerrt die Zähne aufeinander. »Ich ... Ich kann nicht mehr … das … das Gebet. Ich kann es nicht mehr sprechen, bitte …« Bald würde der Mann an all dem Blut ersticken.

Nyth sah hoch. »Jasov, hast du eine Kerze dabei?«

Er blinzelte verwundert. Eine Kerze? Tatsächlich besaß er eine. In der Tasche an seinem Gürtel befanden sich die seltsamsten Objekte, und für Feuermagie hatte er sich eine kleine, runde Wachskugel mit Docht eingepackt. Nervös kramte er zwischen Fläschchen, Stoffverbänden, Kräutern und anderem Kleinkram, bis er endlich die kühle Kerze zufassen bekam. Verwirrt drückte er sie Nyth in die Hand.

Sie pustete nur leicht gegen den Docht und sofort entzündete sich eine kleine Flamme. Hell weiß brannte das Feuer und flackerte unbeeindruckt von Wind und Feuchtigkeit. Behutsam legte Nyth die Kerze in die Hand des Mannes. Sie hob seinen verbliebenen Arm an, schob ihn auf seine Brust und stützte ihn.

»Ich werde Eure Stimme sein«, erklärte sie dem ungläubig dreinblickenden Arbeiter. Seine Augen füllten sich erneut mit Tränen und er versuchte, so ruhig zu atmen, wie es ihm möglich war.

»*Geboren aus dem heiligen Reich selbst, bist Du gekommen. Lange bevor unsere Stimmen sprachen, hast Du gesungen. Wir können dem Wasser befehlen zu fließen, Du selbst kannst das Wasser sein. Wir können dem Feuer befehlen zu brennen, Du selbst bist das Feuer. Wir sind Deiner nicht würdig, aber wir würdigen Deine Kinder. Segne auch uns, heiße auch uns willkommen an Deiner Seite. Wir, die wir Deinem Blut dienen, bis in den Tod und darüber hinaus. Wir danken Dir für Deine Magie. Wir danken Dir für unser Reich. Wir danken Dir für unsere Häuser. Wir danken Dir für den Segen des langen Lebens. Wir danken Dir für Deine Gnade.*«

Die Lippen des Mannes bewegten sich langsam, als Nyth sprach, und Jasov konnte nicht anders, als sich ebenfalls hinzuknien und den Blick zu Boden zu richten.

»*Wir sind geboren ohne das Recht Deiner Gnade. Aber jeden Tag widmen wir Dir, widmen wir Deinen Kindern, widmen wir den wahren Stimmen dieser Welt. Du bist ihre Göttin, wir sind nur Staub. Und wenn dies Dein Wille ist, so wird unser Körper zu Staub. Und Staub wird zu Erde. Erde keimt. Erde erblüht. Für Dich, große Göttin! So werden wir zu Staub. Für Dich und für Dein Erbe. Staub für das Göttliche.*«

Der Arbeiter atmete zittrig durch und Nyth pustete die Kerze in seiner Hand wieder vorsichtig aus, wollte sie ihm gerade nehmen, da griff der Mann mit letzter Kraft nach ihrem Arm. »Auch ihr … solltet beten … vielleicht erhört sie euch … denn wir alle … ihr … ihr alle … jeder … wir … sind schon bald gemeinsam Staub.« Ein gewaltiges Husten schüttelte den Körper.

Nyth legte ihre Hand auf seine Augen. Mit seinem letzten Atemzug erhob sie sich wieder. »Dieser Mann war sich sehr sicher, er glaubte fest, dass auch alle anderen hier auf dem Schlachtfeld sterben werden«, murmelte sie.

Jasov starrte Nyth fassungslos an. »Was bedeutet das?«

Doch sie antwortete nicht, rief laut über die Ebene nach Kira und Miranda, sodass Jasov erschrocken zusammenzuckte. Es war selten, dass Nyth ihre Stimme erhob. Er versuchte, in ihrem Blick, in ihrem Ausdruck Antworten zu finden, aber alles, was er sah, war Nervosität und Unruhe – nichts, was man in Nyths Gesicht erblicken wollte.

Kira rannte zurück, und auch Miranda schloss schon bald auf, etwas außer Atem, ihre roten Haare hatten sich inzwischen aus ihrem Zopf befreit, hingen aufgelöst in ihr Gesicht. Sie reichte Jasov gerade bis zum Bauch und doch war sie ausgesprochen schnell mit ihren kurzen Beinen.

»Draußen sieht es ruhig aus. Hier ist niemand. Was irgendwie seltsam ist. Meine Hunde haben auf Kilometer hinaus nichts fühlen können. Dabei …«, Miranda musste tief durchatmen.

»Ich weiß«, murmelte Nyth nur.

»Was hat das alles zu bedeuten?« Jasov fühlte, wie die Angst ihn wieder einmal ergriff. Hier stimmte nichts mehr. Als Nyth nickte und unzufrieden seufzte, verdoppelte sich sein Herzschlag.

»Dieser Arbeiter war überzeugt, dass wir sterben werden. Nicht, weil er an seinen Herrn und dessen Macht glaubte; es war ein anderes Gefühl, tief in ihm. Er wusste, dass er hier sterben würde, er hatte mit seinem Opfer fest gerechnet. Es war der Plan. Und er diente diesem Plan. Das war seine Aufgabe hier, mit diesem Obelisken. Der Krieg … das ist eine Falle.«

Kira fauchte entsetzt und starrte Nyth erschrocken an. Jasov vermutete, dass dieser Laut von keinem Schimpfwort der Menschen übertroffen werden konnte. Den Einwurf ignorierend fuhr Nyth damit fort, ihre Gedanken zu sortieren: »Oracles wird hier alles auslöschen, seine Soldaten, unsere Soldaten, das scheint sein Plan!«

Jasov konnte ihrer Schlussfolgerung nicht ganz folgen. »Was? Wieso? Wie will er sie opfern, was bringt ihm das? Das sind Millionen von Menschen!«

Wieder schüttelte Nyth den Kopf, und schwieg einen Moment, ehe sie weitersprach. »Nein, keine Millionen, auf dem Schlachtfeld befinden sich vielleicht ein paar tausend.«

»So wenige?« Kiras Stimme kiekste und sie räusperte sich.

»Schatten, Kira, es sind nur Schatten!«

Erschrocken schlug sich das Drachenmädchen die Hände auf den Mund. »Meine Schatten!«, murmelte sie durch die Finger.

»Deshalb sind die Schattenkristalle so schwach«, fuhr Nyth fort, »Sie hatten nur den Befehlso viele Schatten und Abbilder zu erzeugen, wie nur möglich. Damit Oracles' Armee groß erscheint. Vermutlich sollen sich die Soldaten aufteilen, durch Portale wie diesen Druidenstein, damit sie wie ein Heer erscheinen. Dragul kann in seinem alarmierten Zustand zwar die Toten sehen, aber nicht die Lebenden. Seine Magie macht ihn dafür blind, Oracles weiß das.«

»Dann wird sich Oracles auf Dragul stürzen und nur einen Bruchteil seiner Armee opfern, während er die unsere völlig vernichtet«, beendete Kira mit einem leisen Schluchzen Nyths Erklärung. Jasov sah, dass sie mit den Tränen rang. »Wegen meiner Magie kann er das!« Sie schrie den Satz beinahe heraus.

Nyth trat an ihre Seite, legte ihr eine Hand auf die Schulter. »Er hätte so oder so einen Weg gefunden. Was glaubst du, woher all der viele Nebel stammt? Der Boden ist viel zu staubig dafür. Das ist Oracles' Werk und ohne deinen Schatten hätte er seine eigene Magie für Trugbilder genutzt, er hätte nur länger dafür gebraucht.«

»Und nun?«, meldete sich Miranda zu Wort, sah dabei Jasov hilflos an. Auch er hoffte, dass Nyth am Ende ihrer Erklärung noch eine Lösung parat hatte. Mit einem Mal schien die Aussicht auf einen Sieg in tausend Scherben zu zerspringen. Jasovs Brust fühlte sich hohl an, er traute sich kaum, zu atmen.

Offensichtlich nervös schnappte Nyth eine ihrer Haarsträhnen und drehte daran, eine Perle, die darin verflochten war, schillerte im fahlen Licht. Leider mussten Jasov, Kira und Miranda ihr nun für eine ganze Weile beim Nachdenken zusehen. Wieder einmal bemerkte Jasov, wie laut Stille sein konnte. Zwischen kahlem Land, Nebel und toten Leibern stehend spürte er sämtliche Hoffnung weichen.

Das Geräusch von Nyths knirschenden Zähnen ließ ihn zusammenzucken. Rauch entkam ihren Lippen und sie fauchte: »Ihr müsst gehen! Ihr müsst sofort zurück ins Lager!«

Sowohl Kira als auch Miranda machten gleichzeitig den Mund auf, um etwas zu sagen.

»Sofort! Das ist ein Befehl! Ihr geht. Wir diskutieren nicht darüber.« Die Luft um Nyth herum gab einen knisternden Laut von sich. Gefühlsausbrüche dieser Art hatte Jasov Nyth nicht zugetraut. Sie war wütend oder vielmehr voller Zorn.

»Wenn wir gehen ... was ist mit dir?«, fragte Kira.

Aber Nyth starrte wie hypnotisiert auf die Leiche des Arbeiters und fasste sich wieder. »Er darf es nicht verhindern«, murmelte sie und packte dann zu Kiras Schultern. Sie sah ihr fest in die Augen, das Drachenkind zuckte erschrocken zusammen. »Geht jetzt!«

Kiras Lippen zitterten, aber sie nickte entschlossen. »Bitte pass auf dich auf, Nyth!«

»Was? Du kommst nicht mit uns?« Jasov fehlten die Worte. Nichts auf der Welt würde ihn dazu bringen, Nyth hier zurückzulassen. Was hatte sie vor? Konnte sie das einfach so entscheiden?

Mit einem Griff in ihren Übermantel zog Nyth einen klaren Quarzkristall heraus. Sie atmete tief ein und sprach dann zur Magie in der Luft. Feine, schnelle Silben, wie ein Gesang oder ein letztes Gebet. Diesen Ruf kannte Jasov, er hatte ihn schon einmal vernommen, vor vielen Monden, als sie in der Festung des Feindes festsaßen. Schattenmagie strömte zaghaft durch die Luft, wurde wieder sichtbar, ein dunkles Band umkreiste die Gruppe. Mit wenigen Worten machte Nyth deutlich, dass diese Kraft nun ihr und dem Kristall zu gehorchen hatte. Kira beobachtete mit offenem Mund, wie selbstverständlich sich Schattenmagie in den Edelstein verweben ließ.

»Ich leihe mir das für eine Weile aus, ja?« Auf Nyths Frage nickte Kira schnell. »Geht jetzt!«

»Aber ich kann keine guten Portale setzen … Nyth, ich …« Jasov ging das alles viel zu schnell.

»Doch, das kannst du!« Und damit schien sie verschwunden, hatte sich für ihre Augen verborgen.

Jasov blinzelte in den Nebel hinein, wusste, dass es vergeblich war und er ihre Erscheinung vergessen hatte. Nicht einmal Kira könnte ihr jetzt noch folgen.

»Die Astralhunde finden sie, oder?« Kiras Stimme bebte.

Miranda schüttelte den Kopf. »Wir wenden uns nicht gegen einen direkten Befehl unserer Kommandantin. Außerdem sind wir keine Hilfe. Niemand von uns ist das. Auch du nicht, Kira!«

Das Drachenkind schluckte unzufrieden.

Ein lautes Winseln brachte alle dazu, aufzusehen. Furfur sprang mit einem Satz auf die Leiche des Arbeiters zu, trabte in einem Kreis um den Körper herum und wedelte wild mit dem Schwanz.

»Was ist denn nur los, Liebes? Was hast du gesehen?«

Das geisterhafte Tier winselte wieder und legte die Ohren an. Ein kurzes Knacken und Knirschen schoss durch die Leiche, dann ging ein Ruck durch den toten Körper. Die Überreste des Mannes namens Renetah erhoben sich. Auf den zwei gesunden Beinen stehend machte er einen stabilen Eindruck, doch der abgerissene Arm und seine bleichen Augen zeigten deutlich, dass er noch immer tot war.

Jasov verkniff sich einen erschrockenen Aufschrei und stolperte einen Schritt zurück.

»Eure Lordschaft!«, keuchte Miranda. »Sir, wir konnten in Erfahrung bringen, dass Oracles vermutlich einen direkten Angriff auf Euch plant. Die Reihen der Feinde sind mit schwachen Kämpfern besetzt, kaum ausgebildet. Er nutzt die Schattenkristalle, um uns über ihre Anzahl zu täuschen. Wir vermuten, er wird sie opfern, sich direkt mit Euch messen und dabei unsere Armee schwer schädigen, während seine wahre Streitmacht anderswo bereitsteht! Wir haben einen Druidenstein gefunden und zerstört, aber es gibt sicher noch mehr.« Miranda atmete angestrengt ein, hatte kaum Luft geholt während ihrer Erklärung.

Der Mund des Toten öffnete sich nicht, und doch begann die Kreatur zu sprechen: *»Begebt euch sofort zur ersten Schneise der Schlacht!«* Es erklang nicht Renetahs raue Stimme, sondern die des Lords.

»Verstanden! Das hat …«

»Wo ist Nyth?«, unterbrach der tote Körper Miranda.

Sie biss sich auf die Zunge und schielte zu Jasov, er zuckte überfordert mit den Schultern. Sollten sie lügen?

»Sie … ist weiter, sie wollte … sie ist weg, Sir.«

Für einen Moment herrschte Stille. Die Leiche ließ ihre Finger knacken und Jasov beobachtete verwundert, wie sich die verbliebene Hand zu einer Faust ballte.

»Ich verstehe. Beeilt euch! Wir treffen uns am südlichsten Flügel des Schlachtverlaufs, ihr erhaltet dort weitere Instruktionen von mir.«

Mit diesen Worten sackten die Überreste des Mannes wieder zusammen, seine Gliedmaßen fielen in ungesunden Winkeln übereinander zu Boden.

»Das muss ihn enorme Mühe gekostet haben. Über eine so weite Strecke einen Untoten zu beschwören; er muss uns die ganze Zeit im Auge behalten haben. Unheimlich«, murmelte Miranda und schüttelte den Kopf. Sie drehte sich mit einem unsicheren Ausdruck zu Jasov und Kira.

Ganz offensichtlich blieb ihnen keine andere Wahl, als den Rückzug anzutreten. Ohne Nyth, ohne zu wissen, was als Nächstes passieren würde, mitten zwischen zwei Fronten.

KAPITEL 50
GEGEN JEDE REGEL

Sie rannte. Und wenn ein Drache wie Nyth rannte, dann verschwamm die Welt zu einem unscharfen Fleck. Die Geschwindigkeit beeinträchtigte ihre Sicht, aus der nebligen Landschaft wurde ein einziger, grauer Strich. Längst hätte sie auf weitere Soldaten treffen müssen, längst auf ein Lager, einen Außenposten. Sie hatte es geahnt, befürchtet. Ein Drachenherrscher wie Oracles würde sich nicht auf einen langwierigen Schlagabtausch einlassen.

Schon bei ihrem ersten Aufeinandertreffen hatte der Sumpfdrache vor Wut gebebt, er wäre Dragul am liebsten direkt an die Kehle gesprungen. Lediglich ein Rest an Vernunft hatte Oracles damals wohl davon abgehalten. Nicht einmal er würde auf einem Drachenfriedhof gegen Dragul bestehen. Dieser Todesdrache konnte als einziger allein einen Ätherblutdrachen bekämpfen.

Der Lord und seine Magie, sie waren ungewöhnlich – und eigentlich unmöglich. Niemand konnte tot sein und noch am Leben. Seine Zellen müssten dafür aus purer Todesmagie geformt sein, aber Materie aus dem Tod? Ausgeschlossen.

Mehrfach hatte Nyth in den vergangenen Jahrhunderten mit sich gekämpft, mit ihrer Neugier. Eine einfache, kleine Berührung, ein direkter Kontakt zu seiner Haut würde reichen und sie hätte Gewissheit, beiläufig und ohne ersichtliche Absicht. Vielleicht am Arm – in den letzten Monaten hatte sich diese Gelegenheit öfter geboten, denn der Lord durchbrach ihren Abstand von ganz allein. Er mochte sie offenbar. Ob er ihr verzeihen würde?

Nyth blieb stehen. Wie unangenehm. Sie konnte einfach nicht aufhören, an ihn zu denken. Dabei rannte sie dem Feind in die Hände und brach mit voller Absicht Draguls Vertrauen und alle

Gesetze des Reichs. Aus ihrer Sicht war dieser Verrat nötig. Wieso nur brannten die Gedanken an ihren Herrn wie Feuer in ihr?

Vielleicht weil sie ihn gerade jetzt hinterging, da er begann, sie endlich mit ein wenig Respekt zu behandeln. Er hatte mit ihr Geheimnisse geteilt, die er niemals jemand anderen hätte erzählen dürfen. Und dann war da noch dieses Angebot seiner Nähe; wie ernst es ihm war, wusste sie nicht. Doch sollte er wirklich …

Nyth atmete tief durch und bemerkte mit Missfallen, wie sich dabei Rauch in der Luft verteilte. Stolz war ein furchtbares Laster, aber er entwickelte sich mit dem Alter eines Drachen und breitete sich wie Gift im Charakter aus. Sie wollte, dass ihr Herr von ihrer Treue wusste, er sollte wissen, wie sehr sie ihn verstand. Dass er ihr vorenthielt, weshalb der Ätherdolch für ihn von so geringer Bedeutung war, hatte sie gekränkt, so albern das auch war. Und wären sie nicht in Oracles' Falle getappt, wäre Nyth voller Vertrauen zu Dragul zurückgekehrt. Ob er sie dafür gelobt hätte? Wieso wollte sie von diesem in Macht schwimmenden Angeber gelobt werden? Sein Charakter war … er war ihr unangenehm ähnlich. Arrogant. Selbstherrlich. Alt. Zu alt.

Verärgert über diesen Gedanken schüttelte sie den Kopf, stampfte sogar mit dem Fuß auf und fauchte. Erneut stieg Rauch auf und sie sah sich seufzend um. Wohin sie auch blickte, die Welt schien sich in hellen Flaum zu hüllen, der Nebel in diesem Teil der Grenze war deutlich dichter.

Sie hatte schon viele Fehler in ihrem Leben begangen; aber dieses Vorhaben durfte keinesfalls in einer Katastrophe enden. Was auch immer auf sie wartete, wenn sie auf Oracles traf, sie durfte die Situation nicht verschlimmern. Entweder sie erhielt den Dolch oder sie starb. Er würde sich nicht die Mühe machen, ihr Blut einzufangen.

Allerdings musste sie diesen Sumpfdrachen, getränkt mit Ätherblut und aufgeblasen von Hass, erst einmal finden.

Alles in ihrem Umkreis, das genug Magie besaß, um relevant zu sein, war zu schwach für einen Drachen. Die Echos einiger

Magier, vielmehr deren Beschwörungen, konnte sie fühlen. Vor einiger Zeit mussten sie hier in der Nähe Schutzzauber gesprochen haben. Das Flüstern dieser vergangenen Magie hallte noch durch die Leere der fahlen Landschaft.

Vermutlich hatten Oracles' Soldaten hier auf ihrem Weg zur Grenze Rast gemacht. So frisch wie das Echo war, konnten die Magiekundigen nicht weit gekommen sein. Nyth konnte es mit einigen Menschen aufnehmen, um eventuell Informationen zu ergattern. Doch brachten sich Brarches treue Diener offensichtlich vorher um. Nichts lag ihnen ferner, als ihren Herrn zu verraten. Womöglich war es zu spät, Oracles aufzuspüren. Vielleicht befand er sich bereits auf direktem Wege zu Dragul.

Schlimmer noch: Was, wenn Nyth auf seine Hauptstreitmacht traf? Obwohl kleiner als angenommen – diesen Kampf würde sie nicht überstehen. Dann müsste sie sich durch ein Heer schleichen. Nicht einmal ihr würde das problemlos gelingen; ihre »Unsichtbarkeit« endete vor dichter Magie. Zwar konnte sie sich gut im Lärm verstecken, tatsächlich versagte ihr Durchhaltevermögen bei dem Krach, den Magie verursachen konnte.

Sie wusste besser als jeder andere, wie Jasov sich fühlte, denn auch sie selbst hörte die Magie, wie ein Flüstern, ein Rascheln, das leise Kratzen von Krallen auf Holz oder das Klappern von Tellern in einem fremden Raum. Einzeln und für sich genommen waren diese Geräusche nicht von Bedeutung, aber wenn sie anfingen, sich zu überlappen …

Nein, sie könnte nicht in das Heerlager eindringen. Das war einer der Gründe, weshalb sie sich nicht an Schlachten beteiligte und nur ungern mit den anderen Drachen trainierte. Der Lärm. Dann verlor sie ihren Fokus, man würde sie entdecken und …

Wobei …

Wenn man sie entdeckte, was sollte schon passieren? Ja, es war sogar besser, wenn man sie entdeckte. Oracles würde sich die Freude nicht nehmen lassen, ihr höchstselbst den Kopf abzuschlagen. Und ein Soldat wiederum würde es sich nicht entgehen lassen, einen Drachen persönlich zu seinem Herrn zu bringen. Die Lösung war riskant, aber schlicht. Dafür musste sie nicht nach seinem Heer suchen, dafür genügte ein Lager oder Posten.

Also lief sie erneut los in die Richtung der vielen Zauberworte und Stimmen in der Luft, nicht mehr so schnell wie zuvor und mit einem durchaus mulmigen Gefühl im Bauch, aber auch mit einem Ziel.

KAPITEL 51
DIE SCHLACHT

»Wir müssen näher heran, die Hunde können durch die viele Magie keine Spur aufnehmen«, flüsterte Miranda, obwohl niemand außer Jasov und Kira sie hätte hören können, selbst wenn sie aus vollem Hals geschrien hätte. »Es wird schwierig sein, Lord Dragul zu finden. Wenn er sich am südlichen Flügel befindet, wird er vielleicht am Rand der Schlacht auf uns warten …«

Fern war der Krieg und mit ihm auch der dumpfer Klang, bedrohlich wie das Grollen einer anrollenden Lawine. Jasov hatte jedoch das unangenehme Gefühl, dass sie bereits im Auge des Sturms festsaßen. Oracles mochte sich jederzeit einfach auf die beiden Heere stürzen, und dann gab es keinen sicheren Ort mehr, dann war die Schlacht überall.

Jasov, Kira, Miranda und die Geisterjagd waren eine gefühlte Ewigkeit gerannt, hatten zwei Portale genutzt, die Jasov nur mit Mühe hatte öffnen können, und befanden sich nun am Krisenherd. Magie knisterte in der Luft. Was wie ein weißer Dunst über dem Land hing, war ein Gemisch aus Rauch, beschworenen Schleiern, Nebel und Staub. Eine magische Unordnung ohnegleichen. An diesem Ort war man so gut wie blind. Selbst die Geisterhunde konnten in dem Chaos nichts mehr wittern, menschliche Augen kaum etwas sehen. Jasov fühlte zwar Magie, aber sie brüllte sich in wildem Durcheinander selbst an.

Hier kämpften nicht nur Schwerter und Feuerbälle gegeneinander, sondern auch verfeindete Verzauberer mittels gewaltiger Wortgefechte. Oracles mochte wenige Soldaten in den Kampf geschickt haben, aber einige fähige Magiekundige waren darunter; fanatischer, als Jasov es sich je hätte vorstellen können.

Nach dem verzweifelten Gebet des Arbeiters rasten die seltsamsten Bilder durch seinen Kopf. Diese Hingabe und Liebe zu einer so grausig ausgelebten Religion ließ ihn das Schlimmste befürchten. Der *Ewige Krieg* würde sich wiederholen, und er befand sich mittendrin. Jasov bereitete sich auf das Schlimmste vor. Hätte er Karl doch nur gesagt, was er empfand, wenn er ihn ansah. Ob er noch die Gelegenheit dazu bekäme?

Grob in Richtung Süden, stapfte die kleine Gruppe hinein in dumpfen Nebel und Staub, direkt auf das Gefecht zu, in der Hoffnung, bald ihren Herrn zu finden oder auf eine seiner gesteuerten Leichen zu stoßen.

Kira ging voran. Durch ihre Schattenmagie sah sie mehr als die anderen. Miranda und der junge Zauberer folgten ihr so dicht wie möglich. Jasov wagte es nicht, den Blick von Kiras Rücken zu wenden. Auf den Boden wollte er nicht sehen, aus Angst vor dem, was dort liegen mochte, und den Anblick des Nebels ertrug er nicht. Ringsherum erklangen furchtbare Geräusche. Der Dunst raubte ihm die Sicht, der Rauch in der Luft ließ jeden Atemzug schmerzen, und der Boden unter den Füßen fühlte sich unangenehm feucht an. Hier war der Untergrund nicht ebenmäßig wie überall sonst; hier war die Erde aufgewühlt worden, schlammig und steinig.

Wann immer er auf etwas Weiches trat oder gegen ein Hindernis stieß, zwang er sich, weiter auf Kiras Rücken zu starren und die Füße hoch genug zu heben, um voranzukommen. Es zischte in der Luft, als Magie über ihre Köpfe hinwegschoss. Sie bewegten sich auf den Krieg zu. Aus den Augenwinkeln erfasste Jasov schemenhafte Gestalten, der dumpfe Lärm der Schlacht wurde lauter.

Je weiter sie marschierten, desto dichter zog sich der Nebel zusammen. Jasov blinzelte gegen Dunst und Rauch an. Kiras Rücken schien mehr und mehr im Weiß zu verschwimmen. Auch Miranda blickte sich immer öfter um und warf ihm einen besorgten Blick zu, die Lippen fest zusammengepresst. Er wusste nicht, was schlimmer war, sein Herzklopfen oder das dumpfe Grollen im Nebel. Beinahe konnte er die Magie an diesem Ort verstehen. Magiekundige hatten mächtige, laute Zauberformeln gewirkt. Sie hingen noch immer wie zerrissene Fetzen in der Luft, und ihr Echo hallte durch den Dunst.

In Jasovs Kopf breitete sich hämmernder Schmerz aus. Er wusste nicht mehr, was er wirklich hörte oder sah, was davon magisch war und was Einbildung. Den Drang, laut zu schreien, konnte er nur mit Mühe unterdrücken. Er fürchtete, vor Anspannung bald zu explodieren. Als Miranda nach Jasovs Hand griff, konnte er seine Angst nicht länger zurückhalten. Ihre Finger schlangen sich fest um die von Jasov, als wollte sie ihn nie wieder loslassen. Er konnte fühlen, wie ihm ein paar Tränen die Wange hinunterrollten.

Die Luft roch nach Blut und verbranntem Fleisch, seine Füße hatten oft genug eine warme, feuchte Pfütze getroffen, und mancher Lärm war nicht einfach nur ein Geräusch gewesen, sondern ein verzweifelter Schrei. Niemand sprach, sie folgten stumm dem Drachenkind durch den Rand der Schlacht. Jasov wusste nicht mehr, wo sie sich befanden, hatte die Orientierung verloren.

Gerade, als Kira stehen bleiben wollte, um sich zu orientieren, explodierte direkt neben ihnen eine magische Entladung.

Kira konnte in letzter Sekunde ein »Runter!« brüllen, als bereits die nächste Welle an Energie über ihre Köpfe sauste.

Sie landeten allesamt im Matsch, und Jasov wirkte instinktiv einen Schildzauber über ihnen. Zu einem war diese erstickende Angst immerhin nütze: Seine Magie handelte, noch bevor ihm selbst klar war, was wirklich passierte.

»Was jetzt?« Miranda hustete gegen den Nebel in ihrer Lunge an.

Wieder krachte es laut neben ihnen, Matsch spritzte hoch, dann entlud sich in einiger Entfernung eine gewaltige Beschwörung an Kraftmagie. Wie ein Tornado zog Energie über Kira, Miranda und Jasov hinweg. Unwillkürlich kauerten sie sich auf den Boden, die Hunde der Geisterjagd tauchten regelrecht hinab in die Erde. Irgendwo hatte jemand einen machtvollen Zauber gewirkt. Es war ein unangenehmes Gefühl, als die Schockwelle sich ausbreitete. Der dadurch erzeugte Sog zerrte am Schleier und zerriss den dichten Dunst um sie herum.

Kein dämpfender Nebel aus Rauch und Tod schirmte sie jetzt noch vor dem Lärm und dem Anblick ab. In wenigen Metern Entfernung krachten Schwerter, Zauber und Leiber aufeinander. Sie hockten mitten in der Schlacht.

Armeen magischer Reiche umfassten nicht nur zaubernde Paladine, sondern auch Ritter, die zwar kaum Magie wirken konnten, jedoch verzauberte Waffen und Panzerung besaßen. Unverzichtbar waren auch Bogenschützen mit Pfeilen, die mehr konnten, als jemanden zu durchbohren. Und natürlich benötigte man Magiekundige, deren Angriffe einem Meteorschauer gleichkamen, die Flammen beschwören konnten und eigentlich keine Klingen brauchten. Man setzte magische Dämpfer ein, zerstreute Verzauberungen mit aufwendigen Kristallinstallationen; zusätzlich gab es Katapulte, sogar Kanonen und Apparate, die sowohl der Abwehr als auch dem Angriff dienten. Auf Lord Draguls Seite kämpften zudem halb zerfetzte Krieger aus uralten Schlachten, just gefallene Soldaten und alles, was sich im Radius des Gefechts wiedererwecken ließ, darunter soagr Mäuse und Insekten.

Jasov rang darum, seinen Mageninhalt bei sich zu behalten.

Leichen stiegen über ihresgleichen, ein nie endender Schwarm an verrotteten Menschen; sie preschten auf Oracles' Truppen zu und jagten durch die Reihen, wenn es ihnen gelang, die Abwehr zu umgehen. Blanke tote Finger rammten sich in Gebeine. Wer noch ein Schwert, einen Dolch oder Ähnliches besaß, schnitt in jedes greifbare Glied. Die Untoten hatten nur einen Befehl: dem Feind schaden.

Gleichzeitig hatten sich Paladine in Kriegstürme zurückgezogen, die mit Quarzkristallen gespickt waren, um Magiekundige und Bogenschützen in den hinteren Reihen zu schützen. Die Flut der Untoten aus dem östlichen Teil des Reichs strömte einfach an ihnen vorbei, hinein in die Feinde. Früher oder später würde sich die Schlacht gänzlich in den Westen verschieben. Stück für Stück gewannen tote Leiber die Überhand.

Unendlich viele magische Schwingungen prallten aufeinander, dazu kam der Anblick von Fleisch, Blut und Leid – Jasov konnte nicht mehr anders, er musste sich übergeben. Er fühlte Mirandas zittrige Hand auf dem Rücken und wusste, dass er für diesen Augenblick der Schwäche nur wenig Zeit hatte.

Kira griff nach Jasovs Arm und zog ihn hoch, packte auch seinen Schatten und gab ihm alle Kraft ihrer Magie, damit er wieder auf beiden Beinen stehen konnte. Die Dunkelheit vernebelte seine Sicht etwas, der grauenvolle Anblick rückte vorerst in erträgliche Distanz.

»Danke«, murmelte er erschöpft.

Kiras Stimme war nur noch ein Fuachen. »Wie sollen wir Lord Dragul in all dem Chaos finden? So eine verflammte Scheiße – seht euch das an …«

Auch Miranda schüttelte es und sie musste sich ebenfalls von der fürchterlichen Szene wegdrehen. Ihre Hunde schimmerten kaum sichtbar im feuchten Nebel und wirkten verunsichert.

»I-ich denke, der Lord wird uns finden … Er hat seine Augen überall«, murmelte Jasov, würgte wieder. Jetzt würde sich zeigen, wie fest er die Zähne zusammenbeißen konnte. Möglichst entschlossen schaute er Kira in die Augen.

Sie nickte. »Das hier ist nicht die Schneise, das ist die Front. Wir müssen uns zurückfallen lassen. Sonst geraten wir zwischen die Kämpfe.«

Und so liefen sie erneut los, den Schlagabtausch dabei vorerst verlassend und einen Abstand aufbauend, der ihnen gerade so eine Übersicht erlaubte.

Das unheimliche Weiß der Landschaft kehrte zurück, als liefen sie in eine dicke Wolke hinein. Der Nebel hatte sich um das gesamte Schlachtfeld gespannt und Jasov rechnete jeden Augenblick damit, vor etwas Schrecklichem zu stehen.

Seine Augen spielten ihm Streiche. Seltsame Schatten tauchten in der Landschaft auf und verschwanden wieder. Der Umriss eines großen Steins entlockte sogar Kira einen Laut des Entsetzens. Erschrocken blieben alle drei stehen, rangen nach Luft. Der Felsen bot ein wenig Deckung. Keiner von ihnen fühlte sich in der Lage, weiterzurennen. Donner und Zerstörung hallten dumpf durch den Nebel, fern genug, dass Jasov das heftige Pochen seines Herzens und das Rasseln seiner Lunge hören konnte.

Er holte tief Luft, auch wenn er in diesem Nebel das Gefühl bekam, zu ertrinken. Ganz langsam ließ er den Atem wieder hinaus, doch das Röcheln verschwand nicht. Erschrocken hielt er die Luft an. Was er hörte, war nicht sein Atem. Das Geräusch kam auch weder von Kira noch von Miranda – es erklang hinter ihm. Etwas atmete schwerfällig in seinen Nacken.

Miranda erstarrte plötzlich voller Furcht.

Kira griff langsam nach ihrem Schwert.

Das Geräusch wurde lauter. Es klang wie ein Echo, ein Echo direkt neben dem eigenen Ohr, als flüsterte eine weit entfernte Stimme … Jasov wusste nicht, ob das, was er hörte, nah oder fern war. Rasselnder Atem, das Röcheln einer halb zerstörten Lunge, gefüllt mit Blut, gar Schlimmerem. Dabei nicht schwerfällig atmend, eher angestrengt – ein Hecheln.

Jasovs Finger schlossen sich fest um seinen Zauberstab und er biss die Zähne zusammen. Mit einem mutigen Ruck drehte er sich um, bereit, einen Zauber zu sprechen …

Nebel. Dunkles Weiß. Nichts außer einer trüben Suppe aus Rauch und Wasser. Und doch hallte das gespenstische Hecheln hindurch, als stünde jemand direkt vor ihnen.

Jasov versuchte etwas zu erkennen. Irgendetwas im Nebel bewegte sich. Da war ein dunkler Fleck, und er gewann an Umfang. Zu klein, um einem Menschen zu gehören – als krauchte jemand auf dem Boden.

Plötzlich sprang Furfur vor ihn, hob den Kopf und heulte auf.

Der dunkle Umriss blieb stehen.

Unsicher sah sich Jasov um und blickte in Mirandas weit aufgerissene Augen. Kira hatte ihr Schwert fest umgriffen, doch die Spitze der Klinge zitterte deutlich.

Mit einem Mal preschte der Schatten aus dem Weiß, direkt auf Furfur zu.

Als Jasov den Mund zu einer Beschwörung öffnete, versagte ihm die Stimme. Die Magie in ihm verstummte mit einem Schlag. Er hörte Kira hinter sich erschrocken keuchen.

Vor ihnen stand ein Hund, oder vielmehr etwas, das einst ein Hund gewesen sein musste. Ein Ohr war angeschnitten, ein Lungenflügel herausgerissen, die Hinterläufe zertrümmert, und ihm fehlten die Augen. Er bellte, zumindest ließ die Bewegung seines Mauls das vermuten. Ein Gurgeln und Röcheln entkam seiner Kehle, er spuckte Blut, dann drehte sich die untote Kreatur um und rannte los. Furfur raste sofort hinterher, nach einem kurzen Moment des Schreckens folgten Jasov, Miranda und Kira.

Weiter hinein in den dichten Nebel. Ohne zu wissen, ob sie sich zurück in die Schlacht bewegten oder sich davon entfernten, stolperten sie den Geisterhunden und der untoten Kreatur folgend durch den Matsch.

Nach wenigen Metern tauchten neben ihnen weitere Untote und auch Soldaten ihres Reiches auf. Sie beachtete die seltsame Gruppe nicht. Lediglich die geisterhaften Hunde, die sich den Spaß erlaubten, durch wiedererweckte Körper zu springen, ernteten so manchen verwunderten Blick. Furfur preschte ihnen allen voran, dem anderen Hund nach.

Übelkeit hin oder her, Jasov rannte mit, so schnell es ging. Er konnte kaum Schritt halten. Kiras Finger umklammerten seinen Arm. Es schien, als hielte nur ihre Kraft ihn überhaupt noch auf den Beinen. Gerade als das Seitenstechen Jasov zu ersticken drohte, blieb Furfur stehen. Der untote Hund fiel in sich zusammen und seine Überreste verteilten sich ungelenk auf dem Boden. Unsicher schnaufte Jasov durch und auch Miranda rang mit ihrer Luft. Der Nebel fühlte sich heiß an.

»Das ist kein Nebel«, murmelte Kira.

Jasov schmeckte es bereits auf der Zunge. »Rauch!«

Furfur knurrte, und seine geisterhaften Haare stellten sich auf. Ein gewaltiger Schatten zeichnete sich in der weißen Luft ab. Haushoch wuchs der Umriss an, mit einem Ruck nahm die Gestalt die Ausmaße eines Turms an. Dann wurden Hals, Leib und Kopf sichtbar. Zwei große Flügel breiteten sich aus.

Jasov sah etwas aufglühen. Nicht weit von ihnen erhob sich ein Drache, bäumte sich auf, stand nun auf den Hinterbeinen und schien Feuer speien zu wollen – oder vielmehr das, was als Element in ihm brodelte. Es war schwer einzuschätzen, wie nah sie dem Geschehen waren. Kira zog Jasov und Miranda fest an sich, in ihren eigenen Schatten gehüllt wie in einen Mantel.

Jede Sekunde erwartete Jasov, Hitze zu spüren, irgendetwas Dramatisches. Die Bestie, groß genug, um Bäume zu überragen, gab einen drohenden Laut von sich – und dann glaubte Jasov, ein Blitz habe direkt in ihn eingeschlagen. Nein, ein Donner.

Die Luft um sie wurde gewaltsam zerrissen. Ein Knirschen, so elementar, dass es durch Jasovs Knochen jagte. Lärm zerschnitt scharf und schmerzhaft die Welt. Tauber Druck legte sich auf die Ohren. Stille schien das Schlachtfeld für einen Moment zu beherrschen, dann ein hohes Klingeln.

Die riesige Silhouette im Nebel vor ihnen, aufgerichtet und bereit, zuzuschlagen, zerfiel in zwei Hälften. Gespalten in nur einem Augenblick, einem Wimpernschlag, mit einem überwältigenden Knall. Die beiden Körperhälften sanken zu Boden. Erst mit ihrem dumpfen Aufschlag erwachte die Welt um die drei wieder zum Leben. Kiras schützender Schattenzauber hatte sich in Luft aufgelöst.

Jasov zuckte zusammen, als die Geisterhunde allesamt den Kopf in den Nacken legten und ein gespenstisches Geheul anstimmten. Im Nebel zeichneten sich die Umrisse eines großen Mannes ab. Als er vollständig sichtbar wurde, fühlte sich Jasov zum ersten Mal seit Stunden ein wenig erleichtert.

»Eure Lordschaft!« Miranda verneigte sich leicht.

Dafür hatte Jasov keine Kraft mehr.

Der Todesdrache musterte die Gruppe mit kritischem Blick. Sein Aussehen hatte merklich gelittenn: Die dunkelgrauen Haare waren zerzaust und die Uniform verdreckt. Das schwarze Schwert in seiner Hand pulsierte nur so vor Magie; von der scharfen Schneide tropfte Blut.

Dragul wirkte erschreckend real auf diesem Schlachtfeld, seine Aura war fast sichtbar. Die Energie in ihm hatte sich über die Grenzen seines Körpers hinaus ausgeweitet. Jasov wusste: Wer diesen Mann jetzt berührte, starb augenblicklich.

»Was genau ist hinter der Grenze passiert?« Lord Dragul schob sein Schwert zurück in die lederne Scheide am Gürtel.

Da Miranda und Kira eher daran gewöhnt waren, sachliche Informationen zu übermitteln, überließ Jasov ihnen das Reden. Etwas anderes als der letzte Rest seines Frühstücks wäre ihm ohnehin nicht über die Lippen gekommen.

Die Energie an seinem Herrn hatte sich verändert, auch seine Haltung und der Klang seiner Stimme. Die Erscheinung schien an Farbe verloren zu haben; lediglich die echsenähnlichen Augen funkelten schwach im Licht. Seine Rüstung war nicht sonderlich gepanzert, wozu auch. Die Schultern und ein Teil der Brust waren mit Metall geschützt, der Rest bestand aus dunklem Leder, dazu lag ein grauweißer Pelz um Schultern seinen Hals. Diese Uniform erinnerte an die Rüstung der Kampfzaubernden, die Jasov selbst trug. Seinem Herrn stand sie nur um einiges besser.

Und dann war da noch Furfur, der sich völlig unbeeindruckt neben den Lord gesetzt hatte und an seiner Hand schnupperte. Die Ohren standen munter aufrecht, seine Rute wedelte durch den Staub, und seine Augen leuchteten ein wenig lebendiger als sonst, als gäbe er sich Mühe, möglichst sichtbar zu sein.

Miranda beendete den Bericht mit ihrer Beobachtung entlang der Schlachtgrenze. Lord Dragul hüllte sich vorerst nachdenklich in Schweigen, der sorgenvolle Ausdruck auf seinem Gesicht war nicht sonderlich ermutigend. Furfur drückte sich an das Bein des

Lords, als wollte er ihn aufmuntern. Für diese Geste erntete der Hund lediglich ein halbherziges Streicheln über den Kopf. Nachdem nun auch Dragul keine Probleme hatte, einen Geisterhund zu berühren, kapitulierte Jasov vor seinen Fragen … Es war ohnehin nicht die Zeit für Rätsel.

KAPITEL 52
HOFFNUNG

Dragul ließ den Blick über das Schlachtfeld ringsum schweifen. Die Armee hatte sich ein gutes Stück weiterbewegt, und der Klang aufeinandertreffender Klingen war verstummt. Auch er hatte es bemerkt: Es ging zu schnell, fast schon mühelos. Diese Schlacht war von Anfang an viel zu einfach. Bisher hatte er zwei feindliche Drachen angetroffen. Sie waren durchaus mächtig, aber unerfahren und vermutlich recht jung. Doch keiner von Oracles' bekannten Generälen hatte sich gezeigt. Mirandas und Kiras Schilderungen ließen nur die Schlussfolgerung zu, dass es sich in der Tat um eine Falle handelte.

Schlagartig ergab alles Sinn: Die Aufstellung der feindlichen Armee, Oracles' Worte, als Dragul und der Sumpfdrache sich vor Monaten gegenübergestanden hatten, sein überlegenes Gehabe, nun die schwachen Soldaten. Dragul hatte eine klassische Taktik erwartet, denn die Götterklinge zum Einsatz zu bringen, erforderte ein persönliches Aufeinandertreffen. Mann gegen Mann, auf zwei Beinen. Wie sonst wollte Oracles sie einsetzen? Diese Wendung kam überraschend. Vermutlich war genau das Oracles' Absicht gewesen. Die eigenen Leute zu opfern – widerlich.

Nur für die Chance, Dragul zu besiegen. Genau wie Nyth! Nur für die Chance, Oracles und die Klinge zu erreichen, gab sie ihr Leben. Allein in die Arme eines Ätherblutdrachen zu laufen war das Ende. Und selbst wenn es ihr gelang, welche Möglichkeiten blieben ihr, zu entkommen?

Ein erstickend bitteres Gefühl kroch Draguls Kehle empor. Hätte er ihr doch nur gesagt, was er für sie empfand. Niemals wäre sie das Risiko eingegangen, wenn sie gewusst hätte, wie sehr ihn das schmerzen würde. Was war schon ein tobender Sumpfdrache im Vergleich zum Tod, der durch Kummer und Verlust praktisch unkontrollierbar wurde?

Schon einmal, direkt nach dem *Ewigen Krieg*, war er völlig in seinem Element und seiner Kälte ertrunken. Und hätte nicht mitten im blutigsten Schlachtfeld ein neues Dasein voller Verzweiflung um sein Leben geschrien, so winzig wie ein Bündel Stroh, wäre er nie aus dem Rausch seiner Magie erwacht. Noch einmal würde ihn kein Neugeborenes retten, dessen frische Seele der Todesmagie trotzen konnte. Diesmal musste er sich selbst kontrollieren. Hemm und auch Arqdelia kannten Draguls Schwachstelle, im Notfall

Es half alles nichts. Es war, wie es war, und Dragul musste sich darauf vorbereiten, Oracles so weit wie möglich vom Kraterland wegzubringen. Er musste ihn in sein eigenes Reich hineinzwingen. Wenn sich Nyth dafür opferte, all diese Leben zu retten, dann war es an ihm, diese Rettung wahr werden zu lassen. Der zittrige Zauberer, das schwache Drachenkind, die tapfere Frau der Geisterjagd, sie blickten ihn an, als könne er ihnen die Antwort auf alles liefern. Und das wollte er. Sie sollten nicht nur an einen Sieg glauben, sie sollten sich dessen sicher sein können.

»Ich möchte, dass ihr weiter dem Schlachtverlauf folgt und eure Mission vollendet. Viele von Oracles' Soldaten besaßen Schattenkristalle, Dutzende davon müssen hier verstreut zwischen ihren Überresten liegen. Ich werde den Magiekundigen im Heer auftragen, ebenfalls die Schattenmagie der Feinde freizusetzen, wenn es ihnen möglich ist. Ihr müsst mit der Geisterjagd über das Feld. Spürt alle Schattenkristalle auf, die an den Toten zurückgeblieben sind. Zersprengt sie. Kira, ruf deine Magie unaufhörlich zu dir. Noch nicht in dich hinein, lediglich zu dir. Und Jasov, sobald du den Ruf hörst und das Ziehen der Schattenmagie spürst, kehrt ihr alle ins Lager zurück oder rettet euch auf einen sicheren Teil des Schlachtfeldes hinter uns. Wenn Kiras Magie zurückgerufen wird, dann richtet der Ketteneffekt erheblichen Schaden an Oracles' Heer an, und unsere Streitmacht kann ohne Probleme fliehen.

Allerdings – es ist wichtig, dass du das weißt, Kira – ohne Nyths Hilfe wird es schmerzhaft, deine Magie in dir zu verankern. Jasov, du kannst sie stabil halten mit einem Schutzzauber, ebenso, wie du dich vor anderer Magie abschirmst. Wenn Kira ihre Magie wiedererlangt hat, helft dabei, das Lager auf eine schnelle Evakuierung vorzubereiten. Sollte eintreffen, was Nyth befürchtet, und Oracles wirklich einen direkten Angriff planen, dann müssen wir so viele Leben wie möglich retten. Aber Blitzangriff hin oder her, er zieht die Schlacht damit lediglich in die Länge. Er wird mich und auch die anderen Drachen nicht besiegen können. Vertraut mir!«

Kira, Miranda und auch Jasov salutierten, Dragul nickte ihnen nur zu.

Das Schattendrachenkind überwand sich, die auch für Jasov wichtigste Frage zu stellen: »Was, meint Ihr, kann Nyth bewirken, Sir? Könntet Ihr nicht …«

»Ich fürchte, es ist zu spät, sie jetzt noch einzuholen. Auch für mich. Entweder ich konzentriere mich auf sie oder auf die Schlacht! Ich werde mich direkt zu Oracles' Hauptstreitmacht begeben. Es ist, wir ihr berichtet. Ich werde hier nicht gebraucht, denn sein Heer ist wirklich … schwach. Noch sind wir ihm nicht in die Falle getappt und … nun, ich werde sehen. Sollte sich Nyth noch bei Oracles befinden, werde ich sie …« Der Lord ballte die Fäuste, Wut zeigte sich für einen Moment in seinem Gesicht, Zorn ließ die Falten zwischen seinen Brauen deutlich hervortreten.

Jasov, Miranda und Kira waren sich stillschweigend einig, so schnell wie möglich dem Auftrag Folge zu leisten, schon um der Wirkung von Draguls Aura zu entkommen. Kurz sahen sie sich ein letztes Mal an.

Lord Dragul nickte ihnen zu und drehte sich dann um. Mit einer einfachen Handbewegung, als streichelte er ein unsichtbares Wesen in der Luft, erweckte der Drachenmann die Erde zum Leben. Für einen Moment war Jasov irritiert, als sich aus Staub und Dreck eine Gestalt formte, doch dann wurde ihm klar, wie viel in dem Matsch unter seinen Füßen eigentlich tote Materie war. Vor ihnen fanden sich die Knochen einer Kreatur erneut zusammen, Schlamm legte sich über Sehnen und ein dürres, knochiges Pferd nahm Form an.

Neidvoll sah Jasov mit an, wie Dragul sich elegant auf das untote Tier schwang, sie alle keines Blickes mehr würdigte und mit einem simplen Ruck den Gaul in den Galopp brachte. Ihr Herrscher verschwand in Richtung Westen und mit ihm auch ein Teil der kühlen Stille.

Jasov hatte vergessen, wie laut es auf dem Schlachtfeld um sie herum war. Schreie, Zauber, das Knirschen marschierender Knochenkörper und Druckwellen von Explosionen hallten an ihre Ohren. Sie hatten keine Zeit dafür, Eindrücke zu verarbeiten.

»Folgt mir!«, rief Miranda pflichtbewusst, deren Geisterhunde mit nur einem Pfiff zurück auf ihre Fährte nach Schattenmagie beordert wurden.

Wenigstens würden sie Kiras Magie zurückerobern und hatten somit eine erfüllbare Aufgabe. Ein Plan, ein Ziel und Erfolg. Hoffentlich starb dabei niemand.

KAPITEL 53
DIE EINE CHANCE

Von allen Seiten kamen Wellen aus purer Energie und schlugen heftig auf Nyth ein. In Ringformation stehend, zündeten Zaubernde jeden nur möglichen Funken Magie, ein Hagel aus Kraft prasselte unbarmherzig in die Mitte des Beschwörungskreises. Es dröhnte, als fielen Sterne vom Himmel, ein Steinschlag bestehend aus Magie. Sie zerschlug in tausend Funken und hinterließ verbrannten Boden und Hitze. Erde splitterte auf, versengter Staub wirbelte durch die Luft.

Es war wirklich ein Glück, dass Oracles nur seine schwachen Magiekundigen in diese Schlacht geschickt hatte. Diese Kämpfenden hier wussten, wie man mächtige Elemente bändigte, es fehlte ihren magischen Stimmen jedoch an Stärke und Durchsetzungsvermögen gegenüber der Magie. Andernfalls hätten sie Nyth wirklich schweren Schaden zufügen können; doch so musste sie nur abwarten, bis der Angriff endlich endete. Es zerrte an ihren Kräften, und die Schockwellen und Explosionen an ihrer Substanz.

Dieser von den Magiekundigen erzeugte magische Lärm war es, der einen Drachen erheblich schwächen konnte. Sie brachten die Magie im Inneren eines Drachen in Unruhe und somit aus der Balance. Ohne ein Gleichgewicht mit den inneren Kräften verlor ein Drache seine Widerstandsfähigkeit. War das Element des Drachen bekannt, konnte man diese Art von Störzaubern noch viel gezielter einsetzen, deshalb schwiegen Drachen sich über ihr Kernelement gerne aus.

Nyths Element blieb von den Versuchen, sie zu verletzen verschont, keiner von ihnen könnte etwas beschwören, was ihr schaden konnte, aber ihre Ohren, ihr magisches Fühlen drohte ihr zu zerspringen.

Sie war mitten ins Lager hineingestürmt, hatte sich den mächtigsten der Magier vorgenommen, seine Kristalle und seinen Schädel zerschlagen. Beides war förmlich explodiert und hatte alle Aufmerksamkeit auf sie gelenkt. Innerhalb von Sekunden war sie umringt von Streitkräften, die vermutlich hofften, hier nur einen einfachen Drachen vor sich zu haben, den sie schwächen konnten.

Den Gefallen tat sie ihnen: schwach sein, zumindest den Anschein erwecken. Umzingelt und vorerst taub durch die vielen magischen Schläge blieb ihr etwas Zeit, einen Plan zu ersinnen. Dank ihrem neuen Wissen über das magische Blut und dessen erstaunliche Fähigkeiten hatten sich mehr Möglichkeiten eröffnet. Draguls Informationen zu Kiras Blut ermöglichten eine solide Chance auf Erfolg.

Nyth war geübt darin, sich mit Magie zu streiten, Diskussionen zu führen und sie zu völlig absurden Handlungen zu verleiten. Wenn es ihr nur für kurze Zeit gelang, den Äther in Oracles zum Zuhören zu bewegen – er würde in Oracles ein riesiges Chaos anrichten.

»Aufhören!«, hallte eine Stimme über den Platz.

Endlich zerschlug sich der Feuerregen. Den bewusstlosen Drachen zu spielen, war alles andere als leicht. Sie musste dafür ihre Magie zusammenziehen, komprimieren. Ihr Talent, sich beinahe unsichtbar zu machen, basierte auf der Fähigkeit, andere ihre Anwesenheit vergessen zu lassen; das war hier keine Option. Also lag sie auf dem staubigen Boden und wartete voller innerer Anspannung.

Der plumpe Versuch, mit einem vorsichtigen Fußtritt gegen ihr Schienbein irgendetwas festzustellen, ließ nicht gerade auf gut ausgebildete Soldaten schließen. Da gab sie sich solche Mühe, ihre Magie zu verbergen, und kein einziger kam auf den Gedanken, ihre Haut zu berühren. Ein Jammer.

»Was ist sie? Eine Magierin?«

»Unsinniger! Wohl kaum! Die wäre in tausend Stücke zerschlagen. Das hier ist schlimmer.«

»Ein … Drache des Feindes?«

»Natürlich! Eine Verräterin an der Göttin selbst!«

»Und was machen wir mit ihr?«

»Oracles bereitet sich vor, wir haben keine Erlaubnis ihn zu kontaktieren – aber die hier, die kriegen wir allein nicht klein!«

»Na ja, sie scheint das Bewusstsein verloren zu haben.«

»Fragt sich, für wie lange. Und wir haben Besseres zu tun, als die ganze Zeit einen Drachenverräter in Schach zu halten.«

»Schweigt!« Endlich ertönte eine feste Stimme hinter den konfusen Soldatenköpfen und stieß hörbar den einen oder anderen Krieger beiseite. Jemand griff grob nach Nyths Arm; die Person schien keine Mühe zu haben, sie hochzuheben.

»Wir bringen sie vor das Hauptlager. Kontaktiert Oracles! Er trifft uns dort und kann entscheiden. Wir können nicht riskieren, sie am Leben zu lassen, hier zu behalten oder gar direkt zu ihm zu bringen.«

Auch gut. Nicht zwischen Kommandanten und Generälen des Feindes auf Oracles zu treffen kam Nyth entgegen.

Eine leise Runenbeschwörung erklang und dämpfende Schildmagie legte sich um Nyth. Ganz so ungeschickt war der Haufen Anfänger dann doch nicht. Oracles' Taktik, die Schwächsten seiner Einheit in den Krieg zu schicken, würde sich allerdings am Ende rächen. Sollte sie erfolgreich sein, würde sie ihm diesen Triumph aber vermutlich nicht unter die Nase reiben können.

Ihre eigene Flucht stand vorerst nicht auf ihrer Prioritätenliste, auch wenn sie hoffte, mit Kiras Schattenmagie arbeiten zu können. In einem Schatten konnte man sich durchaus vor Magie verstecken, vor allem so schnell fliehen wie das Licht selbst.

Bisher hatte sich allerdings nichts gefunden, das Nyth hätte umbringen können. Keine Klinge der Welt schnitt ihre Haut, kein Schacht war tief genug, um ihre Knochen zu spalten oder ihr gar das Genick zu brechen. Sämtliche Versuche, ihrer Existenz ein Ende zu setzen, verursachten ihr nur Schmerzen, also setzte sie auf ihr hohes Alter und ihre schwindende Magie. Ob Oracles sie wohl töten konnte? Das erweckte eine morbide Neugierde in Nyth.

Jemand hob sie unsanft auf seine Arme. Die Schritte der Person waren schwer. Jemand anders warf ein Portal durch den Raum. Das zischende Surren breitete sich in der Luft aus, und Nyth riskierte einen Blick, ohne die Augen zu öffnen. Magische Wahrnehmung benötigte kein Sehorgan, das magische Herz konnte sehen, hören, fühlen und, ja, auch riechen. Vor ihr prasselte ein Druidenstein, Funken zitterten arrhythmisch und widerwillig. Seine Magie war gestohlen, entwendet aus dem Herzen eines Berges und umgeformt zum stummen Schrei eines Felsens, hörbar für andere Artefakte seiner Art. Das war auch eine Möglichkeit, Portalsteine zu erschaffen. Kein Wunder, dass Oracles so viele davon besaß.

Magischer Kummer war real und für die Magie der Welt ebenso alltäglich wie für jedes bewusste Leben. Durch dieses Portal zu gehen, fühlte sich für Nyth an, als träte sie durch die Wunde eines uralten Steins. Niemand hatte diese Magie gefragt oder sie überredet, zu tun, was sie tat. Man zwang sie einfach dazu. Weil Äthermagie dazu fähig war, und somit auch Oracles. Die Wut über diese Anmaßung schluckte Nyth vorerst hinunter. Bald würde er bezahlen. Irgendwann würden sie alle dafür bezahlen. Sie besudelten reines Blut und missbrauchten die Macht, die ihnen gegeben war. Es war ein kostbares Geschenk, verbunden mit einer Aufgabe, aber sie spielten damit wie Kinder.

Nyth bedauerte es fast, dass sie nicht sicher sein konnte, ob sie überlebte. Lord Dragul wäre es möglich, er könnte schaffen, woran all die anderen scheiterten: die Welt vereinen und vom Ätherblut läutern, ein für alle Mal. Das hätte sie gerne erlebt.

Unsanft warf der Träger Nyth auf staubigen Boden, sie fühlte, wie man etwas Abstand von ihr nahm. Den Sturz hatte sie abgefangen, und offenbar wollte niemand einem nun wieder wachen

Drachen zu nahe sein. Das war auch gar nicht nötig. Nicht weit von ihr sprang ein summendes Portal auf, gewaltsam in die Luft geschnitten und einen schmerzerfüllten Schrei in der Magie hinterlassend.

»Man sieht sich immer zweimal im Leben, ist es nicht so? Ich hatte gehofft, dich irgendwie zu fassen zu bekommen. Es wäre so schade, wenn du durch meinen Angriff auf deinen Herrn mit zersprungen wärst.« Oracles' harte Stimme und sein beißender Tonfall klirrten durch die kalte Luft.

Die Knie der Soldaten sanken ebenso zu Boden wie ihre Gesichter, während Nyth sich mühsam aufrappelte und ihren Schal sorgsam zurück in Position brachte.

»Immer noch wütend, weil ich Euch das Drachenkind gestohlen habe?«, flüsterte sie, bemühte, ihn möglichst unauffällig durch ihre Magie abzutasten, vielmehr zu durchleuchten. Wenn sie mit dem Ätherblut sprechen wollte, musste sie es erst einmal finden. Und das war alles andere als leicht. Es hatte sich als verstärkendes Medium seiner Sumpfmagie angepasst – und wenn Äthermagie eines gut konnte, dann war es Anpassung.

Oracles musterte sie kritisch, schien die zierliche Gestalt vor sich aber nicht für eine Gefahr zu halten. Berührt hatte er sie bereits einmal, in ihrem schwächsten Moment. Er sollte ruhig glauben, sie sei immer so unfähig. »Weil du mir das Drachenkind gestohlen hast, musste ich improvisieren. Aber meine Schattendoppelgänger haben eure Aufklärung ohne Probleme täuschen können. Draguls Schwäche ist seine Arroganz, er kann nur fühlen, was tot ist; verlässt sich auf Augen und Ohren seiner Spione – und auf dich!« Er bewegte sich nicht, machte keine Anstalten eines schnellen Angriffs.

Gut. Mehr Reden, mehr Zeit. Mehr Möglichkeiten, um …

Und dann sah sie ihn, den Ätherdolch, die Götterklinge, fest umwickelt mit aus All'Einkristall gewebten Fasern. Er hing einfach an seinem Gürtel. Der Dolch sah aus wie die Scherbe eines großen Kristalls. Ein Splitter einer anderen Welt. Er schimmerte in allen Farben dieses und eines fremden Universums, denn seine Macht entsprang zwei Welten. Nyth unterdrückte ein Stöhnen.

Das war es also, was ihn so besonders machte: Niemand hatte diesen Dolch geschmiedet. Er war ein Splitter aus dem Riss des Äthers und somit die schärfste Klinge der Welt. Er schnitt sich durch eine Dimension, wenn sein Führer ihn dazu bewegen konnte.

Oracles jedoch hatte es nicht einmal ertragen, diese Klinge lange genug zu halten, um Kira mehr als eine kleine Wunde zuzufügen. Dennoch, ein winziger Kratzer reichte, um an Magie und Blut zu kommen. Verletzungen an Drachenkörper und Drachenseele mussten nicht groß sein, um zum Tod zu führen – nur tief.

»Ich hatte auch nicht erwartet, dass du mit mir sprichst!« Oracles klang verärgert; in seinem Blick erkannte Nyth, wie seine Ungeduld stieg. Falten bildeten sich zwischen seinen Brauen und die Ader an seinem Hals pochte heftiger. Da stand dieser Ätherblutdrache, in seiner glänzend schwarzgrünen Uniform, mit dem Emblem eines weißen Drachen auf der Brust, dessen blaues und grünes Auge Nyth böse anstarrten, als wollte das Ebenbild der Göttin sie verfluchen – und er hatte keine Ahnung, worin er wirklich verwickelt war.

Macht, irgendwann ging es allen nur um Macht. Von Gleichgewicht und Balance, den edlen Aufgaben der Ätherdrachen, dem Erbe, das ihre Kinder antreten sollten, gab es keine Spur mehr, nur noch Gier und grausames Spiel. Gleichgewicht durch Macht widersprach der Natur. Nyths Finger ballten sich zu Fäusten, am liebsten hätte sie gebrüllt vor aufkeimender Wut. Wie konnte jemand mit diesem Blut in den Adern der Welt nur so fern bleiben, sie nicht sehen, wie sie wirklich war?

»Dieses bleiche Gesicht so von Ärger gezeichnet zu sehen, die Röte steht dir! Deinen Hass habe ich sicher verdient, aber du meine Zeit nicht. Ich frage mich, was wohl Lord Dragul dazu sagen wird, wenn ich sein Gefolge Stück für Stück auseinandernehme? Mit dir angefangen!« Die letzten Worte waren mehr Zischen als Sprache.

Nyth zuckte zurück. Mit einem Mal stand er dicht vor ihr, sodass sie nicht länger ihre eigene Magie unterdrücken konnte.

Jetzt oder nie.

Wenn man Nyth ein Gespenst nannte, war das dichter an der Wahrheit als alles andere. Und doch glaubte sie nicht, dass Worte ihre Natur beschreiben konnten, zumindest nicht, wenn sie ihrer Magie gerecht werden sollten. Geister waren nicht sonderlich stark, aber sie zehrten von Erinnerungen, und an diese musste Nyth nun gelangen. In diesem Moment, als Oracles bereits nach der Scherbe an seinem Gürtel griff, brüllte Nyths Magie jeder magischen Essenz förmlich in die Ohren.

Der Äther hatte keine andere Wahl, er würde sie hören und verstehen, so wie sämtliche Magie um sie herum. Ob das Ätherblut ihr antwortete, war ungewiss, aber wenn er auch nur für eine Sekunde abgelenkt würde …

Oracles' Hand ergriff die zierliche Klinge und zog den Dolch aus den Fäden der Kristallscheide heraus. Funken prasselten durch die Welt der Magie, als sich die Schneide bewegte und zwangsläufig ihre Spuren hinterließ. Oracles hörte zwar, dass Nyth zu einer Beschwörung ansetzte, aber es war bereits zu spät. Zu spät für sie und auch zu spät für ihn. Einmal die Klinge gefasst, musste er schnell handeln. Als sich sein Arm hob und er mit aller Kraft gegen die Vibration im Götterdolch ankämpfte, war keine Zeit für Nyths Magie. Die Ätherschneide sauste herab, mit aller Gewalt des Drachen. Anstrengung zeichnete sein Gesicht, Freude breitete sich auf seinen Lippen aus, ehe ihn ein Zittern packte.

Ein winziger Spalt aus Luft trennte den Splitter vom Leder über Nyths Brust. Nur ein Windhauch, ein kleines Beben entfernt. Die Klinge rührte sich nicht. Nichts rührte sich mehr. Für diesen Moment zwischen zwei Sekunden fror jede Zelle, jeder Schwung und Gedanke ein.

Nyth hatte der Magie eine Frage gestellt und gehofft, sie würde für einen Augenblick an einer Antwort rätseln.

»Erinnerst du dich?«, flüsterte ihr Herz erneut.

Auch Magie verfügte über ein gewisses Maß an Erinnerungen. Die Äthermagie in Oracles' Blut war der Überrest eines alten Ätherdrachen, ein Teil der Drachengöttin selbst. Sie besaß die Erinnerung an ein fremdes Universum und Hunderttausende von Jahren auf diesem Planeten. Das war Nyths große Chance, denn so löste sich für den Moment die Anpassung des Äthers an die Sumpfmagie auf. Nyth hatte ihre Frage in einer magischen Sprache formuliert, die nur der Äther verstand. Wenn die Magie ihr antworten wollte oder auch nur überlegte, etwas zu erwidern, kostete das Oracles kostbare Zeit.

Sie konnte die Verwirrung in der Magie hören.

»*Erinnerst du dich?*«, fragte eine Melodie zurück. Es bildete sich ein Echo innerhalb des Äther.

Auf diese Reaktion hatte Nyths gehofft. »Ja, ich erinnere mich an alles. Weißt du denn nicht, wer ich bin? Wer wir sind? Woher wir stammen?«

Das Rätsel dieser Frage brachte die feine Stimme zu einem Seufzen, zu einem Ruck, zu dem, was Nyth sich erhofft hatte.

»*Ich weiß es nicht?*« Dieses leise Zweifeln des Äthers wuchs zu einem Moment heran, überwand den Augenblick, der Spalt zwischen den zwei Sekunden erreichte die Realität.

Oracles riss erschrocken die Augen auf.

Aus vollem Schwung hatte er gestoppt. Er umklammerte mit aller Macht den Götterdolch, der noch immer auf Nyth gerichtet war, und konnte sich nicht bewegen. Sein Arm blieb steif. Ausdruckslos starrte er Nyth an.

Sie erwiderte den Blick direkt und voller Hass. »Dein Blut gehört dir nicht, die Klinge gehört dir nicht, dieser Krieg ist nicht deiner, und wenn du stirbst, dann unwissend und ohne Gleichgewicht!«

Wie viele ihrer Worte ihn erreichten, kümmerte Nyth nicht. Sein Mund war schmerzverzogen, die spitzen kantigen Zähne fest aufeinandergepresst. Seine Pupillen glichen nur noch schmalen Schlitzen. Teile seiner Haut verfärbten sich in dunkles Grün, und Funken zuckten darüber.

Doch es war zu spät für ihn, auch seine Drachenform konnte Oracles nicht mehr vor den Auswirkungen des Äthersplitters retten. Dies war eine Waffe, die ein normaler Drache lediglich für einen Augenblick, für einen Wimpernschlag festhalten konnte. Niemand außer einem Ätherdrachen konnte in zwei Welten existieren, und nur ein Ätherdrache konnte eine Waffe führen, die aus zwei Welten stammte. Dieser Splitter gehörte auf der einen Seite zu diesem Universum und auf der anderen zum Ätheruniversum. Er war dafür geschaffen, beides zu trennen.

Der stumme Schrei in Oracles' Gesicht entlud sich mit einem gewaltigen Schlag. Nyth hatte nicht gewusst, sondern nur geahnt, wie sich so eine Waffe auswirken würde. Die Magie in Oracles spaltete sich. Der Dolch trennte den Äther vom Sumpfelement. Er schnitt in Blut und Seele, das war seine Macht, und dafür musste er niemandes Haut durchstechen. Er zerriss buchstäblich das Fleisch.

Mit einem reißenden Geräusch zersprang Oracles' Hand, dann ein Teil seines Unterarms. Blut spritzte aus der Öffnung, magische Blitze zuckten aus dem Fleisch und der Dolch fiel zu Boden wie ein billiges Stück Metall. Ein langer, verzweigter Schnitt hatte den Arm des Drachenmannes bis zur Schulter aufgerissen und sich in sein magisches Blut gebohrt.

Sein Schrei war nicht mehr stumm.

Das Grollen eines Erdbebens, die Explosion eines Vulkans, tausend Worte hätten versuchen können, diesen Schmerz zu beschreiben, und alle verfehlten dennoch seine Natur.

Ein Körper so groß wie ein Berg, Flügel so riesig, dass sie mühelos den Himmel verdunkelten. Sein Gewicht rammte sich in den staubigen Boden und spaltete das trockene Land. All das Blut, all die Magie verteilten sich im Raum. Oracles schrie aus vollem Leib, aus voller Seele, in voller Gestalt.

KAPITEL 54
LETZTE MOMENTE

Jasov, Kira, Miranda und das Rudel Geisterhunde stapften inmitten des verwahrlosten Schlachtfelds, wobei die Vierbeiner elegant über den Schlamm schwebten; ihre Bewegungen glichen einem Tanz.

Diese Fähigkeit war wirklich beneidenswert. Die Hunde steckten nicht mit den Beinen im Schlamm fest und mussten auch nicht mit dem Schmutz kämpfen. Er fühlte sich zu sehr erinnert an seine zwei Tage damals im Sumpf, nur dass diesmal nicht Untote das Problem waren.

Längst hatten sie die Nachhut der Armee hinter sich gelassen und stolperten nun zwischen Dreck, aufgerissener Erde und einzelnen Leichen herum. Wie schnell sich der Krieg in den Westen bewegt hatte! Es herrschte bereits wieder Stille. Nichts regte sich, es gab keine Überlebenden oder Zurückgelassenen.

Viele der Kämpfenden eigneten sich nach ihrem Tod wohl nicht mehr als untoter Soldat im Dienst des Lords. Körperteile und unbeschreibliche Überreste bildeten zwischen Nebel und blutbeflecktem Boden eine perfekte Albtraumszene. Anscheinend schickte Dragul nur lauffähige Leichen in die Schlacht, alles andere erforderte wohl zu viel Konzentration. Jasov konnte es nur vermuten; das Meiste verstand er nicht, weil ihm die Magiekenntnisse dazu fehlten. Todesmagie würde Jasov erst in einigen Jahren studieren dürfen, und ob er es dann überhaupt noch wollte, war angesichts des verwüsteten Schlachtfeldes fraglich.

Eigentlich hatte er sich nicht an solche Anblicke gewöhnen wollen, doch nachdem sie nun schon eine Weile Kristalle aus dem Schlamm hatten fischen oder gar zwischen rätselhaften Überresten aus Stofffetzen herauspicken müssen, schockierte ihn die Szenerie kaum noch. So sah es nun einmal aus, das Leben als Großverzauberer im Dienst eines Todesdrachen.

Glücklicherweise konnte Kira die Schattenkristalle zu sich ziehen, wenn sie nahe genug war. Die kleinen schwarzen Klunker schwebten ihr einfach in die Hände. Jasov betraute deshalb sie mit der Aufgabe, die Edelsteine aus ersichtlich menschlichen Überresten zu bergen, während er sich bückte, um zurückgelassene Waffen, Gürtel, Taschen und Schmuckstücke aus dem Schlamm zu sammeln und dort nach Kristallen zu suchen. Er redete sich zumindest ein, es sei Schlamm. Leider entpuppte sich der Schmodder oft als etwas anderes ...

»Bah!« Jasov kämpfte mit einem Würgen. Vor ihm, zwischen feuchter Erde und blutigen Fetzen, summte ein Schattenkristall. Er konnte ihn nicht sehen, doch der Edelstein konnte nicht tiefer als ein paar Fingerbreit in der Erde stecken. Langsam kniete Jasov sich hin, darauf bedacht, mit seiner verdreckten Hose nicht erneut in fremdem Fleisch zu landen. Der Boden roch verbrannt. Wer auch immer hier einst gestanden hatte, hatte anscheinend durch einen Blitz ein schnelles Ende gefunden. Wo Zauber tobten, blieb oft nicht einmal genug übrig für eine Wunde.

Natürlich trug Jasov lederne Handschuhe zum Schutz, diese waren allerdings erschreckend gefühlsecht. Als seine Hand in den Schlamm glitt und er die Finger um den Schattenkristall schloss, fühlte er die faserige Flüssigkeit drum herum und etwas Wärme.

»Ich hoffe sehr, es sind bald genug ...«, sagte er zu sich selbst. Mit einem Gefühl von Übelkeit hob er den Blick zum Himmel, während er die Hand langsam aus dem Matsch zog. Ohne hinzusehen, hielt er den Kristall fest umschlossen und schüttelte dann den Arm kräftig, damit, was auch immer er noch mit herausgezogen hatte, gar nicht erst in sein Sichtfeld gelangte.

Die Kristalle waren alle ein bisschen unterschiedlich verstimmt. Niemand hatte sich die Mühe gemacht, sie aufwendig zu verzaubern. Die Magie wirkte vielmehr gezwungen, jemand hatte sie in den Kristall gesperrt. Sie traute sich kaum, mit Jasov zu reden, viele Edelsteine musste er erst berühren, um sie effektiv anzusprechen. Das war schade, er hätte sie sonst einfach im Vorbeigehen sprengen können. So blieb ihnen keine andere Wahl, als jeden Kristall einzeln aufzusammeln.

Vielleicht lag die Schwierigkeit in der Kommunikation auch an Jasovs langsam sinkendem Fokus. Er war schlicht und ergreifend erschöpft. Immerhin kamen sie gut voran. Die dunkle Wolke über ihnen wuchs und wuchs mit jedem Kristall, verdunkelte den Nebel kontinuierlich.

Kira müsste es bald riskieren, ihre Magie zu rufen, der Gruppe blieb nicht ewig Zeit, ihre bisherige Suche fühlte sich bereits unendlich an. Dann hieß es abwarten und hoffen, dass die Reaktion der losen Schattenmagie im Himmel auch die Aufmerksamkeit der noch existierenden Kristalle erweckte.

Das Erzeugen eines magischen Sogs war unerprobt; niemand besaß Erfahrungen auf diesem Gebiet. Vielleicht war es gar nicht möglich, so sicher Dragul sich dessen auch war. Vielleicht fehlte es Jasov dafür ja doch an Geschick.

Furfur hüpfte auf dem stillen Schlachtfeld herum, schien die Übersicht über das Rudel zu wahren und signalisierte Miranda jeden neuen Fund persönlich. Auch die Frau schloss fest die Augen, wenn sie in unbekannte Materie greifen musste, um an ihre Beute zu gelangen. Ihr Gesicht zeigte nicht weniger Ekel als Jasov empfand. Gerade, als sie einen besonders tief liegenden Kristall aus dem Matsch zerrte, trafen sich ihre Blicke, und sie grinsten einander unzufrieden an.

Jasov warf seinen eben errungenen Kristall auf den Haufen zu den anderen.

»Ich habe auch noch ein paar!« Verfolgt von zwei Geisterhunden kam Kira herüber und ließ schwarze Steinchen zu den anderen regnen. Zugegeben, der zusammengetragene Berg an Kristallen konnte sich sehen lassen. »Diese Spürnasen sind wirklich großartig und geschickt!« Sie nickte dem Rudel zu.

Selbst Jasov gewöhnte sich zunehmend an die Hunde. Den schiefen Blick des kleineren Geisterköters mit dem umgeknickten Ohr neben Kira konnte sogar er als drollig durchgehen lassen, wie er ihn so frech ansah. Diese Vierbeiner waren gar nicht übel, und ihre Nasen – oder mit welchen Sinnen auch immer sie Magie wahrnehmen konnten – fanden Kristalle über viele Meter hinweg im tiefsten Matsch.

Jasov streckte sich und seufzte: »Ich hoffe, das hier reicht aus. Wir haben keine Zeit, noch mehr zu sammeln.«

Mit leisem Klatschen versammelte Miranda ihre Geisterjagd um sich, und da es ihr nicht möglich war, die Tiere mit einem Tätscheln zu loben, widmete sie jedem wohl gewählte Worte des Stolzes. Die Hunde schienen zu verstehen, ihre Schwänze wedelten aufgeregt und das eine oder andere Bellen hallte durch die Luft.

Für Jasov war es wieder an der Zeit, sich auf den Kern der kleinen summenden Steine zu konzentrieren. Er ließ seine Handgelenke knacken. Diese an sich nutzlose Geste half seiner Konzentration. Im Zerstören von Kristallen war er geübt. Ohne Mühe zersprangen die Schattenkristalle mit einer kleinen Explosion, groß genug, um einen Arm abzureißen. Auf einem Berg angehäuft, erzeugten sie sogar einen Krater nebst Erschütterung. Es war ausgesprochen befriedigend, einem Kristall nach dem anderen beim Zerplatzen zuzusehen. Jasov wünschte nur, diese Schattensteine schon aus größerer Distanz erreichen zu können; wie leicht wäre es gewesen, auf diese Weise ein ganzes Heer auszuschalten. Auch wenn er diese Aufgabe nicht selbst hätte übernehmen wollen.

Dicht waberte Magie auf, als entstiege Rauch einem Feuer, erneut wuchs der Nebelschleier aus Schatten über ihren Köpfen an.

»Das sieht gut aus!«, rief Kira ihm zu, als Jasov zu den beiden Frauen aufschloss. Eine Wolke aus Magie kreiselte hoch oben, wirbelte in sich herum, schien verwundert und wusste nichts mit sich anzufangen. Es formte sich ein Bewusstsein, genau das, was sie brauchten. Der kurze Moment innerer Zufriedenheit hielt wie so oft nur für zwei Sekunden an.

»Autsch!« Kira fauchte und rieb sich den Hals.

»Was ist denn los?« Da sah Jasov auch schon, wie sich zarte, schimmernde Magie in der Luft auflöste wie feiner Rauch.

»Es hat sich einfach … abgerissen«, murmelte das Drachenkind und rieb sich unzufrieden die nun wieder offene Wunde am Hals. Immerhin schien das Fleisch noch zu halten, sie blutete nicht. Fragte sich nur, wieso mit einem Mal Nyths Magieverband einfach zerriss.

Und dann zerriss gefühlt die gesamte Luft. Magie um Jasov herum brüllte so laut und erschrocken auf, dass er heftig zusammenzuckte.

Gleichzeitig breitete sich ein Beben durch den Boden aus, ähnlich galoppierenden Hufen oder einem Steinschlag.

Und es steigerte sich.

Miranda griff zu ihrer Kette, auch Kiras rosafarbener Stein am Gürtel leuchtete mit einem Mal hell auf. Sie alle sahen sich panisch an, ehe eine Schockwelle ihnen schlagartig die Sicht raubte. Schützend hielt Jasov die Hände vor sich und beobachtete mit Entsetzen, wie pure Energie an ihm vorbeizog. Sie war um einiges stärker als der Feldversuch mit Meister Hemm. Mit der Welle an Energie zog es Matsch und Schlamm hinauf, Objekte wirbelten durch die Luft und Erdboden riss sich los, aber auch der Nebel wurde davongejagt.

Kaum ebbte die Schwingung ab, folgten ein tosender Donner und ein grauenvoller Schrei, ein lautes Gebrüll zwischen dumpf und kalt und schrill und tief, wie mehrere Stimmen auf einmal. Der Lärm fuhr durch Mark und Bein, Herz und Nerven.

Jasov schüttelte es, seine Nackenhaare stellten sich auf.

»Oh … bei der falschen Göttin …«, hörte er Miranda neben sich murmeln. Ihr Blick war auf den Horizont gerichtet. Der vorhin noch völlig glatte Streifen Grau veränderte sich. Anscheinend hatte sich ein Berg erhoben; mit Flügeln, einem Schwanz …

»Wie weit weg ist das?«, murmelte Kira, deren Augen vor Schreck weit aufgerissen waren.

Jasov zuckte verzweifelt mit den Schultern. »Wir können in diese Richtung weder unser Heer erblicken noch sonst etwas … Vermutlich weit genug – hoffentlich.«

Kiras Blick verzog sich, als wäre sie unsicher, ob Wut, Angst oder Ekel in diesem Moment angebracht waren. »Ich hatte ihn gar nicht so groß in Erinnerung!«

»Damals habe ich von Oracles in seiner wahren Gestalt nicht sonderlich viel mitbekommen«, gab Jasov zu, der bei ihrer Flucht an der Grenze von Brarche mehr gegen Ohnmacht und Panik gekämpft hatte als gegen alles andere.

»Und dass der Berg immer größer wird … ist sicher gar nicht gut!« Mirandas Stimme zitterte, ihre Hunde bellten aufgeregt. Diese Erfahrung war wohl auch für die gestandene Anführerin von Geistern völlig neu. Der Drache war definitiv in Bewegung direkt in den Osten.

»Er kommt zu un…« Den Satz konnte Jasov nicht mehr beenden. Die Geschwindigkeit eines Drachen einzuschätzen, lag keinem von ihnen, auch Kira war nicht ansatzweise so groß und kräftig. Die eben noch ferne Gestalt nahm deutliche Umrisse an. Der Riese schlug mit den Flügeln, gewann an Höhe und überwand die Distanz des Schlachtfeldes scheinbar mühelos.

Wieder leuchteten die rosafarbenen Kristalle auf. Der erneute Knall jagte eine Energiewelle aus dem Himmel herab, es regnete Druck und Kraft. Magischer Schutz hin oder her, es drückte die drei zu Boden, und ein Beben preschte durch ihre Knochen. Etwas Großes schoss heran.

Dunkelheit breitete sich aus. Nicht nur die Sonne war verdeckt, der Himmel selbst hatte sich in Schatten gehüllt. Nur die schwachen Lichtstreifen in der Ferne ließen erahnen, dass die Sonne verdunkelt wurde und nicht mit einem Mal die Nacht hereingebrochen war.

Aus den verhangenen Wolken jagte ein Körper, dessen Schwingen die Luft zu zerschmettern schienen. Er überragte nicht nur Bäume, er könnte zwischen Stämmen aus dickem Holz wandeln wie ein Panter durch Steppengras. Ein Berg fiel zu Boden. Der Schlag traf die Erde wie der Aufprall eines riesigen Gesteinsbrockens aus dem All. Als Folge davon breitete sich eine lange Furche durch das Land aus, an dessen Ende sich ein Krater auftat.

Lord Dragul hatte sich aus vollem Flug auf Oracles gestürzt und ihn mit sich gerissen, zurück in den Westen – und doch noch immer viel zu nahe für Jasovs Geschmack.

Dort thronte ein Gigant, die Flügel weit ausgebreitet und die Krallen in den Leib seines Feindes gebohrt. Der Nebel in der Luft hatte sich völlig zerstreut. Dunkelgrau-weiß marmoriert schimmerte der Drachenkörper. Der Hals war lang, passte zu dem muskulösen Körper, der einem ausgezehrten Raubtier glich. Die Wirbelsäule besaß bis zum Schwanzende kurze dunkle Spitzen. Die eher kurzen Hörner auf dem Kopf ähnelten den aufgebogenen Enden einer Krone und die finstere Schwärze in seinem Gesicht den Umrissen eines Schädels. Er war trotz der Muskeln dünn und sehnig und sah krank aus, tot und vergangen. Lediglich die leuchtend bernsteinfarbenen Augen funkelten lebendig. Die Augen ihres Herrn.

Jasov mochte sich täuschen; er wusste nicht, wie nahe dieses Ungetüm war, aber sein Umfang erschien ähnlich groß wie Schloss Zwielicht. Er erinnerte sich an seine erste Nacht vor den Mauern, damals hatte ihn die Höhe der Zinnen schier überwältigt. Diesen Maßstäben entsprechend befanden sie sich wirklich viel zu nahe an diesem Kampf.

Miranda umklammerte die Kette an ihrem Hals. Doch der Nullpunkt-Kristall war bereits erschöpft und schwach. Was auch passierte, hier waren sie in großer Gefahr. »Was tun wir jetzt?«, stammelte sie verzweifelt, ihre Augen füllten sich mit Tränen.

Jasov schoss tatsächlich eine Idee durch den Kopf. Mit aller Macht ignorierte er den drohenden Donner in der Ferne und versuchte, sich zu konzentrieren. Da war dieser Druidenstein im Lager, Jasov kannte ihn. Er wusste genau, wo dieser Fels sich befand, und die Magie in ihm wusste es auch. Die Essenzen im

Obelisken und in dem Portalstein an seinem Schlüsselbund mussten sich nur über die Distanz hinweg finden. Die Magie für ein Portal erforderte, dass man gedanklich für einen Moment an zwei Orten existierte. Magie konnte vieles möglich machen, und somit konnten das auch Zaubernde.

Vorsichtig formte Jasov einen kleinen, violetten Ball zwischen den Fingern und versetzte sich so tief in seine eigenen Erinnerungen wie nur möglich. Dieser Moment, als sie das Lager betraten, zum ersten Mal den Druidenstein durchschritten: Das Bild befand sich noch immer sehr lebendig in seinen Gedanken. Er erinnerte sich an den Blick zurück, durch das Portal zum Schloss und wie dahinter der mächtige, verzauberte Fels stand. Zu diesem Ort musste er finden, in seinem Inneren, mit den Geist und seiner Magie …

Er warf das Portal aus dem Handgelenk fort, und ein dünnes Oval aus violettem Licht sprang auf. Schwach konnte er durch den runden Riss in der Luft den Druidenstein erkennen und nicht nur Jasov lachte überrascht auf.

»Was bist du doch für ein großartiger Mann!«, quietschte Miranda und fiel ihm um den Hals.

»Kira?« Jasov drehte sich zu ihr um. »Wir rufen deine Magie, jetzt! Entweder es reicht für den Ruf oder …«

»Oder eben nicht!«, beendete das Drachenkind den Satz und nickte entschlossen.

Sie schlang die Arme um den Leib, schloss die Augen und konzentrierte sich auf die Dunkelheit in der Luft. Das alles gehörte zu ihr. Die Magie wollte zu ihr zurück, sie schwebte hilflos hin und her, als suchte sie nach etwas. Kira war sich dennoch nicht sicher, ob die Schattenmagie sie sofort akzeptieren würde. Magie wurde schnell eigenständig, und besonders gut gehorcht hatte ihr die Essenz ohnehin nie. Vorhin hatte sie befohlen, dass diese Magie sie erhören müsse, und sie hatte sich neugierig versammelt. Diesmal musste der Ruf um einiges überzeugender und stärker sein.

Magie war kein Besitz wie ein Gegenstand – Kiras Magie war Teil ihres Wesens, ihres Körpers. Auch ruhten ihre Erfahrungen und Erinnerungen in ihrem Element, die Essenz eines Drachen war mehr als das, was für den Menschen sein Fleisch war. Der magische Kern war Persönlichkeit und Identität.

Sie waren eins.

Und so sang Kira zu ihrer Magie wie für sich selbst. Heute war sie das Licht im Dunkeln, der Wegweiser, ein heller Leuchtturm für ihre eigene Magie. Die Geschichte, die sie dafür erzählen musste, kam ihr mühelos über die Lippen, als hätte sie ihr ganzes Leben darauf gewartet. Vor sich selbst kannte sie keine Geheimnisse, die Magie wusste alles; und es wurde Zeit, sich dem zu stellen.

Der dunkle Mahlstrom in der Luft zuckte auf. Kiras Stimme erhob sich über den Lärm des Kampfes hinweg und breitete sich aus. Die Schattenmagie stimmte mit ein in den Gesang, der von ihrem Leben erzählte, erwiderte, beinahe wie ein Echo. Da waren so viel Schmerz und Verlust in ihrem Herzen. Sie sehnte sich nach ihrer Magie, und die Magie sehnte sich nach ihr. Viel Kummer und Ablehnung hatte Kira in ihrem Leben bereits erfahren müssen: Eltern, die ihr Kind nicht wollten, Menschen, die einen Drachen fürchteten, eine Armee, die ihr nicht erlaubt hatte, mehr zu sein als nur eine Stadtwache, ihr Versagen an der Magie. Die Welt hatte sie abgelehnt, nie hatte sie die Chance erhalten, dazuzugehören. Diese starken Gefühle und Erlebnisse hatten Kira geformt und geprägt.

Vielleicht konnte sie noch nicht gut mit ihrer Magie umgehen, aber es war das einzige bisschen Zuhause, das ihr geblieben war. Und diese Sehnsucht würde ihre Magie teilen. Kiras Gesang war mehr als ein Rückruf, sie sang von der Liebe zu sich selbst.

Jasov fühlte sich durchflutet von heftigem Heimweh. Der kleine Fetzen von Kiras Blut in ihm hörte dem Drachenkind zu und antwortete, erwiderte das Begehren nach Einheit. Es war, als blickte die Magie voller Hoffnung auf.

Die Dunkelheit in Jasovs Herzen zerrte an ihm.

»Das ist es! Der Ruf!«, brüllte er gegen den tosenden Sturm um sie herum. Er vermochte nicht zu sagen, woher die erneute Schockwelle wirklich rührte. Keiner von ihnen konnte dem, was sich zwischen den Drachenherrschern abspielte, Aufmerksamkeit schenken. Aber Lärm, Magie und Beben waren bedrohlich genug, auch ohne Bild dazu. Sie mussten sich beeilen.

»Ich kann sie hören! Sie antwortet mir!« Kira öffnete die Augen wieder. Kristalle zersprangen mit lautem Knall. Ganz wie geplant breitete sich Kiras Ruf als Echo über die Welt aus, verstärkt durch den Schatten, der sich nun zusammenzog und einen Trichter bildete wie ein gewaltiger Wirbelsturm. Der Sog riss im magischen Raum alles mit sich.

»Ich fürchte, ich kann euch nicht begleiten!« Kira klang angespannt.

»Das geht viel schneller als gedacht!« Jasov fluchte laut auf. Natürlich, wenn Kira selbst durch den Schatten innerhalb weniger Minuten von einem Ende des Kontinents zum anderen gezogen werden konnte, dann war das Echo ihres Blutes ähnlich schnell. Diesmal verdunkelte sich der Himmel nicht wegen eines Drachenleibs.

Ihm blieb keine Wahl, er packte Miranda und zerrte sie zum Portal. »Geh! Sofort! Das Ding wird zusammenbrechen, wenn die Magie hier einschlägt!«

Die Geisterjagd-Kommandantin riss sich unzufrieden los. »Was ist mit dir, Jasov?«

»Bring dich und deine Hunde hier weg! Ich muss Kira helfen! Und kein Aber! Irgendwann bin ich Großverzauberer, und dann befehle ich dir, auf mich gehört zu haben!« Auch für ihn ergab dieser Satz wenig Sinn, doch er half ihm, eine feste Stimme zu bewahren.

Miranda blickte ihn einen Moment ausdruckslos an, nickte dann ergeben, pfiff durch die Zähne und sprang durch das Portal, gefolgt von ihren Hunden. »Viel Glück!«

Keine Sekunde zu spät, mit einem Schlag wurde es komplett finster um Jasov und Kira herum. Das Portal zum Lager kollabierte, und er hörte das Drachenkind nur laut aufschreien.

»Kira?«

»Zu viel …«

Ihrer Stimme folgend kämpfte sich Jasov durch die Finsternis und fand Kira auf den Boden kauernd, die Hand fest an ihren Hals gepresst, wo zuvor die dünnen Fäden von Nyths Magie den Schnitt zusammengehalten hatten. Er sank neben Kira auf den Boden und hielt ihre zitternden Hände.

»Wie soll ich das schaffen, Jasov? Niemand hat mir gesagt, wie es geht.«

»Ich weiß es nicht. Wir müssen es zusammen herausfinden. Nyth hat gesagt, wir schaffen es. Wir müssen ihr und uns vertrauen, ja?«

Nun würde sich zeigen, wie mächtig Jasov wirklich war. Angeblich war er ein Wunder, ein bemerkenswertes Exemplar seiner Art, fähiger als so mancher Drache. Sollte er das alles überleben, würde er diesen Worten eventuell sogar glauben. Blind, vom Rest der Welt abgeschnitten, konnten sie nur auf dem Boden hocken und abwarten. Der Tornado aus Schattenmagie zog sich über Kira zusammen, und Jasov befahl jeder Faser, jedem Funken, jedem bisschen Kraft in sich selbst, einfach nur zu halten. Festhalten und nicht wanken. Die Zeit schien stillzustehen, über ihnen thronte Masse purer Magie und würde sich jeden Augenblick entladen.

»Worauf wartet sie denn?«, flüsterte Jasov.

Kira schien sich kaum zu trauen, den Kopf zu heben. Sie zitterte am ganzen Leib. Fehlte etwas? Vielleicht ein Zauberspruch? Wollte die Magie nicht mehr zurück, war schon verwildert? Nein. Den Ruf, vielmehr die Sehnsucht nach Kira, die fühlte Jasov deutlich im eigenen Herzen. Sie wollte um jeden Preis zu ihr.

»Oh!« Hastig steckte Jasov den Finger einmal mehr ins Chaos seiner Ledertasche. Der Beutel war gefüllt mit vielen nützlichen

Kleinigkeiten, darunter befand sich ein Messer, das er nun hastig aus der ledernen Scheide zerrte.

»Was wird das?«, stammelte Kira verwirrt, als sie sah, wie Jasov das Messer in die Hand nahm und damit auf seinen Arm zielte.

»Das geht sicher auch anders, aber … Magie schwimmt durch das Blut, nicht wahr?« Nur ungern stach er sich selbst ins Fleisch, gar nicht tief oder sonderlich fest. Die Klinge war scharf genug, um mühelos die Haut zu durchdringen. Der Fetzen Schattenmagie war in seinem Körper gefangen, gebunden an Jasov. Der Schnitt in seinen Arm legte den magischen Kreislauf offen. Ein Tropfen roter Flüssigkeit lief langsam seinen Arm hinunter. Dann zuckte ein feiner, schwarzer Blitz über seine Haut, ehe er wie Nebel in die Luft aufstieg.

»Sie ist frei …« Jasov lächelte erleichtert.

Hinter ihnen knallte es erneut, dem lauten Knirschen nach zu urteilen zersplitterte nicht weit entfernt Fels. Ihre Zeit war um.

Jasov atmete tief durch, bis in den hintersten Winkel seiner Lunge. Kaum hatte ihn der Atemzug verlassen, schien auch der Ruf in ihm verschwunden. Kiras Magie war nun gänzlich fort.

Und dann war sie mit einem Mal überall. Totale Schwärze regnete auf sie herab.

»Du schaffst das. Wir müssen uns an diesem Ort halten … Wir müssen hier blieben, nicht bewegen, hörst du?«, sprach Jasov lautlos mit sich selbst. Er konnte fühlen, wie seine innere Magie ihn verstand.

Die vorher noch schwarze Decke über ihnen stürzte ein. Jasov ergriff wieder die Hände des Drachenkindes. Die Druckwelle zweier in einiger Entfernung kämpfender Drachen war eines, die Energie komprimierten magischen Blutes jedoch etwas völlig anderes. Dieser Krieg fand genau hier statt, über ihnen, um sie herum, aber vor allen in Kira. Jasov konnte nur erahnen, was sie durchzustehen hatte. Sie biss die Zähne fest zusammen, als sich ihr Blut gewaltsam zurückkämpfte. Finsternis strömte auf sie ein und ließ ihn bald nur noch Umrisse erkennen.

Kira schrie laut auf, und klammerte sich an Jasov, er drückte sie fest in seine Arme. Die Magie hielt ihn und somit auch sie. Er hörte Kira leise schluchzen, bis nach einem leichten Verkrampfen ihr angespannter Körper erschlaffte.

Helligkeit.

Jasov blinzelte erschöpft in den kalten Dunst um sie herum. Das plötzliche Licht stach ihm in die Augen. Sie hatten es geschafft, sie hatten es tatsächlich geschafft. Kira zitterte beim Atmen, rang nach Luft, aber die Schattenmagie war in ihr verschwunden. Langsam rutschte sie aus seinen Armen und stützte sich angestrengt ab.

»Kannst du … kannst du aufstehen?«, stammelte Jasov. Erneut mit dem Bild des Schlachtfeldes konfrontiert, wurde er sich wieder der Gefahr bewusst, in der sie sich befanden.

Aber das Drachenkind schüttelte den Kopf. Hektisch sah sich Jasov um, als könnte irgendjemand, irgendetwas ihnen helfen. Er bereute sofort seinen Blick.

Sicher, ein gewaltiger Fußmarsch wäre nötig, doch für einen Drachen war so eine Distanz lediglich ein Sprung. Und nicht mehr als einen solchen entfernt, sah er Oracles und Dragul kämpfen. Dem Ätherblutdrachen fehlte ein Vorderbein. Er war zu Boden gesackt, seine drohende Haltung glich einer Schlange. Lord Dragul hatte sich über ihm erhoben und breitete gerade die Flügel weit aus. Die zwei Kreaturen nahmen den Raum im Himmel ein wie ein Gebirge.

Jasov sprang nervös auf und versuchte, Kira mit sich zu ziehen. Doch sie war für eine Frau ihrer Größe unglaublich schwer.

»Jasov – ich kann meine Masse gerade so als Mensch zusammenhalten, aber mich niemals leicht genug machen, damit du mich tragen kannst.« Sie schaute ihn kummervoll an.

»Ich lass dich nicht hier!«, brüllte er verzweifelt und fuhr sich durch die Haare, die voller Schlamm und Staub waren. Das konnte doch nicht wahr sein. Ihre Mission war ein Erfolg, und es schien, als gewönne Dragul die Oberhand, ohne dafür mehrere Jahre Kampf zu benötigen.

Wieder rollte ein Beben an, diesmal kräftig genug, um Jasov von den Beinen zu holen. Mit einem Satz hatte sich Dragul in voller Masse auf Oracles gestürzt. Schillernd grüne Schuppen platzen unter dem Druck des berggroßen Todesdrachen auf, und Oracles' Blut strömte wie ein Wasserfall aus seinem zersplitterten Arm. Er brüllte vor Schmerzen und Wut, und Lord Dragul brüllte mit ebenso viel Gewalt zurück.

Im offenen Rachen des Todesdrachen glühte es weiß, seine innere Flamme loderte gleißend hell auf und kämpfte sich empor. Ein Feuerball aus der tödlichsten aller Essenzen baute sich dort unter Druck auf. Kurz presste der grauweiße Drache mit den matten Schuppen die Zähne wieder zusammen, seine Augen glühten auf, als er die angestaute Energie mit einem gewaltigen Schlag aus dem Maul spie. Innerhalb eines Wimpernschlags schoss der weiße Feuerball hinaus und schlug direkt in Oracles' verletzte Schulter ein.

Der Boden erzitterte unter dem Druck erneut, und die Luft vibrierte gefährlich, als ein Schrei aus Schmerz, ein Brüllen aus Leid aufhallte. Die Stimme des Sumpfdrachen erfüllte den Himmel, die Ohren, den Raum. Es war der Schrei eines Ungetüms, mechanisch, entfremdet, sterbend.

Todesmagie in Reinform traf auf Oracles' Blut, entzündete seine Magie und fraß sich in seine Zellen, alles Leben vertilgend. Weißes Feuer begann den verwundeten Arm zu verschlingen und öffnete dabei den Schuppenpanzer.

Wie das scharfe Messer eines Fleischers, voller roher Gewalt, bohrten sich Draguls Krallen in Oracles' Brust. Unter der Kraft des kolossalen Todesdrachen brach, was brechen musste. Knirschend und knackend zersprangen Oracles' Knochen. Das Brüllen verstummte augenblicklich. Der Brustkorb gab nach und zerbrach wie Glas. Dragul riss den Sumpfdrachen beinahe in zwei Hälften.

Weder Jasov noch Kira konnten sich rühren. Für einen Moment hatte sie der Anblick regelrecht gefangen genommen. Erst als Lord Dragul den Kopf hob und in die Luft brüllte, zuckte

Jasov zusammen und sah sich nervös um. »Wir müssen sofort hier weg – sofort!«

Wenn er nur wüsste, wie. Ein Portal war ihm hier in all der chaotischen Magie unmöglich, er war praktisch taub vom Lärm.

Mit aller verbleibenden Kraft richtete sich das Drachenkind etwas auf. Energie schlug ihnen um die Ohren, und so bemerkten sie das leise Summen hinter ihnen zunächst gar nicht.

»Kira! Jasov!« Als Marberds Stimme ertönte, wirbelte Jasov sofort herum. Aus einem merkwürdig funkelnden Portal, dessen Konturen wie Blitze aufzuckten, schaute sein Mentor heraus und winkte.

»Kira kann nicht …« setzte Jasov an.

Doch zu seiner Erleichterung sprang Karl an Marberd vorbei aus der Pforte und eilte zu ihnen. Gemeinsam konnten sie Kira auf die Beine helfen. Ohne sich noch einmal umzusehen, stürmten sie durch das Portal zurück vor das Hauptlager.

Hier war es still. Der Boden zitterte bedrohlich, aber die vielen Schutzkristalle erfüllten ihren Zweck und hielten das Land stabil.

»Was ihr für ein Glück hattet, ich kann es gar nicht in Worte fassen! Kinder! Um euch herum, habt ihr das gesehen? Die ganze Erde war aufgesprungen und zerrissen – das hätte euch treffen können!« Marberd schien völlig durcheinander und klopfte überflüssigerweise etwas Dreck von Jasovs Uniform. »Mein Junge! Ich bin beinahe umgekommen vor Sorge!«

»Und ich erst«, beschwerte sich Karl und schaute Jasov fast schon wütend an. »Das macht ihr nie wieder ohne mich«, bestimmte er mit ernster Stimme.

»Gut nur, dass der Bibliothekar hier war«, seufzte Marberd und nickte dankbar einem Mann zu, der sich neben Kira gekniet hatte.

Das Drachenkind war etwas in sich zusammengesunken und schnappte immer noch nach Luft. Der ältere Mann mit der schwarzen Haut, den vielen Flecken im Gesicht und den grauen Haaren wirkte vertraut. Ein seltsames Gefühl ging von ihm aus, er konnte kein Mensch sein. Er hatte Kira eine Hand auf den Kopf gelegt und streichelte ihr über das Haupt. Ihr Zittern verschwand und sie blinzelte dem Bibliothekar hinterher, als er sich erhob und sich zu Jasov umwandte.

»Eigentlich war ich nur neugierig. Ich wollte mich erkundigen, wie es hier so läuft. Die Schlacht geht mich nichts an, aber wenn ich mit guten Portalen helfen kann, umso besser!« Seine Stimme war etwas rau, nicht direkt alt, sie hatte einen gewissen Charme. Jasov meinte, sie bereits einmal gehört zu haben. Er war sich nicht ganz sicher, ob er dem Bibliothekar wirklich schon begegnet war oder davon nur geträumt hatte. Allerdings kam ihm gerade sein gesamtes Leben vor wie ein Traum.

Der Bibliothekar streckte sich und Jasov hörte Knochen knacken. »Wisst ihr, wenn man von Ebene zu Ebene in einem magischen Turm voller Bücher reisen muss, lernt man, Portale durch wirklich schwierige Orte hindurchzuwirken.« Er lachte leise, aber als sein Blick kurz in die Ferne schweifte, verfinsterte sich seine Miene.

Auch Jasov, Marberd, Kira und Karl konnte nicht anders, als sich umzusehen. Am Horizont wurde es mit einem Schlag heller als jeder Sonnenaufgang. Mit Entsetzen beobachteten sie, wie ein gigantischer, weißer Lichtstrahl in den Himmel schoss. Um ihn herum bildeten sich Regenbögen, farbige Blitze zuckten empor. Es war so grell, als würde die Sonne selbst in die Wolken zurückkehren. Breit und dick erstrahlte pure Äthermagie, nun wieder befreit. Ihr Wirt lag im Sterben, die Aufgabe von Mythrienes Blut war erfüllt.

Wellen an Magie und Energie erschütterten das Lager. Zelte bebten, Gestein vor den schützenden Runenkristallen splitterte. Jeder Soldat, jeder Magiekundige begab sich augenblicklich in ein Gebet, niemand verließ sich bei diesem Anblick auf Schutzkristalle. Es brauchte mehr, um die damit verbundene Schockwelle zu kompensieren.

Jasov fehlten die Worte. Er starrte stumm auf das unendlich schöne, gleißende Licht, wie es in den Himmel aufstieg.

Draguls Umriss neben dem Lichtkegel wirkte winzig. Dies war wirklich fern der Welt, kein Mensch hätte es anders beschrieben als göttlich. Kein Wunder, dass man Ätherdrachen als Götter bezeichnete; so viel reine Magie war zu allem in der Lage. Wer könnte diese Macht und Schönheit leugnen? Pur und perfekt, darin enthalten alle Stimmen, alle Gesänge, jede Form von Magie; Äther aus einer fremden Welt.

»Oh ja, er ist wirklich wunderschön, der Äther«, murmelte der Bibliothekar.

Kira schüttelte sich und rieb ihre Augen.

Karl wirkte verwundert. »Da ist etwas, aber irgendwie … kann ich nicht sehen, was«, murmelte er verwirrt.

»Das Licht! Siehst du es nicht?«, flüsterte Jasov, immer noch wie hypnotisiert.

»Junge, das ist Äther, das sehen nur die wenigsten.« Marberd seufzte.

So eine Explosion löschte mal eben ein Land aus. Gegen die Energiewelle könnte man sich hier abschirmen, aber der Boden? Den würde es auch unter ihren Füßen zerschlagen, so tief reichten die Schutzkristalle und Zauber nicht. Die Ausmaße der Zerstörung rasten bereits sichtbar auf sie zu. Eine Schneise aus fliegendem Gestein breitete sich rund um den Ausbruch aus.

Die Energieentladung selbst leuchtete ein letztes Mal auf, dann war sie verschwunden, hinauf in andere Ebenen der Welt. Regenbögen zuckten weit über den Wolken, stiegen immer höher. Nun verstummte auch der magische Lärm um das Lager herum.

Lord Dragul hatte Oracles das Herz herausgeschnitten, den Körper in zwei Hälften gespalten und damit die Äthermagie wieder freigesetzt. So tötete man einen Ätherblutdrachen und zwang ihn, alles in sich zu verlieren. Aus der Entfernung sahen sie, wie Dragul sich aufbäumte und mit den Flügeln schlug. Das Blut seines Feindes glänzte auf den matten Schuppen, und eine letzte Erschütterung ließ den Boden beben, als der Todesdrache sich in die Lüfte hob. Der Berg verschwand über ihnen in den Wolken und verdunkelte die schwach blau leuchtende Sonne. Dann war auch dieser Schatten plötzlich verschwunden.

Die wievielte Druckwelle am heutigen Tag das war, wusste Jasov nicht mehr, aber sie war die heftigste. Man konnte sie auf sich zurasen sehen, konnte beobachten, wie das Land zerrissen wurde. Sie würde bald das Lager erreichen. Risse schlängelten sich durch das Grau der Landschaft, groß genug, um ein halbes Dorf zu verschlucken, und die verzweigten Arme dieser Zerstörung griffen auch nach dem Lager. Es knirschte und knackte laut, die Druckwelle erreichte sie und überrollte alles und jeden. Es geschah rasend schnell, innerhalb eines Augenblicks. Niemand traute sich zu atmen.

Doch dann war der Lärm auf einmal hinter ihnen, blieb zurück und raste in die Ferne.

»Der Wahnsinn, Leute! Ich sag euch – der ganze Boden ist so hart in Schwingung, ist echt nicht leicht, ihm zu sagen, er soll das lassen«, erklang der Bass einer ihnen bekannten Stimme.

Hinter ihnen, direkt neben dem Druidenstein, stand Ragdar gegen den Felsen gelehnt und schien ihm zu lauschen. Mit kritischem Blick starrte er auf den Brocken und nickte dann langsam.

»Ragdar!« Jasov wäre dem zotteligen Drachenmann am liebsten um den Hals gefallen. Sogar Kira rappelte sich auf, ein Lächeln breitete sich auf ihrem Gesicht aus.

»Hat ganz gut geklappt, glaube ich. War echt knapp!« Ragdar ließ vom Stein ab und stapfte auf seine Freunde zu. »Müsst euch vorstellen, auf einmal steht der Soldat auf, den ich eben noch zermatscht habe und sagt mir, ich soll sofort ins Hauptlager und den Erdboden dort sichern, gleich würde er sich um Oracles kümmern. Hab‘ ich mich erschrocken!« Er lachte dunkel und schüttelte das Haupt, was seinen schwarzbraunen Zopf durch die Luft sausen ließ. »Ist mir übel! Junge, so ’ne Portalreise durch Dutzende Druidensteine ist echt nervig … und gefährlich, total gefährlich. Hab‘ ständig in die Ferne geguckt, um zu sehen, wie nah ich schon bin. Donner noch eins, wir Drachen können wahrlich groß werden, können wir, oder? Das wär mir ja zu viel. Aber he, sagt mal: Geht's euch allen gut?«

Das war eine berechtigte Frage. Ging es ihnen gut?

»Nun, wir konnten rechtzeitig große Teile des Heeres erreichen und evakuieren. Das Lager steht noch.« Marberd sah sich um. Rund um die Zeltplätze hatte sich jede freie Fläche in einen Trümmerhaufen verwandelt. »Das Land sieht zwar nicht mehr aus wie Land … aber sonst … Außer etwas Gicht in den Knien fühle ich mich super!«

Jetzt musste sogar Jasov leise lachen.

»Hat ja alles gut geklappt! Hab' mir echt Sorgen um euch gemacht«, murmelte der Felsdrache und beäugte jeden von ihnen kritisch. »Wo ist denn Nyth?«

KAPITEL 55
VERLOREN

Wie ein Blitz fuhr er aus den Wolken über dem Schlachtfeld inmitten des Kraters ein, den Oracles' Vernichtung zurückgelassen hatte. Die geballte Energieentladung hinterließ Konturen in der Luft und verbrannte erneut den geschundenen Boden. Lord Dragul stand im Zentrum des großen Kraters und rang mit sich, um die menschliche Form beizubehalten. Er rückte wie in Trance seine magische Rüstung zurecht und fuhr sich mit der Hand durch die zerzausten Haare.

Die vorher schon kahle Landschaft war völlig zerstört, außer Staub und Asche waren nur noch Oracles' Überreste zu erkennen. Knochen und Fleisch des Sumpfdrachen waren fast vollständig verbrannt; seine Leiche glühte im fahlen Licht des späten Mittags. Nebel traute sich zurück in die Szene der Zerstörung, und kühle Sonnenstrahlen zerstreuten sich in den Wolken.

Dragul sah in den Himmel und erblickte durch die Schicht aus Dreck, Staub und Wasserdampf das schwache Leuchten der Äthermagie, die weit hinauf in die Atmosphäre gestiegen war. Um dieses Problem würde er sich später kümmern. Im Augenblick fühlte er sich zu sehr in den letzten Ereignissen gefangen.

Was war passiert?

Jemand hatte Oracles schwer verletzt. Die Wunde hatte sich durch seinen Körper gezogen, in die Knochen und, ja, sogar in seine Magie hinein. So war es für Dragul einfach gewesen, jegliches Leben in dem Sumpfdrachen verstummen zu lassen. Die Macht, einen Ätherblutdrachen so schwer zu verletzen, besaß nur der Ätherdolch. Aber wie hatte das geschehen können? Oracles' Arm war zerfetzt gewesen, als hätte sich Äther in ihm entladen.

Vielleicht hatte er den Dolch zu lange mit eben diesem Arm berührt. Das hatte ihn letztlich alles gekostet. Die Ätherklinge war ein Objekt, das in zwei Welten gehörte. Ihn als Kind lediglich einer Welt führen zu wollen, war töricht – und tödlich.

War das Nyths Plan gewesen? Ihr gefährliches Vorhaben, Oracles den Ätherdolch zu entreißen, ging weiter, als Dragul es sich vorgestellt hatte. Er bereute zutiefst, dass er ihr nicht erlaubt hatte, ihr Vorhaben zu erläutern. Er hätte immer noch Nein sagen oder ihr sogar bei der Umsetzung helfen können. Stattdessen hatte er ihr regelrecht den Mund verboten, wegen seiner eigenen, kindischen Gefühle … seiner Arroganz.

Wie konnte man in seinem Alter so leicht durch etwas Zuneigung übertölpelt werden? Er hatte schon geliebt, doch das war lange her – offenbar zu lange.

Seine zunehmende Abhängigkeit von ihr lähmte ihn, und dafür war während eines Krieges keine Zeit. Also hatte sich Dragul seinen Gefühlen gegenüber verschlossen und versucht, Nyth aus allem herauszuhalten, vor allem aus seinen Gedanken. Diese Zuneigung durfte ihn nicht beeinflussen. Diverse Geschichten der Drachen und Menschen lehrten einen, emotionale Bindungen mit Vorsicht zu betrachten, denn sie führten zu mangelnder Objektivität. Aber das war wohl nicht zu vermeiden. Dragul war es gewohnt, seine Gefühle zu kontrollieren. Drachen waren in jeder Hinsicht leidenschaftlich, doch diese Art von Empfindung hatte er unterschätzt.

Dragul fühlte sein Herz nervös stolpern. Sollte Nyth hierfür verantwortlich sein, musste sie sich unmittelbar in Oracles' Nähe befunden haben. Mit dem Götterdolch würde er vielleicht auch sie finden – falls es etwas gab, das er finden konnte. Noch versuchte er, solche Gedanken zu verdrängen. Es wäre besser, zu gehen, solange seine Sinne noch beisammenhielten und es keine Gewissheit gab. Gehen, verschwinden. Weit weg, über das Meer. Irgendwohin, wo er niemandem schadete, wenn sich seine Gefühle entluden. Und das würden sie. Denn wenn das Leben ihn eines gelehrt hatte, dann, dass irgendwann immer der Tag der Erkenntnis kam. Vor sich selbst konnte man nicht davonlaufen. Es würde furchtbar schmerzen, all die Reue, die Schuld …

Wieder stolperte sein Herz vor Nervosität.

Die Ätherklinge, vielmehr den Splitter des Äthers zu finden, sollte leicht sein. Zurzeit traute sich kein Funken Magie mehr in die Nähe dieses Ortes. Der gigantische Krater war durch puren Äther entstanden, und diese reine Urmagie zerstörte jedes andere energetische Element. Dieser Ort bliebe für lange Zeit eine Narbe in der Welt, nicht nur leer und still, sondern auch völlig frei von Leben.

Das einzige magische Flüstern in der Nähe konnte demnach nur vom Äther selbst stammen – oder vielleicht von ihr …

Dragul musste sich beeilen. Schon einmal war diese Klinge auf dem Schlachtfeld verloren gegangen. Das durfte sich nicht wiederholen, sonst war alles umsonst gewesen.

Staub wirbelte unter seinen Stiefeln auf. Bei jedem Schritt durch die zermahlene Landschaft stieg mehr feine Erde in die Luft und verdichtete sich. Sich zu bewegen fiel Dragul schwer. Alles in ihm wollte sich ausbreiten, seine Gefühle, seine Magie, sein wahres Wesen … Nur mit Mühe konnte er sich sammeln. Seine menschliche Form aufrechtzuerhalten, verlangte ihm alle Konzentration ab. Die meiste Zeit seines Lebens hatte er als Drache verbracht, frei in der Luft schwebend, auf Bergen sitzend oder zwischen Wäldern ruhend. Dieses Gefühl der Freiheit war überwältigend.

Die Schwingen auszubreiten, sich auf Oracles zu stürzen und ihn zu zerreißen, hatte ihm mehr Vergnügen bereitet, als es sollte. Jetzt wieder als kleiner Mensch zu existieren, fühlte sich falsch an. Er wollte in die Wolken aufsteigen, brüllen, Feuer speien und am liebsten direkt ins nächste Land fliegen, um erneut zuzuschlagen. Dragul hatte all das Warten und Verhandeln und die zeitraubenden Schlachten so satt.

Sein Herz klopfte heftig vor Wut, aber das brachte ihn nicht weiter. Oracles war tot. Jemand anderen zu bestrafen, half niemanden. Außerdem – Nyth! Er musste sie finden. Die Drachenfrau war doch so geschickt. Wenn sie Magie dazu bringen konnte, einen so mächtigen Drachen wie Oracles zu fesseln, konnte sie vielleicht auch Äthermagie dazu überreden, sie zu verschonen. Nichts war entschieden. Und auch wenn diese Vorstellung die Situation nur beschönigen mochte: Die Hoffnung starb zuletzt. Das war etwas, das er niemals verlieren wollte: Hoffnung. Mochte er erneut sterben, erneut alles verlieren, aber das nicht, nicht den Glauben an das Gute.

Er befand sich beinahe schon am Rand des gigantischen Kraters, da vibrierte etwas im Boden, flüsterleise, in einer perfekten Frequenz, einem Klang, der mit allem in Harmonie stand. Verbrannter Sand und schmorende Asche: Hier war die Erde verletzt durch die Magie eines Schnitts.

Dragul konnte sein Glück kaum fassen; er war auf den Äthersplitter regelrecht zugelaufen. Dabei hatte er sich schon Tage damit verbringen sehen, diesen kostbaren Schatz zu suchen. Der Klang von Äthermagie war einzigartig und unverwechselbar. Aber diese aus einem Splitter bestehende Klinge war eine absichtlich leise geformte Waffe. Wusste man nicht, worauf man zu achten hatte, könnte kein Mensch oder Drache dieser Welt sie finden. Eine stumme Klinge versteckte sich leichter vor machtgierigen Herrschern, die sie nur allzu gern führen wollten.

Er kniete sich zwischen Staub und warme Asche. Der Dolch konnte nicht tief vergraben sein, aber mit seinen geringen Ausmaßen war er in so feinem Puder nur schwer zu erfassen.

Wie viel Unheil Oracles mit ihm wohl schon angerichtet hatte? Der Ätherdolch schnitt sich durch alles und hätte mit genügend Wucht sogar so tief ins Erdreich gerammt werden können, dass keine Seele ihn mehr erreichen würde. Davon war Dragul nach vielen tausend Jahren der Suche ausgegangen, nachdem der Dolch zum ersten Mal verloren gegangen war. Er war fast überzeugt gewesen, dass der Dolch sich tief in den Planeten gebohrt hätte und für immer verschwunden bleiben würde.

Seine Magie wollte Dragul lieber nicht zur Suche nutzen, am Ende jagte er den Splitter damit wirklich noch in den Sand. Zum Glück funkelte ihn nach nur einer Armlänge Graben die Spitze der kleinen Schneide im fahlen Licht an. Dragul zog eine durchsichtige Dolchscheide aus seiner Uniform. Sie war geschnitzt aus purem All'Einkristall, ein uraltes Relikt, völlig frei von Magie. Vorsichtig hob er die Spitze der Klinge etwas in die Luft und schob ihr sofort die schützende Hülle über, damit sie vorerst nichts mehr schneiden konnte. Die Waffe landete an seiner Brust unter dem Leder der Jacke. Für einen Moment ließ er die Hand auf ihr ruhen und atmete tief durch.

Dieser Augenblick hätte erfüllt sein sollen von Erleichterung, Freude, Hoffnung, Triumph … Endlich bestand mehr als nur eine Chance auf den Sieg. Diese Klinge war der Schlüssel zur endgültigen Tötung der Ätherblutdrachen, die Mythriene mit ihrem Blut erschaffen hatte. Und sollte sie selbst noch unter den Lebenden weilen, würde er auch sie damit tilgen können, ein für alle Mal. So viele Tausend Jahre Mühe und Planung waren vergangen, hatten an seinen Kräften gezehrt, ihm Schlaf, Verstand und den Sinn für die weltlichen Kleinigkeiten, für das Leben selbst geraubt – was für eine Befreiung! Aber Dragul dachte an nichts als seine Schuld. An wie vielen Fäden hatte er gezogen, um dieses Ziel zu erreichen? Welche Puppen hatten für ihn tanzen müssen und dadurch ihr Leben verloren?

Nyth war eine von ihnen. Er hatte sie sogar losgeschickt, um den Krieg zu beginnen, weil es einfacher war, sie vor dem Rat dafür büßen zu lassen, als selbst die Verantwortung zu tragen. Und Nyth war mit dieser Rolle auch noch einverstanden gewesen, hatte ihn bestärkt. Er war ein Monster. Bitter schluckte er die Erkenntnis.

Alles, was sich außerhalb des Kraters befand, war dahin. Es war ihm nicht vergönnt, das Leben zu sehen, nur den Tod. Dragul ließ jeden funktionierenden Sinn der verbleibenden Leichen für sich arbeiten. Nyth zu finden gestaltete sich immer schwierig. Die

Magie in ihr war anders, Dragul hatte nicht die leiseste Ahnung, woraus ihr Element wirklich bestand. Wenn er versuchte, eine Schwingung von ihr aufzunehmen, schien dort nichts zu sein. Zumindest wollte sie das wohl. Es war ihre besondere Gabe, jeden vergessen zu lassen, und so konnte sie verschwinden wie eine Illusion.

Eigentlich müsste er es fühlen – Nyths toter Körper musste sich anfühlen wie jeder andere frisch verstorbene Leib. Wenn sie hier irgendwo lag, sollte er es wahrnehmen können. Gerade die Magie der Drachen glitt nur langsam aus dem Körper und hinterließ deutlich spürbare Todesmagie, ehe sie sich auflöste, um in den Kreislauf der Welt zurückzukehren. Sollte jedoch der Äther Nyth erfasst und die gewaltige Entladung von Oracles' Blut sie getroffen haben … dann wäre nichts mehr übrig, was sich umwandeln könnte.

Wieso tat er sich das an – stapfte er durch den Staub des Kraters? Hier konnte sie nicht sein, nichts konnte hier sein. Auch abseits der Zerstörung befand sich nichts Totes von ihr, und keiner seiner kontrollierten Leichname fand ein Anzeichen von Leben außerhalb des Hauptlagers. Sie war nirgends zu finden, und Draguls Augen waren überall. Ihm schmerzte der Kopf.

Es verwirrte ihn noch immer, wieso er ihretwegen so aus der Fassung geriet. Weshalb im Vergleich zur Last der Welt ausgerechnet die kleine Drachenfrau so viel Gewicht hatte. Sicher, Dragul hatte Freunde und Familie, die er liebte und schätzte. Er hatte selbst einst ein Kind großgezogen. Er liebte seine Tochter, nannte sich stolz Vater, und sein Freund Hemm war wie ein Bruder für ihn. Dragul war Hüter, Herrscher und Kamerad für so viele Drachen und Menschen.

Trotzdem hatte er stets all diese emotionalen Lasten mühelos abgeschüttelt, um sich seiner Aufgabe zu widmen. Es war kein Wunder, dass er über die Jahre vereinsamt war; mit seinen Plänen und deren gnadenloser Umsetzung hatte er bis auf Hemm jeden zurücklassen müssen, sogar sein einziges Kind. Drachen waren fanatisch bemüht um Balance, und er ahnte, dass er sich dabei an der Spitze der Extremsten seiner Art befand. Er hatte sich verändert und das nicht unbedingt positiv.

Doch diesmal ließen sich die Gefühle nicht ignorieren, auch seine Magie würde an ihnen nichts ändern. Gerade jetzt fühlte er sich seinen Aufgaben nicht mehr gewachsen und bereute all die Opfer, die er für seinen Kampf in Kauf nahm. Dabei gab es gar keinen Grund für seine Gefühle, Nyth mochte ihn ja nicht einmal. Wieso hing er nur so an ihr?

Vielleicht, weil sie so aussah, wie er sich fühlte. Ihr Blick, wie sie sprach, wie sie handelte, war das Resultat unendlicher Last. Sie lief vor etwas davon. Ohne sie zu kennen, verstand er diese Konflikte. Oder redete es sich ein. Liebe war doch vor allem eins: eine große Illusion. Ganz so wie die kleine Drachenfrau.

Nun am Rand der Kluft stehend, musste Dragul eine Entscheidung fällen. Im Lager erwartete man seine Befehle. Der Krieg jenseits dieser Schlacht war nicht gewonnen, ein gezielter Einsatz war noch nötig. Vielleicht hatte er sich geirrt und sie wartete im Lager bereits auf ihn, würde ihn tadeln für sein überstürztes Handeln und wie er nur an ihr hatte zweifeln können.

Dragul lachte bitter in sich hinein. Auf ihn warten? Nyth? Sicher nicht. Dort nach ihr zu suchen, mit den Augen eines gefallenen Soldaten – nein, das traute er sich nicht. Man konnte auch von Hoffnung zu Hoffnung leben. Wenn er sie hier nicht fand, dann vielleicht dort, und wenn dort nicht, dann befand sie sich vielleicht auf dem Weg, und wenn nicht, dann – dann …

Der Wind wirbelte den leichten Staub auf. Eine starke Böe fegte über den Abgrund und bis tief hinein. Die Welt, so fein zermahlen zu Pulver, flog ohne Mühe hinauf und war von Nebel nicht zu unterscheiden. Bald wäre vom Krater nichts mehr zu sehen. Die Überreste der Entladung würden sich langsam über das ganze Land verteilen, bis nur ein blankes Loch übrigblieb. Die zerstörte Struktur des magielosen Staubs würde das Zaubern erschweren und die Lungen von Mensch und Tier vergiften.

Müde sah Dragul einer weiteren Böe nach, die wie eine kleine Windhose emporwirbelte und blanken Felsen zurückließ. Ein unerwartetes, leises Geräusch erklang, dem Fallen einer Scherbe ähnlich.

Dragul senkte verwundert den Blick. Etwas kullerte über den steinigen Boden. Vor seinen Stiefelspitzen kam ein kleiner, runder Gegenstand zum Stehen. Er dachte erst an ein Steinchen, aber als er sich bückte und danach griff, fühlte es sich leicht an.

Es war eine Holzperle. Blau und texturiert. Vorsichtig drehte er sie in der Hand und brauchte ein paar tiefe Atemzüge, um diesen Moment zu verarbeiten.

Diese Perle gehörte *ihr*. Nyth trug einige davon in ihre Haare geflochten, immer mal eine andere Farbe, manchmal auch eine Feder oder Edelsteine …

Seine Kraft, die Gedanken und seine Magie zusammenzuhalten, drohte zu versagen. Er drehte das hellblaue Objekt weiter in seinen Fingern. Die Farbe war etwas abgenutzt, allerdings durch die Zeit, und nicht etwa durch eine Ätherexplosion. Das Holz hatte kleinere Rillen, und Dragul wusste, dass es sich hierbei um Bissspuren handelte. Ihre Bisspuren. Wenn sie versunken in ihre Bücher daran geknabbert hatte, oder aus Nervosität bei einer Einsatzbesprechung.

Die kleine Perle rollte in seiner Hand hin und her, genau wie die Gedanken in seinem Kopf. Wie hätte eine Holzperle diese Ätherentladung überstehen können?

Die vorherigen Vorsichtsmaßnahmen ignorierend, ließ Dragul seine Magie frei. Er sprach mit dem Wind und bat nicht, sondern befahl ihm, den Staub zu verschlucken. Dafür brauchte es keinen Orkan oder heftigen Sturm, mit gezielten Böen wurde Sand in Wellen davongetragen und verschwand hinauf in die Luft. Und wenn er den gesamten Ort freilegen müsste: Hatte diese Perle die Explosion überstanden, dann auch sie.

Jetzt musste Dragul sich nur umsehen …

Sie würde irgendwo hier liegen …

Doch den Kopf zu drehen. fiel ihm schwer. Wenn er nichts fände, auch im ganzen Krater nicht mehr … es war so eine Sache mit der Hoffnung. Mit jedem erneuten Rückschlag wuchs und wuchs der Schmerz, bis zur Verzweiflung. Er folgte diesem Gefühl, Meter für Meter. Jeder Schritt fühlte sich an wie eine Ewigkeit. Was, wenn er sich irrte? Vielleicht war die Perle nur davon geflogen und zufällig hier gelandet.

Irgendwann, dem Wind folgend, lief Dragul nicht mehr durch weichen Sand, sondern auf festem Gestein. Der Staub des Kraters wurde in die Luft gesogen. Durch all den Schmutz konnte er kaum etwas erkennen. Der halbe Abgrund hinter ihm lag bereits frei. Aber was, wenn er sich umsah und nichts erblickte?

Er knurrte. »Verdammter Feigling.« Das Herz schlug ihm bis zum Hals. Energisch wandt er den Kopf und stellte sich gegen die Furcht.

Die weiße Landschaft spielte mit seiner Wahrnehmung, Staub wirbelte durch die Luft, warf unheimliche Schatten. Dragul musterte jeden hellen Fetzen kritisch. Und fast sah er darüber hinweg: ein schwaches Leuchten. Licht wurde stärker reflektiert, verfing sich in wehendem Stoff.

Mitten zwischen Dunst, Staub und Trümmern lag sie. Nur wenige Schritte von ihm entfernt, Schritte, die sich seltsam weit anfühlten.

Zerrissene Kleidung, doch kein Anzeichen von Blut. Etwas in Draguls Brust zog sich schmerzhaft zusammen. Das Bündel schien so winzig, beinahe befürchtete er das Schlimmste. Doch als er sich über sie beugte, entdeckte er das blasse Gesicht, unversehrt, wie auch ihre zierlichen Hände, die bloßen Füße.

Ungläubig stand Dragul für einen Moment vor ihr, ehe er sich neben die kleine Gestalt kniete. Nyths dünner Körper lag halb zusammengerollt auf der Seite. Sie sah aus, als schlafe sie.

Er fühlte nichts in ihr, aber das tat er nie bei dieser Drachenfrau. Sie atmete nicht. Aber auch das hieß bei Nyth nichts. Viele Drachen konnte ihre Atmung reduzieren oder für einige Zeit einstellen. Doch auch ihr Herz schlug nicht und das war selbst für einen Drachen kein gutes Zeichen. Die meisten Drachen brauchten den Herzschlag, um Körper, Blut und Magie in Balance zu halten, genau wie ein Mensch, kamen nicht lange ohne aus.

Er wollte das Risiko, sie zu berühren, um mehr zu erfahren, nicht eingehen. Wenn sie dem Tode nahe war, reichte ein kurzer Augenblick seiner Magie schon aus. Sollte sie bereits tot sein …

»Nyth?«

Vorsichtig schob er die Hände unter den kleinen Körper und hob sich die Drachenfrau auf die Arme. Kein bisschen Körperspannung war vorhanden. Nein, sie fühlte sich nicht lebendig an. Sie war ungewöhnlich leicht, kalt und völlig regungslos. Auch ohne sie zu berühren, hätte er zumindest einen Rest Leben in ihr erfühlen müssen. Aber da war gar nichts mehr, nur Leere. Er drückte sie gegen die Brust und konnte nicht anders, als sich auf dem kargen Boden niederlassen.

Für den Moment war alles irgendwie – vernichtet. Nicht zum ersten Mal seinetwegen. Wann würde das endlich enden? Wann, verdammt, hörte diese Welt auf, sich selbst verschlingen zu wollen? Was war das für ein Universum, in dem so grausame Bedingungen für das Leben herrschten? Denn egal, an welchem Faden er zog, welches Los er auch wählte, wie er sich entschied, der Ausgang war stets gut und schlecht gleichermaßen. Er konnte nicht gewinnen.

Mit dem Ergebnis seiner Entscheidungen in den Armen holte ihn nach langer Zeit all die Last seiner Schuld ein. Das Leben auf dieser Welt war nicht dafür gedacht, so alt zu werden. Menschen starben meist, ehe sie an den Konsequenzen ihrer Handlungen erstickten, jedenfalls wenn es um langfristige Folgen ging.

Schon oft hatte Dragul erlebt, wie ein Volk nur für Luxus und Profit die Natur ausbeutete. Und während eine oder zwei Generationen Reichtum und Überfluss genossen, waren es ihre Kinder und Kindeskinder, die die Konsequenzen zu tragen hatten. Ihre bereits verstorbenen Vorfahren hatten sich ihrer Schuld entzogen.

Dieses Gefühl von Endgültigkeit hatte durchaus etwas Tröstliches. Auch er hatte die Wahl, einfach stillzustehen. Erneut. Er könnte sich wieder schlafen legen oder nur zuschauen und abwarten und damit Druck und Verantwortung der nächsten Generation auferlegen. Es war nicht seine Welt und nicht sein Leben, und im Augenblick wollte Dragul ohnehin nichts mehr von beidem.

Wind heulte in der Ferne, und kühle Abendluft breitete sich aus. Wie lange er bereits hier am Rand des Kraters saß, wusste Dragul nicht mehr. Vermutlich seit Stunden. Es war ihm gleich. Vorsichtig zog er den feinen Schal aus Spitze von Nyths Hals und wickelte ihn wieder um ihren Kopf, wohin er nun mal gehörte. Ein wenig zerrissen war der Stoff, wie der Rest ihrer Kleidung. Kaum bedeckte ein Schatten ihr Gesicht, wirkte sie fast wieder lebendig. So wie immer eben. Transparent und entfernt hatte Nyth oft den Eindruck erweckt, gar nicht richtig zu existieren. Sicher, es war ein undurchdachter Fehler gewesen, sich nicht früher um sie zu kümmern, aber es war, wie es war: zu spät.

So fiel es ihm erschreckend leicht … Er zog einen Handschuh mit den Zähnen aus und warf ihn in den Sand. Langsam, mit äußerster Vorsicht, tippte er mit dem Rücken des Zeigefingers gegen ihre Wange und …

Es erwischte ihn etwas Ähnliches wie ein statischer Schlag. Schmerz zuckte durch seine Hand. Mit einem Ruck saß die Drachenfrau aufrecht in seinem Schoß. Sie schlang ihre Arme um den eigenen Körper, und es brauchte einen Moment, bis sie anfing zu atmen. Alles an ihr zitterte, als fröre sie furchtbar. Dann verlor sie die plötzliche Spannung und lehnte sich völlig erschöpft an Dragul. Sie drückte ihren Kopf gegen seine Brust und rang nach Luft. Ihr leiser Atem schien das einzig existierende Geräusch in dieser Welt zu sein.

Überfordert mit der Situation verharrte Dragul in dem Moment und hörte ihrem Herzschlag zu, ihrer Atmung. Kein Leben, und doch existierte sie, hier in seinen Armen. Vorsichtig drückte er sie an seine Schulter, und zu seiner Überraschung schmiegte sie sich zittrig an ihn, ganz als suchte sie seine Nähe. Was auch immer durch ihre Adern floss, Draguls Magie hatte es offensichtlich wieder zum Fließen gebracht, und mit jedem Impuls ihres Herzens kehrte sogar ein wenig Wärme zurück in den kleinen Leib.

»Sir?« Blass und dünn klang sie.

Eigentlich hasste er es, wenn sie ihn so nannte. Jetzt aber musste sich Dragul heftig darum bemühen, sie nicht in seinen Armen zu erdrücken. Ihr Körper war so plötzlich wieder zum Leben erwacht, dass er gerade nicht recht wusste, ob dies alles real war.

»Oracles?« Ihre flüsterleise Stimme zitterte. Sie lehnte sich etwas zurück und sah ihn durch die Spitze ihres Schals hindurch an.

»Er ist tot«, antworte Dragul trocken. Was war passiert?

»Und der Dolch?« Natürlich galten Nyths erste Gedanken diesem verdammten Stück Äther.

»Der ist in meinem Besitz.«

»Gut … das ist gut. Ich wusste, es geht gut. Es musste gut gehen.«

Dragul fand, dass sein Knurren als Antwort durchaus berechtigt war, und ihr daraufhin erschrockener Blick ärgerte ihn. »Gut? Darüber reden wir noch!« Er wollte platzen vor Freude und hätte ihr am liebsten einen Klaps gegeben, wie ein verzweifelter Hirte einem ungehorsamen Hütehund.

Ihr Mund öffnete sich, aber dann schwieg sie wieder. Nyth biss sich, wie so oft, auf ihre blasse Unterlippe, und Dragul starrte sie an, als wäre diese Geste ein spektakuläres Schauspiel. Sie atmete, ihr Körper erwärmte sich langsam, das Zittern verschwand. Und doch drückte sie sich an ihn, als fehle ihr jegliche Kraft. Es schien ihr nichts auszumachen, dass er seine Arme fester um sie schlang. Gerade wollte er sie einfach nur festhalten … niemals mehr loslassen.

»Kannst du aufstehen, Nyth?«

Sie überlegte ein paar Sekunden. »Ich befürchte nicht, nein.«

»Darf ich dich dann zurück ins Lager tragen?«

Über ihr nachdenkliches Schweigen ärgerte er sich mehr, als ihm lieb war. Mit ihr in den Armen stand er einfach auf. Sie war geschwächt, winzig, was wollte sie denn schon tun? Und sich aus diesem Chaos herausreden, das sollte sie nur versuchen. Irgendwann war Schluss mit lustig. Nicht, dass irgendetwas in den letzten Monaten besonders lustig gewesen wäre.

Gab es so etwas wie Untotendrachen? Würde sie ihm antworten, wenn er fragte?

»Sir?«

»Ja?« Er klang gereizter, als er wollte.

»Ich werde jetzt schlafen.«

»Schon gut. Ich leg' dich einfach in dein Zelt.«

»Danke.«

»Kein Problem.«

»Nein, ich meine … dass Ihr nach mir gesucht habt.«

Er seufzte lange und versuchte, sich nicht zu sehr über diese Wortwahl zu freuen. »Wir reden später darüber.«

KAPITEL 56
DIE FREUDEN DER TOTEN

»Sie schläft«, erklärte Marberd knapp. Kira, Karl, Jasov und Ragdar starrten ihn entgeistert an. »Nun ... sie muss sich ausruhen. Es ist doch ganz schön viel passiert, nicht?«

Offenbar wusste der Großverzauberer nichts Genaueres. Lord Dragul hatte kurz mit ihm gesprochen – nur mit ihm – und war dann wieder verschwunden.

Jasov zersprang fast vor Sorgen. »Und Nyth ist nicht verletzt?«, hakte er begierig nach, spürte Tränen in den Augen .

Das entging seinem Mentor nicht. Ein Lächeln legte sich auf die Lippen des alten Mannes. »Das denke ich nicht, Dragul meinte, es wäre alles so weit in Ordnung. Sie brauche einfach nur Schlaf! Er kümmert sich um sie. Auf seine Worte können wir uns verlassen.«

Mit dieser Antwort war Jasov ganz und gar nicht zufrieden. Kira machte ebenfalls einen Schmollmund; lediglich Ragdar grinste erfreut.

»Ich habe wirklich nicht damit gerechnet, dass wir alle überleben«, murmelte Karl.

Daraufhin wollte niemand etwas erwidern, Jasov nickte nur erschlagen. Die plötzlich abfallende Anspannung raubte ihm seine ganze Kraft. Doch Nyth lebte – und das war alles, was zählte.

Da saßen sie nun im Ratszelt vor der großen Einsatzkarte und beobachteten, wie sich Truppen verschoben. Sie warteten darauf, dass die anderen Schlachtfelder entlang der Grenze zum Stillstand kamen. Jeder von ihnen war erschöpft, die Zeit für Heldentaten war vorerst vorbei. Aber auch müde Augen konnten die Schlachtpläne beobachten, und somit würden sie als Erste wissen, wann der Krieg tatsächlich beendet war. Sie ließen die Karte nicht für einen Moment aus den Augen.

Das Hauptheer Oracles' war nicht bereit so schnell aufzugeben. Viele seiner Soldaten schlossen sich sofort den *Entzündeten Kränzen* an, so lautete der blumige Name für das angrenzende Land weiter im Südosten. Eine Bewegung strenger Religiosität zu Ehren der Göttin, die eigentlich recht friedlich herrschte. Der Repräsentant Narla zeigte kein Interesse an Krieg. Seiner Meinung nach hatte man das Geschenk der Göttlichen in Stille zu ehren. Es lebten nur wenige Menschen in seinem Land, doch gehörten die *Entzündeten Kränze* zum Bündnis des Westens, und auch dort herrschte man aufgrund von Ätherblut. Es war nur natürlich, dass ein großer Teil von Oracles' Volk weiter in den Westen floh.

Wer aber blieb, der wurde zu einer neuen Aufgabe. Die Hauptstadt und viele andere Orte würden sich nicht kampflos ergeben, die nächsten Wochen würden entscheiden, wie siegreich ihre Schlacht wirklich war.

»Wie rettet man ein Land, das über hunderttausend Jahre einer falschen Göttin erlegen ist?«, fragte Jasov ganz naiv in die Stille hinein.

Aber ehe jemand antworten konnte, stürmte Ansrahm ins Zelt. »Da bist du! Mann, ich hab' gedacht, ich dreh am Rad!«, polterte er Ragdar an.

Der Felsdrache lächelte schuldbewusst. »Entschuldige, Dragul hat mich hier gebraucht und ich konnte durch die vielen Portale nicht einfach wieder zurück. Und dann hatte niemand mehr Zeit, mir diese Dinger aufzumachen.«

»Weißt du, was das Schlimmste daran ist? Deine Familie hat nur mit den Schultern gezuckt. Der kommt schon zurecht. Ragdar verschwindet oft mal. Aber doch nicht auf einem Schlachtfeld!« Ansrahm schnaubte unzufrieden eine Rauchwolke durch die Nase und warf sich in einen der Stühle rund um den Ratstisch.

»Deine Familie, Ragdar?« Kira starrte den Drachenmann neugierig an.

Ragdar kratzte sich verlegen am Kopf. »Tja, die wollten Brarche ohnehin verlassen. Und nachdem dann so viele Soldaten an der Grenze waren – hab ihnen gesagt, sie müssen ja nicht *für* Dragul kämpfen, sondern einfach nur mit ihm. Das zeigte Wirkung. Meine Schwester hat die Kolonie überzeugt, und wir haben alle Alten und Jungen hinein ins Land evakuiert. Ansrahm war da 'ne große Hilfe, der weiß echt, wie man spricht ... Hat sich auch ganz gut mit allen verstanden, nicht? Hast meine Tochter schwer beeindruckt.« Ragdar zwinkerte dem Rubindrachen zu, der erneut eine Rauchwolke aushustete. Er schien irgendwie beschämt.

Zumindest für den Moment waren die Sorgen im Zelt verschwunden. Jetzt wollte jeder mehr über Ragdars Familie und seine Kolonie wissen, vor allem aber, wie die Schlacht auf ihrer Seite verlaufen war. Das Letzte, worüber Jasov und Kira sprechen wollten, war ihr eigenes Abenteuer.

Überhaupt wollte Jasov als Erstes Nyth berichten, was ihnen widerfahren war und was er gesehen hatte. Und dann – vielleicht, ganz vielleicht, würde sie auch ihnen erzählen, was sich zwischen ihr und Oracles abgespielt hatte.

»Du hast also Kinder?«, fragte Kira laut, die prompt aufgestanden war, um Ragdar direkt anzusehen.

Jasov blinzelte, jetzt hatte er ja doch nicht richtig zugehört. Sofort formte sich ein Bild in seinem Kopf, wie Ragdar als Felsdrache vielen lebendigen Steinen nachrennen musste, die vier Beine und einen Schwanz besaßen.

»Klar, jeder hat das in einer Kolonie. Wir kümmern uns um den Nachwuchs der Vorfahren ... Wir werden halt nicht so alt ... ihr wisst schon! Die schlüpfen meist erst, wenn man selbst schon im Reich der Ahnen schläft.« Ragdar erwiderte den Blick nur stirnrunzelnd und schien sich erstmals etwas unwohl zu fühlen, so im Fokus zu stehen.

Zum Glück rückte mit einem Mal die Schlachtkarte auf dem Ratstisch wieder in den Vordergrund. Denn die Farben der Heere verblassten plötzlich, blichen aus.

»Na endlich!« Marberd klatschte erfreut in die Hände. Er stand sofort auf und hüpfte aus dem Zelt, um Lord Dragul Meldung zu machen.

Zwar war Ansrahm noch immer ein wenig beleidigt, aber auch der Rubindrache atmete erleichtert auf, und die Anspannung in der Luft ließ schlagartig nach. Muskeln lockerten sich, ein Seufzen, ein Lächeln, jeder fühlte die Erleichterung. Und wie aufs Stichwort ertönten sämtliche Kriegshörner des Lagers in einem harmonischen Klang, triumphierend und laut.

Was für ein lebendiger Ruf! Es war vorbei.

Und für die nächsten zwei Tage würde dieses Ende bestehen, ehe weitere Aufgaben warteten und neue Probleme sich aufdrängten. Dieser und der folgende Tag jedoch gehörten der Befreiung, dem Jubel – und auch der Trauer.

Wie selbstverständlich verließen sie alle das Zelt, um draußen weiter dem Klang des Kriegsendes zu lauschen. Diese Auseinandersetzung hätte sich gut und gern über eine ganze Generation hinziehen können und war doch in nur einem langen Tag bereits besiegelt. Das war nicht einfach nur ein Fest wert, das war ein Wunder.

Am Ende eines Kampfes feierte man im Kraterland eine Feier namens *Die Freuden der Toten*. Und wenn bei einem Einsatz oder einer kleinen Mission auch nur ein einziger Soldat fiel, so war dieses Ritual stets gleich. Es galt, die Gefallenen zu ehren, die über ihr Leben hinaus dem Reich dienten und von Lord Dragul gesteuert weiterhin kämpften. Den Opfern und den Untoten, all dieser tapferen Soldaten widmete man die Siegesfeier. Dieses Fest bestand aus reichlich Wein, Brot und Obst, vielen Lagerfeuern, Gesang, Musik und Geschichten.

Vor allem Geschichten. Niemand sollte in Vergessenheit geraten.

Es war die erste Nacht nach der Schlacht, und große wie kleine Feuer erhellten voller Wärme die kalte Finsternis des Himmels. Eine Wolke aus Asche und Staub verdunkelte die Sterne, keiner der Monde konnte diese Schwärze durchdringen. Gespenstisch lag der Nebel über den Zelten, aber umso eindringlicher breitete sich das warme Licht der Lagerfeuer durch die Schwaden aus. Wie Herzen aus Flammen leuchtete jede Ecke.

Hier im Zentrum des Hauptlagers gab es nicht einen Winkel, der in Schatten gehüllt war. Jede Zeltgruppe feierte ihre eigene kleine Zusammenkunft. Feuer prasselte auf magischen Hölzern, manchmal lagen nur Kissen darum, oft standen einige Stühle oder gar Bänke als Sitzgelegenheit daneben. Man brach und teilte frisches Brot mit einer dicken dunkelbraunen Kruste. Dazu gab es Wein und Wasser. Tabletts wurden von Feierlichkeit zu Feierlichkeit getragen, und viele besuchten mit dieser Geste die verschiedenen Feuer ihrer Kameraden in diesem übergroßen Lager. Sie wanderten durch die erleuchtete Nacht, mit ihnen Hunde, die eine oder andere Katze und so manches verwirrte Huhn.

Zwischen den bunten Zelten glühten helle Bälle aus Magie, schwebend wie große Sterne. Einige strahlten in hellen Farben, andere sogar so tiefblau, dass man meinte, ins Meer zu blicken. Wer ein Instrument beherrschte, war gefragt, und an den größten Lagerfeuern versammelten sich Männer und Frauen zum Singen und Tanzen.

Auch einige der Quarzdrachen stimmten mit ein. Die Gruppen mischten sich, niemand fragte, man musste sich nicht kennen. Ob Mensch oder Drache, es ging darum, zusammen zu sein, lebendig, so laut wie nur möglich.

Die Gesänge hallten inbrünstig von Zelt zu Zelt. Es gab viele Lieder im Reich, die sich um die Seele gefallener Krieger drehten. Jedes einzelne von ihnen wurde angestimmt, und egal, wie schief oder tränenerstickt mancher Soldat auch sang, es war großartig. Aber vor allem die Freude über die kurze Schlacht tränkte den Gesang, und mehr Lachen als Weinen war zu hören.

Jasov folgte Marberd und Karl mit offenem Mund durch das Lager und ließ sich von den Eindrücken freudig erschlagen. Der Paladin hatte ihn am Arm gepackt und zog ihn mit sich wie ein kleines Kind, denn Jasovs Beine wollten nicht so recht, er war mehrfach gestolpert.

Alles lohnte einen Blick, alles lenkte ihn ab.

Ein Geisterhund huschte an ihnen vorbei, dann noch einer und noch einer. Miranda schloss zu ihnen auf und grinste über beide Backen. Sie wanderten zwischen tiefroten Zelten einen Trampelpfad entlang. Immer wieder mussten sie stehen bleiben, um andere Feierfreudige vorbeizulassen, und so tauschten sie bereits hier Brot und Wein aus. Jedem Soldaten klopfte man auf die Schulter oder schüttelte ihm die Hand.

Einigen Kollegen aus seiner ehemaligen Einheit warf sich Karl regelrecht in die Arme, überglücklich, den wirren Haufen Paladine lebendig zu wissen, mit denen er schon so viele Jahreszeiten diente. Ein fester Händedruck, jemand hatte eine Flasche Wein übrig, man stieß mit einem Trinkspruch an, Brot wurde gebrochen, dann erst gingen sie weiter.

Zuerst hatte sich Jasov geziert, etwas zu trinken, aber nach kurzer Zeit musste Karl ihm das Trinkgefäß nur noch in die Hand drücken, und er nahm dankend an. Gut, dass sie fast am Ziel waren, noch ein paar Zelte und noch ein paar mehr Becher, und kaum jemand von ihnen hätte sich noch zurechtgefunden. Besonders Marberd nicht, der nach einigen Metern schon einen eigenständigen Singsang angefangen hatte und die Welt eher weniger wahrzunehmen schien.

Dann endlich kamen sie zum riesigen Feuer, das am Rande des Lagers prasselte und als letzte leuchtende Fackel vor dem Schlachtfeld dem Tod trotzte. Man hatte allerlei Stühle und Kissen darum platziert.

Jasov erkannte sofort Ragdars hochwertige Steinklotz-Bänke, und passenderweise rollte der Drachenmann gerade einige Weinfässer daneben. Ansrahm saß im Schneidersitz vor dem Feuer auf einem Felsen und spielte eine leise Melodie auf einer runden Gitarre, während Kira ihn anstarrte, als sei er eine göttliche Erscheinung. So setzten sie sich alle zusammen um die Wärme und tranken, lachten, erzählten, sangen, lebten. Sie lebten einfach. Diese Nacht gehörte den Überlebenden.

Ohne zu zögern, hatte Ragdar nach nur einer halben Stunde das zweite Weinfass in einem Zug geleert und gab eine heroische Geschichte zum Besten. Deutlich unter den Auswirkungen der Kräuter stehend, war dieser Felsdrache sogar noch unterhaltsamer als sonst. Und wie viel von den Heldentaten seiner Kriegserlebnisse sich wirklich zugetragen hatte, wen kümmerte es? Die laute Stimme sprühte voller Freude.

Karl und Jasov saßen auf einer breiten Kiste, in der man Waffen gelagert hatte, und hörten einfach nur zu. Jasov konnte sein Glück kaum fassen. Er lebte noch, mit all seinen Gliedmaßen, ohne Kratzer, und war mit lediglich ein paar verstörenden Bildern davongekommen. Sogar Kira hatte er helfen können, ihre Magie zurückzugewinnen, und es war ihm gelungen, ein mächtiges Portal durch ein magisch gestörtes Schlachtfeld zu öffnen. Wenn ihm Nyth noch einmal versicherte, er sei ein fähiger Zauberer, diesmal würde er ihr glauben.

Jetzt, da er Bäume ausreißen konnte, vermutlich nicht nur im übertragenen Sinn, fühlte er sich unerwartet mächtig. Er lachte. Karl sah ihn fragend von der Seite an, aber Jasov grinste nur zurück, unterdrückte geradeso ein Lachen.

Wenn Geisterhunde mit ihrer Kommandantin durch die Luft tanzten, wenn ein Großverzauberer über Kisten und Stühle wirbelte, die Kutte für den Geschmack aller anderen dabei viel zu weit hebend, dann konnte auch jemand wie Jasov einfach mal alle Sorgen fallen lassen.

Und seinen Kopf dazu, denn der drehte sich ein wenig, und Karls Schulter war ohnehin so viel angenehmer. Irgendwo über ihnen zuckten bunte Blitze durch die Wolken. Licht mischte sich hin und wieder in die Finsternis der Nacht. Ein Regenbogen aus Magie. Der Äther tobte sich im Himmel aus, und für einen Moment war Jasov geneigt, sich darum Sorgen zu machen – aber nicht heute.

Morgen. Ja morgen vielleicht, wenn sie die Toten begruben, die Verluste betrauerten und Dragul zu ihnen sprach, da begann wieder die Realität. Aber heute Nacht war einfach nur heute Nacht. Und heute Nacht waren die regenbogenfarbenen Lichter in den schwarzen Wolken wirklich wunderschön.

KAPITEL 57
KEINE GEHEIMNISSE

Dragul saß vor seinem Zelt auf einem umgestürzten Baumstamm, an einem kleineren Lagerfeuer, weitab von allen anderen. Seine Augen waren auf das Feuer gerichtet, ohne es wirklich zu sehen. Die Stirn in Falten gelegt und mit finsterem Blick hing er in seinen Gedanken fest.

Er war erschöpft und im Moment zwangsläufig mit sich und dem Erlebten allein. Es interessierte ihn nicht, seine Magie einzudämmen; gerade jetzt war die Kühle in seinem Inneren befreiend. Und Grund zur Sorge, er könnte daran ersticken, hatte er auch nicht mehr. Für den Augenblick war alles gut, einigermaßen gut. So gut, wie es eben ging, zwischen zwei Kriegen. Denn der nächste war nur eine Frage der Zeit.

Jede fühlende Hand, ob tot oder lebendig, hatte Schlamm, Steine und Asche unter seiner Kontrolle durchsucht. Alle Überlebenden des Schlagabtauschs waren geborgen und versorgt. Und wenn man in der heutigen Nacht auch der Toten gedachte und ihr Ableben mit einem Fest ehrte – den Tod persönlich wollte niemand auf einer solchen Feier sehen.

Also saß er hier allein und würde es bleiben, wollte es gar nicht anders. Das warme helle Feuer vor ihm prasselte munter in der kühlen Nachtluft. Funken sprangen von Scheit zu Scheit, und es knackte leise. Die verbrannten Sträucher und Hölzer rochen würzig, ihr Rauch wurde von einem leichten Wind hoch in die Luft gewirbelt. Ein ganz normales Feuer, ohne magische Komponenten, sprühend vor Leben und Energie.

Dragul fühlte sich zu manchen weltlichen Dingen hingezogen. Seine persönliche Vorliebe für Kuchen und andere Süßigkeiten beruhte auf der robusten Natur von Honig. Diese Süße konnte er zu sich nehmen und lange genug schmecken, ehe sich die Nahrung in seinem Element auflöste. Das gab ihm ein lebendiges Gefühl, genauso wie der Rauch seiner Pfeife, der sich ungehindert mit dem aus seinem Inneren mischte. Sicher, der Tabak machte ihn müde und dämpfte seine Magie, aber der süße Geruch der Hölzer in seinem Atem entspannte ihn auch. Ähnlich ging es ihm mit den Flammen eines Lagerfeuers.

Ein Brand verschlang Leben, zerstörte alles Entzündliche und vereinnahmte jedes brennbare Gut. Immer schon hatte Dragul seinen Freund Hemm um dessen Element beneidet. Feuer konnte tödlich und zerstörerisch sein, aber auch warm, lebendig und schön anzusehen. Ohne den Schein einer Kerze oder die Hitze eines Feuers, wie viele Leben würden in Kälte und Dunkelheit zugrunde gehen?

Draguls Magie dagegen besaß keinerlei positive Eigenschaften, für niemanden. Es gab keine warme Seite im Tod. Er konnte für einige Zeit das Sterben einer Person hinauszögern, aber der Preis dafür war hoch.

Berührte Dragul etwas Lebendiges zu lange, dann starb es. Er konnte sein Schwert heben für die Schwachen und Bedrohten, konnte ihre Feinde eliminieren und so – wie vor wenigen Stunden noch – großen Schaden, großes Unheil ganz allein auf sich nehmen. Niemals aber würde er dazugehören, zu den lebendigen tanzenden Flammen, den lachenden und frohen Gesichtern seiner Artgenossen oder zum fröhlichen Klang warmer Magie.

Das Lagerfeuer knackte laut auf, als einer der dickeren Äste zersprang. Ein Funke wirbelte auf und hinterließ ein Glühen, wie eine Linie zwischen den Flammen. Ein helles Weiß schwebte in der Luft.

Dragul musste zweimal hinsehen. Etwas im Feuer leuchtete kühl und blass. Er brauchte einen Augenblick, um zu erkennen, dass diese Quelle sich hinter den Flammen befand. In der Dunkelheit gingen die Konturen fast verloren. Selbst das Licht schien für einen Moment unsicher, ob das, was dort war, tatsächlich existierte.

»Wie lange stehst du schon da?« Er stand auf, um wirklich sicherzugehen, dass er sich die Erscheinung nicht nur einbildete.

Nyth zuckte mit den Schultern, hob leicht den Blick. »Nicht lange, Sir.«

Er setzte sich wieder, sackte in sich zusammen und schüttelte den Kopf. Zu seiner Verwunderung ging Nyth um die Flammen herum und ließ sich einfach neben ihm nieder.

In den vielen Jahrtausenden seines Lebens hatte er einiges akzeptieren müssen. Nur ganz selten kam es vor, dass er etwas nicht verstand. Nyth war ihm jedoch ein Rätsel. Ihre Beweggründe, ihre Vergangenheit, ihr Charakter – ihr Überleben. Und wieso saß sie nun neben ihm?

Es war nicht schwer zu erraten, was sie für ihn empfand. Ihr stets hasserfüllter Blick sprach für sich, auch wenn er sich einbildete in ihren letzten Unterhaltungen durchaus eine Annäherung gespürt zu haben. Wunschdenken. Dragul seufzte. Diesen Blick aus Furcht und Abscheu, wollte er heute nicht sehen. Den wollte er nie wieder sehen.

Wie unangenehm heftig sein Herz pochte, er strich sich mit einer Hand über die Brust. Seine Zuneigung zu ihr fraß sich sogar durch die dämpfende Wirkung seiner Magie, zwang ihn zu fühlen.

Die kleine Drachenfrau könnte so viel mehr werden als ein kurzes Kapitel in einer Kriegsgeschichte. Ein kluger Kopf, der zuhörte, aber auch konstruktiv kritisierte. Wenn sie doch nur endlich dazu bereit wäre, sich zu öffnen! Aber auch jetzt brachte sie wie gewohnt kein einziges Wort über die Lippen, starrte nur in das Lagerfeuer, als wäre es ein spannendes Buch.

»Ma'am?«

Nyths Mund verzog sich zu einem schmalen Strich.

Er lachte leise. Zugeben konnte er es schlecht, aber sie war genau das, was er jetzt brauchte. Gehen lassen würde er sie auch nicht mehr, nicht ohne ein paar Antworten. Und auch über diesen Gedanken lachte er wieder – als ob er sie aufhalten könnte oder das Recht dazu hatte. »Möchtest du mir verraten, wie knapp das war?« Er bemühte sich, nicht allzu ärgerlich oder gar erleichtert zu klingen.

Die kleine Gestalt mit dem weißen Schal um ihren Kopf war bereits jetzt schon so angespannt, am Ende lief sie ihm wieder davon. »Es hat ausgereicht. Kiras Schattenmagie war hilfreich.«

Keine sehr befriedigende Erklärung, aber Dragul wollte sich vorerst damit begnügen. Er antwortete mit einem »Mhm« und sah sie weiter fragend an.

Ihre Finger gruben sich in den weichen Stoff ihrer Hose, bis sie endlich den Kopf hob und von dünner Spitze verdeckte Augen seinen Blick erwiderten. »Ich wollte mich … persönlich bei Euch entschuldigen, Sir. Mein Ungehorsam Euch, dem Rat und dem Reich gegenüber war mehr als anmaßend. Ich will nicht, dass Ihr denkt, ich hätte keinen Respekt vor Euch. Tatsächlich hatte ich nicht vor, gegen Euer striktes Verbot zu handeln. Ich habe Euren Worten vertraut, ich wollte zu Euch zurückkehren. Als ich vor Ort jedoch von Oracles' Plänen erfuhr und …«

Zu ihm zurückkehren; sein Herz hüpfte bei dieser Formulierung und es fiel ihm schwer streng zu bleiben. »Nyth! Du hättest das mit mir … mit dem Rat besprechen müssen!«

»Dafür blieb keine Zeit.«

»Es war nicht an dir, zu entscheiden!«

»Ich kann über mein eigenes Leben entscheiden, Sir! Ich bin nur als Söldnerin Euch gegenüber verpflichtet.«

»Und du glaubst, dein Tod hätte keine Konsequenzen, richtig?« Das klang zorniger, als gewollt und er atmete tief durch. Sie wusste nicht, was er empfand, konnte seine Wut also schlecht verstehen. Dieses Thema galt es vorsichtig anzugehen.

Wieder schüttelte sie nur den Kopf. »Wenn das Opfer eines einzelnen Lebens den Ausgang eines solchen Konflikts entscheiden kann, dann ist es das Risiko wert.«

»Vielleicht hätte ich dir zugestimmt.«

»Sir?«

»Oder dir erneut erklärt, dass dieses Opfer nicht nötig war. Nyth, manchmal musst du vertrauen, ohne alle Einzelheiten zu kennen. Verstehst du nicht? Es hätte so viel schiefgehen können!«

Sie biss sich auf die Unterlippe. »Das ist mir nun auch klar …«

»So? Ist es das?«

Seinem Blick konnte Nyth wohl nicht länger standhalten, und so schaute sie zurück ins Feuer. Mehrmals atmete sie tief durch, ehe sie antwortete: »Ich gebe zu, ich hätte alles schlimmer machen können. Aber bei dem Gedanken, der *Ewige* könnte sich wiederholen … mit der Klinge in der Hand des Feindes … Der Gedanke an all die Opfer … ich musste es einfach tun, Sir.«

Nyth verstummte wieder, schüttelte den Kopf. Sie schaute unglücklich drein, und es schien, als hätte sie ihren Fehler eingesehen. Damit hatte Dragul nicht gerechnet.

Leider weckte das in ihm das Bedürfnis, ihr zu verzeihen. »Ich habe dir doch gesagt … «

»Verzeiht mir!«

»Du glaubst immer, du weißt es besser, hm?«

»Nein … i-ich versuche, zu handeln, wenn es nötig ist. Ich … «

»Wieso bist du nur so versessen darauf, zu sterben?«

Sie hob erschrocken den Kopf. Ihre Lippen bewegten sich, aber sie brachte keinen Ton heraus. Sie schüttelte den Lockenschopf und richtete wieder den Blick auf ihre Finger.

»Einmal, Nyth, nur einmal musst du mir antworten. Ich bin dein Schweigen leid!«

»Ich … wollte nur …«

»Ja, erzähl mir endlich, was du willst.«

Es gab Momente, in denen hätte er sie liebend gerne gepackt und geschüttelt. Wenn sich diese kleine zierliche Gestalt in Schweigen hüllte, sich auf die Unterlippe biss, die Finger fest in den Stoff ihrer Kleidung krallte – noch eine Minute länger, und die großen schwimmenden Augen mit dem traurigen Ausdruck würden sie nicht mehr vor ernsten Konsequenzen schützen.

Hemm hatte so recht, Dragul ließ sich durch seine Gefühle viel zu leicht ablenken. Auch jetzt hätte er ihr nur zu gern Verständnis gezeigt. Weil er sich um sie sorgte, wollte er wissen, was in ihrem Kopf vor sich ging, statt einfach nur die Wahrheit zu fordern, wie es das gute Recht eines Herrschers war.

Angestrengt starrte die Drachenfrau wieder ins Feuer. Mit einem Seufzen brach sie endlich die Stille. »Sir, Ihr müsst wissen: Auch ich habe lange Zeit geglaubt, es wäre besser, wenn wir uns von den Menschen fernhalten. Und lange vor dem *Ewigen*, da … versuchte ich … Ich unterstützte den Gedanken, ohne Kontakt zu den Menschen zu leben.«

»Du stammst aus den westlichen Ländern.« Es war mehr eine Feststellung als eine Frage.

Nyth traute sich offenbar nicht, ihn anzusehen. Sie rang nach den richtigen Worten. »Es ist wahr, dass ich die meiste Zeit meiner Existenz dort verbrachte habe. Ja. Zwischen Drachen und Kolonien ohne Menschen. Ich … habe Euch das verheimlicht, weil … Ihr mir sonst niemals vertraut hättet!«

Dragul war kurz davor, sie anzuknurren. »Verheimlicht klingt ein bisschen sehr harmlos.«

»Das war lange vor dem *Ewigen*, Sir. Ich wollte Ruhe vor den chaotischen Menschen, wollte den anderen Drachen helfen. Aber ich habe unterschätzt, wie fanatisch und machthungrig viele von uns wurden. Sie haben sich nicht einfach nur verteidigt … Irgendwann wollten sie mehr Land, irgendwann wollten sie gar keine Menschen mehr sehen müssen, irgendwann … war da nur noch Hass und Angst. Ich schäme mich dafür, Fanatiker unterstützt zu haben, deren Machthunger noch immer die Welt verschlingt. E-es ist meine Schuld, dass …« Nyths Stimme brach und ihre Finger krallten sich so fest in ihr Hemd, dass Dragul den Stoff ächzen hören konnte.

ntsetzt beobachtete er ihre zitternde Gestalt. Das also war ihr Geheimnis. Ihr Charakter formte sich zu einem klareren Bild, und doch tauchten immer neue Fragen auf.

Es gab nur noch sehr wenige Drachen, die so alt waren, dass sie von einer Zeit vor dem *Ewigen Krieg* berichten konnten. Eigentlich hatte Dragul geglaubt, fast alle zu kennen. Andererseits hatte er keine Kenntnis über die Zustände des Westens. Dort existierten mehr Drachenkolonien als sonst auf der Welt. Er knirschte mit den Zähnen.

»Eure Lordschaft, bitte, Ihr müsst mir glauben. Ich habe Fehler begangen und deren Konsequenzen mit ansehen müssen. Es hat mir die Augen geöffnet. Damals kämpften wir ums Überleben. Wenn man zusehen muss, wie jeder Drache um einem herum getötet wird … wenn jene, die man Familie nennt …« Sie holte ruckartig Luft, unfähig, weiterzusprechen.

»Ich verstehe schon, Nyth.«

Aus dem Dunkel ihres Schals warf sie ihm einen scheuen Blick zu. »M-meine Loyalität zu Euch …«

Völlig unerwartet musste Dragul mit ansehen, wie ihr eine Träne über die Wange rollte. Er hatte das Gefühl, etwas in ihm würde in tausend Scherben zerbrechen. Wut, Enttäuschung, Misstrauen, Sorgen – und Liebe – ließen sich nicht so einfach miteinander kombinieren.

Er wusste, wovon Nyth sprach, kannte die Verbrechen, die Menschen an Drachen begangen hatten, und vermutete keinesfalls in jedem kritischen Artgenossen einen Feind; in Nyth schon gar nicht. Aber dahinter musste mehr stecken, als sie zugeben wollte. Wenn sie so alt war, war sie mächtiger, als sie vorgab. Das erklärte durchaus ihren Eigensinn; und ihr Schuldgefühl war sicher eine überwältigende Triebfeder für ihre Handlungen.

Umso mehr ärgerte sich Dragul, dass er sie nicht schon viel früher ausgefragt hatte. »Nyth, sich zu verteidigen, ist das Recht eines jeden Wesens. Das macht dich doch nicht schuldig an all diesem Leid.«

Aber sie schüttelte nur den Kopf und atmete zittrig durch.

»Es ist mehr, oder? Hast du die Drachengöttin angebetet? Ihr gedient? Warst du Teil des Kults?«

Er konnte beobachten, wie ein wenig Rauch ihre Lippen verließ, als sie vorsichtig ausatmete. »Nein, ich … habe sie nie als eine Göttin betrachtet. Sie war … sie war bereits fort als ich erwachte.«

»Und wo war das genau?« Sein Tonfall sollte ihr verdeutlichen, dass er hier keine ausweichenden Worte dulden würde.

»In den Entzündeten Kränzen, Sir.«

Das Nachbarland von Brarche, Heimat des heiligen Berges der falschen Göttin. In diesem waldigen Reich suchte man nicht nach Krieg, aber die Religion hatte dort ungeheure Macht über Drachen und Menschen, zudem war es vom *Ewigen Krieg* unberührt geblieben, was die Anhänger der Drachengöttin als ein Zeichen sahen. In dieses Nest aus Fanatikern geboren zu sein, das also trug Nyth als Last auf ihren Schultern. Mühsam versuchte Dragul, sich ihr Alter zusammenzureimen.

»Sir, es ist mir wichtig, dass Ihr wisst: Ich befürworte nicht die Auslöschung unschuldiger Leben! Töten ist furchtbar und geht immer mit einer falschen Entscheidung einher.«

»Ich weiß. Gerade noch hast du dich für die Menschen in den Tod geworfen. Deine Wertvorstellungen kenne ich, Nyth … Aber wieso hast du mir das alles nie erzählt? Du hast das Land in meinem Namen immer beschützt, hast die Menschen geachtet und gleichwertig behandelt. Deine Loyalität hast du damit mehr als bewiesen. Du hättest doch einfach nur mit mir reden müssen. Tausend Jahre treuer Dienst, Nyth, ich hätte dir doch zugehört. Jeder hätte das. Versteh doch, diese Loyalität darf nicht nur deinen Zielen gelten. Das ist ein gemeinsamer Konflikt!«

Unruhig fuhr sie sich mit ihren zierlichen Händen übers Gesicht.

»Und wegen deiner Schuldgefühle stürzt du dich auf jede Gelegenheit der Wiedergutmachung?«

Das schwache Kopfschütteln war kaum zu erkennen.

»Das ist nur die halbe Geschichte, richtig? Nyth, was hast du getan, dass du dein Leben dafür eintauschen würdest, es wiedergutzumachen?«

Ihre Lippen öffneten sich kurz, brachten keinen Laut zustande.
»Du verwirrst mich immer wieder aufs Neue.«

»Es tut mir leid, Sir.«

»Bitte hör auf, dich zu entschuldigen und – verdammt! Beim Äther, bitte hör auf, dich umbringen zu wollen! Der Zweck rechtfertigt nicht immer die Mittel. Glaub mir, ich habe in meinem Leben unendlich viele falsche Entscheidungen getroffen.« Er seufzte verzweifelt. »Nyth, er hätte dich töten können. Hast du einen Augenblick darüber nachgedacht, was das für Konsequenzen gehabt hätte? Denkst du, dein Tod wäre ohne Bedeutung? Jedes Sterben hat Auswirkungen und oft ungeahnte Konsequenzen. Du magst für dein eigenes Leben entscheiden können, aber gleichzeitig missachtest du damit all jene, denen du etwas bedeutest. Und auch das kann drastische Auswirkungen haben.«

Besorgt hob sie den Kopf und starrte ihn an. Unruhige Flammen spiegelten sich in ihren Augen. Er konnte keine Farbe erkennen, sie wirkten getrübt, aber noch immer funkelten Tränen in ihnen.

»Sir … bereut Ihr es, diese Schlacht erzwungen zu haben?«

Was für eine Frage. Suchte sie Mitgefühl in seiner Schuld? Sie waren sich ähnlicher, als Nyth ahnte.

Er versuchte zu lächeln, aber es fühlte sich falsch an. »Natürlich. Unzählige Leben wurden hingegeben für eine Chance auf Frieden. Mit meiner Entscheidung habe ich Soldaten und Hinterbliebene gleichermaßen unglücklich gemacht. Ich könnte mich nicht elender fühlen. Und dich habe ich dazu gebracht, diesen Krieg für mich anzufangen.«

Hätte er nur vorher gewusst, woher sie stammte, wer sie war und was sie durchlitten hatte, niemals hätte er ihr die Last dieses Krieges mit aufgebürdet.

»Aber ich war einverst…«

»Das macht es nicht richtig! Manchmal gibt es kein *Richtig*. Manchmal kann man es nicht aussitzen und hoffen, dass das Schicksal alles von allein regelt. Diesmal musste etwas getan werden. Und trotzdem habe ich alles nur schlimmer gemacht.«

»Ihr besitzt den einzigen Vorteil in dieser Schlacht: den Götterdolch. Die anderen westlichen Länder werden sich gut überlegen, ob sie uns angreifen.«

»Dieser Dolch hat schon einmal versagt, sonst wäre Mythrienes Brut bereits tot. Wir können auf seine Macht nicht zählen. Bitte vergiss diese Waffe endlich!«

Sie nickte lediglich. Hoffentlich war dieses Thema damit vom Tisch. Dragul schob seine Krone zurecht und bemühte sich um einen freundlicheren Tonfall: »Es ist gut, mit jemanden darüber sprechen zu können. Erst habe ich dir all den Zwist nur anvertraut, weil ich dachte …«

»Dass ich nur eine kleine Spielfigur ohne lange Dauer wäre.«

»Und auch das muss ich dir nicht erklären.«

»Ich verstehe es nur nicht.«

»Was?«

»Erst wart Ihr bedenkenlos bereit, mich zu opfern, und auf einmal … was hat sich geändert?«

»Von opfern war nie die Rede. Alle deine Einsätze waren sorgfältig geplant …« Und alle waren hochgradig riskant. Was versuchte er sich denn noch herauszureden?

Sie runzelte die Stirn und legte den Kopf schief. Ihr Blick war geprägt von Misstrauen, aber auch Neugier. Jetzt hatte er sie wirklich dazu gebracht, ein paar Fragen jenseits von Taktiken und Strategien zu stellen. Dafür war nur ein ganzer Krieg nötig gewesen.

Dragul erlaubte sich ein Schmunzeln. »Ich wusste, dass wir einen Draht zueinander haben.«

»Sir?«

»Ich wünschte nur, ich hätte das früher gewusst. Es ist schwierig, jemanden zu finden, der Verständnis für die furchtbarsten Entscheidungen findet, weil er es schafft, meinen Gedanken zu folgen.«

»Es ist meine Pflicht, Eure Beweggründe zu verstehen.«

Ein langes Seufzen, und Dragul rieb sich die Schläfen. Wie kalt konnte man sein? »Weißt du, das geht viel einfacher, wenn man sich gut kennt. Meinst du nicht auch?« Den unzufriedenen Ausdruck auf ihrem Gesicht ignorierte er. »Bei einem Stück Kuchen, nach der Arbeit, nur mal fünf Minuten. Wir könnten Freunde sein, oder zumindest Verbündete. Meinetwegen Bekannte! Dein Rat wäre sicher hilfreich. Du bist direkt und fair, ohne dich zu verbiegen.«

»Das ist mir zu privat.«

»Was denn jetzt noch? Du kannst doch nicht dein Leben lang Freundschaften aus dem Weg gehen!«

Wieder keine Antwort – und wieder dieser unzufriedene Blick. Langsam machte sich ein neues Gefühl von Angst in ihm breit. Was, wenn sie ihn wirklich hasste, wirklich verabscheute? Das wäre doch nur natürlich. Hatte er ihr je einen Grund geliefert, ihn zu mögen? Wie konnte überhaupt jemand so etwas wie ihn mögen? So alt und erfahren, und nun saß er hier und verfiel in Selbstzweifel, weil eine Frau ihn womöglich ablehnte. Wie banal.

»Ich vertraue deinen Absichten, Nyth. Und es ist auch nicht nötig, dass du mir deine ganze Geschichte erzählst. Noch nicht. Du hast viele Leben gelebt und viel erleiden müssen. Sich mitzuteilen ist für uns Altdrachen schwierig. Aber ich werde mich um dich bemühen und dich gelegentlich weiter befragen, ob du willst oder nicht. In Ordnung?«

Sie nickte. Immerhin.

»Vertraust du denn auch mir? Möchtest du es zumindest?«

»Ich habe Euch versichert, ich bin Euch loyal ergeben …«

»Nein, nein, das meine ich nicht. Ich will wissen, ob du mir vertraust, vertrauen willst! Nicht meinem Banner, meinem Wappen oder der Krone. Mir … persönlich!«

Wieder dieser unverständliche Blick. Dann wanderten ihre Augen zurück zum Feuer. *Denk nicht nach, sag etwas. Irgendetwas.* Dragul glaubte, innerlich zu platzen.

»Sir … Zugegeben, es fällt mir schwer, Euch persönlich mein ganzes Vertrauen zu schenken, so wie Ihr es Euch von mir wünscht. Aber das ist doch nicht wichtig.«

»Doch, das ist es. Gelten deine Bedenken meinen Zielen oder meiner Person?«

»Dafür kenne ich beides nicht gut genug«, gab sie zu und ärgerte sich merklich über ihre Wortwahl. »Ich meine … es ist schwer, Euch einzuschätzen. Ich kenne Eure Seite als Herrscher und Kommandant, aber …«

»Ja?«

»So ganz persönlich betrachtet – Sir, ich weiß nicht immer, wie echt Euer Charme ist. Mir gegenüber seid Ihr meistens recht … ich möchte sagen … frech.«

Hatte sie gerade Charme gesagt?

»Und das gefällt dir nicht. Natürlich nicht.«

»Ich weiß nicht. Immer habe ich mich gefragt, was ich tun muss, um Euren Respekt zu verdienen …«

»Ich … ich wollte nur mehr über dich erfahren, und das war einfacher, wenn du dich aufgeregt hast. Ich respektiere dich.« Er musste endlich damit anfangen, ihr das auch zu zeigen. Wenn er es ihr erklärte, wieso er so *frech* war, vielleicht verstünde sie sein Verhalten und könnte ihm verzeihen. Aber gerade näherten sie sich zum ersten Mal einander an; keine gute Idee, sofort mit der Tür ins Haus zu fallen und ihr seine Gefühle zu gestehen.

»Also nein, Sir, um Eurem Charakter zu vertrauen, kenne ich Euch nicht gut genug!«

»Nyth, mein Ziel ist es, diesen Krieg zu beenden, aber nicht für mich. Weder will ich am Ende auf einem Thron über alle herrschen noch dafür bejubelt werden. Ich will ein Werkzeug sein. Ich will Balance. Das war auch das Ziel der Ätherdrachen. Und das weißt du, sonst würdest du mir nicht immer noch dienen wollen.«

Sie nickte langsam.

»Tja, und ich als Person … Nyth, du weißt doch, ich sage es immer wieder: Ich beiße nicht!«

Sofort erschien allzu bekannte Wut in ihren Augen, und schmale Finger krallten sich in den Stoff der Hose zurück. »Wieso sagt Ihr so etwas?«

»Ich möchte deine Aufmerksamkeit. Ist das so schwer zu verstehen?«

»Aufmerksamkeit«, betonte sie das Wort wie ein giftiges Tier. Er konnte es in ihr kochen sehen, und als sie nun ihre Arme verschränkte, war sofort wieder eine Distanz da.

»Ich will mit dir reden, Nyth.«

»Ich will aber nicht mit Euch reden.«

Das war wie die Antwort eines Kindes, und Dragul bemühte sich, nicht zu amüsiert darüber zu sein. »Wirklich?«

»Ich will mit niemandem reden, ich will nur meine Ruhe.«

»Das ist aber nicht gesund.«

»Und nicht Euer Problem«, blaffte sie grantig und fauchte, als er sein Grinsen nicht mehr zurückhalten konnte.

»Na ja, anscheinend ist das sehr wohl ein Problem für mich.«

»Ihr glaubt, ich halte Euch damit auf Abstand.«

»Du hältst jeden damit auf Abstand.«

Diesmal war es ein deutliches Knurren von ihr, das hatte sich Dragul nicht eingebildet. Aber ein wenig Strafe musste schon sein. Nyth hatte mehr Gesetze gebrochen als alle Kriegsverbrecher der letzten Jahre zusammen. Wenn er sich festbiss und durch ihre Abwehr brach, war das nur fair. Eigenmächtigkeiten wie die mit Oracles durften sich nicht wiederholen. Sie musste lernen, sich ihm anzuvertrauen, wenn auch nur im Interesse des Reichs.

»Also, die Sache mit deinen Geheimnissen – die kannst du erst einmal behalten. Ich darf dir nicht in die Augen schauen, das akzeptiere ich. Aber dass du dich weiter von jeglicher persönlicher Bindung fernhältst, das ist ungesund.«

»Dennoch sollte das meine Sache bleiben, meine Entscheidung.«

»Sicher, das ist es auch. Ich rede nicht davon, dass es ungesund für dich ist.«

Nun starrte sie ihn sichtlich verwirrt an.

»Du kannst versuchen, andere auf Abstand zu halten, aber du kannst ihnen nicht vorschreiben, was sie für dich empfinden. Und dafür bist du durchaus verantwortlich.«

Sie wollte gerade Luft holen, aber erneute Widerworte würde er ihr nicht gestatten. Genug war genug.

»Glaubst du, nur weil du Abstand hältst, kann man dich nicht mögen?«

So ahnungslos konnte Nyth doch nicht sein. Es war ihr nicht möglich, dauerhaft nur Kälte zu zeigen, die liebevolle Fürsorge für ihre Schützlinge sprach für sich. Sie umhegte ihre Studierenden wie eine Henne ihre Küken. Nun daran denkend wurde sich Dragul bewusst, wie sehr er sich in ihre feinsinnige Art des Kümmerns verliebt hatte.

»Nyth. Ich sehe dich. Ich kenne dich. Du bist hilfsbereit, geduldig, selbstlos – liebenswürdig. Wenn sich jemand fürchtet, schenkst du ihm Sicherheit. Kira hängt bereits an dir, als wärst du ihre Mutter. Jasov vertraut dir – nur dir. Für Marberd warst du oft eine Stütze und hast, ohne gefragt zu werden, Arbeiten übernommen, um ihn zu entlasten. Deine Rekruten würden für dich in den Tod gehen. Und ich habe anscheinend das dringende Bedürfnis, meine Sorgen mit dir zu teilen und ... so viel mehr noch. Nyth, deine Taten legen deinen Charakter offen. Du kannst das nicht vor uns verbergen. Du gibst anderen Wärme, aber weist sie gleichermaßen zurück. Das ist schmerzhaft. Ich akzeptiere deinen Wunsch nach Abstand, aber ich ... und viele andere ... wir haben Gefühle für dich. Wir sorgen uns um dich. Das werden wir immer. Du bist ... wichtig.«

Nyth blinzelte verdutzt, ihre Augen weit aufgerissen. Damit hatte er sie offenbar schockiert. Fassungslos starrte sie zurück ins Lagerfeuer. Eine direkte Reaktion hatte er ohnehin nicht erwartet. Sie müsste verarbeiten, was er gerade gesagt hatte, und die Stille war ihm recht.

Ja, sie war eine liebenswerte Person.

Liebe – das empfand er für sie, zweifellos. Dabei lernten sie sich jetzt erst kennen – wenn sie es zuließ. Er beneidete Kira um jedes Lächeln, das sie von Nyth so selbstverständlich erhielt. Sie konnte es doch. Er liebte es, wenn eine Kleinigkeit sie zum Schmunzeln brachte. Dieser Moment, wenn die Maske aus Kälte und Distanz bröckelte. Oder gar dieser entsetzte Blick, wenn er sie einmal zu oft mit seinen, zugegeben meist unangebrachten Späßen ärgerte, weil er es nicht ertrug, wenn sie durch ihn hindurchsah. Für einen Blick von ihr wurde er gern etwas unverschämt, immer wieder beteuernd, er würde sie nicht beißen. Was für ein Unsinn.

Hätte er sie beißen dürfen, vor allem können, ohne dass seine Magie sie umbrachte, er hätte es getan … auch wenn das eine rüde und extrem veraltete Art war, Zuneigung auszudrücken. Aber er war ja alt, ein wenig Humor sollte erlaubt sein.

Er seufzte schwerer als beabsichtigt, akzeptierte ihr Schweigen und richtete ebenfalls den Blick zurück ins Feuer. Langsam wurde ihm bewusst, was er sich gerade eingestanden hatte – ihr gerade gestanden hatte.

KAPITEL 58
GESPENSTER

Funken wirbelten in dem müden Lagerfeuer, und Nyth sah ihnen wie hypnotisiert nach. Die Glut stieg auf in die Dunkelheit, und ein Teil von ihr wünschte sich, dem Feuer zu folgen.

Der vermeintlich akzeptable Rahmen eines Gesprächs mit Lord Dragul war unwiederbringlich gesprengt. Das Schlimmste daran waren seine Ehrlichkeit und sein Verständnis für ihren Verrat. Er strafte sie nicht mit Zorn, wie sie es verdient hätte, sondern erklärte sich ruhig und besonnen. Er schilderte ihr sogar seine Gefühle, die Nyth so nicht bewusst gewesen waren. Der angebliche Spott ihres Herrn hatte ganz offensichtlich andere Hintergründe, als immer angenommen.

Er wünschte sich ihren Rat, ihre Anteilnahme, ihre Nähe, *mehr* als das. Aber darüber wollte sie im Moment nicht nachdenken. Die scherzhafte Einladung in sein Nest wandelte sich plötzlich in eine ernsthafte Aufforderung. Sie unterdrückte ein Seufzen. Er flirtete seit tausend Jahren mit ihr und sie hatte es zugelassen – teilweise erwidert.

So weltfremd war Nyth mittlerweile also geworden. Wenn man äonenlang jeden Kontakt vermied und begrenzte, dann drehten sich die Gedanken irgendwann nicht mehr um soziale Bindungen. Aber sie erinnerte sich daran, bevor sie sich der Einsamkeit verschrieben hatte. Den schmerzvollen Blick ihres Herrn konnte sie durchaus nachempfinden. Sich allein zu fühlen war furchtbar. Warum musste er das nur unbedingt mit ihr teilen?

Nyth spukten die Worte des Bibliothekars durch den Kopf, als er ihr direkt nach der Ankunft im Schloss offenbart hatte, sie würde ihren Herrn mögen, sehr sogar. Irgendwie stimmte das auch, weil sie sich leider erschreckend gut verstanden, wenn sie es nur wollten. Ob er wohl all ihren Geheimnissen so viel Verständnis entgegenbrächte, wie ihrer Herkunft?

»Nyth, du solltest zum Fest. Die anderen sorgen sich um dich, weißt du?« Seine Stimme hatte etwas an Wärme verloren, und man musste nicht sehr feinfühlig sein, um zu verstehen, dass er lieber allein sein wollte – vor allem nach seinem Geständnis.

»Und Ihr bleibt hier, Sir? Allein?«

»Ja. Ich muss noch … verarbeiten. Du verstehst …«

Ihm ging die vergangene Schlacht wirklich nahe; sie verdarb sogar seiner lockeren Natur die Laune. Die Dunkelheit in seinen Augen hatte etwas Endgültiges. Oder lag es etwa an ihrem Gespräch? Nyth war ein wenig mulmig zumute.

Sie konnte erdrückende Kälte durch seinen Körper pulsieren sehen. Die Magie um ihn herum verstummte augenblicklich. Es war ein grausames Schicksal. Wenn nicht er, wer sonst sollte ihr kompliziertes Leben verstehen? Auch er war alt, kannte die Welt gut genug, um zu wissen, wie falsch oft die besten Absichten sich entwickelten und dass man keine Schuld an seiner Herkunft trug. Das hatte er ihr gerade offenbart und ihr viele Sorgen genommen, ob wissentlich oder nicht – für seine Worte war sie ihm dankbar.

»Hör auf, mich, so anzusehen!« Das leichte Lächeln auf seinen Lippen wirkte gespielt.

Für alles und jeden hatte Nyth Mitgefühl, natürlich auch für ihn, aber gerade im Moment wünschte sie sich sehnlichst, diese Emotionen abstellen zu können.

»Nyth, bitte. Dein Zauberschüler wird sich freuen, dich zu sehen. Lass dich von einem alten, müden Drachenmann nicht aufhalten.«

»Vielleicht solltet Ihr euch ein wenig hinlegen, Euch ausruhen«, schlug sie vor und wunderte sich über ihre eigenen Worte.

»Ja, ich würde mich gerne ausruhen, aber nicht so.« Er ächzte. »Auf die eine oder andere Weise hoffe ich, es ist mein letzter Krieg«, fügte er leise hinzu.

Nyth zuckte alarmiert zusammen. »Wie meint Ihr das?«

»Tja, du solltest auch das verstehen, nicht wahr? Nyth, ich bin einfach müde. Ich bin all dessen so müde. Ich kann die Welt nicht retten, aber zusehen kann ich auch nicht. Ich muss es versuchen. Vielleicht wird jemand anderes es vollbringen, vielleicht werden wir scheitern.«

Der bittere Klang seiner Stimme legte sich schwer auf ihr Herz. Immer hatte sie ihn bezichtigt, ein tollkühner Spieler zu sein, hatte sein Gewissen angezweifelt und sein selbstgerechtes Urteil über Leben und Sterben missbilligt. Und nun saß er hier neben ihr, ebenso erfüllt mit Kummer wie sie selbst.

Vielleicht musste er über die Welt, seine Existenz und seine Entscheidungen lächeln, lachen, ihnen einfach den Ernst rauben, während Nyth sich entschieden hatte, vor all dem die Augen zu verschließen. Jeder hatte seine eigene Taktik, mit so komplexen Gefühlen wie Schuld und Verantwortung umzugehen – Schuld und Verlusten. Wer so alt war wie er, der hatte bereits mehr verloren als gewonnen.

Unsterblichkeit erforderte furchtbare Opfer. Wieso hatte sie ihm dieses Leid nie zugesprochen? Manchmal machte ihr Fatalismus sie kurzsichtig – zu kurzsichtig. Sie hatte sich über seine Scherze, seine lockere Art hinweggesetzt, aber er brauchte das, um atmen zu können. Trotzdem hatte er ihr respektloses Naserümpfen stets hingenommen, sogar belächelt.

Nyths Kopf schien zu platzen, lange hatte sie keine solchen Gefühle mehr durchlebt – sie schämte sich so sehr, ihre Ohren kribbelten. Sollte sie sich entschuldigen, dass sie ihn immer auf Abstand gehalten hatte? Nein, lieber nicht, er würde nur noch mehr Fragen stellen. Bereits jetzt starrte er sie verwirrt an, weil sie nach wie vor neben ihm saß, seit Minuten schweigend mit sich selbst kämpfend.

»Nyth? Gibt es noch irgendwas, das du mir sagen möchtest, etwas wichtiges? Denn es ist untypisch für dich, nicht sofort vor mir Reißaus zu nehmen, wenn sich die Gelegenheit bietet. Noch dazu hier, in meiner Aura. Das muss doch fürchterlich unangenehm sein.«

Nyth runzelte überrascht die Stirn. »Wieso unangenehm?«

»Weißt du, sogar ich leide unter dem Gefühl meiner eigenen Magie. Nicht immer, aber hier habe ich keine andere Wahl. Ich kann sie gerade nicht in ihren Käfig sperren. Todesmagie ist nunmal kalt. Lebende erdrückt sie und lässt eure Magie verstummen. Auch für mich ist sie … sie ist … still. Ich bin taub für die Magie der Welt, höre sie nur dumpf. Als wäre sie weit entfernt. Diese Leere ist dem Gefühl von Schmerz recht ähnlich. Nach deinen Erlebnissen solltest du das nicht ertragen müssen, Nyth.«

»Still«, murmelte sie und bemerkte, wie ruhig die Welt um ihn herum doch war – und wie sehr sie das gerade brauchte.

»Der Tod ist nicht sonderlich gesprächig.« Er lachte hohl und schien Mühe zu haben, seine Mundwinkel dabei zu heben.

»Ja, das ist wahr, sicherlich.«

»Gib dich der Wärme des Festes hin, hm? Versuch dich ausnahmsweise mal an etwas Kuchen. Wird dein Schaden nicht sein, glaub mir!«

»Mhm«. In Gedanken griff sie zum Saum ihres Hemdes. Ihre Kleidung musste heute wirklich leiden, sie hatte sich bereits einen Knopf abgedreht. Am liebsten hätte sie sich in die von ihm beschriebene tödliche Stille geworfen; er hatte ja keine Ahnung, wie laut die Welt doch war.

»Nyth?«

Ihre Finger spielten weiterhin mit den Stofffetzen am Ende ihres Schals, und sie überlegte, ob sie sich ihm mitteilen sollte. Zweimal setzte sie an, ehe sie einen Satz formulieren konnte: »Mir ist es manchmal zu … laut.«

»Zu laut?«, fragte er verdutzt nach.

»Ja … Nein. Laut ist vielleicht nicht das richtige Wort. Ihr müsst verstehen, für mich ist alle Magie ständig präsent und lebendig, bewegt sich, versucht, in Balance zu kommen. Wie ein bunter Haufen Ameisen, der niemals zur Ruhe kommt.« Sie neigte nachdenklich den Kopf und nickte dann. Eine bessere Umschreibung für ihre Wahrnehmung fiel ihr im Moment nicht ein. »Für Euch ist die Magie fernes Gemurmel, für mich ist es dauerhafter Lärm, der manchmal meine Gedanken übertönt. Meist gelingt es mir, ihn auszublenden, zu vergessen. Aber nicht immer.«

»Du siehst alles? Alle Magie, das große Ganze?« Er musterte sie mit Erstaunen. »Kein Drache kann das.«

»Ja, das tue ich. Aber ich bin kein Teil davon, nur gezwungen, zuzuhören. Deshalb ist es so anstrengend.«

»Das verstehe ich nicht.«

Nyth knirschte mit den Zähnen, vielleicht war es besser, wenn er die Wahrheit erfuhr. Das war sie ihm schuldig. Wenn er ihr vertrauen sollte, musste sie endlich beginnen, mehr von sich preiszugeben. » Ich kann Magie berühren, aber sie mich nicht«, gestand sie.

»Ah, so machst du dich unsichtbar, verstehe.«

Herabspielend zuckte sie mit den Schultern. Es war nur eine Frage der Zeit, bis er ihr Element erriet. »Ich sehe die Magie um mich herum, aber sie sieht mich erst, wenn ich sie berühre. Wie eine Außenseiterin auf der größten Feier der Welt.« Sie musste über ihre eigenen Worte schmunzeln. Neugierig bohrte sich Draguls Blick in sie hinein. Vielleicht gab sie gerade etwas zu viel. »A-aber das mache ich ungerne … das Berühren. Es ist … intensiv. Meist stehte ich also allein im Lärm.«

»Und ich in völliger Stille.«

»Ich weiß nicht, was besser ist, Sir.« Sie schenkte ihm ein aufrichtiges Lächeln, das er mit einem Schmunzeln erwiderte.

Immerhin war der dunkle Schatten über seinen Augen verschwunden, er starrte sie interessiert an. »Und was fühlst du, wenn du Magie berührst?«

»Das ist unterschiedlich. Ich spüre bis auf den Kern der Magie selbst – oder den Kern eines Wesens. Und ich bringe diese Gefühle zum Vorschein, deshalb hört mir die Magie zu. Wir sprechen immer die dieselbe Sprache. Ich bin gezwungen, sie zu verstehen.

Aber auch für mich kann sehr schön sein ... der Kontakt zu einem starken Herzen ... nachfühlen, was es empfindet. Alle Persönlichkeiten sind geprägt durch tragende Erlebnisse und die fließen durch ihre Magie wie ein Antrieb, wie das Leben selbst. Die meisten mögen es, wenn sie durch meine Magie fühlen, was ihnen Hoffnung spendet, und ...« Sie hielt inne und sah ihn wieder an.

Nyths Element war ausgesprochen empfindsam. In jedem Wesen trieb ein Gefühl, vielmehr eine Erinnerung den Lebensfunken an und veranlasste es, in tragischsen Momenten die Hoffnung nicht zu verlieren. Erlosch dieser Funke, dann verdunkelte sich auch der Lebenswille. Nyth war gezwungen, diesen Willen zu fühlen, wenn sie jemanden berührte.

Das war alles, was in ihr selbst noch übrig geblieben war. Eine Erinnerung, ein Geist, angetrieben vom eigenen Lebensdrang, und solange dieser nicht gebrochen wurde, konnte sie vermutlich vieles versuchen, um zu sterben; es würde ihr nicht gelingen. Sie wusste nicht, was ihr diesen Lebenswillen verlieh. Vielleicht war es die blanke Hoffnung auf eine Zukunft. Oder gar die allgemeine Hoffnung dieser Welt, die, egal, wie sehr sie auch litt, stets neues Grün wachsen ließ und die Herzen dazu brachte, zu schlagen. Das Leben war leidenschaftlich lebendig.

Was aber trieb einen Todesdrachen an? Was in Lord Dragul gab ihm Glaube und Freude am Leben? Seine Augen leuchteten warm im Schein des Feuers und sein fragender Blick ließ Nyth fast schmunzeln. Wie viel Geduld er mit ihr doch hatte.

Langsam lösten sich die Finger ihrer rechten Hand aus dem festen Griff in den Stoff ihrer Kleidung.

Etwas ungläubig beobachtete Dragul, wie ihr Arm sich hob und dann auf einmal schmale Finger durch seinen Bart fuhren, bis zu seiner Wange.

Sie hatten sich noch nie von Haut zu Haut berührt, der Augenblick am Kraterrand war zu flüchtig gewesen, um mehr zu fühlen als kurze Unruhe. Magie verband sich nur über das Blut, das

Fleisch, bei festem, direktem Kontakt. Drachen fassten sich nicht ohne Vorbehalte an, es war intim und durchaus gefährlich. Vor allem, wenn es sich um einen Todesdrachen handelte. Dragul wollte zurückweichen, aber da hatte sie ihn schon berührt.

Mit einem Schlag erfasste ihn ein Summen. Ein Vibrieren. Wie Musik breitete sie sich aus – über ihn, über all seine Sinne, sein Innerstes. Die Welt wurde bunt um ihn. Und ihr Vergleich mit dem Ameisenhaufen war ausgesprochen passend, wurde dem Erlebnis aber nicht gerecht. Lebendig, lange hatte er sich nicht mehr so gefühlt, andere Magie fühlen, sehen, hören können. Sein Element erlaubte ihm das nicht. So vielseitig Todesmagie auch war: Das hier war für den Moment um so vieles besser.

Alles sang, summte, vibrierte. Die ganze Landschaft tanzte und unterhielt sich angeregt miteinander. Das Feuer vor ihm erglühte in einem eigenen Konzert voller Stimmen und Geflüster. Goldene Funken sprühten auf und kicherten, ehe sie ihren Glanz verloren. Der Nachthimmel leuchtete in den unterschiedlichsten Blautönen, und die Wolken funkelten silbrig.

Leben. Atmen. Er konnte jede Sorte Magie, jede Essenz sehen. Zusammen ergaben die Stimmen eine harmonische Sinfonie aus Musik und Farben. Und all diese Wärme. Er empfand so viel, konnte sich nicht erinnern, je so gefühlt zu haben, zu lange war es her.

Und diese leise Zuneigung zu der kleinen Drachenfrau drohte ihn zu zerreißen. Zum ersten Mal, seit Jahrtausenden, fühlte er sich nicht mehr allein.

»Nyth?«

Sie neigte leicht den Kopf und atmete etwas mühsam. Für den Moment schien sie fast kraftlos.

Das hatte sie nun von ihrer Neugier. Mit einem Schlag verstummte die gesamte Welt um sie herum, und da war nur noch er.

Er, seine Magie und so viele verwirrende Gefühle. Ein so altes Wesen wie ihn hatte sie noch nie berührt. Dieser Geist hatte tausend Gründe, zu leben, und unendlich viele Erinnerungen, eine mächtiger als die andere.

Dragul wurde angetrieben von Leidenschaft und Vorsicht und Sorgen und Kummer und Pflicht und Zorn und der Hoffnung auf Balance und – von so viel Liebe. Vor allem dieses enorme, umschlingende Gefühl von Zuneigung ließ Nyth kurz erschaudern. Sie kannte es. Menschen fühlten oft so, andere Drachen ebenso, sogar eine Katze, ein Salamander und ein Käfer wurden von Sehnsucht und Liebe erfasst. Sie zielte immer auf eine Person, auf die Familie, sogar auf das Leben selbst, und manchmal war sie verbunden mit niederen Trieben. Niemals aber hatte sie Liebe so direkt, so fokussiert wahrgenommen wie bei ihm.

Und dazu diese Ruhe. Diese Stille. Sie war ganz allein mit ihm, mit allem in ihm, das ihn ausmachte.

»Es ist … anders«, flüsterte sie.

Dragul hob nur die Augenbrauen. Was er wohl gerade erlebte? Seine Augen sahen sich verwundert um. Vermutlich hatte er die Welt auf diese Art noch nie erblickt. »Siehst du das immer? Das alles hörst und fühlst du – immer?«, fragte er mit bebender Stimme.

»Kommt darauf an, wo ich mich befinde, wie sehr ich mich konzentriere, wen ich berühre … Es gibt durchaus ruhige Orte. Wie die Bibliothek des Schlosses zum Beispiel.«

»Deshalb bist du so gerne dort.«

Ihre Hand ruhte auf seiner Wange und sie blickte ihn fragend an, als erwartete sie noch eine andere Reaktion. Weshalb tat sie so etwas Unüberlegtes? Diese Berührung musste sich für sie schrecklich anfühlen, tastete sie doch unweigerlich nach seiner Essenz, einem Element, das jedes andere zum Schweigen brachte und tödlich war. Tod trennte das Leben aus den Körpern, ließ Magie verstummen und erkalten. Alles mit einer Seele, einem Kern aus Lebensenergie und vor allem jene mit einer magischen Essenz litten nicht nur unter der Stille seiner Energie, sie starben daran. Dragul erwartete, dass Nyths Magie verstummte.

Nichts geschah. Er runzelte verwirrt die Stirn. Aber er fühlte doch ihre Magie, sie müsste unter seiner Essenz brechen … was übersah er? Es brauchte einen Moment, bis seine Wahrnehmung sich an den Lärm gewöhnte – und er verstand.

Das, was er hörte, sah, fühlte, war nicht *ihre* Essenz, es war die Magie um sie herum. Nyths eigenes Element schien nicht zu existieren. Und doch … da war etwas kühles, blasses in ihr – etwas ihm sehr vertrautes.

»Bist du ein Gespenst?«

»Sir?«

»Ich spüre den Tod in dir.«

Sie biss sich lange auf die Unterlippe und nickte dann leicht. »Ich befürchte, es ist komplizierter als das, aber ja … Gespenst. Das ist ziemlich passend.«

»Dann ist es dir nicht unangenehm?«, fragte er leise.

»Was?«

»Mich anzufassen?«

»Natürlich nicht.«

»Darf ich dich denn auch anfassen?« Das war eine viel wichtigere Frage.

Sie blinzelte nur.

Diesmal wäre es wirklich besser, sie antwortete schnell. Aber sie sah ihn nur weiter aus dem Schatten ihres Schals heraus an, mit großen fragenden Augen, die immer noch farblos im Lagerfeuerlicht schimmerten. Vielleicht wollte sie nicht begreifen, vielleicht brauchte sie einfach länger, um einen Satz zu formulieren.

Das war zu viel. Heute konnte er die Antwort nicht abwarten und wollte es auch nicht. Er wollte sie. Nur für den Moment, im Bewusstsein, sie damit erneut zu provozieren und alles eben erarbeitete Vertrauen auf eine harte Probe zu stellen.

Langsam legte er ebenfalls eine Hand auf ihre Wange und fuhr mit den Fingern über die Konturen ihres Gesichts. Ganz vorsichtig strich er über ihren erstaunten Mund. Ihre Augen folgten seiner Bewegung, Falten bildeten sich zwischen den Augenbrauen. Ehe ihr die Zeit für Protest bliebt, legte er seinen Arm um die zierliche Frau und holte sie mit einem Ruck dicht an sich heran. Brust an Brust und beinahe Nase an Nase, zog er sie sich regelrecht auf den Schoß. Dann, ganz selbstverständlich, blies er ihr eine Rauchwolke ins Gesicht, nur um sich danach noch etwas weiter vorzubeugen. Weniger vorsichtig als geplant legten sich seine Lippen auf die ihren.

Damit hatte Nyth nicht gerechnet, zumindest nicht sofort. Und sie ärgerte sich über ihre Unachtsamkeit. Diese intensive Zuneigung in ihm war auf sie gerichtet, das hätte ihr nach ihren Gesprächen klar sein müssen. Wie lange flirtete dieser Drachenmann schon mit ihr? Seit tausend Jahren?

Die Sehnsucht in ihm überschwemmte Nyths eigene Gefühle und entlockte ihr ein wohliges Seufzen. Gezwungen, zu fühlen, was er für sie empfand, konnte sie der Versuchung nicht widerstehen, sich in all der Stille und der Liebe fallen zu lassen.

Der Druck seiner Lippen wurde stärker, und die Hand auf Nyths Rücken gab ihr ein ungewohntes Gefühl von Sicherheit. Sie wusste nicht, wo ihr der Kopf stand. Da war wieder diese unangenehm angenehme Geborgenheit. Alle Barrieren, die sie über die Jahrhunderte aufgebaut hatte, brachen in einem einzigen Augenblick zusammen. Eigentlich konnte sie sich nicht daran erinnern, sich je geborgen gefühlt zu haben, jedenfalls nicht so. Er hatte sie dazu überredet, sich zu öffnen, ihr Verständnis entgegengebracht und jetzt zerstreute er all ihre Sorgen durch die Magie in seinen Adern.

Nyth unterdrückte mit aller Macht ein erneutes Seufzen. Seine Hand erfasste sanft ihren Hinterkopf, es fiel ihr mit einem Mal schwer, weiter nachzudenken oder die Augen offen zu halten. Sie wollte, was auch er wollte, seine Magie ließ ihr keine andere Wahl und zwang sie, sein Verlangen nachzuempfinden – und bettete sie in erholsame Stille.

Als sie die Augen schloss, verlor Dragul seine Zurückhaltung, und zu seiner Verwunderung erwiderte sie seine Zuneigung ohne Zögern. Die sonst so kalt wirkende Drachenfrau war so warm und so weich. Nyth in den Armen zu halten, erfüllte sein Bedürfnis, sie zu beschützen vor – vor sich selbst, denn sie schien ihr größter Feind zu sein.

Beiden wurde ein wenig schwindelig von der Magie des anderen. Ihre so seltsam musikalische Energie traf auf Stille und arrangierte sich. Für den einen wurde es lauter, für den anderen leiser. Sie gaben sich Balance.

Küssen war nichts rein Menschliches, ganz und gar nicht. Der Atem eines Drachen legte seine magische Essenz offen, und Nyth roch nicht nur nach Frühling, sie schmeckte auch so. Diese intime Berührung verband die Magie, tauschte ein wenig davon aus. Die Vorstellung, wie es wäre, ihre beiden Elemente völlig zu vermischen, verbot sich Dragul, so gut es nur ging. Er war sich nicht einmal wirklich sicher, wieso sie ihn so nah an sich heranließ. Da hatte sie alles nur Erdenkliche unternommen, um Abstand zwischen ihn und sich zu bringen, und er riss ihre Mauern mit nur einer Geste einfach ein.

Unwillkürlich schmiegte sich ihr zierlicher Körper fest an ihn, und Dragul wünschte sich, dass dieser Moment nie endete, denn das Gespräch danach wollte er um alles in der Welt vermeiden. Sie hatte ihn nie gemocht, und er wollte lieber nicht erfahren, wieso er sie plötzlich anfassen und küssen durfte. Ob Schweigen, eine Ausrede oder noch mehr Abstand als vorher, er wollte es nicht hören. Aber der Moment würde enden; und so nutzte Dragul diese letzte Gelegenheit, löste sich von ihren Lippen und biss ihr in den Hals.

Sie knurrte. »Ihr seid unmöglich!«

»Wieso?«

»Ich dachte, Ihr beißt nicht, Sir!« War da etwa Humor in ihrer Stimme?

»Nyth, ich würde es bevorzugen, wenn du wenigstens für ein paar Minuten auf diese Formalitäten verzichten könntest.«

»Es schickt sich nicht …«

»Was? Das, was wir hier machen? Oder mit mir zu reden wie mit jedem anderen?«

»Ihr bringt mich in Verlegenheit, S…«

»Du weißt, dass es mich anmacht, wenn du mich Sir nennst?«

Nyths ärgerlicher Gesichtsausdruck brachte ihn zum Lachen. Ihre Verwirrung und die leichte Röte auf ihren Wangen ließen das bisschen Empörung alles andere als bedrohlich erscheinen.

»Jetzt schau doch nicht so, ich habe dir gesagt, dass ich dich mag, mehr als deutlich. Und dann kommst du mit so einer Einladu…«

»Ich weiß!«

»Willst du nun oder willst du nicht? Ich werde aus dir nicht schlau.«

Da war wieder ihre Hand auf seiner Wange. Sie biss sich auf die Unterlippe; Dragul musste diesmal wohl wirklich Geduld haben, bis sie antwortete. Er kannte es ja nicht anders, doch im Moment fiel ihm jedes Abwarten noch schwerer als sonst.

Aber anscheinend hatte sie keine Ahnung, was sie wollte.

Er beobachtete, wie sie nervös schluckte und ihre Augen seinen Blick mieden. Die schlanken Finger der Drachenfrau fuhren über seinen Bart, sie richtete gedankenverloren den Kragen seines Hemdes und er fühlte, wie sich Nyths andere Hand in seine Hose krallte. Das alles schien sie gar nicht zu bemerken. So hatte er sie noch nie erlebt – verwirrt, verlegen und überfordert.

Sie atmete tief durch und hob den Kopf, graue Augen blinzelten ihn durch einen dünnen Schal hindurch an und schienen ratlos.

Dragul lächelte, und sie wich seinem Blick nicht wie erwartet aus – sie wich *ihm* nicht aus, zum ersten Mal seit tausend Jahren. Und als er sich wieder vorbeugte, um sie erneut zu küssen, zuckte sie kein bisschen zurück.

Zwar zögerte Nyth anfangs, als ränge sie mit sich selbst, aber die Anspannung hielt nur einen Moment an. Ihre Finger fuhren über den Stoff seines Hemdes und Dragul konnte sein Herz mit einem Mal heftig schlagen spüren. Ihre weichen Lippen scheuten sich nicht, seinen fordernden Kuss zu erwidern, und seine Zunge begrüßte sie mit einem schnurrenden Laut. Er durfte sie anfassen, ihren zierlichen Körper an sich drücken, ihr über den Rücken fahren, den Hintern, den Oberschenkel. Hätte sie ihn wirklich verabscheut, hätte sie diese Nähe niemals zugelassen.

Er hatte eine Chance. Er und sie könnten tatsächlich …

Der Klang einer lauten Stimme, deutlich näherkommend, brachte sie dazu, abrupt Abstand zwischen sich zu bringen. Dragul ächzte überfordert. So aus Nyths Magie geschleudert zu werden fühlte sich schrecklich verkehrt an.

»Oh, äh … ja, äh … seht mal!«, tönte Kiras Stimme befremdlich schrill durch die Nacht. Es klang so, als befände sie sich auf dem Weg zu ihnen. »Schaut doch, wie hell das Sternbild der … der … ähm … Zusammenkunft leuchtet!«

»Kira, bitte was?« Das war Hemms Stimme, etwas leiser und hörbar verwundert über Kiras vermutliches Deuten in den Nachthimmel und ihr lautes Gebrüll über Sterne.

»Ja, ja, das … also, so nennt man dieses Sternbild in meiner Heimat! Hahaha! Lustig, oder? Zusammenkunft! Wie … wie ein *Liebespaar*!« Ihr übertriebenes Lachen und die deutliche Ankündigung der baldigen Ankunft von Meister Hemm konnte nur vermuten lassen, dass sie von ihnen beiden wusste.

Ein Schattendrachen in der Nacht. Kein Wunder.

Sie wollte offensichtlich nicht, dass Nyth und Dragul überrascht wurden. Schon nach wenigen Augenblicken stand ihnen eine verlegen grinsende Kira gegenüber und vermied Blickkontakt. Sie formte ein lautloses »Tut mir leid« mit den Lippen und machte sofort auf dem Absatz wieder kehrt.

Nyth erhob sich ebenso abrupt, verabschiedete sich mit einem »Sir« mehr als knapp und folgte ihr.

Dragul hatte keine Möglichkeit, etwas zu sagen, und wurde ohnehin direkt von Hemm in Beschlag genommen. Dafür hatte er gerade überhaupt keinen Nerv.

Hemms buschige Augenbrauen zogen sich weit in die Höhe, als Dragul ihn wütend anstarrte. »Was'n?«, wollte er wissen.

»Du. Bist. Schuld«, knurrte Dragul bedrohlich.

Hemm schnaubte überrascht. »W-woran?«

»An allem!«

KAPITEL 59
EIN WENIG STILLE

Geisterhafte Hunde tanzten durch die Luft, verschwammen im Schein des Feuers und glühten zwischen Nebel und Rauch. Unter dem Einfluss einiger viel zu gut gefüllter Becher Wein starrte Jasov mit offenem Mund und glasig schwimmenden Augen wie gebannt in den Himmel und folgte den Bewegungen der Astralhunde.

»Guck doch mal«, fing er immer wieder an und zupfte jedes Mal an Karls Ärmel, um seine Aufmerksamkeit auf das Treiben zu lenken. Tatsächlich gab sein Freund nach, teilte Jasovs Begeisterung, wenn auch amüsiert und vielleicht ein wenig gespielt. Selten hatte Jasov sich so akzeptiert und geborgen gefühlt.

Von der Erscheinung toter Hunde durchaus irritiert, wedelte Ragdar die eine oder andere transzendente Gestalt zur Seite, wenn sie ihm zu nahe kam, als wäre es eine lästige Rauchwolke. Ein wundervolles Spiel für das ganze Rudel, und die Hunde bellten aufgeregt vor Freude.

Irgendwo weit hinter dem Lagerfeuer erklang ein schrilles Lachen, mit dem kratzenden Unterton eines Fingernagels auf einer stumpfen Tafel. Es wurde gejauchzt, gejohlt, flotte Musik erfüllte die Luft. Anscheinend hatte der Großverzauberer einige Musiker überreden können, hier zu verweilen, Marberd dabei freudig tanzend und lachend in ihrer Mitte. Er hatte sich bereits seiner Kutte entledigt, auf dem Zeltstoff wurde der hüpfende Schatten eines Mannes in langer Unterwäsche geworfen. Nicht nur sein Lachen hallte durch die Nacht. Die Melodie der Künstler war ansteckend fröhlich, und Jasovs Füße wippten im Takt, als hätte die untere Hälfte seines Körpers einen eigenen Willen entwickelt, während er weiter in die Luft starrte.

Die anderen Besucher am Lagerfeuer waren zu müde, zu erschöpft oder nicht in der Stimmung für einen Tanz, aber der eine oder andere summte mit.

General Hemm saß auf einer breiten Kiste und blickte in die riesigen Flammen des Feuers, das seiner Sitzgelegenheit gefährlich nahe war. Eng an seine Schulter geschmiegt lehnte Rurika. Das Paar blieb die gesamte Nacht über stumm und still aneinandergekuschelt. Besonders Rurika schien ausgesprochen erschöpft. Da sie sich um das Überleben der schwächeren Soldaten kümmern musste, war ihre Aufgabe physisch sehr anstrengend. Sie war schwer zu verletzen, somit konnte sie sich zwischen fremde Drachen und Menschen werfen, um sie zu schützen. Lehm war ein spannendes Element, aber das macht sie nicht unverwundbar. Hemms fester Griff um ihre Finger war verständlich, und Jasov ertappte sich bei dem Wunsch, auch Karls Hand so festzuhalten. Aber für heute musste ihm dieser Blick zwischen ihnen reichen. Der Krieg hatte Jasovs Mut aufgebraucht.

Plötzlich bildeten sich Wirbel in der Luft des Feuers. Wie die Schatten eines Scherenschnitt-Theaters aus den alten Vierteln des dritten Stadtrings tanzten nun auch dunkle Hunde neben den Geistern. Kira setzte sich grinsend zu Jasov und demonstrierte stolz ihre wiedergewonnene Magie.

»Zwischen Dunkelheit und Fackellicht funktioniert es immer gut. Wenn die Lichter fahl werden, klappt alles irgendwie …« Sie seufzte zufrieden, und jetzt konnte auch Karl seinen Blick nicht mehr von dem geisterhaften Treiben lösen.

Da saßen sie alle drei zusammen auf dem Boden, weil Jasov aus Gründen, die er selbst nicht mehr wusste, unbedingt dort hatte sitzen wollen, und folgten leuchtenden und flimmernden Konturen in der Luft. Miranda warf ein paar rundliche Samen ins Feuer, die in der Hitze laut knackten und einen angenehmen Duft verströmten.

Nyth war versucht, sich dazuzusetzen. Immer noch etwas durcheinander nach den Ereignissen der letzten Stunden hatte sie sich mehr oder weniger ans Lagerfeuer verirrt. Sie war Kira zunächst nicht bis zur Feier gefolgt, sondern hatte vorher Informationen im Ratszelt eingeholt, um sich ein Bild vom Kriegsverlauf zu machen. Tatsächlich hatten einige der Truppen kapituliert, während andere fast fluchtartig das Land verließen. Lediglich die großen Städte Brarches waren befestigt und nicht gewillt, sofort aufzugeben. Je nach religiöser Gesinnung schwankten die Gemüter zwischen Loyalität gegenüber den Ätherblutdrachen und striktem Gehorsam den Drachen allgemein. Wer auch immer sie eroberte, wurde in ihren Augen zu einem göttlichen Führer. Nur ein Gott war mächtig genug, den von einer Göttin gesegneten Drachen zu vernichten.

Lord Dragul wurde in dieser Nacht für viele Bewohner Brarches zu einem neuen Ziel der Verehrung. Er würde es schwer haben, seine Politik hier durchzusetzen. Die Menschen schienen zu größtmöglicher Hörigkeit geradezu gezwungen zu sein. Sie würden nicken, eifrig seinen Worten lauschen, seine Philosophie des Wissens möglichst perfekt umsetzen und doch nicht verstehen, was Freiheit tatsächlich bedeutete. Sicherlich waren mindestens drei Generationen nötig, um diese Manipulation rückgängig zu machen. Vielleicht schaffte er es in der Hälfte der Zeit. In Sachen Überzeugung nutzte er seine ganz eigenen Methoden.

Sie hatte versucht, wieder zu schlafen, um die Feierlichkeiten hinter sich zu lassen, aber sobald sie die Augen schloss, spürte sie Reste von Draguls Magie in sich. Sie selbst bezeichnete ihr Element gerne als Ohrsummen. Die Auswirkungen störten sie nicht im Alltag, die Melodie der Welt war Normalität für sie geworden. Aber wenn sie in einem Moment der Erschöpfung nach Ruhe suchte und hinhörte, eroberte die Musik der Magie jeden Winkel ihres Verstandes. Und nun, nachdem das magische Summen in ihren Ohren durch Lord Draguls Nähe kurzzeitig völlig verstummt war, kehrte es umso lauter zurück.

Nervös biss sie sich auf die Unterlippe, bereute diese Geste sofort. Es geschah automatisch, wenn sie unsicher wurde, überlegte, abwog und sich ärgerte. Und nun erinnerte sie es an die überraschende Nähe zu ihrem Herrn. Nyth hatte es geahnt: Ihre Pläne und Vorhaben würden sich niemals ohne Hindernisse in die Tat umsetzen lassen. Aber dass es ausgerechnet ihre eigene Entschlusskraft war, die zu erlahmen drohte, hätte sie nie gedacht.

Dabei ging es nicht einmal um ihre Gefühle, sondern vielmehr um diese allumfassende Liebe in seinem Herzen. Es war ausgesprochen schwierig, der Versuchung zu widerstehen; bei ihm würde sie Sorgen, Leid und jeden Kummer vergessen. Über die Jahrhunderte hatte sie erfolgreich verdrängt, welche Last sie stets mit sich trug. Bis zur heutigen Nacht hatte Nyth dieses Gewicht nicht mehr gespürt. Jetzt schien es sie zu erdrücken.

Und das seinetwegen? Dragul mochte nicht der Schauspieler sein, für den sie ihn gehalten hatte. Doch er zog nach wie vor an allen Fäden, war Puppenspieler und Kriegsführer. Einige seiner Entscheidungen waren zweifelhaft, und er sonnte sich schon zu lange in seiner Macht. Seine Ziele waren weniger diplomatisch als vielmehr aggressiver politischer Natur. Damit konnte sie sich nicht anfreunden, ebenso wenig wie mit seinem frechen Grinsen, dem übergriffigen Verhalten und seinen Augen, die ihr Innerstes erforschen wollten. Irgendetwas an ihm war anders, war unheimlich. Vielleicht hatte er recht und sogar Nyths Geheimnisse verblassten gegenüber seinen Rätseln und Verbrechen.

Es war sicherlich wichtig und richtig, mehr über ihn zu erfahren, aber mit aller Vorsicht. Er hatte Oracles in zwei Hälften gerissen. Es würde viel Kraft kosten, ihn davon zu überzeugen, dass nicht jeder Ätherblutdrache dieses Schicksal verdiente und dass nicht jeder schuldig war, der göttliches Blut in sich trug.

Ihre Gedanken drehten sich im Kreis. Vielleicht war ihr bisheriger Weg zu defensiv. Mit seiner Gewaltbereitschaft und Verbissenheit hatte sie nicht gerechnet. Lord Dragul nahm diesen Krieg persönlich, und es ging ihm um viel mehr als nur Waffenruhe.

Er wollte alles. Alles, was auch sie wollte, nur waren seine Klauen schärfer und seine Taten blutiger. Beinahe hätte er sie nicht gehen lassen, er hätte sie einsperren können. Was wäre dann mit dem Ätherdolch geschehen, mit der Schlacht, mit den Menschen?

Es war an der Zeit, direkter vorzugehen, sonst setzte Dragul am Ende nur seine Pläne durch, und diese passten nicht zu Nyths Vorstellungen einer Lösung. Das durfte sie nicht zulassen. Die gefährlichsten Monster waren jene mit dem charmantesten Lächeln.

Sie atmete stoßweise heiße Luft.

Ohne weiter darüber nachzudenken, stapfte sie zu Jasov, Karl und Kira, stand plötzlich direkt neben ihnen und sorgte für einen ordentlichen Schrecken.

»Nyff!«, nuschelte Jasov leise. Er versuchte, aufzustehen, schwankte aber bereits nach wenigen Zentimetern und landete wieder im Schneidersitz auf dem harten Boden. »Hallo«, sagte er grinsend.

Karl lächelte Nyth kurz zu, Kiras Ausdruck war schwer zu deuten. Man konnte ihr ansehen, wie sie innerlich beinahe platzte. Aber Nyth hüllte sich lieber in Schweigen und blieb einfach bei dem müden Haufen stehen, um mit ihnen ins Feuer zu starren. Für diese jungen Geister hatte sie alles riskiert, und dieser Antrieb, entzündet durch Hoffnung, gefiel Nyth außerordentlich. Sie verfolgte nicht länger allein die Wiedergutmachung ihrer Schuld, sie hatte Wesen, die es zu schützen galt.

Und vielleicht gehörte ihr Herr dazu. Er besaß ein gutes Herz. Das hatte sie gespürt. Aber gute Absichten verhalfen nicht immer zu guten Taten. Wenn sie ihm nachgab, wenn sie aufeinander achtgaben. Aber ob sie es schaffte, seinem Nest fern zu bleiben, mit dieser verlockenden Magie? Nyth brauchte einen Plan.

Einen guten Plan.

KAPITEL 60
ÄTHERERBEN

Die Sonne ragte bereits über den Rand der Welt. Ein Glimmen bereitete sich am Horizont aus und färbte den Himmel in den warmen Farben eines friedlichen Morgens. Doch keiner der Feiernden wollte das damit verbundene Ende des Festes akzeptieren. Man kostete die letzten Augenblicke der Nacht verzweifelt aus. Das Volk klammerte sich an die Stille, die teilweise erfüllt war von Trauer, viel stärker aber von grausamer Realität und Kopfschmerzen. Die Lagerfeuer erloschen langsam und hinterließen nur Glut. Ein neuer Morgen brach an, eine neue Wirklichkeit, der sich niemand stellen wollte.

Dragul machte einen großen Bogen um die Feuerstellen, denn er vermochte weder mit Hemm zu reden noch mit einem vermutlich nach wie vor angetrunkenen Marberd Witze auszutauschen. Er fühlte sich müde und erschöpft, lediglich der Gedanke an Nyth, die vielleicht auf dem Fest an einem Feuer saß, lockte ihn. Er wollte sie gern sehen und wusste doch, es wäre keine gute Idee. Wie passend, dass sie alle sich am letzten großen Lagerplatz zusammengefunden hatten, so konnte Dragul ihnen problemlos aus dem Weg gehen. Die kleine Gestalt in den grauweißen Gewändern, die im heranwachsenden Licht deutlich herausstach, hob den Kopf. Ein Blick, mehr tauschten die Drachenfrau und Dragul nicht aus, als er mit großzügigem Abstand an der bunten Truppe vorbeiging.

In nur einem Tag und einer Nacht war sein Leben um so vieles komplizierter geworden. Er seufzte.

Sein Ziel für diesen Morgen war die Grenze des Lagers, das nun in einem gigantischen Trümmerfeld lag. Als einzig heiler Fleck nach diesem Krieg erhob es sich wie eine Insel, umringt von Zerstörung. Das Land war ein Krater. An seinem Rand stand eine Gestalt fast außer Sichtweite der Zelte und betrachtete die Welt.

»Du bist hier … natülich«, bemerkte Dragul, als er neben dem alten Bibliothekar stehen blieb und es sich nicht nehmen ließ, endlich wieder eine Pfeife anzuzünden. Die letzte schien einen ewigen Tag lang her zu sein, und wenn er sich auch ungern benebelte, nach den Ereignissen am Lagerfeuer brauchte er dringend eine Ersatzdroge.

Der Bibliothekar drehte sich nicht um, zog lediglich den Schal ein wenig enger und murmelte etwas von kalten Füßen. Den namenlosen Hüter der Bücher einzuschätzen, gestaltete sich immer schwierig. Seine Kleidung war stets ordentlich und akkurat wie die eines Gelehrten, doch wenn er den Mund öffnete oder einen mit Büchern bewarf, bröckelte das Bild eines weisen Mannes. Jeder im Schloss glaubte, dass der zwischen den Regalen lebende Kauz nichts als Unfug im Kopf hatte. Damit mochten sie gar nicht so unrecht haben.

Der Bibliothekar spielte allzu gerne mit der Wahrnehmung, denn nur das Chaos konnte jemanden nach einem unendlich langen Leben noch überraschen. Somit amüsierte er nicht nur Studierende, Zaubernde und Geschichtskundige mit seinen kleinen Scherzen, sondern auch sich selbst.

Heute trug er keine Schuhe, dafür verschiedenfarbige Socken, ohne Loch, eine Socke mit Streifen, die andere mit Punkten. Es mochte nur eine Kleinigkeit sein, aber die Soldaten, denen er begegnete, dachten zumindest für einen Augenblick nur über seine Fußbekleidung nach, statt an den Krieg – und das entlockte Dragul ein Schmunzeln. Er gab es ungern zu, doch auch er nutzte Unfug, damit man sich nicht vor ihm verbeugte, der Rat über ihn lachen konnte, die kleine Drachenfrau ihn anfauchte – schon wieder so ein Gedanke. Keuchend pustete Dragul dichten Qualm aus, der als Kringel in die Luft wirbelte.

»Du liebe Güte, Dragul! Was rauchst du da für ein furchtbares Zeug?«

»Riecht doch gut!«

»Riecht nach Kicherblatt und Hauchkraut!«

»Eine großartige Mischung, wenn du mich fragst!« Dragul zog demonstrativ an seiner Pfeife und bereute den tiefen Zug ein wenig. Die Mixtur war in der Tat zu stark.

»Wenn man morgens nicht mehr wissen will, wie man heißt, dann ja!«

»Genau das, was ich brauche!«

Der alte Mann starrte Dragul für einen Moment an, ehe er wieder in die zerstörte Landschaft blickte. Ganz so, als suchte er etwas. »Du musst mir unbedingt alles erzählen, Dragul. Ich habe das Gefühl, in den letzten Monaten sind so viele feine Details rund um diesen Krieg an mir vorbeigegangen – wie soll ich denn da anständige Geschichtsbücher verfassen?«

»Etwas soll an dir vorbeigegangen sein? Also, das glaube ich ja nicht!« Dragul klang leicht sarkastisch.

Der Alte grinste wissend. Besondere Talente erlaubten es diesem altklugen Kauz, mehr zu wissen, als es möglich sein sollte, und Dragul war nicht gerade scharf auf diese Unterhaltung.

»Es ist so viel besser, wenn man die Geschichtsbücher mit ein wenig Gefühl und Persönlichkeit würzen kann. Außerdem lesen Studierende viel lieber spannende Abenteuer als trockene Stichpunkte darüber, dass in der Schlacht gegen Brarche der Lord in nur einem Tag den Sieg erringen konnte. Ein kleines *Weshalb* macht oft den Unterschied.«

»Ich bin nicht erpicht darauf, dass in den nächsten Jahrhunderten jemand die Hintergründe zu dieser Waffe erfährt«, murmelte Dragul.

»Das ist viel weniger spannend als der Umstand, dass du unser opferbereites Gespenst eigenhändig vom Schlachtfeld aufgesammelt und sie in deinen Armen, fest an dich gedrückt, zurück ins Lager getragen hast. Solche Geschichten interessieren die Leute.«

Dafür knurrte Dragul ihn an, was der Bibliothekar mit einem vergnügten Kichern erwiderte. Ausgerechnet darauf hatte er es also abgesehen. Er lag ihm mit Nyth nicht zum ersten Mal in den Ohren – er war es gewesen, der von ihren Kampfkünsten geschwärmt hatte und davon, wie sie ihre Studierenden allein mit leisen Worten unter Kontrolle bekam – das hatte Dragul neugierig gemacht. Seinetwegen war er überhaupt zwischen die Regale geschlichen, um Nyth zu beobachten.

»Schade, dass ich keine Wetten darauf abgeschlossen habe …«, murmelte der Bibliothekar.

»Worauf?«

»Och … ich …«, er zögerte kurz und lachte, »nun, ich meinte, ob du die Waffe finden würdest oder nicht!«

»Natürlich, darum geht es dir«, murmelte Dragul sarkastisch und verdrehte die Augen.

»Worum sonst? Du wirst mit mir kaum über sie sprechen, nicht?«

Demonstrativ griff Dragul zu dem Dolch an seinem Gürtel. Nein, über Nyth wollte er sich nicht weiter den Kopf zerbrechen, und dem Bibliothekar gönnte er seinen Erfolg als Kuppler erst recht nicht.

Der Quarzkristall, in dem der Äthersplitter steckte, wirkte fast unsichtbar; lediglich die Runen und eingelassenen Metalle gaben ihm eine Form. Zwischen dem klaren Gestein schillerte in allen erdenklichen Farben ein dolchförmiger Splitter mit einem eleganten Griff. Nur ein kleiner Ruck war nötig. Völlig geräuschlos löste Dragul die sogenannte Götterklinge und zog sie aus dem Kristall heraus. Sie vibrierte schwach in seiner Hand und funkelte im Licht.

»Zumindest hat sie mich nicht vergessen.«

»Da hattest du ja wieder mehr Glück als Verstand.« Die wachen Augen des Alten durchbohrten Dragul regelrecht.

»Ich weiß, aber … noch einmal werde ich nicht versagen!«

»Noch einmal sterben würde ich dir auch nicht raten, du siehst jetzt schon furchtbar alt aus.« Der Bibliothekar grinste.

Dragul hustete eine Rauchwolke in seine Richtung. »Das musst du gerade sagen!«

»Hm … Ich mag diese Gestalt, weißt du? Die Leute zollen dem Alter Respekt, sehen mich jedoch auch mit dem Humor eines gestandenen Geistes. Und das braucht es, wenn sie dir keine Bücher stehlen sollen.«

»Sie halten dich für völlig abgehoben und fürchten sich.«

»Ja, so falsch ist das vielleicht gar nicht.« Er lachte kurz auf, aber Dragul schüttelte nur den Kopf.

»Du könntest helfen!«

»Aber Dragul, wie oft denn noch? Ich handhabe das, wie die *anderen* es wollten. Ich mische mich nicht ein. Du siehst ja, was passiert, wenn wir eingreifen und Gott spielen!«

Dragul verschluckte sich fast an einem Knurren. »Ich spiele nicht Gott!«

»Ich wette, das würde *sie* dir auch antworten.«

»Mythrienes Handlungen muss man sich mit ebenso viel Macht entgegenstellen!«

»Wem entgegenstellen? Sie hat ihre Magie der Brut ihrer treuesten Gefolgsleute geopfert. Da ist nichts mehr, dem man sich entgegenstellen könnte.«

»Und das weißt du sicher?«, hakte Dragul alarmiert nach. Er war sich sicher, dass der alte Mann mehr wusste als er.

»Man erzählt es sich so. Eine bezaubernde Sage und die schönen Bücher dazu, nicht? Eine weiße Schlange, goldene Tränen und der Berg. Ihr Berg. Vom Rande Brarches können wir ihn sogar sehen. Ich glaube, diese Reise wage ich, jetzt, da der Weg frei ist.«

»Du glaubst einem Märchen?«

Auf das Schulterzucken hin fauchte Dragul und spürte ein wenig Feuer in seinem Rachen.

»Kein Ätherdrache kann sich über fünfzigtausend Jahre verstecken«, erklärte der Bibliothekar.

»Du verkriechst dich doch auch unter meinem Schloss!«

»Ich meinte damit: Vor *mir* verstecken.«

»Ach, und ich bin nicht sehend genug?« Dragul schnaubte.

»Du bist tot, das hatten wir doch schon festgestellt.«

»Mythriene lebt mit Sicherheit. Ich glaube nicht, dass sie so naiv war. All die Monster, die sie schuf! Nein, sie hätte ihre Ätherbrut nie allein dieser Welt überlassen, ohne Führung.«

»Oracles machte auf mich einen ziemlich führungslosen Eindruck.« Der alte Ätherdrachenmann zwinkerte vergnügt.

Dragul musste sich zusammenreißen, um seine Wut zu bändigen. »Sag mir, was du weißt«, knurrte er nur.

Ein Schulterzucken. »Ich mutmaße, so wie du. Ich weiß nicht, wo sie ist. Ich sehe unkontrollierte, machthungrige Ätherblutdrachen und Chaos. Das alles spricht sehr gegen Mythriene, die sogar für ihr Frühstück einen ausgeklügelten Plan hatte.«

Dragul lachte hohl. »Plan, Zwang, wie man es nennen will.«

»Ängstliche Wesen sind oft zwanghaft. Vielleicht hättest du sie nicht abweisen sollen; sie mochte dich, sie hat dir vertraut.«

»Ich habe sie nicht abgewiesen. Sie wollte meine Hilfe, um den Menschen die Magie zu nehmen, und ich habe ihr angeboten, die Welt kennenzulernen, ihr zu zeigen, was sie verpasst, dass sie sich nicht fürchten muss. Ich war bereit, sie aufzunehmen, ihr ein Heim zu geben, mein Nest mit ihr zu teilen. Aber das wollte sie nicht.«

»Dass du andere immer gleich überrollen musst, weißt du, das ist eine Angewohnheit, die man in deinem Alter langsam mal abgelegt haben sollte. Sonst rennt dir die andere auch noch davon, ich mein ja nur.« Der Bibliothekar hüstelte, er schien zu wissen, dass er gerade eine Grenze überschritten hatte. »Entschuldige. Das war sogar für mich etwas taktlos.«

»Was du nicht sagst.« Wieso hatte Dragul sich ausgerechnet diesen frechen Kauz von einem Ätherdrachen anlachen müssen? Vielleicht weil er schmerzliche Wahrheiten mit einem Lächeln vortrug. Mit resigniertem Stöhnen schnappte sich Dragul wieder seine Pfeife und sog so lange an dem glühenden Kraut, dass ihm beinahe schwindelig wurde.

»Ist es nicht ironisch, dass die einzigen drei Ätherdrachen, die verblieben sind, keine Kinder in die Welt gesetzt haben? Und doch können gerade wir nicht tatenlos zusehen. Sie hat ihr Blut geteilt, du einen ganzen Kontinent und ich … ich schreibe Wissen in Bücher, die lieber niemand lesen sollte.« Der Bibliothekar klang leicht bedrückt; und diesen ungewöhnlichen Umstand musste Dragul erst verdauen, ehe er antworten konnte.

So unzufrieden mit sich selbst hatte er sich noch nie gefühlt. Auf einmal war sein Leben voller loser Enden, und es mangelte an einem sicheren Pfad. Früher war alles einfach gewesen. Niemals hatte sich Dragul in die Balance der Welt eingemischt, er hatte lediglich über die Magie gewacht. Jeden anderen Kurs hatte er für falsch erklärt und unterbunden.

Eine Erinnerung kämpfte sich in sein Bewusstsein. Eine Schuld, von der selbst der Bibliothekar keine Kenntnis besaß. Mythriene hatte Dragul aufgesucht, damals, lange vor dem *Ewigen Krieg*, als sie beide zwischen den Bergen die Welt beobachteten und über die Magie wachten. Sie hatte unter den Drachen gelebt, zu lange, wie er fand, und ihn eines Tages um Hilfe gebeten. Sie fürchtete, dass die Menschen zu mächtig geworden waren, ganz, wie sie vorhergesagt hatte. Er hatte sie mit Schweigen bestraft, arrogantem Schweigen. Heute war sich Dragul nicht mehr sicher, wieso er das getan hatte. Weil sie ihn einst abgewiesen hatte? Oder weil er sein Handeln als so rein und perfekt empfand, dass sie seiner nicht würdig war? Die Erinnerung an seine damaligen Gefühle war verschwommen, rückblickend erschienen sie ihm falsch.

Auf seine eigene Art und Weise hatte auch Dragul Gott gespielt. Weder gab, noch nahm er. Er hatte beobachtet – teilnahmslos. Genauso gut hätte er nicht existieren können. Was hatte seine Wache für einen Zweck? Sie war nicht mehr als göttliches Spiel gewesen, und als er das erkannt hatte, war es beinahe zu spät gewesen. Für seine Arroganz gehörte er verdammt, wenn es so etwas wie Verdammung gäbe. Gab es einen schlimmeren Fluch, als lebendig tot zu sein, war das überhaupt möglich?

Sicher, Mythriene trug die Verantwortung für die Übermacht der Ätherblutdrachen, sie hatte den Krieg heraufbeschworen, doch lange vor ihrem Eingreifen hatten Menschen und Drachen sich geschadet. Wie konnte Dragul behaupten, die Balance zu wahren, wenn sich Wesen, so eng mit Magie verbunden, gegenseitig töteten? Mythriene hatte in einem Punkt recht gehabt: Sie hätten einschreiten müssen.

Ungewollt hustete Dragul eine tiefschwarze Rauchwolke aus. Der alte Drachenmann neben ihm stieß ihn unsanft in die Seite. »Schuldgefühle bringen dich nicht weiter«, tadelte er Dragul mit einem Schmunzeln.

»Solange ich aus ihnen lernen kann, würde ich das nicht behaupten.«

»Tust du das denn?«

Eine trotzige Antwort sparte sich Dragul. Viele unendlich erscheinende Jahre hatte er sich den Kopf über dieses Dilemma zerbrochen. Vor wenigen Monaten hatte er den Konflikt regelrecht herbeigesehnt, ohne Rücksicht auf Verluste. Er war es leid gewesen, das Warten, das Zusehen, den Stillstand. Welch ein Fanatismus.

Die überwältigende Angst, sich doch für den falschen Weg entschieden zu haben, war unangenehm präsent. Beschritt er den Pfad der Drachengöttin? Vielleicht.

»Ich stehe wirklich gern mit dir hier herum. Aber müsstest du nicht etwas erledigen?«, meinte der Bibliothekar und nickte hinauf.

Nachdenklich hob Dragul den Kopf zum Himmel und musterte die ätherisierte Energie misstrauisch. Der alte Drache ohne Namen hatte leider recht. Kaum sichtbar, fern der Atmosphäre, sprangen schillernde Blitze über die Welt. Sie bestanden aus reinem Äther und konnten die Realität zerreißen.

»Das Zeug wird über längere Zeit die Welt fluten, wenn es dort bleibt. Das bedeutet noch mehr freie Macht, auch für Durphan. Wieso hast du die Äthermagie nicht gleich eingefangen?« Der Bibliothekar legte den Kopf schief und verfolgte die bunten Streifen am Horizont. »Auch wenn es hübsch aussieht ... das muss ich zugeben. Die Farben vermischen sich mit dem Sonnenaufgang, das ist wirklich bezaubernd.«

»Ich wollte wissen, was passiert und ob der Äther sich verflüchtigt. Kira hat uns den Beweis geliefert: Solange ein Drache am Leben ist, bleibt das Blut verbunden, zumindest für eine gewisse Zeit. Ich dachte, Mythriene würde reagieren. Aber das tut sie nicht. Dennoch scheint das Ätherblut gebunden an ihren Befehl. Wie kann das sein, wenn sie tot ist?«

»Das ist in der Tat ein Rätsel. Vielleicht hat sie eine Klausel eingebaut? Mh?«, merkte der Bibliothekar an und pfiff durch die Zähne. Für diese Art Geheimnis, mit weltumfassenden Ausmaßen, klang er zu vergnügt.

Dragul meinte vor Zorn zu beben und musste tief durchatmen. »Ich weiß nicht, ob der Nexus unter dem Schloss noch mehr von Mythrienes Magie verträgt, aber uns bleibt keine Wahl. Die Welt hat schon genug zu ertragen, und ich weiß nicht, welche Konsequenzen es hat, wenn der Äther frei bleibt.«

»Wir können ihr Blut aber nicht ewig da unten einsperren, Dragul. Überhaupt stört es meine Arbeit. Portale in die unteren Ebenen zu setzen, ist so schon schwer genug.«

»Niemand muss in die unteren Ebenen«, erklärte Dragul streng.

Sein entschiedener Blick traf auf zwei hochgezogene Augenbrauen. »Es ist nicht deine Bibliothek, Dragul!«

»Deine etwa? Ich dachte, du bestehst darauf, nichts in diesem Universum zu besitzen?«

»Wissen gehört jedem – und niemanden!«

»Ihre Magie ist in unseren Händen in Sicherheit. Mythriene darf niemals auch nur in ihre Nähe gelangen. Ich brauche den Nexus des Turms! Vielleicht kann ich sie so zu mir locken. Und sollte sie noch leben, wird das hier«, er hob den Ätherdolch ins Licht, ein regenbogenfarbiges Funkeln blitzte über die Klinge, »wird das ihr Tod und somit alles beenden!«

»Wie dramatisch! Soll mir nur recht sein, solche Geschichten sind meine liebsten, weißt du?«

Das brachte Dragul tatsächlich zu einem ungewollt lauten Durchatmen. Für seinen Geschmack hatte der Kauz den Bogen überspannt. »Hast du sonst noch irgendetwas Wissenswertes, vielleicht etwas, das du mir verschwiegen hast?«

»Ich dir verschweigen?« Der alte Ätherdrachen schüttelte grinsend den Kopf.

»Vielleicht sollte ich vorher testen, ob dieser Dolch wirklich in der Lage ist, Ätherdrachen zu töten!«

»Aber, aber, alter Freund. Wer rügt denn dann die Studierenden, wenn sie wieder zwischen den wertvollen Schriftrollen speisen?« Er hob mit gespieltem Entsetzen die Hände.

Am liebsten hätte Dragul ihm das Grinsen aus dem Gesicht geschnitten. Diese Art von Spielchen kannte er nur zu gut, der Alte war ein Spiegel seiner selbst, und davon wurde ihm übel.

»Behindere einfach nicht meine Arbeit. Wir haben eine Abmachung. Ich öffne den Spalt zum Äther erst wieder, wenn das Gleichgewicht hergestellt ist …«

»Ja, ja, und erst dann kann auch ich endlich zurück in unser Universum. Danke für die Erinnerung, Eure Lordschaft. Also verliert den Dolch nicht wieder, mein Herr. Sonst sitzen wir hier auf ewig fest und müssen dem Universum beim Kältetod zusehen!« Er verbeugte sich übertrieben, wandte sich dann schwungvoll um, zurück in Richtung der Lagerfeuer, und verließ den Rand.

»Mieser, alter Sack!«, zischte Dragul.

»Das habe ich gehört«, erklang die vergnügte Stimme des Bibliothekars bereits ein wenig entfernt.

KAPITEL 61
VERANTWORTUNG

Dragul misstraute generell jedem, allen voran dem alten Kauz von Ätherdrachen, der nur aus Neugierde auf All'Ein geblieben war. Eine Welt dabei zu beobachten, wie sie sich entwickle, das sei doch einen Blick wert; man könne ja gehen, wenn alles vorbei sei. Als wäre die Realität nur ein Theater und die Vorstellung kostenlos. Nur ein Ätherdrache konnte solche Arroganz zeigen. Aber ja, das waren sie, sie alle: arrogant und alt, Dragul eingeschlossen. Und es störte ihn, widerte ihn regelrecht an.

Diesen Zwiespalt, den Krieg hatte er vorhergesagt, doch statt etwas zu unternehmen, hatte er zugesehen, in dem Wissen, dass am Ende er recht behalten würde. Nur gab es nun niemanden mehr, dem er das unter die Nase reiben konnte, und genutzt hatte seine trotzige Prophezeiung letztlich keinem. Durch seinen Tod im *Ewigen Krieg* war auch die einzige Lösung entfallen, diese Welt ihrem Schicksal zu überlassen und zurück in sein Universum zu verschwinden. Er war gestorben, der Äther in seinem Inneren hatte eine andere Essenz gebildet, und somit war er Teil dieses Planeten. Der alte Narr von einem Bibliothekar und Weltbeobachter war frei, zu gehen, Mythriene ebenfalls, sofern es noch etwas von ihr gab, das gehen konnte. Und damit wäre aller Einfluss aus dem Äther für immer verschwunden.

Dragul jedoch wusste nicht so recht, was er nun war und wohin er gehörte. Er wusste nur, dass er nicht länger tatenlos zusehen konnte.

Was hatte er Nyth erzählt? Er wünsche sich, dass dies sein letzter Krieg sei? Eine größere Lüge hätte er ihr wohl kaum auftischen können. Tief im Herzen hoffte Dragul, es würde niemals enden.

Denn diese Schlacht um Balance war sein einziges Ziel, sein einziger Sinn.

Wie lange er schon grübelnd hier am Rand der Zerstörung stand und in die Weite starrte, wusste er nicht. Die Sonne war um einiges in den Himmel geklettert, kitzelte an den Wolken und schenkte dem Land ein wenig Wärme. Den Geräuschen hinter ihm nach zu urteilen, hatte man angefangen, das Lager abzubauen. Zeltstoffe raschelten in der Ferne, Rufe hallten über den Platz, der Aufbruch stand bevor.

Er hatte sich darauf vorbereitet, die nächsten Monate in einem Krieg zu verbringen, aber nun, nach ein paar kurzen Tagen ohne Schlaf, galt es bereits, neue Ziele in Angriff zu nehmen. Wie surreal. Inzwischen steckte der Götterdolch wieder an seinem Gürtel, und es war nur eine Frage der Zeit, bis Dragul endlich sein selbstgewähltes Schicksal erfüllen würde. Nach all dem Warten dem Ende so nahe.

»Na, was hat dich wieder in deine Gedanken gedrückt? Ich dachte, du gesellst dich noch etwas zu uns. Wirklich, da gibt es extra den stärksten, glühenden Wein, und du stehst hier und starrst Löcher in die Luft!« Hemms Stimme war deutlich getränkt von Alkohol – oder vielmehr Giften. Als ob Alkohol viel Einfluss auf einen Drachen hatte!

Zur Begrüßung blies Dragul ihm lediglich einen Rauchkringel entgegen. Pfeifentabak war alles, was er zurzeit brauchte. Wer wusste schon, was er sich unter den Auswirkungen von glühendem Wein erlauben würde? Am Ende hielt er sich gegen alle Vernunft doch nicht von ihr fern.

Hemm und Rurika teilten Draguls sehnsüchtigen Blick zum Horizont für eine Weile. Und nach einigen ruhigen Momenten gesellten sich auch Arqdelia und Ansrahm dazu. Die Wüstendrachenfrau seufzte deutlich hörbar der Ferne entgegen. Sie alle schienen das Gefühl der Unruhe zu teilen. Dies war nur ein kurzes Aufatmen, ähnlich dem tiefen Atemzug, bevor man den nächsten gefährlichen Sprung wagen musste.

»Wir haben keine andere Wahl, als uns direkt mit den *Entzündeten Kränzen* auseinanderzusetzen.« Damit packte Arqdelia gleich das nächste schwere Gewicht auf ihre Schultern. Doch darüber war man sich bereits im Vorfeld im Klaren gewesen.

Zwar folgte Oracles nicht den Predigten Durphans, und sein Land stand somit nicht unter dem Schutz des wohl mächtigsten Ätherblutdrachen überhaupt, doch die Eroberung dieses Reichs würde eine Kettenreaktion auslösen. Die Nachbarreiche im Westen müssten darauf reagieren, ob unter Durphans Kontrolle oder nicht.

Oracles war ein fanatischer Herrscher gewesen, der seine ganz eigene Vorstellung davon hatte, die Wünsche der Drachengöttin umzusetzen. Er und seine Familie wurden deshalb von Durphan geächtet und erhielten weder Hilfe noch Schutz aus seinen Reihen, zumindest hatte Oracles das selbst verkündet – stolz auf seine Unabhängigkeit. Darum war diese Gelegenheit, diese Schlacht auch so kostbar; es war der Augenblick, auf den Dragul Tausende von Jahren gewartet hatte. Ein Fehler war passiert im Spinnennetz aus Religion und Lügen rund um einen göttlichen Drachen – ein furchtbarer Fehler, der Dragul wieder zum Besitzer des Dolches gemacht hatte. Und das alles nur, weil Oracles im Machthunger erstickte, in einem Land, so karg und zerstört wie er selbst.

Tatsächlich stellten die *Entzündeten Kränze* einen heftigen Kontrast zu der brachen Ebenen da. Das Reich des göttlichen Berges war ein heißes Moorgebiet voller brodelnder, kochender Quellen und dichter, gigantischer Regenwälder. Das Gras brannte, wann es wollte, die Luft stach in der Lunge – die Bewohner beteten die Vulkane und ihren Rauch an, nannten das den Atem des Äthers. Der Berg der Mythriene, ein riesiger, aktiver Vulkan, unter dem sie vermeintlich begraben lag, hatte das Reich zum Zentrum des Glaubens gemacht.

Angeblich hatte Durphan diesen Ort sich selbst überlassen, um ein Zeichen zu setzen – freier Glaube. Mythriene gehöre allen. Ein ganzes Land als Kloster.

Die wenigen Menschen, vor allem aber die vielen Drachen in jenem Land hielten wohl am fanatischsten an ihrer Religion fest. Es gab einige geduldete Stämme der Menschen, die allerdings harmonisch zusammen mit den großen Drachenkolonien dem Kult ergeben waren. Der Führer dieser Bewegung, Narla, war zu allem Überfluss der Bruder von König Maral aus Bruch. Vor vielen tausend Jahren hatte der König seinen jüngsten Bruder an den Glauben der Göttin verloren, und die Religion wurde erheblich durch seinen Einfluss entlang der Grenze gestärkt. Hilfe brauchte Dragul von seinen Nachbarländern also vorerst nicht zu erwarten. Allein dieses Zerwürfnis blieb ein ewiges politisches Drama. Die nächsten Gespräche mit Bruch durfte Dragul nicht wieder ausfallen lassen.

Er fühlte die fragenden Blicke auf sich. In den Köpfen seiner Freunde drehten sich die gleichen Sorgen im Kreis, dafür benötigte es keine Worte, er sah es ihnen an. Das Kraterland musste Brarche wieder aufbauen und reformieren, dazu sich gegen die *Kränze* absichern und weitere Schlachten riskieren. Wenn man irgendwann zu Durphans Reich gelangen wollte, waren alle Länder im Südwesten eine große Gefahr. Selbst mit der Hilfe von Verbündeten war es ein schwieriges Unterfangen, einen Krieg an mehreren Fronten zu gewinnen.

Dragul knurrte tief in sich hinein und zog ein letztes Mal fest an der Pfeife in seiner Hand. Hemm kommentierte den daraus resultierenden Rauchkringel mit einem müden Lachen.

»Wir wissen immer noch nicht, wer genau den kurzen Anstieg an Magie ausgelöst hat«, setzte Dragul an. »Ob wirklich Oracles oder, was schlimmer wäre, der tiefere Westen das zu verantworten hat. Somit könnte Oracles nur ein Stolperstein auf unserem Weg sein, unserem Weg hinein in das Land eines vorbereiteten Feindes, weitaus mächtiger … Diplomatie hat Vorrang, aber wir müssen gewappnet sein. Wir werden heute alle Informationen über Brarche zusammenziehen, die wir besitzen. Ich möchte so schnell wie möglich in jeder Stadt, in jedem Dorf, Truppen stationieren. Die

Hauptstadt muss eingenommen und besetzt werden. Ragdar und Nyth müssen uns mit Druidensteinen aushelfen. Einige davon sind unbedingt nötig, so aufwendig ihre Herstellung auch wird. Wir brauchen die Kontrolle über das Reich. Jeder Widerstand muss behutsam aufgelöst werden. Setzt magische Blocker ein. Wir müssen auch Kontakt zu den Rebellen in diesem Land aufnehmen. Es mögen nur kleine Rebellenzellen existieren, aber sie könnten Verbindungen über die Grenzen hinaus besitzen. Sie existierten bereits vor Oracles. Ihre Hilfe und ihr Wissen sind kostbar. Wenn wir ihre Position stärken, könnte jeder, der politisch mit ihnen sympathisierte oder Zweifel an Oracles hegte, sich bestätigt fühlen. Immerhin sind wir die Sieger dieses Konflikts, schnell und effizient. Das bringt uns in eine dominante Position. Es ist wichtig, Stärke zu demonstrieren, aber auch den Frieden, um den es uns geht. Wir sind nicht der Feind dieser Menschen. Jeder der sich uns anschließen möchte, muss so schnell wie möglich überprüft werden, um Freiheit zu erlangen. Gerade hier könnte es einige mächtige Magiekundige geben, die von Oracles noch nicht geopfert wurden. Die Brarcher waren gezwungen zu dienen, das hat ein Ende. Wir müssen eine Struktur aufbauen, um ihre Freiheit zu erreichen.«

»Klingt nach üblen Kopfschmerzen«, brummte Hemm.

Auch Arqdelia verzog den Mund, schloss ihre Augen. Es war an ihr, sich genau damit zu befassen. Aber niemand war so geschickt in Diplomatie, wie diese Drachenfrau.

Dragul zwinkerte ihr zu, als sie ihre Augen wieder öffnete, und beobachtete, wie sich ihre Nase missfallend kräuselte. »Ja, die Zeit wird hart. Wir haben viele Pläne für diesen Fall geschmiedet, doch wissen wir zu wenig über Brarche. Ich will alle Informationen zu Oracles‘ Opferungen, Taktiken, Militäraufstellungen und Zielen. Wie seine Verbindung zu den *Entzündeten Kränzen* aussah, welche Optionen wir für Verhandlungen mit Narla haben und vor allem, wie man hier unser Reich bewertet hat. Immerhin untersteht das Kraterland nicht dem östlichen Rat. Ich bin nun für die Welt ein erobernder Drache, wie es die Drachen des Westens sind. Wir haben uns immer herausgehalten und sogar Streit mit dem Osten riskiert. Vielleicht gelingt es uns, eine etwas neutralere Position einzunehmen. Dann sind wir nicht der große verblendete Osten, der die Werte der Göttin verraten hat, sondern es sieht aus, als gingen wir unseren eigenen Weg.«

»Dragul, wir gehen unseren eigenen Weg!«, warf Hemm ein.

Dragul blinzelte ihn für einen Moment fragend an. Ja, richtig, für diese Altdrachen hier war er nichts weiter als ein Todesdrache unbekannten Alters, mit einem Dickschädel und schwammiger Vergangenheit.

Zwar verhielt sich Dragul nicht ratskonform, aber er hatte den Rat damals überhaupt erst gegründet, als er noch das war, was man einen Ätherdrachen nannte. Doch diese Persönlichkeit war für ihn tot und begraben.

Er musste über sich selbst lachen. Hier stand er, vor einer zerstörten Landschaft, zwischen Kriegen, zwischen Freunden, und ging doch ganz allein seinen Weg. Sein früheres Ich hätte ihm wohl bei jeder Entscheidung widersprochen und ihn aufgehalten. Aber jetzt war er Dragul, und der entschied sich, bis vor die Türen Durphans zu treten und dieses Übel ein für alle Mal zu beseitigen. »Ansrahm?«, murmelte er noch in Gedanken.

Der Rubindrache sah neugierig an Hemms breiter Statur vorbei.

»Ich möchte, dass du Kontakte zu Ragdars Kolonie pflegst. Sie haben es geschafft, sich viele tausend Jahre versteckt zu halten. Sicherlich werden sie uns eine große Hilfe sein.«

Ansrahm verbeugte sich angedeutet und grinste breit. »Natürlich, liebend gerne! Ragdars Familie ist mir ausgesprochen sympathisch und – ohne voreilig klingen zu wollen – ihre Magie wäre eine unfassbare Bereicherung für die Quarzdrachenblutlinien unseres Landes, Sir.«

Dragul nickte. »Es sollte nicht unser Ziel sein, sie ins Reich zu integrieren, wir haben für ihre Freiheit gekämpft, sie gehört ihnen, aber arbeite ruhig daran, die Idee zu wecken, dass man sich verbinden könnte. Wir könnten frisches Blut vertragen, und neue Freunde sind in diesen Zeiten wahrlich ein Luxus. Nur nicht heute, du siehst müde aus. Ruh dich noch etwas aus.«

»Mit dem größten Vergnügen, Sir!« Wieder deutete Ansrahm eine Verbeugung an und verließ mit schwungvollen Schritten den Lagerrand in Richtung der verglommenen Feuer.

»Arqdelia, kehre mit den leicht verletzten Soldaten und den Leichen zurück in die jeweiligen Posten. Die Menschen sollen nach Hause und heilen. Ihr springt über mehrere Portale von Ort zu Ort. Ich vertraue da auf deine Künste. Die Schwerverletzten und Gesunden behalten wir hier. Schickt so viel Verstärkung für die Stationierung von Truppen wie möglich. Wir treffen uns morgen noch einmal.«

Die Drachenfrau nickte nur und verließ ebenfalls den Rand. Ihr langer Umhang wehte im Wind, ihren energischen Gang untermalend. Dragul sah ihr nachdenklich hinterher. Eventuell war es an der Zeit, sich wieder mit Arqdelias Kolonie auseinanderzusetzen. Generell sollte er sich an alte Kontakte wenden und neue Bündnisse schmieden. Sie brauchten Verbündete im Osten, nicht nur für politische Verhandlungen und Druck, auch Truppen waren vonnöten. Er wagte nicht, seine magischen Grenzen weiter auszureizen. Wie viele Armeen aus Toten könnte er wohl befehligen, ehe sein Element ihn verschlingen und den Verstand kosteten würde? Das durfte auf keinen Fall passieren. Durphan mochte ein furchtbares Übel sein, doch Dragul konnte ihn sicher noch um einiges übertreffen. Ein ungesunder Gedanke, ein unmenschliches Ziel, und der Todesdrache war nicht mehr aufzuhalten.

Ob er dem alten Kauz vom Bibliothekar zutrauen konnte, im schlimmsten Fall gegen ihn vorzugehen? War das überhaupt möglich? Vielleicht wäre auch Nyth in der Lage, ihm zu helfen. Ganz sicher konnte sie ihn unter Kontrolle bringen, wenn er sich ihr anvertraute, aber wie viel Verantwortung wollte er ihr noch auflasten? Bisher hatten Hemm, Rurika und seine Freunde ihn immer wieder wachgerüttelt, mit klugen Worten, literweise Wein und schwerem Tabak. Sie hatten es nicht leicht mit ihm und mussten oft ihre eigenen Wünsche den Zielen des Reichs opfern.

»Es tut mir leid«, raunte er leise.

Hemm hob nur fragend die buschigen roten Augenbrauen.

»Ich weiß … es nähert sich mit jedem Jahr im fünfzigtausendsten Zeitalter der Tag, an dem euer Kind schlüpfen wird.« Dragul bedachte Rurika mit einem mitfühlenden Lächeln.

Sie erwiderte den Blick nur mit halber Freude. »Es ist schon gut. Wir wussten, der Zeitpunkt könnte kompliziert werden. Vor hundert Jahren dachte niemand an Krieg, doch wir wussten, dass es ein Risiko sein könnten.« Ihre Arme verschränkten sich, sie war sichtlich dankbar, als Hemm sich leicht gegen sie lehnte, um ihr einen Kuss auf die Stirn zu geben.

»Wir haben ja noch etwas Zeit, ehe die Lage wieder eskaliert. Alles wird gut, Liebste«, murmelte er hoffend.

Dragul nickte nachdenklich, kaute auf seiner Pfeife. Er konnte die beiden nicht aus ihrem Dienst entlassen, nicht jetzt. Sollten sie jedoch erst einmal in Kriegsführung und Strategie eingespannt sein, würden sie schmerzlich fehlen, wenn ihr Kind zu einem ungünstigen Zeitpunkt ihre Aufmerksamkeit benötigte. Und ein Drachenkind zweier nur schwer kompatibler Elemente brauchte seine Eltern. Ton und Feuer – ihr Nachkomme würde auf ewig ohne Gleichgewicht mit sich zu kämpfen haben und niemals so alt werden wie sie, wenn sie das Kind nicht unterstützten. Jeder gemeinsame Tag war wichtig.

In Draguls Brust breitete sich eine unangenehme Schwere aus. »Ich kümmere mich darum«, beschloss er.

»Worum?«, wollte Hemm wissen.

»Um deine Einheiten, deinen Posten!«

»Du … du kannst dir nicht noch mehr Arbeit aufhalsen!«

»Nur für den Fall der Fälle. Dann bilde ich deinen Ersatz. Und für den Krieg, da finden wir andere Kommandanten. Ich brauche ohnehin engeren Kontakt zu meinem Volk.«

»Dragul!«

»Nein. Nein, irgendwann ist es genug. Gerade du hast viel für mich geopfert. Dein eigenes Kind werden wir für keine Schlacht der Welt anderen Händen überlassen. Es wird euch brauchen, als Kind zweier Elemente, dich und Rurika. Es gibt genug zu tun im Schloss und mit der Verwaltung des Militärs hier in den Ländern. Die Menschen mögen dich, das ist kostbar. Dank Kira haben wir eine fähige Drachenfrau mehr, deren Größe im Kampf ihr Gewicht hat.«

»Ich weiß, dass man mit dir an diesem Punkt nicht streiten kann«, gab Hemm nach.

»Gut so!« Dragul lächelte triumphierend und erntete von Rurika einen freundlichen Stoß in die Seite.

»Übernimm dich nicht, alter Mann«, meinte sie zwinkernd, »Der Tag wird auch nicht jünger, wir setzen uns sofort daran, die Einheiten einzuteilen.«

»Aber Rika!«, maulte ihr Gefährte.

»Wir hatten genug Ruhe, komm jetzt.«

Sie packte ihren Feuerdrachenmann am Arm und zog ihn weg in Richtung Ratszelt. Hemm hatte sicher noch auf ein wenig Aufschub gehofft, vielleicht auch auf ein gutes Mahl, aber es blieb keine Zeit, sich auszuruhen.

Ein neuer Tag war erwacht und ein Reich gefallen. Die vielen Aufgaben und Herausforderungen überschlugen sich geradezu, niemand konnte sich den Luxus leisten, noch länger dem Echo der Schlacht zu lauschen. Schwermut bekämpfte man am besten mit der Lösung von Problemen, und davon gab es genug.

KAPITEL 62
SONNENAUFGANG

Draguls Pfeife brannte aus, und mehr Tabak hatte er nicht bei sich. Also sah er sehnsüchtig zu, wie die letzten Rauchschwaden vom Wind mitgerissen wurden, hinauf in den Himmel. Äther glühte durch die Wolken, in allen Farben des Lichts und darüber hinaus. Dann der dumpfe Klang eines Horns.

Seufzend klopfte Dragul die Pfeife aus, steckte sie in die Tasche seiner Jacke und wollte sich gerade herumdrehen.

»Ist es klug, so viel Hauchkraut während einer Krisenzeit zu konsumieren?«

Er zuckte kaum merklich zusammen. Anscheinend hatte auch Nyth ihn aufgesucht und starrte ihn, wer weiß wie lange bereits an, fest entschlossen, nicht bemerkt zu werden, bis sie einen geeigneten Augenblick aussuchte, um zu existieren.

Ungläubig blickte er der kleinen Drachenfrau entgegen. Sie schien bemüht, möglichst neutral zu wirken. Kein Funken Unsicherheit oder gar Verlegenheit, kein Ärger – und auch kein Trotz. Völlig steif und ruhig stand sie da und starrte regungslos auf einen unsichtbaren Punkt an seinem Hemd. Darin hatte sie Übung, aber diese disziplinierte Selbstverständlichkeit schmerzte ihn. Es schien keine Mauer mehr zwischen ihnen zu liegen, vielmehr erhob sich ein ganzes Gebirge an Distanz.

»Ihr solltet wirklich aufhören, dieses Kraut zu rauchen.«

»Nyth, ich …« Dragul verstummte stirnrunzelnd. Dieses Gespräch wollte er nicht hier führen, nicht jetzt, auch nicht morgen. Das Schicksal bürdete ihm eine komplizierte Unterredung nach der anderen auf und fragte gar nicht nach einer Pause. Vermutlich war es richtig so. Diese Art von Zuneigung drohte zu eskalieren, wenn man nicht über ihre Ausmaße sprach. Dramatische Missverständnisse rund um Liebe und Leid füllten Bücher, Schauspiele und Musik. Dafür erachtete Dragul sich eigentlich als zu alt, zu weise.

»Hauchkraut mag wie scharfes Wiesenkraut riechen, Sir – aber wenn es sogar mir aufgefallen ist, dann ist es nur eine Frage der Zeit, bis auch der Rat misstrauisch wird. Er wird sich fragen, ob Ihr Euren Aufgaben noch gewachsen seid!«

Er konnte ihr nur verwirrt zunicken. War das ihre Art von einfacher Unterhaltung? Ein lockeres Gespräch über die Auswirkungen giftiger Drogen und Draguls Integrität dem Rat gegenüber? Rauchte er wirklich so viel mehr in den letzten Monaten? Er wusste es nicht. Die Luft zwischen ihnen konnte man mit keinem Messer der Welt schneiden, nicht einmal die Ätherklinge wäre dazu in der Lage gewesen.

Es gab so viel, was er Nyth sagen wollte, und doch mangelte es ihm an Atem und Worten, sich richtig auszudrücken. Also erwiderte er nur ihre Stille, die sie so perfekt beherrschte, und rätselte darüber, ob sie wirklich etwas durchsichtiger geworden war.

Dann, unerwartet, veränderte sich ihr Blick. Ihre Zähne fanden den gewohnten Weg auf ihre Unterlippe und sie hob den Kopf weit genug, um ihm in die Augen zu schauen. Unsicherheit blickte ihn durch feine Spitze hindurch an. »Ich möchte mir Mühe geben, mich an den Gedanken zu gewöhnen … Euch zu mögen, Sir«, erklärte sie umständlich, als hätte sie einmal zu oft über diesen Satz nachgedacht und tausend Versionen verworfen.

»Das ist mehr, als ich erwartet habe«, erwiderte Dragul ehrlich und meinte, seit Minuten nicht geatmet zu haben. Vielleicht bereits seit Stunden.

»Nur bitte … erdrückt mich nicht gleich!« Da war sogar etwas Gefühl in ihrer Stimme.

»Na, so schwer bin ich nicht!«

»Das meinte ich nicht!« Sie spitzte ihre Lippen und sah ihn tadelnd an.

Er erwiderte mit einem Schmunzeln. »Ich weiß … und … ich weiß auch, dass ich mich für mein Verhalten dir gegenüber entschuldigen muss. Mehr als entschuldigen. Ich habe dich ohne zu fragen … «

»Die Wechselwirkung unserer Elemente konntet Ihr nicht erahnen, Sir«, unterbrach sie ihn.

»Das mag stimmen …« Er seufzte schwer. Ausreden nutzte er viel zu häufig. Sie waren ein elegantes Mittel in schwierigen Gesprächen, wenn man sie richtig zu nutzen wusste. Sie rückten die eigene Unfähigkeit als strategische Waffe auf das Spielbrett. Und diese Ausrede war mitnichten erlogen oder übertrieben. Von seinem eigenen Element erstickt, am Ende einer Schlacht, durchflutet von ihrer Magie, berührt von der Frau, in die er sich immer mehr verliebte … wie er es auch drehte und wendete, keine Möglichkeit wollte ihm einfallen, wie er hätte anders reagieren oder gar standhaft bleiben können. Und sie hatte den Kuss erwidert. Zwei Mal. Es kribbelte in seiner Brust bei dem bloßen Gedanken an ihre Nähe.

»Ich akzeptiere und verstehe Euren Wunsch, dass wir uns besser kennenlernen sollten«, erklärte sie sachlich.

Er hob nur die Augenbrauen, ahnte bereits, dass sich ihre und seine Vorstellung von *besser kennenlernen* deutlich unterschieden.

»Und da Ihr nun wisst, dass ich im Westen diente, werde ich Euch offen und bereitwillig alle Informationen aus meiner Zeit in diesen Ländern zur Verfügung stellen und Euch beraten. Es ist jedoch viele Jahre her – das meiste davon wird nicht mehr gültig sein. Dennoch … Ich hoffe, damit mein Schweigen über diesen Teil meines Lebens und meine Lüge Euch gegenüber wiedergutmachen zu können.«

Dragul kommentierte ihre pflichtbewusste Verbeugung mit einem leisen Knurren. Allerdings richtete sich Nyth erst wieder auf, als er ein resignierendes »Einverstanden …« murmelte.

Es war dieses Glimmen ihrer farblosen Augen, so viel Ehrgeiz, Willen und vor allem Stolz. In ihrer kurzen Erzählung über ihre

Vergangenheit steckten gebrochene Würde und der Kampfgeist, diese wiederzuerringen. Nyth war fixiert auf ein Ziel, getrieben von ihrer Vergangenheit und alten Entscheidungen. Sie würde sich niemals erlauben, mehr für ihn zu empfinden als Respekt. Und er hatte nicht das Recht, ihr diese Entscheidung zu nehmen, egal, wie warm sich ihre Lippen angefühlt hatten und wie fest sie sich an ihn gedrückt hatte.

Den mit diesen Gedanken verbundenen Schauer schüttelte Dragul mit einem Zähneknirschen ab. Wenn er Glück hatte, hörten sie auf, sich zu streiten, und bauten zumindest etwas Ähnliches auf, wie eine berufliche Vertrautheit.

»Eines noch, Nyth … Wie hast du es angestellt? Wie konntest du Oracles dazu bringen, sich selbst mit dem Dolch zu verletzen? Ich will es wissen, und ich muss es wissen!«

Die Drachenfrau nickte langsam, zu seiner Überraschung musste er nicht auf eine Antwort warten.

»Geistmagie ist zwar immer präsent und Teil der Welt, jedoch übersieht man sie, hört sie nicht … sie ist Vergangenheit, könnte man sagen. Oracles hat mich unterschätzt, und ich konnte ihm nahe genug kommen, um die Magie in ihm aus der Balance zu bringen. Dann habe ich mich mit Kiras Magie im Schatten versteckt …«

»Du hast Oracles aus der Balance gebracht? Nyth, man kann die Magie eines anderen Drachen nicht kontrollieren, sie gehört nur ihm!«

»Das ist richtig, Sir. Aber der Äther in Oracles gehörte ihm nicht.«

»Ja … er gehört Mythriene.«

»Sie hat ihre Magie mit einer Funktion an die Ätherblutdrachen gebunden. Sie sollen eine Einheit bilden. Und diese Funktion habe ich gestört, indem ich nur mit seinem Ätherblut gesprochen habe. Sein eigenes Element konnte nicht antworten, Sumpfmagie spricht schließlich eine andere Sprache als der Äther. Für einen winzigen Augenblick ist Oracles damit aus dem Gleichgewicht geraten. Der

Äther wollte mir antworten und war nicht mehr an Oracles angepasst.«

»Dir … zuhören …«

»Ich habe Ätherblut studiert, Sir. Denn ich habe … ich habe jemanden an diesen Fluch der Göttin verloren. Das ist lange her und ich bin mir fast sicher, dass ich daran nichts mehr ändern kann. Aber ich habe geforscht. Viele Jahrtausende. Ich hatte gehofft, ein Mittel zu finden, einen Weg, um einen Drachen wieder vom Äther zu befreien. Ätherblutdrachen vererben die Magie ihren Kindern weiter, und das stürzt sie von Anfang an in ein Ungleichgewicht, weil das hier nicht die Welt des Äthers ist. Das macht den Äther empfindlich, deshalb hat er mir zugehört, Sir. Dieses Blut will sich nicht den Drachen anpassen, es will zurück in sein Universum. Diese Sehnsucht ist eine große Schwachstelle. Die Ätherblutdrachen werden schwächer. Mit jeder Generation verlieren sie mehr und mehr die Kontrolle, das verletzt und traumatisiert sie. Oracles ist einer der Jüngsten, sein Innerstes war völlig gespalten, sicher hat er gelitten. Der Äther sucht nach Balance, einem Gleichgewicht, das es auf dieser Welt nicht gibt.«

Selten hatte er Nyth so lange und leidenschaftlich über etwas sprechen hören. Ein paar Mal in ihrem Unterricht, und das auch bei ähnlichen Themen. Das also war es, was sie antrieb, wofür ihr Herz schlug.

»Sehr treffend«, murmelte er gedankenverloren. »Der Äther ist krank vor Heimweh …« Er lächelte bitter und erinnerte sich an die Qualen seiner Existenz, bevor er im *Ewigen Krieg* gestorben war. Die Todesmagie in ihm mochte noch so kalt sein, aber sie war eine Wohltat im Vergleich zum Heimweh nach dem Ätheruniversum. Oracles war ein Opfer seines Erbes gewesen, der Gedanke schmerzte Dragul; aber kein Mitgefühl der Welt hätte den Krieg verhindern können. Oracles hatte sich für Balance durch Macht entschieden, und so sein Schicksal selbst gewählt.

»Sir, kann es sein, dass …« Nyths große Augen blinzelten ihn durch die Spitze ihres Schals an.

Er musterte sie misstrauisch. »Ja?«

Aber sie schwieg und starrte ihn nur weiterhin an, als suche sie etwas in seinen Augen.

Für einen Moment fühlte sich Dragul durchschaut und bereute es beinahe, diese kluge Drachenfrau so nahe an sich herangelassen zu haben. Wehe ihm, sollte sie je herausfinden, wer er wirklich war.

Doch zu seinem Glück runzelte sie ungläubig die Stirn und schüttelte den Kopf. Sie blies ein wenig Rauch aus, und Dragul beschloss, für den Moment lieber nicht mehr zu atmen.

»Wie dem auch sei, Sir … Oracles konnte ich aus dem Gleichgewicht bringen, weil sich das Ätherblut langsam destabilisiert. Das ist ein Fortschritt. Leider habe ich bisher keine Möglichkeit gefunden, einen Ätherblutdrachen von seinem Fluch zu erlösen. Der Tod befreit den Körper zwar davon, aber das ist keine Option, zumindest keine für mich.«

»Es gibt also jemand Bestimmten, den du befreien möchtest.«

Ihre Zähne in der Unterlippe. Dragul wusste sofort, dass sie ihm noch immer nicht alles erzählte. Aber vielleicht bald, anscheinend war er auf einem guten Weg und hatte sich immerhin etwas Vertrauen verdient. Trotzdem lösten die Geheimnisse über ihr früheres Leben, um Drachen, die ihr offensichtlich wichtig waren, ein unangenehmes Gefühl in ihm aus.

»Denkt Ihr nicht auch … es wäre gut, wenn sie frei wären … die Ätherbrut, meine ich?«

»Das wird aber nichts an ihren Verbrechen ändern, Nyth.«

»Nicht bei allen. Aber nicht jeder wollte so sein, nicht jeder hatte eine Chance.«

»Das verstehe ich. Und ich urteile auch nur über Taten. Vielleicht kann ich dir dabei helfen, wenn du mir fortan hilfst. Denn wenn die Diplomatie versagt, dann werde ich eines Tages vor den Toren Lord Durphans stehen, und auf dem Weg dorthin müssen wir viele Ätherblutdrachen bekämpfen …«

»Hoffentlich kann ich Euch durch mein Wissen nützlich sein, Sir!«

Dragul konnte nicht anders, er musste über diese Bemerkung lachen, und noch mehr über Nyths verdutztes Gesicht. Sie zuckte kurz zusammen, als er ihre Schultern ergriff und sich zu ihr beugte. »Du hast gestern unzähligen Seelen das Leben gerettet, Nyth! Du *bist* nützlich. Aber mach so etwas nie wieder ohne mich! Bitte!«

»Ja, Sir. Um ehrlich zu sein, bin ich überrascht, dass es mir gelungen ist. Ich konnte die Äthermagie nur für Sekunden verwirren. Wäre Oracles nicht durch den Dolch verletzt worden …«

»Ah. Also doch kein so guter Plan, was?«

»Ja … da habt Ihr recht.«

»Kannst du das noch mal sagen?«

»N-nein!«

»Nyth?« Er seufzte und beugte sich dichter zu ihr, ihre Augen huschten unruhig zur Seite, nun, da sie sich wieder so nahe waren.

»Könntet Ihr bitte nicht darauf herumreiten? Es … war mir nicht bewusst, wie viel ich Euch anvertrauen kann und dass Ihr mit diesen Themen so umgehen würdet. Ich dachte … für diese Art, zu denken, würdet Ihr mich bestrafen.«

»Dann sollte ich zugeben, dass du vermutlich auch damit recht hast …«

»Seht Ihr?«

»Aber ich mag dich. Das hat einiges … geändert.« Dragul ärgerte sich über sein Grinsen, das sich mit diesen Worten in seinem Gesicht ausbreitete. Doch Nyths Augen fanden zu seinen und blinzelten ihn farblos im Schatten ihres Schals an. Sollte dieser Stoff in diesem Moment überhaupt einen Schatten werfen? Er würde ihr das Geheimnis nur zu gerne vom Haupt ziehen, stattdessen entschied er sich, Nyth noch ein wenig näher zu kommen. Wenn sie nicht den Kopf senkte, würden sich ihre Nasenspitzen berühren.

»Als Herrscher ist es Eure Pflicht, objektiv zu bleiben«, murmelte sie hastig, wollte diesem Thema offensichtlich gerne weiter ausweichen. Seine Nähe schien sie dabei jedoch nicht zu stören. Es knisterte leise, als sie sich berührten. Doch statt auf die wieder bund erstrahlende Welt um ihn herum, konzentrierte er sich einzig und alleine auf sie.

»Wo steht das geschrieben? Es ist auch meine Pflicht, dir zuzuhören, und das habe ich. Und ich … ich sehe meine Fehler. Glaub mir, ich arbeite daran. Ich … möchte es wirklich.«

Er hörte sie leise Schnauben.

»Also gut, Nyth, was dann? Soll ich dich lieber bestrafen, einsperren, verhören … degradieren, verbannen, hm? Was möchtest du, such es dir aus, sag es mir, ich hör dir zu und … knurrst du mich gerade wieder an?«

»Ihr sagt das alles nur, um mich zu ärgern!«

»Ja! Durchaus.«

Nyths Schmollmund sah einladend aus: Und diese ungewöhnlich gefühlvolle Betonung ihrer Worte – sie ärgerte sich nicht wirklich, sie ging auf sein Necken ein.

»Ihr habt mich gebissen, reicht Euch das denn nicht?«

»Kommt darauf an …«

»Worauf?«

»Ob ich dich noch einmal beißen darf!«

Mit einem Schritt zurück befreite sich Nyth aus seinen Händen.

Dragul wusste sofort, dass er erneut zu viel gesagt hatte. Viel zu viel. »Ich wünsche mir, dass wir miteinander reden, uns öffnen, Nyth! Reden über den Krieg, unser Wissen, die Zukunft, aber auch … über uns.«

»Ja.«

Mit dieser Antwort hatte er nicht gerechnet. »Gut! … aber … das alles muss ja nicht heute sein. Es gibt vieles, über das wir nachdenken sollten. Nyth, ich verspreche dir, anständig zu bleiben, und du versuchst dich an Kommunikation, ja?«

Ein Nicken. Ihm blieb nichts anderes übrig, als das zu akzeptieren.

Auf dem Weg zurück zu den Zelten schwieg Nyth und vermied jeden Blickkontakt. Das sollte ihm nur recht sein, am Ende überlegte sie es sich anders, weil er wieder den Mund nicht halten konnte. In nächster Zeit müsste er sich seine Worte ihr gegenüber genau überlegen. Natürlich konnte er sich nicht verstellen. Seine unverschämte Art gehörte zu ihm, er konnte sich nicht daran erinnern, je anders gewesen zu sein, und sie musste ihn mit all seinen Marotten akzeptieren. Aber es war dringend Zeit, an sich zu arbeiten. Er war respektlos und das musste sich ändern.

Trotzdem, sie machten Fortschritte, nicht? Ja, sie war noch da, ihre Mauer, hoch wie ein Berg und abweisend wie ein Blizzard. Doch er wollte sie nicht länger durchbrechen. Hineingebeten zu werden oder manchmal, für einen Blick, darüber zu klettern, erschien ihm sinniger und fairer.

All diese wichtigen Gedanken und Entscheidungen über den Planeten, die Drachen und Menschen, allem voran der Äther und Draguls Vergangenheit – dazwischen stand nun mit einem Mal sie, und er wusste noch nicht so recht, wie sich das alles mit seinen Plänen vereinen ließ.

Die Rettung der Welt war keine Geschichte für ein einzelnes Buch, und es war lächerlich neben einem glücklichen Ende auch noch die Erfüllung egoistischen Liebesglücks zu erwarten. Aber die bunten Schmetterlinge im Bauch, die mochte er. Und ob am Ende ein gebrochenes Herz oder pochendes Glück wartete – er fühlte wieder, er fühlte so viel. Das war es wert. Sie würde ihn bei Verstand halten in den nächsten Jahren, in den nächsten Schlachten. Der bloße Gedanke würde reichen. Er musste.

Und so konnte und wollte Dragul nicht aufhören zu lächeln.

ENDE

BAND 1

Weiter geht es in:

ATLAS DES ÄTHERS BAND 2

DIE LETZTEN ÄTHERDRACHEN

Hallo, du da.

Danke, dass du mein Buch gekauft hast.
Drachen fand ich schon immer cool. Deshalb habe ich mir tausend Geschichten über sie ausgedacht. Da hat sich in 33 Jahren ein bisschen was angesammelt.
Die nächsten Bücher werden sicher nicht dünner.
You're welcome.

Ich möchte mich auch bei meiner Community bedanken, ohne die es dieses Buch jetzt nicht geben würde. Da liest man einmal was vor … und alle wollen es haben. Belastend.

Danke an meine Lektorin Sabrina, die mir geholfen hat, dem Buch den letzten Schliff zu verpassen. Danke auch an DichtFest, die noch mal ordentlich nachpoliert haben.

Danke an meinen Freund Franz, der den Haushalt macht, während ich schreibe.

Joar, dann bis Band 2.
Tschüss.

DRAGUL & KUCHEN

NYTH

JASOV

KIRA

ASCHE

Mehr spannende Fantasy von DichtFest

Die epische Erellgorh-Trilogie von Matthias Teut

Drei junge Menschen, die ihre Heimat verlassen müssen und auf ihrem Weg ins Ungewisse feststellen, dass sie über magische Fähigkeiten verfügen.

Atharu, ein junger Heiler aus Tangris, erfüllt den letzten Wunsch seiner Urmutter und reist nach Gelder, um die Reste eines alten Schmuckstücks zu übergeben. Selana, eine Küchenmagd auf der Burg von Akralahr, schließt sich einem Flüchtlingstreck an, um sintflutartigen Regenfällen zu entgehen und ihre alte Ziehmutter wiederzufinden. Und der Straßendieb Pitu flieht in Gelder vor seinen Verfolgern auf ein Schiff, das mit ihm in See sticht.

Die drei kennen einander nicht, ahnen nicht, dass sie sich treffen werden – und vor allem nicht, dass das Schicksal der Welt von ihnen abhängt. Denn der abtrünnige Magister Fenkorh-Kreh will seine finsteren Pläne vollenden: die Elben vernichten und alle anderen Völker unterjochen.

Erellgorh – Geheime Mächte
Erellgorh – Geheime Wege
Erellgorh – Geheime Pläne

Einzelroman von Matthias Teut

Die Elbenstifte

Entdecke die Welt von Erellgorh vor den Kriegen

»Wo ist die Essenz der Stifte?
Was hast du getan?«
Das Licht der Laternen, Reflexe im Dolch –
und niemand, der ihm helfen konnte …

Zu einer Zeit, da das Misstrauen der Völker untereinander wächst, erhält ein Elb aus Erellgorh den Auftrag, eines der Heiligtümer seiner Bestimmung zuzuführen.

In Myxa soll Farim in die Fußstapfen seines Vaters treten, um das Handelskontor zu übernehmen. Doch viel lieber würde er Bilder malen. Der Elb Zhinlohr erkennt sein Talent und schenkt ihm Zeichenstifte, die alle Farben der Welt in sich tragen. Fortan kann Farim sich ein Leben ohne die Elbenstifte nicht mehr vorstellen und vernachlässigt die Arbeit im Kontor. Als sein Vater voller Zorn die Stifte zerbricht, flieht Farim aus Myxa.

Auf einem Elbenschiff erfährt er, was es mit den magischen Stiften wirklich auf sich hat – und setzt alles daran, neue zu erlangen. Eine abenteuerliche Reise voller tödlicher Gefahren nimmt ihren Lauf.

»Bewundernswert und unfassbar vielfältig!«
(Sarah Trimagie, Buchbloggerin)

494 Seiten, 03/2019 14,95 €
ISBN: 978-3-946937-03-6
(seit Juli 2021 mit neuem Cover)

Willkommen in der Welt von Eskrinor

Eskrinor – die Zwergen-Trilogie von Matthias Teut

»Sie ist nur eine Köchin, die sich in den Kopf gesetzt hat, Kriegerin zu spielen.«

Seit der Orden der magiebegabten Menschen die Handelsstadt Crem übernommen hat, blicken die Elben mit Argwohn auf sein Erstarken. Als Magister des Ordens in die Elbenreiche eindringen, droht ein Krieg. Das benachbarte Zwergenvolk Eskrinors steht plötzlich zwischen den Fronten. Da kommt dem unbegabten Magister Jamon ein Gerücht zu Ohren, das seine Welt auf den Kopf stellt. Die Zwergin Brynnbett verläuft sich in den tiefen Stollen unter Eskrinor und erfährt von den unheilvollen Plänen des Stammesvaters, während weit im Osten der Waldelb Raiwen verzweifelt versucht, die Elbenfürstin und ihre Thronfolgerin zu heilen. Schon bald werden sie alle von der Bedrohung des Krieges eingeholt, ohne zu ahnen, wie eng ihre Schicksale verbunden sind. Können die drei das Blatt noch wenden?

Eskrinor – Das Reich der Zwerge 03/2020
Eskrinor – Die Macht der Runen 03/2021
Eskrinor – Der Kampf der Zwerge 05/2022